El sello HCBS identifica los títulos que en su edición original figuraron en las listas de best-sellers de los Estados Unidos y que por lo tanto:

- Las ventas se sitúan en un rango de entre 100.000 y 2.000.000 de ejemplares.

- El presupuesto de publicidad puede llegar hasta los u$s 150.000.

- Son seleccionados por un Club del libro para su catálogo.

- Los derechos de autor para la edición de bolsillo pueden llegar hasta los u$s 2.000.000.

- Se traducen a varios idiomas.

LA ISLA DE LAS PLAGAS

NELSON DEMILLE

LA ISLA DE LAS PLAGAS

Traducción:
ROSA S. CORGATELLI

Editorial ATLANTIDA
BUENOS AIRES • MEXICO • SANTIAGO DE CHILE

Diseño de tapa: Peter Tjebbes

Título original: PLUM ISLAND
Copyright © 1997 by Nelson DeMille
Copyright © Editorial Atlántida, 1998
Derechos reservados. Primera edición publicada por
EDITORIAL ATLANTIDA S.A., Azopardo 579, Buenos Aires, Argentina.
Hecho del depósito que marca la Ley 11.723.
Libro de edición argentina.
Impreso en España. Printed in Spain. Esta edición se terminó de imprimir
en el mes de octubre de 1998 en los talleres gráficos
Rivadeneyra S.A., Madrid, España.

I.S.B.N. 950-08-2019-6

A Larry Kirshbaum,
amigo, editor
y compañero de juego.

AGRADECIMIENTOS

Agradezco a las siguientes personas por compartir conmigo sus conocimientos especiales. Cualesquiera errores u omisiones que haya en la novela son míos y sólo míos. Además, me he permitido cierta medida de licencias literarias aquí y allá, pero en general he intentado mantenerme fiel a la información y los consejos que me dieron estos hombres y mujeres:

Primero y principal, agradezco al detective teniente John Kennedy, del Departamento de Policía del condado de Nassau, el hombre que trabajó en esta novela casi tanto como yo. John Kennedy es un ferviente oficial de policía, abogado honesto, marinero experto, buen marido de Carol, buen amigo de los DeMille y un arduo crítico literario. Muchas, muchas gracias por tu tiempo y tu experiencia.

Quisiera agradecer otra vez a Dan Starer, de Research for Writers, NYC, por su diligente tarea.

También quisiera agradecer a Bob y Linda Scalia, de Southold, por su ayuda en lo referente a tradiciones y costumbres locales.

Mi agradecimiento a Martin Bowe y Laura Flanagan, de la biblioteca pública de Garden City, por su excelente ayuda en investigaciones.

Muchas gracias a Howard Polskin, de CNN, y a Janet Alshouse, Cindi Younker y Mike DelGiudice, de News 12 Long Island, por permitirme el acceso a un informe en vídeo sobre Plum Island.

Gracias de nuevo a Bob Whiting, de Banfi Vintners, por compartir conmigo sus conocimientos y su pasión por el vino.

Mi agradecimiento al doctor Alfonso Torres, director del Centro de Enfermedades Animales de Plum Island, por su tiempo y su paciencia; expreso mi admiración por él y su personal, por la tarea importante y desinteresada que hacen.

Mi gratitud a mi asistente, Dianne Francis, por cientos de horas de arduo y dedicado trabajo.

Gracias también a mi agente y amigo, Nick Ellison, y su personal, Christina Harcar y Faye Bender. Un escritor no podría tener representación mejor o mejores colegas.

Por último, pero por cierto no menos importante, gracias otra vez a Ginny DeMille; éste es su séptimo libro, y aún corrige con amor y entusiasmo.

NOTA DEL AUTOR

En cuanto al Centro de Enfermedades Animales de Plum Island, del Departamento de Agricultura de los Estados Unidos, me tomé cierto grado de licencias literarias en lo relativo a la isla y el trabajo que allí se realiza.

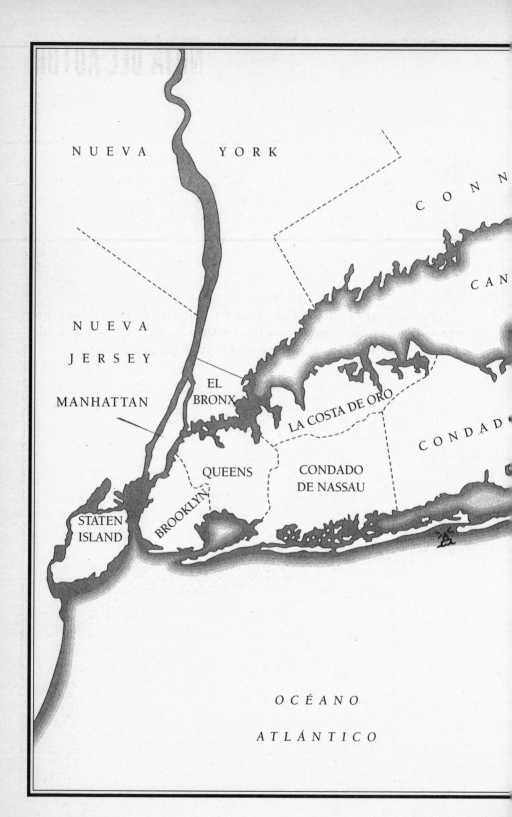

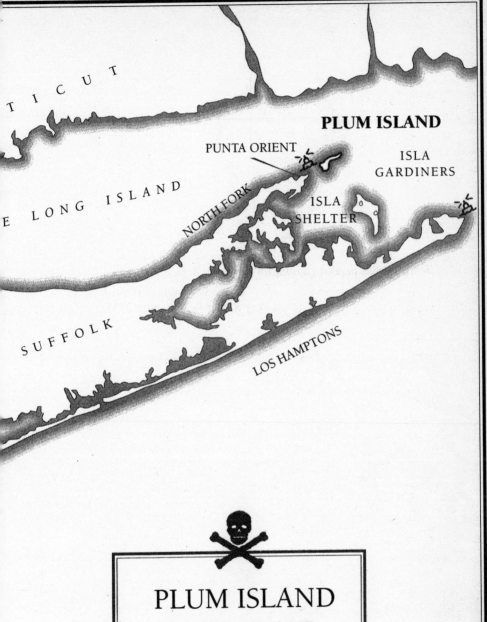

PLUM ISLAND

PUNTA ORIENT

ISLA
GARDINERS

LONG ISLAND

NORTH FORK

ISLA
SHELTER

SUFFOLK

LOS HAMPTONS

PLUM ISLAND
LONG ISLAND
NUEVA YORK

Tres personas pueden guardar un secreto, si dos están muertas.
—Benjamin Franklin
Poor Richard's Almanac (1735)

1

A través de mis binoculares alcanzaba a ver un lindo crucero de unos quince metros anclado no muy lejos de la costa. Había a bordo dos parejas de unos treinta años, pasándolo bien, tomando sol, bebiendo cerveza y lo que fuere. Las mujeres tenían traseros menudos de adolescentes y no llevaban corpiño, y uno de los tipos, que estaba parado en la proa, se sacó el traje de baño y se quedó allí un minuto y después saltó a la bahía y nadó alrededor del barco. Qué gran país. Dejé los binoculares y abrí una Budweiser.

Era el fin del verano, lo cual no significa fines de agosto sino septiembre, antes del equinoccio de otoño, después del fin de semana del día del Trabajo.

Yo, de nombre John Corey, policía convaleciente de profesión, estaba sentado en el porche trasero de la casa de mi tío, hundido en un sillón de mimbre, la mente cruzada por pensamientos superficiales. Se me ocurría que el problema de no hacer nada es no saber cuándo has terminado.

El porche rodea tres lados de la casa de una granja victoriana de 1890, toda madera y adornos ostentosos, torrecillas, tímpanos, todo el circo. Desde donde yo me hallaba sentado podía ver al sur por encima de una ladera en declive cubierta de césped, hasta la bahía Great Peconic. El sol estaba bajo en el horizonte occidental, que era el lugar que le correspondía a las siete menos cuarto de la tarde. Soy un muchacho de ciudad, pero estaba entusiasmándome el tema del campo, el cielo y todo eso, y hacía unas semanas por fin había encontrado la Osa Mayor.

Tenía puestos una camiseta blanca y unos jeans cortados que me calzaban bien antes de haber adelgazado tanto. Mis pies descalzos estaban apoyados en la baranda, y entre mis dedos gordos izquierdo y derecho quedaba enmarcado el mencionado crucero.

A esa hora del día empiezan a oírse grillos, langostas y quién sabe qué más, pero no soy gran fanático de los ruidos de la naturaleza, así que tenía a mi lado, sobre una mesita, un grabador portátil con una cinta de *The Big Chill*, y la Bud en la mano izquierda, los binoculares en el regazo, y a mis pies, cerca de mi mano derecha, el arma para cuando no estoy de servicio, un revólver Smith & Wesson calibre 38 con cañón de dos pulgadas, que entra perfectamente en mi cartera. (Es una broma.)

En algún momento de los dos segundos de silencio entre "Cuando un hombre ama a una mujer" y "Bailando en la calle" oí o sentí, por los tablones viejos y crujientes del piso, que alguien avanzaba por el porche. Como vivo solo y no esperaba a nadie, tomé el 38 en la mano derecha y me lo apoyé en el regazo. Para que no piensen que soy un ciudadano paranoico, debería mencionarles que estoy convaleciente, no de paperas, sino de tres heridas de bala, dos de 9 milímetros y una de Magnum 44, aunque el tamaño de los agujeros no es lo más importante. Como ocurre con las propiedades inmobiliarias, con las balas lo que importa es la ubicación, la ubicación, la ubicación. Es obvio que habían dado en las ubicaciones correctas, ya que yo estaba convaleciente y no en proceso de descomposición.

Miré a mi derecha, donde el porche doblaba por el lado oeste de la casa. Apareció un hombre que enseguida se detuvo a unos cinco metros de mí, escrutando las largas sombras que causaba el Sol crepuscular. De hecho, también el hombre proyectaba una sombra larga que pasaba por encima de mí, de modo que no me vio. Pero con el Sol a la espalda, también a mí me costaba verle la cara o adivinar sus intenciones. Dije:

—¿Necesita algo?

Volvió la cabeza hacia mí.

—Ah... hola, John. No te vi.

—Siéntate, jefe. —Guardé mi revólver en la cintura del pantalón, debajo de la camiseta, y bajé el volumen de "Bailando en la calle".

Sylvester Maxwell, alias Max, que es la ley en estos sitios, se acercó y apoyó el trasero en la baranda, de frente a mí. Vestía chaqueta azul, camisa blanca, pantalones pardos, calzado náutico sin medias. No supe si estaba trabajando o no. Le dije:

—En esa heladera hay gaseosas.

—Gracias. —Estiró una mano y tomó una Budweiser de entre el hielo. Para Max, la cerveza es una gaseosa.

Bebió un poco, mientras contemplaba un punto del espacio situado a unos cincuenta centímetros de su nariz. Yo dirigí mi atención hacia la bahía y escuché "Demasiados peces en el mar", por The Marvelettes. Era lunes, de modo que se habían ido los turistas del fin de semana, gracias a Dios, y era ya la época en que concluyen la mayoría de los alquileres de verano y uno puede sentir que retorna la soledad. Max es un muchacho del lugar y no va derecho al grano, así que hay que esperarlo. Por fin me preguntó:

—¿Eres el dueño de esta casa?

—El dueño es mi tío. Quiere que yo la compre.

—No compres nada. Mi filosofía es: Si vuela, flota o sirve para el sexo, alquílalo.

—Gracias.

—¿Vas a quedarte acá un tiempo?

—Hasta que deje de soplarme viento dentro del pecho.

Sonrió, pero enseguida volvió a ponerse contemplativo. Max es un hombre corpulento, más o menos de mi edad, es decir alrededor de los cuarenta y cinco, con pelo rubio ondulado, cutis rojizo y ojos azules. Parece que las mujeres lo encuentran atractivo, lo cual agrada al jefe Maxwell, que es soltero y heterosexual.

—Bueno, ¿como te sientes? —me dijo.

—Más o menos.

—¿Te gustaría un poco de ejercicio mental?

No respondí. Hace diez años que conozco a Max, pero como no vivo aquí sólo lo veo de vez en cuando. A esta altura diría que soy un detective de homicidios de Nueva York que trabajaba para Manhattan North antes de que me balearan. Fue el doce de abril. Hacía más o menos dos décadas que no caía un detective de homicidios, de modo que fue una gran noticia. La Oficina de Información Pública del Departamento de Policía de Nueva York permitió la publicidad porque era época de reclutamiento, y ya que soy tan simpático, apuesto y todo lo demás, le sacaron bastante el jugo y los medios cooperaron, y así seguimos. Mientras tanto, los dos delincuentes que me balearon todavía siguen sueltos por ahí. De manera que pasé un mes en el hospital Columbia Presbiterian, después unas semanas en mi departamento de Manhattan, hasta que el tío Harry me sugirió que esta casa de verano era un lugar adecuado para un héroe. ¿Por qué no? Llegué acá a fines de mayo, poco después del Memorial Day.

—Creo que conocías a Tom y Judy Gordon —dijo Max.

Lo miré. Nuestros ojos se encontraron. Comprendí. Le pregunté:

—¿Los dos?

Asintió con un gesto.

—Los dos. —Tras un momento de respetuoso silencio agregó: —Quisiera que le echaras un vistazo a la escena.

—¿Por qué?

—¿Por qué no? Como un favor a mí. Antes de que todos los demás se lleven un pedazo. Ando corto de detectives de homicidios.

De hecho, el Departamento de Policía de Southold no tiene detectives de homicidios, lo cual en general no les ocasiona problemas, ya que acá liquidan a muy poca gente. Cuando sucede, la policía del condado de Suffolk envía a un agente que se haga cargo, y Max se hace a un lado. A Max esto no le gusta.

Daré algunos detalles locales... Esto es North Fork, Long Island, estado de Nueva York, municipio de Southold, fundado, según una placa que así lo anuncia en la carretera, en mil seiscientos cuarenta y tantos por una gente de New Haven, Connecticut, que, por lo que se sabe, huía del rey. En South Fork, Long Island, que está en el otro lado de la bahía Peconic, se halla la elegante zona de Hamptons: escritores, artistas, actores, gente de publicidad y otras variedades por el estilo. Aquí, en North Fork, los habitantes son granjeros, pescadores y similares. Y tal vez uno fuera un asesino.

La casa del tío Harry está ubicada en la aldea de Mattituck, que queda a unos ciento cincuenta kilómetros de la calle 102 Oeste donde dos caballeros de apariencia hispánica dispararon catorce o quince balazos a Su Seguro Servidor, logrando tres aciertos sobre un blanco en movimiento a una distancia de entre seis y nueve metros. No fue un resultado impresionante, pero no critico ni me quejo.

El municipio de Southold comprende la mayor parte de North Fork y contiene ocho aldeas y un pueblo, llamado Greenport, y una única fuerza policial de quizá cuarenta oficiales, y Sylvester Maxwell es el jefe, y eso es todo.

Max me dijo:

—No te hará daño mirar.

—Por supuesto que sí. ¿Y si me citan para declarar en algún momento inconveniente? No me van a pagar por esto.

—La verdad, llamé al supervisor del pueblo y me dio su aprobación para contratarte oficialmente como consultor. Cien dólares por día.

—¡Vaya! Qué interesante.

Max se permitió una sonrisa.

—Eh, te alcanza para pagar el gas y el teléfono. De todos modos, no estás haciendo nada.

—Trato de lograr que se me cierre el agujero del pulmón derecho.

—Lo que te pido no será agotador.

—¿Cómo lo sabes?

—Es tu oportunidad para ser un buen ciudadano de Southold.

—Soy de Nueva York. No se supone que deba ser un buen ciudadano.

—¿Conocías bien a los Gordon? ¿Eran amigos tuyos?

—Más o menos.

—¿Ves? Ahí está tu motivación. Vamos, John. Levántate. Vamos. Te deberé un favor.

La verdad, yo estaba aburrido, y los Gordon eran buena gente... Me paré y dejé la cerveza.

—Aceptaré el trabajo por un dólar por semana, para que sea oficial.

—Bien. No lo lamentarás.

—Por supuesto que sí. —Apagué "Jeremías era una rana toro " y le pregunté a Max: —¿Hay mucha sangre?

—Un poco. Las heridas fueron en la cabeza.

—¿Crees que necesitaré mis sandalias?

—Bueno... parte de los cerebros y los cráneos salió volando...

—Está bien. —Me puse las sandalias y los dos rodeamos el porche hasta el sendero circular de acceso del frente de la casa. Subí a su coche policial sin identificaciones, un Jeep Cherokee blanco con una radio chillona.

Salimos por el largo sendero, que se hallaba cubierto por una capa centenaria de polvo de conchillas de ostras y almejas, porque el tío Harry y todos los demás que vinieron antes tiraron conchillas en el sendero junto con las cenizas del horno de carbón, para cubrir el barro y la tierra. De cualquier modo, esto es lo que suele denominarse una granja con vista a la bahía, pero la mayor parte de las tierras de granjas se ha vendido. El paisaje es bastante exuberante y la flora es en su mayoría de un tipo que ya no se ve mucho, como *forsythia*, sauces comunes y setos de ligustro. La casa en sí está pintada de color crema con un borde verde y techo verde. Todo es bastante encantador, en realidad, y quizá la compre si los médicos de la policía declaran que estoy terminado. Debería practicar para toser sangre.

En cuanto al tema de mi incapacidad física, tengo buenas posibilidades para una pensión de por vida, de tres cuartos del sueldo y libre de impuestos. Esto es el equivalente, en el Departamento de Policía de Nueva York, a ir a Atlantic City, tropezar con una hilacha de la alfombra en el castillo Trump y golpearse la cabeza contra una máquina tragamonedas a plena vista de un cobrador de cuentas impagas. ¡Bingo!

—¿Me oíste?

—¿Qué?

—Te dije que los encontró un vecino a las 17:45...

—¿Ya estoy contratado?

—Claro. A los dos les dispararon en la cabeza, y el vecino los encontró tirados en la plataforma del jardín...

—Max, yo iré a verlo. Cuéntame del vecino.

—Está bien. Se llama Edgar Murphy y es un sujeto de edad. Oyó llegar la lancha de los Gordon, a eso de las cinco y media, y unos quince minutos después fue a la casa y los encontró asesinados. No oyó ningún disparo.

—¿Usa audífono?

—No. Le pregunté. La esposa también oye bien, según Edgar. Así que tal vez el asesino usó silenciador. O tal vez los vecinos son más sordos de lo que creen.

—Pero oyeron la lancha. ¿Edgar está seguro acerca de la hora?

—Bastante seguro. Nos llamó a las 17:51, casi enseguida.

—Correcto. —Miré mi reloj. Eran ya las siete y diez. Max debía de haber tenido la brillante idea de venir a buscarme en cuanto llegó a la escena. Supuse que los tipos de homicidios del condado de Suffolk ya estaban allí. Habrían venido de un pueblito llamado Yaphank, donde tiene sede la policía del condado y que queda a más o menos una hora en auto de donde vivían los Gordon.

Max seguía hablando de esto y aquello, y traté de poner mi mente en funcionamiento, pero hacía cinco meses que no tenía que pensar en cosas así. Sentí la tentación de cortarlo con un "¡Limítate a los hechos, Max!", pero lo dejé continuar. Además, en mi cabeza seguía repitiéndose la canción "Jeremías era una rana toro", y es muy fastidioso cuando uno no puede sacarse una melodía de la mente. En especial ésa.

Miré por la ventana lateral abierta. Íbamos en el auto por el camino principal este-oeste, hacia un lugar llamado Nassau Point, donde viven los Gordon... o vivían. North Fork es más o menos parecido a Cape Cod, un ventoso saliente de tierra rodeado de agua por tres lados y cubierto de historia.

La población estable es algo escasa, de alrededor de veinte mil personas, pero hay mucha gente que viene a pasar el verano y los fines de semana, y las nuevas bodegas han atraído a visitantes de un solo día. Abra una bodega y tendrá diez mil *yuppies* bebedores de vino del centro urbano más cercano. Nunca falla.

De cualquier modo, doblamos al sur hacia Nassau Point, que es una punta de terreno de tres kilómetros de extensión, en forma de cuchilla, que corta la bahía Great Peconic. Desde mi muelle hasta el de los Gordon hay unos seis kilómetros y medio.

Nassau Point es un lugar de veraneo desde más o menos la década de 1920, y las casas abarcan desde simples *bungalows* a edificios substanciales. Albert Einstein veraneó aquí, y fue aquí, en mil novecientos treinta y tantos, que escribió su famosa "Carta de Nassau Point" a Roosevelt urgiendo al Presidente a encarar el asunto de la bomba atómica. El resto, como suelen decir, es historia.

De manera interesante, Nassau Point es todavía sede de una cantidad de científicos; algunos trabajan en el Laboratorio Nacional de Brookhaven, un sitio nuclear secreto o algo así, situado a unos cincuenta y cinco kilómetros de acá, y otros en Plum Island, un centro de investigaciones biológicas *top secret*, tan aterrador que debieron instalarlo en una isla. Plum Island queda a unos tres kilómetros del extremo de Punta Orient, que es el último pedazo de tierra de North Fork... Próxima parada, Europa.

Detalle no desvinculado de todo esto, Tom y Judy Gordon eran biólogos que trabajaban en Plum Island, y pueden apostar a que tanto Sylvester Maxwell como John Corey estaban pensando en eso. Le pregunté a Max:

—¿Llamaste a los federales?

Negó con la cabeza.

—¿Por qué?

—El asesinato no es un crimen federal.

—Ya sabes de qué te hablo, Max.

El jefe Maxwell no respondió.

2

Nos aproximamos a la casa de los Gordon, situada en una callecita de la costa oeste de la lengua de tierra. Era un *ranch* como los de la década de 1960, modernizado según las comodidades de los años 90. Los Gordon, oriundos de algún lugar del Medio Oeste e inseguros acerca del rumbo que tomarían sus respectivas carreras, alquilaban la casa con opción a comprar, según me mencionaron una vez. Creo que, si yo trabajara con el material con que trabajaban ellos, tampoco habría hecho planes a largo plazo. Diablos, ni siquiera compraría bananas verdes.

Volví mi atención a la escena que se desarrollaba del otro lado de las ventanillas del Jeep. En aquella calleja agradable y sombreada, pequeños grupos de vecinos y chicos en bicicleta se hallaban de pie en las largas sombras violáceas, hablando y mirando la casa de los Gordon. Había tres patrulleros de la policía de Southold estacionados frente a la casa, así como dos autos sin identificación. Un furgón del forense del condado bloqueaba el sendero de acceso. Es buena política no entrar con vehículos ni estacionar en la escena de un crimen, para no destruir pruebas, y me alegró ver que hasta el momento la pequeña fuerza policial rural de Max se había mostrado astuta en ese aspecto.

En la calle había también dos furgones de la televisión, uno de un canal de noticias local de Long Island, el otro de NBC News.

Observé asimismo que un grupo de hombres con aspecto de reporteros charlaban con los vecinos, metiendo micrófonos frente a cualquiera que abriera la boca. Todavía no era todo un circo de los medios de comunicación, pero lo sería en cuanto el resto de los tiburones periodísticos captara la conexión con Plum Island.

Habían tendido, de árbol a árbol, la cinta policial amarilla de las escenas de crímenes, para aislar la casa y el parque. Max estacionó detrás del furgón del forense y bajamos. Relampaguearon unas cuantas cámaras fotográficas, después se encendieron un manojo de luces de cámaras de vídeo y se pusieron a filmarnos para el noticiario de las once. Rogué que la junta de incapacidad no estuviera

21

mirando, y ni hablar de los delincuentes que habían tratado de liquidarme y que ahora sabrían dónde me encontraba.

Parado en el sendero de acceso había un policía uniformado, munido de un cuaderno —el registro de las personas que visitaban la escena del crimen—; Max le dio mi nombre, título y lo demás, de modo que quedé oficialmente anotado, sujeto a citaciones del fiscal de distrito y potenciales abogados defensores. Eso era exactamente lo que yo no quería, pero estaba en mi casa cuando el destino llamó a mi puerta.

Subimos por el sendero de grava y pasamos por una abertura redonda que hacía las veces de puerta, hacia el terreno posterior, cubierto en su mayor parte por una plataforma de cedro en varios niveles que iba desde la casa hasta la bahía y terminaba en el largo muelle donde se hallaba amarrado el barco de los Gordon. Era un atardecer hermoso, y deseé que Tom y Judy estuvieran vivos y pudieran verlo.

Observé el contingente habitual de gente del laboratorio policial, más tres policías uniformados de Southold y una mujer demasiado bien vestida, con una chaqueta castaño claro y pollera haciendo juego, blusa blanca y zapatos cómodos. Al principio pensé que sería de la familia y que la habían llamado para identificar los cuerpos y todo eso, pero después vi que sostenía un cuaderno y una lapicera y tenía aspecto oficial.

Caídos sobre la linda plataforma de cedro gris plateado, lado a lado, de espaldas, yacían Tom y Judy, con los pies hacia la casa y la cabeza hacia la bahía, los brazos y las piernas torcidos. Un fotógrafo policial tomaba fotos de los cuerpos, y el flash iluminaba la plataforma y causaba efectos extraños en los cadáveres; durante un microsegundo les daba una apariencia truculenta, al estilo de *La noche de los muertos vivos*.

Me quedé mirando los cuerpos. Tom y Judy Gordon tenían alrededor de treinta y cinco años, se hallaban en buena forma física e incluso en la muerte resultaban una pareja atractiva... tanto que, cuando vivían, a veces, cuando iban a cenar a algún restaurante elegante, los confundían con personajes famosos.

Los dos estaban vestidos con vaqueros, calzado deportivo y camisetas de tenis. La de Tom era negra con el logotipo de una tienda de artículos marinos en la parte delantera; la de Judy, más elegante, verde oscuro con un pequeño bote de vela amarillo en el pecho izquierdo.

Sospeché que Max no veía muchas personas asesinadas en el transcurso de un año, pero era probable que viera bastantes muertes naturales, suicidios, accidentes de auto y cosas semejantes, de modo que no iba a ponerse pálido. Se lo veía sombrío, preocupado, pensativo y profesional, pero no dejaba de mirar los cuerpos, como si no pudiera creer que ahí mismo, sobre esa linda plataforma, yacían dos personas asesinadas.

Su Seguro Servidor, en cambio, debido a que trabajaba en una ciudad que cuenta unos 1.500 asesinatos por año, no es en absoluto ajeno a la muerte, como se suele decir. Yo no veo los 1.500 cadáveres, pero sí suficientes como para que ya no me sorprendan, descompongan, impresionen o entristezcan. Sin embargo, cuando se trata de alguien que uno conoció y quiso, la cosa es diferente.

Crucé la plataforma y me detuve junto a Tom Gordon. Tenía un agujero de bala en el puente de la nariz. Judy tenía un agujero en la sien izquierda.

Suponiendo que hubiera sido un solo tipo el que disparó, entonces Tom, que era un hombre corpulento, debía de haber sido herido primero, con un solo tiro en la cabeza; después Judy, al volverse incrédula hacia el marido, había recibido la segunda bala, en la sien. Era probable que las dos balas les hubieran atravesado el cráneo y caído en la bahía. Mala suerte para balística.

Nunca he estado en la escena de un homicidio que no tuviera olor... increíblemente hediondo si las víctimas estaban muertas desde hacía rato. Si había sangre, yo siempre podía olerla, y si se había penetrado alguna cavidad del cuerpo, por lo general había un peculiar olor a vísceras. Esto es algo que no me gusta volver a oler; la última vez que olí sangre, fue la mía. De cualquier modo, el hecho de que el asesinato se hubiera cometido en exteriores ayudaba en algo.

Miré alrededor y no vi ningún lugar cercano donde pudiera haberse escondido el que hizo los disparos. La puerta corrediza de vidrio de la casa estaba abierta y tal vez el asesino había entrado, pero quedaba a seis metros de los cuerpos, y no mucha gente puede hacer un buen disparo a la cabeza desde tal distancia con una pistola. Yo era prueba viviente de ello. A seis metros, uno intenta primero un disparo al cuerpo, después se acerca y termina con un disparo en la cabeza. De modo que había dos posibilidades: el asesino había usado un rifle, no una pistola, o pudo caminar hasta las víctimas sin causarles alarma alguna. Alguien de apariencia normal, no amenazadora, tal vez incluso alguien a quien conocían. Los Gordon bajaron de su barco, subieron por la plataforma, vieron a esa persona en algún momento y siguieron caminando hacia él o ella. La persona, desde una distancia de no más de un metro y medio, levantó una pistola y los agujereó a los dos.

Miré más allá de los cuerpos y vi unos banderines de colores clavados en varios sitios de los tablones de cedro.

—¿El rojo significa sangre?

Max asintió.

—El blanco significa cráneo; el gris...

—Ya entendí. —Menos mal que me había puesto las sandalias.

Max me informó:

—Las heridas de salida son grandes; toda la parte posterior de los cráneos quedó destrozada. Y, como puedes ver, también los orificios de entrada son grandes. Supongo que fue un calibre 45. Todavía no hemos encontrado las dos balas. Es probable que hayan caído en la bahía.

No respondí.

Max hizo un gesto en dirección a las puertas corredizas de vidrio. Me informó:

—Forzaron la puerta corrediza y registraron la casa. No faltan cosas importantes; el televisor, la computadora, el reproductor de CD y todas esas cosas siguen ahí. Pero puede que falten joyas y objetos pequeños.

Lo consideré un momento. Los Gordon, como la mayoría de los intelectuales que viven de un salario del gobierno, no poseían muchas joyas, obras de arte ni nada parecido. Un adicto se apoderaría de los aparatos electrónicos más valiosos y se mandaría mudar.

Max dijo:

—Yo pienso lo siguiente: un ladrón, o varios, estaba robando, y cuando vio, por la puerta de vidrio, que se acercaban los Gordon, salió a la plataforma, disparó y huyó. —Me miró. —¿Correcto?

—Si tú lo dices.

—Yo lo digo.

—Entiendo. —Sonaba mejor que "Saquean casa de científicos de guerra bacteriológica secreta" o "Encuentran asesinados a dos científicos".

Max se me acercó y dijo en voz baja:

—¿Qué piensas, John?

—¿Eran cien dólares por hora?

—Vamos, viejo, no me embromes. Tal vez tengamos entre manos un doble asesinato de nivel mundial.

Respondí:

—Pero acabas de decir que podría ser un simple caso de dueños de casa que llegan a la escena cuando los están robando y son liquidados.

—Sí, pero resulta que los dueños de casa son... lo que fueren. —Me miró y agregó: —Reconstrúyelo.

—Está bien. Comprendes que el delincuente no disparó desde esas puertas corredizas de vidrio. Estaba parado justo delante de ellos. La puerta que encontraste abierta estaba cerrada entonces, de modo que los Gordon no vieron nada desacostumbrado cuando se aproximaban a la casa. Es posible que el pistolero haya estado sentado aquí, en una de estas sillas, y puede que haya llegado en barco, ya que no iba a estacionar el auto allá afuera, frente a la casa, donde el mundo entero pudiera verlo. O tal vez lo trajeron y lo dejaron aquí. En cualquier caso, los Gordon lo conocían y no se inquietaron por su presencia en la plataforma posterior de la casa. Tal vez haya sido una mujer, de aspecto agradable y dulce, y los Gordon fueron a su encuentro, y ella hacia ellos. Puede que hayan intercambiado una o dos palabras, pero muy poco después el asesino sacó una pistola y les disparó.

El jefe Maxwell asintió.

—Si el asesino buscaba algo adentro, no eran joyas ni efectivo, sino papeles. Ya sabes: cosas relacionadas con bichos. No mató a los Gordon porque ellos se toparon con él; los mató porque los quería muertos. Los estaba esperando. Ya sabes todo esto.

Asintió.

Continué:

—Te repito, Max, que he visto muchos robos chapuceros en que mataron al dueño de casa y el ladrón no se llevó nada. Cuando es cosa de adictos, nada tiene sentido.

El jefe Maxwell se frotó el mentón mientras analizaba la posibilidad de un adicto con un arma por un lado, un frío asesino por otro, y cualquier otra cosa entre medio.

Mientras él se dedicaba a eso, yo me arrodillé junto a los cuerpos, más cerca de Judy. Tenía los ojos abiertos, muy abiertos, con una expresión sorprendida. También Tom los tenía abiertos, pero a él se lo veía más apacible que a su esposa. Las moscas habían encontrado la sangre que rodeaba las heridas, y sentí la tentación de espantarlas, pero no importaba.

Examiné los cuerpos con más detenimiento sin tocar nada que pusiera nerviosos a los tipos del laboratorio forense. Miré el pelo, las uñas, la piel, la ropa, los zapatos y todo eso. Cuando terminé, di unas palmaditas en la mejilla de Judy y me puse de pie.

Maxwell me preguntó:

—¿Cuánto hacía que los conocías?

—Más o menos desde junio.

—¿Habías estado en esta casa?

—Sí. Tienes que hacerme una pregunta más.

—Bueno... Debo preguntar... ¿Dónde estabas alrededor de las cinco y media de la tarde?

—Con tu novia.

Sonrió, pero no le hizo gracia.

Le pregunté:

—¿Cuánto los conocías tú?

Vaciló un instante y respondió:

—Sólo socialmente. Mi novia me arrastra a degustaciones de vino y estupideces así.

—¿Sí? ¿Y cómo sabías que yo los conocía?

—Ellos mencionaron que habían conocido a un policía de Nueva York que estaba convaleciente. Yo les dije que te conocía.

—El mundo es un pañuelo —comenté.

No respondió.

Contemplé el terreno trasero. Hacia el este estaba la casa, y hacia el sur había una densa línea de setos altos, y más allá de éstos se alzaba la casa de Edgar Murphy, el vecino que encontró los cuerpos. Al norte había un área abierta de pantanos que se extendía unos cuantos cientos de metros hasta la vivienda siguiente, que apenas se veía. Hacia el este, la plataforma caía en tres niveles hacia la bahía, donde el muelle se prolongaba unos treinta metros hasta el agua más profunda. Al final del muelle se hallaba la embarcación de los Gordon, una lancha veloz de fibra de vidrio blanca, una Formula tres-algo, de unos diez metros de eslora. Se llamaba *Espiroqueta*, que es, como lo explican en las clases de biología, el bicho asqueroso que causa la sífilis. Los Gordon tenían sentido del humor.

Max dijo:

—Edgar Murphy declaró que a veces los Gordon usaban su propia embarcación para ir a Plum Island. Tomaban el *ferry* del gobierno cuando hacía mal tiempo y en invierno.

Asentí. Lo sabía.

Continuó:

—Voy a llamar a Plum Island para tratar de averiguar a qué hora se fueron. El mar está calmo y el viento viene del este, así que pudieron llegar en el tiempo mínimo desde Plum hasta acá.

—No soy marinero.

—Bueno, yo sí. Pueden haber demorado una hora en venir de Plum acá, pero en general el trayecto es de una hora y media o dos. Los Murphy oyeron que el barco de los Gordon vino alrededor de las cinco y media, así que, si conseguimos averiguar a qué hora se fueron de Plum, sabremos con un poco más de certeza si era la lancha de los Gordon lo que los Murphy oyeron a las cinco y media.

—Correcto. —Observé la plataforma. Había el acostumbrado patio y muebles de jardín: mesa, sillas, barra, sombrillas y esas cosas. Arbustos y plantas crecían entre recortes de la plataforma, pero básicamente no había lugar para que una persona pudiera esconderse y emboscar a dos individuos al aire libre.

—¿Qué estás pensando? —preguntó Max.

—Bueno, estoy pensando en la gran plataforma estadounidense. Grande, de madera que no necesita mantenimiento, niveles múltiples y plantas bien cuidadas y demás. Nada que ver con mi porche anticuado y estrecho que siempre necesita pintura. Si comprara la casa de mi tío, podría construir una plataforma que baje hasta la bahía, como ésta. Pero entonces no tendría tanto césped.

Max dejó pasar unos segundos y luego preguntó:

—¿Eso era lo que estabas pensando?

—Sí. ¿Y tú?

—Pienso en un doble asesinato.

—Bien. Dime qué más has averiguado aquí.

—De acuerdo. Palpé los motores... —Movió el pulgar en dirección a la lancha. —Todavía estaban tibios cuando llegué, lo mismo que los cuerpos.

Asentí. El Sol comenzaba a hundirse en la bahía, el ambiente se tornaba cada vez más oscuro y fresco, y yo comenzaba a sentir frío, vestido sólo con camiseta y pantalones cortos, sin ropa interior.

Septiembre es un mes verdaderamente dorado en toda la costa atlántica, desde Outer Banks hasta Newfoundland. Días templados, noches agradables para dormir; es verano sin el calor y la humedad, otoño sin las lluvias frías. Los pájaros estivales no se han marchado todavía, y las primeras aves migratorias del norte paran a descansar en su viaje hacia el sur. Supongo que, si dejara Manhattan y me instalara aquí, me metería en todo esto de la naturaleza, la náutica, la pesca...

Max decía:

—Y algo más: el cabo está atado alrededor de los pilotes.

—¡Vaya! Todo un hallazgo en el caso. ¿Qué cuernos es un cabo?

—La cuerda. La cuerda del barco no está amarrada a las cornamusas del muelle, sino enganchada en forma temporaria a los pilotes... esos palos grandes que salen del agua. Deduzco que se proponían volver a salir en la lancha enseguida.

—Buena observación.

—Bueno, entonces, ¿alguna idea?

—No.

—¿Alguna observación tuya?

—Creo que me has superado, jefe.

—¿Teorías, pensamientos, corazonadas? ¿Algo?

—No.

El jefe Maxwell daba la impresión de querer decir algo más, como: "Estás despedido", pero en cambio dijo:

—Tengo que hacer una llamada telefónica —y entró en la casa.

Eché un vistazo a los cuerpos. La mujer del traje castaño claro estaba delineando con tiza la silueta de Judy. En Nueva York es un procedimiento estándar que esa tarea la haga el oficial investigador, y supuse que lo mismo ocurriría aquí. La idea es que el detective que va a seguir el caso hasta su conclusión y que va a trabajar con el fiscal de distrito debe conocer todos los detalles. Concluí, por lo tanto, que la señora de castaño era una detective de homicidios y la oficial asignada para la investigación. Concluí, además, que, si yo decidía ayudar a Max, debería lidiar con ella.

La escena de un homicidio es uno de los lugares más interesantes del mundo si uno sabe qué buscar y qué mirar. Consideremos personas como Tom y Judy, que buscan bichitos bajo las lentes de un microscopio y saben los nombres de los bichos y qué traman los bichos en determinado momento, y qué son capaces de hacerle a la persona que los está observando. Pero si yo mirara los bichos, no vería más que unas cositas movedizas. No tengo el ojo ni la mente entrenados para los bichos.

Sin embargo, cuando miro un cuerpo muerto y la escena que lo rodea, veo cosas que la mayoría de la gente no ve. Max tocó los motores y los cuerpos y notó que estaban tibios, notó cómo estaba amarrada la lancha y registró una docena de otros pequeños detalles que el ciudadano promedio no notaría. Pero Max no es realmente un detective, y además actúa más o menos en un nivel dos, mientras que, para resolver un asesinato como éste, es preciso operar en un plano mucho más alto. Él lo sabía, y por eso me llamó.

Daba la casualidad de que yo conocía a las víctimas, y para el detective de homicidios del caso eso constituye una gran ventaja. Yo sabía, por ejemplo, que los Gordon solían vestir shorts, camiseta y zapatos náuticos en la lancha camino a Plum Island, y que en el trabajo se ponían sus chaquetas de laboratorio o sus equipos protectores contra riesgo biológico. Además, Tom no parecía Tom con una camisa negra, y Judy prefería los tonos pastel, según recuerdo. Mi conjetura era que se habían vestido para camuflarse, y que el calzado deportivo era para poder correr. Una vez más, tal vez estaba forzando las pistas. Hay que tener cuidado de no cometer ese error.

Pero tenían tierra rojiza en los resquicios de las suelas de su calzado deportivo. ¿De dónde había salido? No del laboratorio, probablemente no de la pasarela hasta el muelle del *ferry* de Plum Island, ni de la lancha ni del muelle ni de la plataforma de su casa. Parecía que aquel día habían estado en otro sitio, y se habían vestido de manera diferente para eso, y sin duda habían terminado la jornada de manera diferente. En todo aquello había algo más, y yo no tenía idea de qué era, pero sin duda se trataba de otra cosa.

Sin embargo, aún era posible que simplemente se hubieran topado con un ladrón. Es decir, lo sucedido podía no tener nada que ver con el trabajo de los Gordon. La cosa era que Max estaba nervioso y sensible al respecto, y me había contagiado a mí, con perdón del chascarrillo. Y antes de medianoche el lugar sería visitado por el FBI y por gente de Inteligencia de Defensa y la CIA. A menos que Max lograra atrapar a un ladrón adicto antes de que eso ocurriera.

—Disculpe.

Me volví hacia la voz. Era la dama del traje castaño.

—Está disculpada —respondí.

—Disculpe, ¿se supone que usted debe estar acá?

—Vine con la banda.

—¿Es oficial de policía?

Era obvio que mi camiseta y mis shorts no daban una imagen de autoridad. Contesté:

—Estoy con el jefe Maxwell.

—Eso ya lo vi. ¿Se ha registrado?

—¿Por qué no va a verificar? —Me volví y bajé el siguiente nivel de la plataforma, evitando los banderines de colores. Me dirigí al muelle. Ella me siguió.

—Soy la detective Penrose, de homicidios del condado de Suffolk, y estoy a cargo de esta investigación.

—Felicitaciones.

—Y a menos que usted tenga asuntos oficiales que cumplir aquí...

—Tendrá que hablar con el jefe. —Bajé hasta el muelle y caminé hasta donde estaba amarrada la lancha de los Gordon. Soplaba una brisa fuerte y el Sol se había puesto. No vi ningún velero en la bahía, pero unas cuantas lanchas de motor pasaban con las luces encendidas. En el sudeste habían emergido tres cuartos de Luna, que brillaba sobre el agua.

La marea había crecido y la lancha de diez metros estaba casi al nivel del muelle. Salté a la cubierta.

—¿Qué hace? No puede hacer eso.

Era muy atractiva, por supuesto; si hubiera sido fea, yo me habría mostrado mucho más amable. Estaba vestida, como ya indiqué, de manera más bien severa, pero el cuerpo que se ocultaba bajo las prendas de buen corte era una sinfonía de curvas, una melodía de carne que buscaba liberarse. De hecho, parecía que la detective contrabandeaba globos. Lo segundo que noté fue que no llevaba anillo de compromiso. Llené el resto del formulario: edad, poco más de treinta; cabello cobrizo, largo medio; ojos verde azulado; cutis blanco, no muy bronceado para la época del año, poco maquillaje; labios llenos; ninguna marca ni cicatriz visible; sin aros; sin esmalte para uñas; expresión disgustada.

—¿Me está escuchando?

También tenía una linda voz, a pesar del tono empleado en ese momento. Sospeché que, a causa de la bonita cara, el cuerpo espléndido y la voz suave, a la detective Penrose le costaba que la tomaran en serio, de modo que compensaba con ese atuendo masculino. Tal vez poseyera un libro titulado *Vestida para cortar bolas*.

—¿Me está escuchando?

—La estoy escuchando. ¿Y usted a mí? Le dije que hablara con el jefe.

—Yo soy la que está a cargo acá. En cuestiones de homicidios, la policía del condado...

—Está bien, iremos juntos a ver al jefe. Espere un momento.

Le eché una rápida mirada a la lancha, pero ya estaba oscuro y no pude ver mucho. Traté de encontrar una linterna. Le dije a la detective Penrose:

—Debería apostar a un oficial aquí toda la noche.

—Gracias por compartir sus ideas. Por favor, baje de la embarcación.

—¿Tiene una linterna?

—Baje del barco. Ya.

—De acuerdo. —Pasé a la borda y, para mi sorpresa, ella me tendió la mano, que acepté. Tenía la piel fría. Me ayudó a saltar al muelle y al mismo tiempo, veloz como un gato, metió la mano derecha bajo mi camiseta y me sacó el revólver de la cartuchera que llevaba a la cintura. Caramba.

Dio un paso atrás, con mi fierro en la mano.

—Quédese donde está.

—Sí, señora.

—¿Quién es usted?

—Detective John Corey, Departamento de Policía de Nueva York, señora.

—¿Qué está haciendo aquí?

—Lo mismo que usted.

—No. Este caso es mío, no suyo.

—Sí, señora.

—¿Tiene nivel oficial aquí?

—Sí, señora. Me contrataron como consultor.

—¿Consultor? ¿En un caso de asesinato? Jamás había oído nada parecido.

—Yo tampoco.

—¿Quién lo contrató?

—El pueblo.

—Qué idiotez.

—Correcto. —Parecía no saber qué hacer a continuación, así que, para ser útil, le sugerí: —¿Me desnudo para que me registre?

Creo que vi una sonrisa que le cruzaba los labios bajo la luz de la Luna. Se me partía el corazón por ella, o tal vez era que mi pulmón agujereado estaba molestando otra vez.

Me preguntó:

—¿Cómo dijo que se llama?

—John Corey.

Buscó en su memoria.

—Ah... usted es el que...

—El mismo. El afortunado.

Dio la impresión de ablandarse. Hizo girar mi 38 y me la dio, con la culata hacia adelante. Se volvió y comenzó a alejarse.

La seguí por el muelle y por la plataforma en tres niveles hasta la casa, donde las luces exteriores iluminaban la zona que rodeaba las puertas de vidrio y a los insectos que trazaban círculos alrededor de los faroles.

Max estaba hablando con uno de los del laboratorio forense. Entonces nos vio, a la detective Penrose y a mí, y nos preguntó:

—¿Ya se han conocido, ustedes dos?

La detective Penrose respondió:

—¿Por qué este hombre participa en el caso?

El jefe Maxwell respondió:

—Porque yo quiero que participe.

—Ésa no es decisión suya, jefe.

—Y tampoco suya.

Siguieron pasándose la pelota de uno a otro hasta que empecé a cansarme, así que dije:

—Ella tiene razón, jefe. Me voy. Consiga alguien que me lleve a casa. —Me volví y me dirigí a la puerta redonda; después, con practicado gesto dramático, me volví hacia Maxwell y Penrose y agregué: —Dicho sea de paso, ¿alguien tomó el cofre de aluminio que había en la popa de la lancha?

Max preguntó:

—¿Qué cofre de aluminio?

—Los Gordon tenían un gran cofre de aluminio que usaban para guardar objetos diversos, y a veces lo usaban para guardar una hielera, como una heladera portátil, en la que llevaban cerveza y carnada.

—¿Dónde está?

—Eso es lo que les estoy preguntando.

—Lo buscaré.

—Buena idea. —Otra vez me volví y salí al césped de la parte delantera, lejos de los autos policiales estacionados. A los vecinos se habían juntado los curiosos morbosos, pues por la pequeña comunidad ya se había difundido el rumor del doble homicidio.

Unas cuantas cámaras fotográficas relampaguearon en dirección a mí;

después se encendieron las luces de unas cámaras de vídeo que me iluminaron, así como al frente de la casa. Mientras las máquinas funcionaban, los periodistas me llamaban. Igual que en los viejos tiempos. Tosí, tapándome la boca con una mano, por si me veía la junta de incapacidad, y ni hablar de mi ex esposa.

Un policía de uniforme de los que estaban en la parte posterior corrió hasta alcanzarme; subimos a un patrullero del Departamento de Policía del municipio de Southold y nos marchamos. Me dijo que se llamaba Bob Johnson, y me preguntó:

—¿Qué piensa, detective?

—Los asesinaron.

—¿En serio? —Tras una vacilación inquirió: —¿Cree que tiene algo que ver con Plum Island, o no?

—No.

—Le diré algo... He visto robos, y esto no fue un robo. Querían que diera esa impresión, pero registraron la casa... ¿sabe? Estaban buscando algo.

—No miré adentro.

—Bacterias. —Me miró de reojo. —Bacterias. Para una guerra biológica. Eso es lo que creo yo. ¿Qué opina?

No respondí.

Johnson continuó:

—Eso es lo que pasó con la hielera. Oí cuando usted lo mencionaba.

De nuevo no respondí.

—En esa hielera había frascos o algo así. ¿Correcto? Es decir, santo Dios, allá podría haber bastante material para borrar de la Tierra a Long Island... o a la ciudad de Nueva York.

"Tal vez el planeta, Bob, según qué tipo de bicho fuera y cuántos más pudieran cultivarse a partir de la cantidad original", pensé.

Me incliné hacia el oficial Johnson y le apreté el brazo para que me prestara atención.

—No le comente a nadie una sola palabra de esto —le dije—. ¿Entiende?

Hizo un gesto afirmativo.

Seguimos viaje en silencio hasta mi casa.

3

Todo el mundo necesita un lugar donde parar, por lo menos los hombres. Cuando estoy en la ciudad, paro en el Club Nacional de las Artes y bebo jerez con gente culta y refinada. También a mi ex esposa le costaba creerlo.

Cuando estoy afuera, frecuento un lugar llamado Olde Towne Taverne, aunque en general evito los lugares con tantas "es" finales. Ese bar queda en el centro de Mattituck, que tiene más o menos una cuadra de largo y es en verdad encantador. La OTT ostenta un decorado reminiscente de barcos antiguos, a pesar de que es una taberna de ciudad y se encuentra a un kilómetro y medio del agua. La madera es muy oscura y el piso es de tablones viejos, y lo que más me gustan son los faroles de vidrios color ámbar que arrojan por todo el sitio un resplandor suave que cambia el ánimo.

De modo que estaba en la OTT y se hacían las diez de la noche y la clientela del lunes miraba El Partido: Dallas contra Nueva York en los Meadowlands. Mi mente saltaba entre el partido, el doble asesinato, mi comida y la camarera, que tenía un trasero admirable.

Yo estaba vestido con más esmero que un rato antes, ya que me había puesto mi atuendo nocturno: vaqueros Levi's, camisa de Ralph, legítimo calzado Sperry y calzoncillos de puro algodón Hanes. Lucía como un aviso publicitario.

Me hallaba sentado en un taburete a una de esas mesas altas hasta el pecho, cerca de la barra, desde donde alcanzaba una buena vista del televisor, y tenía frente a mí mi comida preferida: hamburguesa con queso, papas fritas, papas rellenas, nachos y una Budweiser; un buen equilibrio de objetos marrones y amarillos.

La detective Penrose, del departamento de policía del condado, se me acercó desde atrás, y lo siguiente que supe fue que estaba sentada en el taburete situado frente al mío, con una cerveza en la mano y bloqueando con la cabeza la pantalla del televisor. Miró mi cena y arqueó las cejas.

Volvió su atención hacia mí y dijo:

—Max creía que podría encontrarte aquí.

—¿Quieres unas papas fritas?

—No, gracias. —Vaciló y continuó: —Creo que empezamos con el pie izquierdo.

—Tonterías. No me molesta que me amenacen con mi propia arma.

—Mira, hablé con Max, y estuve pensando... Si el pueblo quiere tenerte como asesor, conmigo no hay problema, y si quieres pasarme cualquier cosa que te parezca útil, tienes toda la libertad de llamarme. —Me tendió su tarjeta, en la que leí: "Detective Elizabeth Penrose". Debajo decía: "Homicidios", y luego la dirección de su oficina, fax y número de teléfono. Del lado izquierdo estaba el sello del condado de Suffolk, con las palabras "Libre e independiente" alrededor de un toro de aspecto temible. Comenté: —No salió muy parecido a ti.

Me miró, con la mandíbula como endurecida y las fosas nasales abiertas, y soltó una larga exhalación. Mantuvo la calma, lo cual fue admirable. Yo puedo ser muy fastidioso.

Me incliné por encima de la mesa hasta que nuestras respectivas narices quedaron a la distancia del tamaño de una pelota de fútbol. Le dije:

—Mira, Elizabeth, dejémonos de pavadas. Sabes que yo conocía a los Gordon y que estuve en su casa y que salí en su lancha, y que tal vez conocí amigos y compañeros de trabajo de los dos, y que quizás hablaron con cierta franqueza de su trabajo porque soy policía y que tal vez sé más que tú o Max juntos, y es probable que tengas razón. Entonces te das cuenta de que me hiciste enojar, y Max se enojó contigo, y viniste a disculparte, y ahora me das permiso para que te llame y te cuente lo que sé. ¡Caramba! Qué oportunidad magnífica para mí. No obstante, si no te llamo en uno o dos días, me citarás a tu oficina para someterme a un interrogatorio formal. Así que no finjamos que soy un asesor, tu socio, tu compañero ni un informante voluntario. Limítate a decirme dónde y cuándo quieres tomarme declaración. —Me acomodé en el asiento y centré mi atención en las papas asadas.

La detective Penrose guardó silencio durante un momento y luego dijo:

—Mañana, en mi oficina. —Tamborileó con la tarjeta sobre la mesa. —A las nueve de la mañana. No llegues tarde. —Se puso de pie, dejó la cerveza sobre la mesa y se fue.

Me puse a ver el partido por la televisión.

—Discúlpame.

—Siéntate.

Ella se sentó, pero ya era demasiado tarde y me perdí un pase importante de la pelota. Después lo vi en el *replay* en cámara lenta. A veces me gustaría poder volver a pasar así, en cámara lenta, algunas partes de mi vida. Como mi matrimonio, que fue una serie de malos pases.

Ella dijo:

—Ahora voy a volver a la escena del crimen. Alguien del Departamento de Agricultura se va a encontrar conmigo alrededor de las once. Viene de Manhattan. ¿Quieres ir?

—¿No tienes un compañero a quien poder fastidiar?

—Está de vacaciones. Vamos, detective, empecemos de nuevo. —Tendió una mano.

Le recordé:

—La última vez que me estrechaste la mano, perdí mi arma y mi hombría.

Sonrió.

—Vamos, chócala.

Le estreché la mano. Su piel era tibia. Mi corazón se prendió fuego. O tal vez eran los nachos, que me volvían a la garganta. Después de los cuarenta es difícil reconocer la diferencia.

Le retuve la mano un momento y le miré la cara perfecta. Nuestros ojos se encontraron y por nuestras mentes pasó el mismo pensamiento cochino. Ella fue la primera en apartar la mirada. Alguien debe hacerlo, o la situación se pone grotesca.

Se acercó la linda camarera y pedí dos cervezas; me preguntó:

—¿Todavía quiere el plato de chile?

—Más que nunca.

Retiró algunos platos y fue a buscar la cerveza y el chile. Amo este país.

La detective Penrose comentó:

—Debes de tener un estómago de hierro.

—La verdad, después de que me balearon, me extirparon todo el estómago. Tengo el esófago pegado a los intestinos.

—¿Quieres decir que tu boca está conectada directamente a tu ano?

Alcé las cejas.

—Lo lamento —se disculpó—. Fue una grosería. ¿Empezamos de nuevo?

—No serviría de nada. Date vuelta y mira el partido.

Lo hizo, y miramos el partido mientras bebíamos cerveza. En el medio tiempo, miró el reloj y anunció:

—Tengo que ir a encontrarme con ese tipo del Departamento de Agricultura.

Si sienten curiosidad por este asunto, Plum Island es una dependencia que pertenece oficialmente al Departamento de Agricultura, y allí hacen cosas con enfermedades animales, ántrax y todo eso. Pero corre el rumor de que va más allá. Mucho más allá. Le aconsejé:

—No hagas esperar al Departamento de Agricultura.

—¿Quieres acompañarme?

Consideré la invitación. Si la acompañaba, me metería más hondo en el asunto. Del lado de las ventajas, me gusta resolver misterios, y me agradaban los Gordon. En los diez años que había trabajado en homicidios había puesto a veintiséis asesinos tras las rejas, y los últimos dos tipos tenían probabilidades de ser elegidos para aprovechar la nueva pena capital, lo cual ahora agrega toda otra dimensión a los casos de homicidio. Por el lado de las desventajas, aquello era algo diferente, y yo estaba muy lejos de mi ámbito. Además, a un tipo del Departamento de Agricultura, como a la mayoría de los burócratas del gobierno, no iban a pescarlo muerto por trabajar de noche, de modo que era muy probable que ese sujeto fuera de la CIA o el FBI o de Inteligencia de Defensa. No importaba;

aquella misma noche, o al día siguiente, llegarían más. No, no me hacía falta ese caso a un dólar por semana, ni a mil dólares por día, ni a ningún precio.

—¿Detective? ¿Estás ahí?

La miré. ¿Cómo se le dice que no a una mujer perfecta?

—Nos encontraremos allá.

—De acuerdo. ¿Cuánto te debo por las cervezas?

—Pago yo.

—Gracias. Hasta luego. —Fue hacia la puerta y, aunque el partido iba por la mitad, los más o menos cincuenta hombres que había en la OTT se dieron cuenta al fin de que había una mujer increíble en el local. Se oyeron unos cuantos silbidos e invitaciones para quedarse.

Miré un poco más del partido. Deseé que de veras me hubieran extirpado el estómago, porque en aquel momento me estaba bombeando ácido en las úlceras. Llegó el chile y apenas si pude terminar el plato. Tomé dos antiácidos y después otra pastilla, aunque el gastroenterólogo me había dicho que no las mezclara.

En realidad, mi salud, perfecta en otros tiempos, había sufrido una decidida declinación desde el incidente del 12 de abril. Mis hábitos de comida, bebida y sueño nunca fueron buenos, y el divorcio y el trabajo habían hecho lo suyo. Comenzaba a sentirme de cuarenta y pico, a sentir mi mortalidad. A veces, mientras dormía, recordaba el momento en que yacía en la alcantarilla en medio de mi propia sangre, pensando: "Me voy por el desagüe, me voy por el desagüe".

En el aspecto positivo, comenzaba a notar cosas como la camarera del trasero fenomenal, y cuando entró en el bar Elizabeth Penrose, mi pequeña marioneta de carne se irguió y se estiró. La verdad, iba camino a la recuperación, y sin duda estaba en mejor forma que los Gordon.

Pensé un momento en Tom y Judy. Tom era un científico al que no le molestaba matar las neuronas con cerveza y vino, y sabía cocinar un buen bife a la parrilla. Era un sujeto realista oriundo de Indiana o Illinois o algún lugar de por ahí donde hablan con una especie de tono nasal. Era discreto con respecto a su trabajo y bromeaba acerca del peligro que implicaba, como la semana anterior, cuando venía un huracán para estas costas y comentó: "Si afecta a Plum, podremos llamarlo huracán Ántrax y despedirnos del mundo". Ja, ja, ja.

Judy, como el marido, también era científica, oriunda del Medio Oeste; una muchacha sencilla, de buena índole, vivaz, graciosa y hermosa. John Corey, como todos los hombres que la conocían, estaba enamorado de ella.

Judy y Tom parecían haberse adaptado bien a esta comarca marítima en los dos años que habían vivido aquí; daban la impresión de disfrutar de la navegación en lancha y se habían entusiasmado con la Sociedad Histórica Pecónica. Además, estaban encantados con las bodegas y se habían convertido en buenos conocedores de los vinos de Long Island. De hecho, se habían hecho amigos de algunos de los vinateros locales, incluido Fredric Tobin, que ofrecía suntuosas *soirées* en su *château*, a una de las cuales asistí como invitado de los Gordon.

Como pareja, los Gordon parecían felices, cariñosos, afectuosos y todo ese asunto de la década de los 90, y en realidad nunca noté nada que anduviera mal entre ellos. Pero eso no equivale a decir que eran personas perfectas o la pareja perfecta.

Revisé mi memoria en busca de una falla fatal, esas cosas que a veces hacen que asesinen a la gente. ¿Drogas? Improbable. ¿Infidelidad? Posible, pero no probable. ¿Dinero? No tenían mucho para que les robaran. Así que todo volvía otra vez al trabajo.

Lo pensé. En la superficie parecía que los Gordon quisieron vender unos superbichos y algo salió mal y los eliminaron. Siguiendo esa línea de pensamiento, recordé que una vez Tom me confió que su mayor temor, aparte de contagiarse una enfermedad, era que un día los secuestraran de la lancha a él y a Judy, que apareciera un submarino iraní o algo así y se los llevara lejos, y que nunca más nadie los viera ni supiera de ellos. A mí me resultaba un poco descabellado, pero recuerdo haber pensado que los Gordon debían de tener en la cabeza muchas cosas que alguna gente codiciaba. De modo que quizá lo que pasó fue que el asesinato comenzó como un secuestro y luego salió mal. Lo consideré. Si los asesinatos guardaban relación con el trabajo, ¿los Gordon eran víctimas inocentes, o dos traidores que vendían muerte a cambio de oro? ¿Los había matado una potencia extranjera o alguien más cercano a casa?

Lo medité lo mejor que pude en la OTT, entre el ruido, el partido, la cerveza que tenía en el cerebro y el ácido que me perforaba el estómago. Tomé otra cerveza y otro antiácido. El gastroenterólogo no me dijo en ningún momento por qué no debía mezclarlos.

Traté de pensar lo impensable: en el apuesto y feliz Tom y la hermosa y enérgica Judy vendiendo pestes a algún loco; en reservas de agua llenas de enfermedades; o tal vez aviones fumigadores de cosechas pasando encima de Nueva York o Washington; en millones de enfermos, agonizantes y muertos...

No conseguía imaginar a los Gordon haciendo eso. No obstante, todos tienen un precio. Hasta el momento, yo solía preguntarme cómo hacían para pagar el alquiler de la casa sobre la bahía y comprar esa lancha tan cara. Ahora quizá sabía cómo, y también por qué necesitaban una embarcación de alta velocidad y una casa con muelle privado. Todo tenía sentido, y sin embargo mi instinto me advertía que no creyera en lo obvio.

Le dejé una excelente propina a la camarera y regresé a la escena del crimen.

4

Eran más de las once cuando avancé con el auto por el sendero que llevaba a la casa de los Gordon. La noche estaba iluminada por tres cuartos de Luna, y una agradable brisa filtraba el olor del mar por las ventanillas abiertas de mi nuevo Jeep Grand Cherokee Limited verde musgo, una indulgencia de 40.000 dólares que decidí que se merecía el casi fallecido John Corey.

Paré a cincuenta metros de la casa, en el lugar de "estacionar" y escuché unos cuantos minutos más del partido Giants-Dallas; después apagué el motor. Una voz dijo:

—Sus faros delanteros están encendidos.

—Cállate —repliqué—, sólo cállate. —Apagué los faros delanteros.

Hay muchas opciones en la vida, pero una que uno no debería elegir nunca es la "Opción de Voz de Advertencia y Aviso" en los autos.

Abrí la puerta.

—Su llave está en el encendido. No ha puesto el freno de emergencia. —Era una voz de mujer, y juro por Dios que sonaba igual que la de mi ex esposa.

—Gracias, querida. —Tomé las llaves, bajé y cerré la puerta de un golpe.

Los vehículos y la multitud que había en la pequeña calle se habían reducido en forma considerable, y supuse que habían retirado los cuerpos, ya que es un hecho cierto que la llegada del furgón de los muertos en general satisface a la mayoría de los espectadores y señala el fin del Acto Uno. Además, todos querían verse en el noticiario de las once.

Había un agregado nuevo desde mi visita anterior: una camioneta de la policía del condado de Suffolk se hallaba estacionada frente a la casa, cerca del furgón forense. Esta nueva camioneta era el puesto de mando móvil que podía albergar investigadores, radios, máquinas de fax, teléfonos celulares, equipos de vídeo y otros elementos que componen el arsenal de la interminable batalla contra el crimen.

Observé un helicóptero en lo alto, y alcancé a ver, por la luz de la Luna, que era de una de las cadenas de televisión. Aunque no podía oír la voz del periodista, era probable que estuviera diciendo algo como: "En las primeras horas de esta noche la tragedia ha golpeado a esta exclusiva comunidad de Long Island". Después darían algo de información sobre la isla y así sucesivamente.

Me abrí paso entre los últimos demorados, evitando a cualquiera que tuviera aspecto de pertenecer a la prensa. Pasé por encima de la cinta amarilla y esto atrajo de inmediato a un policía de Southold. Le mostré mi chapa y recibí un saludo descuidado.

El uniformado encargado de cuidar la escena del crimen se me aproximó munido de una tablilla sujetapapeles y un cronograma, y de nuevo le di mi nombre, mi ocupación y todo cuanto me solicitó. Este es un procedimiento estándar y se hace durante toda la investigación del crimen, comenzando con el primer oficial que se presenta en la escena y continuando hasta que se va el último oficial y la escena es devuelta al dueño de la propiedad. En cualquier caso, a esa altura ya me había registrado dos veces y yo tenía el anzuelo más clavado en la garganta.

Le pregunté al oficial uniformado:

—¿Tienen registrado a alguien del Departamento de Agricultura?

Respondió sin siquiera mirar la hoja:

—No.

—Pero acá hay un hombre del Departamento de Agricultura. ¿Correcto?

—Tendrá que preguntarle al jefe Maxwell.

—Le estoy preguntando a usted por qué no lo ha registrado.

—Tendrá que preguntarle al jefe Maxwell.

—Lo haré. —La verdad, ya sabía la respuesta. A estos tipos no les llaman agentes secretos en vano.

Rodeé el parque trasero hasta el muelle. En los sitios donde habían yacido los Gordon había ahora dos siluetas trazadas en tiza, cuyo aspecto resultaba fantasmal a la luz de la Luna. Una gran plancha de plástico transparente cubría las salpicaduras que habían quedado detrás de ellos, por donde había escapado su mortalidad.

Al contemplar eso, como ya dije, me alegré de que los hubieran baleado en el exterior y no quedara en el aire el olor a la muerte. Detesto cuando vuelvo a la escena de un asesinato cometido en interiores y ese olor aún sigue allí. ¿Por qué será que no puedo sacarme ese olor de la mente, de las fosas nasales, del fondo de la garganta? ¿Por qué?

Dos hombres uniformados de Southold se hallaban sentados a la mesa redonda del patio, bebiendo café en unos vasitos humeantes de plástico. Reconocí a uno: era el oficial Johnson, cuya amabilidad al haberme llevado a casa yo había recompensado tratándolo con rudeza. El mundo es duro, ya saben, y yo soy una de las personas que lo hacen así. El oficial Johnson me dirigió una mirada desagradable.

En el otro extremo del muelle distinguí la silueta de otro hombre uniformado, y me alegró que alguien hubiera escuchado mi consejo de apostar un guardia junto a la lancha.

No había nadie más en los alrededores, así que entré en la casa por las puertas corredizas, que daban a una gran sala y un comedor contiguo. Ya había estado allí antes, por supuesto, y recordé que Judy comentó que la mayor parte de los muebles pertenecían a la casa; "escandinavos de Taiwán", los describió.

Unos cuantos médicos forenses andaban dando vueltas; le pregunté a una del equipo, una linda dama de huellas dactilares latentes:

—¿El jefe Maxwell?

Movió el pulgar por sobre el hombro y respondió:

—En la cocina. No toque nada en el camino.

—Sí, señora. —Avancé flotando por la carpeta beréber y aterricé en la cocina, donde parecía haber una conferencia en marcha. La integraban Max, en representación del soberano municipio de Southold; Elizabeth Penrose, en representación del libre e independiente condado de Suffolk; un caballero de traje oscuro que no necesitaba un cartel que indicara que pertenecía al FBI; y otro caballero, vestido de manera más informal, con vaqueros y una chaqueta de denim, camisa rojo sangre y borceguíes, una suerte de parodia de cómo podría lucir un burócrata del Departamento de Agricultura si alguna vez saliera de la oficina y tuviera que visitar una granja.

Todos estaban de pie, como si eso los ayudara a pensar mejor. Había una caja de cartón llena de vasitos de plástico para café, y todos sostenían uno en la mano. Era interesante y significativo, pensé, que el grupo no estuviera reunido en el puesto de mando móvil, sino que se hallara más o menos oculto a la vista, en la cocina.

Max, dicho sea de paso, se había arreglado para recibir a los Federales y/o a la prensa: se había puesto corbata, decorada con figuritas tontas de banderas náuticas. Elizabeth todavía vestía su traje castaño, pero se había quitado la chaqueta, lo cual dejaba ver un 38 en su cartuchera y dos buenos pechos, también enfundados.

En la mesada había un pequeño televisor blanco y negro, sintonizado en uno de los canales, con el volumen bajo. La noticia que estaban pasando era sobre una visita presidencial a algún extraño lugar donde todos eran bajos.

Max les dijo a los dos tipos:

—Éste es el detective John Corey, de Homicidios —y no mencionó que mi jurisdicción comenzaba y terminaba a unos ciento sesenta kilómetros al oeste de allí. Max señaló al de traje oscuro y dijo: —John, éste es George Foster, del FBI... —Miró al Señor Vaqueros y agregó: —Y éste es Ted Nash, del Departamento de Agricultura.

Nos estrechamos las manos. Le informé a Penrose:

—Los Giants se anotaron un tanto en el primer minuto del tercer cuarto.

No me respondió.

Max señaló los vasitos de café y me preguntó:

—¿Café?

—No, gracias.

La señorita Penrose, que se hallaba más cerca del televisor, oyó algo en el noticiario y subió el volumen. Todos nos concentramos en la pantalla.

Había una periodista parada delante de la casa de los Gordon. Nos habíamos perdido la presentación de la noticia. La mujer siguió:

—Las víctimas del doble asesinato han sido identificadas como científicos que trabajaban en un laboratorio gubernamental secreto de investigación de enfermedades animales situado en Plum Island, a unos cuantos kilómetros de aquí.

Una toma aérea mostraba a Plum Island desde unos seiscientos metros de altura. Se veía un día claro y luminoso, de modo que debía de ser una filmación de archivo. Desde el aire, la isla tenía el aspecto exacto de una costilla de cerdo, y supongo que si uno quería recurrir a algún chiste acerca de la fiebre porcina... Plum Island tiene unos cinco kilómetros en su parte más larga, y más o menos un kilómetro y medio en su parte más ancha. La periodista, en el trasfondo, iba diciendo:

—Ésta es Plum Island tal como se la veía el verano pasado cuando esta emisora hizo una nota sobre los persistentes rumores de que la isla sería sede de investigaciones de guerras bacteriológicas.

Aparte de las frases trilladas, la dama tenía razón en cuanto a los rumores. Recordé una caricatura que había visto una vez en *The Wall Street Journal*, en que un asesor escolar decía a dos padres: "Su hijo es malo, perverso, deshonesto y le gusta difundir rumores. Le sugiero una carrera en periodismo". Correcto. Y los rumores podían llevar al pánico. Se me ocurrió que este caso debía resolverse con rapidez.

Ahora la periodista estaba frente a la casa de los Gordon, y nos informaba:

—Nadie dice que los asesinatos de los Gordon tengan relación con su trabajo en Plum Island, pero la policía está investigando.

De vuelta al estudio.

La señorita Penrose bajó el volumen y le preguntó al señor Foster:

—¿El FBI quiere estar conectado con este caso en forma pública?

—En este momento no —respondió el señor Foster—. La gente podría pensar que existe un verdadero problema.

Intervino el señor Nash:

—El Departamento de Agricultura no tiene ningún interés oficial en este caso, ya que no hay ninguna conexión entre el trabajo de los Gordon y sus muertes. El departamento no hará ninguna declaración pública, salvo difundir una expresión de dolor por el asesinato de dos empleados queridos y dedicados.

Amén. Mencioné al señor Nash:

—Dicho sea de paso, usted olvidó registrar su entrada.

Me miró, un poco sorprendido y muy fastidiado, y replicó:

—Le... agradezco por recordármelo.

—De nada.

Al cabo de un minuto de relaciones públicas, Max dijo a los señores Foster y Nash:

—El detective Corey conocía a los occisos.

De inmediato se despertó el interés del señor FBI, que me preguntó:

—¿Cómo los conoció?

No es buena idea comenzar a responder preguntas; la gente puede llegar a pensar que uno es un individuo colaborador, cosa que no soy. No respondí.

Max lo hizo por mí:

—El detective Corey conocía a los Gordon socialmente, desde hacía sólo unos tres meses. Yo conozco a John desde hace unos diez años.

Foster asintió. Resultaba evidente que tenía más preguntas que hacer y, mientras vacilaba en formularlas, la detective Penrose dijo:

—El detective Corey está escribiendo un informe completo sobre lo que sabía de los Gordon, que compartiré con todas las agencias involucradas.

Para mí era una novedad.

El señor Nash, apoyado contra la mesada de la cocina, me observaba. Nos miramos fijo, los dos machos dominantes de la habitación, si quieren, y decidimos sin decir palabra que a ninguno le gustaba el otro y que uno de los dos debía irse. El aire estaba tan espeso de testosterona que el papel de las paredes empezaba a despegarse.

Volví mi atención hacia Max y Penrose y pregunté:

—¿Ya hemos determinado si esto es más que un homicidio? ¿Es por eso que se encuentran aquí los representantes del gobierno federal?

Nadie contestó.

Continué:

—¿O sólo suponemos que hay más? ¿Me perdí algo durante mi ausencia?

El señor Ted Nash respondió al fin, con frialdad:

—Estamos actuando con cautela, detective. No tenemos evidencia concreta de que este homicidio esté conectado con asuntos de... bueno, para ser directo, con asuntos de seguridad nacional.

—Nunca había reparado en que el Departamento de Agricultura tuviera que ver con seguridad nacional. ¿Tienen, digamos, vacas que trabajan como agentes encubiertos?

El señor Nash me dirigió una linda sonrisa tipo "vete a la mierda" y dijo:

—Tenemos lobos disfrazados de ovejas.

—*Touché.* —Idiota.

El señor Foster terció antes de que la situación se pusiera desagradable:

—Hemos venido como medida precautoria, detective. Habríamos sido negligentes si no hubiéramos acudido a verificar lo que sucede. Todos esperamos que haya sido sólo un asesinato, sin relación alguna con Plum Island.

Miré un momento a George Foster. Tenía treinta y pico de años, era un típico hombre del FBI, de aspecto prolijo y ojos brillantes, vestido con el traje oscuro, la camisa blanca, la corbata de color apagado, los zapatos fuertes de color negro y el halo propios del FBI.

Dirigí mi atención a Ted Nash, ataviado con los ya mencionados vaqueros; andaba más cerca de mi edad, estaba tostado por el sol, tenía pelo enrulado canoso, ojos gris azulado, un físico impresionante y en general era lo que las damas llamarían un tipo atractivo, que es una de las razones por las que no me gustaba, supongo. Es decir, ¿cuántos tipos atractivos se necesitan en una sola habitación?

Podría haberlo tratado de manera más agradable, salvo que el sujeto le estaba echando miradas a Elizabeth Penrose, quien las recibía y se las devolvía. No quiero decir que estuvieran mirándose con lascivia y babeando; no eran más que relampagueos rápidos ojo a ojo y expresiones neutras, pero había que ser ciego para no ver lo que les pasaba por las sucias mentes. Santo cielo, todo el maldito planeta estaba a punto de contagiarse de ántrax y morirse, y esos dos estaban como perros en celo, fornicándose con los ojos, mientras teníamos un asunto tan importante entre manos. De lo más asqueroso.

Max interrumpió mis pensamientos al decirme:

—John, todavía no hemos recuperado las dos balas que les dispararon, pero podemos suponer que cayeron en la bahía, de modo que mañana a la mañana dragaremos y enviaremos buzos. —Agregó: —Tampoco se encontraron cápsulas de proyectiles.

Asentí. Una pistola automática escupe cápsulas de proyectiles, mientras que un revólver no. Si el arma era una automática, entonces el asesino tuvo la suficiente frialdad como para agacharse y recoger las dos cápsulas.

Hasta el momento, teníamos básicamente nada. Dos disparos a la cabeza, ninguna cápsula, ningún ruido que hubieran oído en la casa de al lado.

Miré de nuevo al señor Nash. Él me miró con expresión preocupada, y me sentí feliz de ver que entre los planes de acostarse con la señorita Penrose también pensaba en salvar el planeta. De hecho, en la cocina todos parecían estar pensando en cosas, probablemente gérmenes, y quizá planteándose si iban a despertar con ronchas rojas o algo así.

Ted Nash metió la mano en la caja de cartón y le preguntó a la detective Penrose:

—¿Otro café, Beth?

Ella sonrió.

—No, gracias.

Como mi estómago se había tranquilizado, fui a la heladera a sacar una cerveza. Los estantes estaban casi vacíos, así que pregunté:

—Max, ¿tú sacaste cosas de acá?

—Los del laboratorio se llevaron todo lo que no conservaba el sello de fábrica.

—¿Quieren una cerveza? —Nadie me respondió, así que tomé una Coors Light, la abrí y bebí un trago.

Noté los ojos posados en mí, como si esperaran que ocurriera algo. La gente se pone rara cuando cree estar en un ambiente infectado. Sentí el loco impulso de aferrarme la garganta, tirarme al piso y entrar en convulsiones. Pero no me encontraba con mis compañeros de Manhattan Norte, muchachos y chicas que se divierten con un poco de humor enfermizo, así que dejé pasar la oportunidad de agregar algún alivio cómico al clima tan siniestro. Le dije a Max:

—Por favor, continúa.

—Registramos toda la casa —me informó— y no encontramos nada significativo, salvo que la mitad de los cajones estaban intactos, algunos armarios ni siquiera tenían aspecto de que los hubieran revisado, no habían sacado los libros de la biblioteca. Un trabajo muy flojo de simulación de robo.

—Aún puede haber sido un adicto, volado y no muy centrado —comenté—. O tal vez el perpetrador fue interrumpido, o estaba buscando algo y lo encontró.

—Es posible —convino Max.

Lo impresionante de ese doble homicidio, reflexioné, seguía siendo que hubieran baleado a las víctimas afuera, el bang-bang en la plataforma, sin mucho preámbulo. No había nada que el asesino necesitara o quisiera de los Gordon, salvo el hecho de que murieran. De modo que había encontrado dentro de la casa lo que quería, y/o los Gordon lo llevaban a plena vista, por ejemplo en la hielera. Todo volvía a la hielera faltante.

Y el asesino conocía a los Gordon y ellos lo conocían a él. Yo estaba convencido de eso. "Hola, Tom; hola, Judy. Bang, bang." Ellos caen, cae la hielera... No; contiene frascos con virus mortales. "Hola, Tom; hola, Judy. Dejen la hielera en el suelo. Bang, bang." Las balas les atraviesan los cráneos y van a parar a la bahía.

Además, el asesino debía tener un silenciador. Ningún profesional haría dos disparos ruidosos afuera. Y era probable que hubiera usado una automática, porque los revólveres no se adaptan bien a un silenciador.

Le pregunté a Max:

—¿Los Murphy tienen perro?

—No.

—Está bien... ¿Encontraron dinero, billeteras o algo en las víctimas?

—Sí. Los dos tenían unas billeteras deportivas que hacían juego; cada una contenía su identificación de Plum Island, licencia de conductor, tarjetas de crédito y esas cosas. Tom tenía treinta y siete dólares en efectivo. Judy, catorce. —Agregó: —Cada uno tenía una foto del otro.

Son las pequeñas cosas, a veces, las que convierten el asunto en algo íntimo, personal. Entonces es preciso recordar la Regla Número Uno: no hay que involucrarse emocionalmente...No importa, Corey, si la víctima es un chiquito, o una anciana agradable, o la hermosa Judy que te guiñó el ojo una vez, y Tom, que quería que te gustaran los vinos que le gustaban a él y que te cocinaba la carne en el punto justo. Para el tipo de homicidios, no importa quién es la víctima; sólo importa quién es el asesino.

Max dijo:

—Supongo que te diste cuenta de que no hemos encontrado la hielera. ¿Estás seguro de que existía?

Asentí.

El señor Foster me dio su considerada opinión:

—Nosotros pensamos que los Gordon llevaban la hielera, y que el asesino o los asesinos querían lo que había adentro, y lo que había adentro era usted ya sabe qué. —Agregó: —Creo que los Gordon estaban vendiendo ese material y el negocio salió mal.

Miré a los presentes en la cocina. Es difícil leerles la cara a personas cuyo trabajo consiste en leer la cara de los demás. Aun así, tuve la sensación de que la declaración de George Foster representaba un consenso.

De modo que, si esa gente tenía razón, aquello presuponía dos cosas: una, que los Gordon eran realmente unos estúpidos que en ningún momento habían considerado que cualquiera que quisiera bastantes virus y bacterias como para matar a millones de personas no vacilaría en matarlos a ellos; y dos, que los Gordon eran por completo indiferentes a las consecuencias de su venta de muerte a cambio de oro. Sin embargo, yo sabía con certeza que Tom y Judy no eran ni estúpidos ni desalmados.

También debía suponer que tampoco el asesino era estúpido, y me pregunté si sabía o podía darse cuenta de si lo que había en la hielera era en realidad lo que quería. ¿Cómo podía saberlo? "Hola, Tom; hola, Judy. ¿Tienen el virus? Bien. Bang, bang."

¿Sí? ¿No? Probé con diferentes guiones con la hielera y sin ella, con la persona o las personas a quienes los Gordon debían de conocer, o sin ellas, y así sucesivamente. Además, ¿cómo hizo esa persona para llegar a la casa de los Gordon? ¿En barco? ¿En auto? Le pregunté a Max:

—¿Vehículos extraños?

Max respondió:

—Ninguna de las personas a las que interrogamos vio un vehículo extraño. Los dos autos de los Gordon están en el garaje. —Añadió: —Mañana los forenses los llevarán al laboratorio, junto con la lancha.

La señorita Penrose me habló directamente por primera vez:

—Es posible que el asesino haya llegado en barco. Ésa es mi teoría.

—Es posible, Elizabeth —le dije—, que haya llegado en uno de los autos de los Gordon, que el asesino pudo haberles pedido prestado. De veras pienso que se conocían.

Me miró fijo y replicó con tono cortante:

—Yo creo que vinieron en barco, detective Corey.

—Tal vez el asesino vino caminando, o en bicicleta, o en motocicleta —continué—. Quizá vino a nado, o lo trajo alguien en auto y lo dejó aquí. O tal vez vino en tabla de *surf* o en planeador. Tal vez los asesinos sean Edgar Murphy y la esposa.

Me echó una mirada dura y vi que estaba enojada. Conozco esa expresión. Estuve casado.

Max interrumpió nuestra discusión:

—Y hay algo interesante, John. Según la gente de seguridad de Plum, los Gordon firmaron su salida al mediodía, subieron a su lancha y se marcharon.

En medio del silencio se oía el zumbido del motor de la heladera.

El señor Foster nos dijo:

—Una posibilidad que me acude a la mente es que los Gordon habían escondido su mercadería en una caleta o ensenada de Plum, y fueron con la lancha ahí y recuperaron el material. O quizá salieron a pie del laboratorio con esa hielera, la pusieron a bordo y se fueron. En cualquier caso, después se encontraron con sus clientes en la bahía y transfirieron la hielera con los frascos en el mar, de modo que, cuando regresaron acá, no tenían la hielera pero sí el dinero. Después se toparon con el asesino aquí, y el tipo les disparó y se llevó el dinero.

Todos consideramos aquel planteo. Por supuesto uno debía preguntarse: si la transferencia había tenido lugar en el mar, ¿por qué no cometieron también el asesinato en el mar? Cuando los tipos de homicidios hablan del asesinato perfecto, lo sitúan en alta mar: poca o ninguna evidencia forense, en general nada de ruido, ningún testigo, y en la mayoría de los casos ningún cadáver. Y si se lo hace bien, parece un accidente.

Saltaba a la vista que unos profesionales que lidian con un bicho letal no iban a llamar la atención matando a dos personas de Plum Island en la plataforma posterior de la casa de éstos. Aun así, se suponía que el crimen debía dar la impresión de que los Gordon habían sorprendido a un ladrón. Pero, quienquiera que lo hubiese escenificado, no había resultado muy convincente. Todo aquello parecía obra de un aficionado, o tal vez de extranjeros que no miraban por televisión bastantes series policiales estadounidenses. U otra cosa.

¿Y qué pasaba con esas horas transcurridas entre el momento en que los Gordon se fueron de Plum Island, al mediodía, y la hora en que el señor Murphy dijo haber oído la lancha de los Gordon, a las cinco y media? ¿Dónde estaban Tom y Judy?

Max dijo:

—Eso es más o menos todo lo que tenemos por el momento, John. Mañana recibiremos los informes del laboratorio, y también mañana deberemos hablar con algunas personas. ¿Puedes sugerir alguien a quien debamos ver? ¿Amigos de los Gordon?

—Ignoro de quiénes eran amigos los Gordon, y, hasta donde sé, no tenían enemigos. —Le dije al señor Nash: —Mientras tanto, quiero hablar con la gente de Plum Island.

El señor Nash respondió:

—Puede que hable con algunas de las personas que trabajan en Plum Island. —Y agregó: —Pero, en interés de la seguridad nacional, yo debo estar presente en todas las entrevistas.

Contesté con mi mejor tono odioso de Nueva York:

—Esto es una investigación de asesinato, ¿recuerda? No me venga con esa idiotez.

En la cocina el ambiente se puso un poco helado. Es decir, yo trabajo con tipos del FBI y de la DEA de vez en cuando, y son personas bastante tratables. No obstante, esos agentes, como Nash, son una verdadera patada en el trasero. El tipo ni siquiera confesaba si era de la CIA, de Inteligencia de Defensa, de

45

Inteligencia Militar o alguna otra sección extraña. Lo que yo sabía con certeza era que el tipo no pertenecía al Departamento de Agricultura.

Max, que, según supuse, se sentía el anfitrión de esa reunión de egos, dijo:

—Yo no tengo ningún problema con que Ted Nash esté presente en cualquier entrevista o interrogatorio. —Miró a Penrose.

Mi compañera Beth me echó una mirada tajante y afirmó, dirigiéndose a Nash, el seductor ocular:

—Yo tampoco tengo ningún problema.

George Foster señaló:

—En cualquier reunión, entrevista, interrogatorio o sesión de trabajo en la que esté presente Ted, el FBI estará presente también.

La verdad es que me estaban colmando la paciencia, y me pregunté si Max iba a despedirme.

El razonable señor Foster prosiguió:

—Mi área de interés es el terrorismo doméstico. A Ted Nash le interesa el espionaje internacional. —Nos miró a mí, Max y Penrose, y dijo: —Ustedes están investigando un homicidio bajo las leyes del estado de Nueva York. Si todos evitamos estorbar a los demás, no habrá problemas. Yo no jugaré a ser detective de homicidios si ustedes no juegan a ser defensores del mundo libre. ¿Justo? ¿Lógico? ¿Factible? Absolutamente.

Miré a Nash y le pregunté sin rodeos:

—¿Para quién trabaja?

—Tengo la libertad de decírselo en este momento. —Agregó: —Para el Departamento de Agricultura, no.

—Me había engañado —repliqué con tono sarcástico—. Ustedes sí que son listos.

Penrose sugirió:

—Detective Corey, ¿podemos hablar afuera?

La ignoré y seguí presionando al señor Nash. Necesitaba desquitarme, y sabía cómo hacerlo. Le dije:

—Quisiera ir a Plum Island esta noche.

Me miró sorprendido.

—¿Esta noche? No hay servicio de *ferry*...

—No necesito un *ferry* del gobierno. Iremos en el barco policial de Max.

—Ni lo piense —replicó Nash.

—¿Por qué?

—El acceso a la isla está vedado.

—Ésta es una investigación de asesinato —le recordé—. ¿No acabamos de convenir en que el jefe Maxwell, la detective Penrose y yo estamos investigando un asesinato?

—No, en Plum Island no.

—Por supuesto que sí. —Me encantan estas cosas. De veras. Esperaba que Penrose se diera cuenta de que ese tipo era un idiota.

—Ahora no hay nadie en Plum —afirmó el señor Nash.

Repliqué:

—Ahora hay gente de seguridad en Plum, y quiero hablar con ellos. Ya.

—A la mañana, y no en la isla.

—Ahora, y en la isla, o sacaré a un juez de la cama para conseguir una orden de allanamiento.

El señor Nash se quedó mirándome y declaró:

—Es improbable que un juez local emita una orden de allanamiento para una propiedad del gobierno de los Estados Unidos. Usted tendría que involucrar a un asistente del fiscal de los Estados Unidos y a un juez federal. Supongo que lo sabe, si es un detective de homicidios, y quizá sepa también que ni un fiscal de los Estados Unidos ni un juez federal mostrará bastante entusiasmo para emitir una orden tal si ello tiene que ver con seguridad nacional. —Agregó: —Así que no fanfarronee ni se haga el bravo.

—¿Y si amenazo?

Por fin Max se hartó del señor Nash, cuyo disfraz de oveja se delataba. Le dijo:

—Plum Island podrá ser tierra federal, pero forma parte del municipio de Southold, condado de Suffolk, y del estado de Nueva York. Quiero que nos consiga autorización para ir a la isla mañana, u obtendremos una orden judicial.

El señor Nash trató de hablar con tono agradable:

—En realidad no hay necesidad alguna de ir a la isla, jefe.

La detective Penrose se puso de mi lado, por supuesto, y le dijo a su nuevo amigo:

—Debemos insistir, Ted.

¿Ted? Vaya, de veras me había perdido algo en la maldita hora que me demoré.

Ted y Beth se miraron, como almas torturadas, desgarradas entre la rivalidad y la lujuria. Por fin el señor Ted Nash, de la Agencia de Seguridad de Bichos o lo que fuere, decidió:

—Bien... Haré una llamada telefónica.

—Mañana a la mañana —insistí—. Ni un momento después.

El señor Foster no dejó pasar la oportunidad de pellizcar al señor Nash. Yo persistí:

—Creo que todos estamos de acuerdo en que iremos allá mañana a la mañana, Ted.

El señor Nash asintió. A esa altura había dejado de agitar los párpados en dirección a Beth Penrose y concentraba sus pasiones en mí. Me miró y me advirtió:

—En algún momento, detective Corey, si resolvemos que ha tenido lugar un crimen federal, es probable que ya no necesitemos sus servicios.

Yo había reducido al pobre Teddy a la insignificancia, y sabía cuándo dejarlo en paz. Le había dado una paliza verbal, había abatido al listo Ted y reclamado el amor de Lady Penrose. Soy increíble. De veras me sentía mejor, me sentía de nuevo como mi antiguo y desagradable yo. Además, esos personajes necesitaban un poco de fuego bajo el culo. La rivalidad es buena. La competencia es estadounidense. ¿Que pasaría si Dallas y Nueva York fueran compinches?

Los otros cuatro personajes hablaban, mientras tomaban café y trataban de restablecer la cordialidad y el equilibrio que habían logrado antes de que apareciera Corey. Saqué otra cerveza de la heladera y me dirigí al señor Nash en tono profesional:

—¿Con qué clase de bichos suelen jugar en Plum? Es decir, ¿por qué querría alguien, cualquier potencia extranjera, unos bichos que causan enfermedades en los cascos y la boca de los animales, o la enfermedad de la Vaca Loca? Dígame, señor Nash, por qué se supone que debo preocuparme, así, cuando a la noche me acueste dormir, puedo identificar al villano.

El señor Nash no respondió de inmediato; después carraspeó y dijo:

—Supongo que debería saber cuánto hay en juego aquí... —Nos miró a mí, Max y Penrose y continuó: —Más allá de que les permitan entrar allá, o no, ustedes son oficiales de policía, así que...

Le dije con tono amistoso:

—Nada de lo que usted diga saldrá de esta habitación. —A menos que a mí se me ocurriera contárselo a otro.

Nash y Foster se miraron, y Foster asintió. Nash nos dijo:

—Todos ustedes saben, o tal vez hayan leído, que los Estados Unidos ya no realizan investigaciones ni proyectos de guerras biológicas. Hemos firmado un tratado a tal efecto.

—Es por eso que amo este país, señor Nash. Nada de bombas de bichos por acá.

—Correcto. No obstante... hay ciertas enfermedades que hacen la transición entre legítimo estudio biológico y potenciales armas biológicas. El ántrax es una de ellas. Como saben —volvió a mirarnos a los tres—, siempre ha habido rumores de que Plum Island no es sólo un sitio de investigaciones de enfermedades animales, sino algo más.

Nadie respondió.

Continuó:

—De hecho, no es un centro de guerra bacteriológica. No existe nada semejante en los Estados Unidos. Sin embargo, faltaría a la verdad si no les dijera que a veces algunos especialistas en guerras bacteriológicas visitan la isla para recibir información y leer informes sobre algunos de estos experimentos. En otras palabras, existe un cruzamiento entre enfermedades animales y humanas, entre guerra bacteriológica ofensiva y guerra bacteriológica defensiva.

Cruzamientos muy convenientes, pensé.

El señor Nash bebió café, pensó y continuó:

—La fiebre porcina africana, por ejemplo, ha sido asociada con el HIV. En Plum estudiamos la fiebre porcina africana, y los medios de comunicación inventan basura acerca de... lo que sea. Lo mismo ocurre con el hantavirus y otros retrovirus, y los filovirus como el Ébola del Zaire y el Ébola de Marburgo...

En la cocina reinaba un verdadero silencio, pues todos sabían que aquél era el tema más aterrador del universo. Es decir, cuando se trataba de las armas nucleares, la gente se mostraba fatalista o bien nunca creía que iba a suceder. Con la guerra biológica o el terrorismo biológico, el terror resultaba más imaginable. Y si soltaban la peste adecuada, el mundo se iría apagando de a poco, no en una llamarada rápida e incandescente, sino lentamente, mientras se difundía de los enfermos a los sanos, y los muertos yacían pudriéndose donde caían, como en una película de clase B que pronto se estrenará en la sala de su barrio.

El señor Nash continuó con una voz medio reacia, medio "miren lo que yo sé y ustedes no":

—Así que... estas enfermedades pueden infectar a los animales, y lo hacen, y por lo tanto su legítimo estudio caería dentro de la jurisdicción del Departamento de Agricultura... El Departamento trata de encontrar una cura para estas enfermedades, para proteger el ganado estadounidense y por extensión proteger al público estadounidense, porque, aunque en general hay una barrera de especie en cuanto a que estas enfermedades contagien a los humanos, estamos descubriendo que algunas de estas afecciones pueden saltar de una especie a otra... Con la reciente enfermedad de la Vaca Loca, en Gran Bretaña, por ejemplo, surgió alguna evidencia de gente que se contagió...

Tal vez mi ex esposa tenía razón en cuanto a lo de no comer carne. Traté de imaginar una vida de hamburguesas de soja, chile sin carne y salchichas de algas. Preferiría morir. De pronto sentí un intenso amor por el Departamento de Agricultura.

Me di cuenta, también, de que lo que el señor Nash estaba diciendo era el verso oficial: enfermedades animales que cruzaban barreras de especie. De hecho, si los rumores tenían fundamento, Plum Island era también un lugar donde se estudiaban, en forma específica y determinada, enfermedades infecciosas humanas como parte de un programa de guerra biológica que ya no existía oficialmente. Por otro lado, tal vez era rumor, y tal vez, también, lo que hacían en Plum Island era defensivo y no ofensivo.

Reflexioné que había una línea divisoria muy fina entre todo aquello. Bichos son bichos. No saben diferenciar vacas y cerdos de personas. No saben diferenciar investigación defensiva de investigación ofensiva. Ni siquiera saben diferenciar entre vacunas preventivas y bombas que explotan en el aire. Diablos, ni siquiera saben si son buenos o malos. Y si yo escuchaba la cháchara de Nash durante bastante tiempo, comenzaría a creer que en Plum Island estaban desarrollando nuevos cultivos de yogur.

El señor Nash miraba fijo su vasito de café, como cayendo en la cuenta de que el café y el agua ya podrían estar infectados con la enfermedad de la Vaca Loca. Continuó:

—El problema, por supuesto, consiste en que estos cultivos de virus y bacterias pueden ser... Es decir, si alguien echara mano de esos microorganismos, y tuviera conocimientos suficientes para propagarlo a partir de las muestras, entonces, bueno, lograría que se reprodujeran en cantidad considerable, y si ello llegara de algún modo a la población... entonces se podría crear un potencial problema de salud pública.

Pregunté:

—¿Quiere decir una peste tipo fin del mundo, en que los muertos se apilan en las calles?

—Sí, ese tipo de problema de salud pública.

Silencio.

—Entonces —prosiguió el señor Nash en tono grave—, si bien todos estamos ansiosos por descubrir la identidad del asesino del señor y la señora Gordon, estamos mucho más ansiosos por descubrir si los Gordon se llevaron algo de esa isla y lo transfirieron a una persona o personas no autorizadas.

Por un momento no habló nadie. Después Beth dijo:

—¿Ustedes pueden...? ¿Alguien de la isla puede determinar si en realidad falta algo de los laboratorios?

Ted Nash miró a Beth Penrose como un profesor mira a una alumna preferida que ha formulado una brillante pregunta. En verdad no era una pregunta tan buena... pero cualquier cosa con tal de sacarle la bombacha, ¿no, Ted?

El Señor Seducción respondió a su nueva favorita:

—Como tal vez sospeche, Beth, acaso no sea posible descubrir si falta algo. El problema es que los microorganismos pueden propagarse en secreto en alguna parte de los laboratorios de Plum Island o en otros lugares de la isla, y luego sacarse de allí sin que nadie se entere. No ocurre como con otros agentes químicos o nucleares, en que se lleva la cuenta de cada gramo. A las bacterias y los virus les gusta reproducirse.

Pavoroso, si se lo piensa... Los microbichos son baja tecnología si se los compara con la fisión nuclear y la manufacturación de gas neurotóxico. Esto es material de laboratorio casero, barato de producir, y se multiplica en... ¿qué utilizábamos en el laboratorio de biología? ¿Caldo de carne? Basta de hamburguesas para mí.

La señorita Penrose, orgullosa de su última pregunta, le preguntó al Señor Sabelotodo:

—¿Podemos suponer que los organismos estudiados en Plum Island son particularmente mortales? Quiero decir: ¿ellos manipulan genéticamente esos organismos para volverlos más letales que en su estado natural?

Al señor Nash no le gustó la pregunta. Respondió:

—No. —Después explicó: —Bueno, el laboratorio de Plum Island sí tiene capacidad de ingeniería genética, pero lo que hacen es tomar virus y alterarlos genéticamente de modo que no puedan causar enfermedades pero sí estimular el sistema inmune para producir anticuerpos, en la eventualidad de que virus reales lleguen a infectar el organismo. Esto es una suerte de vacuna, hecha no mediante el debilitamiento del organismo infeccioso para luego inyectarlo, lo cual puede resultar peligroso, sino mediante el cambio genético del organismo. Para responder su pregunta en forma breve, cualquier práctica de ingeniería genética que se lleve a cabo en Plum Island se realiza para debilitar virus y bacterias, no para aumentar su poder de causar enfermedades.

—Por supuesto que no —opiné—. Pero eso también es posible con la ingeniería genética.

—Es posible. Pero no en Plum Island.

Se me ocurrió que Nash estaba alterando genéticamente la información:

tomando el germen de la verdad, si quieren, y debilitándolo para que nosotros recibiéramos una dosis leve de malas noticias. Tipo astuto.

Ya me estaba cansando de la cháchara genética, de modo que dirigí mi siguiente pregunta al señor Foster:

—¿Ustedes están haciendo algo para mantener esto a raya? ¿Aeropuertos, carreteras y todo eso?

El señor Foster contestó:

—Tenemos gente buscando por todas partes... lo que sea. Tenemos todos los aeropuertos, puertos y estaciones de trenes de la zona vigilados por nuestra gente, la policía local y gente de la Aduana, y pedimos que la Guardia Costera pare y registre las embarcaciones, y hasta pedimos a la DEA que use sus barcos y aviones. El problema es que los perpetradores pueden haber contado con unas tres horas de ventaja porque, con toda franqueza, a nosotros no nos notificaron en el momento debido...

El señor Foster miró al jefe Maxwell, que cruzó los brazos e hizo una mueca.

Aquí diré unas palabras acerca de Sylvester Maxwell. Es un policía honesto; no es la lamparita más brillante de la habitación, pero tampoco es estúpido. Puede ser obcecado a veces, aunque ésta parece ser una característica de la gente de North Fork y no peculiar del jefe. Estando a cargo de una pequeña fuerza policial local que debe trabajar con la fuerza policial del condado, mucho mayor, y en ocasiones con la policía del Estado, ha aprendido a proteger su campo y saber cuándo retirarse.

Otra cosa: las realidades geográficas de una jurisdicción marítima en la era del tráfico de drogas han puesto a Max en íntima cercanía de la DEA y la Guardia Costera. La DEA siempre supone que los gendarmes locales pueden formar parte del tráfico de drogas; los locales, como Max, están seguros de que la DEA tiene parte en el negocio. A la Guardia Costera y el FBI se los considera limpios, pero ellos sospechan de la DEA y de la policía local. El Servicio de Aduanas es limpio en general, pero tiene que haber tipos malos que acepten dólares para hacer la vista gorda. Abreviando, las drogas son lo peor que les ha sucedido a las leyes estadounidenses desde la prohibición.

Y esto me llevó de pensar en Max a pensar en drogas, en la lancha Formula de los Gordon, con motores grandes y potentes. Ya que los hechos no parecían adecuarse a la venta, por parte de los Gordon, de una peste del fin del mundo a cambio de dinero, tal vez sí se adecuaban a un tráfico de drogas. Tal vez había descubierto algo. Tal vez lo compartiera con todos en cuanto lo elaborara en mi mente. O tal vez no.

El señor Foster arrojó unas cuantas indirectas más al jefe Maxwell por su demora en contactarse con el FBI, tanto como para asegurarse de que el hecho quedara registrado. Como si dijera: "Oh, Max, si hubieras acudido a mí un poco antes... Ahora todo está perdido, y es culpa tuya".

Max le señaló:

—Llamé a Homicidios del condado a los diez minutos de enterarme del asesinato. A esa altura el asunto ya no estaba en mis manos. Tengo el trasero bien protegido.

La señorita Penrose sintió ocho ojos sobre su trasero y se defendió:

—Yo no tenía idea de que las víctimas eran gente de Plum Island.

Intervino Max, con suavidad pero con firmeza:

—Yo se lo informé al tipo que atendió el teléfono, Beth. El sargento... fulano. Consulta la cinta.

—Lo haré —replicó la detective Penrose. Agregó: —Puede que tengas razón, Max, pero no sigamos ahora con esto. —Se dirigió a Foster: —Tratemos de resolver el crimen.

El señor Foster respondió:

—Buen consejo. —Miró alrededor de la habitación y planteó: —Otra posibilidad es que el que lo robó, quienquiera que haya sido, no intente sacar del país este material. Podría tener un laboratorio establecido en un lugar de aquí, una operación discreta, que no atraiga la atención y no requiera materiales o químicos que puedan rastrearse. La peor de las posibilidades es que los organismos, fueran cuales fueren, sean cultivados y luego introducidos en la población de diversas maneras. Algunos de estos organismos son fáciles de suministrar en la provisión de agua; algunos pueden transmitirse por aire; otros, difundirse mediante personas y animales. No soy un experto, pero hace unas horas telefoneé a unas personas de Washington y entiendo que el potencial de infección y contagio es muy elevado. —Agregó: —Un documental de la televisión que vi una vez sugería que un pocillo de café lleno de ántrax, vaporizado en el aire por un solo terrorista que anduviera alrededor de Manhattan en un barco, mataría un mínimo de doscientas mil personas.

La habitación volvió a quedar en silencio.

El señor Foster, que al parecer disfrutaba de la situación, continuó:

—Podría ser peor. Es difícil de evaluar. El ántrax es bacteriano. Los virus podrían ser peores.

Pregunté:

—¿Entiendo que no estamos hablando del posible robo de un solo tipo de virus o bacteria?

George Foster respondió:

—Si usted va a robar ántrax, bien podría robar también Ébola, y cualquier otra cosa que consiga. Esto plantearía una amenaza multifacética, el tipo de amenaza que jamás se encontraría en la naturaleza, y sería imposible de contener o controlar.

El reloj de la repisa del hogar que había en la sala dio doce campanadas, y el señor Ted Nash, con gran sentido de lo dramático y tratando de impresionarnos con su instrucción, sin duda de alguna universidad cara, citó al Bardo así:

—"Es ésta la mismísima hora embrujada de la noche en que bostezan los camposantos y el propio infierno exhala al mundo su contagio."

Ante nota tan jovial, dije:

—Voy a respirar un poco de aire fresco.

5

No fui a tomar aire directamente afuera, sino que me desvié hacia el ala oeste de la casa, donde Tom y Judy habían establecido su oficina en lo que antes había sido un baño.

Un as de la computación se hallaba sentado a la computadora ante la cual me proponía sentarme yo. Me presenté al sujeto, que se identificó como el detective Mike Resnick, especialista en crímenes informáticos, que trabajaba con el departamento de policía del condado.

La impresora zumbaba y todo el escritorio estaba cubierto de pilas de papel. Le pregunté a Mike:

—¿Ya encontraste al asesino?

—Sí. Ahora estoy jugando un poco.

Mike era un tipo simpático. Le pregunté:

—¿Qué tenemos hasta ahora?

—Ah... en su mayoría... Espera, ¿qué es esto? No, nada... ¿Qué decías?

—Qué tenemos hasta ahora. —Me encanta hablar con imbéciles sentados delante de una computadora. —Qué tenemos hasta ahora.

—Ah... en su mayoría cartas... cartas personales a amigos y parientes, algunas cartas comerciales... algunos... ¿Qué es esto? Nada...

—¿Algo que mencione a Plum Island?

—No.

—¿Algo que parezca interesante o sospechoso?

—No.

—Papeles científicos...

—No. En el instante en que crea tener algo interrumpiré lo que esté haciendo y se lo haré saber a Homicidios.

Mike parecía un poco irritable, como si hubiera trabajado unas cuantas horas en aquella tarea y ya se le hubiera pasado la hora de irse a dormir. Le pregunté:

—¿Y datos financieros? Inversiones, chequeras, presupuestos domésticos...

Alzó la vista del monitor.

—Sí. Eso es lo primero que bajé. Escribían los cheques en la computadora. Hay unas hojas impresas de toda su actividad relativa a cheques de los últimos veinticinco meses... desde que abrieron la cuenta. —Señaló una pila de papel situada cerca de la impresora.

Tomé la pila y dije:

—¿Te molesta si hojeo esto?

—No, pero no te vayas lejos. Tengo que adjuntar todo a mi informe.

—Sólo lo llevaré a la sala, donde hay mejor luz.

—Sí... —De nuevo estaba jugando con la computadora, cosa que encontraba más interesante que a mí. Me fui.

Ya en la sala, la dama de huellas dactilares latentes seguía espolvoreando y levantando huellas. Me miró y preguntó:

—¿Tocó algo?

—No, señora.

Fui hasta los anaqueles de libros ubicados a cada lado del hogar. A la izquierda había textos de ficción, en general ediciones de bolsillo, una linda mezcla de basura y tesoros. A la derecha había ensayos; estudié los títulos, que iban desde biología técnica hasta charlatanería estándar sobre salud y buen estado físico. Había también todo un estante de libros de publicación local sobre Long Island, su flora, fauna, historia...

En el estante inferior vi una hilera de libros de náutica, cartas de navegación y cosas semejantes. Como dije, para ser gente oriunda del Medio Oeste, los Gordon le habían tomado verdadero gusto a la navegación. No obstante, había salido con ellos unas cuantas veces y hasta yo podía decir que no eran grandes marineros. Además no pescaban, ni siquiera nadaban. Sólo les gustaba apretar el acelerador de vez en cuando. Lo cual me llevó otra vez a pensar que se trataba de un asunto de drogas.

Con esa idea en mente, dejé las hojas impresas de computadora y con ayuda de mi pañuelo tomé del estante un libraco de cartas de navegación y lo apoyé sobre la repisa del hogar. Lo hojeé, con el dedo envuelto en el pañuelo. Buscaba frecuencias de radio, números de teléfonos celulares o cualquier otra cosa que un traficante de drogas pudiera marcar en su libro de cartas marinas.

Cada página de las cartas de navegación mostraba una zona de unas cuatro por cuatro millas. La tierra que aparecía en los mapas carecía básicamente de rasgos característicos, salvo hitos que podían verse desde el agua. En los mares, sin embargo, estaban marcados los bancos de arena, rocas, profundidades, faros, barcos hundidos, boyas y todo tipo de ayudas y riesgos de la navegación.

Escruté página tras página buscando alguna "X", supongo, puntos de encuentro o coordenadas, o nombres como Juan o Pedro, pero las cartas parecían limpias, excepto una línea trazada con resaltador amarillo que conectaba el muelle de los Gordon con el de Plum Island. Ésa era la ruta que tomaban para ir a trabajar, que pasaba entre la costa sur de North Fork y la isla

Shelter, en la parte profunda y segura del canal. No constituía un gran indicio.

Noté que en Plum Island, impresas en rojo, se leían las palabras: "Acceso restringido - Propiedad del gobierno de los Estados Unidos - Vedado al público".

Estaba por cerrar el gran libro cuando vi algo casi oculto por mi pañuelo: hacia el final de la página, en el agua al sur de Plum Island, escrito en lápiz, el número: "44106818". A continuación había un signo de interrogación, similar al que acababa de saltarme en la cabeza como un globo de historieta: ¿44106818? Digamos dos signos de interrogación y uno de exclamación.

Bueno, ¿qué era esa coordenada de ocho dígitos? ¿Una frecuencia de radio? ¿Un número de teléfono disfrazado? ¿Drogas? ¿Bichos? ¿Qué?

En las investigaciones de homicidios hay un punto en el cual uno empieza a reunir tantas pistas que no sabe qué hacer con ellas. Las pistas son como ingredientes de una receta, pero sin instrucciones: si uno las combina de la manera adecuada, obtiene la cena. Si no sabe qué hacer con ellas, pasará un largo tiempo en la cocina, confundido y hambriento.

Sostuve el libro de cartas con mi pañuelo y lo llevé a la dama de las huellas dactilares latentes. Le pregunté:

—¿Podría hacer un trabajo exhaustivo con este libro, para mí? —Le dirigí una linda sonrisa.

Me echó una mirada dura; después tomó el libro en la mano enfundada en un guante de látex y lo examinó.

—Este papel de mapa es difícil... pero la tapa es bastante lustrosa... Haré lo que pueda. —Agregó: —Nitrato de plata o ninhidrina. Hay que hacerlo en el laboratorio.

—Gracias, mujer profesionalmente competente.

Esbozó una sonrisa, tendió una mano y dijo:

—Soy Sally Hines.

—Y yo, John Corey. —Le estreché la mano enguantada y observé: —Me encanta sentir el látex contra la piel. ¿Y a usted?

—Sin comentarios. —Tras una pausa preguntó: —¿Usted es el tipo de la policía de Nueva York que trabaja con Homicidios del condado en este caso?

—Correcto. ¿Qué ha encontrado, Sally?

—Bueno, limpiaron la casa hace poco, de modo que tenemos lindas superficies limpias. No estoy estudiando con detenimiento las huellas, pero veo en general los mismos dos juegos, probablemente del señor y la señora. Sólo unas pocas otras de vez en cuando, y, si quiere mi opinión, detective, el asesino usó guantes. No era ningún drogado que dejó perfectos juegos de cinco huellas en el armario de las bebidas.

Asentí y dije:

—Haga el mejor trabajo que pueda con ese libro.

—Yo sólo hago trabajos perfectos. ¿Y usted? —Sacó una bolsa de plástico de su equipo y guardó adentro el libro. —Necesito un juego de huellas suyas, para eliminarlas si las encuentro aquí. Ponga las manos en esta mesa de vidrio, por favor.

Hice lo que me pedía e inquirí:

—¿Tomó las huellas de los dos hombres que están con el jefe Maxwell?

—Me dijeron que se ocuparían de eso después.

—Sí. Mire, Sally, mucha gente, como los tipos de la cocina, van a mostrarle una identificación importante. Usted informe sólo a Homicidios del condado, preferiblemente sólo a Penrose.

—Entiendo. —Miró alrededor y me preguntó: —¿Y qué pasa con los gérmenes?

—Esto no tiene nada que ver con gérmenes. Por casualidad, las víctimas trabajaban en Plum Island, pero no es más que una coincidencia.

—Sí, claro.

Recuperé la pila de impresiones de computadora y fui hacia la puerta corrediza de vidrio.

Sally me gritó desde adentro:

—No me gusta cómo están lidiando con la escena de este crimen.

No respondí.

Bajé hasta la bahía, donde había un lindo banco frente al agua. Arrojé sobre él los papeles hurtados y me quedé contemplando la bahía.

Había suficiente brisa para mantener ocupados a los mosquitos luchando contra el viento y lejos de mí. Unas ondas pequeñas erizaban la bahía y mecían la lancha de los Gordon en el muelle. Unas nubes blancas pasaban ante la Luna grande y brillante, y el aire olía más a tierra que a mar, mientras el viento se desplazaba soplando del norte.

En algún lugar, de algún modo, por ósmosis tal vez, yo había comenzado a comprender las fuerzas elementales de la tierra y el mar que me rodeaban. Supongo que si sumo todas las vacaciones estivales de dos semanas que pasé allí cuando era chico, y los fines de semana de otoño, no es de sorprender que algo haya quedado en mi cerebro urbano.

Hay ocasiones en que quiero salir de la ciudad y pienso en un algún lugar como éste. Imagino que debería venir en invierno y pasar unos cuantos meses en la gran casa del tío Harry, llena de corrientes de aire, y ver si me convierto en un alcohólico o en un ermitaño. Diablos, si acá siguen matando gente, la Junta Municipal de Southold me nombrará consultor de homicidios de tiempo completo, a cien dólares por día más todas las almejas que pueda comer.

Me sentía desacostumbradamente ambivalente en cuanto a retornar a mi trabajo. Estaba listo para otra cosa, pero quería que fuera decisión mía, no de los médicos; además, si los matasanos decían que debía retirarme, yo no podría encontrar a los dos hombres que me balearon. Aquello era un grave asunto inconcluso. No tengo sangre italiana, pero mi compañero, Dominic Fanelli, es siciliano y me enseñó la historia completa y todo el protocolo de la venganza. Me hizo ver *El padrino* tres veces, y creo que al final la entendí. Los dos sujetos hispanos tenían que dejar de vivir. Dominic se dedicaba a encontrarlos. Yo esperaba que él me llamara en cuanto lo lograra.

En cuanto al tema de mi mortalidad, me sentía un poco cansado, así que me senté en el banco. Ya no era el superhombre que solía ser antes de los balazos.

Me recosté contra el respaldo y contemplé la noche durante un rato. En una pequeña porción de césped situada a la izquierda del muelle de los Gordon había un mástil alto y blanco con un travesaño, llamado penol, del cual salían dos cabos o cuerdas llamados drizas. Observen cómo he aprendido algo de la jerga náutica. La cosa es que los Gordon habían encontrado toda una colección de banderas y banderines en un armario del garaje, y a veces colgaban de las drizas banderines de señales por divertirse... como el banderín que significaba "prepararse para abordar" o "el capitán está en tierra".

Yo había notado antes que en el mástil los Gordon habían izado la bandera pirata, y consideré irónico que la última bandera que habían puesto a flamear fuera la de la calavera y los huesos cruzados.

Noté también que en cada driza había un banderín de señales. Apenas conseguía distinguirlos en la oscuridad, pero no importaba, porque no sabía nada de señales náuticas.

Beth Penrose se sentó a mi izquierda, en el banco. Se había puesto de nuevo la chaqueta, lo cual me decepcionó, y tenía los brazos cruzados como si sintiera frío. Las mujeres siempre sienten frío. No dijo nada, pero se quitó los zapatos, se masajeó los pies en el pasto y movió los dedos. También usan zapatos incómodos.

Al cabo de unos minutos de amistoso silencio —o tal vez helada inmovilidad— rompí el hielo y le dije:

—Acaso tengas razón. Podría haber sido un barco.

—¿Estás armado?

—No.

—Bien. Voy a volarte los malditos sesos.

—Bueno, Beth...

—Para ti soy la detective Penrose, imbécil.

—Anímate un poco.

—¿Por qué fuiste tan grosero con Ted Nash?

—¿Y ése quién es?

—Lo sabes muy bien. ¿Cuál es tu problema?

—Es una cosa de hombres.

—Hiciste el ridículo; todos creen que eres un idiota arrogante y un incompetente completamente inútil. Y has perdido mi respeto.

—Entonces supongo que queda descartado el sexo.

—¿Sexo? Ni siquiera quiero respirar el mismo aire que tú.

—Me ofendes, Beth.

—No me llames Beth.

—Así fue como te llamó Ted Nash...

—¿Sabes, Corey? Tengo este caso porque le rogué al jefe de Homicidios que me lo diera. Éste es mi primer caso de asesinato de verdad. Antes sólo me daban basura: adictos que se insultaban, madres y padres que arreglaban cuentas domésticas con cuchillos, estupideces así. Y no muchas. En este condado el índice de homicidios es muy bajo.

—Lamento saberlo.

—Sí. Tú haces esto todo el tiempo, de modo que estás hastiado y te muestras cínico y soberbio.

—Bueno, yo no...

—Si has venido a hacerme quedar mal, vete a la mierda. —Se puso de pie.

También yo me puse de pie.

—Espera. Vine a ayudar.

—Entonces ayuda.

—Está bien. Escucha. Primero, un consejo. No hables demasiado con Foster ni con tu amiguito Ted.

—Lo sé, y deja de lado esa idiotez del "amiguito Ted".

—Mira... ¿Puedo llamarte Beth?

—No.

—Mira, detective Penrose, ya sé que crees que me atraes y tal vez creas que te estoy haciendo avances... y que esto será incómodo...

Dio vuelta la cara y miró hacia la bahía.

Continué:

—Esto es muy difícil de decir, pero... bueno... no tienes de qué preocuparte... por mí...

Se volvió y me miró.

Hice como que escondía la cara en mi mano derecha y me frotaba la frente. Continué lo mejor que pude:

—Verás... Una de esas balas que me alcanzó... Por Dios, ¿cómo te lo digo?... Bueno, me alcanzó en un lugar especial, ¿entiendes? Ahora ya lo sabes. Así que podemos ser... amigos, compañeros... hermano y hermana... Supongo que más bien hermana y hermana... —La miré de reojo y vi que de nuevo contemplaba el mar.

Por fin habló:

—Creí que habías dicho que te había dado en el estómago.

—Ahí también.

—Max dijo que tenías una herida grave en un pulmón.

—Ahí también.

—¿Daño cerebral?

—Quizá.

—Y ahora quieres que crea que has quedado castrado por otra bala más.

—Un hombre no mentiría sobre eso.

—Si el horno está apagado, ¿por qué en tus ojos todavía hay fuego?

—Sólo un recuerdo, Beth... ¿Puedo llamarte Beth? Un buen recuerdo de una época en que podía saltar con garrocha por encima de mi propio auto.

Se llevó una mano a la cara, y no pude distinguir si lloraba o se reía.

—Por favor, no se lo cuentes a nadie —dije.

Por fin logró controlarse y contestó:

—Trataré de que no salga en los diarios.

—Gracias. —Dejé pasar unos segundos y le pregunté: —¿Vives cerca de aquí?

—No. Vivo en la parte oeste de Suffolk.

—Es un viaje largo. ¿Vuelves en auto, o te hospedas aquí?

—Todos nos hospedamos en la posada Soundview, en Greenport.

—¿Quiénes son "todos"?

—Yo, George, Ted, unos tipos de la DEA, otros que estuvieron aquí antes... tipos del Departamento de Agricultura. Se supone que todos debemos trabajar noche y día, las veinticuatro horas, siete días por semana. Causa buena impresión en la prensa y el público... en caso de que la mierda llegue al ventilador. Ya sabes: por si se difunde la preocupación acerca de las enfermedades...

—Quieres decir pánico masivo por una peste.

—Lo que sea.

—Tengo una linda casa por acá, y eres bienvenida si quieres hospedarte allí.

—Gracias, de todos modos.

—Es una impresionante mansión victoriana con vista al agua.

—No importa.

—Estarías más cómoda. Ya te dije que conmigo estás a salvo. Diablos, el personal de la policía de Nueva York me permite usar el baño de damas en la central.

—Basta.

—En serio, Beth, acá tengo una hoja impresa de computadora... dos años de datos financieros. Podemos trabajar en eso esta noche.

—¿Quién te autorizó a tomar esos papeles?

—Tú. ¿Correcto?

Vaciló. Luego asintió y dijo:

—Los quiero de vuelta en mis manos mañana a la mañana.

—De acuerdo. Trabajaré toda la noche. Ayúdame.

Dio la impresión de pensarlo y luego repuso:

—Dame tu número de teléfono y tu dirección.

Busqué en mis bolsillos una lapicera y papel, pero ella ya había sacado su libreta.

—Dime —ordenó.

Le di la información, incluidas las instrucciones para llegar.

—Si voy, te llamaré antes —prometió.

—De acuerdo.

Volví a acomodarme en el banco y ella se sentó en el extremo opuesto, con las hojas impresas entre nosotros. Permanecimos en silencio, como recuperándonos mentalmente, supongo.

Al fin Beth comentó:

—Espero que seas mucho más inteligente de lo que pareces.

—Permítame expresarlo de este modo: lo más inteligente que ha hecho el jefe Maxwell en su carrera fue llamarme a mí para este caso.

—Y modesto.

—No hay ninguna razón para ser modesto. Soy uno de los mejores. De hecho, la CBS está planeando un programa llamado *Los archivos Corey*.

—No me digas.

—Puedo conseguirte un papel.

—Gracias. Si puedo pagarte el favor, estoy segura de que me lo harás saber.

—Verte en *Los archivos Corey* será recompensa suficiente.

—Claro. Escucha... ¿Qué está pasando aquí, John? Con este caso, quiero decir. Tú sabes algo que no me dices.

—¿Cuál es tu estado actual?

—¿Cómo?

—¿Comprometida, divorciada, separada, enamorada?

—Divorciada. ¿Qué sabes o sospechas de este caso que no has mencionado?

—¿Ningún novio?

—Ningún novio, ningún hijo, once admiradores, cinco casados, tres fanáticos del control, dos posibilidades, y un idiota.

—¿Mis preguntas son demasiado personales?

—Sí.

—Si yo tuviera un compañero varón y le hiciera estas preguntas, sería algo perfectamente normal.

—Bueno... nosotros no somos compañeros.

—Quieres las dos cosas. Típico.

—Mira... Bueno, cuéntame de ti. Rápido.

—De acuerdo. Divorciado, docenas de admiradoras, pero nadie especial. —Agregué: —Y ninguna enfermedad venérea.

—Y ninguna parte venérea.

—Correcto.

—Bueno, John, ¿qué pasa con este caso?

Me acomodé en el asiento y respondí:

—Bueno, Beth... lo que sucede con este caso es que lo obvio lleva a lo improbable y todos tratan de hacer que lo improbable se adecue a lo obvio. Pero no funciona de ese modo, compañera.

Ella asintió y dijo:

—Sugieres que esto podría no tener nada que ver con lo que creemos que tiene que ver.

—Comienzo a pensar que acá está pasando otra cosa.

—¿Por qué piensas así?

—Bien... algunas evidencias no parecen concordar.

—Tal vez concuerden en unos días, cuando lleguen todos los informes de laboratorio y hayamos interrogado a todos. Ni siquiera hemos hablado con la gente de Plum Island.

Me puse de pie y propuse:

—Bajemos hasta el muelle.

Ella se puso los zapatos y me acompañó.

—A unos cuantos metros de aquí, playa abajo, Albert Einstein se debatió con la cuestión moral de la bomba atómica y decidió que sería un éxito. Los tipos malos no tenían opción porque ya habían decidido que era un éxito, sin debatirse con las cuestiones morales —dije. Enseguida agregué: —Yo conocía a los Gordon.

Elizabeth pensó un momento y respondió:

—Quieres decir que no crees que los Gordon fueran capaces, moralmente capaces, de vender microorganismos mortales.

—No. Así como los científicos atómicos respetaban el poder del genio encerrado en la botella. No sé con exactitud qué hacían en Plum Island, y es probable que nunca lo sepamos, pero creo que los conocí lo bastante bien como para afirmar que no venderían el genio encerrado en la botella.

No contestó.

Continué:

—Recuerdo que Tom me dijo una vez que Judy había pasado un mal día porque habían infectado adrede un ternero con el que se había encariñado, y el animal estaba muriendo. Ése no es el tipo de gente que quiere ver chicos muriendo de peste. Cuando entrevistes a sus colegas de Plum Island, lo comprobarás por ti misma.

—A veces la gente tiene otra cara.

—En las personalidades de los Gordon jamás observé el menor indicio que sugiriera que fueran capaces de traficar con enfermedades mortales.

—A veces la gente racionaliza su conducta. ¿Qué me dices de los estadounidenses que les dieron los secretos de la bomba atómica a los rusos? Eran personas que afirmaban que lo habían hecho por convicción... para que no tuviera el poder uno solo de los bandos.

La miré de reojo y vi que me observaba mientras caminábamos. Me alegró descubrir que Beth Penrose era capaz de pensamientos más profundos, y supe que le aliviaba descubrir que yo no era tan idiota como había sospechado.

—En cuanto a los científicos atómicos —repuse—, era una época diferente y un secreto diferente. Es decir, ¿por qué los Gordon venderían bacterias y virus que podían matarlos a ellos y sus familias de Indiana o de donde fuere, y borrar del mapa a todos los que hubiera en el medio?

Beth Penrose reflexionó un momento y luego respondió:

—Quizá les pagaron diez millones y el dinero está en Suiza, y tienen un *château* en una montaña, lleno de champaña y comida enlatada, e invitaron a sus amigos y parientes a visitarlos. No sé, John. ¿Por qué la gente hace cosas locas? Racionalizan, se convencen de hacerlas. Están enojados con alguien o con algo. Diez millones de dólares. Veinte millones. Doscientos dólares. Todos tienen un precio.

Caminamos por el muelle hasta donde un policía uniformado de Southold estaba sentado en una reposera. La detective Penrose le dijo:

—Tómese un descanso.

El hombre se puso de pie y volvió a la casa.

Las ondulaciones del agua lamían el casco de la embarcación de los Gordon, que se balanceaba contra las defensas de goma de los pilotes. La marea había bajado, y reparé en que ahora la lancha estaba amarrada a unas poleas para permitir juego al cabo. Noté que en el casco estaba escrito "Formula 303", lo cual, según Tom, significaba que tenía treinta pies y tres pulgadas de largo.

Le dije a Beth:

—En la biblioteca de los Gordon encontré un libro de cartas de navegación con un número de ocho dígitos escrito en lápiz en una de las páginas. Le pedí a Sally Hines que le tomara las huellas dactilares y te informara. Debes guardar ese libro en un lugar seguro. Deberíamos verlo juntos. Puede que contenga más marcas.

Se quedó mirándome unos segundos; luego preguntó:

—Y bien, ¿de qué crees que se trata esto?

—Bueno... si mueves un poco el dial de la moral, vas de vender peste a vender drogas.

—¿Drogas?

—Sí. Es algo moralmente ambiguo para algunas mentes, y dinero grande para todas. ¿Cómo te suena? Drogas.

Contempló la lancha de potente motor y asintió.

—Tal vez nos dejamos llevar por el pánico con esta conexión con Plum Island.

—Tal vez.

—Deberíamos hablar de este tema con Max y los otros.

—No, no deberíamos.

—¿Por qué?

—Porque sólo estamos especulando. Que ellos sigan adelante con la teoría de la peste. Si es la correcta, mejor que alguien se encargue de ella.

—De acuerdo, pero no es motivo para no confiar en Max y los otros.

—Confía en mí.

—No. Convénceme.

—Yo mismo no estoy convencido. Acá tenemos dos posibilidades: bichos por dinero o drogas por dinero. Veamos si Max, Foster y Nash llegan a alguna conclusión propia, y si comparten sus ideas con nosotros.

—Está bien... Jugaré esta mano a tu manera.

Señalé la lancha.

—¿Cuánto calculas que vale?

Se encogió de hombros.

—No sé... La Formula es una embarcación costosa... Nueva, podría costar unos cien mil dólares.

—¿Y el alquiler de esta casa? ¿Unos dos mil?

—Aproximadamente, más los gastos. —Agregó: —Ya lo averiguaremos.

—¿Y si vas todos los días al trabajo en esta lancha? Son casi dos horas de ida desde aquí, y una pequeña fortuna en combustible. ¿Correcto?

—Correcto.

—Se demora quizá treinta minutos en ir desde acá hasta el *ferry* del gobierno, en Orient Point. ¿Cuánto dura el viaje en *ferry*? Tal vez treinta minutos. En total, alrededor de una hora puerta a puerta, en comparación con casi dos horas en lancha. Sin embargo, los Gordon iban en su propia embarcación desde acá hasta Plum Island, y sé que a veces no podían traer de vuelta la lancha porque durante el día el clima había empeorado. Tenían que tomar el *ferry* para regresar a Orient y pedir que los trajera alguien en auto hasta su casa. Para mí, eso nunca tuvo sentido, pero admito no haberlo pensado mucho. Debería haberlo hecho. Ahora quizá sí tenga sentido.

Salté a la lancha y caí con fuerza en la cubierta. Alcé los brazos y Elizabeth saltó también, aferrándome las manos. De algún modo terminamos sobre cubierta, yo de espaldas, Beth Penrose encima de mí. Nos quedamos ahí como un segundo más de lo debido, lo mismo que dos extraños del sexo opuesto cuando se encuentran en situaciones accidentales semejantes.

Me preguntó:

—¿Estás bien?

—Sí... —La verdad, se me había ido todo el aire del pulmón enfermo, y supongo que ella se dio cuenta.

Recobré el aliento y fui a la parte posterior, la popa, como le llaman, donde la Formula 303 tenía un banco. Indiqué la cubierta cerca del asiento y le informé:

—Aquí es donde siempre estaba el cofre. Era grande, de más de un metro de largo, uno de profundidad y uno de alto. Todo de aluminio aislado. A veces, cuando me sentaba en este banco, apoyaba los pies en el cofre y bebía unas cervezas.

—¿Y?

—Y, después del trabajo, en determinados días, los Gordon se iban de Plum a la hora señalada y se dirigían a toda velocidad hacia el mar. Allí, en el Atlántico, se encontraban con un barco, quizás un carguero sudamericano, quizás un hidroavión o lo que fuere. Recibían a bordo unos cien kilos de polvo colombiano y volvían apresurados a tierra. Si los veía la DEA o la Guardia Costera, no eran más que el Señor y la Señora Limpios que habían salido a pasear. Aunque los pararan, mostraban la identificación de Plum Island y se marchaban muy contentos. En realidad, es probable que pudieran superar en velocidad a cualquier embarcación. Haría falta un avión para perseguir esta máquina. Para ser más exacto: ¿a cuántos barcos detienen y registran? Hay miles de embarcaciones de placer y pescadores comerciales. A menos que la Guardia Costera o alguien reciba una buena propina, o que alguien esté actuando raro, no sube a bordo a registrar. ¿Correcto?

—En general. La Aduana tiene plena autoridad para hacerlo, y en ocasiones lo hace. —Agregó: —Veré si hay algún informe de la DEA, la Guardia Costera o la Aduana referente a la *Espiroqueta*.

—Bien. —Pensé un momento y continué: —Entonces, después de que los Gordon recogen la mercadería, llegan a tierra, a un punto preestablecido, y transfieren la hielera a los distribuidores locales, que les dan otra hielera a cambio, con un manojo de dólares adentro. Después el distribuidor va en auto a Manhattan, y así concluye otra importación libre de impuestos. ¿Participaron los Gordon? Y en caso afirmativo, ¿fue eso lo que les ocasionó la muerte? Espero que sí. Porque lo otro me asusta, y te aseguro que no me asusto con facilidad.

Ella lo meditó, mientras observaba la lancha.

—Podría ser —concedió al fin—. Pero también podría ser sólo una conjetura.

No respondí.

Ella prosiguió:

—Si logramos determinar que fueron drogas, podremos descansar más tranquilos. Hasta entonces, debemos seguir adelante con la idea de que es peste, porque si lo es y no nos adelantamos, podríamos morir todos.

6

Eran más de las dos de la madrugada y estaba quedándome bizco de leer las impresiones de computadora de los Gordon. Tenía una cafetera caliente en la vieja y espaciosa cocina del tío Harry, y estaba sentado a la mesa redonda junto a la ventana que daba al este, para aprovechar el sol de la mañana.

El tío Harry y la tía June tuvieron el sentido común de no recibir nunca como invitados al clan Corey completo, pero de vez en cuando me recibían a mí o a mi hermano, Jim, o mi hermana, Lynne, que nos hospedábamos en la habitación de huéspedes mientras el resto de la familia se albergaba en alguna horrenda cabaña para turistas típica de la década de 1950.

Recuerdo haberme sentado a esta mesa, de chico, con mis dos primos, Harry hijo y Barbara, a comer cereales, ansioso por salir a jugar. El verano era mágico. Creo que yo no tenía una sola preocupación en el mundo.

Ahora, unas décadas después, sentado a la misma mesa, tenía muchas cosas en la cabeza.

Volví mi atención al registro de cheques. Los sueldos de los Gordon eran depositados directamente en su cuenta, y sus ingresos anuales combinados, después de haber sido violados por los federales y el estado de Nueva York, sumaban alrededor de noventa mil dólares. No estaba mal, pero no tan bien para dos científicos que hacían un trabajo sesudo con sustancias peligrosas. A Tom podría haberle ido mejor jugando al béisbol, y Judy podría haber prosperado más trabajando en un bar de bailarinas tetonas de mi antigua jurisdicción. Qué país extraño.

Sea como fuere, no demoré mucho en ver que los Gordon estaban excedidos en sus gastos. No es barato vivir en la Costa Este, como sin duda habían descubierto. Tenían cuotas de dos autos, el alquiler de la casa, diversos seguros, servicios, cinco tarjetas de crédito, grandes cuentas de combustible, en su mayor parte para la lancha, y los gastos regulares necesarios para vivir y respirar. Además había vencido un pago abultado de 10.000 dólares por la Formula 303, en abril anterior.

Por otra parte, los Gordon contribuían a una cantidad de obras de caridad, lo cual me hizo sentir culpable. También pertenecían a un club de libros y música, usaban con frecuencia una terminal que les permitía hacer movimientos de dinero mediante la computadora, enviaban cheques a sobrinos y sobrinas y eran miembros de la Sociedad Histórica Pecónica. No parecía que estuvieran en grandes problemas todavía, pero se hallaban cerca del borde. Si ganaban un buen ingreso extra con el tráfico de drogas, eran lo bastante astutos como para guardarse el efectivo. La pregunta, entonces, era: ¿dónde estaba el botín?

No soy auditor, pero he hecho bastantes de estos análisis financieros como para distinguir las cosas que era necesario verificar. Había una sola cosa así en los últimos veinticinco meses de hojas impresas de las cuentas de los Gordon: un cheque por 25.000 dólares, extendido a una tal Margaret Wiley. El cheque había sido certificado por una tarifa de diez dólares, y los fondos que lo cubrían habían sido transferidos en forma electrónica de la cuenta de los Gordon. De hecho, ese cheque representaba casi todos sus ahorros. Tenía fecha del 7 de marzo de ese año, y no había ninguna anotación que aclarara la finalidad con que había sido extendido. ¿Quién, entonces, era Margaret Wiley? ¿Por qué los Gordon le habían dado un cheque certificado por veinticinco mil dólares? Pronto lo averiguaríamos.

Bebí mi café y tamborileé con el lápiz sobre la mesa al ritmo del reloj que había en la pared opuesta, mientras pensaba en todo aquello.

Fui al armario de la cocina, junto al teléfono de pared, y entre los libros de recetas culinarias encontré la guía telefónica local. Busqué en la "W" y ubiqué a una Margaret Wiley que vivía en la calle Lighthouse, en la aldea de Southold. Yo sabía dónde quedaba, ya que era el camino que llevaba al faro: el faro de Horton Point, para ser exacto.

Tenía ganas de telefonear a Margaret, pero quizá le molestara que la llamaran a las dos de la madrugada. El asunto podía esperar hasta el amanecer. Sin embargo, la paciencia no es una de mis virtudes. De hecho, hasta donde sé, no poseo virtud alguna. Además, tenía la sensación de que el FBI y la CIA no estaban en absoluto dormidos a esa hora y que me llevaban ventaja en el caso. Por último, aunque no menos importante, aquél era un asesinato extraordinario; mientras yo vacilaba en despertar a Margaret Wiley, una peste destructora de la civilización podía estar propagándose por todo el país. Odio que pasen esas cosas.

Marqué el número. El teléfono sonó y atendió un contestador automático. Colgué y volví a marcar. Al fin la dama de la casa se despertó y dijo:

—¿Hola?

—Margaret Wiley, por favor.

—Soy yo. ¿Quién habla? —preguntó la voz adormilada y mayor.

—Habla el detective Corey, señora. De la policía. —Durante uno o dos segundos la dejé imaginar lo peor. En general eso los despierta.

—¿La policía? ¿Qué ha ocurrido?

—Señora Wiley, ¿se enteró de la noticia de los asesinatos de Nassau Point?

—Ah... sí. Qué espantoso...

—¿Usted conocía a los Gordon?

Se aclaró la garganta y respondió:

—No... Bueno, sí, los conocía. Les vendí un terreno.

—¿En marzo?

—Sí.

—¿Por 25.000 dólares?

—Sí... ¿pero qué tiene eso que ver con...?

—¿Dónde queda ese terreno, señora?

—Eh... Es una linda barranca que da al canal.

—Comprendo. ¿Ellos querían construir una casa?

—No. Ahí no se puede construir. Cedí al condado los derechos de construcción.

—¿Lo cual significa...?

—Significa... que es un plan de conservación. Uno vende todos los derechos para construir en esas tierras, pero sigue siendo el dueño. Las tierras deben seguir así. Salvo para fines de agricultura.

—Entiendo. ¿De modo que los Gordon no iban a construir una casa en la barranca?

—Por Dios, no. Si en esas tierras se pudiera construir, valdrían más de 100.000 dólares. A mí me pagó el condado para no construir.

—¿Pero usted puede vender la tierra?

—Sí, y lo hice. Por 25.000 dólares. —Agregó: —Los Gordon sabían que no se podía construir.

—¿Podían recuperar los derechos de construcción, comprándoselos al condado?

—No. Vendí los derechos a perpetuidad. Ése es el propósito del plan.

—De acuerdo... —Ahora creía comprender lo que habían hecho los Gordon: habían comprado un lindo pedazo de tierra con vista al canal, a menos del precio de mercado, porque allí no se podía construir. Pero podían cultivar, y me di cuenta de que la fascinación de Tom con la vitivinicultura local lo había llevado a cristalizar su pasatiempo: Viñedos Gordon. En apariencia, entonces, no existía conexión alguna entre esa compra y los asesinatos. Dije: —Lamento haberla despertado, señora Wiley. Gracias por su ayuda.

—De nada. Espero que descubran quién lo hizo.

—Sin duda lo haremos. —Colgué, me aparté del teléfono y luego volví y marqué de nuevo. Cuando me atendió le dije:

—Disculpe, una pregunta más: ¿ese terreno es apropiado para vides?

—Santo Dios, no. Está justo en el canal, muy expuesto, y es demasiado pequeño. Es una parcela de sólo un acre, con una caída de quince metros hasta la playa. Es muy hermoso, pero allí no crece casi nada, salvo malezas.

—Comprendo... ¿Ellos le mencionaron para qué lo querían?

—Sí... Dijeron que querían tener su propia barranca que diera al agua. Un lugar donde sentarse a contemplar el mar. Eran una pareja encantadora. Es tan espantoso...

—Sí, señora. Gracias. —Corté.

Bien. Los Gordon querían tener un lugar donde sentarse a contemplar el mar. Por veinticinco mil dólares pudieron haber pagado la tarifa de estacionamiento del parque estatal de Orient Beach y contemplado el mar todo lo que quisieran todos los días durante los ocho años siguientes, y todavía les hubiera sobrado dinero para sándwiches y cerveza. No era lógico.

Reflexioné un poco. Reflexioné, reflexioné. Bueno, tal vez sí era lógico. Eran una pareja romántica. ¿Pero veinticinco mil dólares? Casi todo lo que tenían. Y si el gobierno los enviaba a trabajar a otro sitio, ¿como harían para librarse de un acre de tierra que no servía para construir ni para cultivar? ¿Quién más podía estar tan loco como para pagar 25.000 dólares por una propiedad impedida?

Bien. Tal vez tenía que ver con el tráfico marítimo de drogas. Eso sí tenía sentido. Debería ir a echar un vistazo al terreno. Me pregunté si alguien habría encontrado ya la escritura de propiedad entre los papeles de los Gordon. Me pregunté también si los Gordon poseían una caja de seguridad y qué habría en ella. Es difícil plantearse preguntas a las dos de la madrugada, cuando uno está muy alerta por la cafeína y sin alguien con quien hablar.

Me serví otra taza de café. Las ventanas situadas encima de la pileta estaban abiertas; alcanzaba a oír a los seres de la noche que cantaban sus canciones de septiembre, las últimas langostas y ranas arbóreas, un búho que ululaba cerca y algún ave nocturna que gorjeaba en la bruma que venía de la bahía Great Peconic.

Aquí el otoño es atemperado por los grandes cuerpos de agua que conservan el calor del verano hasta noviembre. Magnífico para las uvas. Buena navegación hacia el día de Acción de Gracias. En agosto, septiembre u octubre había algún huracán, y algún viento noreste en el invierno. Pero en general el clima era benigno; las caletas y ensenadas, numerosas; las brumas y neblinas, frecuentes: un lugar ideal para contrabandistas, piratas, traficantes de ron y, en los últimos tiempos, traficantes de drogas.

Sonó el teléfono de la pared y por un segundo irracional pensé que podría ser Margaret. Después recordé que se suponía que debía llamarme Max acerca de la ida a Plum Island. Tomé el receptor y dije:

—Pizza Hut.

Al cabo de un segundo de confusión, Beth Penrose dijo:

—Hola...

—Hola.

—¿Te desperté?

—No importa; de todos modos tenía que levantarme para atender el teléfono.

—Qué chiste viejo. Max me pidió que te llamara. Vamos a ir en el *ferry* de las ocho de la mañana.

—¿Hay un *ferry* más temprano?

—Sí, pero...

—¿Por qué queremos que el equipo de los encubiertos llegue a la isla antes que nosotros?

No respondió, pero me informó:

—Nos acompañará el director de seguridad de la isla, un tal Paul Stevens.

—¿Quién va en el *ferry* anterior?

—No sé... Mira, John, si ellos quieren ocultar algo, nosotros no podemos hacer mucho. En otros tiempos han tenido algunos problemas, y saben cómo ocultar lo que quieren. Sólo vas a ver lo que ellos quieran que veas, oír lo que ellos quieran que oigas, y hablar con quienes ellos quieran que hables. No te tomes este viaje demasiado en serio.

—¿Quién va?

—Tú, yo, Max, George Foster y Ted Nash. —Preguntó: —¿Sabes dónde queda el *ferry*?

—Lo encontraré. ¿Qué estás haciendo ahora?

—Hablando contigo.

—Ven. Estoy mirando muestras de papel de empapelar, y necesito tu opinión.

—Es tarde.

Casi sonaba como un "sí", lo cual me sorprendió. La presioné.

—Puedes dormir aquí, y después iremos juntos al *ferry*.

—Lo pensaré. ¿Encontraste algo en las impresiones de computadora?

—Ven y te mostraré mi disco rígido.

—Basta.

—Iré a buscarte.

—Es demasiado tarde. Estoy cansada. Ya me... vestí para irme a dormir.

—Bien. Podemos jugar a las escondidas.

La oí soltar un suspiro largo y paciente; después dijo:

—Pensé que podía haber alguna pista en los registros financieros. Tal vez no estés buscando bien. O tal vez no sabes lo que estás haciendo.

—Es probable.

—Creí que habíamos acordado compartir la información.

—Sí, entre nosotros dos. No con el mundo entero.

—¿Qué...? Ah... entiendo.

Los dos sabíamos que, cuando uno trabaja con los federales, te intervienen el teléfono a los cinco minutos de haberte presentado. Cuando escuchan a gente conocida, ni siquiera se molestan en conseguir una orden judicial. Lamenté haber hecho la llamada a Margaret Wiley.

Le pregunté a Beth:

—¿Dónde está Ted?

—¿Cómo voy a saberlo?

—Mantén la puerta cerrada con llave. El tipo responde a la descripción de un violador asesino que ando buscando.

—Para un poco, John. —Cortó.

Bostecé. Aunque me decepcionaba que la detective Penrose no quisiera venir a verme, también me sentí un poco aliviado. Quizá necesitaba comer más carnes rojas.

Desconecté la cafetera, apagué la luz y salí de la cocina. Me abrí paso en la oscuridad por la casa grande y solitaria, por el vestíbulo de roble lustrado, la escalera sinuosa y crujiente y el largo pasillo hasta el cuarto de techos altos donde dormía de chico.

Mientras me desvestía para acostarme, reflexioné en lo sucedido aquel día y traté de decidir si en realidad quería alcanzar el *ferry* de las ocho de la mañana.

Del lado del "sí", me agradaba Max y me había pedido un favor. Dos, me agradaban los Gordon y quería hacerles un favor también, como para devolverles de algún modo la buena compañía y el vino y los bifes en una época en que no me sentía óptimo. Tres, no me agradaba Ted Nash y sentía el deseo infantil de embromarlo bien embromado. Cuatro, me agradaba mucho Beth Penrose y sentía un deseo adulto de... lo que fuere. Y además estaba yo, aburrido... No, aburrido no. Trataba de probar que aún poseía habilidad. Hasta el momento, todo bien. Y por último, aunque por cierto no menos importante, estaba el pequeño problema de la peste, la muerte negra, la muerte roja, la amenaza multifacética o lo que fuere; la posibilidad de que para todos nosotros aquél fuera el último otoño que llegáramos a ver.

Por todas estas razones yo sabía que debía estar en el *ferry* a Plum Island de las ocho de la mañana, no en la cama tapado con las cobijas, como cuando era chico y había algo que no quería enfrentar...

Me paré desnudo ante la gran ventana y contemplé la niebla que subía de la bahía, de un blanco fantasmal a la luz de la Luna, reptando y arrastrándose por el césped oscuro hasta la casa. Antes, eso me asustaba a muerte. Y todavía me asusta. Sentí que se me ponía la piel de gallina.

Mi mano derecha fue inconscientemente hacia mi pecho, y mis dedos encontraron el orificio de entrada de la primera bala; luego deslicé la mano hasta mi abdomen, donde la segunda, o quizá la tercera, había desgarrado mis músculos antes tensos, atravesado mis intestinos, lastimado mi pelvis y salido por mi trasero. La otra bala pasó a través de mi pantorrilla izquierda sin causar mucho daño. El cirujano afirmó que tuve suerte. Y tenía razón. Aquel día, arrojé una moneda con mi compañero, Dom Fanelli, para ver quién entraba en el negocio a comprar café y rosquillas, y él perdió. Le costó cuatro dólares. Tal fue mi día de suerte.

En algún lugar de la bahía sonó una sirena de niebla, y me pregunté quién andaría por allá afuera con semejante tiempo a esa hora.

Me aparté de la ventana y verifiqué que el despertador estuviera puesto en hora; luego me aseguré de que hubiera balas en la recámara de la 45 automática que guardaba en la mesita de noche.

Me desplomé en la cama y, como Beth Penrose y Sylvester Maxwell y Ted Nash y George Foster y muchos otros esa noche, me quedé con la vista fija en el cielo raso y pensé en asesinato, muerte, Plum Island y peste. Vi con los ojos de mi mente la imagen de la bandera pirata flameando en el cielo nocturno, la cabeza de la muerte blanca y sonriente.

Se me ocurrió que las únicas personas que descansaban en paz aquella noche eran Tom y Judy Gordon.

7

Me levanté a las seis, me duché y me vestí con pantalones cortos, camiseta y calzado deportivo: un atuendo apropiado para un rápido cambio a equipos de protección contra riesgo biológico o como sea que los llamen.

Hice mi rutina de Hamlet con respecto a mi arma: llevarla o llevarla, ésa es la cuestión. Por fin decidí llevarla; uno nunca sabe qué va a traer la jornada. Aquél podía ser un lindo día para pintar de rojo a Ted Nash.

Para las siete menos cuarto de la mañana iba viajando por la calle Main, atravesando el corazón de la zona vinatera.

Mientras manejaba se me ocurrió que no es fácil tratar de ganarse la vida con la tierra o el mar, como hacían muchos de los lugareños. Pero los viñedos habían obtenido un éxito sorprendente. De hecho, a mi izquierda, mientras atravesaba la aldea de Peconic, se extendían los viñedos y bodegas más exitosos, propiedad de Fredric Tobin, amigo de los Gordon a quien yo había conocido brevemente. Tomé nota mental de llamar al caballero y ver si podía arrojar alguna luz sobre el caso que tenía entre manos.

El Sol estaba por encima de los árboles, al frente, a mi derecha, y el termómetro de mi tablero indicaba 16 grados centígrados, lo cual para mí no significaba nada. De algún modo había maniobrado mal la computadora, y tenía en el auto el sistema métrico. Dieciséis grados sonaba a frío, pero yo sabía que no lo era. Sea como fuere, el Sol iba derritiendo la bruma a ras del suelo y su luz llenaba mi sobrevaluado auto deportivo.

El camino tenía unas curvas suaves, y los viñedos eran más pintorescos que los campos de papas que yo recordaba de hacía treinta años. De vez en cuando una huerta o un cultivo de maíz quebraba la monotonía del paisaje. Los pájaros grandes planeaban en las corrientes térmicas matinales, y los pájaros pequeños cantaban y gorjeaban en los campos y los árboles. Todo estaba bien en el mundo, salvo que aquella mañana Tom y Judy se hallaban en la morgue del condado, y que era muy posible que hubiera una enfermedad en el aire, elevándose y bajando con las corrientes térmicas, transportada por la brisa oceánica, atravesando las granjas y los viñedos y corriendo por la sangre de humanos y animales. Y sin embargo, todo parecía normal aquella mañana, incluido yo.

Encendí la radio en la emisora de la ciudad de Nueva York que pasaba sólo noticias y escuché la basura estándar durante un rato, esperando que alguien dijera algo sobre un misterioso brote de alguna enfermedad. Pero era demasiado temprano para eso. Sintonicé la única emisora local y escuché el noticiario de las siete. El locutor decía:

—Esta mañana hablamos con el jefe Maxwell y nos dijo lo siguiente.

Por mis parlantes sonó la voz malhumorada de Max:

—Con referencia a las muertes de Tom y Judy Gordon, residentes en Nassau Point, lo hemos calificado de doble homicidio y robo. Esto no tiene nada que ver con el trabajo de las víctimas en Plum Island, y queremos poner fin a esas especulaciones. Urgimos a todos los residentes a que estén alerta en cuanto a la presencia de extraños, e informen de cualquier hecho sospechoso a la policía local. No hay por qué ponerse paranoico, pero allí afuera hay alguien con un arma que cometió asesinato y robo. De modo que es preciso tomar algunas precauciones. Estoy trabajando con la policía local, y creemos tener algunas pistas. Eso es todo lo que tengo para decir en este momento. Hablaré contigo más tarde, Don.

—Gracias, jefe —repuso Don.

Eso es lo que me gusta de este lugar: directo y hogareño. Apagué la radio. Lo que el jefe Maxwell olvidó mencionar era que él iba camino a Plum Island, el lugar que no tenía nada que ver con el doble homicidio. También olvidó mencionar al FBI y la CIA. Admiro a un hombre que sabe cómo y cuándo ocultar información al público. ¿Y si el jefe Maxwell hubiera dicho: "Hay una probabilidad del cincuenta por ciento de que los Gordon vendieran virus de peste a terroristas que podrían estar tramando la destrucción de toda forma de vida en América del Norte"? Habría causado una violenta caída de acciones, para no hablar de un éxodo hacia los aeropuertos y un súbito impulso por tomarse unas vacaciones en América del Sur.

De cualquier modo, era una linda mañana, hasta el momento. Divisé un gran campo de zapallos a mi derecha y evoqué los fines de semana de otoño que pasé ahí, de chico, cuando me volvía loco corriendo por los cultivos de zapallo para encontrar el más grande, más redondo, más anaranjado y más perfecto. Recuerdo haber tenido algunos desacuerdos con mi hermanito, Jimmy, acerca de esa elección, todos los años, pero la definíamos con justicia, con una pelea a puños que ganaba siempre yo, ya que era mucho más grande que él. Al menos el chico era valeroso.

La aldea que viene después de Peconic es Southold, que es también el nombre de todo el municipio. Es más o menos allí donde terminan los viñedos y las tierras estrechas entre el canal y la bahía, y todo parece un poco más salvaje y barrido por el viento. Durante un rato, las vías del ferrocarril de Long Island, que comienzan en la estación Penn, en Manhattan, corrían paralelas a la ruta, a mi izquierda; después el camino y las vías se cruzaban y volvían a divergir.

No había mucho tránsito a esa hora, salvo unos cuantos vehículos de granja.

Pensé que, si alguno de mis compañeros del paseo a Plum Island iba por ese camino, tal vez lo viera en algún punto.

Entré en el pueblo de Greenport, la principal metrópolis de North Fork, que cuenta con una población, según el cartel, de 2.100 habitantes. En comparación, la isla de Manhattan, donde yo trabajaba, vivía y casi había muerto, es más pequeña que North Fork y tiene dos millones de personas apiñadas. La fuerza de policía para la que trabaja cuenta con treinta mil hombres y mujeres, lo cual la hace más grande que toda la población del municipio de Southold. Max, como ya dije, dispone de unos cuarenta oficiales, incluidos él y yo. En realidad, el pueblo de Greenport tuvo su propia fuerza policial en otro tiempo, de más o menos una docena de personas, pero de algún modo se acarrearon la antipatía de la población, que votó por eliminarla. No creo que pudiera suceder lo mismo en la ciudad de Nueva York, pero no sería mala idea.

De vuelta a la realidad. Tenía hambre. En ese lugar no existe ninguna cadena de restaurantes de comida rápida, lo cual forma parte del encanto de la región pero también es un inconveniente. Hay, no obstante, unos cuantos negocios que venden comida al paso, de modo que paré en uno situado en el límite de Greenport y compré un café y un sándwich de queso y una carne misteriosa envuelto en plástico. Juro que uno puede comer también el envoltorio y el envase, sin darse cuenta de la diferencia. Tomé un periódico semanal gratis y desayuné en el asiento del auto. El semanario, por coincidencia, contenía un artículo sobre Plum Island. No es algo infrecuente, ya que los lugareños parecen muy interesados en esa isla envuelta en secretos. A lo largo de los años, obtuve la mayoría de la información sobre Plum a través de fuentes locales. De vez en cuando la isla aparecía en las noticias nacionales, pero nueve de cada diez estadounidenses jamás la habían oído nombrar. Eso iba a cambiar muy pronto.

El artículo que leí tenía que ver con la enfermedad de Lyme, otra obsesión de los residentes de la parte oriental de Long Island y el cercano Connecticut. Esa enfermedad, transmitida por las garrapatas de los ciervos, había alcanzado proporciones de plaga. Yo conocía a gente que padecía de Lyme; aunque rara vez resultaba fatal, podía arruinar uno o dos años de vida. De cualquier modo, los lugareños estaban convencidos de que la enfermedad venía de Plum Island y era un experimento de guerra bacteriológica que se había escapado por error o algo así. No exageraría si dijera que a la gente del lugar le gustaría que Plum Island se hundiera en el mar.

Dejé el periódico y puse en marcha el motor.

Debidamente alimentado, continué mi camino, siempre con un ojo alerta por si veía a mis nuevos colegas.

La siguiente aldea era East Marion... La tierra se estrechaba hasta el ancho de una calzada elevada, y había agua a ambos lados del camino: el canal de Long Island a mi izquierda y el puerto de Orient a mi derecha. El cielo y el agua estaban llenos de patos, gansos de Canadá, airones blancos como la nieve y gaviotas, razón por la cual nunca abro la ventanilla del techo del auto. Esos pájaros comen ciruelas o algo así, y después saben cuándo uno tiene abierta la ventanilla del techo.

La tierra volvió a ensancharse; pasé por la aldea de Orient, y luego, diez minutos después, por fin apareció Orient Point.

Pasé la entrada del Parque Estatal de Orient Beach y comencé a reducir la velocidad.

Adelante, a la derecha, vi un mástil con la bandera de las barras y estrellas a media asta. Supuse que la posición de la bandera tenía que ver con los Gordon, y por lo tanto el mástil era de propiedad federal, sin duda de la estación de *ferry* de Plum Island. Ya ven cómo funciona la mente de un gran detective, incluso a las siete y pico de la mañana, después de haber dormido muy poco.

Detuve el auto a un costado del camino, frente al embarcadero y restaurante, y apagué el motor. De la guantera saqué mis binoculares y los enfoqué en un gran cartel blanco y negro situado cerca del mástil, a unos treinta metros del camino. Decía: "Centro de Enfermedades Animales de Plum Island". No decía "Bienvenidos" y tampoco *"Ferry"*, pero el agua estaba ahí, de modo que deduje que era en realidad la estación del *ferry*. Los civiles suponen; los detectives deducen. También, para ser veraz, yo había pasado por aquel sitio más o menos una docena de veces a lo largo de los años, camino al *ferry* de New London, que quedaba un poco más allá del de Plum Island. Aunque nunca me había detenido a pensarlo, supongo que siempre sentí curiosidad por la misteriosa Plum Island. No me gustan los misterios, razón por la cual quiero resolverlos. Me molesta que haya cosas que ignoro.

Bueno, a la derecha del cartel y el mástil había un edificio de ladrillos de una sola planta, en apariencia un centro de administración y recepción. Detrás y más allá del edificio había una amplia playa de estacionamiento, pavimentada con alquitrán, que llegaba hasta el agua; se hallaba rodeada por una cerca de cadenas coronada con alambre de púas.

Donde terminaba la playa de estacionamiento, en la bahía, había varios depósitos grandes y cobertizos de almacenamiento, junto a espaciosos desembarcaderos. Vi unos cuantos camiones estacionados cerca de los muelles de carga. Supuse —perdón: deduje— que era allí donde cargaban a los animales que hacían el viaje sin retorno a Plum.

La playa de estacionamiento se extendía unos cien metros a lo largo de la bahía, y en el extremo más lejano, a través de una leve niebla, alcancé a ver unos treinta vehículos de pasajeros cerca de los embarcaderos del *ferry*. No había gente a la vista.

Bajé los binoculares y miré el reloj digital de mi tablero, que indicaba las siete y veintinueve minutos; ahora la temperatura era de 17 grados. Tenía que cambiar el sistema métrico del auto. Es decir, la maldita computadora mostraba palabras como *"kilomètres"* y *"litres"* y todo tipo de cosas francesas. Me daba miedo hasta poner la calefacción.

Había llegado media hora antes del *ferry* que salía hacia Plum Island, pero a tiempo para el que llegaba de allí, lo cual era mi intención.

De la niebla apareció un transbordador blanco y azul que se deslizaba hacia el muelle. Volví a levantar los binoculares. En la proa tenía un sello del gobierno, probablemente del Departamento de Agricultura, y el nombre del barco, *The Plum Runner*.

Tenía que acercarme, así que puse en marcha la 4 x 4 y avancé hacia el cartel, el mástil y el edificio de ladrillos. A la derecha del edificio las cercas estaban abiertas; como no vi ningún guardia por los alrededores, entré en la playa de estacionamiento y me dirigí hacia los depósitos. Estacioné cerca de unos camiones de reparto y contenedores de mercaderías para embarcar, en la esperanza de que mi vehículo pasara inadvertido. Ahora me hallaba a sólo unos cincuenta metros de los dos muelles del *ferry*, y me puse a observar por los binoculares mientras el transbordador maniobraba para entrar en los embarcaderos. *The Plum Runner* parecía bastante nuevo y bruñido; tenía unos veinte metros de eslora y una cubierta superior en la que vi sillas. El capitán apagó los motores y aseguró los cabos a los pilotes. Noté que en el muelle no había nadie.

Mientras observaba por los binoculares, un grupo de hombres salió de la cabina para pasajeros y subió a la cubierta de popa, donde desembarcaron directamente hacia la playa de estacionamiento. Conté diez hombres, todos vestidos con una especie de uniforme azul; o eran de la banda del Departamento de Agricultura, enviados a saludarme, o bien eran los guardias nocturnos de seguridad que habían sido relevados por los custodios que habían tomado el *ferry* de las siete a Plum Island. Los diez llevaban cinturones portapistolas, aunque no les vi las cartucheras.

El siguiente en bajar fue un tipo corpulento de chaqueta azul y corbata, que charlaba con los diez guardias como si los conociera; imaginé que sería Paul Stevens, el jefe de seguridad.

Después bajaron cuatro individuos vestidos con trajes elegantes, y no tuve más remedio que pensar que aquello era un poco insólito. Dudaba de que esos cuatro sujetos hubieran pasado la noche en la isla, así que deduje que habían ido en el *ferry* de las siete de la mañana. Pero en ese caso solo habrían podido dar una vuelta de pocos minutos por la isla. Por lo tanto, debían haber ido más temprano, ya fuera en un *ferry* especial o en otra embarcación, o en helicóptero.

Por último, pero no menos importante, vestidos con ropa informal, bajaron bailoteando del transbordador el señor George Foster y el señor Ted Nash, lo cual no me sorprendió del todo. Qué dos HdP... Ya me imaginaba que iban a tratar de pasarse de listos conmigo.

Mientras yo observaba, Nash, Foster y los cuatro trajes se hallaban sumidos en profunda conversación, y el tipo de la chaqueta azul permanecía parado respetuosamente a un costado. Por su lenguaje corporal, me di cuenta de que Ted Nash era El Hombre. Los otros cuatro sujetos eran tal vez del D.C., ¿y quién sabía quién diablos los había enviado? Todo aquello era difícil de explicar, con el FBI, la CIA, el Departamento de Agricultura y sin duda el ejército y el Departamento de Defensa y sabía Dios quién más. En lo que a mí concernía, eran todos federales y ellos, a su vez, me consideraban —si es que me consideraban algo— una fastidiosa hemorroide.

Volví a bajar los binoculares y levanté el semanario y el vasito vacío de café, por si tenía que jugar a ocultar la cara. Y bien, ahí estaban todos esos tipos inteligentes queriendo pasarse de listos conmigo, y ni siquiera se molestaron en mirar alrededor para ver si alguien los vigilaba. Mostraban un total desdén por los humildes policías, lo cual me enojó.

El tipo de chaqueta azul habló con los diez guardias, los despachó, y los hombres fueron a sus respectivos autos, subieron y al marcharse pasaron a mi lado. El señor Chaqueta Azul volvió entonces a la cubierta de popa y desapareció en el interior del *ferry*.

Después los cuatro trajes se despidieron de Nash y Foster, subieron a un Chevy Caprice negro y vinieron hacia mí. El Caprice aminoró la marcha hasta casi detenerse; enseguida siguió avanzando y salió por los portones por donde yo había entrado.

Alrededor de las ocho menos diez estacionó cerca de mí una camioneta vieja, de la que se apeó Max, vestido con vaqueros, buzo y una gorra de pescador caída sobre la frente. Bajé el vidrio de mi ventanilla y le pregunté:

—¿Es un disfraz, o te vestiste a oscuras?

Arrugó la frente.

—Nash y Foster sugirieron que nadie debía darse cuenta de que voy a Plum.

—Te escuché por la radio esta mañana.

—¿Cómo estuve?

—Nada convincente. Barcos, aviones y autos han abandonado Long Island durante toda la mañana. Pánico total en toda la Costa Este.

—Basta.

—Está bien. —Apagué el motor y esperé que mi Jeep me dijera algo, pero supongo que esta vez no había hecho nada errado. Saqué las llaves del encendido y una voz de mujer dijo: "*Votre fenêtre est ouverte*". Ahora, ¿por qué un lindo auto estadounidense dice esas cosas? Y bien, porque cuando traté de enmudecer esa voz estúpida, no sé cómo hice pero empezó a hablar en francés... Estos autos se exportaban a Quebec, lo cual explicaba también lo del sistema métrico. "*Votre fenêtre est ouverte.*"

—*Mangez merde* —repliqué en mi mejor francés de graduado universitario, y bajé del auto.

Max me preguntó:

—¿Tienes a alguien ahí dentro?

—No.

—Alguien está hablando...

—Ignórala.

Iba a decirle que había visto a Nash y Foster bajar del *ferry* proveniente de Plum, pero ya que Max no había pensado en sacar más temprano su humanidad de la cama, no merecía saber lo que sabía yo.

Empezaron a llegar autos y los experimentados viajeros a Plum Island arribaron al muelle con una puntualidad de fracciones de segundo, al tiempo que sonaba la bocina del *ferry*.

Ted Nash nos gritó a Max y a mí:

—¡Eh, todos a bordo!

Miré alrededor, buscando a Beth Penrose, mientras hacía unos breves comentarios misóginos sobre las mujeres que llegan tarde.

Max dijo:

—Ahí está.

Y ahí estaba, recién bajada de un Ford negro, probablemente su coche policial sin identificación, que se hallaba estacionado antes incluso de que yo llegara. ¿Podía ser que hubiera en el mundo personas tan inteligentes como yo? Creo que fui yo el que le plantó en la cabeza la idea de llegar temprano.

Max y yo atravesamos la brumosa playa de estacionamiento rumbo al muelle, mientras la bocina del barco volvía a sonar. La detective Penrose se reunió con el señor Nash y el señor Foster, y los tres estaban charlando cerca del *ferry* cuando nosotros nos acercamos. Nash alzó la vista e hizo un gesto impaciente para que nos apresuráramos. He matado gente por menos.

Mientras Max y yo subíamos al muelle, Nash, sin siquiera un "buen día", miró mis pantalones cortos y comentó:

—¿No tiene frío, John?

O sea: vete al carajo, Ted. Tenía ese tono de voz condescendiente que adoptan los superiores para con sus inferiores; al tipo había que aclararle los tantos. Repliqué, a propósito de sus estúpidos pantalones de golf de tono rosado:

—¿Ésos vienen con medias largas al tono?

George Foster rió, y Ted Nash se puso del color de los pantalones. Max hizo como que no había oído el intercambio de palabras, y Beth elevó los ojos al cielo.

El señor Foster dijo, tardíamente:

—Buen día. ¿Listos para abordar?

Los cinco nos volvimos hacia el *ferry*; atravesando la cubierta de popa hacia nosotros venía el caballero de la chaqueta azul, que dijo:

—Buen día. Soy Paul Stevens, jefe de seguridad de Plum Island. —Hablaba como si tuviera una voz generada por computadora.

El señor Pantalones Rosados dijo:

—Yo soy Ted Nash, del Departamento de Agricultura.

Qué montón de basura. No sólo esos tres payasos acababan de volver de Plum Island juntos, sino que Nash repetía otra vez esa bosta agrícola.

Stevens tenía en la mano una tablilla sujetapapeles; parecía uno de esos tipos fanáticos del orden: pelo rubio corto, ojos azules helados, el Señor Cumplidor, ex atleta, delgado y fibroso, listo para organizar un encuentro deportivo.

Beth, dicho sea de paso, vestía lo mismo que el día anterior, y deduje que, cuando tomó el caso, no tenía idea de que debería pasar la noche en el pueblo.

El señor Stevens echó un vistazo a su sujetapapeles y le dijo a Max:

—¿Y usted es George Foster?

—No, soy el jefe Maxwell.

—Correcto —repuso el señor Stevens—. Bienvenido.

Le dije:

—Yo soy Beth Penrose.

Me contestó:

—No, usted es John Corey.

—Correcto. ¿Ahora puedo subir a bordo?

—No, señor. Primero debo registrar a todos. —Miró a Beth y dijo: —Buen día, detective Penrose. —Después miró a George Foster y dijo: —Buen día... señor Foster, del FBI, ¿correcto?

—Correcto.

—Bienvenidos a bordo. Por favor, síganme.

Abordamos el *Plum Runner*; en un minuto nos encontraríamos camino a Plum Island, o, como a veces la llamaban los tabloides, la Isla Misteriosa, o, de manera algo menos sutil, la Isla de la Peste.

Seguimos al señor Stevens al interior de la cabina amplia, cómoda, recubierta en madera, donde unos treinta hombres y mujeres se hallaban sentados en butacas tapizadas como las de los aviones, conversando, leyendo o dormitando. Parecía haber lugar para quizá cien personas, y pensé que el viaje siguiente transportaría a la mayoría de la gente que trabajaba en Plum Island.

No nos sentamos junto con los pasajeros, sino que seguimos al señor Stevens por unas escaleras que bajaban hacia una pequeña habitación que en apariencia servía como sala de mapas o cámara de oficiales. En el centro había una mesa redonda y un recipiente con café. El señor Stevens nos ofreció asientos y café, pero nadie quiso ninguna de las dos cosas. Allí abajo había un ambiente sofocante y el sonido de los motores llenaba la habitación.

Stevens sacó unos papeles y nos dio a cada uno una hoja impresa con una copia en carbónico. Dijo:

—Se les exige que firmen esto antes de desembarcar en Plum Island. Sé que son todos oficiales de la ley, pero reglas son reglas. —Agregó: —Por favor, lean y firmen.

Miré el formulario, que tenía el encabezamiento: "Declaración jurada". Era uno de esos raros formularios del gobierno escritos en inglés normal. Básicamente, yo aceptaba permanecer con el grupo y no soltarles la mano, y permanecer acompañado en todo momento por un empleado de Plum Island. También accedía a respetar todas las reglas de seguridad, y además me comprometía a evitar relacionarme con animales después de marcharme de la isla, durante al menos siete días, y prometía no acercarme a ganado vacuno, ovejas, cabras, cerdos, caballos y otras especies similares, y a no visitar una granja, jardín zoológico, circo, ni siquiera un parque, y además tenía que mantener distancia de graneros, corrales de ganado, laboratorios de animales, frigoríficos y exhibiciones de animales de todo tipo. Vaya. Eso limitaba mucho mi vida social durante los siete días siguientes.

El último párrafo, muy interesante, decía:

En caso de una emergencia, el Director del Centro o el Oficial de Seguridad pueden detener al visitante a Plum Island hasta que se lleven a cabo las medidas precautorias de seguridad biológica necesarias. La ropa y otros elementos personales pueden ser retenidos en forma temporaria en Plum Island para fines de descontaminación, en cuyo caso se proveerán prendas de reemplazo con el objeto de que el visitante pueda dejar la isla tras haberse sometido a la ducha de descontaminación. Las prendas retenidas serán devueltas tan pronto como sea posible.

Y, para aumentar la dicha de mi visita, accedía a someterme a cualquier cuarentena o demora necesaria. Le dije a Stevens:

—Supongo que éste no es el *ferry* de Connecticut.

—No, señor; no lo es.

El eficiente señor Stevens nos tendió unas lapiceras del gobierno, y nosotros apoyamos los formularios sobre la mesa y, de pie, garabateamos en ellos nuestros nombres. Stevens recogió las hojas y nos dio de recuerdo las copias en carbónico.

Nos entregó luego unos pases azules, con broche, que debidamente nos prendimos a la ropa. Nos preguntó:

—¿Alguno de ustedes está armado?

Respondí:

—Creo que lo estamos todos, pero haría bien en no pedirnos las armas.

Stevens me miró y contestó:

—Eso es exactamente lo que voy a pedirles. En la isla están absolutamente prohibidas las armas de fuego. —Agregó: —Tengo aquí una caja de seguridad donde sus pistolas estarán a salvo.

—Mi pistola está a salvo donde está ahora —repliqué.

Max agregó:

—Plum Island se encuentra dentro de la jurisdicción del municipio de Southold. Yo soy la ley en Plum Island.

Stevens lo consideró un largo momento; después repuso:

—Supongo que la prohibición no se aplica a los oficiales de la ley.

—Puede estar seguro de que así es —afirmó Beth.

Stevens, estropeado su jueguito de poder, aceptó la derrota con gracia y sonrió. Era, sin embargo, la clase de sonrisa que, en las películas, esboza el perverso villano antes de decir: "Usted ha ganado esta batalla, señor, pero le aseguro que volveremos a encontrarnos". Chocar talones, volverse, salir taconeando de la habitación.

Pero por el momento el señor Stevens debía permanecer con nosotros, de modo que propuso:

—¿Por qué no subimos a la cubierta superior?

Seguimos a nuestro anfitrión escaleras arriba, a través de la cabina y hacia una nueva escalera que conducía a una linda cubierta situada encima de la cabina. No había nadie más.

El señor Stevens indicó un grupo de asientos. La embarcación iba a unas quince millas por hora, lo cual creo que equivale a unos doscientos nudos. Tal vez algo menos. Arriba la brisa estaba un poco fuerte, pero el ambiente resultaba más tranquilo, lejos de los motores. La niebla iba disolviéndose y la luz del Sol surgió de pronto.

Yo alcanzaba a ver el puente cerrado de vidrio donde el capitán iba al volante, también conocido como timón, hablando con el maestre. En la popa, abajo, flameaba una bandera estadounidense, que chasqueaba al viento.

Me senté de frente a la proa, con Beth a mi derecha, Max a mi izquierda, Stevens frente a mí y Foster y Nash a cada lado de él. Stevens observó:

—Los científicos que trabajan en biocontención siempre viajan acá arriba, salvo que el tiempo esté muy malo. Lo que sucede es que durante ocho o diez horas no ven el Sol. —Añadió: —Pedí que tuviéramos algo de privacidad esta mañana.

A mi izquierda vi el faro de Orient Point, que no es una de esas anticuadas torres de piedra construida en un promontorio, sino una moderna estructura de acero erigida sobre las rocas. Lo apodan "la Cafetera" porque se supone que eso es lo que parece, pero yo no estoy de acuerdo. Los marineros confunden morsas con sirenas, marsopas con serpientes marinas, nubes con buques fantasma, y así sucesivamente. Si uno pasa bastante tiempo en el mar, se vuelve un poco chiflado, creo yo.

Miré a Stevens y nuestros ojos se encontraron. El hombre de veras tenía una de esas caras raras, como de cera, que no se olvidan nunca. Es decir, sólo se le movía la boca, y los ojos eran directos y penetrantes.

Paul Stevens se dirigió a sus huéspedes:

—Bien, permítanme comenzar diciendo que conocí a Tom y Judy Gordon. En Plum todos los tenían bien considerados: personal administrativo, científico, cuidadores de animales, gente de laboratorio, personal de mantenimiento, guardias de seguridad... todos. Trataban a todos sus compañeros de trabajo con cortesía y respeto. —La Boca esbozó una especie de sonrisa extraña. —Sin duda los echaremos de menos.

Tuve la súbita idea de que ese tipo podía ser un asesino del gobierno. Sí. ¿Y si había sido el gobierno el que liquidó a Tom y Judy? Santo cielo, acababa de ocurrírseme que tal vez los Gordon sabían algo o habían visto algo, o iban a abrir la boca respecto de algo... Como diría mi compañero, Dom Fanelli: "*Mamma mia!*". Aquello constituía toda una nueva posibilidad. Miré a Stevens y traté de leer algo en esos ojos gélidos, pero era un buen actor, como ya había mostrado en la planchada.

Stevens proseguía:

—En cuanto me enteré de las muertes, anoche, llamé a mi sargento de seguridad en la isla y traté de determinar si faltaba algo de los laboratorios... No es que sospechara semejante cosa de los Gordon, pero el modo como fui informado del asesinato... Bueno, aquí tenemos procedimientos operativos estándar.

Miré a Beth y nuestros ojos se encontraron. Yo no había tenido oportunidad de decirle una sola palabra aquella mañana, así que le guiñé un ojo. En apariencia ella no podía confiar en sus emociones, de modo que desvió la mirada.

Stevens continuó:

—Pedí a uno de los barcos patrulla de seguridad que me llevara a Plum esta mañana muy temprano, e hice una investigación preliminar. Hasta donde puedo determinar a esta altura, no falta nada en ninguno de los depósitos de microorganismos, ni muestras de tejido, sangre o cualquier otro material biológico u orgánico.

Esta declaración servía de manera tan evidente a propósitos personales y era tan idiota, que nadie se molestó siquiera en reír. Pero Max me miró de reojo y meneó la cabeza. Los señores Nash y Foster, no obstante, asentían como si se tragaran la farsa de Stevens. Así alentado, el señor Stevens, consciente de que se hallaba entre amigos y colegas empleados por el gobierno, continuó exponiendo la cháchara oficial.

Pueden imaginarse cuántas idioteces tengo que escuchar en mi vida profesional: sospechosos, testigos, informantes e incluso personas de mi propio equipo, como los asistentes de fiscales de distrito, autoridades, subordinados incompetentes, políticos de bajo nivel y así por el estilo. Idioteces y estupideces; la primera es una grosera y agresiva distorsión de la verdad, mientras que la segunda es una mentira más leve y pasiva. Así son las cosas con el trabajo de la policía. Idioteces y estupideces. Nadie va a decir la verdad. En especial si uno trata de enviarlos a la silla eléctrica, o sea lo que fuere lo que usen en estos tiempos.

Escuché mientras el señor Paul Stevens explicaba por qué nadie podía sacar un solo virus o bacteria de la isla, ni siquiera un caso de comezón en la entrepierna, si debíamos creerle a Pinocho Stevens.

Me agarré la oreja derecha y me la torcí, que es la manera como desconecto a los idiotas. Ahora que la voz de Stevens sonaba más lejana, contemplé la hermosa mañana azul. El *ferry* de New London pasó junto a nosotros por el lado izquierdo, que, según sé por casualidad, se llama "babor". La milla y media de agua que hay entre Orient Point y Plum Island se conoce como el estrecho de Plum, otro término náutico. Hay muchos términos náuticos por aquí, y a veces me dan dolor de cabeza.

Bueno, sé que el estrecho es un lugar donde las corrientes se ponen difíciles porque allí chocan el canal de Long Island y el Atlántico abierto. En una oportunidad me encontraba con los Gordon, en su lancha, cuando llegamos a una situación, justo allí, en que el viento, la marea y las corrientes abofeteaban la embarcación. La verdad es que no necesito un día así en el agua, no sé si me explico.

Pero ahora el estrecho estaba calmo y el barco era grande. Se mecía un poco, pero supongo que eso no puede evitarse en el agua, que es en esencia líquida y ni de lejos tan confiable como una superficie firme alquitranada.

Bueno, desde allí se apreciaba una linda vista, y mientras el señor Stevens ejercitaba sus mandíbulas, yo observaba una gran águila pescadora que trazaba círculos en el aire. Esas aves son raras, totalmente locas. La contemplé trazar círculos, buscando el desayuno, hasta que lo divisó y comenzó su loca zambullida de camicace dentro del agua, chillando como si se le hubieran prendido fuego las bolas; luego dio contra el agua, desapareció y volvió a emerger como si tuviera un cohete en el trasero. Entre sus garras llevaba un pez plateado que hasta el momento había estado chapoteando allá abajo hasta que de repente se encontró en el aire y luego deslizándose por el buche de ese pájaro loco. Es decir, quizás el pez plateado tenía esposa, hijos, y lo que sea, y cuando salió a buscar el desayuno, en un abrir y cerrar de ojos se convirtió él en desayuno. La supervivencia del más apto. Espantoso. Totalmente.

Estábamos a un cuarto de milla de Plum Island cuando un sonido extraño pero conocido nos llamó la atención. Entonces lo vimos: un gran helicóptero blanco con unas marcas rojas de la Guardia Costera pasó cerca de estribor de nuestra embarcación. Iba volando bajo y lento, y asomado por la puerta del helicóptero había un hombre, sujeto con correas. Llevaba uniforme, un casco con radio y empuñaba un rifle.

El señor Stevens comentó:

—Es la patrulla anticiervos. —Explicó: —Como medida puramente precautoria, buscamos ciervos que pudieran entrar o salir a nado de Plum Island.

Nadie habló.

El señor Stevens pensó que debía extenderse sobre el tema, así que agregó:

—Los ciervos son nadadores de una fuerza increíble, y en ocasiones han llegado a nado a Plum desde Orient e incluso de la isla Gardiners y la isla Shelter, que queda a más de diez kilómetros de distancia. Nosotros tratamos de evitar que los ciervos habiten Plum Island, o incluso visiten la isla.

—A menos —señalé— que firmen el formulario.

El señor Stevens volvió a sonreír. Yo le gustaba. También le gustaban los Gordon, y miren lo que les pasó.

Beth le preguntó:

—¿Por qué tratan de evitar que los ciervos naden hasta la isla?

—Bueno... tenemos lo que llamamos la "Política de No Salida". O sea, cualquier cosa que entre en la isla no sale nunca, a menos que se haya descontaminado. Eso nos incluye a nosotros cuando nos marchemos, más tarde. Los elementos grandes, imposibles de descontaminar, como autos, camiones, equipos de laboratorio, escombros de construcción, basura, no salen jamás de la isla.

De nuevo, nadie habló.

El señor Stevens, al darse cuenta de que había asustado a los turistas, aclaró:

—No quiero sugerir que la isla esté contaminada.

—Me engañó —admití.

—Bien, debería explicar... En la isla hay cinco niveles de riesgo biológico, o más bien debería decir cinco zonas. En el Nivel Uno, o Zona Uno, respiramos el aire ambiente; abarca todos los lugares exteriores a los laboratorios de biocontención, y es seguro. El Nivel Dos es la zona de las duchas, situadas entre los laboratorios y las habitaciones de vestuarios y armarios, y comprende también algunos lugares de trabajo con material de bajo nivel de contagio. El Nivel Tres está compuesto por los laboratorios de biocontención, donde se trabaja con enfermedades infecciosas. El Nivel Cuatro se halla en la parte más profunda del edificio e incluye los corrales de los animales enfermos, y también los incineradores y las salas de disección. —Nos miró uno por uno para ver si le prestábamos atención, cosa que por supuesto hacíamos, y continuó: —En tiempos recientes hemos agregado las instalaciones del Nivel Cinco, que es el nivel de biocontención más elevado. En el mundo no hay muchas instalaciones

de Nivel Cinco. Agregamos ésta porque algunos de los organismos que recibimos de lugares como África o la selva del Amazonas eran más virulentos que lo que sospechábamos. —Nos miró otra vez uno por uno y aclaró, en voz más baja:
—En otras palabras, estábamos recibiendo muestras de sangre y tejidos infectados con Ébola.

—Creo que ya podemos volver —dije.

Todos sonrieron y trataron de reír. Ja, ja. No era gracioso.

El señor Stevens continuó:

—El nuevo laboratorio es una instalación de biocontención que cuenta con lo más moderno, pero en otra época tuvimos una vieja instalación, posterior a la Segunda Guerra Mundial, que, lamentablemente, no era tan segura. De modo que, en ese tiempo, adoptamos la "Política de No Salida", como precaución contra la propagación de infecciones en tierra firme. Esa política todavía está oficialmente en vigencia, aunque es algo más laxa. Aun así, no nos gusta que las cosas y la gente viajen con demasiada libertad entre la isla y tierra firme sin haber sido descontaminadas. Eso, por supuesto, incluye a los ciervos.

Beth volvió a preguntar:

—¿Pero por qué?

—¿Por qué? Porque podrían contagiarse algo en la isla.

—¿Como qué? —pregunté—. ¿Una mala actitud?

El señor Stevens sonrió y respondió:

—Tal vez un resfrío feo.

Beth preguntó:

—¿Matan a los ciervos?

—Sí.

Nadie habló por un momento; después pregunté:

—¿Y a los pájaros?

El señor Stevens asintió y respondió:

—Los pájaros podrían constituir un problema.

Hice mi pregunta siguiente:

—¿Y a los mosquitos?

—Ah, sí, los mosquitos podrían ser otro problema. Pero usted debe recordar que a los animales de laboratorio se los guarda adentro y que todos los experimentos se hacen en laboratorios de biocontención con presión de aire negativa. Nada puede escapar.

Max preguntó:

—¿Cómo lo saben?

El señor Stevens contestó:

—Porque usted aún está vivo.

Tras esta nota optimista, y mientras Sylvester Maxwell contemplaba el hecho de que lo compararan con un canario en una mina de carbón, el señor Stevens indicó:

—Cuando desembarquemos, por favor permanezcan conmigo en todo momento.

Eh, Paul, no aceptaría que fuera de otra manera.

8

A medida que nos acercábamos a la isla, el *Plum Runner* redujo la velocidad. Me paré, fui a babor y me apoyé contra la barandilla. A mi izquierda, el viejo faro de piedra de Plum Island surgió a la vista, y lo reconocí porque era uno de los temas favoritos de malos pintores de acuarela de la zona. A la derecha del faro, costa abajo, había un gran cartel que decía: "¡CUIDADO! ¡CRUCE DE CABLES! PROHIBIDO PESCAR EN RASTRA Y DRAGAR".

De modo que, si a los terroristas les interesaba dejar sin electricidad y comunicaciones a Plum Island, las autoridades les daban un pequeño indicio. Por otro lado, para ser justo, supuse que Plum tenía sus propios generadores de emergencia, así como teléfonos celulares y radios.

El *Plum Runner* se deslizó por el estrecho canal hasta una pequeña ensenada que parecía artificial, como si le hubiera concedido la existencia no Dios Todopoderoso sino el Cuerpo de Ingenieros del ejército, a quienes les agradaba dar los toques finales a la Creación.

No había muchos edificios alrededor de la ensenada; sólo unas cuantas estructuras de chapa semejantes a depósitos, tal vez residuo de las épocas militares.

Beth se acercó y me dijo en voz baja:

—Antes de que llegaras al *ferry* vi...

—Yo estaba ahí. Lo vi. Gracias.

El *ferry* hizo un giro de ciento ochenta grados y entró en el desembarcadero. Mis colegas se hallaban de pie junto a la baranda, y el señor Stevens dijo:

—Esperaremos hasta que desembarquen los empleados.

Le pregunté:

—¿Éste es un puerto artificial?

Respondió:

—Sí, lo es. Lo construyó el ejército cuando se instalaron las baterías de artillería aquí antes de la guerra hispanoamericana.

Sugerí:

—Deberían quitar ese cartel de los cruces de cables.

Respondió:

—No tenemos alternativa. Debemos avisar a las embarcaciones. De cualquier modo, figura en las cartas de navegación.

—Pero podría decir: "Caños de agua dulce". No tienen por qué aclarar todo el asunto.

—Es cierto. —Me miró de reojo y estuvo a punto de agregar algo, pero no lo hizo. Tal vez quería ofrecerme empleo.

Cuando desembarcó el último de los empleados, bajamos las escaleras y salimos del *ferry* por la abertura de la baranda de popa. Y allí estábamos en la misteriosa isla de Plum. En el muelle estaba ventoso, soleado y fresco. Los patos chapoteaban alrededor de la costa, y me alegró ver que no tenían colmillos ni ojos rojos relampagueantes.

Como dije, la isla tiene la forma de una chuleta de cerdo —tal vez de cordero— y la ensenada queda en el extremo gordo de la chuleta, como si alguien le hubiera dado un mordisco a la carne, para continuar con la estúpida comparación.

Había una sola embarcación amarrada al muelle, un barco de unos nueve metros, con cabina, reflector y motor dentro del casco. Se llamaba *The Prune*.

Observé un deteriorado cartel de madera que decía: "Centro de Enfermedades Animales de Plum Island". Más allá del cartel había un mástil, y vi que también allí la bandera estadounidense estaba a media asta.

Los empleados que acababan de desembarcar abordaron un autobús blanco que se alejó, y el *ferry* hizo sonar su bocina, pero no vi a nadie que subiera para hacer el viaje de vuelta a Orient.

El señor Stevens dijo:

—Por favor, quédense aquí. —Se alejó un poco y se detuvo a hablar con un hombre vestido con un overol naranja.

Reinaba una sensación extraña en aquel lugar: gente con overoles naranjas, uniformes azules, autobuses blancos, y todo ese "quédense aquí" y "permanezcan juntos". Es decir, allí estaba yo, en una isla restringida, con ese tipo rubio semejante a un ss, un helicóptero armado que daba vueltas en círculos, guardias armados por todas partes, y sentía que de algún modo había entrado en una película de James Bond, salvo que aquel sitio era real. Le dije a Max:

—¿Cuándo nos presentan al doctor No?

Max rió, y hasta Beth y los señores Nash y Foster sonrieron.

Beth se dirigió a Max:

—Lo cual me recuerda algo: ¿cómo es que no conocías a Paul Stevens?

Max respondió:

—Cada vez que había una reunión conjunta de agencias de aplicación de la ley, invitábamos al director de seguridad de Plum Island como cortesía. Nunca se presentó ninguno de ellos. Hablé con Stevens por teléfono en una ocasión, pero nunca lo vi hasta esta mañana.

Ted Nash me dijo:

—A propósito, detective Corey, he descubierto que usted no es un detective del condado de Suffolk.

—Nunca dije que lo fuera.

—Ah, vamos, hombre. Usted y el jefe Maxwell nos llevaron a creer, a mí y a George Foster, que así era.

Intervino Max:

—El detective Corey ha sido contratado por el municipio de Southold como consultor en este caso.

—¿De veras? —preguntó el señor Nash. Me miró y añadió: —Usted es detective de homicidios de la ciudad de Nueva York, herido en cumplimiento del deber el 12 de abril. En la actualidad está con licencia por convalecencia.

—¿Quién se lo preguntó?

El señor Foster, siempre pacificador, terció:

—No nos molesta, John. Sólo queremos establecer credenciales y jurisdicciones.

Beth aclaró a los señores Nash y Foster:

—Bueno, entonces ésta es mi jurisdicción y mi caso, y yo no tengo problema en que John Corey se encuentre aquí.

—Muy bien —repuso el señor Foster.

El señor Nash no secundó estas palabras, por lo que creí que sí tenía problema, lo cual me daba lo mismo.

Beth miró a Ted Nash y exigió:

—Ahora que sabemos para quién trabaja John Corey, ¿para quién trabaja usted?

Nash hizo una pausa y luego dijo:

—La CIA.

—Gracias. —Beth miró a George Foster y Ted Nash, y les informó: —Si alguno de ustedes vuelve a visitar en algún momento la escena del crimen sin firmar el registro, notificaré al fiscal de distrito. Seguirán todos los procedimientos, lo mismo que debemos hacerlo el resto de nosotros, ¿entendido?

Asintieron. Por supuesto, no querían decir que sí.

Volvió Paul Stevens, que anunció:

—El director no está disponible todavía. Entiendo, por el jefe Maxwell, que quieren ver parte de la isla, así que ahora podemos recorrerla. Por favor, síganme...

—Esperen —dije, señalando *The Prune*—. ¿Ése es suyo?

—Sí. Es un barco patrulla.

—No está patrullando.

—Ahora hay otro allá afuera.

—¿Es aquí donde los Gordon amarraban su lancha?

—Sí. Muy bien, por favor síganme...

—¿Tienen vehículos patrulla alrededor de la isla? —pregunté.

Era obvio que no le gustaba que lo interrogaran, pero respondió:

—Sí, tenemos vehículos patrulla alrededor de la isla. —Me miró y preguntó con impaciencia: —¿Alguna otra pregunta, detective?

—Sí. ¿Es habitual que un empleado use su propia embarcación para venir al trabajo?

Dejó pasar uno o dos segundos y respondió:

—Cuando se aplicaba estrictamente la "Política de No Salida", estaba prohibido. Ahora hemos aflojado un poco las reglas, así que a veces tenemos algún empleado que viene en su embarcación a trabajar. Sobre todo en verano.

—¿Autorizaron a los Gordon a venir en su lancha?

Contestó:

—Los Gordon eran personal de cierta antigüedad y científicos conscientes. Mientras practicaran buenas técnicas de descontaminación y observaran las regulaciones y los procedimientos de seguridad, no había problema alguno en que vinieran a trabajar en su propia lancha.

—Entiendo. —Inquirí: —¿Alguna vez se le ocurrió que los Gordon podrían usar su embarcación para sacar de aquí, de contrabando, organismos mortales?

Lo consideró uno o dos segundos y respondió:

—Éste es un lugar de trabajo, no una cárcel. Mi principal interés es impedir que entren personas no autorizadas. Confiamos en nuestra gente, pero, para estar seguros, hacemos verificar por el FBI los antecedentes de todos nuestros empleados. —El señor Stevens miró la hora y dijo: —Tenemos horarios muy precisos. Síganme.

Seguimos al estricto señor Stevens hasta un pequeño autobús blanco y abordamos. El conductor vestía el mismo uniforme azul claro que los guardias de seguridad, y de hecho noté que llevaba también una pistola enfundada.

Me senté detrás del conductor y palmeé el asiento de al lado mirando a Beth, pero ella debió de haber pasado por alto mi gesto, ya que se sentó en el doble asiento del otro lado del pasillo. Max se ubicó detrás de mí, y los señores Nash y Foster, en butacas separadas, más atrás.

El señor Stevens, que permaneció de pie, informó:

—Antes de que visitemos las instalaciones principales, daremos una vuelta rápida por la isla para que puedan conocer el lugar y apreciar mejor los desafíos de seguridad que ofrece una isla de este tamaño, con unos dieciséis kilómetros de playa y sin cercas. —Agregó: —En la historia de la isla jamás ha habido una falla de seguridad.

Le pregunté:

—¿Qué clase de armas veo en las cartucheras de sus guardias?

—Las pistolas son Colt 45 automáticas, del ejército. —Miró por todo el autobús y preguntó: —¿Dije algo interesante?

Max le informó:

—Creemos que el arma asesina fue una 45.

Beth dijo:

—Quisiera hacer un inventario de sus armas, y quisiera someter a cada una a pruebas de balística.

Paul Stevens no reaccionó con entusiasmo.

Beth preguntó:

—¿Cuántas pistolas 45 tienen aquí?

—Veinte.

Max inquirió:

—¿Usted lleva una encima?

Stevens se palmeó la chaqueta y asintió.

Beth:

—¿Siempre lleva la misma?

—No. —Añadió: —Cada día saco una de la armería. —Miró a Beth y protestó: —Parecería que me estuviera interrogando.

—No —respondió Beth—. Sólo se le están haciendo preguntas como un testigo amistoso. Si lo estuviera interrogando, lo sabría.

El señor Nash, detrás de mí, planteó:

—Tal vez debiéramos permitir que el señor Stevens continúe con su programa. Más tarde tendremos tiempo de interrogar a la gente.

—Proceda —indicó Beth.

El señor Stevens, todavía de pie, repuso:

—De acuerdo. Antes de seguir adelante, les ofreceré el pequeño discurso que doy a los científicos, dignatarios y periodistas que nos visitan. —Echó un vistazo a su ridículo sujetapapeles y comenzó a recitar de memoria: —Plum Island comprende 840 acres de tierra en general boscosas y de pasturas y un terreno para pasar revista, que veremos después. La isla se menciona en los cuadernos de bitácora de antiguos marineros holandeses e ingleses. Los holandeses nombraron la isla por los ciruelos silvestres que crecen a lo largo de la costa: Pruym Eyland, en holandés antiguo, si a alguien le interesa. La isla pertenecía a la tribu indígena Montauk, y en 1654 un individuo llamado Samuel Wyllys se la compró al jefe Wyandanch. Wyllys y otros colonos después de él usaron la isla para hacer pastar ovejas y vacas, lo cual resulta irónico, considerando el uso que se le da ahora.

Bostecé.

—Bien —continuó Stevens—, en la isla no hubo un asentamiento permanente. De modo que ustedes se preguntarán: ¿Cómo hacían los colonos para hacer pastar ganado en una isla que se hallaba deshabitada? Según los registros, en los siglos XVI y XVII el estrecho que se extiende entre Orient y Plum era tan playo que el ganado podía cruzar cuando había marea baja. A fines del siglo XVII un huracán hizo más profundo el estrecho, lo cual dio como resultado que la isla ya no sirviera como tierra de pastura. No obstante, desde el principio de la presencia inglesa, la isla fue visitada por una sucesión de piratas y corsarios que encontraron muy conveniente el aislamiento de estas tierras.

Sentí que me sobrevenía un súbito ataque de pánico. Estaba atrapado en un pequeño autobús con ese imbécil monótono y monocromático que comenzaba con el Génesis, y recién íbamos por el 1700, con tres siglos por delante, y el maldito vehículo ni siquiera se movía, y yo no podía irme a menos que me abriera camino a tiros. ¿Qué había hecho para merecer eso? La tía June me miraba desde el cielo y se desternillaba de risa. Me parecía oírla: "Ahora, Johnny, si puedes repetirme lo que te conté ayer de los indios Montauk, te compraré un cucurucho de helado". ¡No, no, no! ¡BASTA!

Stevens proseguía:

—Durante la Revolución, los patriotas estadounidenses de Connecticut usaron la isla para montar incursiones contra los fuertes *tories* de Southold. Después, George Washington, que había visitado North Fork...

Me tapé las orejas con las manos, pero aún oía un zumbido.

Por fin levanté la mano y pregunté:

—¿Usted es miembro de la Sociedad Histórica Pecónica?

—No, pero ellos me ayudaron a compilar esta historia.

—¿Hay, digamos, un folleto o algo así que podamos leer después, así usted puede guardarse esto para contárselo a un diputado?

Beth Penrose opinó:

—Yo lo encuentro fascinante.

Los señores Nash y Foster hicieron unos sonidos de asentimiento.

Max rió y dijo:

—Perdiste, John.

Stevens volvió a sonreírme. ¿Por qué pensaba yo que él deseaba sacar su 45 y vaciar el cargador sobre mí? Continuó, pero noté que aceleraba el ritmo de sus palabras:

—Bien, en vísperas de la guerra hispanoamericana, el gobierno compró 130 acres de la isla para defensas costeras, y así se estableció el fuerte Terry, que ya veremos, más adelante.

Miré de reojo a Beth y vi que observaba con atención a Paul Stevens, en apariencia absorta en su narración. Mientras miraba a Beth Penrose mirar a Paul Stevens, ella se volvió hacia mí e hicimos contacto ocular. Parecía incómoda porque la había sorprendido mirándome; esbozó una sonrisa rápida y apartó la vista hacia Stevens. Mi corazón dio un salto. Estaba enamorado. Otra vez.

El señor Stevens proseguía:

—Debo señalar que aquí, en la isla, hay más de trescientos años de objetos históricos, y que de no ser por el acceso restringido, habría una buena cantidad de arqueólogos cavando en sitios que en su mayoría se encuentran intactos. En la actualidad estamos negociando con la Sociedad Histórica Pecónica para tratar de llegar a algún convenio para llevar a cabo excavaciones experimentales. De hecho —agregó—, los Gordon eran miembros de la Sociedad Histórica Pecónica, y eran la conexión entre el Departamento de Agricultura, la sociedad histórica y algunos arqueólogos de la Universidad Estatal de Stony Brook. Los Gordon y yo habíamos identificado algunos sitios interesantes que considerábamos no comprometerían ni interferirían con la seguridad.

De repente me volvió el interés. A veces en una investigación surge una palabra o una frase o un nombre, y luego vuelve a aparecer, y se convierte en algo para pensar. Eso me sucedió con la Sociedad Histórica Pecónica. Es decir, mi tía pertenecía a esa sociedad, y por todas partes se veían boletines y volantes de la sociedad, que además organizaba cócteles, reuniones para recolectar fondos, conferencias y todo eso, lo cual es bastante normal. Después se unieron los Gordon, que no sabían distinguir una roca de Plymouth de un whisky con hielo, y ahora también el Oberführer Stevens la mencionaba en su perorata. Interesante.

El señor Stevens continuó parloteando:

—En 1929 hubo un brote devastador de fiebre aftosa en los Estados Unidos, y el Departamento de Agricultura abrió su primera estación en la isla. Esto comienza la moderna historia de la isla con respecto a su presente misión. ¿Alguna pregunta?

Yo tenía unas cuantas preguntas sobre los Gordon husmeando por la isla lejos del laboratorio donde se suponía que debían estar trabajando. Eran personas astutas, concluí. La lancha, después la Sociedad Histórica Pecónica, después la pantalla de las excavaciones arqueológicas para poder hacer un reconocimiento de la isla. Era posible que nada de eso guardara relación, y que todo fuera coincidencia. Pero yo no creo en las coincidencias. No creía que unos científicos mal pagos del Medio Oeste a menudo se vieran envueltos en una costosa afición a las lanchas veloces y la arqueología y las sociedades históricas locales. Esas cosas no tenían relación con los recursos, la personalidad, el temperamento ni los intereses pasados de Tom y Judy Gordon. Lamentablemente, las preguntas que yo quería hacerle al señor Stevens no podían formularse sin revelar más de lo que tenía probabilidades de obtener.

El señor Stevens seguía hablando del Departamento de Agricultura, de modo que pude desconectarme y reflexionar un poco. Me di cuenta de que, antes de mencionar el interés arqueológico de los Gordon, Stevens había dicho otra cosa que me había resonado con un *ping* en el cerebro. Pensemos en una onda de sonar que se mueve a través del agua; la onda da contra algo y envía una señal de vuelta a los auriculares. *Ping*. Algo que había dicho Stevens me había hecho *ping*, pero cuando lo dijo yo estaba tan aburrido que lo pasé por alto; ahora quería volver atrás, pero no lograba recordar qué era lo que había causado el *ping*.

Stevens anunció:

—Muy bien, ahora recorreremos un poco la isla.

El conductor despertó y puso el minibús en marcha. Noté que el camino estaba bien pavimentado pero no se veían otros vehículos, y tampoco otras personas.

Anduvimos alrededor del área del enorme edificio principal, y el señor Stevens señaló la torre de agua, la planta de descontaminación de cloacas, la estación de energía eléctrica, talleres de máquinas y plantas de vapor. El lugar parecía ser autocontenido y autosuficiente, lo cual me hizo pensar de nuevo en la guarida del villano de una película de Bond, donde un loco tramaba la destrucción del planeta. Todo aquello era impresionante, y todavía no habíamos visto el interior del edificio de investigaciones.

De vez en cuando pasábamos ante un edificio que el señor Stevens no identificaba, y si alguno de nosotros le preguntaba qué era, respondía: "Depósito de pintura" o "Depósito de alimentos" o algo similar. Y bien podían haberlo sido, pero el hombre no inspiraba credibilidad. En realidad, yo tenía la clara sensación de que disfrutaba de tanto secreto y encontraba emocionante tirarnos un poco de la cadena.

Casi todas las construcciones, excepto el nuevo edificio principal de investigación, eran ex estructuras militares, la mayoría hechas de ladrillos rojos o cemento reforzado, y la vasta mayoría se hallaban desiertas. En general, aquello había sido en otros tiempos una sustancial instalación militar, una de una serie de fortalezas que custodiaban la ciudad de Nueva York contra una armada hostil que nunca apareció.

Llegamos a un grupo de edificios de cemento con pasto que crecía a través del pavimento. Stevens dijo:

—Ese edificio grande es el 257, designado así por el ejército. Hace unos años era el laboratorio principal. Después de que nos mudamos de allí, lo descontaminamos con gas venenoso y lo sellamos para siempre, por si algo de lo que había adentro aún continuaba vivo.

Nadie habló por unos segundos. Después Max preguntó:

—¿No es aquí donde una vez hubo una falla de biocontención?

—Eso fue antes de que yo comenzara a trabajar acá —respondió Stevens. Me miró y esbozó su sonrisa de cera. —Si quiere echar un vistazo adentro, puedo conseguirle la llave.

Le devolví la sonrisa y contesté:

—¿Puedo entrar solo?

—Es la única manera como puede entrar en el 257. Nadie querrá acompañarlo.

Nash y Foster rieron entre dientes. No me he divertido tanto desde una vez que tropecé en el barro y aterricé sobre un cadáver de diez días. Dije:

—Eh, Paul, si usted entra, yo entro también.

—No tengo particulares deseos de morir —replicó Stevens.

Mientras el autobús se acercaba al edificio 257, vi que alguien había pintado en negro sobre la pared de cemento una gran calavera con unos huesos cruzados, y pensé que esa cabeza de muerto tenía en realidad dos significados: la bandera pirata que los Gordon habían puesto en su mástil, y también el símbolo de veneno o contaminación. Me quedé mirando la calavera y los huesos negros contra la pared blanca, y cuando aparté la vista la imagen seguía frente a mis ojos, y cuando miré a Stevens la cabeza de muerto se superpuso con su cara, y tanto la calavera como Stevens sonreían. Me froté los ojos hasta que se disolvió la ilusión óptica. Por Dios, si no me hubiera ocurrido a plena luz del día y rodeado de gente, podría haber sido tétrico.

Stevens continuó:

—En 1946 el Congreso autorizó la suma necesaria para construir una instalación de investigaciones. La ley establece que ciertas enfermedades infecciosas no pueden estudiarse en tierra firme perteneciente a los Estados

Unidos. Eso era necesario en los tiempos en que la biocontención no se hallaba muy avanzada. De modo que Plum Island, que ya era por completo propiedad del gobierno, y que era compartida por el Departamento de Agricultura y el ejército, resultó un sitio natural para el estudio de enfermedades animales exóticas.

Pregunté:

—¿Quiere decir que aquí sólo se estudian enfermedades animales?

—Correcto.

—Señor Stevens, aunque nos inquietaría que los Gordon hubieran robado virus de aftosa y quedara borrado de la faz de la Tierra el ganado de los Estados Unidos, Canadá y México, no es ésa la razón por la que nos encontramos aquí. ¿Hay en el laboratorio de Plum Island enfermedades que puedan infectar a los seres humanos?

Me miró y respondió:

—Tendrá que preguntárselo al director, el doctor Zollner.

—Le estoy preguntando a usted.

Stevens pensó un momento y luego repuso:

—Le diré esto: a causa de la coincidencia de que el Departamento de Agricultura haya compartido por un tiempo esta isla con el ejército, hubo muchas especulaciones y rumores acerca de que éste era un centro de guerra biológica. Creo que todos lo saben.

Habló Max:

—Existe evidencia de que, en el apogeo de la Guerra Fría, el Cuerpo Químico del ejército desarrollaba aquí enfermedades capaces de eliminar toda la población animal de la Unión Soviética. E incluso sé que el ántrax y otras enfermedades animales pueden utilizarse como armas biológicas contra una población humana. Usted también lo sabe.

Paul Stevens carraspeó y explicó:

—No quise dar a entender que aquí no se realizara ninguna investigación destinada a guerra biológica. Por cierto así fue por un tiempo, a principios de la década de 1950. Pero para 1954 la misión ofensiva de guerra biológica había pasado a ser una misión defensiva. Es decir que el ejército sólo estudiaba maneras de impedir que nuestra industria ganadera fuera infectada adrede por el otro bando. —Añadió: —No responderé más preguntas de esa naturaleza... pero diré que hace años los rusos enviaron aquí un equipo especializado en guerra biológica, y no encontraron nada que les causara inquietud alguna.

Siempre pensé que las inspecciones voluntarias eran como si un sospechoso de asesinato me llevara en una visita guiada por su casa. "No, detective, en ese armario no hay nada de interés. Ahora permítame mostrarle el patio."

El autobús tomó por un estrecho camino de grava, y el señor Stevens continuó con su charla, que concluyó así:

—Bien, desde la década de 1950 Plum Island es sin duda la instalación de investigaciones más famosa del mundo para el estudio, la cura y la prevención de enfermedades animales. —Me miró y añadió: —Ahora bien, no estuvo tan mal, ¿verdad, detective Corey?

—He sobrevivido a cosas peores.

—Bien. Ahora dejaremos atrás la historia y les explicaré lo que iremos viendo. Delante de nosotros se levanta el viejo faro, encargado por George Washington. El actual fue construido a mediados de la década de 1850. El faro ya no se usa; es un hito histórico.

Miré por la ventanilla una estructura asentada en un campo de pasto. El faro semejaba más una casa de dos pisos con una torre que se elevaba del tejado. Pregunté:

—¿Lo usan para fines de seguridad?

Me miró y respondió:

—Siempre trabajando, ¿no? Bien, a veces tengo gente apostada allí con un telescopio o un aparato de visión nocturna, cuando el tiempo es muy malo para los helicópteros o barcos. Entonces el faro constituye nuestro único medio de efectuar una vigilancia de 360 grados. —Volvió a mirarme y preguntó: —¿Hay algo más que quiera saber acerca del faro?

—No. Por ahora, es todo.

El autobús tomó por otro sendero de grava. Ahora nos dirigíamos hacia el este por la costa norte de Plum Island, con la costa a la izquierda y unos árboles nudosos a la derecha. Noté que la playa era una agradable franja de arena y rocas, virtualmente virginal; salvo el autobús y el camino, uno podía imaginar que era un holandés o un inglés del mil seiscientos y pico, que pisaba esas tierras por primer vez, caminaba por la playa y trataba de imaginar cómo embromar a los indígenas para echarlos de la isla. *Ping. Ping.*

Ahí estaba otra vez. ¿Pero qué era? A veces, si uno no lo obliga, vuelve solo.

Stevens parloteaba sobre ecología y la necesidad de mantener la isla lo más prístina y salvaje posible, y mientras él seguía con eso, el helicóptero sobrevolaba, en busca de ciervos que asesinar.

En general el camino seguía la línea de la costa, y no había mucho para ver, pero me impresionaba la soledad del lugar, la idea de que ni un alma solitaria viviera allí y de que era improbable que uno se encontrara con alguien en la playa o los caminos, que en apariencia no iban a ninguna parte y no tenían propósito alguno, salvo el único camino que corría entre el *ferry* y el laboratorio principal.

Como si me leyera la mente, el señor Stevens informó:

—Estos caminos fueron todos construidos por el ejército para conectar el fuerte Terry con las baterías costeras. Cuando las patrullas anticiervos no los usan, permanecen intransitados. —Agregó: —Desde que consolidamos en un solo edificio todas las instalaciones de investigaciones, la mayor parte de la isla está vacía.

Se me ocurrió, por supuesto, que las patrullas anticiervos y las de seguridad eran una sola y la misma. Los helicópteros y embarcaciones bien podían andar buscando ciervos nadadores, pero también buscaban terroristas y otros malos actores. Tuve la inquietante sensación de que aquel lugar podía ser violado. Pero eso no era de mi incumbencia, ni la razón por la que me encontraba allí.

Hasta el momento la isla había resultado ser menos pavorosa que lo que yo esperaba. En realidad no sabía qué esperar, pero, al igual que muchos lugares cuya siniestra reputación los precede, aquel sitio no tenía tan mal aspecto una vez que se lo veía.

Cuando uno observa esta isla en mapas y cartas de navegación, en la mayoría de los casos no figura ningún detalle: ni caminos ni mención del fuerte Terry, nada salvo las palabras: "Plum Island - Investigación de Enfermedades Animales - Gobierno de los Estados Unidos - Área restringida". Y la isla en general aparece coloreada en amarillo, el color que indica "cuidado". No muy invitante, ni siquiera en un mapa. Desde el agua, como lo hice yo varias veces con los Gordon, se la ve envuelta en niebla, aunque me pregunto cuánto de ello es real y cuánto sólo producto de la propia mente.

Y si uno se pone a imaginar el lugar, visualiza un paisaje oscuro de vacas y ovejas muertas que se hinchan y se pudren en los campos, de buitres que se alimentan de la carroña y luego mueren también a causa de la carne infectada. Eso es lo que uno piensa, si lo piensa. Pero hasta el momento el lugar parecía soleado y agradable. Allí el peligro, el horror real, estaba embotellado en las zonas de biocontención, las Zonas Tres y Cuatro, y el gran Templo de la Fatalidad, la Zona Cinco. Minúsculos portaobjetos y tubos de ensayo y placas de Petri hormigueantes de las formas de vida más peligrosas y exóticas que han evolucionado en este planeta. Si yo fuera un científico en busca de ese material, acaso dudara de Dios... No acerca de Su existencia, sino de Sus designios.

De cualquier modo, aquello era el máximo pensamiento profundo de que era capaz sin que me doliera la cabeza.

Beth le preguntó a Paul Stevens:

—¿Cómo saben los navegantes que no deben bajar a tierra aquí?

—Hay una advertencia en todos los mapas y cartas —respondió el señor Stevens—. Además, hay carteles a lo largo de todas las playas. Por otra parte, las patrullas saben lidiar con embarcaciones ancladas o varadas.

Beth preguntó:

—¿Y qué hacen con los intrusos?

Stevens respondió:

—Les advertimos que no se acerquen de nuevo a la isla. Los reincidentes son detenidos y entregados al jefe Maxwell. —Miró a Max. —¿Correcto?

—Correcto. Tenemos uno o dos por año.

Paul Stevens intentó una broma:

—Sólo les disparamos a los ciervos. —Después se puso serio y explicó: —No constituye una seria falla de seguridad o biocontención que alguien llegue aquí. Como dije, no quisiera dar la impresión de que la isla está contaminada. Este autobús no es un vehículo de biocontención, por ejemplo. Pero a causa de la proximidad de las zonas de biocontención, preferiríamos mantener la isla libre de personas no autorizadas y de todo tipo de animales.

No pude evitar señalar:

—Por lo que veo, señor Stevens, un barco lleno de terroristas, incluso no muy bien adiestrados, podría una noche desembarcar en la isla, dejar inconscientes a su puñado de guardias y apoderarse de todo tipo de cosas espantosas de los laboratorios o hacer volar el lugar hasta el cielo, liberando bichos mortales en el ambiente. De hecho, cuando la bahía se congela, ni siquiera necesitan una embarcación: quedan conectados a tierra firme.

El señor Stevens contestó:

—Sólo puedo decirle que aquí hay más seguridad que la que se ve a simple vista.

—Así lo espero.

—Cuente con ello. —Me miró y agregó: —¿Por qué no lo intenta una noche?

Me encantan los desafíos, así que repliqué:

—Le apuesto cien dólares a que puedo entrar en su oficina, robarle de la pared su diploma de la escuela secundaria y tenerlo colgado en mi oficina a la mañana siguiente.

El señor Stevens seguía mirándome fijo, inmóvil su cara de cera. Qué siniestro.

Le dije:

—Permítame hacerle la pregunta que todos hemos venido a responder: ¿Pudieron Tom y Judy Gordon haber sacado de contrabando microorganismos de esta isla? Díganos la verdad.

Paul Stevens respondió:

—En teoría, pudieron haberlo hecho.

En el autobús nadie habló, pero observé que el conductor volvía la cabeza en una reacción tardía.

El señor Stevens preguntó:

—¿Pero por qué lo harían?

—Por dinero —respondí.

—En realidad no parecían de ésos —replicó el señor Stevens—. Les gustaban los animales. ¿Por qué querrían eliminar a los animales del mundo?

—Tal vez querían eliminar del mundo a la gente, para que los animales pudieran llevar una vida feliz.

—Ridículo —replicó Stevens—. Los Gordon no se llevaron de aquí nada que pudiera hacer daño a ningún ser viviente. Apuesto mi empleo a que así es.

—Ya lo ha hecho. Y su vida.

Noté que Ted Nash y George Foster permanecían muy callados, y supuse habían recibido instrucciones, y que probablemente temían dar la impresión de "Estuve aquí, hice lo que debía y me regalaron una camiseta".

El señor Stevens volvió a centrar su atención en el parabrisas y anunció:

—Nos aproximamos al fuerte Terry. Podemos bajar y echar un vistazo.

El autobús se detuvo, y todos bajamos.

9

Era una linda mañana y el Sol calentaba más allí, en el medio de la isla. Paul Stevens nos condujo alrededor del fuerte.

El fuerte Terry no tenía paredes, y en realidad semejaba un pueblo desierto. Era inesperadamente pintoresco, con un calabozo de ladrillos, un viejo comedor para oficiales, una construcción de barracas, de dos pisos y con galería, la casa del comandante, unos cuantos otros edificios de comienzos de siglo, y una capilla de madera blanca sobre una colina.

El señor Stevens señaló otra construcción de ladrillos y anunció:

—Ése es el único edificio que todavía se usa: la estación de bomberos.

Max comentó:

—Hay una larga distancia desde aquí al laboratorio.

—Sí —respondió Stevens—, pero el laboratorio nuevo es virtualmente a prueba de fuego y cuenta con su propio sistema interno para combatir incendios. —Agregó: —Estos camiones de bomberos se usan sobre todo para apagar incendios en los matorrales y en edificios carentes de biocontención.

Max, que había vivido toda su vida sin tener contacto con la isla, dijo a Stevens:

—Pero un incendio o un huracán podría destruir los generadores de energía que filtran las áreas de biocontención, ¿no?

—Cualquier cosa es posible. —Añadió: —Hay gente que vive cerca de reactores nucleares. Éste es el mundo moderno, lleno de horrores inimaginables, pesadillas químicas, biológicas y nucleares que esperan la oportunidad para preparar el terreno para la próxima especie de la evolución.

Miré a Paul Stevens con nuevo interés. Se me pasó por la cabeza que estaba loco.

Frente a las barracas había un campo de pasto cortado que bajaba hasta el agua, a cierta distancia. Bandadas de gansos canadienses se pavoneaban por el campo, cacareando y graznando o como se llamen los ruidos que hacen cuando no están haciendo caca. Stevens explicó:

—Aquél era el campo de revista de tropas. Mantenemos corto el pasto para que los aviones puedan ver las letras de cemento que dicen: "Plum Island - Zona restringida". No nos gusta que aterricen aquí. —Hizo una pequeña broma. —El cartel impide que se acerquen los terroristas aéreos.

Caminamos un poco más y Stevens continuó:

—Antes de construir el edificio principal, muchas de las oficinas de administración se hallaban aquí, en el fuerte Terry. Ahora casi todo, laboratorios, seguridad, almacenamiento, administración y animales, está bajo un solo techo, lo cual es muy bueno desde el punto de vista de la seguridad. —Me dijo: —De modo que, incluso si alguien lograra franquear el sector perimetral, el edificio principal es virtualmente infranqueable.

—De veras me está tentando —repliqué.

El señor Stevens volvió a sonreír. Me encantaba que me sonriera. Continuó:

—Para su información, tengo un diploma de la Universidad Estatal de Michigan colgado en la pared de atrás de mi escritorio, pero usted nunca lo verá.

Le devolví la sonrisa. Por Dios, cómo me gusta embromar a la gente que me fastidia. Me agradaba Max, me agradaba George Foster, me fascinaba Beth, pero no me gustaban Ted Nash ni Paul Stevens. Que me gusten tres de cinco personas es un puntaje muy bueno para mí: cuatro de seis, si me contaba a mí mismo. Bien, ocurre que me estoy volviendo muy intolerante con los mentirosos, los tontos, los fanfarrones y los fanáticos del poder. Creo que antes de que me balearan mostraba más tolerancia. Tengo que preguntarle a Dom Fanelli.

El viejo campo de revista de tropas terminaba en forma abrupta en una caída empinada hasta una playa rocosa que se extendía abajo; nos encontramos de pronto de pie junto al borde, contemplando el mar. Era una vista que cortaba el aliento, pero subrayaba la soledad del lugar, la sensación de fin del mundo que suele relacionarse con las islas en general y con ésa en particular. Aquél debía de ser un puesto de servicio muy aislado y en extremo aburrido, ya que había poco más que hacer que mirar el mar. Seguro que allí los artilleros se alegraban cuando avistaban una armada enemiga.

Stevens dijo:

—A esta playa vienen las focas todos los años, a fines del otoño.

Le pregunté:

—¿Las matan?

—Por supuesto que no. Mientras se queden en la playa.

Al tiempo que volvíamos de la playa, Stevens señaló una gran roca que había en el campo de revista de tropas. En una grieta del terreno descansaba una oxidada bala de cañón.

—Ésa es de la época de la revolución... británica o americana. Es una de las cosas que encontraron los Gordon.

—¿Dónde la encontraron?

—Por aquí mismo, supongo. Excavaron mucho alrededor de la playa de las focas y este campo de revistas.

—¿Sí?

—Parecía que tenían un don especial para saber dónde cavar. Encontraron bastantes balas de mosquete como para armar un regimiento.

—¡No me diga! —Siga hablando, señor Stevens.

—Utilizaban uno de esos detectores de metales.

—Buena idea.

—Es un pasatiempo interesante.

—Por supuesto que sí. Mi tía era una gran excavadora. Yo no sabía que a los Gordon les gustaba excavar. Nunca vi nada que hubieran descubierto.

—Bueno, tenían que dejar todo aquí.

—¿A causa de la contaminación?

—No, porque éstas son tierras federales.

Aquello resultaba interesante, y Nash y Foster comenzaban a escuchar, que no era lo que yo quería, de modo que cambié de tema diciéndole a Stevens:

—Creo que el conductor del autobús trata de atraer su atención.

Stevens miró hacia el autobús, pero el conductor estaba observando una bandada de gansos. Stevens miró la hora y dijo:

—Bien, vamos a ver el resto de la isla porque luego tenemos una cita con el doctor Zollner.

Abordamos el autobús y partimos, en dirección al este y el Sol naciente, hacia la lengua de tierra que era el hueso curvo de la chuleta de cerdo. La playa era magnífica, más de tres kilómetros de arena limpia y virgen lavada por las aguas azules del canal de Long Island. Ante la presencia de semejante despliegue de naturaleza, nadie habló. Ni siquiera yo.

Stevens, que aún estaba de pie, me miraba de reojo de vez en cuando; le sonreí. Él me devolvió la sonrisa. En realidad no era una sonrisa divertida.

Por último, en el estrecho extremo de la isla, el autobús se detuvo y el señor Stevens informó:

—Con el autobús sólo podemos llegar hasta aquí. Ahora seguiremos a pie.

Todos bajamos del vehículo y nos encontramos en medio de unas asombrosas ruinas viejas. Adondequiera que mirara, veía macizas fortificaciones de cemento cubiertas con enredaderas y matorrales: nidos de ametralladoras, casamatas, emplazamientos de cañones, depósitos de municiones, túneles, calzadas de cemento y de ladrillos, y enormes muros de un metro de espesor con herrumbradas puertas de hierro.

Stevens dijo:

—Uno de estos pasajes subterráneos lleva a un laboratorio secreto donde unos científicos nazis capturados todavía trabajan en el desarrollo de un virus indestructible que arrasará con la población del mundo.

Calló uno o dos segundos, para que sus palabras surtieran efecto, y continuó:

—En otro laboratorio subterráneo están los restos preservados de cuatro extraterrestres encontrados tras la caída de un OVNI en Roswell, Nuevo México.

De nuevo, un silencio. Por fin dije:

—¿Podemos ver primero a los científicos nazis?

Todos rieron... más o menos.

El señor Stevens esbozó su sonrisa de ganador y aclaró:

—Ésos son dos de los mitos absurdos relacionados con Plum Island. —Agregó: —Hay gente que afirma haber visto naves aéreas de aspecto extraño despegando o aterrizando en el campo de revista de tropas después de medianoche. Afirman que el sida se originó aquí, lo mismo que la enfermedad de Lyme. —Miró alrededor y prosiguió: —Supongo que estas viejas fortificaciones, con sus pasadizos subterráneos y sus muchas habitaciones, suelen encender algunas imaginaciones fértiles. Pueden echar un vistazo. Vayan adonde quieran. Si encuentran a los extraterrestres, avísenme. —Sonrió otra vez. De veras tenía una sonrisa rara, y pensé que tal vez el extraterrestre era él. El señor Stevens añadió: —Pero, por supuesto, tenemos que permanecer juntos. Necesito que todos estén al alcance de mi vista en todo momento.

Eso no iba conmigo: "Vayan adonde quieran", pero no muy lejos. De modo que John, Max, Beth, Ted y George retrocedieron a la adolescencia y se divirtieron un poco trepando por las ruinas, subiendo escaleras, parapetos y todo eso, siempre con el señor Stevens cerca. En un momento caminamos por una larga calzada de ladrillos que bajaba hasta un par de puertas de acero. Las puertas estaban entreabiertas, así que todos entramos. Adentro estaba oscuro, frío, húmedo y quizá bullente de cosas extrañas.

Stevens, que nos seguía, dijo:

—Esto conduce a un enorme depósito de municiones. —Su voz resonaba en el vacío negro. —En la isla había un pequeño ferrocarril que llevaba las municiones y la pólvora del puerto a estas zonas de depósito subterráneo. Es un sistema muy complejo. Pero, como pueden ver, está abandonado por completo. Aquí no se desarrolla ninguna actividad secreta. —Añadió: —Si tuviera una linterna, podríamos seguir un poco más, y ustedes verían que no hay nadie que viva, trabaje, juegue o esté enterrado aquí.

—¿Entonces dónde están los nazis y los extraterrestres? —inquirí.

—Los mudé al faro —contestó el señor Stevens.

Le pregunté:

—¿Pero usted entiende nuestra preocupación en cuanto a que los Gordon pudieron haber armado un laboratorio clandestino en un lugar como éste?

El señor Stevens respondió:

—Como dije, de los Gordon no sospecho nada. Pero, ya que se ha planteado la posibilidad, he ordenado a mis hombres que registren todo este complejo. Además, en la superficie de la isla hay unos noventa edificios militares abandonados. Tenemos mucho trabajo que hacer.

—Envíe al chofer a buscar linternas —sugerí—. Me gustaría echar un vistazo por acá.

Se hizo un silencio en la oscuridad. Luego Stevens respondió:

—Después de que vean al doctor Zollner podemos volver aquí y explorar las habitaciones y los pasajes subterráneos, si lo desea.

Salimos a la luz del Sol y Stevens recitó:

—Síganme.

Lo hicimos y llegamos a un camino estrecho que llevaba a la punta oriental de Plum Island, el extremo del hueso curvo. Mientras caminábamos, Stevens volvió a hablar:

—Si miran alrededor, podrán ver más emplazamientos de cañones. En una época usamos estas paredes circulares como corrales para los animales, pero ahora los animales se mantienen adentro.

Beth comentó:

—Suena cruel.

El señor Stevens contestó:

—Es más seguro.

Por fin alcanzamos la punta más oriental de la isla, una barranca que se elevaba unos doce metros por encima de una playa cubierta de rocas. La erosión había socavado una casamata de cemento, algunos de cuyos pedazos yacían en la cara de la barranca; otros habían caído al agua.

Era una vista magnífica; la costa de Connecticut se distinguía débilmente a la izquierda, y directamente adelante se divisaba un manchón de tierra, la isla Great Gull, a alrededor de tres kilómetros de distancia.

Stevens dirigió nuestra atención hacia el sur:

—¿Ven esa pila de rocas, allá? La isla se usó para realizar prácticas de artillería y bombardeo. Si a alguien le gusta navegar, debe saber que tiene que mantenerse lejos de allí, a causa de los muchos proyectiles y bombas sin explotar que hay en la zona. Pasando esa pila de rocas está la costa norte de la isla Gardiners, que, como bien sabe el jefe Maxwell, es propiedad privada del clan Gardiner; su acceso está vedado al público. Más allá de Great Gull está la isla Fishers, que, como Plum, era frecuentada por piratas en el siglo XVII. De modo que, de norte a sur, tenemos la isla de los Piratas, la isla de la Peste, la isla Peligrosa y la isla Privada. —Sonrió por su propio ingenio; mejor dicho, esbozó una semisonrisa.

De repente vimos uno de los barcos patrulla que rondaban el cabo. La tripulación, de tres hombres, nos distinguió y alguien levantó un par de binoculares. Al reconocer a Paul Stevens, supongo, el hombre saludó con la mano, y Stevens le devolvió el gesto.

Miré barranca abajo, hacia la playa que se extendía abajo, y noté que allí la arena tenía franjas horizontales de color rojo, como una torta blanca con relleno de frambuesas.

Detrás de nosotros llamó una voz, y vi que el conductor del autobús subía por el angosto camino. Stevens nos ordenó:

—Quédense aquí —y fue al encuentro del chofer, que le entregó un teléfono celular. Ésta es la parte donde desaparece el guía y el autobús se aleja, dejando a Bond solo con la muchacha, pero entonces salen del agua los hombres rana con pistolas ametralladoras y abren fuego, y entonces el helicóptero...

—¿Detective Corey?

Miré a Beth.

—¿Sí?

—¿Qué piensas hasta el momento?

Noté que Max, Nash y Foster trepaban por los emplazamientos para cañones y pasaban al otro lado y, como buenos machos que eran, discutían de artillería, alcances, calibres y otras cosas de hombres.

Quedé a solas con Beth. Le dije:

—Pienso que estás hermosa.

—¿Qué piensas de Paul Stevens?

—Está loco.

—¿Qué piensas de lo que hemos visto y oído hasta ahora?

—Gira preparada. Pero aquí y allá me entero de algo.

Asintió y preguntó:

—¿Y todo ese asunto arqueológico? ¿Tú sabías algo?

—No. —Agregué: —Sabía de la Sociedad Histórica Pecónica, pero no de las excavaciones arqueológicas de acá. Los Gordon tampoco me mencionaron ni una sola vez que habían comprado un acre de tierra inservible con vista al canal.

—¿Qué tierra inservible sobre el canal?

—Te contaré después —respondí—. Hay como un montón de pequeñas piezas, que parecen señalar hacia el tráfico de drogas, pero quizá no. Acá está pasando algo más... ¿Alguna vez oíste un *ping* en tu cabeza?

—Últimamente no. ¿Y tú?

—Sí, es un *ping* casi como un sonar.

—La próxima vez que lo oigas, levanta una mano.

—De acuerdo. Se supone que yo debería estar descansando, y tú no has hecho más que ponerme nervioso desde que te conocí.

—Lo mismo digo. —Cambió de tema. —¿Sabes? Aquí la seguridad no es tan buena como pensé, conserando lo que hay en esta isla. Si esto fuera una planta nuclear, veríamos mucha más seguridad.

—Sí. La seguridad exterior es mala, pero tal vez la seguridad interna, en el laboratorio, sea mejor. Y quizá, como afirma Stevens, haya más de lo que se aprecia a simple vista. Aun así, tengo la sensación de que Tom y Judy pudieron haberse llevado de acá lo que quisieran. Sólo espero que no hayan querido nada.

—Bueno, yo creo que hoy mismo, o quizá mañana, vamos a descubrir que sí robaron algo, y nos van a aclarar qué.

—¿Qué quieres decir? —pregunté.

—Te lo diré después —replicó.

—Dímelo esta noche, mientras cenamos. No será una experiencia tan mala.

Se dio vuelta y se alejó. Se paró al borde de la barranca y contempló el agua. El canal estaba a la izquierda y el Atlántico a la derecha; lo mismo que ocurría con el estrecho, al otro lado de la isla, allí se mezclaban los vientos y las corrientes. Las gaviotas parecían inmóviles en medio del aire y las crestas de las olas entrechocaban, haciendo que el mar se agitara. Se la veía bien parada allí, al viento, contra el cielo azul, las nubes blancas, las gaviotas, el mar y el Sol. La imaginé desnuda en una misma pose.

El señor Stevens volvió de atender una llamada telefónica.

—Ya podemos volver al autobús —anunció.

Todos fuimos por el camino que bordeaba la barranca. En unos minutos nos hallábamos de vuelta en la zona de las arruinadas fortificaciones de artillería.

Noté que una de las empinadas elevaciones sobre las que estaban construidas las fortificaciones había sufrido una erosión reciente que dejaba al descubierto estratos de tierra fresca. El estrato superior era de tierra orgánica, lo cual era de esperar, y debajo había arena blanca, lo cual también resultaba normal. Pero el estrato siguiente era una veta rojiza de algo que parecía óxido, después más arena, después otra línea de rojo herrumbre, igual que en la playa. Le dije a Stevens:

—Eh, la naturaleza llama. Enseguida vuelvo.

—No se pierda —me advirtió el señor Stevens, no del todo en broma.

Rodeé la base de la colina, levanté un pedazo de madera seca y perforé con él la superficie vertical de la cuesta cubierta de césped. La tierra negra y el pasto cayeron y pude ver el estrato de blanco y rojo. Tomé un puñado de la tierra marrón rojiza y vi que en realidad era arcilla mezclada con arena y tal vez óxido de hierro. Se parecía mucho al material que había observado en el calzado deportivo de Tom y Judy. Interesante.

Me guardé un poco de tierra en el bolsillo y di la vuelta; entonces vi a Stevens que, de pie muy cerca, me observaba.

Me dijo:

—Creo haber mencionado la "Política de No Salida".

—Creo que sí lo hizo.

—¿Qué se guardó en el bolsillo?

—Mi pito.

Nos quedamos mirándonos fijo, hasta que al final él dijo:

—En esta isla, detective Corey, la ley soy yo. No usted ni la detective Penrose, ni siquiera el jefe Maxwell, ni los dos caballeros que los acompañan. —Me clavó sus ojos helados y agregó: —¿Puedo ver lo que se guardó en el bolsillo?

—Puedo mostrárselo, pero después tendré que matarlo. —Sonreí.

Pensó un momento, sopesando sus opciones; después tomó la decisión correcta, cuando dijo:

—El autobús se marcha.

Pasé junto a él, que me siguió. Medio esperé sentir una cuerda alrededor de la garganta, o un golpe en la cabeza, o una cuchilla en la columna vertebral... pero Paul Stevens era más hábil. Acaso más tarde me ofreciera una taza de café mezclado con ántrax.

Abordamos el autobús y partimos.

Ocupamos los mismos asientos que antes; Stevens permaneció de pie. El vehículo se dirigió al oeste, de vuelta hacia la zona del muelle del *ferry* y el laboratorio principal. Una camioneta con dos hombres de uniforme azul, munidos de rifles, pasó junto a nosotros en dirección opuesta.

En total, yo me había enterado de más datos y visto más cosas de los que esperaba y oído lo suficiente como para sentir cada vez más curiosidad. Estaba convencido de que la respuesta a por qué habían asesinado a Tom y Judy Gordon se encontraba en esa isla. Y, como dije, cuando supiera por qué, sabría quién.

George Foster, que hasta el momento había guardado silencio la mayor parte del tiempo, le preguntó a Stevens:

—¿Usted está seguro de que los Gordon se fueron en su propia embarcación ayer al mediodía?

—Absolutamente. Según el libro de entradas y salidas, por la mañana trabajaron en la sección de biointención, firmaron la salida, se ducharon y subieron a un autobús como éste que los llevó hasta el muelle del *ferry*. Por lo menos dos de mis hombres los vieron abordar la lancha, la *Espiroqueta,* y tomar hacia el estrecho de Plum.

Foster preguntó:

—¿Alguien de las patrullas de helicópteros o barcos los vio, una vez que llegaron al estrecho?

Stevens meneó la cabeza en gesto negativo.

—No. Ya pregunté.

Beth inquirió:

—¿En esta costa hay algún lugar donde pueda ocultarse una embarcación?

—Absolutamente no. En Plum no hay ensenadas ni caletas profundas. Es una playa recta, salvo la única caleta, de construcción humana, a la que llega el *ferry.*

Pregunté:

—Si su barco patrulla hubiera visto la lancha de los Gordon anclada en cualquier lugar cercano a la isla, ¿los habrían perseguido?

—No. Los Gordon, de hecho, a veces anclaban para pescar o nadar mar adentro en las costas de Plum. Las patrullas los conocían bien.

Yo no sabía que los Gordon eran tan ávidos pescadores. Pregunté:

—¿La gente de las patrullas los vio alguna vez anclados cerca de la playa después del anochecer... a la noche tarde?

Stevens pensó un momento y luego respondió:

—Sólo una vez me comentaron algo así. —Explicó: —Dos de mis hombres del barco patrulla mencionaron que la lancha de los Gordon se hallaba anclada cerca de la playa sur, en julio, casi a medianoche. Mis hombres notaron que la lancha estaba vacía, e iluminaron la playa con las linternas. Los Gordon se encontraban en la playa... —Carraspeó de una manera que sugería lo que Tom y Judy estaban haciendo allí. El señor Stevens concluyó: —El barco patrulla los dejó en paz.

Reflexioné un momento. Tom y Judy me daban la impresión de ser una pareja que haría el amor en cualquier parte, de modo que hacerlo en una playa desierta a la noche no resultaba insólito. Que lo hicieran en la playa de Plum Island, sin embargo, me llevó a enarcar las cejas y plantearme unas cuantas preguntas. Por raro que parezca, en una ocasión yo había tenido una fantasía acerca de hacer el amor con Judy en una playa bañada por las olas. Tal vez en más de una ocasión. Cada vez que me acudía ese pensamiento, me echaba agua en la cara. Atrevido, atrevido, puerco, puerco.

El autobús pasó ante el muelle del *ferry*, luego tomó hacia el norte y se detuvo en un sendero de forma oval, ante el edificio principal de investigaciones.

El frente curvo del nuevo edificio *art déco*, de dos pisos, era de un material rosa y marrón. Desde el césped se alzaba un gran cartel que decía: "Departamento de Agricultura", y había también otro mástil con la bandera a media asta.

Todos bajamos del autobús, y Paul Stevens dijo:

—Espero que hayan disfrutado de su paseo por Plum Island y que hayan recibido una buena impresión de nuestras medidas de seguridad.

Pregunté:

—¿Qué seguridad?

El señor Stevens me miró con dureza y declaró:

—Todos los que trabajamos aquí somos muy conscientes de las posibilidades de que ocurra un desastre. Todos tenemos conciencia de la seguridad, y todos nos comprometemos a respetar el trabajo y las pautas de seguridad más elevadas que existen en este sitio. ¿Pero sabe qué? A veces, la mierda ocurre.

Esta irreverencia e impertinencia del Señor Rectitud sorprendió a todos.

—Correcto —dije—. ¿Pero ocurrió ayer?

—Pronto lo sabremos. —Miró su reloj y dijo: —Muy bien, ya podemos entrar. Síganme.

10

El vestíbulo semicircular del laboratorio de investigaciones de Plum Island tenía dos pisos de alto, con un entrepiso construido alrededor de la escalera central. Era un espacio luminoso y aireado, agradable y acogedor. Lo más probable era que los animales condenados entraran por la parte posterior.

En la pared izquierda había las típicas fotos de la cadena de mando del gobierno; el Presidente, el secretario de Agricultura y el doctor Carl Zollner; una cadena bastante corta para una agencia gubernamental, pensé, lo cual me llevó a creer que tal vez el doctor Zollner estaba a uno o dos pasos de la Oficina Oval.

Sea como fuere, había un mostrador de recepción, y tuvimos que firmar un registro y cambiar nuestros pases azules por otros blancos, provistos de una cadena de plástico, que nos colgamos del cuello. Un buen procedimiento de seguridad, pensé: la isla estaba dividida entre ese edificio y todo lo demás. Y allí adentro se hallaban las Zonas. No debía subestimar al señor Stevens.

Una joven atractiva con una pollera hasta la rodilla había bajado la escalera antes de que yo tuviera oportunidad de mirarle los muslos; se presentó como Donna Alba, la asistente del doctor Zollner. Sonrió y anunció:

—El doctor Zollner los atenderá enseguida. Mientras tanto, les mostraré el lugar.

Paul Stevens nos dijo:

—Aprovecharé esta oportunidad para ir a mi oficina a ver si hay novedades. —Agregó: —Donna los cuidará bien. —Me miró y añadió: —Por favor, permanezca con la señorita Alba en todo momento.

—¿Y si tengo que ir al baño?

—Ya lo hizo. —Subió las escaleras y tuve la certeza de que pasó por el despacho del doctor Zollner para informar de la presencia de los cinco intrusos.

Miré a Donna Alba. Alrededor de veinticinco años, pelo castaño, buena cara y buen cuerpo, falda azul, blusa blanca y zapatos deportivos. Supongo que, si se consideraba el trayecto diario en barco y la posibilidad de tener que viajar a alguna parte de la isla, los tacos altos no resultaban prácticos. De hecho, pensé, si a uno le gustaba viajar por tierra y vivir un día común en la oficina, Plum Island no era el tipo de lugar que elegiría.

En cualquier caso, Donna era bastante atractiva, así que recordé que había viajado en el *ferry* de las ocho de la mañana con nosotros aquel día, y por lo tanto era probable que no conociera a los señores Nash y Foster y que no formara parte de ningún plan de ocultación.

Fuera como fuere, Donna nos pidió que nos presentáramos, cosa que hicimos, sin aclarar inquietantes títulos laborales, como "detective de homicidios", "FBI" o "CIA".

Nos dio la mano a todos y dirigió a Nash una sonrisa especial. Las mujeres son muy malas juezas de carácter.

Donna comenzó:

—Bienvenidos al edificio de investigaciones del Centro de Enfermedades Animales de Plum Island. Estoy segura de que Paul los habrá puesto al tanto y les habrá hecho un lindo relato de la historia de la isla y los habrá guiado en un atractivo recorrido.

Trataba de mantener la sonrisa, pero vi que era forzada. Nos dijo:

—Estoy muy... Es terrible lo que sucedió. De veras me simpatizaban mucho los Gordon. Todos los querían. —Echó un vistazo alrededor y agregó: —Se supone que no debo comentar ni hablar de nada de eso. Pero pensé que debía decir cómo me sentía.

Beth me miró de reojo, y al ver, creo, un posible punto débil en la armadura de Plum Island, le dijo a Donna:

—John y Max eran buenos amigos de Tom y Judy.

Miré a Donna Alba a los ojos y le dije:

—Apreciamos toda la ayuda y cooperación que hemos recibido del personal de acá. —Lo cual, hasta el momento, consistía en la gira de cincuenta centavos por las ruinas y la parte silvestre de la isla, ofrecida por el señor Stevens, pero era importante que Donna creyera que podía hablar con libertad; no en aquel momento y lugar, por supuesto, sino cuando la visitáramos en su casa.

Dijo:

—Les mostraré un poco el lugar. Síganme.

Caminamos un poco por el vestíbulo, y Donna nos señaló varias cosas colgadas en las paredes, incluidos unos artículos periodísticos ampliados e historias de horror de todo el mundo acerca de la enfermedad de la Vaca Loca, otra cosa llamada fiebre biliosa hematúrica y otras enfermedades horripilantes. Había mapas que mostraban brotes de esto y aquello, planillas, gráficos y fotos de ganado con los labios ampollados y saliva que les caía de la boca y cerdos con horribles llagas que supuraban. Resultaba imposible confundir aquello con la entrada de un restaurante de carnes.

Donna dirigió luego nuestra atención hacia las puertas de la parte posterior del vestíbulo, pintadas de ese peculiar amarillo advertencia, como el color de Plum Island en los mapas; destacaban contra los colores del vestíbulo, que eran en general diferentes gamas de gris. En la puerta de la izquierda había un cartel que decía: "Vestuarios - Mujeres", y la de la derecha: "Vestuarios - Hombres". En ambas puertas se aclaraba: "Sólo personal autorizado".

Donna explicó:

—Estas puertas dan a las zonas de biocontención. Este vestíbulo, junto con las oficinas administrativas, es en realidad un edificio separado del de biocontención, aunque parece ser una sola estructura. Pero, de hecho, lo que conecta esta zona con la de biocontención son esos dos vestuarios.

Max preguntó:

—¿Hay muchas otras entradas o salidas de las zonas de biocontención?

Donna respondió:

—Se puede ingresar por la entrada de servicio, por donde se acarrean los animales, los alimentos, los suministros y todo. Pero no se puede salir por allí. Todo y todos los que se van tienen que hacerlo por la zona de descontaminación, que incluye las duchas.

El señor Foster inquirió:

—¿Cómo se eliminan los productos de disección, los desperdicios y todo eso?

—Por medio del incinerador o por desagües especiales que llevan al agua y a la planta de descontaminación de agua —explicó Donna. Agregó: —Así es: esas dos puertas para entrar, una puerta de servicio en la parte de atrás, desagües e incineradores, y en el techo, filtros de aire especiales capaces de atrapar los virus más pequeños. Éste es un edificio muy seguro.

Cada uno de nosotros estaba pensando lo suyo sobre los Gordon y cómo sacar material de contrabando de los laboratorios.

Donna continuó:

—Los vestuarios constituyen todavía la Zona Uno, como este vestíbulo, pero cuando avanza más allá, entra en la Zona Dos, donde hay que vestirse con guardapolvos blancos de laboratorio. Antes de salir de la Zona Dos, Tres o Cuatro, para volver a la Zona Uno, hay que ducharse. La ducha es un área de la Zona Dos.

—¿La ducha es compartida? —pregunté.

Rió.

—Por supuesto que no. —Añadió: —Entiendo que a todos ustedes se les ha permitido entrar en las Zonas Dos, Tres y Cuatro si así lo desean.

Ted Nash esbozó su sonrisa estúpida y preguntó:

—¿Usted nos acompañará?

La muchacha meneó la cabeza.

—No me pagan para eso.

Tampoco a mí, a un dólar por semana. Le pregunté:

—¿Por qué no se nos permite entrar en la Zona Cinco?

Me miró, como sorprendida.

—¿La Cinco? ¿Y por qué habrían de querer ir ahí?

—No sé. Porque está acá.

Meneó de nuevo la cabeza.

—Sólo hay unas diez personas autorizadas para entrar en la Zona Cinco. Hay que ponerse esa especie de traje espacial y...

—¿Los Gordon estaban autorizados a entrar en la Zona Cinco?

Asintió con un gesto.

—¿Qué pasa en la Zona Cinco?

—Esa pregunta debe hacérsela al doctor Zollner. —Echó un vistazo a su reloj y dijo: —Síganme.

—Permanezcan juntos —agregué.

Subimos por la escalera, yo último porque la pierna herida me tironeaba y también porque quería mirar las piernas y el trasero de Donna. Ya sé que soy un cerdo... Podría, de manera concebible, contraer fiebre porcina.

Así que comenzamos una gira por las dos alas que flanqueaban el vestíbulo de dos pisos. Todo estaba pintado del mismo gris paloma o gris oscuro, el cual, supongo, había reemplazado el verde vómito de nuestros edificios federales. En las paredes de los corredores había fotos de ex directores del laboratorio, científicos e investigadores.

Noté que casi todas las puertas de los largos corredores se hallaban cerradas y estaban numeradas, pero ninguna mostraba el nombre de una persona o función, salvo los laboratorios. Buena seguridad, pensé, y de nuevo me impresionó la mente paranoica de Paul Stevens.

Entramos en la biblioteca de investigación, donde había unos cuantos intelectuales revisando las hileras de libros o leyendo sentados a las mesas. Donna nos informó:

—Ésta es una de las mejores bibliotecas del mundo, en su especialidad.

Tomó de una larga mesa un manojo de folletos, boletines de prensa y otros materiales de propaganda y nos los dio. Los folletos desplegables de tres hojas ostentaban títulos como: "Peste porcina", "Fiebre porcina africana", "Enfermedad equina africana" y algo llamado "Enfermedad de protuberancias en la piel", que, a juzgar por las fotos espantosas del folleto, pensé que era lo que debía de sufrir una de mis ex novias. No veía el momento de volver a casa y ponerme a leer ese material, y de hecho le dije a Donna:

—¿Podría darme dos folletos más de fiebre biliosa hematúrica, por favor?

—¿Dos más...? ¿Está seguro...? —Me los dio. Era de veras muy amable. Después nos entregó a cada uno una copia de la revista mensual *Investigación agrícola*, cuya tapa mostraba un artículo apasionante titulado "Aplicación de la feromona sexual para combatir el gusano del arándano". Le pedí:

—¿Puede darme un papel marrón para tapar esta procacidad?

—Eh... es una broma, ¿no?

George Foster le dijo:

—Trate de no tomarlo demasiado en serio.

Au contraire, señor Foster; usted debería tomarme muy en serio. Pero si confunde mi tonto sentido del humor con despreocupación o falta de atención, tanto mejor.

Continuamos la gira de cincuenta centavos, Parte Dos. Vimos el auditorio, después llegamos a la cafetería del segundo piso, una habitación agradable, limpia y moderna, con grandes ventanas desde las cuales se podía ver el faro, el estrecho y Orient Point. Donna nos ofreció café, y todos nos sentamos a una mesa redonda del área casi vacía del comedor.

Charlamos un minuto y luego Donna dijo:

—Los investigadores de biocontención envían sus pedidos por fax a la cocina; no vale la pena ducharse para salir. Alguien después los entrega en la Zona Dos, y luego debe ducharse. Los científicos son muy dedicados; trabajan en biocontención entre ocho y diez horas por día. No sé cómo aguantan.

Le pregunté:

—¿Piden hamburguesas?

—¿Cómo?

—Los científicos. ¿Piden de la cocina carne de vaca y jamón y oveja y cosas así?

—Supongo... Yo salgo con uno de los investigadores. Le gusta comer carne.

—¿Y hace disecciones en vacas enfermas y pútridas?

—Sí, supongo que uno se acostumbra.

Asentí. También los Gordon hacían disecciones, y les encantaba comer carne. Qué extraño; yo todavía no puedo acostumbrarme a los cadáveres humanos hediondos. Bueno, supongo que con los animales será diferente.

Sabía que aquélla sería la única vez que podría apartarme de la manada, así que miré de reojo a Max, me paré y anuncié:

—Baño.

—Allá —indicó Donna, al tiempo que señalaba una abertura en la pared—. Por favor, no salga de la cafetería.

Apoyé una mano sobre el hombro de Beth y presioné, indicándole que debía quedarse con los federales. Le dije:

—Asegúrate de que Stevens no regrese y me eche ántrax en el café.

Fui al pasaje donde se hallaban los dos baños. Max me siguió, y ambos permanecimos de pie en el corredor sin salida. Era más probable que hubieran colocado micrófonos en los baños que en los corredores.

—Pueden decir que colaboraron plenamente, que nos mostraron toda la isla y todo el edificio, salvo la Zona Cinco —le comenté—. De hecho, demoraríamos unos cuantos días en recorrer este edificio entero, incluido el sótano, y una semana en interrogar al personal.

Max asintió.

—Tenemos que suponer que la gente de acá está ansiosa como nosotros por averiguar qué falta, si es que falta algo.

Respondí:

—Aunque averigüen, o ya sepan, lo que robaron los Gordon, no van a decírnoslo. Se lo dirán a Foster y Nash.

—¿Y qué? Estamos investigando un asesinato.

—Cuando sé qué y por qué, me acerco al quién —afirmé.

—En casos normales, en casos de seguridad nacional y todo eso, tienes suerte si te dicen algo. En esta isla no hay nada para nosotros. Ellos controlan la isla, el lugar de trabajo de las víctimas. Nosotros controlamos la escena del crimen, la casa de las víctimas. Tal vez podamos intercambiar alguna información con Foster y Nash, pero no creo que les importe quién mató a los Gordon. Ellos quieren asegurarse de que los Gordon no maten al resto del país. ¿Entiendes?

—Sí, Max, lo entiendo. Pero mi instinto de policía me dice...

—Eh, ¿y si agarramos al asesino y no podemos mandarlo a juicio porque en el estado de Nueva York no quedan doce personas vivas para integrar el jurado?

—Corta el melodrama. —Reflexioné un momento y luego le dije: —Puede que eso no tenga nada que ver con bichos. Piensa en drogas.

Asintió.

—Ya lo pensé. Me gusta.

—¿Qué te parece Stevens?

Max miró por sobre mi hombro y me di vuelta; vi un guardia de uniforme azul que entraba en el pasillo.

—Caballeros, ¿puedo ayudarlos en algo?

Max declinó el ofrecimiento, y volvimos a la mesa. Cuando envían a alguien a interrumpir una conversación privada, significa que no pudieron escuchar.

Al cabo de unos minutos de café y charla superficial, la señorita Alba volvió a mirar la hora y anunció:

—Ya podemos ver el resto del ala, y después iremos a la oficina del doctor Zollner.

—Dijo lo mismo hace una hora, Donna —le recordé con amabilidad.

—Esta mañana el doctor está muy ocupado —explicó—. El teléfono no ha dejado de sonar. Washington, gente de prensa de todo el país... —Parecía asombrada e incrédula. Agregó: —No creo lo que andan diciendo de los Gordon. Ni por un minuto. De ninguna manera.

Todos nos marchamos de la cafetería y deambulamos un rato por los monótonos corredores grises. Por fin, mientras mirábamos la sala de computación, le dije a Donna:

—Quisiera ver el laboratorio donde trabajaban los Gordon.

—Eso es biocontención. Es probable que pueda verlo más tarde.

—Está bien. ¿Y la oficina de Tom y Judy, aquí, en la zona de administración?

Tras una vacilación respondió:

—Puede pedírselo al doctor Zollner. Él no me indicó que los llevara a la oficina de los Gordon.

No quería ponerme duro con Donna, así que eché una mirada de reojo a Max, de una manera que los policías entienden: "Max, ahora tú eres el malo".

Max le dijo a la señorita Alba:

—Como jefe de policía del municipio de Southold, del cual esta isla forma parte, le solicito ahora que nos lleve a la oficina de Tom y Judy Gordon, cuyos asesinatos estoy investigando.

No estuvo mal, Max, pese a la sintaxis forzada.

La pobre Donna Alba daba la impresión de que iba a desmayarse.

Beth le dijo:

—Está bien. Haga lo que le indica el jefe Maxwell.

Era el turno de los señores Foster y Nash, y yo ya sabía lo que iban a decir. George Foster resultó el imbécil designado. Expresó:

—A causa de la naturaleza del trabajo de los Gordon y ante la posibilidad de que en su oficina haya papeles o documentos...

—Relativos a seguridad nacional —intervine, servicial— y así por el estilo, y bla, bla, bla.

Teddy pensó que podía escupir algo:

—Los Gordon tenían autorización secreta, y por lo tanto sus papeles son secretos también.

—Qué disparate.

—Discúlpeme, detective Corey... estoy hablando yo. —Me dirigió una mirada furiosa y continuó: —No obstante, para mantener la armonía y evitar disputas de jurisdicción, haré una llamada telefónica, que confío nos permitirá el acceso a la oficina de los Gordon. —Me miró, y luego a Max y Beth. —¿De acuerdo? —preguntó.

Asintieron.

Por supuesto, la oficina de los Gordon ya había sido registrada y limpiada a fondo la noche anterior o aquella misma mañana, más temprano. Como había dicho Beth, nosotros sólo íbamos a ver lo que ellos quisieran. Pero reconocí a George y Ted el esfuerzo por mostrarse inquietos al respecto, como si en la oficina de los Gordon fuéramos a encontrar algo realmente interesante.

Donna Alba, que parecía aliviada, le dijo a Nash:

—Llamaré al doctor Zollner. —Y oprimió el botón del intercomunicador. Mientras tanto, Ted Nash sacó un teléfono celular, se apartó a cierta distancia, de espaldas a nosotros, y habló, o hizo creer que hablaba, a los dioses de Seguridad Nacional de la Gran Capital del Imperio Confundido.

Terminada la charada, regresó a nosotros, los mortales, al mismo tiempo que Donna había concluido con el doctor Zollner. Donna asintió dando a entender que todo estaba bien, y Nash asintió también.

—Por favor, síganme —pidió Donna.

La seguimos hasta el corredor y nos dirigimos hacia el ala este del edificio, pasando la escalera por la que habíamos subido. Llegamos a la habitación 265, y Donna abrió la puerta con una llave maestra.

La oficina tenía dos escritorios, cada uno con su propia PC, un módem, anaqueles y una larga mesa de trabajo cubierta con libros y papeles. No había equipo de laboratorio ni nada semejante: sólo elementos de oficina, incluida una máquina de fax.

Durante un rato husmeamos los escritorios de los Gordon, abriendo cajones y mirando papeles, pero, como dije, esa oficina ya había sido registrada más temprano. La gente involucrada en una conspiración no lo anota en su agenda ni deja memos incriminadores por ahí. Aun así, nunca se sabe qué se puede encontrar. Revisé las tarjetas del fichero y observé que los Gordon conocían gente de todo el mundo, en su mayoría científicos, al parecer. Miré en "Gordon" y vi una tarjeta de los padres de Tom, y nombres de personas que debían de ser su hermana, su hermano y otros miembros de la familia. Todos de Indiana. Ignoraba el apellido de Lucy.

Busqué en "Corey, John" y encontré mi nombre, aunque no recuerdo que nunca me hubieran llamado desde el trabajo. Busqué en "Maxwell, Sylvester", y encontré los números de su oficina y su casa. Busqué "Wiley, Margaret", pero no figuraba, lo cual no me sorprendió. Después busqué "Murphy", los vecinos de al lado de los Gordon, y allí estaban Edgar y Agnes, lo cual tenía sentido. Encontré "Tobin, Fredric" y recordé la vez en que había ido con los Gordon a la bodega de Fredric Tobin a una degustación de vino. Busqué y encontré el número de la Sociedad Histórica Pecónica, y el número de la casa de su presidenta, una tal Emma Whitestone.

Busqué en la "T", a ver si encontraba "Traficante de Drogas, Pedro", y en la "C" en busca de Cartel de Drogas Colombiano, pero no tuve suerte. Intenté la "T", de "Terroristas" o la "A" de "Agentes Biológicos Internacionales", pero salí con las manos vacías. No encontré "Stevens" ni "Zollner", pero imaginé que debían figurar en un directorio separado de todos los empleados de la isla y del que me proponía obtener una copia.

Nash jugueteaba con la PC de Tom, y Foster jugueteaba con la de Judy. Tal vez eso fuera lo único que no habían tenido tiempo de revisar a fondo aquella mañana.

Observé que en la oficina no había ningún elemento personal, ni una fotografía, ni un objeto de arte, ni siquiera un elemento de escritorio que no fuera de fabricación del gobierno. Le pregunté al respecto a Donna, que me respondió:

—En las áreas de la Zona Uno no existe ninguna regla contra los elementos personales. Pero la gente tiende a no traer en el *ferry* muchas cosas para poner en su oficina, salvo quizá cosméticos, remedios y cosas así. No sé por qué. La verdad, podemos pedir casi cualquier cosa que queramos, dentro de lo razonable. Estamos un poco malcriados en ese sentido.

—Ahí es adonde va el dinero de mis impuestos.

Sonrió.

—En esta isla loca, tienen que mantenernos contentos.

Me acerqué a una gran cartelera colgada en la pared, donde Beth y Max estaban leyendo los pocos papeles pinchados al corcho. Lejos del alcance auditivo de los federales, dije:

—Ellos ya han revisado a fondo todo este lugar.

Max preguntó:

—¿Quién?

Beth le explicó:

—Esta mañana, John y yo vimos a nuestros amigos bajando del *ferry* de

Plum Island. Ellos ya estuvieron aquí, ya se encontraron con Stevens, ya vieron esta oficina.

Max se mostró sorprendido, después fastidiado.

—Maldición... —murmuró—. Eso es contra la ley.

—Si yo fuera tú, lo dejaría pasar —le aconsejé—. Pero ahora entiendes por qué no estoy del mejor humor.

—No había notado ninguna diferencia, pero ahora el enojado soy yo.

Donna, con su voz más complaciente, interrumpió nuestra conversación:

—Ya estamos un poco atrasados. Tal vez puedan volver aquí más tarde.

Beth le dijo:

—Quisiera que se encargara de que cierren con candado esta habitación. Voy a enviar gente de la fuerza policial del condado, para que eche un vistazo.

Intervino Nash:

—Supongo que lo que quiere decir con eso de "echar un vistazo" es que va a tomar elementos en custodia.

—Puede suponerlo.

Foster:

—Creo que se ha violado una ley federal, y me propongo tomar cualquier evidencia de propiedad federal que necesite, Beth. Pero la pondré a disponibilidad de la policía del condado de Suffolk.

—No, George —replicó Beth—. Yo tomaré toda esta oficina en custodia y la pondré a disponibilidad de ustedes.

Donna, percibiendo una discusión, se apresuró a intervenir:

—Vayamos a ver la oficina de servicios. Después veremos al doctor Zollner.

Volvimos al corredor y la seguimos gasta una puerta marcada "237". Oprimió un código en un pequeño teclado y abrió la puerta, revelando una habitación grande, sin ventanas. Dijo:

—Ésta es la oficina de servicios, el centro de comando, control y comunicaciones de todo Plum Island.

Entramos todos, y yo observé el ambiente. Había mostradores a lo largo de las paredes, y un joven sentado de espaldas a nosotros hablaba por teléfono.

Donna lo presentó:

—Éste es Kenneth Gibbs, el asistente de Paul Stevens. Hoy, Kenny está a cargo.

Kenneth Gibbs se volvió en la silla y nos saludó agitando una mano.

Estudié la habitación. En las mesas había tres tipos diferentes de transmisores y emisores de radio, una terminal de computadora, un televisor, dos máquinas de fax, teléfonos, teléfonos celulares y otros aparatos. Dos cámaras de televisión montadas en el cielo raso escrutaban la habitación.

En la pared había todo tipo de mapas, frecuencias de radio, memos y una lista de tareas. Aquél era el mundo de Paul Stevens: comando, control y comunicaciones, conocidos como CCC o Triple C. Pero no vi una puerta que pudiera llevar a la oficina privada de Stevens.

Donna dijo:

—Desde aquí estamos en contacto directo con Washington y con otros centros de investigaciones de todos los Estados Unidos, Canadá, México y el mundo. También estamos en contacto con el Centro de Control de Enfermedades de Atlanta. Además, tenemos una línea directa con nuestro departamento de bomberos y otros lugares clave de la isla, además del Servicio Meteorológico Nacional y otras agencias y organizaciones que respaldan a Plum Island.

—¿Como los militares? —pregunté.

—Sí. En especial la Guardia Costera.

Gibbs colgó el teléfono y se reunió con nosotros. Cumplimos con las presentaciones.

Gibbs era un tipo alto, de unos treinta y tantos años, ojos azules y pelo rubio corto, como el de su jefe; vestía pantalones y camisa prolijamente planchados, y corbata azul. Una chaqueta azul colgaba de una de las sillas. Tuve la seguridad de que Gibbs era un producto del laboratorio de allí, clonado del pito de Stevens o algo así. El tipo dijo:

—Yo puedo responder las preguntas que tengan respecto de esta oficina.

Beth le dijo a Donna:

—¿Le molestaría dejarnos con el señor Gibbs unos minutos?

La chica miró a Gibbs, que asintió.

Donna salió al corredor.

Max, que era el único vecino de Plum Island de nuestro grupo, tenía sus propios planes, de modo que preguntó:

—¿Qué hacen si viene en camino un huracán o un viento noreste muy violento?

—Si se produce durante las horas de trabajo, evacuamos.

—¿A todos?

—Algunas personas deben quedarse, para cuidar del lugar. Me quedaría yo, por ejemplo. También el señor Stevens, otras personas de seguridad, algunos bomberos, uno o dos hombres de mantenimiento para asegurarse de que los generadores y los filtros sigan funcionando, y quizás uno o dos científicos, para controlar los bichos. Supongo que el doctor Zollner querría hundirse con su barco. —Rió.

No conseguí encontrarle la gracia a la idea de que un montón de enfermedades fatales estallaran por todo el lugar.

Gibbs agregó:

—Si ocurriera durante horas no laborables, cuando la isla está casi desierta, tendríamos que traer a gente clave. Y deberíamos llevar el *ferry* y otras embarcaciones a los muelles submarinos de New London, donde estarían seguros. —Añadió: —Acá sabemos bien lo que hacemos. Estamos preparados para las emergencias.

Intervino Max:

—Si alguna vez se produjera una falla de biocontención, ¿tendría la amabilidad de llamarme?

—Usted sería casi el primero en saberlo —aseguró el señor Gibbs.

114

Max replicó:

—Lo sé. Pero quisiera saberlo por teléfono o radio... no cuando esté tosiendo sangre.

Gibbs, que parecía un poco descolocado, repuso:

—Mi manual de instrucciones indica a quién llamar y en qué orden. Usted figura entre los primeros.

—He pedido que se instale aquí una sirena de alarma, para que se la pueda oír en tierra firme.

—Si lo llamamos, usted puede hacer sonar una sirena para la población, si quiere. —Gibbs agregó: —No anticipo ninguna falla de biocontención, así que esta conversación no tiene sentido.

—El caso es que este lugar me da miedo, y ahora que lo veo no me siento nada mejor.

—No tiene nada de qué preocuparse.

Me alegré de oír eso. Le pregunté al señor Gibbs:

—¿Y si entraran intrusos armados en la isla?

Gibbs me miró y preguntó:

—¿Quiere decir terroristas, por ejemplo?

—Sí, quiero decir terroristas.

—Bueno —respondió—, si nuestra gente de seguridad no pudiera manejar la situación, llamaríamos a la Guardia Costera. Desde aquí mismo. —Movió un pulgar hacia una radio.

—¿Y si antes que nada destruyeran esta habitación?

—En el edificio hay un segundo CCC.

—¿En el sótano?

—Puede ser. Pensé que estaban investigando un asesinato...

Me encanta cuando estos tipos me provocan.

—Correcto —repliqué—. ¿Dónde estaba usted ayer a las cinco y media de la tarde?

—¿Yo?

—Usted.

—Ah... déjeme pensar...

—¿Dónde está su 45 automática?

—Eh... en ese cajón.

—¿La ha disparado recientemente?

—No... Bueno, a veces la llevo al campo de tiro...

—¿Cuándo fue la última vez que vio a los Gordon?

—Déjeme pensar...

—¿Cuánto conocía a los Gordon?

—No mucho.

—¿Alguna vez fue a beber una copa con ellos?

—No.

—¿A almorzar? ¿A cenar?

—No. Ya le dije que...

—¿Alguna vez tuvo ocasión de hablar con ellos en forma oficial?

—No... bueno...

—¿Bueno?

—Unas cuantas veces. Acerca de la lancha de ellos. Les gustaba usar las playas de Plum Island. Los Gordon solían venir aquí en lancha, los domingos y feriados, y anclaban la embarcación en las playas desiertas del sur de la isla; después llegaban a la costa a nado, arrastrando una balsa de goma. En la balsa llevaban sus cosas de picnic. Nosotros no teníamos problema con eso. De hecho, el cuatro de julio solíamos hacer un picnic con todos los empleados y sus familias. Era la única ocasión en que permitíamos en la isla la presencia de personas que no trabajaran aquí, pero tuvimos que dejar de hacerlo por cuestiones de seguridad...

Traté de imaginar un paseo así, rodeado de elementos de biocontención.

Gibbs continuó:

—Los Gordon nunca trajeron a nadie, lo cual habría ido contra las reglas. Pero su lancha representaba un problema.

—¿Qué clase de problema?

—Bueno, por un lado, durante el día atraía a los ocupantes de otras embarcaciones de placer, que pensaban que también podían desembarcar y usar la isla. Y después del oscurecer presentaba un riesgo de navegación para nuestros barcos patrulla. Así que les hablé de ambos problemas y tratamos de encontrarles una solución.

—¿Cómo lo solucionaron?

—La solución más fácil habría sido que ellos entraran en la caleta y llevaran uno de nuestros vehículos al otro extremo de la isla. El señor Stevens no tuvo problema con eso, aunque violaba un poco las reglas en cuanto al uso de un vehículo oficial. Era mejor que lo que ellos hacían. Pero no quisieron entrar en la caleta ni usar un vehículo. Querían hacerlo a su modo; llevar su lancha a una de las playas, y nadar con la balsa de goma. Era más divertido, dijeron. Más espontáneo y aventurero.

—¿Quién dirige esta isla? ¿Stevens, Zollner o los Gordon?

—Tenemos que mimar a los científicos que trabajan aquí, o se alteran. Entre los no científicos corre la broma de que, si uno fastidia o discute con un científico acerca de algo, termina enfermo de un virus misterioso.

Todos rieron entre dientes.

Kenneth Gibbs prosiguió:

—De cualquier modo, logramos que accedieran a dejar encendidas las luces de su embarcación, y yo me aseguré de que los helicópteros y barcos de la Guardia Costera conocieran bien la lancha. También les hicimos prometer que anclarían sólo donde tenemos uno de nuestros grandes carteles de "No pasar" en la playa. Eso suele impedir que se acerquen los temerosos.

—¿Qué hacían los Gordon en la isla?

Gibbs se encogió de hombros.

—Hacían picnics, supongo. Hacían excursiones. —Añadió: —En los feriados y después de las horas de trabajo tenían a su disposición casi novecientos acres desiertos.

—Entiendo que eran arqueólogos aficionados.

—Ah, sí. Iban mucho a las ruinas. Coleccionaban cosas para un museo de Plum Island.

—¿Museo?

—Bueno, una muestra. Se suponía que iban a armarla en el vestíbulo, creo. Los objetos están guardados en el sótano.

—¿Qué clase de objetos?

—Sobre todo balas de mosquete y puntas de flechas. Un cencerro de vaca... un botón de bronce de un uniforme del ejército continental, cosas diversas de la época de la guerra hispanoamericana... una botella de whisky... Qué sé yo. Basura, en su mayor parte. Está todo catalogado y guardado en el sótano. Pueden verlo, si quieren.

—Tal vez más tarde —dijo Beth. Preguntó: —Entiendo que los Gordon estaban organizando una excavación oficial. ¿Usted sabe algo al respecto?

—Sí.

—No necesitamos que un grupo de gente de Stony Brook ni de la Sociedad Histórica Pecónica ande haciendo pozos en la isla. Pero ellos trataban de encontrarle una solución con el Departamento de Agricultura y el Departamento del Interior. —Agregó: —Interior tiene la última palabra en cuanto a todo eso.

Pregunté al señor Gibbs:

—¿Nunca se le ocurrió que los Gordon podrían estar tramando algo? ¿Como sacar material de contrabando del edificio principal y ocultarlo en una playa durante sus supuestas excavaciones arqueológicas, para recuperarlo después con su lancha?

Kenneth Gibbs no respondió.

Lo urgí:

—¿Se le ocurrió que esas tonterías de los picnics y la arqueología encubrían algo?

—Yo... creo que... pensándolo ahora... Eh, todos se la toman conmigo, como si yo hubiera debido sospechar algo. Todos olvidan que esos dos eran de oro. Podían hacer lo que diablos quisieran, salvo hundirle la cara a Zollner en un pozo de estiércol. Yo cumplí con mi tarea.

Era probable que sí. Y, dicho sea de paso, oír el *ping* otra vez.

Beth preguntó:

—¿Usted, o alguno de sus hombres, vio la lancha de los Gordon después de que salió de la caleta ayer al mediodía?

—No. Ya pregunté.

—En otras palabras, ¿usted está seguro de que la lancha no estaba anclada en las cercanías de esta isla ayer a la tarde?

—No, no puedo estar seguro de eso.

Max inquirió:

—¿Con qué frecuencia sus barcos hacen el circuito de la isla?

—En general utilizamos una de las dos embarcaciones. Su ruta comprende unos trece o catorce kilómetros alrededor de la isla, de modo que, a diez o doce nudos, se realiza un círculo completo cada cuarenta o sesenta minutos, a menos que detengan a alguien o algo así.

Intervino Beth:

—De modo que, si un barco se encontrara a alrededor de un kilómetro de distancia de Plum Island y una persona a bordo estuviera observando con binoculares, vería el barco patrulla... *The Prune*, ¿correcto?

—*The Prune* y *The Plum Pudding*.

—Correcto. Esa persona vería uno de esos barcos patrulla, y si esa persona conociera la rutina, sabría que dispone de entre cuarenta y sesenta minutos para acercarse, anclar, llevar una balsa de goma a la costa, hacer lo que fuere y volver a su barco sin que nadie la hubiera visto.

El señor Gibbs carraspeó y admitió:

—Es posible, pero usted olvida los helicópteros patrulla y los vehículos patrulla que andan por la playa. Los helicópteros y los vehículos hacen recorridos en momentos por completo fortuitos.

Beth asintió y observó:

—Acabamos de hacer una gira por la isla, y en las casi dos horas que han transcurrido sólo vi el helicóptero de la Guardia Costera una vez, y un vehículo. una camioneta, una vez, y el barco patrulla una vez.

—Como le digo, es fortuito. ¿Quiere comprobarlo?

—Podría —respondió Beth.

Gibbs nos informó:

—También hay barcos de la Guardia Costera que pasan de vez en cuando, y si quiere que le sea muy sincero, tenemos aparatos eléctricos que hacen la mayor parte del trabajo.

Pregunté, al tiempo que abarcaba con un gesto la oficina:

—¿Dónde están los monitores?

—En el sótano.

—¿Qué tienen? ¿Cámaras de televisión? ¿Sensores de movimiento? ¿Sensores de sonido?

—No estoy autorizado para decírselo.

—De acuerdo —dijo Beth—. Anote su nombre, domicilio y número de teléfono. Lo llamaremos para someterlo a un interrogatorio.

Gibbs pareció fastidiado, pero también aliviado de salvarse por el momento. Además, tuve la fuerte sospecha de que Gibbs, Foster y Nash ya se habían conocido aquella mañana, más temprano.

Me acerqué a mirar lo que había en la pared, cerca de las radios. Era un gran mapa de la parte oriental de Long Island, el canal y Connecticut del sur. Tenía una serie de círculos concéntricos, en cuyo centro se ubicaba New London, Connecticut. Parecía una de esas cartillas de alcance de destrucción de la bomba atómica que te indican cuán frito te va a quedar el trasero en relación con tu distancia del punto de la explosión. Vi que Plum Island se hallaba dentro del último círculo, lo cual supongo era a la vez buena y mala noticia, según de qué se tratara el mapa. Como no tenía explicaciones, le pregunté al señor Gibbs:

—¿Qué es esto?

Miró adonde yo señalaba y contestó:

—Ah, en New London hay un reactor nuclear. Esos círculos representan las distintas zonas de peligro si hubiera una explosión.

Consideré la ironía de que hubiera en New London un reactor nuclear que planteara un peligro para Plum Island, que en sí significaba un peligro para todos los de New London, según el viento. Pregunté:

—¿Cree usted que la gente de allá tiene un mapa que muestre el peligro que representa para ellos una falla de biocontención en Plum Island?

Hasta el rígido señor Gibbs tuvo que sonreír, aunque fue una sonrisa rara. Gibbs y Stevens debían de practicar con esa sonrisa entre ellos. Gibbs dijo:

—En realidad, la gente del reactor nuclear sí tiene un mapa como el que usted describe. —Agregó: —A veces me pregunto qué pasaría si un terremoto provocara una falla de biocontención y una filtración nuclear al mismo tiempo. ¿La radiactividad mataría los gérmenes? —Volvió a sonreír. Raro, raro. Musitó con aire filosófico: —El mundo moderno está lleno de horrores inimaginables.

Aquél parecía ser el *mantra* de Plum Island. Sugerí, siempre servicial:

—Si yo fuera usted, esperaría un buen viento del sur y liberaría el ántrax. Hay que agarrarlos a ellos antes de que ellos lo agarren a uno.

—Sí. Buena idea.

Le pregunté:

—¿Dónde queda la oficina del señor Stevens?

—Es la habitación 250.

—Gracias.

Sonó el intercomunicador y por el parlante se oyó una voz masculina que anunció:

—El doctor Zollner atenderá a sus huéspedes ahora.

Todos agradecimos al señor Gibbs por su tiempo, y él nos agradeció por haber ido, lo cual nos convirtió a todos en unos mentirosos. Beth le recordó que lo vería en su despacho.

En el corredor volvimos a encontrarnos con Donna, y mientras caminábamos le comenté:

—Estas puertas no tienen nombres ni títulos.

—Por seguridad —respondió, lacónica.

—¿Cuál es la oficina del señor Stevens?

—La habitación 225 —respondió.

Eso demostraba una vez más que la mejor medida de seguridad es una mentira. Donna nos condujo al extremo de un corredor y abrió la puerta número 200.

11

Donna nos dijo:

—Por favor, tomen asiento. La secretaria del doctor Zollner, June, estará con nosotros en un momento.

Todos nos sentamos, y Donna permaneció de pie, esperando a June.

Al cabo de más o menos un minuto, una mujer de mediana edad, con expresión seria, salió por una puerta lateral. Donna anunció:

—June, éstos son los huéspedes del doctor Zollner.

June apenas si reparó en nuestra presencia y se sentó a su escritorio sin decir una palabra.

Donna nos deseó un buen día y partió. Noté que nunca nos dejaban solos, ni siquiera por un segundo. Soy un verdadero fanático de la seguridad, salvo cuando va dirigida a mí.

Sea como fuere, ya extrañaba a Donna. Era de veras agradable. Hay muchas mujeres agradables por allí, pero entre mi reciente divorcio y mi más reciente hospitalización y convalecencia, en realidad no había participado mucho en el juego.

Miré a Beth Penrose. Ella me miró también, casi sonrió y enseguida apartó la vista.

A continuación miré a George Foster. Siempre parecía la imagen de la compostura. Supuse que detrás de esos ojos vacuos había un buen cerebro. Así lo esperaba.

Sylvester Maxwell tamborileaba impaciente con los dedos sobre el brazo del sillón. Creo que le complacía haberme contratado, pero quizás estuviera preguntándose cómo hacer para controlar a un asesor independiente a un dólar por semana que en general fastidiaba a todos.

La sala de espera era del mismo gris paloma con borde gris oscuro y alfombra gris que el resto de la estructura. En aquel lugar se podía sufrir de privación sensorial.

En cuanto a la habitación 250, lo que sabía con seguridad era que ni Paul Stevens ni su diploma estaban allí. Lo más probable era que en la habitación 250 hubiera veinte perros rabiosos esperando para comerse mis cojones. En cuanto a la habitación 225, no estaba seguro... En aquella isla nada era lo que parecía, y nadie se mostraba del todo veraz.

Le comenté a la secretaria:

—Mi tía se llamaba June.

Alzó la vista del escritorio y se quedó mirándome.

Continué:

—Es un lindo nombre. Por alguna razón, me recuerda el final de la primavera y el principio del verano. El solsticio de verano, ¿sabe?

June seguía mirándome; sus ojos se estrecharon. Qué miedo.

Le ordené:

—Llame al doctor Zollner por el intercomunicador y dígale que tiene diez segundos para recibirnos, o conseguiremos una orden de arresto por obstrucción de la justicia. Nueve segundos.

Tomó el intercomunicador y dijo:

—Doctor Zollner, por favor venga. Ya.

—Cinco segundos.

Se abrió la puerta de la derecha y apareció un hombre grandote, carnoso, barbudo, con camisa blanca y corbata azul. Dijo:

—¿Sí? ¿Cuál es el problema?

June me señaló directamente y respondió:

—Él.

Carnoso me miró.

—¿Sí?

Me puse de pie. Todos los demás me imitaron. Reconocí al doctor Zollner por las fotos de la cadena de mando que había en el vestíbulo, así que dije:

—Hemos venido del otro lado del mar y hemos viajado muchos kilómetros, doctor, y superado muchos obstáculos para encontrarlo, y usted nos paga tratándonos como a una mierda.

—¿Cómo dice?

Intervino June:

—¿Llamo a seguridad, doctor?

—No, no. —Miró a sus huéspedes y dijo: —Bueno, pasen, pasen.

Pasamos, pasamos.

La oficina de doctor Zollner era grande, pero los muebles, las paredes y la alfombra eran iguales que los demás. Había un impresionante despliegue de cosas enmarcadas que colgaban en la pared de atrás de su escritorio. En las otras paredes había unas figuras abstractas de porquería, verdadera basura como la que se ve en los mejores museos.

Todavía de pie, todos nos presentamos, esta vez aclarando nuestros cargos y tareas. Me pareció —y de nuevo se trataba de una conjetura— que Zollner ya había conocido a Nash y Foster.

Zollner esbozó una radiante sonrisa y dijo:

—Bueno, bienvenidos. Confío en que el señor Stevens y la señorita Alba les habrán sido de utilidad.

Tenía un ligero acento, probablemente alemán, si el apellido resultaba alguna indicación. Como dije, era corpulento —gordo, en realidad— y tenía pelo blanco, barba tipo Van Dyke y anteojos gruesos.

El doctor Zollner nos invitó a sentarnos —"siéntense, siéntense"— y nosotros sentámonos, sentámonos. Comenzó diciendo:

—Todavía estoy en *shock* por esta tragedia. Anoche no pude dormir.

Beth inquirió:

—¿Quién lo llamó anoche para darle la noticia, doctor?

—El señor Stevens. Dijo que lo había llamado la policía. —Zollner continuó: —Los Gordon eran científicos brillantes y muy respetados entre sus colegas. —Agregó: —Espero que solucionen este caso con rapidez.

Beth respondió.

—También nosotros.

Zollner prosiguió:

—Además, permítanme disculparme por haberlos hecho esperar. Estuve atendiendo el teléfono toda la mañana.

Intervino Nash:

—Supongo, doctor, que le habrán aconsejado no conceder entrevistas.

Zollner asintió.

—Sí, sí, por supuesto. No, no di ninguna información, pero les leí la declaración preparada. La que vino de Washington.

Foster solicitó:

—¿Puede leérnosla?

—Sí, por supuesto, por supuesto. —Buscó en su escritorio, encontró una hoja de papel, se acomodó los anteojos y leyó: —"La Secretaría de Agricultura lamenta las trágicas muertes de los doctores Thomas y Judith Gordon, empleados del Departamento de Agricultura. No nos haremos cargo de ninguna especulación en cuanto a las circunstancias de dichas muertes. Las preguntas referentes a la investigación deben dirigirse a la policía local, que podrá responderlas mejor."

El doctor Zollner terminó de leer aquello, que era lo mismo que nada.

Max le dijo:

—Por favor, envíelo por fax a la policía de Southold, así podemos leérselo a la prensa después de poner "FBI" en lugar de "policía local".

El señor Foster dijo:

—El FBI no está involucrado en este caso, jefe.

—Correcto. Lo olvidé. Ni tampoco la CIA. —Miró a Beth. —¿Y la policía del condado? ¿Ustedes sí están involucrados?

Beth respondió:

—Involucrados y a cargo. —Se dirigió al doctor Zollner: —¿Puede describirnos las tareas de los Gordon?

—Sí... Trabajaban sobre todo con... investigación genética. Alteración genética de virus, para volverlos incapaces de causar enfermedad, pero capaces de estimular el sistema inmune del cuerpo.

—¿Una vacuna? —preguntó Beth.

—Sí, un nuevo tipo de vacuna. Mucho más segura que las que emplean un virus debilitado.

—Y en su trabajo, ¿ellos tenían acceso a todo tipo de virus y bacterias?

—Sí, por supuesto. Sobre todo virus.

Beth siguió adelante, pasando a preguntas más tradicionales de la investigación de un homicidio: amigos, enemigos, deudas, amenazas, relaciones con compañeros de trabajo, conversaciones que recordara, cómo daban la impresión de actuar los occisos durante la última semana, y así sucesivamente. Buen material de homicidio, pero quizá no del todo relevante. Sí, había que preguntarlo todo, y volvería a preguntársele una y otra vez a casi todas las personas que conocían los Gordon, y después de nuevo a aquellos ya entrevistados, para ver si surgía alguna contradicción en sus declaraciones. Lo que necesitábamos en ese caso, si uno suponía el robo de bichos mortales, era un buen dato, una especie de carta que indicara "Puede avanzar hasta la salida", algo que permitiera pasar de largo las pavadas propias del procedimiento antes de que se terminara el mundo.

Miré los cuadros abstractos de las paredes y me di cuenta de que no eran pinturas, sino fotografías en color... Tuve la sensación de que eran enfermedades, bacterias y esas cosas, infectando sangre y células y todo eso, fotografiadas a través de un microscopio. Qué estrafalario. Pero, la verdad, no eran tan malas.

Zollner notó mi mirada e interrumpió una respuesta para comentar:

—Hasta los organismos causantes de enfermedades pueden ser hermosos.

—Absolutamente —convine—. Tengo un traje con ese dibujo. El de esos bichitos verdes y rojos.

—¿Sí? Ése es un filovirus... Ébola, en realidad. Teñido, desde luego. Esas cositas podrían matarlo en cuarenta y ocho horas. No existe cura.

—¿Y están aquí, en este edificio?

—Tal vez.

—A los policías no les gusta la duda, doctor. ¿Sí o no?

—Sí. Pero guardados en lugar seguro... congelados y bajo siete llaves. —De inmediato aclaró: —Y acá sólo jugamos con Ébola de simios. No con Ébola humano.

—¿Y han hecho un inventario de sus bichos?

—Sí. Pero, para ser franco, no tenemos modo de contabilizar cada espécimen. Y además está el problema de que alguien propague ciertos organismos en un lugar no autorizado. Sí, sí, ya sé a lo que va usted. Cree que los Gordon tomaron algunos organismos muy exóticos y mortales y tal vez los vendieron a... bueno, digamos a una potencia extranjera. Pero yo les aseguro que ellos no harían semejante cosa.

—¿Por qué?

—Porque es demasiado terrible de pensar.

—Muy tranquilizador —repuse—. Eh, ya podemos irnos a casa.

El doctor Zollner me miró, no acostumbrado a mi humor, supongo. Pasado un momento se inclinó por sobre su escritorio y dijo con su leve acento:

—Detective Corey, si usted tuviera las llaves de las puertas del infierno, ¿las abriría? Si lo hiciera, debería saber correr muy rápido.

Lo reflexioné un momento y luego respondí:

—Si abrir las puertas del infierno resulta tan impensable, ¿para qué necesita llave y cerradura?

Asintió y contestó:

—Supongo que para protegernos de los locos. —Agregó: —Por supuesto, los Gordon no eran locos.

Nadie respondió. Todos habíamos pasado ya por aquello, tanto en lo verbal como en lo mental, una docena de veces desde la noche anterior.

Por fin el doctor Zollner dijo:

—Tengo otra teoría que compartiré con ustedes, una teoría que creo resultará cierta antes de que termine el día de hoy. Es la siguiente. Los Gordon, que eran dos personas maravillosas, pero de algún modo despreocupadas y terribles con el dinero, robaron una de las nuevas vacunas en las que estaban trabajando. Creo que se hallaban más avanzados en la investigación de una vacuna que lo que nos hicieron creer. Lamentablemente, en las ciencias esto ocurre a menudo. Puede que hayan llevado notas separadas e incluso geles en secuencia separados... Éstos son unas placas transparentes con mutaciones genéticamente manipuladas, que se insertan en virus causantes de enfermedad y... con algo semejante a un código de barras —explicó.

Como nadie dijo una palabra, él continuó:

—Entonces, consideren que los Gordon pudieron haber descubierto una maravillosa nueva vacuna para un terrible virus causante de una enfermedad, animal, humana o ambas cosas, y lo mantuvieron en secreto, y a lo largo de los meses reunieron todas sus notas, geles genéticos, y la vacuna en sí en alguna zona oculta del laboratorio, o en uno de los edificios desiertos de la isla. Su propósito, desde luego, sería el de vender eso, quizás a una empresa farmacéutica. Tal vez se proponían renunciar aquí, aceptar un empleo en una empresa privada y simular que habían hecho el hallazgo allí. Después obtendrían un muy lindo bono de millones de dólares. Y los derechos podrían rendir decenas de millones de dólares, según cuál fuera la vacuna.

Nadie habló. Miré de reojo a Beth. En realidad ella había conjeturado aquello cuando estábamos en la barranca.

El doctor Zollner continuó:

—Tiene sentido, ¿no? La gente que trabaja con la vida y la muerte preferiría vender vida. Aunque más no sea porque es más seguro y más rentable. La muerte es barata. Yo podría matarlos con una pizca de ántrax. La vida es más difícil de proteger y preservar. Así que, si la muerte de los Gordon tuvo algo que ver con su trabajo aquí, entonces la conexión fue la que acabo de plantear. ¿Por qué piensan ustedes en virus y bacterias causantes de enfermedades? Como suele decirse, si la única herramienta que uno tiene es un martillo, entonces todos los problemas parecen ser un clavo. ¿Sí? Bueno, no los culpo. Siempre pensamos lo peor. Y ése es el trabajo de ustedes.

De nuevo, nadie habló.

El doctor Zollner nos miró uno por uno y continuó:

—Si los Gordon hicieron eso, fue algo carente de ética y también ilegal. Y quienquiera que fuera su agente, su intermediario, también carecía de ética y era codicioso, y al parecer también un asesino.

El buen doctor Zollner lo había pensado todo muy bien.

Prosiguió:

—No sería la primera vez que científicos del gobierno o científicos de una empresa hayan conspirado para robar su propio descubrimiento y hacerse ricos. Para los genios es muy frustrante ver que otros ganan millones con su trabajo. Además, hay cosas muy importantes en juego. Si esta vacuna, por ejemplo, pudiera usarse contra una enfermedad muy difundida, como el sida, entonces estaríamos hablando de millones de dólares. Incluso miles de millones para los descubridores.

Todos nos miramos de reojo. Miles de millones.

—Bueno, ahí tienen. Los Gordon querían ser ricos, pero cuanto más lo pienso, más creo que querían ser famosos. Querían ser reconocidos, querían que la vacuna llevara su nombre, como la vacuna Salk. Eso no habría ocurrido aquí. Lo que hacemos aquí es mantenernos en silencio, salvo dentro de la comunidad científica. Los Gordon eran en cierto modo llamativos para ser científicos. Eran jóvenes, deseaban cosas materiales. Querían ver cumplido el "sueño americano", y estaban seguros de que se lo habían ganado. Y, ustedes ya lo saben, en realidad así era. Eran brillantes, trabajaban mucho y ganaban poco. De modo que buscaron un remedio. Sólo me pregunto qué fue lo que descubrieron, aunque estoy seguro de saber por qué. Bueno, ¿qué piensan? ¿Sí? ¿No?

Ted Nash fue el primero en hablar:

—Creo que es así, doctor. Creo que usted tiene razón.

George Foster asintió.

—Tuvimos la idea correcta, pero el bicho errado. Una vacuna. Por supuesto.

También Max asintió:

—Tiene sentido. Me siento aliviado. Sí.

Habló Beth:

—Todavía tengo que encontrar al asesino. Pero creo que podemos dejar de buscar terroristas y empezar a buscar a otro tipo de persona o personas.

Miré al doctor Zollner un momento, y él me devolvió la mirada. Sus anteojos eran gruesos, pero uno podía verle los ojos azules y centelleantes. Me dijo:

—¿Detective Corey? ¿Usted piensa lo contrario, quizás?

—Oh, no. En esto estoy con la mayoría. Conocí a los Gordon, y en apariencia también usted, doctor. Ha dado en el clavo. —Miré a mis colegas y agregué: —No puedo creer que no se nos haya ocurrido. No muerte. Vida. No enfermedad, sino una cura.

—Una vacuna —corrigió el doctor Zollner—. Un preventivo. No una cura. Las vacunas dan más dinero. Si se trata de una vacuna contra la gripe, por ejemplo, sólo en los Estados Unidos se venden cien millones de dosis por año. Los Gordon hacían un trabajo brillante con vacunas virales.

—Correcto. Una vacuna. —Le pregunté: —¿Y usted dice que tendrían que haber planeado esto durante algún tiempo?

—Ah, sí. En cuanto se dieron cuenta de que habían encontrado algo, habrán comenzado a tomar notas y a registrar falsos resultados de pruebas, y al mismo tiempo, llevar notas legítimas y todo eso. Es el equivalente científico de un contador que lleva un doble juego de libros.

—¿Y nadie se habría dado cuenta de lo que pasaba? ¿No hay controles?

—Bueno, los hay, por supuesto. Pero los Gordon eran compañeros de tareas, y ocupaban un puesto importante. Además, su área de conocimientos, la ingeniería genética viral, es bastante exótica y no resulta fácil que otros puedan controlarla. Y, por último, si hay voluntad y coeficientes de inteligencia geniales, se encuentra el modo de llevarlo a cabo.

Asentí.

—Increíble. ¿Y cómo contrabandearon este material? Es decir, ¿qué tamaño tiene una placa de gelatina?

—Placa de gel.

—Correcto. ¿Qué tamaño tiene?

—Ah... quizás unos cuarenta y cinco centímetros de ancho y setenta y cinco de largo.

—¿Cómo se saca eso de biocontención?

—No lo sé con certeza.

—¿Y las notas?

—Por fax. Más tarde les mostraré.

—¿Y la vacuna en sí?

—Eso sería más fácil. Por medio anal y vaginal.

—No quiero ser grosero, doctor, pero no creo que se metieran en el trasero una placa de setenta y cinco centímetros sin llamar un poco la atención.

El doctor Zollner carraspeó y respondió:

—En realidad no se necesitan las placas de gel si uno puede fotocopiarlas y fotografiarlas con una de esa pequeñas cámaras de los espías.

—Increíble. —Pensé en la máquina de fax de la oficina de los Gordon.

—Sí. Bueno, vayamos a ver si podemos reconstruir qué sucedió y cómo sucedió. —Se puso de pie. —Si alguien no quiere entrar en biocontención, puede quedarse en el vestíbulo o en la cafetería. —Echó un vistazo alrededor, pero nadie dijo nada. Sonrió y repuso: —Bien, veo que todos son valientes. Por favor, síganme.

Todos nos paramos y yo dije:

—Permanezcan juntos.

El doctor Zollner me sonrió y me advirtió:

—Cuando esté en biocontención, amigo, querrá naturalmente permanecer lo más cerca de mí posible.

De pronto pensé que debería haber ido a convalecer al Caribe.

12

Regresamos al vestíbulo y nos paramos delante de los puertas amarillas. El doctor Zollner le dijo a Beth:

—Donna la espera en el vestuario. Por favor, siga sus instrucciones. Nos encontraremos con usted en la parte posterior del vestuario de damas. —Zollner la observó pasar por la puerta amarilla y nos dijo: —Caballeros, síganme, por favor.

Seguimos al buen doctor hasta el vestuario de hombres, que resultó ser de un lugar naranja espantoso, pero en lo demás típico de cualquier vestuario. Un asistente nos entregó candados abiertos, sin llaves, y guardapolvos blancos de laboratorio, limpios. En una bolsa de plástico había ropa interior, medias y pantuflas de algodón.

Zollner nos llevó a una hilera de armarios vacíos y solicitó:

—Por favor, quítense todo, incluso la ropa interior y las alhajas.

Así que todos nos desnudamos hasta quedar en traje de nacimiento, y yo no veía el momento de contarle a Beth que Ted Nash llevaba un 38 con un cañón de siete centímetros y que el cañón era más largo que su pito.

George Foster comentó, a propósito de mi herida en el pecho:

—Bastante cerca del corazón.

—No tengo corazón.

Mientras Zollner se ponía un guardapolvo blanco de tamaño enorme, yo cerré el candado de mi armario y me ajusté la ropa interior de papel.

El doctor Zollner nos miró de arriba abajo y dijo:

—Bien, ¿estamos todos listos? Entonces, por favor, síganme.

—Espere —dijo Max—. ¿No nos dan máscaras o respiradores o algo así?

—Para la Zona Dos, no, señor Maxwell. Tal vez para la Zona Cuatro, si quiere ir tan lejos. Vengan conmigo.

Fuimos hasta la parte posterior del vestuario, y Zollner abrió una puerta roja marcada con el extraño símbolo de riesgo biológico, debajo del cual se leían las palabras: "Zona Dos". Oí un ruido como de ráfaga y al doctor Zollner que explicaba:

—Lo que oyen es la presión de aire negativo. Aquí es de hasta una libra por pulgada cuadrada menos que afuera, de modo que ningún agente patógeno puede escapar accidentalmente.

—Odio cuando sucede eso.

—Además, los filtros del techo limpian todo el aire viciado de aquí dentro.

Max se mostraba obcecadamente escéptico, como un hombre que no quiere que ninguna buena noticia interfiera con su arraigada creencia de que Plum Island era el equivalente, en riesgo biológico, a Three Mile Island combinado con Chernobyl.

Fuimos hasta un corredor de cemento y Zollner miró alrededor y preguntó:

—¿Dónde está la señorita Penrose?

Respondí:

—Doctor, ¿usted es casado?

—Sí. Ah... por supuesto, ella debe de demorar más en cambiarse.

—No lo dude, amigo.

Por fin, de la puerta que decía "Mujeres", apareció *lady* Penrose, vestida con un equipo blanco suelto y pantuflas de algodón. Aun así se la veía sensual, pensé.

Oyó el mismo ruido a ráfaga y Zollner le explicó la presión de aire negativo, nos dio instrucciones para que tuviéramos cuidado de no chocar con carritos o estanterías de frascos o tubos llenos de bichos o químicos letales, y así por el estilo.

Zollner dijo:

—Bueno, por favor, síganme, y les mostraré qué pasa aquí, así pueden contarles a sus amigos y colegas que no estamos fabricando bombas de ántrax. —Rió, y luego agregó en tono serio: —La Zona Cinco está vedada porque necesitarían vacunas especiales, y también entrenamiento para ponerse los trajes contra riesgo biológico y los respiradores. Además, el sótano también está vedado.

—¿Por qué el sótano está vedado? —pregunté.

—Porque es ahí donde escondemos los extraterrestres muertos y los científicos nazis. —Volvió a reír.

Me encanta dar pie para chistes a un médico gordo con el acento del doctor Strangelove. En serio. Para ir directo al grano, sabía que Stevens había hablado con Zollner. Me habría gustado ser una mosca tse-tsé posada en la pared.

El señor Foster intentó mostrar algo de humor:

—Pensé que los extraterrestres y los nazis estaban en las casamatas subterráneas.

—No, los extraterrestres muertos están en el faro —replicó Zollner—. Mudamos a los nazis de las casamatas cuando se quejaron de los vampiros.

Todos rieron: ja, ja, ja. Humor en biocontención. Debería escribir al *Reader's Digest*.

Mientras caminábamos, el doctor Bromista dijo:

—Esta zona es más segura; en general tenemos laboratorios de ingeniería genética, algunas oficinas, microscopios electrónicos... Aquí se hace trabajo de bajo riesgo y bajo nivel de contagio.

Atravesamos corredores de cemento y cada tanto el doctor Zollner abría una puerta amarilla de acero y saludaba a alguien que se hallaba adentro de una oficina o laboratorio y le preguntaba por su trabajo.

Había todo tipo de extrañas habitaciones sin ventanas, incluido un lugar que parecía una bodega, salvo que las botellas de los anaqueles estaban llenas de cultivos de células vivas, según Zollner.

Mientras atravesábamos los corredores pintados de gris buque de guerra, el doctor comentó.

—Hay virus nuevos que afectan a los animales, a los humanos o a ambos. Nosotros, los humanos, y las especies animales más avanzadas no tenemos reacciones inmunológicas a muchas de estas enfermedades mortales. Las actuales drogas antivirales no son muy eficaces, y por lo tanto la clave para evitar una futura catástrofe mundial son las vacunas antivirales, y la clave para las nuevas vacunas es la ingeniería genética.

—Max preguntó:

—¿Qué catástrofe?

El doctor Zollner continuó caminando y hablando de manera demasiado jovial, pensé, considerando el tema. Dijo:

—Bueno, en cuanto a enfermedades animales, un brote de fiebre aftosa, por ejemplo, podría eliminar gran parte de la hacienda de este país y arruinar el medio de ganarse la vida de millones de personas. El costo de otros alimentos podría cuadruplicarse. El virus de la aftosa es quizás el más contagioso y violento de la naturaleza, y por eso la gente relacionada con guerras biológicas siempre se ha sentido fascinada por él. Será un buen día para los caballeros de las guerras biológicas cuando los científicos puedan manipular genéticamente el virus de la aftosa para infectar a los humanos. Pero lo peor, creo yo, es que algunos de estos virus mutan por cuenta propia y se vuelven peligrosos para la gente.

Nadie tuvo comentario o pregunta alguna a ese respecto. Nos asomamos a varios laboratorios más, y Zollner siempre decía unas palabras alentadoras a los pálidos intelectos de blanco que trabajaban en ambientes que me ponían nervioso de sólo mirarlos. Les decía cosas como: "¿Qué hemos aprendido hoy? ¿Hemos descubierto algo nuevo?". Parecía que los científicos le tenían bastante simpatía, o al menos lo toleraban.

Cuando tomamos por uno más de una serie en apariencia interminable de corredores, Zollner prosiguió con su discurso:

—En 1983, por ejemplo, estalló en Lancaster, Pennsylvania, una gripe altamente contagiosa y mortal. Hubo diecisiete millones de muertos. Gallinas, claro. Aves de corral. Pero ya ven a qué apunto. La última gran epidemia mortal humana de gripe del mundo fue en 1918. Hubo unos veinte millones de muertos en el mundo entero, incluidos quinientos mil en los Estados Unidos. Si tenemos en cuenta nuestra población actual, el número equivalente de muertos hoy en día sería, más o menos, un millón y medio de personas. ¿Pueden imaginar algo semejante? Y el virus de 1918 no era particularmente virulento, y, por supuesto, entonces viajaba con mucha más lentitud. Hoy, las autopistas y las rutas aéreas pueden propagar un virus infeccioso en todo el mundo en cuestión de días. La buena noticia acerca de los virus mortales, como el Ébola, es que matan tan rápido que apenas tienen tiempo de abandonar una aldea africana antes de que todos los que la habitaban estén muertos.

Pregunté:

—¿Hay un *ferry* a la una de la tarde?

El doctor Zollner rió:

—Se siente un poco nervioso, ¿no? Aquí no hay nada que temer. Somos muy cautelosos. Muy respetuosos de los bichitos de este edificio.

—Me suena a esa mentira de "mi perro no muerde".

El doctor Zollner me ignoró y continuó:

—La misión del Departamento de Agricultura de los Estados Unidos es impedir que pestes animales extranjeras entren en estas costas. Nosotros somos el equivalente animal del Centro de Control de Enfermedades de Atlanta. Como pueden imaginar, trabajamos en estrecho contacto con Atlanta, a causa de estas enfermedades cruzadas: animales a humanos y viceversa. Tenemos un enorme complejo de cuarentena en Newburgh, Nueva York, donde deben permanecer todos los animales que entran en este país. Ya saben, es como el Arca de Noé, con animales que llegan todos los días: caballos de carrera, animales de circo, animales de zoológico, ejemplares para reproducción, animales exóticos, como avestruces y llamas, mascotas exóticas, como cerdos vietnamitas y toda clase de pájaros de la selva... Dos millones y medio de animales por año. —Nos miró y prosiguió: —Plum Island es como Alcatraz. Ningún animal que nos llega de Newburgh o de cualquier otro sitio sale vivo de aquí. Debo decirles que los muchos animales que se importan a este país para diversión y recreación nos han causado mucho trabajo y angustias. Es sólo cuestión de tiempo... —Agregó: —Pueden extrapolar del reino animal a la población humana.

Por cierto que yo podía.

Guardó silencio un momento y luego dijo:

—En otro tiempo, los cañones de Plum Island protegieron las costas de este país, y ahora este edificio hace lo mismo.

Bastante poético para un científico, pensé, pero enseguida recordé haber leído esa frase en uno de los boletines de prensa que me había dado Donna.

A Zollner le gustaba hablar, y como mi trabajo consiste en escuchar, todo iba saliendo bien.

Entramos en una habitación que Zollner describió como el laboratorio de cristalografía con rayos X; yo no iba a discutírselo.

Había una mujer inclinada sobre un microscopio, a quien Zollner presentó como la doctora Chen, colega y buena amiga de Tom y Judy Gordon. La doctora Chen tenía unos treinta años y era bastante atractiva, pensé, con largo cabello negro recogido con una especie de red, apropiada para el trabajo en el microscopio durante el día, supongo, y quién sabe para qué a la noche, cuando se soltaba el pelo. Compórtate, Corey. Era una científica, y mucho más inteligente que tú.

La doctora Chen nos saludó, y reflexioné que se la veía bastante seria, pero tal vez estaba alterada y triste por la muerte de sus amigos.

Una vez más, Beth se aseguró de que quedara entendido que yo era amigo de los Gordon; en ese nivel, aunque no en ningún otro, yo me ganaba mi dólar semanal. Es decir, a la gente no le gusta que un grupo de policías la acose con preguntas, pero si uno de los policías era amigo de los occisos, entonces corre con una pequeña ventaja. De cualquier modo, todos convinimos en que la muerte de los Gordon era una tragedia y hablamos bien de los muertos.

El tema pasó al trabajo de la doctora Chen. Nos explicó, en términos sencillos, de modo que más o menos le entendí:

—Puedo radiografiar cristales de virus, de modo de trazar un mapa de su estructura molecular. Una vez que hacemos eso, intentamos alterar el virus para volverlo incapaz de causar enfermedad, pero si inyectamos este virus alterado en un animal, el animal puede producir anticuerpos que esperamos ataquen la versión natural del virus, causante de la enfermedad.

Beth preguntó:

—¿Es esto en lo que estaban trabajando los Gordon?

—Sí.

—¿En qué estaban trabajando, específicamente? ¿En qué virus?

La doctora Chen miró de reojo al doctor Zollner. No me pongo contento cuando los testigos hacen eso. El doctor Zollner le dirigió una seña que hizo que la doctora Chen se apresurara a responder:

—Ébola.

Nadie dijo nada, hasta que el doctor Zollner aclaró:

—Ébola de simios, por supuesto. —Agregó: —Se lo habría dicho antes, pero pensé que querrían que se lo explicara de manera más completa una de los colegas de los Gordon. —Le hizo otra seña con la cabeza a la doctora Chen.

Ella continuó:

—Los Gordon trataban de alterar genéticamente un virus de Ébola de simios de modo que no causara enfermedad pero produjera una respuesta inmune en el animal. Existen muchas cepas del virus del Ébola, y ni siquiera sabemos con certeza cuáles pueden cruzar la barrera de la especie...

—¿Quiere decir —la interrumpió Max— infectar personas?

—Sí, infectar humanos. Pero éste es un paso importante hacia una vacuna para el Ébola humano.

El doctor Zollner dijo:

—La mayor parte de nuestro trabajo aquí se ha realizado tradicionalmente con lo que se denominarían animales de granja, animales productores de alimentos y cuero. No obstante, a lo largo de los años ciertas agencias del gobierno han suscripto otros tipos de investigación.

Pregunté:

—¿Como los militares que hacen investigación para guerras biológicas?

El doctor Zollner no respondió directamente:

—Esta isla es un ambiente único, aislado, pero cercano a centros importantes de transportes y comunicaciones, y también de las mejores universidades del país, y de un grupo de científicos de alto nivel de instrucción. De modo que, aparte de los militares, trabajamos con otras agencias, de aquí y del extranjero, siempre que aparece algo muy desacostumbrado o potencialmente... peligroso para los humanos. Como el Ébola.

—En otras palabras —dije—, ¿alquilan habitaciones aquí?

—Es un edificio grande —contestó.

—¿Los Gordon trabajaban para el Departamento de Agricultura? —inquirí.

—No tengo libertad de decirlo.

—¿De dónde venían sus cheques de pago?

—Todos los cheques provienen del Departamento de Agricultura de los Estados Unidos.

—Pero no todos los científicos que reciben un cheque del Departamento de Agricultura de los Estados Unidos son empleados del Departamento de Agricultura de los Estados Unidos. ¿Correcto?

—No pienso enredarme en un duelo semántico con usted, señor Corey. —Miró a la doctora Chen. —Por favor, continúe.

—En este tipo de trabajo hay tantas tareas y pasos diferentes que nadie puede ver el cuadro completo, salvo el supervisor de proyecto. Ésa era la función de Tom. Judy era asistente del supervisor de proyecto. Además, ambos eran excelentes investigadores. Mirándolo retrospectivamente, entiendo lo que estaban haciendo, que consistía en pedir pruebas sobre procedimientos que a veces eran sólo pistas falsas; a veces nos comentaban, a alguno de los que formábamos parte del proyecto, que habían llegado a un callejón sin salida. Ellos controlaban de cerca las pruebas clínicas practicadas en los monos, y las personas encargadas de los animales no estaban al tanto de ellas. Tom y Judy eran los únicos que conocían toda la información.

Pensó un momento y continuó:

—No creo que hayan comenzado con la intención de engañar... Creo que cuando se dieron cuenta de cuán cerca estaban de una vacuna viable para el Ébola de los simios, vieron las posibilidades de transferir la tecnología a un laboratorio privado donde el siguiente paso lógico fuera una vacuna humana. Tal vez pensaban poder desarrollar esa vacuna de manera más rápida y eficaz fuera de este sitio, que es, como la mayoría de las agencias del gobierno, propenso a demoras burocráticas.

Intervino Max:

—Sigamos con la teoría de que el motivo fue el dinero, doctora Chen. Para mí, el interés por el bien de la humanidad no es explicación suficiente.

La doctora se encogió de hombros.

Beth señaló el microscopio.

—¿Puedo mirar?

La doctora Chen respondió:

—Ésos son Ébolas muertos, por supuesto. Los Ébolas vivos están sólo en la Zona Cinco. Pero puedo mostrarle virus de Ébola en *videotape*. —Encendió un monitor de televisión y una VCR. La pantalla se iluminó para mostrar cuatro cristales casi transparentes, teñidos de una especie de color rosado, tridimensionales, semejantes a un prisma. Si estaban vivos, se hacían los muertos.

La doctora Chen explicó:

—Estoy trazando un mapa de la estructura molecular, como dije, para que los ingenieros genéticos puedan cortar o rebanar este o aquel fragmento, y luego propagar e inyectar en un mono el virus alterado. El mono tiene una de tres reacciones; contrae Ébola y muere; no lo contrae Ébola y no produce anticuerpos para el Ébola; o no lo contrae pero sí produce anticuerpos. Eso significa que tenemos una vacuna. Pero no necesariamente una vacuna segura o eficaz. El mono puede desarrollar Ébola con posterioridad, o, lo que ocurre con más frecuencia, cuando más adelante inyectamos al mono con virus de Ébola natural, los anticuerpos no resultan eficaces para combatir la enfermedad. La reacción inmune es demasiado débil. O la reacción inmune no protege contra todas las cepas. Es un trabajo muy frustrante. Los virus son muy simples, en el aspecto molecular y genético, pero presentan un desafío mayor que las bacterias en cuanto que son fáciles de mutar y difíciles de entender y matar. De hecho, la pregunta es: ¿esos cristales están realmente vivos, tal como entendemos la vida? Mírenlos. Parecen astillas de hielo.

De veras todos manteníamos la vista fija en la pantalla. Parecían gotas de cera caídas de un candelabro. Resultaba difícil creer que esos tipos y sus primos y hermanos hubieran causado tanto sufrimiento y muerte humanos, para no hablar de las muertes animales. Había algo aterrador en un organismo que parecía muerto pero cobraba vida al invadir células vivientes, y se reproducía tan rápido que podía matar a un hombre sano de cien kilos de peso en cuarenta y ocho horas. ¿Qué estaba pensando Dios?

La doctora Chen apagó el monitor de televisión.

Beth le preguntó acerca del comportamiento de los Gordon el día anterior a la mañana, y la doctora Chen dijo que le había parecido verlos un poco tensos. Judy se había quejado de una migraña, de manera que decidieron irse a su casa. Esto no sorprendió a ninguno.

Le pregunté directamente a la doctora:

—¿Usted cree que ayer se llevaron algo de aquí?

Pensó un momento y respondió:

—No sé. ¿Cómo puedo decirlo?

Beth:

—¿Es muy difícil sacar algo de contrabando de este sitio? ¿Cómo lo haría usted?

—Bueno... Podría tomar cualquier tubo de ensayo de aquí, o incluso de otro laboratorio, ir al baño de damas e insertármelo en uno de dos orificios. Nadie echaría de menos un solo tubo, en especial si no estuviera registrado o identificado. Después iría a las duchas, tiraría mi ropa en un cesto, me ducharía e iría a mi armario. A esa altura podría sacar el tubo de donde fuere y ponerlo en mi cartera. Me vestiría, saldría por el vestíbulo, subiría al autobús para tomar el *ferry*, y me iría a casa. Nadie nos observa cuando nos duchamos. No hay cámaras. Cuando se vayan, ustedes mismos lo verán.

133

Pregunté:

—¿Y objetos más grandes...? Objetos demasiado grandes para... Bueno, demasiado grandes.

—Cualquier cosa que pueda ocultarse bajo la ropa de laboratorio puede llevarse hasta la ducha. Ahí es donde hay que ser astuto. Por ejemplo, si yo llevara un gel en secuencia a la ducha, podría esconderlo en mi toalla.

Beth sugirió:

—También podría esconderlo en el cesto, con la ropa de laboratorio.

—No, nunca podría recuperarlo. La ropa está contaminada. De hecho, después de que uno usa la toalla debe tirarla también, en un cesto distinto. Es aquí donde cualquiera que estuviera atento vería si uno lleva algo. Pero si uno se ducha a una hora poco común, hay bastantes probabilidades de que esté solo.

Traté de imaginar esta escena, la de Tom y Judy sacando de contrabando del edificio Dios sabrá qué, la tarde anterior, cuando no había nadie más en las duchas. Le pregunté:

—Si se supone que aquí todo tiene un grado de contaminación, ¿por qué querría uno ponerse un tubo o lo que fuere en su... lo que fuere?

Respondió:

—Primero se practica una descontaminación básica, por supuesto. Uno se lava las manos con el jabón especial que hay en los baños, puede usar un profiláctico para envolver el tubo de ensayo, o usar guantes estériles o una lámina de látex para objetos mayores. Hay que ser cuidadoso, no paranoico.

La doctora Chen prosiguió:

—En cuanto a la información de computadora, puede ser transferida en forma electrónica desde biocontención a las oficinas del área de administración. De manera que no es necesario robar discos o cintas. —Añadió: —En cuanto a notas escritas a mano o a máquina, gráficos, diagramas y cosas semejantes, es procedimiento estándar enviar todo eso por fax de aquí a la propia oficina de cada uno. Hay máquinas de fax por todas partes, como pueden ver, y afuera de biocontención cada oficina tiene un fax individual. Ése es el único modo en que se pueden sacar notas de aquí. Hace años había que usar un papel especial, enjuagarlo en un fluido descontaminante, dejarlo secar y recuperarlo al día siguiente. Ahora, con el fax, las notas nos esperan cuando regresamos a nuestra oficina.

Sorprendente, pensé. Apuesto a que a los tipos que inventaron el fax jamás se les ocurrió. Me imagino un aviso de televisión: "¿Notas de laboratorio cubiertas de gérmenes? ¡Envíelas por fax a su oficina! Usted debe ducharse, ¡pero las notas no!".

Beth miró a la doctora Chen y le preguntó directamente:

—¿Usted cree que los Gordon se llevaron de aquí algo que era peligroso para los seres vivientes?

—Oh, no. No, no. Sea lo que fuere que se hayan llevado... si es que se llevaron algo... no era patógeno. Cualquier cosa que haya sido, fue algo terapéutico, beneficioso, un antídoto, como quiera llamarlo. Era algo bueno. Apostaría mi vida a que así fue.

Beth dijo:

—Todos estamos apostando la vida a que así haya sido.

Dejamos a la doctora Chen y la habitación de rayos X y continuamos nuestro recorrido.

Mientras caminábamos, el doctor Zollner comentó:

—Bueno, como ya dije, y como parece estar de acuerdo la doctora Chen, si los Gordon robaron algo, era una vacuna viral genéticamente alterada. Lo más probable, una vacuna contra el Ébola, ya que era el foco principal de su trabajo.

Todos parecían convenir en ello. Lo que yo pensaba era que la doctora Chen había actuado de manera un poco demasiado conveniente y perfecta, y que no conocía tan bien a los Gordon como ella o Zollner afirmaban.

El doctor Zollner ofreció un comentario mientras andábamos por los laberínticos corredores:

—Entre las enfermedades virales que estudiamos figuran el catarro maligno, la fiebre hemorrágica del Congo y Crimea, y otras. También estudiamos una variedad de neumonías, enfermedades causadas por *rickettsias*, una amplia variedad de enfermedades bacterianas y también otras, causadas por parásitos.

—Doctor, siempre fui mediocre en biología y por eso me copiaba. Me perdí en lo de las enfermedades causadas por *rickettsias*. Pero permítame preguntarle lo siguiente: hay que producir mucho de este material con el objeto de estudiarlo, ¿correcto?

—Sí, pero puedo asegurarle que nosotros no tenemos la capacidad de producir cualquier organismo en las cantidades necesarias para una guerra biológica, si a eso apunta.

—Apunto a actos fortuitos de terrorismo —aclaré—. ¿Producen gérmenes suficientes para eso?

Se encogió de hombros.

—Tal vez.

—De nuevo esa palabra, doctor.

—Bueno, sí, bastante para un acto terrorista.

—¿Es cierto —pregunté— que un pocillo de café lleno de ántrax, vaporizado en el aire alrededor de la isla de Manhattan, podría matar a doscientas mil personas?

Lo pensó un momento y respondió:

—Podría ser. ¿Quién sabe? Depende del viento. ¿Es verano? ¿Es la hora del almuerzo?

—Supongamos que es mañana a la tarde a la hora pico.

—De acuerdo... doscientos mil. Trescientos mil. Un millón. No importa, porque nadie lo sabe y nadie tiene un pocillo de café lleno de ántrax. Eso puedo asegurárselo. El inventario fue bastante específico a ese respecto.

—Qué bien. ¿E igualmente específico en cuanto a otras cosas?

—Como le dije, si algo falta, es una vacuna antiviral. En eso estaban trabajando los Gordon. Ya lo verá. Mañana todos se despertarán vivos. Y al otro día, y el día después. Pero dentro de seis o siete meses alguna empresa farmacéutica o algún gobierno extranjero anunciará una vacuna contra el Ébola, y la Organización Mundial de la Salud comprará doscientos millones de dosis para empezar, y cuando ustedes descubran quién se está haciendo más rico con la vacuna, descubrirán al asesino.

Durante unos segundos nadie respondió. Después Max dijo:

—Está contratado, doctor.

Todos sonrieron y rieron entre dientes. De hecho, todos queríamos creer, y creíamos, y nos sentíamos tan aliviados que flotábamos en el aire, dichosos con la buena noticia, emocionados porque no íbamos a despertarnos con fiebre hematuria terminal o algo parecido, y la verdad ya nadie estaba tan concentrado en el caso como antes. Excepto yo.

Bien, Zollner continuó mostrándonos toda clase de habitaciones y hablaba de diagnósticos y producción de reactivos, investigación de anticuerpos monoclonales, ingeniería genética, virus transmitidos por garrapatas, producción de vacunas y otras cosas por el estilo. Era abrumador.

Pensé que hay que ser un tipo raro para trabajar en eso, y los Gordon, a quienes yo consideraba gente normal, debían de haber sido considerados por sus pares como un poco diferentes en comparación... y así era como los describía Zollner.

Vimos los diversos lugares donde los Gordon habían trabajado en su proyecto, y también vimos el laboratorio de los Gordon.

Una vez allí, el doctor Zollner dijo:

—Como directores de proyecto, los Gordon más que nada supervisaban, pero también hacían algún trabajo aquí.

—¿Nadie más trabajaba en este laboratorio? —preguntó Beth.

—Bien, había asistentes. Pero este lugar era el dominio privado de los doctores Gordon. Puedo asegurarle que pasé aquí una hora esta mañana buscando algo que no estuviera bien, pero ellos no dejarían por ahí nada que los incriminara.

Asentí. De hecho, tal vez hubiera habido alguna evidencia incriminadora en algún momento previo, pero si el día anterior había de ser la culminación del trabajo secreto y el robo de los Gordon, sin duda habrían limpiado el lugar por la mañana, o el día antes. Pero eso hacía suponer que yo creía toda la cháchara sobre la vacuna contra el Ébola, y no estaba seguro de creerla.

Beth le dijo al doctor Zollner:

—Se supone que usted no debe entrar en el lugar de trabajo de unas víctimas de homicidio y buscar, mover cosas ni tocar nada.

Zollner se encogió de hombros.

—¿Cómo iba a saberlo? ¿Conoce mi trabajo?

Beth contestó:

—Sólo quiero que sepa...

—¿Para la próxima vez? De acuerdo, la próxima vez que asesinen a dos de mis mejores científicos, tenga la seguridad de que no entraré en su laboratorio.

Beth Penrose tuvo la inteligencia de no replicar nada.

Era evidente, pensé, que la Señorita Al Pie De La Letra no estaba manejando muy bien las circunstancias únicas de aquel caso. Pero le reconocí el mérito de tratar de hacerlo bien. Si hubiera formado parte de la tripulación del *Titanic*, habría hecho firmar a cada uno un recibo por la entrega de los chalecos salvavidas.

Todos miramos alrededor del laboratorio, pero no había cuadernos ni cubetas con carteles de "Eureka" ni mensajes crípticos en una pizarra ni cadáveres en el armario de suministros, ni, de hecho, nada en absoluto que una persona común pudiera entender. Si allí había habido algo interesante o incriminador, había desaparecido, con saludos de los Gordon, o de Zollner, o incluso de Nash y Foster si se habían aventurado hasta allí en la visita que habían realizado más temprano aquella mañana.

Así que me paré allí y traté de comulgar con los espíritus que posiblemente aún ocupaban la habitación... "Judy, Tom... Denme una pista, una señal."

Cerré los ojos y esperé. Fanelli dice que los muertos hablan con él. Identifican a sus asesinos, pero siempre hablan en polaco o español o a veces en griego, así que él no puede entenderlos. Creo que me toma el pelo. Está más loco que yo.

Lamentablemente, el laboratorio de los Gordon fue un fracaso, de modo que seguimos adelante.

Hablamos con una docena de científicos que trabajaban con los Gordon o para ellos. Resultaba obvio que: a) todos querían a Tom y Judy; b) Tom y Judy eran brillantes; c) Tom y Judy no matarían una mosca a menos que con ello avanzara la causa de la ciencia al servicio del ser humano y los animales; d) los Gordon, aunque queridos y respetados, eran diferentes; e) era probable que, aunque escrupulosamente honestos en sus relaciones personales, hubieran embromado al gobierno y robado una vacuna que valía su peso en oro, según lo expresó alguien. Se me ocurrió que todos leían del mismo guión.

Continuamos nuestra caminata y subimos una escalera hasta el segundo piso. Mi pierna enferma se arrastraba, y mi pulmón enfermo silbaba tan fuerte que pensé que todos lo oían. Le dije a Max:

—Creí que esto no iba a ser tan agotador.

Me miró y forzó una sonrisa. Me dijo en voz baja:

—A veces me pongo claustrofóbico.

—Yo también. —La verdad, no era la claustrofobia lo que le preocupaba. Como la mayoría de los hombres de coraje y acción, yo incluido, a Max no le gustaban los peligros que no podía enfrentar con su arma.

El doctor Zollner hablaba de los programas de entrenamiento que se desarrollaban allí, los científicos visitantes, los estudiantes graduados y los veterinarios que acudían de todo el mundo a aprender y enseñar allí. También habló de los programas de cooperación extranjera de la institución, en lugares como Israel, Kenia, México, Canadá e Inglaterra.

—En rigor —dijo—, los Gordon fueron a Inglaterra hace más o menos un año. Al laboratorio Pirbright, al sur de Londres. Allí hay un laboratorio gemelo del nuestro.

Le pregunté:

—¿Reciben visitantes del Cuerpo Químico del ejército?

El doctor Zollner me miró y comentó:

—Diga yo lo que diga, usted encuentra algo que preguntar. Me alegro de que esté escuchando.

—Escucho la respuesta a mi pregunta.

—La respuesta es que no es de su incumbencia, señor Corey.

—Lo es, doctor. Si sospechamos que los Gordon robaron organismos que pueden usarse en una guerra biológica, y que fue por eso que los asesinaron, entonces debemos saber si tales organismos existen aquí. Es decir, ¿en este edificio hay especialistas en guerra biológica? ¿Trabajan aquí? ¿Experimentan aquí?

El doctor Zollner miró de reojo a los señores Foster y Nash y luego repuso:

—Sería menos que veraz si dijera que no viene nadie del Cuerpo Químico del ejército. Muestran extremo interés en las vacunas y antídotos para riesgos biológicos... El gobierno de los Estados Unidos no estudia, promueve ni produce agentes de guerra biológica ofensiva. Pero sería un suicidio nacional no estudiar medidas defensivas, para que, algún día, cuando ese tipo malo con la lata de ántrax reme con su canoa alrededor la isla de Manhattan, podamos estar listos para proteger a la población. —Agregó: —Les doy la seguridad de que los Gordon no tenían trato con ningún militar, no trabajaban en esa área y, en rigor, no tenían acceso a algo tan letal...

—Excepto el Ébola.

—Usted sí que escucha. Mi personal debería prestar la misma atención. ¿Pero por qué molestarse con un arma de Ébola? Tenemos ántrax. Tratar de mejorar el ántrax es como tratar de mejorar la pólvora. El ántrax es fácil de propagar, fácil de manipular, se difunde muy bien en el aire, mata con la suficiente lentitud como para que la población infectada lo propague a su alrededor, y mutila a tantas víctimas como a las que mata, causando un colapso del sistema de salud del enemigo. Pero, de manera oficial, no tenemos bombas ni proyectiles de ántrax. El punto es que, si los Gordon trataban de desarrollar un arma biológica para vender a una potencia extranjera, no se molestarían con el Ébola. Eran demasiado inteligentes para eso. De modo que descarte esa sospecha.

—Me siento mucho mejor. A propósito, ¿cuándo fueron los Gordon a Inglaterra?

—A ver... En mayo del año pasado. Recuerdo que los envidié porque podían ir a Inglaterra en mayo... ¿Por qué lo pregunta?

—Doctor, ¿los científicos saben por qué hacen preguntas todo el tiempo?

—No todo el tiempo.

—Supongo que el gobierno pagó todos los gastos del viaje de los Gordon a Inglaterra.

—Por supuesto. Fue por razones de trabajo. —Pensó un momento y agregó: —En verdad, se tomaron una semana en Londres costeada por ellos mismos. Sí, lo recuerdo.

Asentí. Lo que no recordaba yo era alguna cuenta desacostumbradamente grande en las tarjetas de crédito de mayo o junio del año anterior. Me pregunté dónde podían haber pasado esa semana. No en un hotel de Londres, a menos que se hubieran ido sin pagar la cuenta. No recordaba ningún retiro de efectivo abultado, tampoco. Algo para pensar.

El problema de formular preguntas muy astutas frente a Foster y Nash era que ellos oían las respuestas. E incluso si no sabían adónde apuntaban las preguntas, eran lo bastante listos para saber —al contrario de lo que yo le indiqué a Zollner— que la mayoría tenían un propósito.

Íbamos bajando por un corredor muy largo, y nadie hablaba; entonces el doctor Zollner dijo:

—¿Oyen eso? —Se detuvo de golpe y se llevó una mano a la oreja. —¿Oyen?

Todos nos detuvimos, inmóviles, escuchando. Al fin Foster preguntó:

—¿Qué?

—Un retumbo. Es un retumbo. Es...

Nash se arrodilló y apoyó las palmas contra el piso.

—¿Un terremoto?

—No —respondió Zollner—. Es mi estómago. Tengo hambre. —Rió y se palmeó la grasa. —Hora de reponer energías —dijo con su acento alemán, que sonó aún más gracioso. Todos sonreían, salvo Nash, que se quedó parado, rígido, limpiándose las manos.

Zollner fue hasta una puerta pintada de rojo intenso, en la cual había adheridos seis signos estándar de la Administración de Salud y Seguridad Ocupacional, que decían lo siguiente; "Riesgo biológico", "Radiactividad", "Desperdicios químicos", "Alto voltaje", "Riesgo de envenenamiento" y, por último, "Desperdicios humanos no procesados". Abrió la puerta y anunció:

—El comedor.

Dentro del salón de cemento, pintado de blanco, había una docena de mesas vacías, un fregadero, una heladera, un horno de microondas, carteleras cubiertas de carteles y mensajes, una máquina de agua fresca y una cafetera, pero ninguna máquina expendedora, ya que nadie quería acudir a Plum Island a hacerles el mantenimiento. Sobre un mostrador había una máquina de fax, un menú del día, papel y lápiz. El doctor Zollner anunció:

—Yo pago el almuerzo. —Escribió un gran pedido en el que vi que incluía la sopa del día, que era de carne. Yo ni siquiera quería pensar de dónde venían los ingredientes.

Por primera vez desde que salí del hospital, pedí gelatina, y por primera vez en mi vida, pasé por alto los platos con carne.

Ninguno de los otros parecía terner hambre, y todos pidieron ensaladas.

El doctor Zollner envió el pedido por fax y dijo:

—Acá la hora del almuerzo no empieza hasta la una, pero nos servirán rápido porque así lo pedí.

Sugirió que nos laváramos las manos, cosa que hicimos en el fregadero, con un extraño jabón líquido marrón que olía a yodo.

Todos nos servimos café y nos sentamos. Entraron unas personas más y se sirvieron café y sacaron cosas de la heladera o hicieron pedidos por fax. Traté de mirar mi reloj para ver la hora, y me vi la muñeca.

Zollner explicó:

—Si hubiera traído su reloj, tendría que habérselo hecho descontaminar y retenido en cuarentena por diez días.

—Mi reloj no podría sobrevivir una descontaminación —repliqué. Eché un vistazo al reloj de la pared. Faltaban cinco minutos para la una del mediodía.

Charlamos de trivialidades durante unos minutos. Se abrió la puerta y entró un hombre vestido de blanco, empujando un carrito de acero inoxidable similar a cualquier otro carrito de comida, excepto que estaba cubierto con una plancha de plástico.

El doctor Zollner quitó el plástico y lo tiró; después —perfecto anfitrión— entregó el pedido a cada uno y despachó al hombre con su carrito.

Max preguntó:

—¿Ahora el tipo tiene que ducharse?

—Ah, sí. Primero deja el carrito en un cuarto de descontaminación, para recuperarlo más tarde.

Pregunté:

—¿Es posible utilizar el carrito para sacar de contrabando objetos grandes?

El doctor Zollner disponía su enorme almuerzo frente a él con la destreza de un verdadero glotón. Alzó la vista de su labor de amor y contestó:

—Ahora que lo menciona, sí. El carrito es lo único que hace un viaje regular entre administración y biocontención. Pero si se lo usara para contrabandear, tendría que contar con otras dos personas. La que lo entra y lo saca, y la que lo lava y lo lleva de vuelta a la cocina. Usted es muy listo, señor Corey.

—Pienso como un criminal.

Rió y hundió la cuchara en la sopa de carne. Puaj.

Observé al doctor Zollner, mientras comía mi gelatina de lima. Me simpatizaba el tipo. Era gracioso, cordial, hospitalario e inteligente. Mentía de cabo a rabo, desde luego, pero lo habían obligado otras personas. Con toda probabilidad los dos imbéciles sentados al otro lado de la mesa, para comenzar, y Dios sabía quién más de Washington le había dado instrucciones por teléfono toda la mañana mientras nosotros deambulábamos por las ruinas y recibíamos folletos sobre aftosa y fiebre biliosa hematúrica o lo que fuere. El doctor Zollner, a su vez, había dado instrucciones a la doctora Chen, que era un poco demasiado perfecta. Es decir, de todas las personas a las que podríamos haber interrogado, Zollner nos condujo a la doctora Chen, cuyo trabajo parecía guardar sólo una relación periférica con el de ellos. Y nos la presentaron como una buena amiga de ellos, pero no lo era; yo nunca la había oído mencionar antes de aquel día. Y además estaban los otros científicos con quienes habíamos hablado brevemente, antes de que Zollner nos arrancara de allí... También ellos habían leído el mismo guión que Chen.

En aquel lugar había mucho humo y muchos espejos, y estoy seguro de que siempre había sido así. Le dije a Zollner:

—No creo esta historia sobre la vacuna contra el Ébola. Sé lo que usted está ocultando y tapando.

El doctor Zollner dejó de masticar, lo cual era todo un trabajo para él. Se quedó mirándome.

Continué:

—Son los extraterrestres de Roswell, ¿no, doctor? Los Gordon estaban por denunciar el asunto de los extraterrestres de Roswell.

La habitación quedó en total silencio, e incluso uno de los otros científicos nos miró de reojo. Por fin sonreí y dije:

—Eso es lo que es esta gelatina verde: cerebros de extraterrestres. Me estoy comiendo la evidencia.

Todos sonrieron y rieron. Zollner rió tan fuerte que casi se atragantó. Soy gracioso. Zollner y yo podíamos hacer un buen número; Corey y Zollner. Mejor aún que *Los archivos Corey*.

Continuamos almorzando y conversando de tonterías. Miré de soslayo a mis compañeros. George Foster había mostrado cierto pánico cuando dije que no creía en lo de la vacuna contra el Ébola, pero ahora, ya tranquilizado, comía brotes de alfalfa. Ted Nash había mostrado menos pánico y más intenciones asesinas. Es decir, fuera lo que fuere que estaba sucediendo allí, aquél no era el momento ni el lugar para gritar "¡Mentiroso!". Beth y yo hicimos contacto ocular, y como de costumbre no conseguí determinar si yo la divertía o la fastidiaba. El camino al corazón de una mujer es a través del humor. A las mujeres les gustan los hombres que las hacen reír. Creo.

Miré a Max, que parecía menos fóbico en aquella habitación casi normal. Daba la impresión de disfrutar de su ensalada de porotos, plato que no debería existir en el menú de un ambiente tan cerrado.

Seguimos comiendo, y después la conversación volvió a la posibilidad de la vacuna robada. El doctor Z. dijo:

—Alguien mencionó antes que esta vacuna valdría su peso en otro, lo cual me hizo recordar algo... Unas cuantas de las vacunas que los Gordon estaban probando tenían un matiz dorado, y recuerdo que los Gordon se refirieron una vez a las vacunas como "oro líquido". Me pareció raro, quizá, porque aquí nunca hablamos en términos de dinero o lucro...

—Por supuesto que no —dije—. Son una agencia del gobierno. No es el dinero de ustedes, y jamás deben mostrar ganancia.

El doctor Zollner sonrió.

—Lo mismo que en su actividad, señor.

—Sí, lo mismo. En cualquier caso, ahora creemos que los Gordon entraron en razón y, ya no satisfechos de trabajar en interés de la ciencia por salarios gubernamentales, descubrieron el capitalismo y fueron en busca del oro.

—Correcto. —Añadió: —Ustedes han hablado con los colegas de los Gordon, han visto lo que ellos hacían aquí, y ahora pueden sacar una sola conclusión. ¿Por qué sigue mostrándose tan escéptico?

—No soy escéptico —mentí. Por supuesto que era escéptico; soy neoyorquino y policía. Pero no quería inquietar al doctor Zollner, al señor Foster o al señor Nash, así que aclaré: —Sólo trato de asegurarme de que los hechos concuerden. De la manera como lo veo yo, o bien el asesinato de los Gordon no tuvo nada que ver con el trabajo de ellos aquí y todos estamos siguiendo una pista falsa... o bien, si el asesinato tuvo relación con su trabajo, entonces lo más probable es que haya tenido que ver con el robo de una vacuna viral que valía millones. Oro líquido. Y parecería que los Gordon fueron traicionados, o tal vez ellos trataron de traicionar a su socio, y fueron asesinados...

Ping.

Por Dios. Ahí estaba otra vez. ¿Qué...? Estaba ahí. No podía verlo, pero sí podía oír su eco y percibir su presencia, ¿pero qué era?

—¿Señor Corey?

—¿Eh?

Los chispeantes ojos azules del doctor Zollner me evaluaban a través de sus pequeños anteojos de montura metálica. Preguntó:

—¿Algo le preocupa?

—No. Ah, sí. Si yo tuve que quitarme el reloj, ¿por qué usted pudo conservar sus anteojos?

—Ésa es la única excepción. A la salida hay un baño para anteojos. ¿Esto lo lleva a un nuevo astuto pensamiento o teoría?

—Las placas de gel en secuencias disfrazadas como anteojos.

Meneó la cabeza.

—Qué idiotez. Pensé que esas placas eran sacadas de contrabando en el carrito de la comida.

—Exacto.

El doctor Z. miró el reloj de la pared y propuso:

—¿Continuamos?

Nos levantamos de la mesa y depositamos nuestros papeles y plásticos en un tacho de basura rojo forrado con una bolsa de plástico rojo.

Ya en el corredor, el doctor Zollner dijo:

—Ahora entraremos en la Zona Tres. Allí hay un mayor riesgo de contagio, desde luego, así que si alguno no quiere ir, pediré que alguien lo escolte de vuelta a la sala de duchas.

Todos parecían ansiosos por hundirse más aún en los intestinos del infierno. Bien, tal vez esté exagerando la reacción. Prestamente, pasamos por una puerta roja en la que decía: "Zona Tres". Allí, según explicó Zollner, sus investigadores trabajaban con patógenos vivos —parásitos, virus, bacterias, hongos y otras asquerosidades— y nos mostró un laboratorio donde había una mujer sentada en un taburete ante una suerte de abertura en la pared. En su cara llevaba un escudo plástico. Zollner explicó:

—En la abertura donde están los patógenos hay un sistema de ventilación especial, de modo que el riesgo de que algo entre flotando en la habitación es mínimo.

—¿Por qué ella tiene una máscara y nosotros no? —preguntó Max.

—Buena pregunta —convine.

Zollner contestó:

—Ella está mucho más cerca del patógeno. Si usted quiere acercarse a echar un vistazo, le conseguiré una máscara.

—Paso —dije.

—Paso —dijeron todos.

El doctor Zollner se aproximó a la mujer e intercambió con ella unas palabras inaudibles. Se volvió, se nos acercó e informó:

—Está trabajando en el virus que causa la enfermedad de la "lengua azul". —Pensó un momento y agregó: —Tal vez me acerqué demasiado. —Sacó la lengua, que de veras estaba de un azul intenso. —Santo cielo... ¿O habrán sido la moras que comí en el almuerzo? —Rió. Reímos. La verdad, ese humor negro se volvía denso, incluso para mí, y eso que tolero muy bien las bromas estúpidas.

Todos salimos del laboratorio.

Esa parte del edificio parecía menos poblada que la Zona Dos, y la gente que veía no parecía tan contenta.

Zollner dijo:

—Acá no hay mucho para ver, pero si lo digo, el señor Corey insistirá en revisar cada rincón del lugar.

—Ah, doctor Zollner —dije—, ¿le he dado motivos para decir esas cosas de mí?

—Sí.

—Bueno, entonces veamos cada rincón del lugar.

Oí unos gruñidos, pero el doctor Z. dijo:

—Muy bien, síganme.

Pasamos la media hora siguiente, más o menos, mirando todos los rincones, y, la verdad, la mayor parte de la Zona Tres tenía un aspecto semejante: habitación tras habitación de hombres y mujeres mirando por microscopios, preparando portaobjetos con sustancias viscosas, con sangre y tejidos de animales vivos y muertos, y así sucesivamente. Algunas de esas personas hasta almorzaban mientras jugueteaban con esos materiales repugnantes.

Hablamos más o menos con otra docena de hombres y mujeres que habían conocido o trabajado con Tom y Judy, y aunque íbamos obteniendo una imagen más clara y mejor formada de su trabajo, no nos enteramos de muchas cosas nuevas acerca de sus mentes.

Aun así, pensé que aquello constituía un ejercicio útil: me gusta fijar en mi mente el medio en que se movían los occisos, y más tarde suele ocurrírseme algo brillante como corolario. A veces, simples charlas casuales con amigos, familiares y colegas dan como resultado una o dos palabras que pueden conducir a la solución. A veces.

Zollner explicó:

—La mayoría de estos virus y bacterias no pueden cruzar la barrera de la especie. Ustedes podrían beber un tubo de ensayo lleno de virus de aftosa y no sufrir más que un dolor de estómago, aunque, con una cantidad equivalente a la cabeza de un alfiler, una vaca moriría.

—¿Por qué?

—¿Por qué? Porque la constitución genética de un virus tiene que poder... bueno, armonizar con una célula para infectarla. Las células humanas no armonizan con el virus de la aftosa.

Intervino Beth:

—Pero existe evidencia de que la enfermedad de la Vaca Loca ha infectado a humanos.

—Cualquier cosa es posible. Es por eso que somos cuidadosos. —Agregó: —Los bichos muerden.

La verdad, los bichos repugnan.

Y así seguimos, visitando laboratorios y habitaciones donde cultivaban y almacenaban horribles microbios y parásitos, y toda clase de lugares extraños cuyos objetivos y funciones apenas podía entender.

En todo momento tenía presente que mis amigos, Tom y Judy, caminaban por esos corredores y entraban en muchas de esas habitaciones y laboratorios todos los días. Y aun así parecían no deprimirse ni angustiarse por nada de aquello. Por lo menos, yo no lo había notado.

Por fin el doctor Zollner anunció:

—Esto es todo lo que hay en la Zona Tres. Ahora debo preguntarles una vez más si quieren seguir adelante. La Zona Cuatro es la más contaminada de todas, en realidad más que la Zona Cinco. En la Cinco uno está siempre protegido con un traje contra riesgo biológico y con un respirador, y todo se descontamina a menudo. De hecho, hay duchas separadas para la Zona Cinco. Pero la Zona Cuatro es donde verán los corrales de los animales, los animales enfermos y agonizantes, y también el incinerador y la sala de necropsias, si lo desean. De modo que, aunque clínicamente estamos lidiando sólo con enfermedades animales, puede haber otros patógenos en el ambiente. —Añadió: —Eso significa gérmenes en el aire.

Max preguntó:

—¿Nos dan máscaras?

—Si lo desea. —Miró alrededor y dijo: —Muy bien. Síganme.

Nos aproximamos a una nueva puerta roja, marcada con el cartel de "Zona Cuatro", con el símbolo de riesgo biológico. Algún payaso había adherido a la puerta una calcomanía particularmente desagradable de una calavera con dos huesos cruzados: la calavera estaba agrietada y de la grieta salía una serpiente que se enroscaba a través de una de las órbitas oculares. Además, una araña salía de la boca semisonriente. El doctor Zollner comentó:

—Creo que Tom fue el responsable de esa cosa horrible. Los Gordon dieron algo de humor a este lugar.

—Bien. —Hasta que murieron.

Nuestro anfitrión abrió la puerta roja y nos encontramos en una especie de antesala. En la pequeña habitación había un carrito metálico sobre el cual había una caja de guantes de látex y una de máscaras de papel.

—Para el que lo desee —dijo el doctor Z.

Equivalía a decir que los paracaídas o los chalecos salvavidas eran opcionales. O sea, uno necesita esas malditas cosas, o no las necesita.

Zollner carraspeó.

—No es obligatorio. De todos modos, al salir de aquí vamos a ducharnos. Personalmente, yo no me molesto en ponerme guantes o máscara. Pero tal vez ustedes se sientan más tranquilos si se los ponen.

Tuve la clara sensación de que nos estaba desafiando, como si dijera: "Yo siempre tomo el atajo a través del cementerio, pero si tú prefieres ir por el camino más largo, no tengo problema".

—Este lugar no puede estar más sucio que mi baño —dije.

El doctor Zollner sonrió.

—Lo más probable es que esté mucho más limpio.

En apariencia nadie quería quedar como un pusilánime al practicar buena profilaxis, lo cual es la razón por la que al final los bichos nos ganan, y allá fuimos, a través de la segunda puerta roja, y nos encontramos en la misma clase de corredor de cemento gris que en el resto de las zonas de biocontención. La diferencia estribaba en que allí las puertas eran más anchas y cada una tenía una gran manija con cerrojo. Zollner explicó:

—Estas puertas son neumáticas.

Noté también que cada puerta tenía una pequeña ventana, y una tablilla sujetapapeles colgada de la pared contigua.

El doctor Zollner nos llevó hasta la puerta más cercana y explicó:

—Todas estas habitaciones y corrales tienen ventanas así. Lo que vean puede alterarlos o revolverles el almuerzo. Así que nadie tiene obligación de mirar. —Examinó la tablilla que colgaba de la pared de cemento y dijo: —Este muchacho no está tan mal. Sólo está un poco inquieto. Echen un vistazo.

Todos nos turnamos para mirar al hermoso caballo negro encerrado en esa habitación semejante a una prisión. En verdad se lo veía bien, salvo que de vez en cuando resollaba como si le costara respirar.

Zollner explicó:

—Todos los animales de aquí han sido comprometidos con un virus o bacteria.

—¿Comprometidos? —pregunté—. ¿Quiere decir "infectados"?

—Sí, aquí decimos "comprometidos".

—¿Y después qué pasa? ¿Se ponen mal y entran en un estado de no respiración involuntaria?

—Correcto. Se enferman y mueren. A veces, sin embargo, los sacrificamos. Esto significa que los matamos antes de que la enfermedad haya cumplido su ciclo completo. —Añadió: —Creo que todos los que trabajan aquí quieren a los animales, y es por eso que trabajan en esto. En este edificio nadie quiere ver sufrir a estas criaturas, pero si alguna vez vieron millones de cabezas de ganado infectadas con aftosa, entenderían por qué es necesario sacrificar unas docenas aquí. —Dejó la tablilla y solicitó: —Vamos.

Había gran cantidad de esas desdichadas habitaciones, y fuimos de corral en corral, donde una variedad de animales se hallaba en diversas etapas de agonía. En un corral, una vaca nos vio y caminó vacilante hasta la puerta y se puso a mirarnos. El doctor Zollner dijo:

—Ésta está muy mal. Aftosa avanzada... ¿Ven cómo camina? Y miren las llagas de la boca. En esta etapa no puede ni siquiera comer, a causa del dolor. La saliva parece una cuerda, de tan espesa... Ésta es una enfermedad espantosa, una vieja enemiga. Ya en antiguas escrituras hay relatos que la mencionan. Como dije, esta enfermedad es altamente contagiosa. En una ocasión, un brote en Francia se propagó a Inglaterra por el viento a través del canal. Es uno de los virus más pequeños descubiertos hasta el momento, y parece capaz de vivir en estado latente durante un largo período. —Guardó silencio un momento y luego agregó: —Algún día puede llegar a mutar y comenzar a infectar a huéspedes humanos...

A esa altura, creo, estábamos todos mental y físicamente comprometidos, como diría el doctor Z. En otras palabras, teníamos la mente atontada y el culo por el piso. Peor aún: nuestro ánimo estaba por el suelo, y si yo tuviera alma, también se me habría perturbado.

Por fin le dije al doctor Zollner:

—No sé de los demás, pero yo ya he visto demasiado.

Todos me secundaron.

A mí, no obstante, se me ocurrió una última y estúpida idea, así que pedí:

—¿Podemos ver con qué estaban trabajando los Gordon? Es decir, ¿el Ébola de los simios?

Meneó la cabeza.

—Eso es en la Zona Cinco. —Pensó un minuto y sugirió: —Pero puedo mostrarles un cerdo con fiebre porcina africana, que, como el Ébola, es una fiebre hemorrágica. Muy similar.

Nos condujo a otro corredor y se detuvo ante una puerta numerada "1130". Examinó la tablilla de la pared y dijo:

—Éste está en las etapas finales... la etapa en que se desangran... Para la mañana habrá muerto... Si muere antes, lo pondrán en una refrigeradora, lo diseccionarán a primera hora de mañana, y después lo incinerarán. Ésta es una enfermedad muy terrible, que casi ha liquidado la población porcina en algunas partes de África. No existe vacuna ni tratamiento conocido. Como digo, es prima cercana del Ébola... —Me miró y me indicó la ventanita de la puerta. —Mire.

Me acerqué a la ventana y miré hacia adentro. El piso de la habitación estaba pintado de rojo, lo cual al principio me sorprendió, pero enseguida entendí. Cerca del centro de la habitación había un enorme cerdo, echado en el piso, casi inmóvil, y vi sangre alrededor de la boca, el hocico e incluso las orejas. A pesar del piso rojo, noté un reluciente charco de sangre cerca de sus cuartos traseros.

Detrás de mí, Zollner decía:

—¿Ve cómo sangra? La fiebre hemorrágica es terrible. Los órganos se convierten en una masa... Ahora pueden ver por qué el Ébola es tan temido.

Reparé en un gran desagüe de metal en el centro del piso, y la sangre que corría por él, y sin poder evitarlo volví a la alcantarilla de la calle 102 Oeste, y mi vida que se iba por el desagüe, y supe cómo se sentía el cerdo observando su propia sangre que se le escapaba gota a gota, y el ruido en los oídos, y el batir en el pecho mientras la presión sanguínea bajaba y el corazón trataba de compensar latiendo más y más rápido hasta que uno sabía que iba a detenerse.

Oí la voz de Zollner a lo lejos.

—¿Señor Corey? ¿Señor Corey? Ya puede apartarse. Permita que echen un vistazo los demás. ¿Señor Corey?

13

No queremos que ningún virus o bacteria viaje de vuelta a tierra firme —dijo el doctor Zollner, sin necesidad.

Nos desnudamos, pusimos en un cesto los guardapolvos blancos y las pantuflas, y la ropa interior de papel en un tacho para desperdicios.

Yo no estaba del todo centrado; me limitaba a hacer lo que hacían los demás.

Todos seguimos al doctor Z. hasta las duchas —yo, Max, Nash y Foster— y nos paramos bajo el agua a lavarnos el pelo con un champú especial y limpiarnos las uñas con cepillo y desinfectante. Nos hicimos gárgaras con una especie de horrendo desinfectante bucal, nos enjuagamos y escupimos. Yo no dejaba de enjabonarme y enjuagarme hasta que por fin Zollner dijo:

—Ya es suficiente. Se pescarán una neumonía y morirán. —Rió.

Me sequé con la toalla que me dieron, la arrojé en un cesto, y luego caminé, desnudo, de vuelta a mi armario, libre de gérmenes y limpísimo, al menos por fuera.

Aparte de los hombres con quienes había entrado, no había nadie más. Ni siquiera se veía al asistente. Noté que una persona podía contrabandear objetos bastante grandes fuera del laboratorio y hasta los vestuarios. Pero no creía que fuera eso lo que había sucedido, así que no importaba si era posible o no.

Zollner había desaparecido y vuelto con las llaves de los armarios, que distribuyó.

Abrí mi armario y comencé a vestirme. Un tipo concienzudo, muy posiblemente el señor Stevens, había tenido la amabilidad de lavar mis pantalones cortos y, al hacerlo así, había lavado también la arcilla roja que me había guardado en el bolsillo. Buen intento, Corey.

Examiné mi 38, que parecía intacta, pero uno nunca sabe cuándo algún imbécil va a tapar el cañón o sacar la pólvora de los proyectiles. Tomé nota mental para revisar el arma y las municiones con más atención en casa.

Max, cuyo armario estaba junto al mío, me dijo en voz baja:

—Qué experiencia.

Asentí.

—A mí me impresionó biocontención —dije—. De lo más moderno.

—Sí. Pero sigo pensando en un huracán o en un ataque terrorista.

—El señor Stevens protegerá a Plum Island de un ataque terrorista.

—Sí. ¿Y de un huracán?

—Lo mismo que en un ataque nuclear: agáchate, pon las manos entre las rodillas y despídete de tu trasero.

—Correcto. —Me miró y preguntó: —¿Estás bien?

—Claro.

—Te pusiste un poco raro allá.

—Estoy cansado. El pulmón me chifla.

—Me siento responsable de haberte arrastrado a esto.

—No consigo imaginar por qué.

Sonrió.

—Si agarras el Señor Rígido, me debes una —dijo.

—No tengo la menor idea de qué hablas. —Me puse las sandalias y me paré. Le dije: —Debes de tener una reacción alérgica al jabón. Tienes manchones en la cara.

—¡¿Qué?! —Se llevó las manos a las mejillas y fue hasta el espejo más cercano. No dejaba de mirarse, acercándose al lavabo. —¿De qué diablos hablas? Mi piel está normal.

—Debe de ser la luz de aquí.

—Basta de estupideces, Corey. Este tema no es gracioso.

—Está bien. —Fui hasta la puerta del vestuario donde esperaba el doctor Z. y le dije: —A pesar de mis malos modales, estoy muy impresionado con este lugar, y le agradezco el tiempo que nos ha dedicado.

—Yo disfruté de su compañía, señor Corey. Lamento haberlo conocido en estas circunstancias.

Se nos acercó George Foster, que dijo al doctor Zollner:

—Me propongo hacer un informe favorable referente a sus procedimientos de biocontención.

—Gracias.

—Pero creo que la seguridad perimetral podría ser mejor, y recomendaré que se realice un estudio.

Zollner asintió.

Foster prosiguió:

—Por fortuna, parecería que los Gordon no robaron ninguna sustancia peligrosa, y si robaron algo fue una vacuna experimental.

El doctor Zollner asintió otra vez.

Foster concluyó:

—Yo recomendaría un destacamento permanente de infantes de marina en el fuerte Terry.

Me sentía ansioso por salir de los vestuarios y ver la luz del Sol, así que me adelanté hacia la puerta, y todos me siguieron.

Ya en el vestíbulo amplio y fulgurante, el doctor Z. buscó a Beth, todavía sin entender.

Fuimos hasta el mostrador de recepción, donde intercambiamos nuestros pases blancos con cadena de plástico por los primeros, azules, con broche. Le dije a Zollner:

—¿Hay por aquí un local donde vendan camisetas y otros objetos de recuerdo?

Zollner rió.

—No, pero se lo sugeriré a Washington. Mientras tanto, debe rezar para no haberse llevado un recuerdo de otra clase.

—Gracias, doctor.

El doctor Zollner miró su reloj y dijo:

—Pueden alcanzar el *ferry* de las cuatro menos cuatro, si lo desean, o pueden volver a mi oficina, si es que tienen algo más que conversar.

Yo quería volver a las baterías de artillería y explorar los pasajes subterráneos, pero pensé que, si lo planteaba, me enfrentaría a un motín. Además, para ser honesto, no tenía ánimos para hacer otro recorrido por la isla.

Le dije:

—Esperaremos a la jefa. No tomamos decisiones importantes sin ella.

El doctor Zollner asintió, sonriendo.

Me pareció que Zollner no parecía particularmente preocupado por todo aquello, por la gente que cuestionaba sus procedimientos de seguridad o biocontención, ni siquiera por la posibilidad de que sus dos científicos estrella hubieran robado algo bueno y valioso, o algo malo y mortal. Se me ocurrió que no estaba preocupado porque, aunque de algún modo hubiera cometido un error o aunque pudieran considerarlo responsable de un error de otros, él ya estaba a salvo: ya había hecho su trato con el gobierno y cooperaba con la farsa a cambio de un pase libre con respecto a aquel problema. Existía también una posibilidad, aunque remota, de que el doctor Zollner hubiera matado a los Gordon o supiera quién los había matado. En lo que a mí concernía, todas las personas cercanas a los Gordon eran sospechosas.

Beth salió del vestuario de damas y se reunió con nosotros junto al mostrador de recepción. Noté que no se había maquillado por completo y que sus mejillas mostraban ese brillo típico de un baño reciente.

Cambió su pase y el doctor Zollner repitió sus ofrecimientos y nuestras opciones.

Beth nos miró y dijo:

—Yo he visto suficiente, a menos que ustedes quieran recorrer las casamatas subterráneas u otra cosa.

Todos negamos con la cabeza.

Beth dijo al doctor Zollner:

—Nos reservamos el derecho de volver a visitar la isla en cualquier momento hasta que este caso esté cerrado.

—En lo que a mí concierne, son bienvenidos en cualquier momento.
—Agregó: —Pero no es decisión mía.

Afuera sonó una bocina; miré por las puertas de vidrio. Frente al edificio había un autobús blanco, el cual abordaban unos pocos empleados.

El doctor Z. dijo:

—Perdónenme si no los acompaño al *ferry*. —Nos estrechó la mano a todos y se despidió con cordialidad, sin el menor indicio de alivio. Un verdadero caballero.

Salimos a la luz del Sol, y respiré litros de aire puro antes de abordar el autobús. El conductor era otro tipo de seguridad.

En el autobús había sólo seis empleados; no reconocí a ninguno de nuestro viaje anterior.

El vehículo hizo el trayecto de cinco minutos hasta el muelle y se detuvo.

Todos bajamos y caminamos hasta el *ferry* blanco y azul, el *Plum Runner*. Entramos en la gran cabina, sonó la bocina y partimos.

Los cinco permanecimos de pie, hablando trivialidades. Uno de los tripulantes del barco, un tipo curtido por la intemperie, se acercó a recoger nuestros pases. Dijo:

—Y bien, ¿les gustó la isla del doctor Moreau?

Esta referencia literaria me tomó desprevenido, viniendo de un viejo marinero. Charlamos con él durante un minuto y nos enteramos de que se llamaba Pete. También nos dijo que se sentía mal por lo ocurrido a los Gordon.

Después se excusó y subió las escaleras que llevaban a la cubierta superior. Lo seguí, y antes de que abriera la puerta al puente le pregunté:

—¿Tiene un minuto?

—Claro.

—¿Usted conocía a los Gordon?

—Por supuesto. Viajamos juntos en este barco durante dos años, con algún que otro intervalo aquí y allá.

—Me dijeron que usaban su lancha para ir a trabajar.

—A veces. Una Formula 303 linda y nueva. Rápida como el diablo.

Hora de ser directo. Le pregunté:

—¿Ve alguna posibilidad de que traficaran drogas con esa embarcación?

—¿Drogas? Diablos, no. No sabían encontrar una isla; ¡mucho menos un barco de drogas!

—¿Cómo sabe?

—Hablábamos de barcos de vez en cuando. No sabían navegar bien. Ni siquiera tenían un sistema de navegación a bordo, ¿sabe?

—Ajá. —Ahora que lo mencionaba, yo nunca había visto en la lancha un aparato de navegación por satélite. Pero si uno es traficante de drogas, necesita un aparato así. Le dije a Pete: —Tal vez le estaban mintiendo. Tal vez eran los mejores navegantes desde Magallanes.

—¿Quién?

—¿Por qué cree que no sabían navegar?

—Traté de convencerlos de que hicieran un curso, ¿sabe? Y no les interesó.

Pete era un poco lerdo. Lo intenté de nuevo:

—Tal vez ellos querían hacerle creer que no sabían navegar. Como para que nadie pensara que contrabandeaban drogas, ¿vio?

—¿Sí? —Se rascó la cabeza. —Puede ser. No creo. No les gustaba el mar abierto. Si estaban en la lancha y veían el *ferry*, se nos ponían de sotavento y nos acompañaban todo el camino. Nunca perdían de vista la tierra. ¿A usted le parece que eso es un traficante de drogas?

—Supongo que no. Bueno, Pete, ¿quién los mató, y por qué?

Hizo un gesto teatral y respondió:

—Diablos si lo sé.

—Usted sabe que lo pensó, Pete. ¿Quién y por qué? ¿Qué fue lo primero que pensó? ¿Qué dice la gente?

Soltó unos "eh" y unos "ah" y luego respondió:

—Bueno, pensé que habían robado algo del laboratorio, ¿sabe? Como para borrar una parte del mundo. Y lo iban a vender a extranjeros o algo así, ¿sabe? Y el negocio salió mal, y los liquidaron.

—¿Y ahora ya no piensa eso?

—Bueno, oí algo diferente.

—¿Como qué?

—Como que lo que robaron fue una vacuna que valía millones. —Me miró. —¿Cierto?

—Cierto.

—Querían hacerse ricos y en cambio los mataron.

—El salario del pecado es la muerte.

—Ajá. —Pete se excusó y fue a la timonera.

Era interesante, pensé, que Pete y probablemente todos los demás, incluido Su Seguro Servidor, hubiéramos tenido la misma reacción inicial ante la muerte de los Gordon. Sólo después, al pensarlo mejor, se me ocurrió lo del tráfico de drogas. Ahora hablábamos de una vacuna. Pero a veces la primera reacción, la reacción visceral, es la acertada. En cualquier caso, lo que las tres teorías tenían en común era el dinero.

Me paré en la cubierta superior y contemplé la costa verde de Plum Island que se esfumaba a la distancia. El Sol todavía estaba alto en el oeste, y me sentí bien. Disfrutaba del paseo, el olor del mar, incluso el movimiento del barco. Experimenté el pensamiento inquietante de que me estaba convirtiendo en un nativo de aquel lugar.

Beth Penrose subió a cubierta y contempló un rato la estela de la embarcación; luego se volvió y se apoyó contra la barandilla, de cara al cielo.

Le dije:

—Predijiste lo que iba a decir Zollner.

Asintió.

—Tiene sentido y concuerda con los hechos, y resuelve el problema de creer que los Gordon fueran capaces de robar organismos mortales, y también el de creer que traficaban drogas. —Agregó: —Los Gordon robaron algo bueno.

151

Algo lucrativo. Dinero. Dinero es el motivo. El oro seductor de santos, como dijo Shakespeare.

—Creo que por este año he tenido bastante Shakespeare. —Reflexioné un momento y dije: —No sé por qué nunca se me ocurrió... Es decir, estábamos tan obsesionados con la peste y esas cosas, que nunca pensamos en antídotos: vacunas, antibióticos y antivirales y cosas semejantes. Eso es lo que estudian los científicos en Plum, y eso es lo que robaron los Gordon. Santo Dios, me estoy poniendo tonto.

Sonrió.

—Bueno, para decirte la verdad, yo comencé a pensar en vacunas y todo eso anoche... Después, cuando Stevens mencionó la vacuna contra la aftosa, supe adónde apuntaban.

—Correcto. Ahora todos pueden quedarse tranquilos. Nada de pánico, nada de histeria, nada de emergencia nacional. Por Dios, pensé que para Halloween estaríamos todos muertos.

Nos miramos, y Beth dijo:

—Es todo mentira, por supuesto.

—Sí. Pero una mentira muy buena. Esta mentira libera de todo peso a Plum Island y a los federales en general. Mientras tanto, el FBI y la CIA pueden trabajar en el caso en silencio, sin nosotros y sin la atención de los medios. Tú, Max y yo acabamos de ser retirados de la parte de este caso relacionada con Plum Island.

—Así es. Aunque todavía tenemos un doble homicidio que resolver. Solos.

—Correcto —repuse—, y creo que voy a extrañar a Ted Nash.

Sonrió; luego me miró con expresión seria y respondió:

—Yo no me enemistaría con un hombre como él.

—Que se vaya al carajo.

—Vaya, qué tipo duro eres.

—Eh, aguanté diez tiros y terminé de beber mi café antes de ir al hospital.

—Fueron tres tiros, pasaste un mes en el hospital y todavía no te has recuperado del todo.

—Has estado hablando con Max. Qué dulce.

No respondió. Rara vez mordía el anzuelo, según observé. Me convendría recordarlo.

Me preguntó:

—¿Qué piensas de Stevens?

—El hombre adecuado para el trabajo que hace.

—¿Miente?

—Por supuesto.

—¿Y Zollner?

—Me gusta.

—¿Miente?

—No de una manera natural, como lo hace Stevens. Lo han obligado. Ha ensayado.

Asintió y preguntó:

—¿Está asustado?

—No.

—¿Por qué?

—Porque no hay de qué asustarse. Está todo bajo control. Stevens y Zollner han hecho sus pactos con el gobierno.

Hizo un gesto de comprensión.

—Ésa fue mi impresión. La farsa fue concebida, escrita y dirigida ayer a la noche o esta mañana temprano. En Washington y en Plum Island las luces estuvieron encendidas toda la noche. Esta mañana vimos la obra.

—Así es. —Añadí: —Te dije que no confiaras en esos dos imbéciles.

Asintió otra vez y repuso:

—Nunca estuve en una situación en que no pudiera confiar en la gente con que trabajaba.

—Yo sí. Es un verdadero desafío: observar lo que se dice, cuidarse el trasero, tener ojos en la nuca, aguzar el olfato y escuchar lo que no se dice.

Me miró y preguntó:

—¿Te sentías bien, allá?

—Me siento bien.

—Deberías descansar un poco.

La ignoré.

—Nash tiene un pitito chiquito —le dije.

—Gracias por compartir el secreto conmigo.

—Bueno, quería que lo supieras, porque vi que él te interesaba y no quería que perdieras el tiempo con un tipo que tiene un tercer meñique entre las piernas.

—Muy atento de tu parte. ¿Por qué no te metes en tus propios asuntos?

—De acuerdo.

El mar se puso un poco más picado en medio del estrecho, de modo que me apoyé contra la barandilla. Miré a Beth, que había cerrado los ojos y con la cabeza echada hacia atrás atrapaba unos cuantos rayos ultravioletas. No sé si mencioné que tiene una cara tipo Cupido, inocente y sensual al mismo tiempo. No mucho más de treinta años, como ya dije, y casada una vez, como dijo ella. Me pregunté si su ex era policía o si detestaba que lo fuera ella, o cuál era el problema. La gente de su edad trae bagaje; la gente de mi edad tiene depósitos enteros de enormes baúles.

Con los ojos todavía cerrados, Beth me preguntó:

—¿Qué harías si te dieran la jubilación por incapacidad?

—No sé. —Lo pensé y agregué: —Max me contrataría.

—Si te jubilas en esas condiciones, no creo que debas seguir haciendo trabajo de policía, ¿no?

—Supongo que no. No sé qué haría. Manhattan es caro. Ahí es donde vivo. Creo que tendría que mudarme, tal vez aquí.

—¿Y qué harías aquí?

—Cultivar vino.

—Vides. Cultivas vides y haces vino.

—Correcto.

Abrió los ojos verde azulados y me miró. Nuestros ojos se encontraron, buscaron, penetraron y todo eso. Después ella volvió a cerrarlos.

Ninguno de los dos habló por un minuto; luego ella volvió a abrir los ojos y preguntó:

—¿Por qué no creemos que los Gordon robaron una vacuna milagrosa con el objeto de ganar una fortuna?

—Porque eso deja todavía muchas preguntas sin responder. Primero: ¿qué pasa con la lancha? No se necesita una potente lancha de cien mil dólares para hacer un único viaje para llevarse una vacuna valiosa, ¿verdad?

—Tal vez sabían que iban a robar la vacuna, así que sabían que podrían comprarse la lancha en algún momento y divertirse un poco. ¿Cuándo compraron la lancha?

—En abril del año pasado —respondí—. Poco antes de la temporada náutica. Diez mil al contado, y el resto financiado.

—Está bien. ¿Por qué otro motivo no creemos la versión de los hechos inventada por Plum Island?

—Bueno, ¿por qué los clientes de la vacuna tendrían que matar a dos personas? En especial si la persona o las personas que había en la plataforma de la casa de los Gordon no podía tener certeza de qué era lo que los Gordon llevaban en la hielera.

—En cuanto a los asesinatos, los dos sabemos que a veces la gente mata por motivos insignificantes. En cuanto a lo que había en la hielera... ¿Y si los Gordon tenían en Plum cómplices que cargaron la vacuna en su lancha? La persona de Plum llama a la persona que espera a los Gordon y le avisa que la mercadería va en camino. Pensemos en el cómplice en Plum Island. Pensemos en el señor Stevens. O en el doctor Zollner. O en la doctora Chen. O en Kenneth Gibbs. O en cualquiera de la isla.

—De acuerdo... lo pondremos en la bolsa de pistas.

—¿Qué más?

—Bien, no soy ningún experto geopolítico, pero el Ébola es bastante raro, y las probabilidades de que la Organización Mundial de la Salud o los gobiernos africanos afectados encarguen ese material en grandes cantidades me parecen un poco remotas. En África la gente muere de todo tipo de enfermedades prevenibles, como la malaria y la tuberculosis, y nadie compra doscientos millones de dosis de vacunas contra ninguna.

—Correcto... pero nosotros no comprendemos los manejos internos del negocio de las legítimas drogas terapéuticas, ya sean robadas, del mercado negro, copiadas o lo que fuere.

—Está bien, pero ¿estás de acuerdo en que la idea de que los Gordon robaran esa vacuna suena inconcebible?

Respondió:

—No. Es concebible. Simplemente siento que es una mentira.

—Correcto. Una mentira concebible.

—¿Qué más?

—Bien —repuse—, está el libro de mapas. No es mucho, pero me gustaría saber qué significa 44106818.

—Sí. ¿Y qué me dices de la arqueología en Plum? —preguntó.

—Eso fue una completa sorpresa para mí. Plantea todo tipo de preguntas —contesté.

—¿Por qué Paul Stevens nos dio ese dato?

—Porque es de público conocimiento, y nos enteraríamos tarde o temprano.

—¿Qué significa el material arqueológico?

—No tengo idea. —Agregué: —Pero no tiene nada que ver con la ciencia de la arqueología. Es una pantalla de algo, una razón para ir a partes remotas de la isla.

—O tal vez carezca de significado —sugirió Beth.

—Puede ser. Y después tenemos la arcilla roja que vi en las suelas del calzado deportivo de los Gordon y también en Plum. El camino desde el laboratorio principal a la playa de estacionamiento, el autobús y después al muelle no tiene ningún sitio donde pueda pegársete arcilla roja blanda en las suelas de los zapatos.

Asintió.

—Supongo que juntaste arcilla cuando fuiste a orinar.

Sonreí.

—La verdad, sí. Pero cuando volví a vestirme, después de la ducha, alguien había tenido la amabilidad de lavar mis pantalones.

Rió.

—Ojalá me hubieran hecho el mismo favor.

Los dos sonreímos.

Beth dijo:

—Pediré muestras de suelo. Pueden descontaminarlas, si se aferran a la "Política de No Salida". —Añadió: —Tú tiendes a aplicar el enfoque directo, como hurtar los registros de gastos, robar tierra del gobierno y quién sabe qué más habrás hecho. Deberías aprender a acatar los protocolos y los procedimientos, detective Corey. En especial cuando ésta no es tu jurisdicción ni éste es tu caso. Vas a meterte en problemas, y yo no voy a arriesgar el cuello por ti.

—Claro que lo harás. Y, a propósito, en general soy bastante bueno con las reglas de le evidencia, los derechos de los sospechosos, la estructura de mando y toda esa basura, cuando se trata de homicidios comunes. Éste podría haber sido, y todavía podría ser, algo muy diferente. De modo que tomé unos cuantos atajos. El tiempo es de esencial importancia, etcétera. Si salvo el planeta, soy un héroe.

—Jugarás según las reglas y acatarás los procedimientos. No hagas nada que comprometa una acusación o una convicción en este caso.

—¡Eh, no tenemos ni medio sospechoso, y tú ya vas por los tribunales!

—Así es como trabajo los casos.

—Creo haber hecho todo lo posible. Renuncio a mi cargo de asesor de homicidios del municipio —protesté.

—Deja de rezongar. —Tras una vacilación, dijo: —Quisiera que te quedaras. Hasta es posible que aprenda algo de ti.

Era evidente que nos gustábamos, pese a algunos choques y malos entendidos, algunas diferencias de opinión, temperamentos disímiles, diferencias de edad y educación, y tal vez grupo sanguíneo y gustos en música y sabía Dios qué más. La verdad, si lo pensaba, no teníamos una sola cosa en común, salvo el trabajo, y ni siquiera podíamos ponernos de acuerdo en eso. Y sin embargo, yo estaba enamorado. Bueno, está bien, lo que sentía por ella era deseo. Pero un deseo significativo. Me sentía hondamente comprometido con ese deseo.

Nos miramos otra vez, y otra vez ella sonrió. Aquello era tonto. Es decir, idiota de veras. Me sentía un imbécil. Ella era tan exquisitamente hermosa... Me gustaba su voz, su sonrisa, su cabello cobrizo a la luz del Sol, sus movimientos, sus manos... y de nuevo olía a jabón, por la ducha. Me encanta ese olor. Asocio el jabón con el sexo. Es una larga historia.

Por fin me preguntó:

—¿Qué tierra inservible?

—¿Eh...? Ah, sí. Los Gordon. —Le expliqué lo del cheque y mi conversación con Margaret Wiley. Concluí: —No soy un tipo del campo, pero no creo que gente sin mucho dinero gaste veinticinco mil dólares sólo para tener sus propios árboles que abrazar.

—Es raro —convino Beth—. Pero la tierra es algo emocional. —Agregó: —Mi padre fue uno de los últimos granjeros de la parte occidental del condado de Suffolk. Amaba su tierra, pero el campo había cambiado: los bosques y arroyos y las otras granjas habían desaparecido, así que al final vendió. Pero después no fue el mismo, incluso con un millón de dólares en el banco.

Guardó silencio un momento y continuó:

—Supongo que deberíamos hablar con Margaret Wiley y echar un vistazo a esas tierras, aunque no creo que aporte mucho a este caso.

—Creo que el hecho de que los Gordon nunca me hayan comentado que poseían un terreno sí es significativo. Lo mismo se aplica a las excavaciones arqueológicas. Las cosas que no tienen sentido necesitan explicarse.

—Gracias, detective Corey.

—No me propongo darte una conferencia, pero doy clases en John Jay, y a veces se me escapan estas cosas.

Me miró un momento y protestó:

—Nunca sé si te estás burlando de mí o no.

La verdad, no eran ésas mis intenciones para con ella, pero aparté ese pensamiento y respondí:

—De veras doy clases en John Jay. —Me refería a la facultad John Jay de Justicia Criminal, en Manhattan, una de las mejores escuelas del país en su especialidad, y supongo que a ella le costaba ver a John Corey como profesor.

Me preguntó:

—¿Qué enseñas?

—Bueno, por cierto no reglas de evidencia, derechos de los sospechosos ni nada de eso.

—Por cierto que no.

—Enseño investigación práctica de homicidios. Escena del crimen y esas cosas. Los viernes a la noche. Eres bienvenida a concurrir, si es que vuelvo a la docencia. Tal vez en enero.

—Puede que vaya.

—Ven temprano. La clase siempre se llena. Soy muy entretenido.

—No tengo dudas.

Y yo no tuve dudas de que la señorita Beth Penrose por fin comenzaba a considerarlo. A considerar "eso".

El *ferry* iba reduciendo la velocidad a medida que se aproximaba al muelle. Le pregunté a Beth:

—¿Ya has hablado con los Murphy?

—No. Lo hizo Max. Los tengo en mi lista para hoy.

—Bien. Te acompañaré.

—Creí que abandonabas.

—Mañana.

Sacó el cuaderno de la cartera y comenzó a dar vuelta las páginas.

—Necesito que me devuelvas las impresiones de computadora que tomaste prestadas —me dijo.

—Las tengo en casa.

—Bien... —Miró una hoja y continuó: —Llamaré a los de huellas dactilares y el laboratorio forense. Además pedí a la fiscalía de distrito una orden para obtener los registros telefónicos de los Gordon de los últimos dos años.

—Correcto. También una lista de las personas del municipio de Southold que tienen licencia para portar pistolas.

—¿Crees que el arma asesina podría estar registrada en esta zona?

—Es posible.

—¿Por qué lo crees?

—Una corazonada. Mientras tanto, que sigan dragando y buceando en busca de las balas.

—Lo estamos haciendo, pero es una posibilidad muy lejana.

—Además, si obtienes las armas de Plum Island, que las pruebas de balística las haga el condado, no el FBI.

—Lo sé.

Detalló otras cuantas cosas que debían hacerse, y noté que poseía una mente prolija y ordenada. Era, también, intuitiva e inquisitiva. Sólo le faltaba experiencia, pensé, para ser una detective verdaderamente buena. Para ser una magnifica detective tenía que aprender a aflojarse, a lograr que la gente hablara mucho y con libertad. Se ponía un poco demasiado seria y fuerte, y la mayoría de los testigos, para no hablar de los colegas, levantaban la guardia.

—Aflójate.

—¿Cómo?

—Que te aflojes.

Calló un momento y luego dijo:

—Este caso me tiene un poco ansiosa.

—Lo mismo nos pasa a todos. Aflójate.

—Trataré. —Sonrió.

Ninguno habló durante unos minutos; después comenté:

—Estoy pensando que este caso ya no es tan prominente, y eso es bueno.

Asintió.

Continué:

—Menos gente con la que lidiar; ni federales ni políticos ni medios, y, con respecto a ti, no te asignarán más ayuda que la que necesites. —Añadí: —Cuando soluciones esto serás una heroína.

Me miró un largo segundo y preguntó:

—¿Crees que lo resolveremos?

—Por supuesto.

—¿Y si no?

—No es problema mío. Tú, en cambio, tendrás un problema grave.

—Gracias.

El *ferry* chocó contra los paragolpes de goma y la tripulación arrojó los cabos.

Beth, como pensando en voz alta, dijo:

—Entonces... además de bichos malos y drogas malas, ahora tenemos la posibilidad de drogas buenas, y no olvidemos que Max dijo a los medios que era el doble homicidio de dos personas que llegaron a la escena en el momento en que se estaba perpetrando un robo común. ¿Y sabes qué? Aún podría ser así.

La miré.

—Aquí te doy otra, solo para ti. Considera que Tom y Judy Gordon sabían algo que no debían saber o vieron en Plum Island algo que no debían ver. Considera que ese alguien, como el señor Stevens o tu amigo el señor Nash, los liquidó. Considéralo.

Se quedó callada un momento y luego repuso:

—Suena como una película mala. Pero lo pensaré.

Avanzó hacia las escaleras y me preguntó:

—¿Cuál es el número de tu teléfono celular?

Se lo di, y me dijo:

—Nos separaremos en la playa de estacionamiento y te llamaré en unos veinte minutos.

Nos reunimos con Max, Nash y Foster en la cubierta de popa y bajamos todos juntos, con los seis empleados de Plum Island. En el muelle había sólo tres personas para regresar a Plum, y de nuevo me impresionó cuán aislada se hallaba la isla.

En la playa de estacionamiento, el jefe Sylvester Maxwell, del departamento de policía de Southold, manifestó a todos:

—Me satisface que la parte más inquietante de este caso se haya aclarado. Tengo otros deberes, de modo que dejo a la detective Penrose a cargo del homicidio.

El señor Ted Nash, de la Agencia Central de Inteligencia, declaró:

—También yo me siento satisfecho, y puesto que en esta situación no parece haber ninguna falla de seguridad nacional ni ningún aspecto internacional, voy a recomendar que mi agencia y yo seamos relevados de este caso.

El señor George Foster, del Departamento Federal de Investigaciones, expresó:

—Parece que se ha robado propiedad del gobierno, de modo que el FBI permanecerá en el caso. Hoy me dirigiré de vuelta a Washington para informar de lo sucedido. La oficina local del FBI se hará cargo de este caso, y alguien se pondrá en contacto con usted. —Miró a Beth. —Con usted o con su superior.

La detective Elizabeth Penrose, del departamento de policía del condado de Suffolk, replicó:

—Bien, les agradezco a todos por su ayuda.

Estábamos listos para marcharnos, pero Ted y yo teníamos que intercambiar unos mordiscones cordiales. Él fue el primero, al decirme:

—De veras espero que volvamos a encontrarnos, detective Corey.

—Ah, estoy seguro de que así será, Ted. La próxima vez trate de personificar a una mujer. Le resultará más fácil que un tipo de Agricultura.

Me miró fijo y contestó:

—A propósito, olvidé mencionarle que conozco a su jefe, el teniente detective Wolfe.

—Qué pequeño es el mundo. Él también es un imbécil. Háblele bien de mí, ¿quiere, compañero?

—Tenga por seguro que le informaré que usted le manda sus saludos y que se lo ve muy bien para retornar a sus deberes.

Como de costumbre, Foster nos interrumpió:

—Han sido veinticuatro horas interesantes e intensas. Creo que este grupo de tareas puede sentirse orgulloso de sus logros, y no tengo duda de que la policía local llevará este caso a su satisfactoria conclusión.

—En suma —dije—, un largo día, un buen trabajo y buena suerte.

Todos se estrecharon las manos, incluido yo, aunque no sabía bien por qué. De cualquier modo, se dijeron breves adioses y nadie prometió escribir o volver a encontrarse, y nadie se abrazó ni se besó ni nada. En un minuto, Max, Beth, Nash y Foster estaban cada uno en su auto y enseguida partieron, y yo me quedé solo, parado en la playa de estacionamiento. Qué extraño. La noche anterior todos creían que había llegado el Apocalipsis, que el Pálido Jinete había comenzado su terrible cabalgata. Y ahora nadie daba un comino por los dos ladrones de vacunas que yacían muertos en la morgue. ¿Correcto?

Comencé a caminar hacia mi auto. ¿Quién formaba parte de aquella farsa? Resultaba obvio que Ted Nash y su gente, y asimismo George Foster, ya que también él acompañaba a Nash en el *ferry* de la mañana muy temprano, junto con los cuatro tipos de traje que habían desaparecido en el Caprice negro. Probablemente también Paul Stevens estaba en el asunto, y el doctor Zollner.

Yo estaba seguro de que ciertas agencias del gobierno federal habían armado una pantalla conjunta, lo bastante buena para los medios, el país y el mundo.

Pero no resultaba lo bastante buena para los detectives John Corey y Elizabeth Penrose. No, señor. Me pregunté si Max se tragaba esa historia. En general la gente quiere creer las buenas noticias, y Max era tan paranoico acerca de los gérmenes que de veras le encantaría creer que Plum Island lanzaba al aire vacunas y antibióticos. Más tarde debía hablar con Max. Quizá.

La otra pregunta era la siguiente: Si estaban ocultando algo, ¿qué estaban tapando? Se me ocurrió que tal vez no lo sabían. Necesitaban cambiar la apariencia horrorosa del caso y convertirlo en un robo común, y debían hacerlo con rapidez para que no llamara la atención. Ahora podían comenzar a pensar de qué diablos se trataba todo aquello. Quizá Nash y Foster se hallaban tan carentes de pistas como yo en cuanto a por qué habían asesinado a los Gordon.

Teoría Número Dos: Ellos sabían por qué y quién había asesinado a los Gordon, y tal vez hubieran sido los propios Nash y Foster. En realidad yo no tenía idea de quiénes eran esos dos payasos.

Al pensar en tantas conspiraciones, recordé lo que me había dicho Beth con respecto a Nash... "Yo no me enemistaría con un hombre como él."

Me detuve a unos veinte metros de mi Jeep y miré alrededor.

En la playa de estacionamiento del *ferry* había ya unos cien vehículos de empleados de Plum Island, pero no había mucha gente cerca, de manera que me coloqué detrás de una camioneta y tendí la mano con el llavero. Otro objeto que me dieron por cuarenta mil dólares fue un control remoto para poner el auto en marcha. Presioné en secuencia el botón de encendido —dos largos y uno corto— y esperé la explosión. No hubo explosión. El vehículo se puso en marcha. Lo dejé funcionar un minuto, y luego avancé hacia él y subí.

Me pregunté si no estaba exagerando un poco con la cautela. Supongo que si el auto hubiera explotado, la respuesta sería no. Mejor prevenir que curar, digo yo. Hasta que supiera quién era el asesino —o los asesinos—, la paranoia sería mi regla.

14

Manejé hacia el oeste por la calle Main, el motor zumbando, la radio sintonizada en una emisora cualquiera, paisajes rurales que pasaban, cielos azules, gaviotas, todo el cuadro, lo mejor que tiene para ofrecer el tercer planeta con respecto al Sol.

Sonó el teléfono, y atendí:

—Aquí servicios sementales. ¿En qué puedo ayudarlo?

—Nos encontramos en la residencia de los Murphy —dijo la detective Penrose.

—No lo creo —repliqué.

—¿Por qué?

—Creo que estoy despedido. Si no, renuncio.

—Te contrataron por una semana. Tienes que terminarla.

—¿Quién lo dice?

—En la casa de Murphy. —Cortó.

Odio a las mujeres mandonas. No obstante, manejé los veinte minutos hasta la casa de los Murphy y divisé a la detective Penrose estacionada en el frente, sentada en su Ford LTD negro sin identificación policial.

Estacioné mi Jeep a unas cuantas casas de distancia, paré el motor y bajé. A la derecha de la casa de los Murphy, la escena del crimen se hallaba acordonada, y había un solo policía de Southold en el frente. La camioneta del puesto de mando móvil todavía continuaba en el parque.

Beth hablaba por el teléfono celular cuando me acerqué; cortó y bajó. Me dijo:

—Acabo de terminar una larga conversación con mi jefe. Todos parecen felices con la historia de la vacuna contra el Ébola.

—¿Le diste a entender que crees que es una historia falsa? —le pregunté.

—No... Por ahora dejemos eso de lado. Resolvamos el doble asesinato.

Fuimos hasta la puerta de entrada de los Murphy y tocamos el timbre. La casa era un *ranch* de la década de 1960, en su estado original, bastante fea pero mantenida en forma decente.

Una mujer de unos setenta años abrió la puerta, y nos presentamos. Miró fijo mis pantalones cortos, tal vez notando para sus adentros que lucían recién lavados y olían bien. Le sonrió a Beth y nos invitó a entrar. Desapareció en dirección al fondo de la casa y llamó:

—¡Ed! ¡De nuevo la policía!

Volvió a la sala de estar e indicó un estrecho sofá, en el cual me encontré sentado mejilla a mejilla a con Beth.

La señora Agnes Murphy nos preguntó:

—¿Quisieran un refresco?

Respondí:

—No, gracias, señora. Estoy trabajando.

También Beth declinó el ofrecimiento.

La señora Murphy se sentó en una mecedora frente a nosotros.

Observé el lugar. El estilo de decoración era lo que yo llamo porquería clásica y vieja: oscuro, mohoso, muebles sobrecargados, seiscientas chucherías feas, recuerdos increíblemente vulgares, fotos de nietos... Las paredes eran de un verde gredoso, y la alfombra... bueno, ¿a quién le importa?

La señora Murphy vestía un traje de pantalones color rosa, de un material sintético que duraría trescientos años.

Le pregunté:

—¿A usted le agradaban los Gordon?

La pregunta la descolocó, tal como se suponía. Pensó un momento y respondió.

—No los conocíamos muy bien, pero eran tranquilos, en general.

—¿Por qué cree que los asesinaron?

—Bueno... ¿cómo voy a saberlo? —Nos miramos un momento y luego opinó: —Tal vez tuvo algo que ver con su trabajo.

Entró Edgar Murphy, secándose las manos en un trapo. Había estado en el garaje, según nos explicó, trabajando en su cortadora de césped eléctrica. Parecía más cerca de los ochenta, y yo, en el lugar de Beth Penrose, que ya se preparaba mentalmente para un juicio, no hubiera apostado mucho a que Edgar llegara al estrado de los testigos.

Llevaba un overol verde y zapatos de trabajo, y se lo veía tan pálido como a su esposa. Me puse de pie y nos dimos la mano. Volví a sentarme y Edgar se ubicó en un sillón reclinable, de modo que quedó mirando al cielo raso. Traté de hacer contacto ocular con él, pero resultaba difícil, dadas nuestras posiciones. En ese momento recordé por qué no visito a mis padres.

Edgar Murphy dijo:

—Ya hablé con el jefe Maxwell.

Beth replicó:

—Sí, señor. Yo soy de homicidios.

—¿Y de dónde es él?

Yo anuncié:

—Yo estoy con el jefe Maxwell.

—No. Conozco a todos los policías de la fuerza.

Aquello iba a convertirse en un triple homicidio. Miré al cielo raso, más o menos al sitio donde él tenía enfocados los ojos, y hablé, como si transmitiera la voz a un satélite y éste hiciera rebotar la señal al receptor. Dije:

—Soy asesor. Mire, señor Murphy...

La señora Murphy me interrumpió:

—Edgar, ¿no puedes sentarte derecho? Es muy grosero sentarse así.

—Al diablo. Es mi casa. Él me puede oír sin problemas. Puede oírme, ¿no, señor?

—Sí, señor.

Beth comenzó con los preliminares, pero relacionó mal algunos detalles y momentos, a propósito, y el señor Murphy la corrigió, demostrando que tenía una buena memoria reciente. La señora Murphy también contribuyó a aclarar algunos de los hechos del día anterior. Parecían testigos confiables, y me avergoncé por mostrar impaciencia con los mayores... me sentí mal por haber deseado aplastar a Edgar en su sillón reclinable.

Bueno, mientras Beth y yo hablábamos con Edgar y Agnes, se tornó obvio que había poco de nuevo en cuanto a los hechos básicos: los dos Murphy se encontraban en su jardín de invierno a las cinco y media de la tarde, después de terminar de cenar (los mayores cenan alrededor de las cuatro de la tarde). Estaban mirando televisión cuando oyeron la lancha de los Gordon; reconocieron los potentes motores, y la señora Murphy editorializó:

—Son motores muy ruidosos. ¿Por qué la gente necesita máquinas tan grandes y ruidosas?

Para fastidiar a los vecinos, señora Murphy. Les pregunté:

—¿Vieron la lancha?

—No —respondió la señora Murphy—. No nos molestamos en mirar.

—¿Pero podrían ver la lancha desde el jardín de invierno?

—Podemos ver el agua, sí. Pero estábamos mirando televisión.

—Es mejor que mirar la bahía.

Intervino Beth:

—John.

La verdad, soy un hombre de muchos prejuicios, y me odio por todos ellos, pero soy producto de mi edad, mi sexo, mi época, mi cultura. Dirigí una sonrisa a la señora Murphy.

—Tiene una hermosa casa.

—Gracias.

Beth se hizo cargo de las preguntas por un rato. Preguntó al señor y la señora Murphy:

—¿Y están seguros de que no oyeron ningún ruido parecido a un disparo?

—No —respondió Edgar Murphy—. Mi audición es bastante buena. Oí que Agnes me llamaba, ¿no?

Beth:

163

—A veces los disparos no suenan como creemos que deberían sonar. Es decir, en la televisión suenan de una manera, pero en la vida real a veces son como petardos o un crujido seco, o el escape de un auto. ¿Oyeron algún sonido después de que se apagaron los motores?

—No.

Mi turno. Dije:

—De acuerdo, oyeron que apagaban los motores, ¿Todavía estaban mirando televisión?

—Sí. Pero no la ponemos con el volumen alto. Nos sentamos muy cerca del aparato.

—¿De espaldas a la ventana?

—Sí.

—Muy buen, miraron televisión dos minutos más... ¿Qué fue lo que hizo que se pararan?

—Daban uno de los programas de Agnes. Un programa periodístico de lo más estúpido.

—De modo que usted fue a la casa de al lado a charlar con Tom Gordon.

—Necesitaba que me prestara una extensión eléctrica. —Edgar explicó que pasó por una brecha que había en el seto, pisó la plataforma de madera de los Gordon y, ¡sorpresa! Allí estaban Tom y Judy, muertos.

Beth preguntó:

—¿A qué distancia estaba usted de los cuerpos?

—A menos de seis metros.

—¿Está seguro?

—Sí. Estaba en el borde la plataforma, y ellos estaban más o menos frente a la puerta corrediza de vidrio. A unos seis metros.

—Bien. ¿Cómo supo que eran los Gordon?

—No lo supe. Me quedé como congelado, mirando fijo, y entonces me di cuenta.

—¿Cómo supo que estaban muertos?

—No lo supe de inmediato, realmente. Pero podía ver la... bueno, algo que parecía un tercer ojo en la frente de él. ¿Sabes? No se movieron ni un centímetro. Y tenían los ojos abiertos, pero no respiraban ni se quejaban. Nada.

Beth asintió.

—¿Y qué hizo usted entonces?

—Salí volando de allí.

Mi turno. Le pregunté a Edgar:

—¿Cuánto tiempo cree que estuvo ahí, en la plataforma?

—Ah, no sé.

—¿Media hora?

—Diablos, no. Unos quince segundos.

Lo más probable es que hubieran sido cinco, sospeché. Guié a Edgar a lo largo de esos pocos segundos un par de veces, tratando de hacerlo recordar si oyó o vio algo desacostumbrado en aquel momento, cualquier cosa que hubiera olvidado mencionar, pero fue en vano. Hasta le pregunté si recordaba haber olido pólvora, pero se mostró inflexible; su primer informe al jefe Maxwell era todo, y punto. La señora Murphy, lo mismo.

Me pregunté qué habría sucedido si Edgar hubiera atravesado el seto diez minutos antes. Tal vez no estaría sentado aquí en este instante. También me pregunté si esa idea se le habría cruzado por la cabeza. Quise saber:

—¿Cómo cree que se escapó el asesino, si usted no oyó ni vio un auto o una embarcación?

—Bueno, lo he pensado.

—¿Y?

—Bien, por aquí hay mucha gente que camina, anda en bicicleta, practica jogging y esas cosas, ¿sabe? No creo que nadie le prestara atención a alguien que se haya ido de alguna de esas maneras.

—Correcto. —Pero un corredor con una hielera en la cabeza sí atraería la atención. Había probabilidades de que el asesino todavía estuviera en la zona cuando Edgar encontró los cuerpos.

Dejé el momento y la escena del crimen y comencé otra línea de preguntas. Me dirigí a la señora Murphy:

—¿Los Gordon recibían mucha gente?

Respondió:

—Bastante. Cocinaban mucho afuera. Siempre invitaban a algunas personas.

Beth le preguntó a Edgar:

—¿Salían tarde con la lancha?

—A veces. Es difícil no oír esos motores. A veces venían muy tarde.

—¿Qué hora es muy tarde?

—Ah, como las dos, las tres de la mañana. —Agregó: —Pescaban de noche, imagino.

Uno puede pescar con una Formula 303, como había hecho yo en unas cuantas ocasiones con los Gordon, pero una Formula 303 no es un barco de pesca, y estoy seguro de que Edgar lo sabía. Pero Edgar era de la vieja escuela y creía que nadie debe hablar mal de los muertos... a menos que lo presionen.

Dimos vueltas y vueltas, averiguando acerca de los hábitos de los Gordon, acerca de autos extraños y así sucesivamente. Yo nuca había trabajado con Beth Penrose, desde luego, pero estábamos en la misma longitud de onda y hacíamos un buen dúo.

Al cabo de unos minutos la señora Murphy opinó:

—Eran una pareja muy atractiva.

Aproveché el pie para preguntar:

—¿Usted cree que él tenía una amiga?

—Oh... No quise decir...

—¿Ella tenía un amigo?

—Bueno...

—Cuando él no estaba en la casa, la visitaba un caballero. ¿Correcto?

—Bueno, no digo que fuera un novio ni nada.

—Cuéntenos.

Y lo hizo, pero no era una historia tan jugosa. Un día, en junio, cuando

Tom estaba en el trabajo y Judy en su casa, un caballero de barba, bien parecido y bien vestido, apareció en un auto deportivo blanco de marca indeterminada y se fue una hora después. Interesante, pero no prueba de un tórrido romance que pudiera llevar a un crimen pasional. Luego, unas cuantas semanas atrás, un sábado en que Tom había salido con la lancha, un hombre paró en el sendero de acceso con un "Jeep verde", fue al parque trasero, donde la señora Gordon estaba tomando sol con un biquini diminuto, se sacó la camisa y tomó sol con ella durante un rato. La señora Murphy dijo:

—No creo que eso sea correcto cuando el esposo no está en casa. Es decir, ella estaba medio desnuda, y ese individuo se sacó la camisa y se echó justo al lado de ella, y se pusieron a charlar; después él se levantó y se fue antes de que volviera el marido. ¿De qué se trataba todo eso?

Respondí:

—Era perfectamente inocente. Pasé a ver a Tom por algo.

La señora Murphy me miró y también sentí los ojos de Beth fijos en mí. Le aclaré a la señora Murphy:

—Yo era amigo de los Gordon.

—Ah...

El señor Murphy rió entre dientes, mirando el cielo raso. Me informó:

—Mi esposa tiene una mente sucia.

—Yo también. —Le pregunté: —¿Alguna vez participó en alguna reunión social con los Gordon?

—Los invitamos a cenar aquí una vez, cuando hacía poco que se habían mudado, hace unos dos años. Ellos nos invitaron a un asado poco después. Nunca volvimos a reunirnos.

No lograba imaginar por qué. Le pregunté a la señora Murphy:

—¿Usted conocía el nombre de algunos de los amigos de ellos?

—No. Supongo que eran casi todos gente de Plum Island. Son una bandada rara, si quiere saber mi opinión.

Y así. Les encantaba hablar. La señora Murphy se mecía, el señor Murphy jugueteaba con la palanca del sillón reclinable y cambiaba una y otra vez de posición. Durante una de las posiciones más reclinadas, me preguntó:

—¿Qué hicieron? ¿Robaron un montón de gérmenes para borrar el mundo de la faz de la Tierra?

—No. Robaron una vacuna que vale mucho dinero. Querían ser ricos.

—¿Sí? La casa de al lado la alquilaban, ¿lo sabía?

—Sí.

—Pagaban demasiado.

—¿Cómo sabe?

—Conozco al propietario. Un tipo joven, de apellido Sanders. Es constructor. Compró el lugar a los Hoffmann, que son amigos nuestros. Sanders pagó demasiado, después la arregló y se la alquiló a los Gordon. Ellos pagaban demasiado alquiler.

Beth dijo:

—Permítame hablar sin rodeos, señor Murphy. Hay gente que piensa que los Gordon traficaban drogas. ¿Qué piensa usted?

Respondió sin vacilación:

—Podría ser. Salían en la lancha a horas extrañas. No me sorprendería.

Le pregunté:

—Además del hombre de barba del coche deportivo y yo, ¿alguna vez vio algún sospechoso en el parque o en el frente?

—Bueno... no puedo afirmarlo, para decirle la verdad.

—¿Señora Murphy?

—No, no creo. La mayoría de la gente parecía respetable. Bebían demasiado vino... El tacho de basura estaba lleno de botellas de vino... A veces hablaban fuerte cuando bebían, pero la música era suave... no estas cosas locas que se oyen ahora.

—¿Ustedes tenían llave de la casa de ellos?

Vi que la señora Murphy echaba una mirada de soslayo al señor Murphy, que tenía la vista fija en el cielo raso. Tras un silencio, el señor Murphy respondió:

—Sí, teníamos la llave. Les vigilábamos la casa porque en general nosotros no salimos.

—¿Y?

—Bueno... Quizá la semana pasada, vimos venir la camioneta de un cerrajero, y cuando el hombre se fue, bueno, fui a probar mi llave y ya no funcionaba. Esperé a que Tom me diera la llave nueva, pero no lo hizo. Él tiene la llave de mi casa, ¿sabe? Así que llamé a Gil Sanders y le pregunté... ya sabe, porque se supone que el dueño debe tener la llave... pero no sabía nada. No es asunto mío, pero los Gordon querían que yo les vigilara la casa. Supongo que debería tener la llave. —Agregó: —Ahora me pregunto si no estarían escondiendo algo allá.

—Por favor, no repitan a nadie nada de lo que se dijo aquí, salvo al jefe Maxwell. Si viene alguien afirmando ser del FBI, de la policía del condado de Suffolk o de la policía del estado de Nueva York, o algo parecido, puede que estén mintiendo. Llamen al jefe Maxwell o a la detective Penrose. ¿De acuerdo?

—De acuerdo.

Beth le preguntó al señor Murphy:

—¿Ustedes tienen embarcación?

—Ya no. Demasiado trabajo y dinero.

—¿Alguien visitó alguna vez a los Gordon en barco?

—De vez en cuando yo veía un barco en el muelle.

—¿Sabía usted a quién pertenecían esas embarcaciones?

—No. Pero en una ocasión fue una lancha como la de ellos. Una lancha veloz. Pero no era la de ellos. Tenía un nombre diferente.

—¿Usted estaba lo bastante cerca como para verla? —le pregunté.

—A veces miro con binoculares.

—¿Cómo se llamaba la lancha?

—No puedo recordarlo. Pero no era la de ellos.

—¿Vio a alguien a bordo? —preguntó Beth.

—No. Sólo reparé en la lancha. No vi a nadie subir o bajar.

—¿Cuándo fue esto?

—A ver... alrededor de junio... al principio de la estación.

—¿Los Gordon estaban en su casa?

—No sé. —Añadió: —Presté atención para ver quién se iba de la casa, pero de algún modo se me escaparon y cuando me quise acordar oí el motor y el bote se marchaba.

—¿Usted ve bien de lejos?

—No muy bien, salvo con los binoculares.

—¿Y usted, señora Murphy?

—Lo mismo.

Suponiendo que los Murphy observaran con binoculares la casa de los Gordon más de lo que admitían, les pregunté:

—Si les mostráramos fotos de personas, ¿podrían decirnos si alguna vez los vieron en la propiedad de los Gordon?

—Puede ser.

Asentí. Los vecinos curiosos pueden ser buenos testigos, pero a veces, como ocurre con una cámara de vídeo barata, los vecinos curiosos ven demasiadas cosas irrelevantes, borrosas, aburridas o indefinidas.

Dedicamos media hora más al interrogatorio, pero los frutos disminuían minuto a minuto. De hecho, el señor Murphy había logrado lo casi imposible al quedarse dormido durante una entrevista policial. Sus ronquidos comenzaban a ponerme los nervios de punta.

Me paré y me estiré.

Beth se puso de pie y dio su tarjeta a la señora Murphy.

—Gracias por su tiempo. Llámeme si alguno de los dos recuerda algo más.

—Lo haré.

—Recuerde —advirtió Beth— que yo soy la detective investigadora asignada a este homicidio. Éste es mi compañero. El jefe Maxwell nos ayuda. No deben hablar acerca de este caso con nadie más.

Asintió, pero yo no sabía si los Murphy podrían hacer frente a alguien como Ted Nash, de la Agencia Central de Inteligencia.

Le pregunté a la señora:

—¿Le molesta si damos una vuelta por su propiedad?

—Supongo que no.

Nos despedimos de la señora Murphy, y le dije:

—Lamento haber aburrido al señor Murphy.

—Es la hora de su siesta.

—Ya lo veo.

Nos acompañó hasta la puerta y dijo:

—Estoy asustada.

—No tiene por qué —la tranquilizó Beth—. La policía vigila el barrio.

—Podrían asesinarnos mientras dormimos.

Beth respondió:

—Creemos que fue alguien que conocía a los Gordon. Un enemigo. Nada que a usted deba preocuparla.

—¿Y si regresan?

Volví a sentirme fastidiado.

—¿Por qué habría de regresar el asesino? —repliqué, con bastante aspereza.

—Siempre regresan a la escena del crimen.

—Jamás regresan a la escena del crimen.

—Sí, si quieren matar a los testigos.

—¿Usted o el señor Murphy fueron testigos del asesinato?

—No.

—Entonces no debe preocuparse.

Miré de soslayo a Beth, que dijo:

—Pediré que un auto patrullero vigile. Si se siente nerviosa u oye algo, llame al 911. —Agregó: —No se preocupe.

Agnes Murphy asintió.

Abrí la puerta y salí a la luz del día. Le comenté a Beth:

—La mujer tiene razón.

—Lo sé. Me encargaré del tema.

Beth y yo rodeamos el parque lateral, donde encontramos la brecha entre los setos. Desde éstos se podía ver la parte posterior de la casa de los Gordon y la plataforma, y si uno pasaba al otro lado y miraba hacia la izquierda, se podía ver hasta el agua. En la bahía había un barco blanco y azul, y Beth dijo:

—Ése es el barco de la guardia de la bahía. Hay cuatro buceadores buscando las dos pequeñas balas en medio del barro y las algas. Pocas probabilidades.

Todavía no habían pasado veinticuatro horas del crimen, y la escena continuaría vedada hasta por lo menos la mañana siguiente, de manera que no entramos en la propiedad de los Gordon, porque hacerlo así habría significado firmar otro ingreso, cosa que yo trataba de evitar. Pero caminamos a lo largo de los setos, del lado de los Murphy, hacia la bahía. Los setos iban achicándose en dirección al agua salada, y en un punto, a unos tres metros del borde del agua, pude ver por sobre ellos. Seguimos caminando hasta donde la bahía lamía el mamparo de los Murphy. Éstos tenían un viejo muelle flotante a la izquierda, y a la derecha estaba el muelle fijo de los Gordon. La *Espiroqueta* no estaba.

Beth dijo:

—El Departamento de Marina se llevó la lancha a sus muelles. El laboratorio trabajará allá. —Me preguntó: —¿Qué piensas de los Murphy?

—Creo que lo hicieron ellos.

—¿Hicieron qué?

—Asesinar a los Gordon. No en forma directa. Pero interceptaron a Tom y Judy en la plataforma, les hablaron durante treinta minutos acerca de las ofertas del supermercado publicadas en el diario del domingo, y los Gordon sacaron sus armas y se volaron los sesos.

—Es posible —concedió Beth—. ¿Pero qué fue de las armas?

—Edgar las convirtió en sujetadores de papel higiénico.

Rió.

—Eres terrible. Algún día llegarás a viejo.

—No.

Ninguno de los dos habló por unos cuantos segundos. Nos quedamos de pie, contemplando la bahía. El agua, como el fuego, surte un efecto hipnotizador. Al fin Beth me preguntó:

—¿Tenías un romance con Judy Gordon?

—Si así hubiera sido, te lo habría dicho, y también a Max, desde el primer momento.

—Se lo habrías contado a Max. No a mí.

—Está bien... No tenía un romance con Judy Gordon.

—Pero ella te atraía.

—A todos los tipos les atraía. Era hermosa. —Recordé agregar: —Y muy inteligente —como si de veras me importara un comino. Bueno, a veces me importa, pero a veces olvido incluir el cerebro en la lista de atributos. Añadí: —Cuando se trata de una pareja joven y sexualmente atractiva, tal vez habría que considerar un ángulo sexual.

Asintió.

—Lo pensaremos.

Desde donde yo me hallaba parado, alcanzaba a ver el mástil del parque de los Gordon. La bandera pirata todavía flameaba, y los dos banderines de señales colgaban de la viga transversal, alias el penol. Le pregunté a Beth:

—¿Ves esos banderines?

—Claro. —Sacó el cuaderno y la lapicera e hizo un esbozo. —¿Crees que eso es relevante? ¿Una señal?

—¿Por qué no? Son banderines de señales.

—Yo creo que sólo son decorativos. Pero lo averiguaremos.

—Muy bien. Volvamos a la escena del crimen.

Cruzamos la línea divisoria de las propiedades y bajamos hasta el muelle de los Gordon. Propuse:

—Bueno, yo soy Tom y tú eres Judy. Salimos de Plum Island al mediodía, y ahora son cerca de las cinco y media. Estamos en casa. Yo apago los motores. Tú bajas de la lancha y amarras el cabo. Yo levanto la hielera y la dejo en el muelle. ¿Correcto?

—Correcto.

—Subo al muelle, tomamos la hielera por las manijas y empezamos a caminar.

Más o menos simulamos todo eso, caminando uno junto al otro. Entonces dije:

—Miramos hacia la casa. Si hubiera alguien en alguno de los tres niveles de la plataforma, podríamos verlo, ¿correcto?

—Correcto —convino—. Digamos que hay alguien allá, pero, como lo conocemos, seguimos caminando.

—Muy bien. Pero pensarías que esa persona bajaría al muelle a ayudar. Simple cuestión de cortesía. De cualquier modo, seguimos caminando.

Continuamos, uno junto al otro, hasta subir el segundo nivel de la plataforma. Beth dijo:

—En algún momento notaríamos si están abiertas las puertas corredizas o la de malla de alambre. Si así fuera, nos preocuparíamos, y podríamos detenernos o retroceder. La puerta no debería estar abierta.

—A menos que supieran que alguien los esperaba dentro de la casa.

—Correcto. Pero tendría que ser alguien que tuviera la llave nueva.

Continuamos avanzando hacia la casa, hasta el primer nivel de la plataforma y nos detuvimos a poca distancia de las dos siluetas trazadas en tiza. Beth, frente a la de Judy, y yo, frente a la de Tom.

—Los Gordon tienen un poco más que avanzar, un minuto de vida o menos —dije—. ¿Qué ves?

Beth fijó la vista en las siluetas de tiza, luego miró a la casa, frente a nosotros, las puertas de vidrio, el área inmediata a la izquierda y la derecha. Después dijo:

—Todavía se dirigen a la casa, que queda a seis metros de distancia. No hay indicación alguna de que trataran de correr. Todavía están juntos, no hay ningún lugar donde ocultarse, salvo la casa, y nadie puede escapar de dos tiros a la cabeza desde esa distancia. Tenían que conocer al asesino, o al menos el asesino no los alarmó.

—Correcto. Estoy pensando que el asesino pudo haber estado echado en una reposera, fingiendo dormir, y por eso no bajó al encuentro de los Gordon en el muelle. Los Gordon conocían a esa persona y tal vez Tom la llamó: "Eh, viejo, levántate y ayúdanos con esta hielera llena de vacuna contra el Ébola". O ántrax. O dinero. Entonces el tipo se levanta, bosteza, da unos pasos hacia ellos desde cualquiera de estas reposeras, se ubica a distancia conveniente para disparar, saca una pistola y les agujerea la cabeza a los dos. ¿Correcto?

Beth respondió:

—Posible. —Caminó alrededor de las siluetas trazadas en tiza y se paró donde debió de haberse parado el asesino, a menos de un metro y medio de los pies de las siluetas. Yo avancé hasta donde había estado parado Tom. Beth alzó la mano derecha y se sostuvo la muñeca derecha con la mano izquierda. Apuntó con el dedo directo a mi cara y dijo:

—Bang.

—Cuando les dispararon, no llevaban la hielera —dije—. De lo contrario, habría volado de la mano de Tom al ser herido. Antes, Tom y Judy dejaron la hielera en el piso.

—No estoy segura de que llevaran ninguna hielera. Ésa es tu teoría, no la mía.

—¿Entonces dónde está la hielera que había en la lancha?

—¿Quién sabe? En cualquier parte. Mira esas dos siluetas, John. Están tan juntas... Me pregunto si pudieron haber estado acarreando una hielera tan grande entre ambos.

Miré las siluetas. Beth tenía razón, pero repliqué:

—Pudieron haber dejado la hielera un poco más atrás, y luego caminado hacia el asesino, que debe de haber estado echado en la reposera o de pie aquí o acababa de salir por esa puerta corrediza.

—Puede ser. En cualquier caso, creo que los Gordon conocían al asesino.

—De acuerdo. —Agregué: —No creo que haya sido el azar lo que puso al asesino aquí y a los Gordon allá. Para el asesino debió de ser más fácil disparar dentro de la casa que acá afuera. Pero él eligió este sitio... él preparó sus disparos aquí mismo.

—¿Por qué?

—La única razón que se me ocurre es que tenía una pistola registrada, y no quería que después las balas fueran sometidas a pruebas de balística, si es que llegaba a ser considerado un sospechoso.

Asintió y miró hacia la bahía.

Continué:

—Dentro de la casa, los proyectiles se habrían incrustado en alguna parte, y quizás él no hubiera podido recuperarlos. De modo que eligió hacer dos disparos a la cabeza desde corta distancia con una pistola de gran calibre, sin ningún obstáculo entre las heridas de salida y la profunda bahía.

Asintió otra vez.

—Así parece, ¿no? —Añadió: —Eso cambia el perfil del asesino. No es un adicto, ni un asesino con un arma no registrada. Es alguien que no tiene acceso a un arma imposible de rastrear... es un buen ciudadano con una pistola registrada. ¿Es eso lo que sugieres?

—Encaja con lo que veo aquí —contesté.

—Es por eso que quieres los nombres de las personas de la zona que poseen armas registradas.

—Correcto. —Agregué: —Gran calibre, registrada en vez de ser un arma ilegal o "caliente", y probablemente una pistola automática, y no un revólver, porque los revólveres son casi imposibles de silenciar. Comencemos con esa teoría.

—¿Cómo hace un buen ciudadano con una pistola registrada para conseguir un silenciador?

—Buena pregunta. —Evalué todo el perfil del asesino que había elaborado y dije: —Como todo lo demás de este caso, siempre hay una inconsistencia que arruina una buena teoría.

—Correcto. —Añadió: —Y además están esas veinte calibre 45 automáticas en Plum Island.

—Ya lo creo.

Lo conversamos un rato más, tratando de unir las piezas, imaginando que eran las cinco y media del día anterior.

Vi a un policía uniformado de Southold a través de las puertas de vidrio, pero él no nos vio y se apartó.

Al cabo de cinco minutos de reflexionar, le dije a Beth Penrose:

—Cuando yo era chico, solía venir de Manhattan acá con mi familia típicamente estadounidense; mamá, papá, mi hermano Jim y mi hermana Lynne. Alquilábamos el mismo chalé cerca de la gran casa victoriana del tío Harry, y pasábamos dos semanas dejándonos comer por los mosquitos. Nos llenábamos de ronchas, nos clavábamos anzuelos en los dedos y después nos insolábamos.

Debíamos de disfrutarlo, porque ansiábamos volver todos los años, los Corey en su salida masoquista anual.

Sonrió.

Continué:

—Un verano, cuando yo tenía más o menos diez años, encontré una bala de mosquete, y eso me trastornó la cabeza. Es decir, un tipo había disparado esa cosa cien o quizá doscientos años antes. Entonces la esposa de Harry, mi tía June, que en paz descanse su alma, me llevó a un lugar cerca de la aldea de Cutchogue que, según ella, había sido en otro tiempo una aldea de los indígenas corchaug, y me enseñó a buscar puntas de flechas y marmitas y agujas de hueso y todo eso. Increíble.

Beth no dijo nada, pero me miraba como si aquello fuera muy interesante.

Continué:

—Recuerdo que de noche no podía dormir pensando en balas de mosquete y puntas de flechas, colonos e indígenas, soldados británicos y soldados continentales y demás. Antes de que terminaran las dos semanas de magia, supe que cuando creciera quería ser arqueólogo. No salió de esa manera, pero creo que fue una de las razones por las que me hice detective.

Le expliqué cómo era el sendero de acceso del tío Harry y que antes usaban cenizas y conchillas rotas de almejas para aplastar la tierra y el barro.

—Y bien, dentro de mil años un arqueólogo se pondrá a excavar y encontrará esas cenizas y conchillas, y hará la conjetura de que eran restos de una gran marmita. En realidad habrá encontrado el sendero de acceso de una casa, pero va a hacer que lo que él cree que es una marmita encaje con su teoría. ¿Me sigues?

—Por supuesto.

—Bien. Esto es lo que les digo a mis alumnos. ¿Quieres oírlo?

—Dilo.

—Y bien, alumnos... Lo que uno ve en la escena de un homicidio está congelado en el tiempo, ya no es una dinámica en movimiento, viviente. Uno puede crear varias historias acerca de esta naturaleza muerta, pero no son más que teorías. Un detective, lo mismo que un arqueólogo, puede reunir datos y evidencia científica concreta, y aun así sacar conclusiones erradas. Sumen a esto unas cuantas mentiras e indicios falsos, y las personas que tratan de ayudar pero cometen errores. Además, las personas que te dicen lo que quieres oír porque es consistente con tu teoría, y las personas con propósitos ocultos, y el asesino en sí, que puede haber plantado pistas falsas. En medio de todo este lío de contradicciones, inconsistencias y mentiras está la verdad. —Miré a Beth. —En este punto, si he hablado al ritmo adecuado, suena la campana y yo digo: "Damas y caballeros, es tarea de ustedes averiguar la verdad".

—Bravo.

—Gracias.

—Bueno, ¿y quién mató a los Gordon? —me preguntó.

—No tengo la menor idea —respondí.

15

Nos quedamos de pie en la calleja moteada de sol cerca del auto policial negro de Beth Penrose. Eran alrededor de las seis de la tarde. Propuse:
—¿Tomamos un cóctel?
Respondió:
—¿Puedes encontrar la casa de Margaret Wiley?
—Tal vez. ¿Ella sirve cócteles?
—Le preguntaremos. Sube.
Subí. Beth puso en marcha el motor y allá fuimos, al norte a través de Nassau Point, la calzada elevada y North Fork.
—¿Para dónde? —preguntó.
—A la derecha, creo.
Dobló haciendo chirriar los neumáticos.
—Reduce la velocidad —le indiqué.
Redujo la velocidad.
Estaba agradable con los vidrios de las ventanillas bajos, el sol poniente, el aire puro y todo eso. Ya nos hallábamos lejos de la zona de la bahía, en la región de las granjas y los viñedos. Comenté:
—Cuando yo era chico, había dos clases de granjas: las que cultivaban papas, en su mayoría propiedad de familias polacas y alemanas que se asentaron en la región a principios de siglo, y las que cultivaban frutas y verduras, en general propiedad de los colonos originales. Aquí hay granjas que han pertenecido a la misma familia durante trescientos cincuenta años. Difícil de comprender.
Guardó silencio un rato y luego dijo:
—Mi familia poseyó la misma granja durante cien años.
—¿De veras? ¿Y tu padre la vendió?
—No tuvo más remedio. Para cuando yo nací, la granja estaba rodeada de suburbios. —Agregó: —La gente nos consideraba raros. En la escuela se reían de mí, porque era hija de un granjero. —Sonrió. —Pero papá fue el que rió

último. Le dieron un millón de dólares por esas tierras; era mucho dinero en esa época.

—También es mucho dinero ahora. ¿Has heredado?

—Todavía no. Pero estoy dilapidando un fondo fiduciario.

Le pregunté:

—¿Te casarás conmigo?

—No, pero te dejaré manejar mi BMW.

—Reduce la velocidad y dobla a la izquierda, allá.

Dobló, y de nuevo nos dirigimos al norte. Me miró de reojo y dijo:

—Tenía entendido que eras casado.

—Divorciado.

—¿Asunto terminado?

—Así creo. —En realidad, no recordaba haber recibido los últimos papeles de mi libertad.

—Recuerdo una nota que vi en televisión... cuando te balearon... una esposa atractiva que visitaba el hospital con el alcalde, el comisario... ¿Lo recuerdas?

—La verdad, no. Me lo contaron. —Indiqué: —A la derecha y enseguida a la izquierda.

Nos encontramos en el camino del faro; le dije:

—Despacio, así leemos los números.

El camino estrecho, que conducía al faro de Horton Point, situado a más o menos un kilómetro y medio más adelante, contaba con unas casas pequeñas dispersas a ambos lados, rodeadas de viñedos.

Llegamos a un agradable chalé de ladrillos cuyo buzón decía: "Wiley". Beth detuvo el auto al borde del césped.

—Creo que es ésta.

—Es probable. La guía telefónica estaba llena de Wileys. Descendientes de los colonos originales, supongo.

Bajamos del auto y subimos por un sendero de piedra hasta la puerta del frente. Como no había timbre, golpeamos. Esperamos. Había un auto estacionado bajo un gran roble, junto a la casa, así que fuimos hasta allí y luego hasta el fondo.

Una mujer delgada de unos setenta años, con un vestido floreado, trabajaba en una huerta. La llamé:

—¿Señora Wiley?

Alzó la vista y vino hacia nosotros. Nos encontramos en una franja de césped entre la casa y el jardín. Le dije:

—Soy el detective John Corey. Yo la llamé anoche por teléfono. Ésta es mi compañera, la detective Beth Penrose.

Se quedó mirando mis pantalones cortos, tanto que pensé que tal vez tenía la bragueta abierta o algo así.

Beth mostró a la señora Wiley su chapa de identificación, y la dama pareció satisfecha con la detective Penrose, aunque aún insegura en cuanto a mí.

Le sonreí. Margaret Wiley tenía ojos gris claro, cabello gris y un rostro

interesante, de cutis traslúcido; un rostro que me recordó a una antigua pintura...
no una pintura o pintor o estilo en particular, sólo una antigua pintura.

Me miró y dijo:

—Usted llamó muy tarde.

—No podía dormir. Este doble asesinato me causaba insomnio, señora Wiley. Le pido disculpas.

—Supongo que no deseo una disculpa. ¿En qué puedo ayudarlos?

—Bien —repuse—, nos interesa el terreno que usted les vendió a los Gordon.

—Creo que le dije todo lo que sé.

—Sí, señora. Es probable. Sólo unas preguntas más.

—Siéntense allí. —Nos condujo a un grupo de sillones pintados de verde situados debajo de un sauce llorón. Nos sentamos los tres.

Los sillones, la casa, el jardín, la señora con el largo vestido de algodón, el sauce, el juego de hamacas herrumbradas y el viejo neumático que colgaba del roble, todo ello tenía un aire a la década de 1940 ó 1950, como una antigua fotografía coloreada. Allí el tiempo parecía moverse lentamente. Hay un dicho que afirma que en Manhattan el presente es tan fuerte que oscurece el pasado. Pero allí el pasado era tan fuerte que oscurecía el presente.

Se podía oler el mar, el canal de Long Island, a unos cuatrocientos metros de distancia, y me dio la impresión de percibir el aroma de las uvas que habían caído al suelo en el viñedo cercano. Aquél era un ambiente único de mar, granjas y viñedos, una combinación desacostumbrada que sólo se encuentra en unos pocos sitios de la Costa Este.

Dije a la señora Wiley:

—Qué hermoso lugar tiene aquí.

—Gracias.

Margaret Wiley era mi tercera persona de edad del día, y decidí tratarla mejor que a Edgar y Agnes. De hecho, intuí que Margaret Wiley no iba a aguantar malos modales míos. Era la típica dama de buena familia, práctica, directa, observadora de las buenas maneras. Soy un buen interrogador porque sé distinguir personalidades y tipos de personas, y adecuar mi enfoque de la forma apropiada. Esto no significa que sea simpático, sensible o empático. Soy un machista altanero, egocéntrico y testarudo. Pero escucho y digo lo que hay que decir. Forma parte de mi trabajo.

Le dije:

—¿Usted sola lleva adelante este lugar?

—La mayor parte. Tengo un hijo y dos hijas, todos casados; viven en la zona. Cuatro nietos. Mi esposo, Thad, murió hace seis años.

Beth dijo que lo lamentaba. Una vez cumplido ese requisito, preguntó:

—¿Estos viñedos son suyos?

—Soy dueña de parte de estas tierras. Las arriendo a la gente de las bodegas. Arrendamiento común, por una temporada. Los viñateros dicen que necesitan veinte años. No conozco mucho de viñedos. —Miró a Beth: —¿Eso responde a su pregunta?

176

—Sí, señora. ¿Por qué vendió un acre a los Gordon?

—¿Qué tiene eso que ver con los asesinatos?

Beth respondió:

—No lo sabremos hasta que averigüemos más acerca de la transacción.

—Fue una simple venta de tierra.

Intervine:

—Para serle franco, señora, me resultó raro que los Gordon gastaran tanto dinero en un terreno en el que no puede construirse.

—Creo haberle dicho, detective, que ellos querían tener un terreno con vista al canal.

—Sí, señora. ¿Le mencionaron algún otro uso que podrían querer dar a ese terreno? ¿Por ejemplo para pesca, náutica, para acampar?

—Para acampar. Hablaron de armar una carpa. Y pescar. También dijeron algo de comprar un telescopio. Querían estudiar astronomía. Habían visitado el instituto Custer. ¿Ha estado allí?

—No, señora.

—Es un pequeño observatorio que hay en Southold. Los Gordon mostraban cierto interés en la astronomía.

Para mí, la noticia era nueva. Uno pensaría que dos personas que se pasaban el día mirando por un microscopio no querían poner el ojo en otra lente por la noche, pero nunca se sabe. Pregunté:

—¿Y navegar?

—Desde ahí no se puede botar ningún barco, salvo, quizás, una canoa. La tierra es una barranca alta, y no se puede subir más que una canoa hasta allá arriba, ni bajarla de nuevo a la playa.

—¿Pero se podría dejar una embarcación en la playa?

—Tal vez con marea alta, pero hay rocas traicioneras todo a lo largo. Quizá se pudiera anclar y llegar a la playa a nado o a pie, con marea baja.

Asentí y pregunté:

—¿Mencionaron algún interés agrícola en esa tierra?

—No. No sirve para mucho. ¿No se lo dije?

—No recuerdo.

—Sí se lo dije. —Explicó: —Lo que crece en esa barranca demoró mucho tiempo en acostumbrarse al viento y el aire salado. —Agregó: —Podría intentarse cultivar verduras en la parte más alejada del mar.

—Bien. —Cambié de tema: —¿Cuál fue su impresión de los Gordon?

Me miró, pensó un momento y respondió:

—Una linda pareja. Muy agradables.

—¿Felices?

—Se los veía felices.

—¿Estaban entusiasmados por la compra?

—Podría decir que sí.

—¿Fueron ellos los que la abordaron para comprarle la tierra?

—Sí. Primero hicieron algunas averiguaciones... Oí el comentario mucho antes de que vinieran a verme. Cuando me llamaron, les dije que no me interesaba.

—¿Por qué?

—Bueno, no me gusta vender tierra.

—¿Por qué?

—La tierra debe conservarse y dejarla en herencia a la familia. —Añadió: —Yo heredé algunas parcelas de mi familia materna. Este terreno que les interesaba a los Gordon provino del lado de mi esposo. —Dio la impresión de reflexionar un momento y explicó: —Thad me hizo prometerle que no la vendería; quería que pasara a los chicos. Pero esto era sólo un acre. En realidad yo no necesitaba el dinero, por supuesto, pero los Gordon parecían tan entusiasmados con esa barranca... —Nos miró, a Beth y a mí, y dijo: —Les pregunté a los chicos, y ellos consideraron que el padre lo aprobaría.

Siempre me asombró que las viudas y los hijos, que no tenían la menor idea de qué regarle al viejo para Navidad o para el día del Padre, supieran con exactitud qué quería el difunto señor después de haber estirado la pata.

La señora Wiley continuó:

—Los Gordon entendían que en ese terreno no se puede construir.

—Ya lo mencionó —apunté—. Y por esa razón, ¿no estaría usted de acuerdo en que veinticinco mil dólares era un precio alto?

Se echó hacia adelante en el profundo sillón y me informó:

—También les facilité un derecho de paso desde mi terreno hacia el de ellos. —Y añadió: —Veamos a cuánto asciende el precio cuando el Estado venda esas tierras.

—Señora Wiley, no la acuso de haber hecho un buen negocio. Sólo quisiera saber por qué los Gordon querían o necesitaban tanto ese terreno.

—Le dije lo que me dijeron ellos. Es todo lo que sé.

—Para pagar veinticinco mil dólares, la vista debe de ser impresionante.

—Lo es.

—Usted mencionó que arrienda sus tierras.

—Sí. A mis hijos no les interesan las tareas de granja ni cultivar vides para las bodegas.

—¿Alguna vez surgió ese tema con los Gordon? Es decir, ¿acerca de que usted arrendaba?

—Supongo que sí.

—¿Y ellos nunca le preguntaron si podían arrendar parte de la barranca?

Pensó un momento y respondió:

—No.

Miré de reojo a Beth. Evidentemente, aquello no tenía sentido. Dos empleados del gobierno que podían ser transferidos en cualquier momento alquilaban una casa en la parte sur de la bahía, después compraban un acre en la costa norte, por veinticinco mil dólares, para tener otra vista del agua. Le pregunté a la señora Wiley:

—Si ellos le hubieran ofrecido arrendarle un acre de la barranca, ¿usted les habría dicho que sí?

Asintió.

—Lo hubiera preferido.

—¿Cuánto les habría cobrado por año?

—Ah, no sé... esa tierra no se usa... Supongo que mil habría sido un precio justo.

—¿Tendría la amabilidad de mostrarnos ese terreno?

—Puedo darles las indicaciones para llegar.

Intervino Beth:

—De veras le agradeceríamos si nos acompañara.

La señora Wiley miró su reloj y luego a Beth.

—Está bien. —Se puso de pie. —Enseguida vuelvo.

Entró por la puerta de alambre tejido.

Le comenté a Beth:

—Un hueso duro de roer.

—Tú despiertas en la gente su peor parte.

—Esta vez me estaba portando bien.

—¿A eso llamas portarse bien?

—Sí.

—Vaya.

Cambié de tema:

—Los Gordon querían ser dueños de la propiedad.

Asintió.

—¿Por qué?

—No sé... Dímelo tú.

—Piénsalo.

De acuerdo...

La señora Wiley volvió por la misma puerta, que dejó sin llave. Llevaba una agenda y las llaves del coche. Fue hasta su auto, un Dodge gris de unos cinco años. Si Thad viviera, lo aprobaría.

Beth y yo subimos al auto de mi compañera y seguimos a la señora Wiley. Doblamos a la derecha en Middle Road, un camino de cuatro carriles que iba de este a oeste, paralelo a la antigua calle Main de la época colonial. Middle Road pasaba por el corazón de las granjas y viñedos, con amplias vistas en todas direcciones. La luz del Sol en el parabrisas resultaba agradable, el aire olía a uvas, manejaba el auto una muchacha de cabello cobrizo, y si yo no hubiera estado investigando el asesinato de dos amigos, me habría puesto a silbar.

A mi izquierda, más o menos a un kilómetro y medio al norte, alcanzaba a ver donde la tierra chata de pronto se elevaba, como una pared, tan escarpada que no podía cultivarse, y la cuesta se cubría de árboles y matorrales. Aquélla era, de hecho, la barranca cuya ladera norte caía al mar, pero desde donde yo me hallaba se podía ver el agua y la aguda elevación parecía una estribación de sierras bajas.

A la señora Wiley le gustaba apretar el pedal, y pasábamos a buena velocidad tractores y camionetas.

179

Un cartel nos indicó que nos hallábamos en la aldea de Peconic. Había un buen número de viñedos a ambos lados del camino, todos identificados con carteles de madera con logos en dorado y laca, muy elegantes, que prometían vinos caros. Le comenté a Beth:

—Vodka de papa. Eso es. Sólo necesito veinte acres y un alambique. Corey y Krumpinski: buena vodka de papa, natural y sabrosa. Qué refinamiento. ¿Qué opinas?

—¿Quien es Krumpinski?

—No sé. Un tipo. Vodka polaca. Krumpinski es una creación del mercado; se sienta en su porche y dice cosas críticas de la vodka. Tiene noventa y cinco años. Su hermano mellizo, Stephen, bebía vino y murió a los treinta y cinco. ¿Sí? ¿No?

—Déjame pensarlo. Mientras tanto, ese acre sobrevaluado resulta aún más raro si consideras que los Gordon podrían haberlo poseído con un arriendo de mil dólares anuales. ¿Esto es relevante para los asesinatos o no?

—Puede ser. Por otro lado, podría no ser más que mal tino por parte de los Gordon, o incluso una estafa —opiné—. Quizá los Gordon encontraron un modo de revertir la venta de los derechos de construcción. Por lo tanto, obtuvieron por veinticinco mil dólares un acre con vista al agua que, como terreno para construir, valdría unos cien mil. Buena ganancia.

Asintió.

—Hablaré con algún empleado del condado acerca de los precios de venta comparativos. —Me echó una mirada de soslayo mientras continuaba manejando y comentó: —Es obvio que te has formado otra teoría.

—Es posible, no obvio.

Beth guardó silencio un rato y luego dijo:

—Ellos necesitaban poseer ese terreno, ¿correcto? ¿Por qué? ¿Para construir? ¿Para tener un derecho de paso? ¿Tenían un proyecto para un gran parque estatal? ¿Buscaban petróleo, gas, carbón, diamantes, rubíes...? ¿Qué?

—En Long Island no hay minerales ni metales preciosos ni gérmenes. Sólo arena, arcilla y rocas. Hasta yo lo sé.

—Correcto... pero tú estás pensando algo.

—Nada específico. Tengo esta... sensación... como que sé qué es relevante y qué no, como en uno de esos *tests* de asociación de imágenes, ¿sabes? Ves cuatro dibujos; un pájaro, una abeja, un oso y un inodoro. ¿Cuál es el que no concuerda?

—El oso.

—¿El oso? ¿Por qué el oso?

—Porque no vuela.

—El inodoro tampoco —señalé.

—Entonces no concuerdan el oso y el inodoro.

—Eh... Bueno, la cosa es que puedo percibir lo que concuerda en esta secuencia y lo que no.

—¿Es como los *pings*?

180

—Más o menos.

La señora Wiley encendió las luces de freno y salió de la carretera para tomar un camino de tierra; Beth la siguió.

Nos dirigimos al norte, hacia las barrancas del camino que corrían entre un campo de papas a la izquierda y un viñedo a la derecha. Avanzamos a los tumbos a unos cincuenta kilómetros por hora, haciendo volar polvo por todas partes, tanto que hasta llegué a saborearlo en mi lengua. Levanté el vidrio de mi ventanilla y le pedí a Beth que hiciera lo mismo.

La señora Wiley tomó por una senda más estrecha que corría paralela a la barranca, que ahora se hallaba a sólo unos cincuenta metros de distancia. Al cabo de unos metros, se detuvo en medio de la senda, y Beth paró detrás.

La señora Wiley se bajó y nosotros hicimos lo mismo. Estábamos cubiertos de tierra, lo mismo que el auto, por dentro y por fuera.

Nos acercamos a Margaret Wiley, que esperaba de pie en la base de la barranca. Nos dijo:

—Hace dos semanas que no llueve. A los viñateros les gusta que sea así en esta época del año. Dicen que hace más dulces las uvas, menos acuosas. Quedan listas para cosechar.

Mientras me sacudía la tierra de la camiseta y las cejas, la verdad era que las uvas me importaban un comino.

La señora Wiley prosiguió:

—Las papas tampoco necesitan agua en esta época del año. Pero a las verduras y los árboles frutales les vendría bien empaparse un poco.

De veras, de veras no me importaba nada, pero no sabía cómo transmitirlo sin quedar como un grosero. Dije:

—Supongo que algunos rezan pidiendo lluvia, y otros ruegan pidiendo sol. Así es la vida.

Me miró y repuso:

—Usted no es de por aquí, ¿verdad?

—No, señora. Pero mi tío tiene casa acá. Harry Bonner. Hermano de mi madre.

—Ah, sí. La esposa, June, falleció más o menos en la misma época que mi Thad.

—Supongo que sí.

No me asombró tanto que Margaret Wiley conociera al tío Harry... Es decir, la población permanente de esa zona es, como ya dije, de unas veinte mil personas, o sea unas cinco mil menos que las que trabajan en el edificio Empire State. No quiero decir que las veinticinco mil personas que trabajan en el Empire State se conozcan entre sí, pero... Bueno, el asunto es que Margaret y, supongo, el difunto Thad Wiley conocían a Harry y a la difunta June Bonner. Se me cruzó el extraño pensamiento de que reuniría a Margaret y al loco Harry, se casarían, ella moriría, luego moriría Harry y entre los dos me dejarían miles de acres de tierras en North Fork. Primero tendría que sacar del paso a mis primos, por supuesto. Todo me sonaba un poco demasiado shakespeareano. Experimenté la fuerte sensación de que había estado demasiado tiempo en aquel sitio.

—¿John? La señora Wiley te está hablando.

—Ah, disculpe. Sufrí heridas graves, y me han quedado como secuela algunos lapsos de inconsciencia.

—Se lo ve muy mal —me informó la señora Wiley.

—Gracias.

—Le preguntaba cómo está su tío.

—Muy bien. Ha vuelto a la ciudad. Gana mucho dinero en Wall Street. Pero se siente muy solo desde que murió la tía June.

—Dele mis saludos.

—Lo haré.

—Su tía era una excelente mujer. —Lo dijo con esa inflexión que significa: "¿Cómo hizo para tener un sobrino estúpido como usted?". Continuó: —June era una buena arqueóloga e historiadora aficionada.

—Así es. La Sociedad Histórica Pecónica. ¿Usted es miembro?

—Sí. Así fue como conocí a June. A su tío no le interesaba, pero financió unas cuantas excavaciones. Excavamos los cimientos de la casa de una granja que databa de 1681. Debería ver el museo, si aún no lo ha hecho.

—La verdad, iba a verlo hoy, pero surgió esto otro.

—Después del día del Trabajo, abrimos sólo los fines de semana. Pero yo tengo llave.

—La llamaré por teléfono. —Miré hacia la barranca que se alzaba de la tierra chata. Le pregunté: —¿Éste es el terreno de los Gordon?

—Sí. ¿Ve esa estaca, ahí? Ésa es la esquina sudoeste. Bajando por esta senda, a unos cien metros, está la esquina sudeste. El terreno empieza aquí y se eleva hasta la cima de la barranca, y luego baja del otro lado, y termina en la marca de la creciente.

—¿De veras? No parece una demarcación muy precisa.

—Lo suficiente. Es costumbre y ley. La marca de la creciente. La playa pertenece a todos.

—Es por eso que amo este país.

—¿Sí?

—Absolutamente.

—Me miró y comentó:

—Soy descendiente de la Revolución.

—Así lo pensé.

—Mi familia, los Willis, habitan este municipio de 1653.

—Mi Dios.

—Vinieron a Massachusetts en el barco que llegó después del *Mayflower*, el *Fortune*. Vinieron aquí, a Long Island.

—Increíble. Por poco no fue una descendiente del *Mayflower*.

Replicó:

—Soy descendiente del *Fortune*. —Miró alrededor y seguí su mirada. Al sur de donde nos hallábamos se extendía un campo de papas hacia la derecha y un viñedo a la izquierda. Margaret Wiley continuó: —Cuesta imaginar cómo era la vida en el mil seiscientos. A miles de kilómetros de Inglaterra, bosques que se levantaban donde ahora están estos campos, desbrozados con hachas y bueyes, un clima y un suelo desconocidos, pocos animales domésticos, escasa provisión de ropa, herramientas, semillas, pólvora y balas de mosquete, e indígenas hostiles todo alrededor.

—Suena peor que Central Park después de medianoche en agosto.

Margaret Wiley me ignoró y prosiguió:

—Para gente como nosotros, es decir, como yo, es muy difícil separarse hasta de un acre de tierra.

—Correcto. —Pero por veinticinco mil dólares podían conversarlo. Comenté: —Una vez encontré una bala de mosquete.

Me miró como si yo fuera retardado. Dirigió su atención a Beth y, tras un poco más de charla, dijo:

—Bueno, no necesitan que les muestre la cima. Aquí mismo hay un sendero. Subir no es difícil, pero tengan cuidado con el lado que da al mar. Cae en forma muy escarpada y no hay muchos lugares donde hacer pie. —Añadió: —Esta barranca es en realidad la morena terminal de la última era glacial. El glaciar terminaba justo aquí.

De hecho, el glaciar estaba debajo de mí. Dije:

—Gracias por su tiempo y su paciencia, señora Wiley.

Comenzó a alejarse, pero miró a Beth y le preguntó:

—¿Tiene alguna idea de quién pudo haberlo hecho?

—No, señora.

—¿Guarda relación con el trabajo de ellos?

—En cierto modo. Pero nada que ver con una guerra bacteriológica ni nada peligroso.

Margaret Wiley no parecía convencida. Volvió a su auto, lo puso en marcha y se alejó en medio de una nube de polvo.

Volví a limpiarme la ropa. Le dije a Beth:

—¿Sabes por qué las descendientes de la Revolución no practican sexo grupal?

—No, pero estoy a punto de averiguarlo.

—Así es. Las descendientes de la Revolución no practican sexo grupal porque no quieren tener que escribir tantas notas de agradecimiento.

—¿Tienes muchos más de estos chistes?

—Sabes que sí.

Los dos alzamos la vista hacia la barranca.

—Vayamos a ver ese panorama de veinticinco mil dólares —propuse.

Encontramos el estrecho sendero y yo encabecé la marcha. El camino atravesaba unos densos matorrales, pasaba junto a unos robles esmirriados y algunos árboles más grandes que parecían arces pero bien podrían haber sido bananeros, por lo que sé.

Beth, vestida con una falda color caqui y zapatos de calle, no lo estaba pasando muy bien. Yo la ayudaba a subir en las zonas más empinadas. Se levantó un poco la falda, lo cual me regaló la visión de un par de piernas perfectas.

Nos faltaban sólo unos quince metros hasta la cima, una altura equivalente a cinco pisos de un edificio moderno, distancia que antes yo podía subir y aún disponer de energía suficiente para derribar una puerta a patadas, forcejear con un delincuente hasta echarlo al piso, ponerle las esposas, arrastrarlo hasta la calle y empujarlo dentro de un patrullero. Pero eso era antes. Ahora sentía que me temblaba todo el cuerpo. Unos puntos negros me bailaban delante de los ojos, de modo que tuve que parar y arrodillarme.

—¿Estás bien? —me preguntó Beth.

—Sí... Sólo un minuto... —Respiré varias veces y luego continué ascendiendo.

Llegamos a lo alto de la barranca. Allí la vegetación era mucho más escasa, a causa del viento y el aire salado. Contemplamos el canal de Long Island, y en verdad era un panorama magnífico. Aunque la ladera sur de la barranca estaba a sólo quince metros de la base, la ladera norte, que bajaba a la playa, tenía unos treinta metros. Era, según había advertido la señora Wiley, muy escarpada, y cuando miramos hacia abajo por sobre el borde vimos juncos marinos, hondonadas causadas por la erosión, deslizamientos de barro y caídas de rocas en una hermosa playa larga que se estiraba al este y el oeste por kilómetros y kilómetros.

El canal estaba calmo, y vimos varios barcos de vela y de motor. Un gran buque de carga se dirigía al oeste, hacia Nueva York o uno de los puertos de Connecticut. A unos quince kilómetros de distancia, alcanzamos a distinguir la costa de Connecticut.

La barranca se extendía hacia el oeste alrededor de un kilómetro y medio y desaparecía en un punto de tierra que sobresalía hacia el canal. Al este, corría paralela a la playa por varios kilómetros y terminaba en Horton Point, que se podía identificar a causa del faro.

Detrás de nosotros, por el camino por el que habíamos llegado, estaban las tierras llanas de las granjas, y a partir de allí alcanzábamos a ver los parches coloridos de los huertos y los cultivos de papas, vides y maíz. Pintorescas casas de madera y graneros blancos, no rojos, salpicaban los campos verdes. Comenté:

—¡Qué vista!

—Magnífica —convino Beth. Enseguida preguntó: —¿Vale veinticinco mil dólares?

—Ésa es la pregunta. —La miré. —¿Qué piensas tú?

—En teoría, no. Pero aquí arriba, sí.

—Bien expresado. —Divisé un montículo que había en el pasto y me senté allí a contemplar el mar.

Beth permaneció de pie a mi lado, también con la vista fija en el mar. Los dos estábamos transpirados, sucios, polvorientos, agitados y cansados.

—Hora de los cócteles —dije—. Volvamos.

—Espera un minuto. Seamos Tom y Judy. Dime qué querían aquí, qué estaban buscando.

—De acuerdo... —Me paré en el montículo y miré alrededor. El Sol se ponía, y a lo lejos, al este, el cielo se teñía de púrpura. Hacia el oeste estaba rosa, y arriba, azul. Volaban gaviotas, olas encrespadas atravesaban el canal, cantaban pájaros en los árboles, soplaba una brisa del noreste y había un olor a otoño así como a sal. Imaginé: —Hemos pasado el día en Plum Island. Estuvimos en biocontención toda la jornada, vestidos con guardapolvos de laboratorio, rodeados de virus. Nos duchamos, corrimos a la *Espiroqueta* o al *ferry*, cruzamos el estrecho, subimos a nuestro auto y vinimos aquí. Esto es abierto, amplio, limpio, vigorizador. Esto es la vida... Trajimos una botella de vino y una manta. Bebemos el vino, hacemos el amor, nos quedamos echados en la manta y miramos salir las estrellas. Tal vez bajemos a la playa y nademos bajo las estrellas y la Luna. Después vamos a casa, listos para pasar otro día en biocontención.

Beth permaneció callada un rato; después, sin responder, avanzó hasta el borde de la barranca; luego se volvió y fue hasta el único árbol de gran tamaño que había en la cima, un roble retorcido de tres metros de alto. Se agachó y enseguida se enderezó, con una cuerda en la mano.

—Mira esto.

Me acerqué y observé su hallazgo. La cuerda, de nailon verde de unos dos centímetros de grosor, tenía nudos más o menos a cada metro, como para que sirvieran para agarrarse. Uno de los extremos estaba atado a la base del árbol. Beth conjeturó:

—Es probable que esta cuerda tenga el largo suficiente como para llegar hasta la playa.

Asentí.

—Por cierto eso haría más fácil subir o bajar.

—Sí.

Se arrodilló y miró cuesta abajo. Yo hice lo mismo. Vimos el sitio donde el pasto estaba gastado por las subidas y bajadas por la ladera de la barranca. Era, como ya dije, una ladera escarpada, pero no demasiado difícil para alguien que gozara de un buen estado físico, incluso sin ayuda de una cuerda.

Me incliné más por sobre el borde y noté que en la tierra del lugar donde el pasto se había aplastado había esas vetas de arcilla y hierro. Reparé en algo más: unos tres metros más abajo aparecía una suerte de reborde o saliente. Beth también lo notó.

—Voy a ir a echar un vistazo —me dijo.

Tiró de la cuerda y, satisfecha de que estuviera atada con seguridad al tronco del árbol y que el tronco del árbol estuviera agarrado con seguridad a la tierra, aferró la soga con ambas manos y fue bajando de espaldas los tres metros hasta el reborde, siempre tomada de la cuerda. Desde allí me llamó:

—Baja. Esto es interesante.

—Está bien. —Hice lo mismo que ella, y me paré en el saliente junto a Beth.

—Mira eso —me indicó.

El saliente tenía unos tres metros de largo por uno de profundidad en su parte más ancha. En el centro había una especie de cueva, pero se notaba que no era natural. De hecho, distinguí unas marcas de pala. Beth y yo nos agachamos y espiamos el interior de la abertura. Dentro de la excavación no había nada. No logré imaginar para qué servía aquello, pero especulé:

—Ahí dentro se puede esconder una canasta de picnic y un balde para enfriar vino.

Beth sugirió:

—Y si estiras las piernas dentro de ese agujero y el cuerpo en el saliente, puedes dormir.

—O hacer el amor.

—¿Por qué sabía que ibas a decir eso?

—Bueno, es cierto, ¿no? —Me puse de pie. —Puede que hayan intentado agrandar esta cavidad.

—¿Para qué?

—No sé. —Me volví hacia el canal y me senté, con los pies colgando por sobre el saliente. —Es lindo. Siéntate.

—Tengo un poco de frío.

—Toma, ponte mi camiseta.

—No, tiene mal olor.

—Tú no eres ninguna petunia.

—Estoy cansada y sucia, se me rompieron las medias y tengo que ir al baño.

—Esto es muy romántico.

—Podría serlo, pero no ahora. —Se paró, tomó la cuerda y subió hasta la cima. Esperé a que llegara a lo alto y luego la seguí.

Beth enrolló la cuerda y volvió a ponerla en la base del árbol, tal como la había encontrado. Se volvió y quedamos cara a cara, a unos treinta centímetros. Era uno de esos momentos incómodos, y permanecimos así exactamente tres segundos; después yo tendí una mano y le acaricié el pelo, la mejilla. Me acerqué más, para el gran beso, confiado en que íbamos a fundir nuestros labios, pero ella dio un paso atrás y pronunció la palabra mágica a la que todos los hombres modernos estadounidenses han sido educados para responder como un perro de Pavlov:

—No.

De inmediato di un salto de dos metros hacia atrás y me tomé las manos detrás de la espalda. Cierta parte de mi cuerpo cayó como un árbol muerto, y exclamé:

—Confundí tu actitud amistosa con una invitación sexual. Perdóname.

La verdad, no fue exactamente eso lo que sucedió. Es cierto que ella dijo "No", pero yo vacilé, con expresión de decepción, y ella agregó: "Ahora no", lo cual es bueno; y después: "Tal vez más adelante", lo cual es mejor; y después: "Me gustas", que es mejor aún.

Respondí:

—Tómate el tiempo que necesites —y lo dije de veras, siempre que ella no se tomara más de setenta y dos horas, que es más o menos mi límite. En realidad, he esperado más.

No dijimos nada más al respecto; bajamos por la cara de la barranca que daba a los campos y subimos al auto policial negro.

Ella puso en marcha el motor y antes de salir me dio un beso superficial en la mejilla; enseguida partimos, levantando polvo.

Un kilómetro y medio después estábamos en Middle Road. Beth tenía un buen sentido de la orientación y se dirigió de vuelta a Nassau Point sin mi ayuda.

Vio una estación de servicio abierta, y los dos usamos los respectivos baños para refrescarnos, como suele decirse. Yo no recordaba cuándo había sido la última vez que me había ensuciado tanto. Soy bastante prolijo cuando trabajo, un dandi de Manhattan con trajes de medida. Me sentía un chico otra vez: el sucio Johnny excavando los montículos fúnebres de los indígenas.

En la oficina de la estación de servicio compramos algo que comer y seguimos viaje. Al cabo de unos minutos le pregunté a Beth:

—¿Qué piensas? De la barranca, quiero decir.

Tras un momento, respondió:

—Creo que los Gordon me habrían agradado.

—Seguro que sí.

—¿Estás triste?

—Sí... O sea, no éramos íntimos amigos... Sólo hacía pocos meses que los conocía, pero eran buena gente, llenos de vida y ganas de divertirse. Eran muy jóvenes para terminar su vida de semejante manera.

Asintió.

Seguimos rumbo a Nassau Point. Estaba anocheciendo.

Beth dijo:

—Mi cerebro me dice que ese terreno es lo que parece ser. Un refugio romántico, un lugar para ellos solos. Eran del Medio Oeste; es probable que allá poseyeran tierra, y de pronto aquí eran inquilinos en un lugar donde la tierra significa mucho, lo mismo que en su lugar de origen... ¿Correcto?

—Correcto.

—Y aun así...

—Sí. Y aun así... Aun así, podrían haberse ahorrado veinticinco mil dólares si lo hubieran arrendado por cinco años. —Agregué: —Ellos querían poseer la tierra. Piensa en eso.

—Lo estoy pensando.

Llegamos a la casa donde habían vivido los Gordon, y Beth paró detrás de mi Jeep.

—Fue un largo día —comentó.

—Ven a mi casa. Sígueme.

—No, esta noche voy a mi casa.

—¿Por qué?

—Ya no hay razón para que esté aquí veinticuatro horas por día, y el condado no me paga un motel.

—Pasa primero por mi casa. Tengo que darte las hojas de computadora.

—Esperarán hasta mañana. Necesito ir a la oficina mañana a la mañana. ¿Por qué no nos encontramos a eso de las cinco?

—En mi casa.

—Está bien. En tu casa, a las cinco de la tarde. Para entonces tendré algo de información.

—También yo.

—Preferiría que no procedieras hasta que nos veamos —dijo.

—De acuerdo.

—Aclara tu situación con el jefe Maxwell.

—Lo haré.

—Y descansa un poco —agregó.

—Tú también.

—Baja de mi auto. —Sonrió. —Vete a tu casa. De veras.

—Lo haré. De veras. —Bajé del auto. Ella dio una vuelta en U, me saludó con la mano y se marchó.

Subí a mi Jeep, decidido a no hacer nada que lo hiciera hablar francés. Me puse el cinturón de seguridad, trabé las puertas, quité el freno de mano. Puse en marcha el motor y el auto no dijo ni *pip*.

Mientras regresaba a mi casa me di cuenta de que no había recordado usar el control remoto para poner el marcha el Jeep. Bueno, ¿qué diferencia había? De todos modos, las nuevas bombas para autos explotaban al cabo de cinco minutos de marcha. Además, nadie trataba de matarme. Bueno, alguien había tratado de matarme, pero tenía que ver con otra cosa. Con toda probabilidad, había sido algo ocurrido por azar, o, si lo habían planeado, los pistoleros consideraron que me había dejado fuera de combate, y cualquier cosa que yo hubiera hecho para enojarlos fue vengada sin necesidad de que muriera. Así es como operaba la mafia; si uno sobrevivía, en general lo dejaban en paz. Pero esos caballeros que me balearon era hispánicos, sin la menor duda. Y esos hombres no siempre consideran realizado el trabajo hasta que uno se convierte en fiambre.

Pero no era eso lo que me preocupaba en aquel momento. Más me preocupaba lo que estaba sucediendo allí, fuera lo que fuere. Es decir, me encontraba en una parte muy apacible del planeta, tratando de que sanaran mi mente y mi cuerpo, y apenas por debajo de la superficie ocurría todo tipo de cosas raras. No cesaba de pensar en ese cerdo que sangraba por las orejas y la boca y la nariz... Me di cuenta de que la gente de esa islita había descubierto cosas capaces de exterminar a casi todo ser viviente del planeta.

Lo más conveniente de la guerra biológica ha sido siempre su fácil negabilidad y sus orígenes imposibles de rastrear. Toda la cultura de la investigación y las armas biológicas siempre ha abundado en mentiras, engaños y negaciones.

Me detuve en el sendero de acceso de la casa del tío Harry. Mis neumáticos crujieron al aplastar las conchillas marinas. La casa se hallaba oscura, y cuando apagué los faros el mundo entero se sumió en la oscuridad. ¿Cómo hace la gente del campo para vivir a oscuras?

Me metí la camiseta dentro de los pantalones, para dejar a mano la culata de mi 38. Ni siquiera sabía si me habían manoseado el arma: cualquiera que tocara los pantalones de un tipo sin duda haría lo mismo con su revólver. Debí haberme fijado antes.

De cualquier modo, con las llaves en la mano izquierda, abrí la puerta del frente, con la mano derecha lista para empuñar el arma. En realidad ya debería haberla empuñado, pero los hombres, aun cuando están completamente solos, tienen que mostrar pelotas. Es decir, ¿quién me miraba? Creo que me miraba yo. Tienes pelotas, Corey. Eres todo un hombre. Un hombre que sintió súbitas ganas de orinar, cosa que hice en el baño contiguo a la cocina.

Sin encender ninguna luz, miré el contestador automático y vi que había diez mensajes; bastantes para un tipo que no había hecho nada durante toda la semana anterior.

Suponiendo que ninguno de esos mensajes sería particularmente agradable o gratificante, me serví una buena copa de coñac del botellón de cristal del tío Harry.

Me senté en un sillón y bebí, vacilando entre apretar el botón de los mensajes, irme a la cama o servirme otra copa. Ganó otra copa unas cuantas veces más, y postergué la faena de trabarme en combate con el horror electrónico del contestador automático hasta que me hallara con el ánimo más exaltado.

Por fin oprimí el botón.

—Tiene diez mensajes —dijo la voz, en concordancia con el visor.

El primero había sido a las siete de la mañana y era del tío Harry, que me había visto en televisión la noche anterior pero no quiso llamar tan tarde aunque no tuvo problema en llamar tan temprano. Por fortuna, a las siete de la mañana yo ya iba camino a Plum Island.

Había cuatro mensajes similares: uno de mis padres, en Florida, que no me habían visto en televisión pero se habían enterado de que yo había salido por televisión; uno de una dama llamada Cobi, a quien veo de vez en cuando y que por alguna razón quizá deseara ser Cobi Corey; y luego una llamada de cada uno de mis hermanos, Jim y Lynne, que saben cómo mantenerse siempre en contacto. Era probable que hubiera habido más llamadas acerca de mi breve aparición en televisión, pero pocas personas tenían mi número y no todos me reconocerían, ya que había adelgazado mucho y tenía un aspecto terrible.

No había ninguna llamada de mi ex esposa, que, a pesar de ya no quererme, quiere que sepa que le agrado como persona, lo cual es raro porque no soy tan agradable. Digno de ser amado, sí; agradable no.

Después oí a mi compañero, Dom Fanelli, que llamó a las nueve de la mañana y dijo:

—Eh, viejo, te vi en el noticiario matutino. ¿Qué diablos estás haciendo allá? Tienes dos Pedros buscándote y apareces en televisión, y ahora todos saben que estás en el este. ¿Por qué no pones tu foto en el correo colombiano? Por Dios, John, estoy tratando de encontrar a estos tipos antes de que te encuentren a ti. Bueno, más buenas noticias: el jefe se está planteando qué diablos haces en una escena del crimen. ¿Qué pasa allá? ¿Quién liquidó a esos dos? Eh, ella era una bomba. ¿Necesitas ayuda? Llámame. No metas la pata. *Ciao*.

Sonreí. El buen Dom. Un tipo con el que podía contar. Aún lo recuerdo, parado a mi lado, mientras yo me desangraba en la calle. Tenía una rosquilla a medio comer en una mano y me dijo: "Los agarraré, John. Te lo juro por Dios. Agarraré a los desgraciados que te mataron".

Recuerdo que le informé que no estaba muerto, y me respondió que lo sabía pero que era probable que lo estuviera pronto. Tenía lágrimas en los ojos, lo que me hizo sentir pésimo, y trataba de hablarme mientras masticaba la rosquilla, y yo no podía entenderle, y entonces empezaron a retumbarme los oídos y me desmayé.

Bien, la siguiente llamada había sido a las nueve y media de la mañana y era del *New York Times*; me pregunté cómo sabían quién era yo y dónde me hallaba. Entonces la voz dijo:

—Puede solicitar que le entreguen el diario en su puerta todos los días, así como los domingos, si accede a la nueva suscripción, por sólo 3,60 dólares semanales por trece semanas. Por favor, llámenos al 1-800-631-2500 y le habilitaremos el servicio de inmediato.

—Lo compro en el quiosco. El siguiente.

Por el micrófono salió la voz de Max, que dijo:

—John, en forma oficial ya no estás empleado por del Departamento de Policía del municipio de Southold. Gracias por tu ayuda. Te debo un dólar, pero preferiría invitarte una copa. Llámame.

—Vete a la mierda, Max.

La siguiente llamada era del señor Ted Nash, superagente de la CIA, que declaraba:

—Sólo quiero recordarle que un asesino, o varios, todavía anda suelto, y puede que usted sea un blanco. Disfruté muchísimo trabajar con usted, y sé que volveremos a encontrarnos. Cuídese.

—Vete al carajo, Ted. —Es decir, si alguien va a amenazarme, que por lo menos tenga las bolas para venir a decírmelo a la cara, aunque lo esté grabando.

Había un mensaje más, pero oprimí el botón de detener la cinta antes de escucharlo. Marqué el número de Soundview y pedí por Ted Nash. El empleado, un joven, dijo que allí no había nadie registrado con ese nombre. Pregunté:

—¿Y George Foster?

—No, señor.

—¿Beth Penrose?

—Acaba de marcharse.

Le describí a Nash y Foster, y el empleado repuso:

—Sí, aquí hay dos caballeros que responden a esa descripción.

—¿Todavía están ahí?

—Sí.

—Dígale al tipo más alto, el de pelo negro ondulado, que el señor Corey recibió su mensaje y que él debería prestar atención a su propia advertencia. ¿Entendió?

—Sí.

—Y también dígale que se vaya a la mierda.

—Sí, señor.

Colgué y bostecé. Me sentía de lo peor. Había dormido unas tres horas en las últimas cuarenta y ocho horas. Bostecé otra vez.

Apreté el botón para escuchar el último mensaje. La voz de Beth dijo:

—Hola, te estoy llamando del auto... Sólo quería darte las gracias por la ayuda que me diste hoy. No sé si te dije que... Bueno, me gustó conocerte, y si por alguna razón no nos encontramos mañana, porque tal vez las cosas no salgan así, o porque hay mucho trabajo en la oficina, informes y eso... bueno, igual te llamaré. Gracias de nuevo.

La máquina anunció:

—Fin de los mensajes.

Volví a escuchar el último. Beth había llamado poco menos de diez minutos después de que nos separamos, y su voz sonaba formal y distante. De hecho, me estaba despachando. Se me cruzó el pensamiento paranoico de que Beth y Nash eran amantes y en aquel momento estaban en la habitación de él disfrutando de un acto sexual salvaje y apasionado. Tranquilo, Corey..

Es decir, ¿qué más podía salir mal? Pasé el día en biocontención y era probable que me hubiera contagiado la peste bubónica; también era probable que me hubiera buscado problemas en el trabajo y que Pedro y Juan supieran dónde me encontraba; Max, mi amigo, me había despedido; después un tipo de la CIA me amenazaba sin motivo alguno —bueno, quizá tuviera un motivo imaginario—; y después mi verdadero amor me colgaba y yo me la imaginaba con las piernas enroscadas alrededor de ese imbécil. Además, Tom y Judy, que me querían, estaban muertos. Y apenas eran las nueve de la noche.

De pronto me saltó a la mente la idea de un monasterio. O mejor aún, un mes en el Caribe, siguiendo a mi amigo Peter Johnson de isla en isla.

O podía quedarme allí y optar por la vía dura. Venganza, reivindicación, victoria y gloria. Así era John Corey. Además, yo tenía algo que nadie más tenía: una idea semielaborada de qué se trataba todo aquello.

Me quedé sentado en el escritorio oscuro y silencioso y por primera vez en todo el día pude pensar sin interrupción. En mi mente había muchas cosas en suspenso, y en aquel momento empecé a relacionarlas.

Mientras miraba por la ventana oscura, esos pequeños *pings* que me habían sonado en la cabeza iban trazando puntos blancos en la pantalla negra, y la imagen comenzaba a cobrar forma. Me hallaba lejos de completar el cuadro, y ni hablar de detalles, pero podía hacer una buena conjetura acerca del tamaño, la forma y la dirección de aquello. Necesitaba unos cuantos puntos luminosos más, media docena de pequeños *pings*, y entonces sabría por qué habían asesinado a Tom y Judy Gordon.

16

La luz de la mañana se filtraba por las ventanas de mi dormitorio, en la planta alta, y me sentí feliz de estar vivo, feliz de descubrir que el sangriento cerdo muerto que yacía en la almohada a mi lado había sido sólo un mal sueño. Presté atención a los sonidos de los pájaros para asegurarme de que no era el único ser viviente sobre la Tierra. Una gaviota chilló en algún lugar de la bahía; gansos de Canadá graznaban en mi parque. A la distancia ladró un perro. Hasta el momento, todo bien.

Me levanté, me duché, afeité y lo demás, y me preparé una taza de café en la cocina.

Había pasado la noche pensando o, como dicen en mi actividad, inmerso en razonamiento deductivo. También había devuelto algunas llamadas, al tío Harry, padres, hermanos y Dom Fanelli, pero no al *New York Times* ni a Max. A todos les dije que la persona que habían visto en televisión no era yo, y que yo no había visto el programa o los programas en cuestión; dije que había pasado la noche mirando un partido de fútbol en la Olde Towne Taverne —que es lo que debería haber hecho— y que tenía testigos. Todos se lo creyeron. Rogué que también se lo creyera mi superior, el ya mencionado teniente detective Wolfe.

Además, le dije al tío H. que Margaret Wiley estaba prendada de él, pero al parecer no le interesó. Me informó:

—Dickie Johnson y yo nacimos juntos, crecimos juntos, tuvimos un montón de mujeres juntos y envejecimos juntos, pero él murió antes.

Qué deprimente. Bueno, después llamé a Dom Fanelli, pero no estaba, así que le dejé un mensaje a la esposa, Mary, con quien solía llevarse bien hasta que me casé, pero Mary y mi Ex no se tenían ninguna simpatía. Ni mi divorcio ni los balazos que me dieron lograron que Mary y yo volviéramos a ser compinches. Es rara la relación que se tiene con las esposas de los compañeros de trabajo. Es una relación extraña, en el mejor de los casos. Sea como fuere, le dije:

—Dile a Dom que no era yo el que vio en televisión. Mucha gente cometió el mismo error.

—Está bien.

—Si muero, lo hizo la CIA. Díselo.

—Está bien.

—En Plum Island puede que haya gente que también esté tratando de matarme. Díselo.

—Está bien.

—Dile que, si muero, hable con Sylvester Maxwell, el jefe de la policía de acá.

—Está bien.

—¿Cómo están los chicos?

—Están bien.

—Tengo que cortar. Los pulmones me están matando. —Corté.

Bueno, por lo menos lo había dejado registrado, de modo que, si los federales me habían intervenido el teléfono, era bueno que me oyeran decirle a la gente que creía que la CIA trataba de matarme.

Por supuesto, no lo pensaba de veras. A Ted Nash, personalmente, le habría gustado asesinarme, pero yo dudada de que la Agencia aprobara liquidar a un tipo sólo porque era un sarcástico de mierda. El asunto era, sin embargo, que si aquello tenía que ver con Plum Island de algún modo significativo, no iba a sorprenderme si aparecían unos cuantos cadáveres más.

La noche anterior, mientras hacía mis llamadas telefónicas, revisé mi arma y mis municiones con una linterna y una lupa. Todo parecía en orden. La paranoia suele ser divertida si no te ocupa demasiado tiempo y no te desvía del camino. Es decir, si tienes un día rutinario, puedes hacer de cuenta que un tipo trata de matarte, y dedicarte a pequeños juegos, como poner el auto en marcha con el control remoto, imaginar que alguien te intervino el teléfono o te estropeó el arma. Hay locos que inventan amigos imaginarios que les ordenan matar gente. Otros locos inventan enemigos imaginarios que tratan de matarlos a ellos. Creo que estos últimos son un poco menos locos y mucho más útiles.

De cualquier modo, había pasado el resto de la noche repasando una vez más los registros financieros de los Gordon. Tanto como para no tener que mirar un programa malo por televisión.

Había estudiado con atención mayo y junio del año anterior para ver si los Gordon habían financiado una vacación de una semana en Inglaterra después de su viaje de trabajo. Noté que en junio los gastos de la tarjeta Visa eran un poco más elevados que lo habitual, lo mismo que los de la Amex. Un pequeño promontorio en un camino bastante liso. Además, la cuenta de teléfono de junio era unos cien dólares más alta que lo acostumbrado, lo cual quizás indicara llamadas de larga distancia realizadas en mayo. Por otra parte, yo debía suponer que habían llevado efectivo o cheques de viajero, y sin embargo no se observaban retiros de efectivo fuera de lo común. Aquélla era la primera y única señal de que los Gordon disponían de otro dinero en efectivo. La gente que cuenta con ingresos ilegales a menudo compra miles de dólares en cheques de viajero, sale del país y los gasta en grande. O tal vez los Gordon sabían cómo recorrer Inglaterra por veinte dólares por día.

Cualquiera pudiera ser el caso, en cuanto a los registros impresos Tom y Judy aparecían limpios, por así decirlo. Fuera lo que fuere lo que tramaban, lo ocultaban bien, o no implicaba grandes gastos o depósitos. Por lo menos, no que figuraran en aquellas cuentas. Los Gordon eran muy inteligentes, me recordé. Además eran científicos y, como tales, cuidadosos, pacientes y meticulosos.

Ya eran las ocho de la mañana del miércoles, y yo iba por mi segunda taza de mal café, mientras miraba la heladera en busca de algo que comer. ¿Lechuga y mostaza? No. ¿Manteca y zanahorias? Eso servía.

Me paré ante la ventana de la cocina con mi zanahoria y un pan de manteca, meditando, cavilando, pensando, masticando y demás. Esperé que sonara el teléfono, que Beth confirmara el encuentro de la cinco de la tarde, pero la cocina permanecía en silencio, salvo el reloj.

Aquella mañana me vestí con más elegancia, con unos pantalones de algodón y una camisa rayada. Una chaqueta azul colgaba del respaldo de una silla de la cocina. Mi 38 en mi tobillo, mi chaleco protector —para lo que me servía allí— dentro de mi chaqueta. Y, optimista como soy, también llevaba un profiláctico en la billetera. Estaba listo para la batalla o el romance, o cualquier cosa que trajera el día.

Zanahoria en mano, bajé por el parque en declive hacia la bahía. Una leve bruma pendía sobre el agua. Fui hasta el extremo del muelle de mi tío, que necesitaba importantes reparaciones, mirando bien dónde pisaba. Evoqué la ocasión en que los Gordon trataron de amarrar en nuestro muelle; debió de ser a mediados de junio, apenas una semana, más o menos, después de que los conocí, en el bar del restaurante de Claudio, en Greenport.

En esa oportunidad, cuando amarraron en el muelle del tío Harry, yo me hallaba en mi acostumbrada posición de convaleciente, bebiendo una cerveza y contemplando la bahía con los binoculares, cuando los divisé.

La semana anterior, en Claudio, me habían pedido que les describiera mi casa tal como se veía desde el agua, y con toda seguridad que la encontraron.

Caminé hasta el muelle para saludarlos, y me convencieron de salir a dar una vuelta con ellos. Anduvimos por una serie de bahías situadas en North Fork y South Fork, Long Island: las bahías Great Peconic y Little Peconic, la bahía Noyack y la de Southold, luego la de Gardiners, y después Orient Point. En un momento Tom aceleró tanto la lancha que pensamos que íbamos a salir volando. Bueno, fue en esa ocasión cuando los Gordon me mostraron Plum Island.

—Ahí es donde trabajamos —comentó Tom.

Y Judy agregó:

—Algún día trataremos de conseguirte un pase de visitante. Es muy interesante.

Y en verdad lo era.

Ése fue el mismo día que quedamos atrapados en el viento y las corrientes del estrecho de Plum y creí que iba a arrojar las entrañas por la boca.

Recordé que pasamos todo el día en el agua y volvimos exhaustos, quemados por el Sol, deshidratados y hambrientos. Tom fue a comprar pizzas, y Judy y yo bebimos cervezas en el porche trasero y contemplamos el crepúsculo.

No creo ser un tipo particularmente simpático, pero los Gordon se desvivían por conquistar mi amistad, y nunca entendí por qué. Al principio yo no necesitaba ni quería su compañía. Pero Tom era inteligente y gracioso, y Judy era hermosa. E inteligente.

A veces las cosas no tienen sentido mientras están sucediendo, pero al cabo de un tiempo, o después de un incidente, resulta clara la significancia de lo que se hizo o dijo. ¿Correcto?

Los Gordon pudieron haber sabido que corrían o correrían peligro. Ya conocían al jefe Maxwell, y querían que una o más personas supieran de su relación con el jefe. A continuación pasaron bastante tiempo con Su Seguro Servidor, y, de nuevo, creo que esto puede haber sido una forma de mostrarle a alguien que Tom y Judy trataban con la policía. Tal vez Max o yo recibiéramos una carta que debía entregarse si algo les sucedía a los Gordon, aunque no me hacía muchas ilusiones.

Además, con respecto al tema de las cosas que tenían sentido al mirarlas retrospectivamente, en aquella particular noche de junio, antes de que Tom regresara con la pizza, Judy, que se había echado tres cervezas al estómago vacío, me preguntó, refiriéndose a la casa de mi tío:

—¿Cuánto vale un lugar como éste?

—Supongo que unos cuatrocientos mil, tal vez más. ¿Por qué?

—Sólo quería saber. ¿Tu tío la vende?

—Me la ofreció por un precio menor, pero yo necesitaría una hipoteca de doscientos por año.

Y allí terminó la conversación, pero cuando la gente pregunta cuánto cuesta una casa o un auto o una embarcación, y después pregunta si está en venta, o bien son curiosos o bien quieren comprar. Los Gordon no eran curiosos. Ahora, por supuesto, creo que los Gordon querían volverse ricos muy rápido. Pero si la fuente de esas riquezas recién encontradas era una transacción ilegal, los Gordon no podían empezar a ostentar el dinero y ponerse a comprar casas de cuatrocientos mil dólares con vista al agua. Por lo tanto, los dólares esperados eran legítimos, o bien tendrían una apariencia de legitimidad. ¿Vacuna? Tal vez.

Y después algo salió mal, y esos cerebros brillantes quedaron desparramados por la plataforma de cedro, como algo caído de un paquete de dos kilos de carne picada cerca de la parrilla.

Recordé que más tarde, aquella misma noche de junio, le comenté a Tom que me parecía que habíamos corrido bastante peligro allá en el estrecho. Tom dejó la cerveza para beber vino; su mente estaba algo achispada. Tenía una vena filosófica para ser un tipo "tecno", y me dijo:

—Un barco en el puerto es un barco seguro. Pero no es para eso que se han hecho los barcos.

En verdad no, metafóricamente hablando. Se me ocurrió que las personas que juegan con virus del Ébola y otras sustancias mortales deben, por naturaleza, de tener tendencia a correr riesgos. Ellos habían ganado durante tanto tiempo en el juego del riesgo biológico que habían comenzado a creerse inmunes. Decidieron arrojarse a otro juego peligroso, pero más lucrativo. Sin embargo, se hallaban fuera de su elemento, como el buceador que escala una montaña, o viceversa; muchas agallas y potencia pulmonar, pero ni la menor idea de cómo se hace.

Bien, volviendo a la mañana de aquel miércoles de septiembre, eran ya cerca de las nueve. Tom y Judy Gordon, que habían estado en el muelle del tío Harry, conmigo, ahora se hallaban muertos.

Regresé a la casa, revigorizado por el aire matinal y la zanahoria, motivado por mis buenos recuerdos de dos buenas personas, con la mente despejada y las decepciones y preocupaciones del día anterior colocadas en su debida perspectiva. Me sentía descansado y ansioso por entrar en acción.

Todavía tenía un punto en apariencia no conectado que era preciso ubicar en la pantalla del sonar; el señor Fredric Tobin, viñero.

Pero primero, pensando que alguien podría haber llamado mientras yo reflexionaba junto a la bahía, fui a ver mi contestador automático, pero no había ningún mensaje.

—Maldita. —Bueno, bueno, John.

Más fastidiado que ofendido, me fui de la casa. Mi atuendo era el siguiente: chaqueta del señor Ralph Lauren, camisa del señor Tommy Hilfiger, pantalones del señor Eddie Bauer, calzoncillos del señor Perry Ellis, loción para después de afeitarse del señor Karl Lagerfeld, y un revólver de los señores Smith y Wesson.

Puse el auto en marcha con el control remoto y subí.

—*Bonjour*, Jeep.

Fui hasta la calle Main y doblé al este, hacia el Sol naciente. Main es un camino casi rural, pero se convierte en la calle principal de muchas aldeas. Entre el "centro" de unas y otras hay graneros y granjas, guarderías infantiles, unos cuantos restaurantes buenos y sencillos, un manojo de negocios de antigüedades y algunas iglesias de madera estilo Nueva Inglaterra, muy bonitas.

Una cosa que ha cambiado desde mi infancia, no obstante, es que la calle Main ahora se jacta de tener dos docenas de vinaterías. Con independencia del lugar donde estén, la mayoría de las vinaterías han sentado sede allí para atraer a los turistas. Hay visitas enológicas y degustaciones gratuitas, seguidas por una visita obligatoria al negocio de regalos donde el turista de un día se siente obligado a comprar el néctar de uvas local, junto con calendarios, libros de cocina, sacacorchos, posavasos y otros objetos de la zona vinatera.

La mayoría de estos edificios son en realidad casas de granja y graneros refaccionados, pero algunos son grandes y nuevos complejos que combinan las bodegas en sí con el local de venta de vinos y recuerdos, un restaurante, etcétera. La calle Main no es precisamente la Rue de Soleil, y North Fork no es la Côte du Rhône, pero el ambiente general es agradable.

Los vinos en sí no son malos, según me han dicho. Algunos son muy buenos, según me han dicho. Algunos han ganado competencias nacionales e internacionales, según me han dicho. En cuanto a *moi*, prefiero una Bud.

En la aldea llamada Peconic, me detuve en una gran playa de estacionamiento de grava en la que un cartel de madera anunciaba: "Viñedos Fredric Tobin". El cartel era de laca negra, con letras talladas en la madera y pintadas de dorado. Unas raras franjas de pintura de varios colores cruzaban la laca negra, y yo habría pensado que era obra de algún vándalo, a no ser porque había visto las mismas franjas en las etiquetas de los vinos Tobin en los negocios de bebidas alcohólicas y también en la casa de Tom y Judy Gordon.

Bajé de mi costoso auto deportivo y observé una docena de otros semejantes. Allí era donde se apareaban, quizá. Caminé hacia el complejo Tobin. El olor a uvas trituradas y fermentadas resultaba abrumador, y un millón de abejas volaban en los alrededores; más o menos a la mitad les gustó mi Lagerfeld.

¿Cómo describiré la vinatería Tobin? Bien, si se construyera un *château* francés en tablones de cedro estadounidense, se parecería a ese lugar. Era evidente que el señor Tobin había gastado una pequeña fortuna en realizar su sueño.

Yo ya había estado allí, de modo que conocía el sitio. Incluso antes de entrar sabía que el complejo consistía en la zona de recepción de los visitantes, a la izquierda de la cual se hallaba el gran local de venta de vinos y recuerdos.

A la derecha estaba el ala donde se fabricaban los vinos, un edificio ancho, de dos pisos, lleno de cubas, trituradoras y todas esas cosas. Por encima de todo aquello se elevaba una ancha torre central, de unos cinco metros de alto, en la cual flameaba una gran bandera negra con el logotipo de Tobin. Alguien a quien le gustaba ver su nombre en todas partes.

Más a la izquierda había un pequeño restaurante que tanto las mujeres como los críticos especializados describían en forma invariable como "encantador". Yo lo calificaría de remilgado y pomposo. Pero qué importaba; no figuraba en mi lista de lugares adonde ir si la Junta de Salud clausuraba la Olde Towne Taverne.

El restaurante tenía una terraza cubierta donde la gente vestida con muchas marcas famosas podía sentarse y decir estupideces sobre el vino, el cual, aclaro, no es más que jugo de uvas con alcohol.

Anexo al encantador restaurante y detrás de éste había un gran salón, un lindo lugar para hacer una recepción de bodas, bautismo o *bar mitzvah*, según el folleto firmado por Fredric Tobin, propietario.

Yo había estado allí, en una de las *soirées* de degustación de vinos del señor Tobin, en julio anterior. La ocasión se dedicaba a celebrar nuevos productos, con lo cual quiero decir nuevos vinos listos para vender y engullir. Fui como invitado de los Gordon, como creo ya haber mencionado, y había unas doscientas personas presentes, la crema de la sociedad de North Fork: banqueros, abogados, médicos, jueces, políticos, unos cuantos asistentes de Manhattan que tenían casas de verano allí, exitosos comerciantes y dueños de inmobiliarias, y otra gente por el estilo. Mezclados con la *crème* local había una variedad de artistas, escultores y escritores. También Max había sido invitado, pero no pudo asistir. Según Tom y Judy, ellos eran las únicas personas de Plum Island presentes. Tom comentó: "Los anfitriones evitan a la gente de Plum Island como a la peste". Los dos nos reímos con ganas. Por Dios, cómo extrañaba a Tom. Y a Judy, también. Era inteligente.

Recordé que en la ocasión de saborear el jugo de uvas, Tom me presentó a nuestro anfitrión, Fredric Tobin, un caballero soltero que a primera vista parecía ser un hombre diferente, no sé si me entienden. El señor Tobin vestía un llamativo traje violáceo, camisa de seda blanca y una corbata con hojas de vid y racimos de uvas. Para vomitar.

El señor Tobin era amable, pero se mostró un poco frío con *moi*, lo cual siempre me fastidia cuando estoy en ese tipo de reuniones afectadas. Es decir, un detective de homicidios suele cruzar las barreras sociales, y a muchos anfitriones les agrada contar con uno o dos detectives; a todos les encantan los crímenes. Pero Fredric me despachó antes de que yo pudiera contarle mi teoría sobre el vino.

Les mencioné a Tom y Judy que el *monsieur* ni siquiera había tenido la amabilidad de hacerme una insinuación. Tom y Judy me informaron que Freddie (apodo que nadie se atrevía a decirle a la cara) era en realidad un entusiasta heterosexual. Según Judy, algunas personas confundían el encanto y los modales refinados de Fredric como señal de que era *gay* o bisexual. A mí, eso no me había sucedido nunca.

Me enteré por los Gordon de que el educado y elegante señor Tobin había estudiado vitivinicultura en Francia y tenía unos cuantos diplomas en jugo de uvas y cosas parecidas.

Tom me señaló a una joven que era la compañera actual de vivienda del señor Tobin. Era una joven de unos veinticinco años, alta, rubia, ojos azules, con un cuerpo fenomenal. Oh, Freddie, qué suerte tienes. ¿Cómo pude haberte juzgado mal?

Bien, ése había sido mi único encuentro con el Señor de las Abejas. Entendía por qué Tom y Judy habían procurado la amistad de ese sujeto: por un lado, a los Gordon les encantaba el vino, y Tobin hacía algunos de los mejores. Pero además la industria del vino tenía todo un lustre social, como las fiestas y cenas privadas y conciertos al aire libre en los viñedos, picnics caros en la playa y cosas semejantes. En apariencia los Gordon se sentían atraídos por todo eso, lo cual me sorprendía, y aunque no cortejaban a Fredric Tobin, por cierto tenían poco en común con él en el aspecto social, financiero, profesional o cualquier otro. El asunto es que me resultó un poco desconcertante que Tom y Judy se relacionaran con un tipo como Fredric. Para ser sucinto, Fredric la Uva me parecía un imbécil pomposo, y me agradaba la idea de interrogarlo. Además tenía barba, y quizá también un auto deportivo blanco.

Me hallaba en el local de recuerdos, tratando de encontrar algo lindo para mi amor perdido. Al fin encontré un bonito azulejo que mostraba un águila pescadora posada en un poste. Es un ave de aspecto raro, pero me gustaba más porque el azulejo no tenía un motivo relacionado con el vino.

Mientras la cajera lo envolvía, le pregunté:

—¿El señor Tobin está?

La atractiva muchacha me miró de soslayo y respondió:

—No estoy segura.

—Me pareció ver el auto. Un auto deportivo blanco, ¿correcto?

—Puede que esté por ahí. Son diez dólares con noventa y siete centavos, impuestos incluidos.

Le pagué los diez con noventa y siete con impuestos incluidos, y tomé mi cambio y mi paquete.

—¿Ya hizo la visita guiada? —me preguntó.

—No, pero una vez vi cómo fabrican la cerveza. —De mi chaqueta saqué mi identificación policial y se la mostré. —Departamento de Policía, señorita. Quisiera que apretara el botón de su teléfono que la conecta con la oficina del señor Tobin y lo haga venir aquí ya, ¿de acuerdo?

Asintió e hizo lo que le pedí. Dijo por el teléfono:

—Marilyn, aquí hay un policía que quiere ver al señor Tobin.

—Ya.

—Sin demora —tradujo—. Muy bien... sí, se lo diré. —Colgó y me informó: —Bajará enseguida.

—¿Dónde está?

Señaló una puerta cerrada de la pared opuesta y respondió:

—Por allí se va a las *suites* de la torre... las oficinas comerciales.

—Bien. Gracias. —Fui hasta la puerta, la abrí y me encontré en una zona común grande, redonda, recubierta en madera, como una especie de vestíbulo, que era la base de la torre. Una puerta llevaba a las cubas de fermentación, y otra, de vuelta a la recepción, de donde yo había entrado. Una puerta de vidrio llevaba afuera, a la parte posterior de la vinatería. Había también una escalera que subía y, a la derecha, un ascensor.

Se abrió la puerta del ascensor y salió el señor Tobin, que apenas si me echó una mirada en su prisa por llegar al negocio. Observé que su expresión era de preocupación. Le dije:

—¿Señor Tobin?

Se volvió hacia mí.

—¿Sí?

—Detective Courtney. —A veces pronuncio mal mi apellido.

—Ah... Sí, ¿en qué puedo servirle?

—Necesito que me dedique un momento, señor.

—¿De qué se trata?

—Soy detective de homicidios.

—Ah... Los Gordon.

—Sí, señor. —En apariencia no recordaba mi cara, que es la misma que tenía en julio, cuando lo conocí. Es cierto que mi nombre había cambiado un poco, pero aun así no iba a ayudarlo. En cuanto a mi cargo, jurisdicción y todas esas estupideces técnicas, yo simplemente no había oído el mensaje de Max en el contestador. Le dije al propietario: —Entiendo que usted era amigo de las víctimas.

—Bien... teníamos cierta relación social.

—Ya veo. —Fredric Tobin vestía, lamento informar, más o menos como yo: un montón de etiquetas de diseñadores famosos. No llevaba la corbata de las uvas, sino un estúpido pañuelo lila en el bolsillo superior de la chaqueta azul.

El señor Tobin era un hombre de unos cincuenta años, quizá menos, algo más bajo que el promedio, lo cual podría explicar su complejo de Napoleón. Era bastante musculoso, tenía la cabeza llena de pelo castaño corto, aunque no todo propio, y una barba recortada con prolijidad. Los dientes, aunque tampoco propios, eran de un blanco perla, y su piel estaba bronceada por el Sol. En general, era un tipo prolijo, bien hablado y se conducía con corrección. No obstante, tanto arreglo y aseo no podían cambiar sus ojos oscuros y pequeños, que se movían por todas partes, como si estuvieran sueltos en las órbitas.

El señor Tobin olía a una loción para después de afeitarse con aroma a pino que sospeché no atraía a las abejas.

Me preguntó:

—¿Entiendo que desea interrogarme?

—Sólo hacerle unas pocas preguntas de rutina. —A propósito, en una investigación de homicidio no existen las preguntas de rutina.

—Lo lamento. No... Es decir, no tengo conocimiento alguno de lo que pueda haberles sucedido a los Gordon.

—Bueno, los asesinaron.

—Lo sé... Quise decir...

—Sólo necesito algunos datos.

—Tal vez deba llamar a mi abogado.

Ante esas palabras, mis cejas se alzaron. Dije:

—Es su derecho. —Agregué: —Podemos hacer este trámite en la comisaría, con la presencia de su abogado. O podemos hacerlo aquí en diez minutos.

Dio la impresión de reflexionarlo.

—No sé... No estoy acostumbrado a esto...

Le hablé con mi tono más convincente:

—Mire, señor Tobin, usted no es un sospechoso. Sólo estoy entrevistando a los amigos de los Gordon. Ya sabe: datos generales.

—Comprendo. Bien... si cree que puedo ayudar, me alegrará responder sus preguntas.

—Excelente. —Quería sacarlo de la proximidad de un teléfono, así que le propuse: —Eh, nunca he caminado por un viñedo. ¿Podemos hacerlo?

—Por supuesto. La verdad, era lo que iba a hacer cuando usted llegó.

—¿Ve? Esto está saliendo bien para todos.

Lo seguí por la puerta de paneles de vidrio hacia la luz del Sol. En las cercanías había dos pequeños camiones estacionados, llenos de uvas.

El señor Tobin me informó:

—Hace dos días empezamos la cosecha.

—El lunes.

—Sí.

—Para usted es un gran día.

—Un día gratificante.

—Estuvo aquí todo el día, supongo.

—Llegué temprano.

Asentí.

—¿Buena cosecha?

—Muy buena hasta el momento, gracias.

Caminamos atravesando el parque posterior hasta ingresar en los viñedos cerrados, entre dos hileras de vides que aún no habían sido cosechadas. De veras olía bien allí, y las abejas aún no me habían localizado, gracias al cielo.

El señor Tobin señaló la bolsita que yo llevaba, que ostentaba su logo, y preguntó:

—¿Qué compró?

—Un azulejo pintado, para mi novia.

—¿Cuál?

—Beth.

—Me refiero a cuál azulejo.

—Ah. El del águila pescadora.

—Están volviendo.

—¿Los azulejos pintados?

—No. Las águilas pescadoras. Mire, detective...

—Son raras. Leí que eligen pareja de por vida. Es decir, lo más probable es que no sean católicas. ¿Para qué iban a elegir pareja de por vida, si no?

—Detective...

—Pero después leí otra versión de lo mismo. Las hembras eligen pareja de por vida si los machos regresan al mismo nido...

—Detective...

—En el fondo, la hembra no es en realidad monógama. Se encariña con el nido. Vuelve al mismo nido todos los años, y se acuesta con el primer macho que aparece...

—Discúlpeme, detective... ¿De qué...?

—Puede llamarme John.

Me echó un vistazo de soslayo, y vi que trataba de ubicarme, pero no lo conseguía. En cualquier caso, después de mi pequeño discurso tipo Columbo, Tobin había decidido que yo era un bobo y por lo tanto se sentía más relajado. Me dijo:

—Me conmocionó enterarme de la noticia. —Agregó: —Qué tragedia. Eran tan jóvenes y vibrantes...

No respondí.

—¿Sabe algo del funeral?

—No, señor. Creo que los Gordon están todavía en la oficina del médico forense. Ahora están todos como... cortados en pedazos, pero después los volverán a juntar. Como un rompecabezas, salvo que el médico forense se queda con los órganos. Total, ¿quién va a notar que faltan los órganos?

El señor Tobin no hizo comentarios.

Caminamos unos momentos en silencio por los viñedos. A veces, si uno no hace preguntas, la persona a la que está entrevistando se pone nerviosa y comienza a parlotear. Al cabo de unos minutos el señor Tobin dijo:

—Parecían muy buena gente.

Asentí.

Dejó pasar unos segundos y añadió:

—No podían tener un solo enemigo en todo el mundo. Pero en Plum Island pasan cosas extrañas. La verdad, lo sucedido tiene todo el aspecto de haber sido un robo. Eso fue lo que oí por la radio. El jefe Maxwell dijo que era un robo. Pero algunos medios tratan de conectarlo con Plum Island. Debería llamar al jefe Maxwell. Él y yo somos amigos. Conocidos. Él conocía a los Gordon.

—¿De veras? Parecería que acá todos conocen a todos.

—Así parece. Es la geografía. Estamos limitados por agua por tres lados; es casi como una pequeña isla. Tarde o temprano los caminos de todos se cruzan. Es por eso que esto resulta tan perturbador. Podría haber sido cualquiera de nosotros.

—¿Se refiere al asesino o a las víctimas?

—Bueno, a ambos —respondió el señor Tobin—. El asesino podría ser uno de nosotros, y las víctimas podrían haber sido... ¿Cree que el asesino volverá a atacar?

—Oh, espero que no. Ya tengo bastante que hacer.

Seguimos caminando a lo largo de la hilera de viñas, que era muy larga, pero el señor T. dejó de charlar, así que le pregunté:

—¿Conocía mucho a los Gordon?

—Ya le dije que sólo los conocía en forma social. Estaban enamorados del brillo y el romance de la fabricación del vino.

—¿De veras?

—¿A usted le interesa el vino, detective?

—No. Prefiero la cerveza. A veces bebo vodka. ¿Cuándo fue la última vez que vio a los Gordon?

—Hace más o menos una semana. Tome, pruebe esto. —Me puso en la mano unas uvas que acababa de arrancar.

—No está mal —comenté.

—Tiene que apretarlas de modo de saborear sólo la pulpa, dejando el pellejo. —Me dio otro racimo. Continuamos caminando como viejos compinches, metiéndonos pulpa de uvas en la boca... pero no uno en la boca del otro; todavía no éramos tan íntimos. El señor Tobin prosiguió hablando del clima, las viñas y todo eso. Comentó: —Aquí tenemos las mismas lluvias moderadas anuales que en Bordeaux.

—No me diga.

—Pero nuestros tintos no son tan densos como los de Bordeaux. Nuestra textura es diferente.

—Por supuesto.

—En Bordeaux dejan macerar los pellejos con el vino nuevo por un largo tiempo después de la fermentación. Después añejan el vino en el barril durante dos o tres años. Para nosotros eso no sirve. Nuestras uvas y las de ellos están separadas por un océano. Son de la misma especie, pero han desarrollado su propio carácter. Lo mismo que nosotros.

—Buena observación.

—También tenemos que manejar el vino con más delicadeza que en Bordeaux. Yo cometí algunos errores en los primeros años.

—A todos nos pasa.

—Acá, proteger la fruta es más importante, por ejemplo, que preocuparse por el gusto a tanino. Acá no tenemos tanto tanino como en Bordeaux.

—Es por eso que me enorgullezco de ser estadounidense.

—Cuando se fabrica vino, no se puede ser demasiado dogmático ni demasiado teórico. Hay que descubrir qué es lo que mejor funciona.

—Lo mismo ocurre con mi trabajo.

Y así siguió y siguió.

Pese a mi primera impresión, descubrí que casi me simpatizaba el tipo. No quiero decir que fuéramos nunca a ser grandes amigos, pero Fredric Tobin poseía cierto encanto. Se notaba que le fascinaba lo que hacía; se sentía muy cómodo entre las vides. Yo comenzaba a comprender por qué los Gordon gustaban de él.

Al rato me dijo:

—Esta mañana no escuché los noticiarios, pero una de mis empleadas me comentó que había oído decir por la radio que era posible que los Gordon hubieran robado una nueva vacuna milagrosa e iban a venderla. En apariencia fueron traicionados y asesinados. ¿Es cierto?

—Parecería que eso es lo que sucedió.

—¿No existe peligro de... una peste, o algún tipo de epidemia...?

—En absoluto.

—Qué bien. La otra noche había mucha gente preocupada.

—No hay más de que preocuparse. ¿Dónde estaba usted el lunes a la noche?

—¿Yo? Ah, en una cena con unos amigos. En mi propio restaurante, que está aquí mismo, en realidad.

—¿A qué hora?

—Alrededor de las ocho. Todavía no nos habíamos enterado de la noticia.

—¿Y dónde estaba más temprano? Cerca de las cinco, cinco y media.

—En casa.

—¿Solo?

—Tengo un ama de llaves y una novia.

—Qué bueno. ¿Recordarán dónde estaba usted a las cinco y media?

—Por supuesto. Estaba en casa. —Agregó: —Ése fue el día de la primera cosecha. Llegué aquí alrededor del amanecer. A las cuatro estaba exhausto y fui a casa a dormir una siesta. Después volví acá, a cenar. Una pequeña celebración por la cosecha. Nunca se sabe cuándo se hará la primera recolección, así que siempre es espontánea. En una o dos semanas ofreceremos una gran cena.

—Qué buena vida. —Pregunté: —¿Quién asistió a la cena?

—Mi novia, el gerente, unos amigos... —Me miró y comentó: —Esto parece un interrogatorio.

Lo era, pero no quería que el señor Tobin se inquietara y llamara a su abogado o a Max, de modo que lo tranquilicé:

—No son más que preguntas estándar, señor Tobin. Trato de hacerme un cuadro de dónde estaban todos el lunes a la noche, cuál era la relación de cada uno con los occisos, esas cosas. Cuando tengamos un sospechoso, algunos de los amigos y compañeros de trabajo de los Gordon pueden llegar a ser testigos. ¿Entiende? Hasta que sabemos, no sabemos.

—Entiendo.

Lo dejé descansar un poco, y volvimos a hablar de uvas. El tipo era afable pero, como cualquiera, se ponía un poco nervioso con las preguntas. Inquirí:

—¿Cuándo y dónde vio a los Gordon la semana pasada?

—Ah... déjeme pensar... En una cena en mi casa. Había invitado a unas personas.

—¿Por qué le atraían los Gordon?

—¿Qué quiere decir?

—Lo que dije.

—Creo haberle aclarado que era el revés, detective.

—¿Entonces por qué los invitó a su casa?

—Bueno... La verdad, contaban unas historias fascinantes sobre Plum Island. Mis invitados siempre las disfrutaban. —Agregó: —Los Gordon se ganaron la cena.

—¿Sí? —A mí, muy rara vez me hablaban de su trabajo.

—Además —continuó— eran una pareja excepcionalmente atractiva. —Me preguntó: —¿Usted...? Es decir, supongo que los vio... Pero ella era hermosísima.

—Vaya que lo era. —Le espeté: —¿Usted se acostaba con ella?

—¿Cómo dice?

—¿Estaba sexualmente involucrado con la señora Gordon?

—Cielos, no.

—¿Lo intentó?

—Por supuesto que no.

—¿Al menos lo pensó?

Pensó si lo había pensado y luego dijo:

—A veces. Pero no persigo a las casadas. Me conformo con lo que tengo.

—¿De veras? —Agregué: —¿Alguna vez estuvo en la casa de los Gordon?

—No. Ni siquiera sé dónde vivían.

—Entonces, ¿adónde enviaba las invitaciones sociales?

—Bueno... de eso se encarga mi empleado de relaciones públicas. Pero ahora que lo pienso, recuerdo que viven... vivían... en Nassau Point.

—Sí, señor. Lo dijeron en todos los noticiarios. Residentes de Nassau Point asesinados.

—Sí. Y recuerdo que mencionaron que vivían en una casa cerca del agua.

—En efecto. A menudo iban a Plum Island en su propia lancha. Es probable que lo hayan comentado una docena de veces en las cenas, junto con las historias sobre Plum Island.

—Sí, así es.

Noté que el señor Tobin tenía unas gotas de sudor en la base de su pelo postizo. Me recordé que los individuos más inocentes transpiran cuando se hallan bajo interrogatorio: por más amable que uno sea, hay personas, tanto inocentes como culpables, a las que no les gusta que las interroguen.

Hacía bastante calor, de modo que me saqué la chaqueta azul y me la eché sobre el hombro. Llevaba mi S&W en el tobillo, así que el señor T. no se alarmó.

Las abejas me habían encontrado. Pregunté:

—¿Pican?

—Si las molesta, sí.

—No las estoy molestando. Me gustan las abejas.

—En realidad son avispas. Usted debe de haberse puesto una colonia que les gusta.

—Lagerfeld.

—Es una de sus preferidas. —Aconsejó: —Ignórelas.

—Bien. ¿Los Gordon estaban invitados a la cena del lunes a la noche?

—No. Normalmente no los habría invitado a una pequeña reunión espontánea... La reunión del lunes fue sobre todo de amigos íntimos y personas relacionadas con esta actividad.

—Ya veo.

—¿Por qué lo pregunta?

—Ah, sólo por la ironía. Si los hubieran invitado, quizá habrían vuelto a su casa más temprano, se habrían vestido... en fin, habrían eludido su cita con la muerte.

Respondió:

—Nadie elude su cita con la muerte.

—Sí, creo que tiene razón.

Ahora íbamos por una hilera de vides de uvas violetas. Le pregunté:

—¿Cuántos acres tiene aquí?

—Aquí tengo doscientos acres. Y tengo otros doscientos desparramados por ahí.

—Vaya, qué grande. ¿Arrienda tierra?

—Alguna.

—¿Le arrienda tierra a Margaret Wiley?

No respondió de inmediato, y me habría gustado verle la expresión cuando le dije "Margaret Wiley". Pero su vacilación me resultó bastante interesante.

Por fin el señor Tobin respondió:

—Creo que sí. Sí. Le arrendamos unos cincuenta acres. ¿Por qué lo pregunta?

—Sé que ella arrienda tierras a viñeros. Es una vieja amiga de mis tíos. Qué mundo pequeño. —Cambié de tema: —¿Los suyos son los viñedos más importantes de esta zona?

—Tobin es la bodega más grande de North Fork, si se refiere a eso.

—¿Cómo lo maneja?

—Mucho trabajo, buenos conocimientos de vinicultura, perseverancia y un producto superior. —Añadió: —Y buena suerte. Lo que nos atemoriza aquí son los huracanes. Desde fines de agosto a principios de octubre. Un año la cosecha fue muy tardía, a mediados de octubre. Tuvimos no menos de seis huracanes, del Caribe. Pero todos se fueron en otra dirección. Baco nos cuidaba. —Agregó: —Es el dios del vino.

—Y un magnífico compositor.

—Ése es Bach.

—Correcto.

—A propósito, aquí organizamos conciertos y a veces óperas. Puedo incluirlo en nuestra lista, si quiere.

Mientras volvíamos al gran complejo de madera le respondí:

—Sería grandioso. Vino, ópera, buena compañía. Le enviaré mi tarjeta; en este momento no tengo.

Al acercarnos a la vinatería miré alrededor y comenté:

—No veo su casa.

—En realidad no vivo aquí. Tengo un departamento en lo alto de esa torre, pero mi casa está al sur de aquí.

—¿Sobre el agua?

—Sí.

—¿Usted navega?

—Un poco.

—¿Con motor o vela?

—Motor.

—¿Y solía invitar a los Gordon?

—Sí, unas cuantas veces.

—Llegaban en lancha, supongo.

—Creo que una vez o dos.

—¿Y usted alguna vez los visitó en su barco?

—No.

Iba a preguntarle si poseía una Formula blanca, pero a veces conviene no hacer una pregunta sobre algo que se puede averiguar de otro modo. Las preguntas tienden a dar indicios a la gente, a espantarla. Fredric Tobin, como ya dije, no era sospechoso de homicidio, pero yo tenía la impresión de que ocultaba algo.

El señor Tobin me condujo hasta la entrada por la que habíamos salido.

—Si puedo servirle en algo más, por favor hágamelo saber —me dijo.

—De acuerdo... Eh... Esta noche tengo una cita y me gustaría llevar una botella de vino.

—Pruebe nuestro merlot. El del 95 es incomparable, aunque un poco caro.

—¿Por qué no me muestra? De todos modos, me quedan unas preguntas más.

Vaciló un momento y luego me llevó hasta el local de regalos, contiguo a

206

un espacioso salón de degustación de vino. Era una habitación muy elegante, con una barra de roble de diez metros de largo, media docena de reservados a un lado, cajas y estanterías de vino en todas partes, ventanas de vidrios de colores y piso de mosaicos a cuadros. Más o menos una docena de amantes del vino deambulaban por la habitación, comentando las etiquetas o bebiendo gratis a la barra, charlando estupideces con los y las jóvenes que servían y trataban de sonreír.

El señor Tobin saludó a una de los que servían, Sara, una atractiva jovencita de veinte y pocos años. Supuse que el propio Fredric debía elegir el decorado, y tenía buen ojo para las cosas lindas. El jefe dijo:

—Sara, sírvele al señor...

—John.

—Sírvele a John una copa del merlot 95.

Así lo hizo la chica, con mano firme, en una copa pequeña.

Hice girar el líquido dentro de la copa, para demostrar que sabía del tema. Lo olí y comenté:

—Buen *bouquet*. —Lo alcé a la luz y dije: —Buen color. Púrpura.

—Y buenos dedos.

—¿Dónde?

—La forma como se agarra a la copa.

—Correcto. —Bebí un sorbo. Es decir, el del vino es un gusto adquirido. En realidad no va mal con un bife. Comenté: —Frutado y amistoso.

—El señor Tobin asintió con entusiasmo.

—Sí. Y audaz.

—Muy audaz. —¿Audaz? En voz alta agregué: —Es un poco más pesado y robusto que un merlot Napa.

—En realidad es un poco más liviano.

—Eso fue lo que quise decir. —Debería haber abandonado cuando iba ganando. —Bueno. —Dejé la copa.

El señor Tobin le dijo a Sara:

—Sírvele el cabernet 95.

—No, está bien.

—Quiero que note la diferencia.

La chica sirvió. Yo bebí y dije:

—Bueno. Menos audaz.

Charlamos un poco, y el señor Tobin insistió en que probara un blanco.

—Ésta es mi combinación de chardonnay y otros blancos que no revelaré. Tiene un color maravilloso, y los llamamos Oro Otoñal.

Probé el blanco.

—Amistoso, pero no demasiado audaz.

No respondió.

Dije:

—¿Alguna vez se le ocurrió llamar "Viñas de ira" a uno de sus vinos?

—Se lo plantearé a mi gente de *marketing*.

Comenté:

—Lindas etiquetas.

El señor Tobin me informó:

—Las etiquetas de todos mis tintos muestran una obra de Pollock, y las de mis blancos, de Kooning.

—¿Ah, sí?

—Ya sabe: Jackson Pollock y Willem de Kooning. Los dos vivieron en Long Island y crearon algunas de sus mejores obras aquí.

—Ah, los pintores. Sí. Pollock es el tipo de los manchones.

El señor Tobin no respondió, pero echó un vistazo a su reloj, evidentemente cansado de mi compañía. Miré alrededor y divisé un reservado vacío, lejos de los que servían vino y de los clientes. Propuse:

—Sentémonos un minuto allá.

El señor Tobin me siguió de mala gana y se sentó frente a mí en el reservado. Bebí un sorbo del cabernet y le dije:

—Unas pocas preguntas de rutina más. ¿Cuánto hacía que conocía a los Gordon?

—Ah... alrededor de un año y medio.

—¿Alguna vez conversaron con usted del trabajo que hacían?

—No.

—Usted dijo que les gustaba contar historias de Plum Island.

—Ah, sí. De una manera general. Nunca revelaron secretos gubernamentales. —Sonrió.

—Qué bien. ¿Usted sabía que eran arqueólogos aficionados?

—Eh... Sí, lo sabía.

—¿Sabía que pertenecían a la Sociedad Histórica Pecónica?

—Sí. De hecho, así fue como nos conocimos.

—Parece que acá todos pertenecen a la Sociedad Histórica Pecónica.

—Somos unos quinientos miembros, no más.

—Pero todas las personas con las que me encuentro pertenecen. ¿Es una pantalla de otra cosa? ¿Como una reunión de brujas o algo así?

—Hasta donde sé, no. Pero podría ser divertido.

Los dos sonreímos. Él daba la impresión de meditarlo todo; me doy cuenta cuando una persona medita, y jamás interrumpo a un meditador. Por fin dijo:

—En realidad, la Sociedad Histórica Pecónica ofrece una fiesta el sábado a la noche. La doy yo, en mi parque. La última fiesta al aire libre de la temporada, si el tiempo lo permite. ¿Por qué no viene, con un acompañante?

Supuse que, ahora que los Gordon no podrían asistir, disponía de espacio para dos personas más.

—Gracias —repuse—. Lo intentaré. —La verdad, no pensaba perdérmelo. Comentó:

—Puede que vaya el jefe Maxwell. Él conoce cómo llegar.

—Magnífico. ¿Puedo llevar algo? ¿Vino?

Sonrió con educación.

—Traiga su persona, nada más.

—Y un acompañante —le recordé.

—Sí, y un acompañante.

Le pregunté:

—¿Alguna vez oyó algo... algún rumor sobre los Gordon?

—¿Como por ejemplo?

—Bueno, sexual, por ejemplo.

—Ni una palabra.

—¿Problemas económicos?

—No sabría decirle.

Y dimos vueltas y vueltas así durante otros diez minutos. A veces uno atrapa a una persona en una mentira, y a veces no. Cualquier mentira, por pequeña que sea, es significativa. No es que haya atrapado al señor Tobin exactamente en una mentira, pero estaba bastante seguro de que él conocía a los Gordon más íntimamente que lo que afirmaba. En sí mismo, eso no era significativo. Le pregunté:

—¿Puede nombrar a algunos amigos de los Gordon?

Pensó un momento y respondió:

—Bueno, como ya le dije, su colega, el jefe Maxwell, por ejemplo. —Nombró unas personas más, cuyos nombres no reconocí. Agregó: —En realidad no conozco bien a sus amigos o asociados. Ya le dije que... bien, permítame explicarlo sin rodeos: ellos eran como satélites. Pero eran atractivos, educados y tenían un trabajo interesante. Los dos eran médicos. Se puede decir que ambas partes ganábamos algo... A mí me gusta rodearme de gente interesante y hermosa. Sí, es algo bastante superficial, pero le sorprendería saber cuán superficial puede ser la gente interesante y hermosa. —Añadió: —Lamento lo que les sucedió, pero no puedo ayudarlo en más.

—Ha sido de gran ayuda, señor Tobin. De veras aprecio su tiempo y aprecio que no haga mucho barullo acerca de esto con un abogado.

No respondió.

Me levanté del reservado y él hizo lo mismo. Le pregunté:

—¿Me acompañará hasta mi auto?

—Si usted quiere.

Me detuve ante un mostrador en el que había literatura sobre vino, incluidos unos folletos acerca de los Viñedos Tobin. Junté un manojo y los arrojé en mi bolsita. Comenté:

—Soy un fanático de los folletos. Tengo un montón de Plum Island: fiebre biliosa hematúrica, aftosa... Voy juntando una buena información sobre este caso.

De nuevo no respondió.

Le pedí que me buscara el merlot del 95, cosa que hizo, y le dije, a propósito de la etiqueta:

—Jackson Pollock. Nunca lo habría adivinado. Ahora tengo algo de que hablar con mi chica, esta noche. —Llevé el vino a la caja, y si pensé que el señor

Tobin no iba a cobrarme, me equivoqué. Pagué el precio completo, impuestos incluidos.

Salimos a la luz del día.

—Ya que estamos —comenté—, yo también, lo mismo que usted, conocía a los Gordon.

Dejó de caminar, y yo hice lo mismo. Me miró.

—John Corey —le recordé.

—Ah... sí. No había entendido el nombre.

—Corey. John.

—Sí... Ahora lo recuerdo. Usted es el policía herido.

—Correcto. Ya me siento mucho mejor.

—¿No es detective en Nueva York?

—Sí, señor. Contratado por el jefe Maxwell para ayudar.

—Ya veo.

—¿Los Gordon me mencionaron en algún momento?

—Sí.

—¿Dijeron cosas lindas de mí?

—Sin duda, pero no lo recuerdo con precisión.

—La verdad, nos encontramos en una oportunidad. En julio. Usted hizo una gran reunión de degustación de vinos aquí, en esa habitación grande.

—Ah, sí...

—Usted tenía un traje violeta y una corbata con hojas de parra y uvas.

Me miró.

—Sí. Creo que nos conocimos.

—No tenga la menor duda. —Eché un vistazo a la playa de estacionamiento y comenté: —Hoy en día todos tienen un vehículo cuatro por cuatro. El de ahí es el mío. Habla francés. —Le expliqué el asunto mientras ponía en marcha el motor con el control remoto. Luego le pregunté: —¿Aquel Porsche es suyo?

—Sí. ¿Cómo lo sabe?

—Se me ocurrió. Usted es un tipo para tener un Porsche. —Nos dimos la mano. —Tal vez lo vea en su fiesta.

—Espero que descubra quién lo hizo.

—Seguro que lo descubriré. Siempre lo hago. *Ciao. Bonjour.*

—*Bonjour* quiere decir "buen día".

—Correcto. *Au revoir.*

Nos separamos; nuestros pasos crujieron en la grava en direcciones opuestas. Las abejas me siguieron hasta mi auto, pero subí rápido y me alejé.

Pensé en el señor Fredric Tobin, propietario, *bon vivant*, conocedor de todas las cosas hermosas, tipo importante del lugar, conocido de los occisos.

Mi entrenamiento me decía que Tobin estaba limpio como la nieve y que yo no debía desperdiciar un solo minuto más pensando en él. De todas la teorías que había desarrollado acerca de por qué habían asesinado a los Gordon y quién podía haberlo hecho, el señor T. no parecía encajar en ninguna. Sin embargo, mi instinto me alertaba que no perdiera de vista a ese caballero.

17

Me dirigí al oeste por la calle Main, tratando de leer el manual del vehículo mientras manejaba. Apreté unos cuantos botones del tablero y *voilà*, todos los visores pasaron del sistema métrico a ciento por ciento estadounidenses. Esto es lo más divertido que se puede tener en el asiento delantero de un auto.

Ya con una sensación de estar tecnológicamente enriquecido, accedí a mi contestador telefónico mediante mi teléfono celular. La máquina dijo:

—Tiene tres mensajes.

Uno debía de ser de Beth. Escuché, pero el primero era de Max, para reiterar que yo ya no formaba parte del caso y pedirme que lo llamara, cosa que yo no tenía la intención de hacer. El segundo era de Dom Fanelli, que decía:

—Todo bien, J. C. Recibí tu mensaje. Si necesitas ayuda, grita. Mientras tanto, conseguí unas pistas sobre los que te usaron como blanco móvil para práctica de tiro, así que no quiero dejarlo en el aire a menos que me necesites mucho por allá. ¿Por qué hay tanta gente que quiere matar a mi buen compañero? Eh, hablé con Wolfe personalmente y no se traga que no fueras tú el que vimos en televisión. Dice que tiene información de que sí eras tú. Quiere que le contestes unas preguntas. Mi consejo es que controles tus llamadas. Eso es todo por ahora. No te metas en problemas.

—Gracias.

El último mensaje no era de Beth, sino de nada menos que mi superior, el teniente detective Andrew Wolfe. No decía mucho, salvo: "Quisiera que me llamara lo antes posible". Ominoso.

Me pregunté si Nash y Wolfe de veras se conocerían. El asunto, sin embargo, era sin duda que Nash le había contado a Wolfe que, sí, el de la televisión era John Corey, y que John Corey estaba trabajando en un caso de homicidio cuando se suponía que se hallaba de licencia por convalecencia. Todas esas declaraciones eran ciertas, y supongo que Andrew Wolfe quería una explicación de mi parte. Yo podía explicarle cómo me había visto envuelto en el caso, pero iba a ser difícil hacerle entender al teniente detective Wolfe por qué él era un imbécil.

Si lo consideraba todo, me convenía no devolver la llamada. Tal vez debía hablar con mi abogado. No hay comedido que salga bien. Es decir, yo trataba de ser un buen ciudadano, y el tipo que me había metido en aquello, mi amigo Max, me utilizaba para aprovechar mis ideas, me arrojaba a un enfrentamiento fastidioso con los federales y luego me sacaba del paso. Y Beth no había llamado.

Volví a recodarme que era un héroe, aunque no tengo certeza de que ser baleado constituya un acto heroico. Cuando era chico, sólo los tipos que baleaban a otros eran héroes. Ahora es un héroe cualquiera que se enferme o sea retenido como rehén. Pero si podía valerme de la historia del héroe para salvar el trasero, sin duda lo haría. El problema residía en que los héroes de los medios de comunicación tenían unos noventa días de vida promocional. Me habían baleado a mediados de abril. Sí, tal vez debía llamar a mi abogado.

Me hallaba ya en la aldea de Cutchogue, casi en el centro, que uno puede pasar de largo si no presta atención. Cutchogue es baja, limpia y próspera, como la mayoría de estas poblaciones, en parte debido a la industria del vino, imagino. Largos carteles de tela atravesaban la calle principal anunciando una diversidad de actividades, como el Festival Marítimo Anual y un concierto en el faro de Horton. Bien, el verano había concluido en forma oficial, pero la temporada de otoño prometía bastante para los residentes y las reducidas cantidades de turistas.

Yo iba manejando muy despacio, buscando el edificio de la Sociedad Histórica Pecónica, que, según recordaba, quedaba en algún punto de la calle Main. Al fin vi una gran casa blanca de madera, una mansión en realidad, con unas altas columnas blancas en el frente. En el césped había un cartel de madera que anunciaba: "Sociedad Histórica Pecónica". Debajo decía: "Museo", y luego: "Local de regalos".

Colgado de dos cadenas había otro cartel que informaba los días y las horas en que estaban abiertos el museo y el local. Después del día del Trabajo, los horarios se limitaban a los fines de semana y los feriados.

En el cartel había un número de teléfono, así que llamé. Me respondió un mensaje grabado, una voz de mujer que parecía de 1640 y que anunciaba las horas y actividades y cosas semejantes.

Jamás dispuesto a dejarme vencer por las dificultades, me bajé del auto, subí los escalones del amplio porche y golpeé con el antiguo llamador de bronce. La verdad, le di unos buenos golpes. Pero parecía que no había nadie, y tampoco se veían autos en el pequeño terreno lateral.

Volví a mi vehículo y marqué el número de mi nueva amiga, Margaret Wiley. Cuando me atendió le dije:

—Buen día, señora Wiley. Habla el detective Corey.

—Sí.

—Ayer usted me habló del museo de la Sociedad Histórica Pecónica, y me quedé pensando en eso todo el día. ¿Cree que sería posible verlo hoy y tal vez hablar con alguna autoridad? ¿Cómo se llamaba la presidenta? ¿Witherspoon?

—Whitestone. Emma Whitestone.

—Correcto. ¿Sería posible hoy?

—No sé...

—¿Qué le parece si llamo a Emma Whitestone...?

—La llamaré yo. Tal vez acceda a encontrarse con usted en el museo.

—Magnífico. De veras le agradezco...

—¿Adónde lo llamo?

—Yo volveré a llamarla en diez o quince minutos. Estoy en mi auto, y tengo que bajar a comprar un regalo para mi madre, que cumple años. Apuesto a que en el museo hay un local de regalos.

—Así es.

—Excelente. A propósito, hablé con mi tío Harry y le envió saludos.

—Gracias.

—Me dijo que le gustaría llamarla cuando vuelva. —No le mencioné que el pito del tío Harry no funcionaba.

—Sería muy agradable.

—Bueno, de veras le agradecería si la señorita Whitestone o cualquiera de las otras autoridades de la sociedad pudieran recibirme esta mañana.

—Haré lo que pueda.

—Gracias. Y también por la ayuda que me brindó ayer.

—De nada.

—En quince minutos la llamo.

—¿Hoy también lo acompaña su amiga?

—¿Mi compañera?

—Sí, la joven.

—Llegará en un rato.

—Es una mujer encantadora. Me agradó conversar con ella.

—Vamos a casarnos.

—Qué pena. —Cortó.

Puse el vehículo en marcha y volvió la voz de mujer, que me indicó:

—Libere el freno de emergencia.

Lo hice. Me puse a toquetear un poco la computadora, tratando de borrar esa opción, esperando que la voz me dijera: "¿Intentas matarme? ¿No te gusto? Sólo trato de ayudarte".

¿Y si las puertas se trababan y el acelerador se pegaba al piso? Arrojé el manual de instrucciones dentro de la guantera.

Doblé hacia el sur por una calleja maravillosa llamada Skunk, y luego hacia Nassau Point.

Fui hasta la calle de los Gordon y distinguí el Jeep blanco de Max frente a la escena del crimen. Me detuve en el sendero de acceso de los Murphy, donde no pudieran verme desde la casa de los Gordon.

Fui directamente a la parte posterior de la casa de los Murphy y los vi en la sala del televisor, una extensión del edificio original. El televisor estaba encendido; golpeé despacio en la puerta de alambre tejido.

Edgar Murphy me vio, se paró y abrió la puerta.

—¿De vuelta?

—Sí, señor. Sólo necesito robarle un minuto.

Me indicó que entrara. La señora Murphy me dirigió un saludo tibio. El televisor seguía encendido. Durante medio segundo sentí que me hallaba en la casa de mis padres en Florida: la misma habitación, el mismo programa, la misma gente, en realidad.

—Descríbanme el auto deportivo blanco que vieron en la casa de al lado en junio —les pedí.

Los dos lo intentaron pero sus poderes descriptivos eran limitados. Por fin saqué una lapicera de un bolsillo, tomé un diario y les pedí que dibujaran el contorno del auto, pero dijeron que no podían. Les tracé la silueta de un Porsche. No se supone que uno induzca de tal modo a un testigo, pero qué diablos. Los dos asintieron. La señora Murphy dijo:

—Sí, es así. Un auto grande e importante.

El señor Murphy dio la misma opinión.

Tomé el folleto de los Viñedos Tobin que llevaba en un bolsillo y lo doblé de manera de mostrar sólo una pequeña fotografía en blanco y negro de Fredric Tobin, el propietario. No les permití ver el folleto entero porque les habrían contado a todos que la policía creía que Fredric Tobin había asesinado a los Gordon.

Los Murphy estudiaron la foto. De nuevo, aquello era inducir a los testigos —eso de mostrarles una sola foto, sin mezclarla con otras—, pero yo no tenía tiempo ni paciencia para seguir los procedimientos. No obstante, evité decirles: "¿Éste es el hombre que vieron en el auto deportivo?".

Sin embargo, la señora Murphy sí dijo:

—Éste es el hombre que vi en el auto deportivo.

El señor Murphy se mostró de acuerdo. Me preguntó:

—¿Es un sospechoso?

—No, señor. Bueno, lamento haber tenido que volver a molestarlos. —Inquirí: —¿Alguien trató de interrogarlos acerca de este caso?

—No.

—Recuerden que no deben hablar con nadie más que el jefe Maxwell, la detective Penrose o yo.

La señora Murphy preguntó:

—¿Dónde está?

—¿La detective Penrose? En su casa, con mareos.

—¿Está embarazada? —quiso saber Agnes.

—Más o menos de un mes —respondí—. Bueno...

—No le veo anillo de casamiento —observó Agnes.

—Ya sabe cómo son estas chicas jóvenes. —Meneó la cabeza con gesto triste. Dije: —Bueno, gracias otra vez. —Me retiré enseguida, subí al Jeep y me marché.

En apariencia el señor Fredric Tobin había estado en la casa de los Gordon por lo menos en una ocasión. Sin embargo, daba la impresión de no recordar su visita de junio. Pero tal vez no fuera él. Tal vez se trataba de otro hombre de barba castaña y Porsche blanco.

O tal vez yo debía averiguar por qué el señor Tobin había mentido.

Intenté de nuevo con el contestador automático, y había dos nuevas llamadas. La primera era de Max, que decía:

—John, habla el jefe Maxwell. Quizá no fui claro con respecto a tu situación actual. Ya no trabajas para el municipio. ¿Entendido? Me llamaron los abogados de Fredric Tobin, y no están contentos. ¿Comprendes? No sé exactamente de qué hablaron tú y el señor Tobin, pero es la última conversación oficial que has tenido con él. Llámame.

Interesante. Yo sólo quería ayudar, y los muchachos del lugar me despachaban.

El siguiente mensaje era de mi ex, que se llama Robin Paine y además es abogada. Decía:

—Hola, John, habla Robin. Quiero recordarte que nuestra separación de un año termina el primero de octubre, momento en el cual estaremos legalmente divorciados. Recibirás por correo una copia del documento. No tienes que firmar o hacer nada. Es automático. —Con un tono de voz más ligero agregaba: —Bueno, después del primero de octubre no podrás cometer adulterio, salvo que vuelvas a casarte. Pero no te cases antes de recibir el documento, o cometerás bigamia. Te vi en los noticiarios. Parece un caso fascinante. Saludos.

Bien. Robin, dicho sea de paso, fue en otro tiempo asistente del fiscal de distrito de Manhattan; ahí fue donde la conocí. Estábamos del mismo lado. Después ella se pasó al otro bando y aceptó un empleo bien remunerado con un abogado defensor de renombre al que le gustaba el estilo que ella tenía en los tribunales. Es probable que le gustara más que su estilo, pero, aparte de eso, nuestro matrimonio se convirtió en un constante conflicto de intereses. Es decir, yo trato de mandar delincuentes a la cárcel, y la mujer con que me acostaba trataba de mantenerlos en actividad. La última gota fue cuando tomó el caso de un traficante de drogas de alto nivel que, además de los problemas que tenía en los Estados Unidos, era buscado en Colombia por liquidar a un juez. O sea, por Dios, señora, sé que alguien tiene que hacerlo y que el dinero es magnífico, pero yo me sentía matrimonialmente desafiado. Así que le dije: "O yo o tu trabajo", a lo cual ella respondió: "Tal vez seas tú quien debe cambiar de trabajo", y lo decía en serio: el estudio jurídico donde ella estaba empleada necesitaba un investigador privado, y Robin quería que yo ocupara el puesto. Me imaginé haciendo investigaciones para ella y el idiota de su jefe. Tal vez hasta tuviera que servirles café entre un caso y otro. Divorcio, por favor.

Además de estos pequeños conflictos de carrera, en un tiempo estuvimos enamorados de verdad. De cualquier modo, el primero de octubre ella sería oficialmente una ex, y yo perdería la oportunidad de ser adúltero o bígamo. A veces la vida no es justa.

Volví a la calle Main, en dirección a la aldea de Cutchogue. Llamé a Margaret Wiley.

Me dijo:

—Encontré a Emma en la florería, y va camino a la casa de la Sociedad Histórica Pecónica.

—Es muy amable de concederme su tiempo.

—Le dije que concierne al asesinato de los Gordon.

—Bueno, no estoy tan seguro de que así sea, señora Wiley. Yo sólo sentía curiosidad por...

—Puede hablarlo con ella. Lo está esperando.

—Gracias. —Creo que la señora colgó antes que yo.

Volví a la casa de la Sociedad Histórica Pecónica y estacioné en el pequeño terreno lateral junto a una camioneta en la que se leía: "Florería Whitestone".

Fui a la puerta de entrada, donde había un papel autoadhesivo que anunciaba: "Señor Corey, por favor, pase".

Lo hice.

La casa era grande, de alrededor de 1850, típica de un comerciante rico o un capitán de marina de la época. El vestíbulo era amplio; a la izquierda había una sala espaciosa y a la derecha el comedor. El lugar estaba lleno de antigüedades, por supuesto, en su mayoría cachivaches, si quieren mi opinión, pero era probable que valieran un buen manojo de dólares. No vi ni oí a nadie dentro de la casa, de modo que fui de habitación en habitación. En realidad no era un museo, donde se exhiben objetos, sino sólo una casa decorada según el estilo de una época. No encontré nada siniestro, ni cuadros de iglesias en llamas ni velas negras ni pentagramas al croché ni gatos negros, y en la cocina no había ningún caldero brujesco hirviente.

No sabía bien por qué me encontraba allí, pero algo me había llevado. Por otro lado, creo que ya estaba sobrecargado de personajes de geriátrico y el solo pensar en hablar con una septuagenaria más me resultaba casi insoportable. Debería haber abierto la botella de vino Tobin y haberla bebido antes de encontrarme con la señorita Whitestone.

Enseguida encontré el local de regalos, que en otro tiempo había sido una especie de cocina de verano, y entré. Las luces estaban apagadas pero la luz del sol entraba por las ventanas.

Los regalos abarcaban una gama que iba desde libros de publicación local a artesanías indígenas, artículos tejidos al croché, hierbas secas, flores prensadas, tés de hierbas, esencias florales, velas (ninguna negra), acuarelas, más azulejos pintados, paquetes de semillas y cosas semejantes. ¿Qué hace la gente con todas esas porquerías?

Tomé un pedazo de corteza reseca en la que alguien había pintado un antiguo barco de vela. Mientras lo estudiaba sentí que unos ojos me observaban.

Me volví hacia la entrada del local y vi allí, de pie, mirándome, una mujer atractiva de unos treinta y pico de años. Le dije:

—Busco a Emma Whitestone.

—Usted debe de ser John Corey.

—Debo de ser. ¿Sabe si la señorita está?

—Yo soy Emma Whitestone.

El día empezaba a cambiar.

—Ah —repuse—. Esperaba a alguien mayor.

—Y yo esperaba a alguien más joven.

—Ah...

—Margaret dijo que usted era joven. Pero anda más cerca de la madurez, creo.

—Eh...

Se acercó y me tendió la mano.

—Soy la presidenta de la Sociedad Histórica Pecónica —me dijo—. ¿En qué puedo ayudarlo?

—Bueno... no sé.

—Yo tampoco.

Bueno, la cosa es así: era alta —apenas unos dos o tres centímetros menos que yo—, delgada pero bien formada, con cabello castaño largo hasta los hombros, lavado pero no planchado, poco maquillaje, sin esmalte de uñas, sin alhajas, sin aros, sin anillo de bodas o compromiso. Y tampoco llevaba mucha ropa: un vestido de algodón hasta la rodilla, color beige, con unas tiras muy finas que lo sostenían de los hombros; debajo de esa prenda escasa se notaba poca ropa interior. Por cierto no usaba corpiño, pero sí pude distinguir el contorno de una bombacha tipo biquini. Además, estaba descalza. Imaginé a la señorita Whitestone en el momento de vestirse, aquella mañana, y deduje que no había hecho más que ponerse la bombacha y el vestido, más un toque de lápiz de labios; se había cepillado un poco el pelo, y eso era todo. Era de pensar que podía sacarse ese atuendo en cuatro segundos. O menos, con mi ayuda.

—¿Señor Corey? ¿Está pensando en cómo puedo ayudarlo?

—Sí. Sólo un segundo. —No tenía una carrocería exagerada, pero estaba diseñada para velocidad y quizá resistencia. Tenía unos lindos ojos verde grisáceo y su cara, además de linda, era, a primera vista, inocente. Me recordó a unas fotos que había visto de los *hippies* de la década de los 60, pero quizás influyó el hecho de que era florista. A segunda vista, en sus rasgos había una silenciosa sexualidad. De veras.

Debería mencionar, también, que tenía un lindo bronceado, que daba a su piel un tono *café au lait*. Era una mujer atractiva y sensual. Emma Whitestone.

—¿Esto tiene que ver con los Gordon?

—Sí. —Dejé a un lado el pedazo de corteza y pregunté: —¿Usted los conocía?

—Sí. Éramos conocidos, pero no amigos. —Agregó: —Fue espantoso.

—Sí.

—¿Tiene... alguna pista?

—No.

—Oí por la radio que quizá robaron una vacuna.

—Así parecería.

Pensó un momento y luego me dijo:

—Usted los conocía.

—Correcto. ¿Cómo lo sabe?

—Su nombre surgió unas cuantas veces.

—¿Sí? Espero que hayan hablado bien de mí.

—Muy bien. —Añadió: —Judy estaba un poco enamorada de usted.

—¿En serio?

—¿No lo sabía?

—Quizá. —Como quería cambiar de tema, inquirí: —¿Tiene una lista de los miembros de este lugar?

—Claro. La oficina está arriba. Cuando usted llegó estaba trabajando con unos papeles. Sígame.

La seguí. Tenía aroma a lavanda. Mientras atravesábamos la mansión, comenté:

—Hermosa casa.

—Más tarde se la mostraré —repuso.

—Magnífico. Ojalá hubiera traído la cámara.

Subimos por las amplias escaleras, yo un poco detrás de ella. Su biquini era de veras pequeño. Además, tenía lindos pies, si a uno le atrae eso.

En el piso superior, me condujo a una habitación que denominó "el salón de la planta alta". Me invitó a sentarme en un sillón situado cerca del hogar, y lo hice.

—¿Puedo ofrecerle una taza de té de hierbas? —me invitó.

—Ya tomé varias tazas, gracias.

Se sentó en una mecedora de madera, frente a mí, y cruzó las piernas largas, largas. Me preguntó:

—¿Qué es exactamente lo que necesita, señor Corey?

—John. Por favor, llámeme John.

—Y tú puedes llamarme Emma.

—Bien, Emma —comencé—, primero quisiera hacerte unas preguntas sobre la Sociedad Histórica Pecónica. ¿De qué se trata?

—De historia. En North Fork hay una cantidad de sociedades históricas locales, la mayoría albergadas en edificios históricos. Ésta es la más grande de todas esas sociedades y se llama Pecónica debido al nombre indígena de esta región. Tenemos unos doscientos miembros, algunos muy prominentes, algunos simples granjeros. Nos dedicamos a preservar, registrar y transmitir nuestra herencia.

—Y descubrir más cosas sobre esa herencia.

—Sí.

—A través de la arqueología.

—Sí. Y la investigación. Tenemos aquí algunos archivos interesantes.

—¿Después podría verlos?

—Puedes ver lo que desees. —Sonrió.

Ay, mi alma. Es decir, ¿era una broma o era de verdad? Le sonreí. Ella sonrió otra vez.

Volvamos al trabajo. Le pregunté:

—¿Los Gordon eran miembros activos?

—Lo eran.

—¿Cuándo se asociaron?

—Hace más o menos un año y medio. Se mudaron aquí desde Washington, D.C. Eran del Medio Oeste, pero habían trabajado para el gobierno en Washington. Supongo que lo sabes.

—¿Alguna vez conversaron contigo de su trabajo?

—En realidad no.

—¿Alguna vez fuiste a la casa de ellos?

—Una vez.

—¿Los tratabas?

—De vez en cuando. La Sociedad Histórica Pecónica es muy social. Ésa era una de las razones por las que les gustaba.

Le pregunté, con cierta sutileza:

—¿Tom estaba caliente contigo?

En lugar de sentirse chocada o insultada, respondió:

—Es probable.

—¿Pero no tenías una relación sexual con él?

—No. Nunca me lo pidió.

Me aclaré la garganta.

—Entiendo...

—Mira, John... Estás perdiendo tu tiempo y el mío con ese tipo de preguntas. No se quién asesinó a los Gordon ni por qué lo hizo, pero no tuvo nada que ver conmigo ni con un triángulo sexual que me implicara.

—No dije que así fuera. Sólo exploro los ángulos sexuales como parte de la investigación mayor.

—Bien, no me acostaba con él. Creo que Tom era fiel. Ella también, hasta donde sé. Acá es difícil tener una aventura sin que lo sepan todos.

—Puede que sólo tú lo percibas así.

Me miró un momento y me preguntó:

—¿Tú y Judy tenían una aventura?

—No. Esto no es la telenovela de la tarde, sino una investigación de homicidio, y yo haré las preguntas.

—No seas tan quisquilloso.

Respiré hondo y dije:

—Te pido disculpas.

—Quiero que encuentres al asesino. Haz tus preguntas.

—Bien. Entonces respóndeme lo siguiente: ¿qué fue lo primero que pensaste cuando te enteraste de que los habían asesinato?

—No sé. Supongo que pensé que tenía que ver con su trabajo.

—Bien. ¿Qué piensas ahora?

—No tengo ninguna opinión.

—Me cuesta creerlo.

Todavía no tenía certeza de querer seguir adelante con la entrevista, o de qué era específicamente lo que buscaba. Pero tenía una imagen en mi mente, como una especie de mapa, en el que figuraban Plum Island, Nassau Point, las barrancas del canal de Long Island, los Viñedos Tobin y la Sociedad Histórica

Pecónica. Si se conectaban esos puntos con una línea, se obtenía una forma geométrica de cinco lados sin significado alguno. Pero si se conectaban esos puntos de una manera metafísica, tal vez la forma adquiriera sentido. Es decir, ¿cuál era el elemento común de esos cinco puntos? Quizá no hubiera ninguno, pero de algún modo parecían conectados, parecían tener algo en común. ¿Qué?

Pensé en esa cosa no identificada que me había hecho *ping* en la cabeza en Plum Island. Historia. Arqueología. Eso era. ¿Qué era?

Le pregunté a la señorita Whitestone:

—¿Conoces a alguna de las personas que trabajan en Plum Island?

Pensó un momento y luego respondió:

—En realidad no. Unos cuantos de mis clientes trabajan allá. Además de Tom y Judy, no conozco a ninguno de los científicos, y ninguno pertenece a la sociedad histórica. —Añadió: —Son un grupo cerrado.

—¿Sabes algo de las excavaciones que se proponían hacer en Plum Island?

—Sólo que Tom Gordon había prometido a la sociedad histórica una oportunidad de cavar en la isla.

—¿Tú no eres aficionada a la arqueología?

—La verdad, no. Prefiero el trabajo de archivo. Tengo un título en ciencias de archivo. Universidad de Columbia.

—¿Sí? Yo enseño en John Jay —que en realidad queda a unas cincuenta cuadras al sur del Columbia. Por fin teníamos algo en común.

—¿Qué enseñas?

—Ciencias criminales y cerámica.

Sonrió. Movió los dedos de los pies. Volvió a cruzar las piernas. Beige. La bombacha era beige, igual que el vestido. Yo estaba en una situación en que casi crucé también las piernas, para que la señorita Whitestone no notara que el Señor Inquieto se despertaba de su siesta. Cuidado, Corey.

Comenté:

—Ciencias de archivo. Fascinante.

—Puede serlo. Trabajé en Stony Brook durante un tiempo; después conseguí empleo aquí, en la Biblioteca Gratuita de Cutchogue. Fundada en 1841, y todavía pagan el mismo salario. Me crié aquí, pero cuesta ganarse la vida en este lugar a menos que uno tenga algún negocio. Yo tengo una florería.

—Sí, vi la camioneta.

—Claro. Eres detective. —Me preguntó: —Bueno, ¿y qué estás haciendo aquí?

—Convaleciendo.

—Ah, sí. Ahora recuerdo. Se te ve bien.

También a ella, pero uno no debe acosar a una testigo, así que no se lo dije. Tenía una voz agradable, suave, que me resultaba sexual.

Le pregunté:

—¿Conoces a Fredric Tobin?

—¿Quién no?

—Pertenece a la Sociedad Histórica Pecónica.

—Es nuestro mayor benefactor. Nos dona vino y dinero.

—¿Eres conocedora de vinos?

—No. ¿Y tú?

—Sí. Puedo distinguir la diferencia entre un merlot y una Budweiser. Con los ojos vendados.

Sonrió.

—Apuesto a que mucha gente desearía haberse dedicado al vino hace años —dije—. Es decir, como negocio.

—No sé. Es interesante, pero no tan lucrativo.

—Para Fredric Tobin lo es —señalé.

—Fredric vive por encima de sus medios.

Me erguí en el asiento.

—¿Por qué lo dices?

—Porque así es.

—¿Lo conoces bien? ¿En forma personal?

Replicó:

—¿Y tú lo conoces personalmente?

La verdad es que no me gusta que me interroguen, pero allí andaba sobre hielo fino, de modo que respondí:

—Estuve en una de sus reuniones de degustación de vinos. En julio. ¿Tú fuiste?

—Sí.

—Yo fui con los Gordon.

—Correcto. Te vi.

—Yo no te vi. Lo habría recordado.

Sonrió.

Volví a preguntarle:

—¿Lo conoces bien?

—En realidad, tuvimos una relación.

—¿De qué tipo?

—Quiero decir que fuimos amantes.

Qué decepción. No obstante, me atuve al trabajo y pregunté:

—¿Cuándo?

—Comenzó... eh... hace unos dos años, y duró... ¿Es importante?

—Puedes negarte a responder mi pregunta.

—Lo sé.

—¿Qué pasó con la relación?

—Nada. Fredric colecciona mujeres. Duró unos nueve meses. No hizo mella en ninguno de los dos, pero no fue malo. Viajamos por Bordeaux, el Loira, París, pasamos fines de semana en Manhattan. Todo bien. Es muy generoso.

Lo medité. Yo sufría un pequeño enamoramiento de Emma Whitestone, y me molestaba un poco que Fredric me hubiera ganado de mano. Dije:

—Voy a hacerte una pregunta personal, que no tienes obligación de responder. ¿De acuerdo?

—De acuerdo.

—¿Todavía estás...? Lo que quiero decir es...

—Fredric y yo seguimos siendo amigos. Ahora él vive con una chica, Sondra Wells. Una farsante total, incluido el nombre.

—Bien. Dijiste que él vive por encima de sus medios.

—Sí. Debe una pequeña fortuna a los bancos y a inversores privados. Gasta demasiado. Lo triste es que tiene mucho éxito y tal vez podría vivir muy bien de sus ganancias de no ser por Foxwoods.

—¿Foxwoods?

—Sí. El casino de Connecticut.

—Ah. ¿Juega?

—¡Y cómo! Lo acompañé una vez. Perdió unos cinco mil dólares en un fin de semana. Blackjack y ruleta.

—Santo cielo. Espero que haya tenido boleto para volver en el *ferry*.

Rió.

Foxwoods. Uno tomaba el *ferry* de Orient Point con el coche a bordo hasta New London, o el *ferry* expreso a Foxwoods y después un autobús, jugaba como loco y luego volvía a Orient el domingo a la noche. Una linda diversión para el mundo trabajador de North Fork, y si uno no era un jugador compulsivo, lo pasaba bien, ganaba o perdía unos cientos, cenaba, veía un espectáculo, dormía en una linda habitación. Un buen programa de fin de semana. A muchos lugareños, no obstante, no les gustaba la proximidad al pecado. A algunas esposas no les gustaba que los muchachos se fueran con el dinero destinado a la verdulería. Pero, como todo lo demás, era una cuestión de grado.

De modo que Fredric Tobin, educado y dandi vitivinicultor, hombre de apariencia controlada, era un jugador. Pero si uno lo pensaba, ¿había juego mayor que la cosecha de vid de cada año? El hecho era que el negocio de las uvas todavía era experimental en la zona, y, hasta el momento, el experimento había salido bien. Ni plagas ni enfermedades, ni heladas ni olas de calor. Pero un día el huracán Annabelle o el Zeke iba a hacer volar un billón de uvas al canal de Long Island.

Y además estaban Tom y Judy, que jugaban con bichitos patógenos. Y que también habían jugado con otra cosa, y perdido. Fredric jugaba con la cosecha y ganaba, después jugaba con las cartas y la ruleta y, él también, perdía.

Le dije a la señorita Whitestone:

—¿Sabes si los Gordon fueron alguna vez con Fredric a Foxwoods?

—No creo. Pero no sé. Hace alrededor de un año que Fredric y yo nos separamos.

—Correcto. Pero aún son amigos. Todavía se hablan.

—Supongo que somos amigos. A él no le gusta que sus ex amantes queden enojadas. Quiere conservarlas a todas como amigas. Esto es muy interesante en las fiestas; le encanta estar en una habitación con una docena de mujeres con las que se ha acostado.

¿A quién no? Le pregunté:

—¿Y tú no crees que el señor Tobin y la señora Gordon hayan sido amantes?

—No lo sé con seguridad. No creo. Él no perseguía a las casadas.

—Qué galante.

—No, es cobarde. Los maridos y novios lo atemorizan. Debe de haber tenido una mala experiencia una vez. —Rió entre dientes, a su manera ronca. Agregó: —En cualquier caso, prefería tener a Tom Gordon como amigo que a Judy Gordon como amante.

—¿Por qué?

—No sé. Nunca comprendí el apego de Fredric a Tom Gordon.

—Pensé que era al revés.

—Lo mismo pensaba la mayoría de la gente. Pero era Fredric el que buscaba a Tom.

—¿Por qué?

—No sé. Al principio pensé que era un modo de llegar a Judy, pero después me enteré de que Fredric no se dedica a las mujeres casadas. Entonces me figuré que tenía que ver con el atractivo de los Gordon y su trabajo. Fredric es coleccionista de personas. Le gusta imaginarse como el personaje guía de North Fork. Tal vez lo sea. No es el hombre más rico, pero la vinatería le da cierto nivel. ¿Entiendes?

Asentí. A veces uno escarba durante días y semanas y no aparece nada. Otras veces encuentra oro. Pero a veces es un oro ilusorio. O sea, aquello era fascinante, pero ¿guardaba alguna relación con el doble homicidio? Además, ¿no había un poco de exageración? ¿Una pequeña venganza de parte de la señorita Whitestone? No sería la primera ex amante que me enviaba a olfatear en el árbol equivocado con el objeto de hacerle la vida miserable a un tipo. Así que le pregunté sin rodeos:

—¿Crees que Fredric Tobin pudo haber matado a los Gordon?

Me miró como si me hubiera vuelto loco y respondió:

—¿Fredric? No es capaz de ningún tipo de violencia.

—¿Cómo lo sabes?

Sonrió y respondió.

—Sabe Dios que le di suficientes motivos para que me diera una bofetada. —Agregó: —No es un tipo físico, simplemente. Controla por completo su temperamento y sus emociones. ¿Y por qué querría matar a Tom y Judy Gordon?

—Lo ignoro. Ni siquiera sé por qué los mataron. ¿Tú sí?

Durante un segundo no respondió; luego dijo:

—Tal vez drogas.

—¿Por qué lo piensas?

—Bueno... Fredric estaba preocupado por ellos. Tomaban coca.

—¿Él te lo contó?

—Sí.

Interesante. En especial porque Fredric no me lo había mencionado, y porque no había ni pizca de verdad en ello. Yo sé cómo actúa un adicto a la cocaína, y los Gordon no mostraban ese tipo de conducta. Entonces, ¿por qué Tobin los acusaría de eso? Pregunté:

—¿Cuándo te lo dijo?

—No hace mucho. Hace unos meses. Dijo que fueron a preguntarle si quería comprar un poco de mercadería buena. Vendían para costearse el hábito.

—¿Tú lo crees?

Se encogió de hombros.

—Podría ser.

—Está bien... Volviendo a la relación del señor Tobin con los Gordon, tú opinas que era él quien los buscaba y cultivaba la relación.

—Así parecía. Sé que, en los nueve meses que estuve con él, hablaba mucho por teléfono con ellos, y rara vez ofrecía una fiesta sin invitarlos.

Lo pensé. Por cierto aquello no concordaba con lo que me había dicho Tobin. Le pregunté a la señorita Whitestone:

—¿Cuál era, entonces, la atracción del señor Tobin hacia los Gordon?

· —No lo sé. Aunque sí sé que se esforzaba por dar la impresión contraria. Lo extraño es que los Gordon parecían aceptar el juego, como si los honrara la compañía de Fredric. Sin embargo, cuando estábamos sólo los cuatro, en unas cuantas ocasiones, se notaba que ellos se consideraban iguales que Fredric. ¿Entiendes?

—Sí, pero ¿por qué hacían esa actuación?

De nuevo se encogió de hombros.

—¿Quién sabe? —Me miró un momento y luego añadió: —Era casi como si los Gordon estuvieran chantajeando a Fredric. Comó si supieran algo de él. En público él era la figura importante. En privado, Tom y Judy lo trataban con bastante familiaridad.

Chantaje. Dejé que mi mente absorbiera el dato durante un buen medio minuto.

Emma Whitestone continuó:

—Lo que digo no son más que conjeturas. Especulaciones. No es una venganza ni nada parecido. Lo pasé bien con Fredric, y me gustaba, pero no me desesperé cuando él rompió.

—De acuerdo. —La miré, hicimos contacto ocular. Le pregunté: —¿Has hablado con Fredric desde que tuvo lugar el asesinato?

—Sí, ayer a la mañana. Me llamó él.

—¿Qué te dijo?

—Nada más que lo que decían todos los demás. Comentarios habituales.

Entramos en cierto detalle sobre esa conversación telefónica, y en realidad parecía estándar y formal.

Le pregunté:

—¿Hoy te ha llamado?

—No.

—Lo visité esta mañana.

—¿Sí? ¿Por qué?

—No sé.

—Tampoco sabes por qué has venido aquí.

—Correcto. —No quería explicarle que me había quedado sin testigos potenciales después de Plum Island y los Murphy, ni que me había quedado sin trabajo y que debía entrevistar a la gente que a la policía del condado no se le ocurriría entrevistar. No estaba exactamente raspando el fondo del barril, sino tanteando entre la multitud. Le pregunté:

—¿Conoces a algún amigo de los Gordon?

—En realidad no nos movíamos en los mismos círculos, excepto cuando estábamos con Fredric. Y en ese caso eran amigos de él.

—¿El jefe Maxwell no era amigo de ellos?

—Creo que sí. Nunca pude entender esa relación, así como no entendía la relación de los Gordon con Fredric.

—Me cuesta encontrar amigos de los Gordon.

—Por lo que puedo deducir, todos los amigos eran gente de Plum Island. No es algo raro. Ya te dije: son un grupo cerrado. —Agregó: —Te convendría más buscar allá que acá.

—Es probable.

Me preguntó:

—¿Qué te pareció Fredric?

—Un hombre encantador. Me agradó su compañía. —Lo cual era cierto. Pero ahora que sabía que se había acostado con la señorita Whitestone, estaba más convencido que nunca de que en el mundo no existía justicia sexual. Añadí: —Tiene ojos pequeños.

—Y movedizos, además.

—Correcto. ¿Puedo pedirte un favor?

—Puedes.

—¿Podrías no contarle nuestra conversación?

—No entraré en detalles, pero si hablamos se lo diré. —Agregó: —Yo no miento. Pero puedo guardarme cosas.

—Es todo lo que te pido.

En Manhattan no hay tantas de estas relaciones entretejidas como en aquel lugar. Debía tenerlo presente, y debía lidiar con eso, y debía adaptar mi estilo de acuerdo con ello. Pero soy inteligente y puedo hacerlo. Le pregunté a Emma Whitestone:

—Supongo que conoces al jefe Maxwell.

—¿Quién no?

—¿Alguna vez saliste con él?

—No. Pero me ha invitado.

—¿No te gustan los policías?

Rió. Volvió a mover los dedos de los pies y a cruzar las piernas. Mi Dios.

Dimos unas cuantas vueltas más durante más o menos los quince minutos siguientes y Emma Whitestone sabía muchos chismes, muchos secretos de la gente, aunque no mucho que pareciera relacionado con el caso. El problema residía en que yo todavía no sabía qué estaba haciendo allí, pero era lindo estar allí. Debería decir, sin embargo, que fui un caballero. Hacerle avances a una

225

compañera policía está bien porque es una igual, de modo que puede mandarte a paseo. No obstante, con las mujeres civiles, en especial las que pueden acudir al fiscal de distrito, hay que tener cuidado. Uno no quiere comprometer al testigo, ni a sí mismo. Aun así, me interesaba.

No, no soy inconstante. Todavía esperaba a Beth. Le pregunté a la señorita Whitestone:

—¿Puedo usar tu teléfono?

—Claro. Está ahí adentro.

Entré en una habitación contigua, y fue como ir del siglo XIX al XX. Aquél era el despacho de la sociedad histórica, con modernos muebles de oficina, archivos, máquina fotocopiadora y demás. Usé un teléfono ubicado en uno de los escritorios y llamé a mi contestador automático.

—Detective Corey, habla el detective Collins, de la policía del condado de Suffolk. La detective Penrose me pidió que lo llamara. Ella se encuentra en una prolongada conferencia y dice que no podrá encontrarse esta tarde con usted y que lo llamará hoy a la noche o mañana a la mañana.

Fin del mensaje. Colgué y eché un vistazo a la oficina. Debajo de uno de los escritorios había un par de sandalias de cuero, con toda probabilidad de la señorita Whitestone.

Volví a la biblioteca pero no me senté.

Emma Whitestone me miró y preguntó:

—¿Pasa algo?

—No. ¿Por dónde íbamos?

—No sé.

Miré mi reloj y le pregunté:

—¿Podemos terminar la conversación mientras almorzamos?

—Claro. —Se puso de pie. —Primero te haré recorrer la casa.

Y lo hizo. Habitación por habitación. La mayor parte de la planta alta se usaba como oficinas, depósito, salas de exhibiciones y archivos, pero había dos habitaciones decoradas en estilo antiguo. Una, según Emma, era de los 1700, y la otra era contemporánea de la casa, de mediados de los 1800. Dijo:

—La casa fue construida por un marino mercante que hizo su fortuna en Sudamérica.

—¿Con cocaína?

—No, tonto. Con piedras semipreciosas de Brasil. El capitán Samuel Farnsworth.

Me senté en la mullida cama.

—¿Sueles dormir siestas aquí?

Sonrió.

—A veces. Es un colchón de plumas.

—¿Plumas de águila pescadora?

—Podría ser. Antes las había por todas partes.

—Están haciendo un gran retorno.

—Todo está haciendo un gran retorno. Los malditos ciervos devoraron mis

226

rododendros. —Me condujo fuera del dormitorio y dijo: —Querías ver los archivos.

—Sí.

Me llevó a una habitación que sin duda había sido un amplio dormitorio y que ahora estaba llena de muebles de archivo, anaqueles y una larga mesa de roble. Emma me informó:

—Tenemos libros y documentos originales que se remontan hasta la década de 1650. Títulos de propiedades, cartas, testamentos, decisiones legales, sermones, encargos del ejército, manifiestos y cuadernos de bitácora. Algunos son fascinantes.

—¿Cómo empezaste en esto?

—Bueno, supongo que tuvo algo que ver con el hecho de haber crecido aquí. Mi familia desciende de los colonos originales.

—No estás emparentada con Margaret Wiley, espero.

Sonrió.

—Tenemos algunas conexiones familiares. ¿No te agradó Margaret?

—Sin comentarios.

Prosiguió:

—El trabajo de archivo tiene algo de detectivesco. Ya sabes: misterios, preguntas que responder, cosas que hay que revelar. ¿No lo crees así?

—Sí, ahora que lo dices. —Agregué: —Para serte sincero, cuando era chico quería ser arqueólogo. En una ocasión encontré una bala de mosquete. En algún lugar; no recuerdo dónde. Ahora que estoy viejo y enfermo, quizá debiera emprender alguna tarea de archivo.

—Ah, no estás tan viejo. Y podrías disfrutarlo. Puedo enseñarte a leer este material.

—¿No está en inglés?

—Sí, pero el inglés de los siglos XVII y XVIII puede ser difícil. La ortografía es atroz y la escritura a veces resulta difícil de descifrar. Toma, mira esto. —Tomó una gran carpeta que estaba sobre la mesa. En el interior había viejos pergaminos cubiertos con fundas de plástico. La hojeó hasta encontrar una hoja en especial y me dijo: —Lee.

Me incliné sobre el libraco y miré la descolorida escritura. Leí:

—Querida Martha, no creas los rumores que corren sobre mí y la señora Farnsworth. Soy fiel y leal. ¿Y tú? Tu amante esposo, George.

Rió.

—No es eso lo que dice.

—Es lo que parece decir.

—Dame, lo leeré yo. —Tomó la carpeta y me contó: —Ésta es una carta de un tal Phillip Shelley al gobernador real, lord Bellomont, fechada el 3 de agosto de 1698. —A continuación leyó la carta, que para mí era indescifrable. Abundaba en palabras como "milord" y "su humilde servidor". El tipo se quejaba de una injusticia referente a una disputa por tierras. Es decir, esa gente cruzaba el océano para venir a un nuevo continente, y encontraba los mismos problemas que allá.

Le dije a la señorita Whitestone:

—Muy impresionante.

—No es tan difícil; puedes aprender en unos pocos meses. Yo le enseñé a Fredric en dos, y eso que no presta mucha atención.

—¿De veras?

—El lenguaje no es tan difícil como la escritura y la ortografía.

—Qué bien. —Le pregunté: —¿Puedes darme una lista de los miembros de la sociedad histórica?

—Claro. —Fuimos a la oficina y me dio un directorio que contenía los nombres de todos los miembros. Después se puso las sandalias.

Le pregunté:

—¿Cómo conseguiste este empleo?

Se encogió de hombros.

—No sé... Ésta fue una de las estúpidas ideas de Fredric para escalar socialmente. Yo era archivista aquí, cosa que no me molestaba. Entonces él me propuso como presidenta, y lo que Fredric quiere Fredric lo consigue. Además, todavía soy la archivista. Y florista y presidenta de la Sociedad Histórica Pecónica.

—¿Tienes hambre?

—Por supuesto. Permíteme llamar al negocio. —Lo hizo, mientras yo husmeaba un poco por la oficina. La oí decir en voz baja: —Puede que esta tarde no vuelva.

No, señorita Whitestone, si yo tengo algo que ver, puede que esta tarde no vuelva.

Colgó y bajamos. Me dijo:

—Aquí ofrecemos pequeñas reuniones y recepciones. Es lindo en Navidad.

—Eso me recuerda algo... ¿Irás a la *soirée* del señor Tobin, el sábado?

—Tal vez. ¿Y tú?

—Pensaba ir. En cumplimiento del deber.

Sugirió:

—¿Por qué no lo arrestas frente a todos y te lo llevas esposado?

—Suena divertido, pero no creo que haya hecho nada malo.

—Estoy segura de que algo malo habrá hecho. —Me condujo a la puerta y salimos. Cerró con llave y pegó una nota que avisaba de su ausencia. Dije:

—Manejo yo.

Puse en marcha mi vehículo con el control remoto. Comentó:

—Lindo aparatito.

—Es bueno para hacer detonar bombas a distancia —repliqué.

Rió. Pero yo no bromeaba.

Subimos a mi vehículo deportivo supermoderno; a propósito lo puse en marcha con la puerta abierta. La voz de mujer advirtió:

—La puerta del conductor está abierta.

Emma observó:

—Ese otro aparatito es tonto.

—Lo sé. Habla como mi ex esposa. Estoy tratando de matarla. A la voz, no a mi ex esposa.

Emma jugueteó con los botones de la computadora y me preguntó:

—¿Cuánto hace que estás divorciado?

—La verdad, no es oficial hasta el primero de octubre. Mientras tanto, trato de evitar el adulterio y la bigamia.

—Debería ser fácil.

No supe cómo tomar aquello. Salí del estacionamiento y le pregunté:

—¿Qué te gusta? Tú eliges.

—¿Por qué no continuamos con este ambiente y vamos a una posada histórica? ¿Qué te parece la posada General Wayne? ¿La conoces?

—Creo que sí. ¿No es el lugar de John Wayne?

—No, tonto. El general Mad Anthony Wayne. Durmió ahí. ¿Sabes quién fue?

—Ni la menor idea.

—Mad Anthony Wayne fue un general de la guerra de la independencia estadounidense.

—Ah.

—Queda en Great Hog Neck. Te indicaré.

—De acuerdo. —Y allá fuimos, rumbo a una posada llamada General Wayne, ubicada en un lugar llamado Great Hog Neck. Yo me preguntaba: ¿podía dejarme absorber por todo aquello? ¿Echaba de menos Manhattan? Difícil de decir. Si tuviera mucho dinero, podría disfrutar de ambas cosas. Pero no tengo mucho dinero. Lo cual me llevó a pensar en Fredric Tobin, que, tal como se había revelado, tampoco tenía mucho dinero, y mientras yo lo envidiaba, figurándome que se hallaba en la cumbre —uvas, chicas, dólares—, resultaba que estaba quebrado. Peor aún: tenía deudas. Para un hombre como Fredric Tobin, perder todo eso debía de equivaler a perder la vida. Más le valdría estar muerto. Pero no lo estaba. Los muertos era Tom y Judy. ¿Conexión? Tal vez. Aquello se tornaba interesante.

Pero se me iba acabando el tiempo. Podía jugar al policía cuarenta y ocho horas más, antes de que me agarraran la policía de Southold, la de Nueva York y la del condado de Suffolk.

La señorita Whitestone iba dándome indicaciones mientras yo rumiaba. Al fin me preguntó:

—¿Nos dicen la verdad sobre lo de la vacuna?

—Creo que sí. Sí.

—¿Esto no tuvo nada que ver con una guerra bacteriológica?

—No.

—¿Ni con drogas?

—No que yo pueda determinar.

—¿Robo?

—Eso es lo que parecería, pero creo que tiene que ver con una vacuna robada.

¿Quién dice que no trabajo en equipo? Puedo recitar las mentiras oficiales tan bien como cualquiera. Le pregunté:

—¿Tú tienes otra teoría?

—No. Sólo tengo la sensación de que los mataron por alguna razón que todavía no entendemos.

Exactamente lo que pensaba yo. Mujer inteligente.

—¿Has estado casada? —inquirí.

—Sí. Me casé joven, en el primer año de la facultad. Duró siete años. —Agregó: —Y hace siete que estoy divorciada. Haz la cuenta.

—Tienes veinticinco.

—¿Cómo llegaste a veinticinco?

—¿Cuarenta y dos?

Me indicó:

—Dobla aquí, a la derecha. Es decir, hacia mi lado.

—Gracias.

Fue un trayecto agradable, y pronto nos encontramos en Great Hog Neck, una península que sobresale hacia la bahía, situada más o menos al este y al norte de Nassau Point.

Pasamos ante un pequeño observatorio llamado Instituto Custer, del que me había hablado la señora Wiley, y escuché datos sobre él y sobre el Museo de los Indígenas Nativos, situado en frente.

Le pregunté a Emma:

—¿A los Gordon les interesaba la astronomía?

—No que yo sepa.

—¿Sabes que compraron un acre de tierra a la señora Wiley?

—Sí. —Vaciló y luego opinó: —No fue un buen negocio.

—¿Para qué querían la tierra?

—No sé... Para mí nunca tuvo sentido.

—¿Fredric sabía que los Gordon habían comprado ese terreno?

—Sí. —Cambió de tema; mientras contemplaba el paisaje inmediato me dijo: —Ahí está la casa Whitestone original. De 1685.

—¿Todavía pertenece a la familia?

—No, pero voy a recuperarla. —Añadió: —Se suponía que Fredric iba a ayudarme a comprarla, pero... Fue en ese momento cuando me di cuenta de que no tenía tanto dinero como parecía.

No hice comentarios.

Como Nassau Point, Hog Neck consistía en su mayoría en chalés y algunas casas de fin de semana, más nuevas, muchas de tablones pintados de gris, para parecerse a las antiguas. Había unos campos que, según me informó Emma, habían sido tierras de pastoreo comunes desde la época colonial, y bosques aquí y allá. Pregunté:

—¿Los indios son amistosos?

—No hay indios.

—¿Desaparecieron todos?

—Todos.

—Salvo los de Connecticut, que abrieron el complejo de casinos más grandes entre aquí y Las Vegas.

—Yo tengo algo de sangre indígena —comentó.

—¿De veras?

—De veras. Muchas familias antiguas también, pero no lo dicen. Algunos han acudido a mí para que borre de los archivos a esos parientes.

—Increíble. —Yo sabía que debía decir algo políticamente correcto, pero cada vez que intento algo así meto la pata. Por las dudas, fui a lo seguro: —Qué actitud racista.

—Racial, aunque no necesariamente racista. De cualquier modo, no me molesta quién sepa que tengo sangre indígena. Mi bisabuela materna era una corchaug.

—Bueno, tienes un lindo color de piel.

—Gracias.

Nos aproximamos a un gran edificio de madera blanca ubicado en medio de unos cuantos acres de tierra arbolada. Recordé haber visto el lugar una o dos veces, cuando era chico. Guardo en mi mente algunos recuerdos infantiles de lugares, escenas de verano, como diapositivas. Le dije a la señorita Whitestone:

—Creo que cuando era chico comí alguna vez aquí con mi familia.

—Es muy posible. Tiene doscientos años. ¿Cuántos tienes tú?

La ignoré.

—¿Cómo es la comida? —inquirí.

—Depende. El lugar está bien puesto, y no es muy frecuentado. No nos verá nadie y nadie comentará chismes.

—Bien pensado. —Estacioné en el sendero de grava y abrí un poco la puerta con el motor aún en marcha. Resonó una campanilla y en el visor de la computadora se vio una puerta abierta. Me asombré:

—Eh, mataste la voz.

—No queremos que la voz de tu ex esposa te fastidie.

Bajamos y caminamos hacia la posada. Emma me tomó del brazo, lo cual me sorprendió. Me preguntó:

—¿A qué hora terminas de trabajar?

—Ahora.

18

El almuerzo fue bastante agradable. El lugar se hallaba casi vacío y había sido sometido a una restauración reciente, de modo que, si uno dejaba volar la imaginación, era 1784 y Mad Anthony Wayne andaba caminando por allí de un lado a otro pidiendo alguna bebida alcohólica.

La comida era básicamente estadounidense, nada intrincada, lo cual atrae mis gustos carnívoros, y la señorita Emma Whitestone resultó ser una chica básicamente estadounidense, nada intrincada, lo cual también atraía mis gustos carnívoros.

No conversamos de los asesinatos ni de lord Tobin ni de nada desagradable. Ella sabía mucho de historia, y a mí me fascinaba lo que me contaba. Bueno, en realidad no, pero la historia salida de la boca de Emma Whitestone no resultaba difícil de escuchar.

Me contó del reverendo Youngs, que guió a su grey desde Connecticut hasta allí, en 1640; le pregunté si tomaban el *ferry* de New London y me devolvió una mirada fría. Emma mencionó al capitán Kidd y otros piratas menos conocidos que navegaban por aquellas aguas hace trescientos años; después me contó de los Horton (los del faro), uno de los cuales construyó la mismísima posada en la que estábamos comiendo. Y del general Francis Marion, de la guerra de la independencia estadounidense, y de los Underhill y los Tuthill y un poco de los Whitestone, que en realidad eran colonos del *Mayflower*, y de gente cuyos nombres eran Abijah, Chancey, Ichabod y Barnabas, para no hablar de Samuel, Joshua e Isaac aunque no eran judíos. Y otras cosas semejantes.

¡*Ping*! Mientras que Paul Stevens me había matado de aburrimiento con voz generada por computadora, Emma Whitestone me había hechizado con sus tonos como aspirados, para no hablar de sus ojos verde grisáceo. De cualquier modo, el resultado neto fue el mismo: yo había oído algo que causó una reacción demorada en mi cerebro habitualmente despierto. ¡*Ping*! La escuché decirlo otra vez, fuera lo que fuere, y traté de recordar qué era y por qué me pareció significativo. Pero fue en vano. Esta vez, sin embargo, sabía que lo tenía en la punta del cerebro, y sabía que muy pronto lo desenmascararía. ¡*Ping!*

Le dije:

—Siento la presencia de Mad Anthony Wayne acá.

—¿Sí? Cuéntame.

—Bueno, está sentado a la mesa de junto a la ventana, y te ha estado echando miradas disimuladas. A mí me mira con odio. Murmura para sus adentros: "¿Qué tiene él que no tenga yo?".

Sonrió.

—Estás loco.

Bien, antes de que nos diéramos cuenta, eran las tres de la tarde y la camarera se mostraba inquieta. Detesto interrumpir el fluir y la energía de un caso para perseguir faldas: *detectus interruptus*. Es un hecho confirmado que las primeras setenta y dos horas de un caso son las más críticas. Pero un individuo tiene que responder a ciertos llamados biológicos, y mis campanas tañían.

Dije:

—Si tienes tiempo, podemos dar una vuelta en mi barco.

—¿Tienes barco?

La verdad, no lo tenía, así que la propuesta no había sido muy afortunada. Pero poseía una propiedad con vista al agua y un muelle, así que el barco podía hundirse. Respondí:

—Estoy viviendo en la casa de mi tío. Una casa con vista a la bahía. Vamos.

Partimos de la posada General Wayne rumbo a mi casa, que queda a unos veinte minutos al oeste de Hog Neck.

Mientras íbamos por la calle Main, Emma me informó:

—Antes, esta calle se llamaba la Vía Real. Le cambiaron el nombre después de la revolución.

—Buena idea.

Cuando pasamos por la región de granjas y viñedos, Emma comentó:

—Aquí el otoño es largo y ocioso. Los huertos aún están colmados de frutas y muchas de las hortalizas aún no se han cosechado. Para Acción de Gracias puede estar nevando en New England, pero acá continuamos con la cosecha. —Me preguntó: —¿Estoy parloteando?

—No, en absoluto. Estás pintando con palabras un hermoso cuadro.

—Gracias.

En mi mente, yo ya iba por el primer rellano de la escalera que lleva al dormitorio.

Básicamente, los dos manteníamos una conversación ligera y aireada, como dos personas que se sienten en realidad un poco nerviosas porque saben que se dirigen a las sábanas.

El asunto es que entramos por el largo sendero hacia la gran casa victoriana, y Emma dijo:

—Una gran dama pintada.

—¿Dónde?

—La casa. Así es como llamamos a las casas victorianas.

—Ah, sí. A propósito, mi tía pertenecía a la Sociedad Histórica Pecónica. June Bonner.

—Me suena.

—Ella conocía a Margaret Wiley. —Agregué: —Mi tía nació aquí; por eso convenció al tío Harry de comprar esta casa de verano.

—¿Cuál era su apellido?

—No recuerdo... Tal vez Witherspoonhamptonshire.

Paré delante de la dama pintada.

Yo me imaginaba en lo alto de las escaleras, con la puerta del dormitorio a poca distancia. La verdad es que todavía estaba en el Jeep.

—Llegamos —anuncié, y bajé.

Ella también bajó.

—¿Y ésta es la casa de tu tía? —preguntó.

—Era. Ella murió. Mi tío Harry quiere que la compre yo.

—Es demasiado grande para una sola persona.

—Puedo cortarla por la mitad.

Bueno, entramos, le mostré la planta baja, miré si había mensajes en el contestador automático (no había), fuimos a la cocina a buscar dos cervezas y salimos al porche posterior, donde nos sentamos en dos sillones de mimbre.

Emma dijo:

—Me encanta contemplar el agua.

—Éste es un buen lugar para hacerlo. He pasado meses sentado acá.

—¿Cuándo debes volver a trabajar?

—No lo sé con seguridad. El jueves tengo que ir a ver al médico.

—¿Cómo fue que te hiciste cargo de este caso?

—Por el jefe Maxwell.

—No veo tu barco.

Miré el muelle destartalado.

—Debe de haberse hundido.

—¿Hundido?

—Ah, ahora recuerdo. Está en reparación.

—¿Qué tienes?

—Un... Boston Whaler... de ocho metros...

—¿Navegas?

—¿Quieres decir con vela?

—Sí.

—No. Prefiero los barcos de motor. ¿Y tú?

—Un poco.

Y así.

Yo me había sacado la chaqueta y los zapatos y me había remangado la camisa. Ella se sacó las sandalias y los dos apoyamos los pies descalzos en la baranda. Su escaso vestido beige se había deslizado hacia el norte de sus rodillas.

Tomé mis binoculares y nos turnamos para mirar la bahía, los barcos, la tierra, el cielo...

Me levanté a buscar la quinta cerveza; ella me seguía uno a uno. Me gustan las mujeres capaces de beber. Ahora lucía un poco encendida, pero todavía mantenía la voz y la cabeza despejadas.

Nos quedamos en silencio durante un rato, hasta que propuse:

—¿Te gustaría ver el resto de la casa?

—Claro.

Mi primera parada en la visita guiada del segundo piso fue mi cuarto, y no fuimos mucho más lejos.

En realidad demoró tres segundos en sacarse la ropa. Tenía un hermoso bronceado total, un cuerpo firme, todo exactamente donde debía estar y exactamente como me lo había imaginado.

Yo todavía estaba desabotonándome la camisa cuando ella ya se había desnudado. Me observó desvestirme y se quedó mirando la cartuchera que yo llevaba en el tobillo y el revólver.

A muchas mujeres no les gustan los hombres que andan armados, según me he enterado, de modo que aclaré:

—Tengo que llevarlo por ley —lo cual era cierto en la ciudad de Nueva York, pero no necesariamente allí.

Repuso:

—Fredric también anda armado.

Interesante.

Bueno, ahí nos acercamos, y ella me acarició el pecho.

—¿Es una quemadura?

—No. Un agujero de bala. —Me di vuelta. —¿Ves? Ése es el orificio de salida.

—Dios mío.

—Sólo una herida superficial. Mira ésta. —Le mostré la herida de entrada que tenía en el bajo abdomen, y luego volví a darme vuelta y le mostré el orificio de salida, en mi parte posterior. La herida leve de la pantorrilla izquierda era menos interesante.

—Podrían haberte matado —me dijo.

Me encogí de hombros.

Me alegré de que la señora de la limpieza hubiera cambiado las sábanas, de tener profilácticos en la mesita de noche y de que Juancito respondiera como es debido a Emma Whitestone. Desconecté el teléfono.

Me arrodillé junto a la cama para decir mis oraciones, y Emma se metió en la cama y me envolvió el cuello con sus piernas largas, largas.

Bueno, sin entrar en detalles, lo hicimos bastante bien y nos quedamos dormidos, cada uno en brazos del otro. Ella era deliciosa y no roncaba.

Cuando me desperté, la luz del Sol que entraba por la ventana iba disminuyendo y Emma dormía en su lado de la cama, acurrucada. Tuve la sensación de que debía hacer algo más constructivo que gozar del sexo por la tarde. ¿Y qué? Me estaban haciendo a un lado y, a menos que Max o Beth compartiera información conmigo, como datos forenses, autopsias y cosas semejantes, debería proceder sin ninguna de las modernas ventajas técnicas de la ciencia policial. Necesitaba registros telefónicos, necesitaba resultados de huellas dactilares, necesitaba más material de Plum Island, y necesitaba acceso a la escena del crimen. Pero no creía que fuera a conseguir nada de ello.

De modo que debía recurrir a técnicas detectivescas, llamadas telefónicas y entrevistas con personas que pudieran saber algo. Decidí atenerme a eso, sin que me importara a quién no le gustara.

Miré a Emma bajo la luz decreciente. Una mujer naturalmente hermosa. E inteligente.

Abrió los ojos y me sonrió.

—Vi que me mirabas —me dijo.

—Eres muy linda de mirar.

—¿Tienes novia aquí?

—No. Pero hay alguien en Manhattan.

—Manhattan no me importa.

—¿Y tú?

—Estoy entre un compromiso y otro.

—Bien. ¿Quieres comer?

—Tal vez más tarde. Puedo preparar algo.

—Tengo lechuga, mostaza, manteca, cerveza y galletitas.

Se sentó, se estiró y bostezó.

—Necesito nadar. —Se bajó de la cama y se puso el vestido. —Nademos un poco.

—De acuerdo. —Me levanté y me puse la camisa.

Bajamos, salimos al porche, atravesamos el parque y llegamos a la bahía.

Echó una mirada alrededor.

—¿Este lugar es privado?

—Bastante.

Se quitó el vestido y lo arrojó a los pies del muelle. Hice lo mismo con mi camisa. Caminó por la playa pedregosa y se sumergió. Yo también.

El agua estaba fría al principio, y me quitó el aliento. Nadamos más allá del muelle, en medio de la bahía oscura. Emma era una buena nadadora, fuerte. Sentí que se me endurecía el hombro derecho y que mi pulmón comenzaba a silbar. Creía que me había fortalecido, pero aquel ejercicio era demasiado para mí. Nadé de vuelta al muelle y me aferré a la vieja escalera de madera.

Emma se me acercó y preguntó:

—¿Te sientes bien?

—Sí.

—Me encanta nadar desnuda.

Charlamos un poco, nos besamos y abrazamos, nadamos semisumergidos. Me gusta el agua salada. Me hace sentir limpio y liviano.

Puse una mano en su increíble trasero y la otra en uno de sus pechos, mientras nos besábamos y chapoteábamos. Hacía mucho tiempo que no lo pasaba tan bien. Ella puso una mano en mi trasero y otra en mi periscopio, que de inmediato se irguió.

—¿Podemos hacerlo en el agua? —le pregunté.

—Es posible. Pero tienes que estar en muy buena forma. Hay que mantenerse a flote y mantener los pulmones llenos de aire para no hundirse y al mismo tiempo... ya sabes... hacerlo.

—No hay problema. Mi aparato de flotación es lo bastante grande como para mantenernos a flote a los dos.

Rió. De veras consumamos la hazaña acuática, con toda probabilidad asustando a muchos peces en el proceso. Hasta mi pulmón se sintió mejor.

Después nos echamos los dos de espaldas y nos quedamos flotando. Comenté:

—Mira, mi timón está fuera del agua.

Me miró de reojo y repuso:

—Pensé que era un mástil.

Bueno, basta de segundas intenciones náuticas. El asunto es que era una noche hermosa, brillante, con una Luna casi llena, una suave brisa que venía de la costa, el olor del mar y la sal, las estrellas que titilaban en el cielo profundamente violeta, una mujer hermosa, nuestros cuerpos flotando, subiendo y bajando con las olas lentas y rítmicas. No existen muchas cosas mejores.

De pronto volví pensar en Tom y Judy. Miré el cielo y les envié un buen pensamiento, una especie de hola y adiós, y una promesa de que haría todo lo que pudiera para encontrar al asesino. Y les pedí que por favor me dieran un indicio.

Supongo que fue la sensación de relajación total, la liberación sexual, o acaso el contemplar las constelaciones y conectar los puntos de luz... Fuera lo que fuere, ahora lo sabía. El cuadro completo, los *pings*, los puntos, las líneas, todo adquirió forma y sentido como de golpe, y mi cerebro corría tanto que no podía seguir el paso a mis propios pensamientos. Grité:

—¡Eso es! —y exhalé tanto aire que me hundí.

Salí a la superficie escupiendo agua, y Emma se me acercó preocupada.

—¿Estás bien?

—¡Magnífico!

—¿Estás...?

—¡Los árboles del capitán Kidd!

—¿Qué pasa con ellos?

—¿Qué me contaste de los árboles del capitán Kidd?

—Te dije que hay una leyenda que afirma que el capitán Kidd enterró parte de su tesoro bajo uno de los árboles de la ensenada Mattituck. Los llaman los Árboles del Capitán Kidd.

—Estamos hablando del capitán Kidd, el pirata, ¿no?

—Sí. William Kidd.

—¿Dónde están esos árboles?

—Al norte de aquí. Donde la ensenada se vacía en el canal. ¿Por qué...?

—¿Qué pasa con el capitán Kidd? ¿Qué tiene que ver con este lugar?

—¿No lo sabes?

—No. Por eso te lo pregunto.

—Pensé que todo el mundo lo sabía...

—Yo no lo sé. Cuéntame.

—Bueno, se supone que su tesoro está enterrado en alguna parte de por aquí.

—¿Dónde?

—¿Dónde? Si lo supiera, sería rica. —Sonrió. —Y no te lo diría a ti.

Por Dios. Aquello era perturbador. Todo concordaba... pero tal vez yo estaba por completo equivocado... No, maldición, concordaba. Concordaba con todo. Todas esas piezas sueltas que parecían una Teoría del Caos ahora caían en su lugar y se convertían en la Teoría Unificada, que lo explicaba todo.

—¿Estás bien? Se te ve pálido, o azul.

—Estoy bien. Necesito una copa.

—Yo también. El viento se está poniendo frío.

Nadamos de vuelta a la costa, juntamos nuestra ropa y corrimos desnudos por el parque hasta la casa. Tomé dos batas gruesas, la botella de coñac del tío Harry y dos copas. Nos sentamos en el porche, bebiendo y contemplando las luces del otro lado de la bahía. Un barco de vela se deslizaba por el agua, con su vela de un blanco fantasmal a la luz de la Luna, y unas nubecitas delgadas corrían por el cielo iluminado de estrellas. Qué noche. Qué noche. Les dije a Tom y Judy:

—Ya voy llegando. Estoy acercándome.

Emma me miró de soslayo y levantó la copa. Serví más coñac y le dije:

—Cuéntame del capitán Kidd.

—¿Qué quieres saber?

—Todo.

—¿Por qué?

—¿Por qué...? Me fascinan los piratas.

Me miró un momento y luego preguntó:

—¿Desde cuándo?

—Desde que era chico.

—¿Esto tiene que ver con los asesinatos?

La miré. A pesar de nuestra reciente intimidad, apenas la conocía y no estaba seguro de si podía confiar en que no hablara. Me di cuenta, también, de que me había mostrado demasiado excitado con respecto al capitán Kidd. Esforzándome por parecer más sereno, repliqué:

—¿Cómo podría el capitán Kidd estar relacionado con el asesino de los Gordon?

Se encogió de hombros.

—No sé. Te lo pregunto a ti.

—Ahora no estoy trabajando. Sólo siento curiosidad por los piratas.

—Yo tampoco estoy trabajando. Nada de historia hasta mañana.

—De acuerdo —repuse—. ¿Te quedarás a pasar la noche?

—Tal vez. Déjame pensarlo.

—Claro.

Puse música en el grabador y bailamos en el porche posterior, descalzos, con las batas, y bebimos coñac y contemplamos la Luna y las estrellas.

Fue una de esas noches encantadas, como suelen decir, una de esas noches mágicas que a menudo son el preludio de algo no tan bueno.

19

La señorita Emma Whitestone eligió quedarse a pasar la noche.

Se levantó temprano, encontró mi enjuague bucal y se hizo unas gárgaras lo bastante fuertes como para despertarme. Se duchó, usó mi secador de cabello, se peinó con los dedos, encontró en su cartera un lápiz labial y algo de maquillaje para ojos, que se aplicó parada desnuda frente al espejo de mi cómoda.

Al tiempo que se ponía la ropa interior se calzó las sandalias y luego se pasó el vestido por la cabeza. Cuatro segundos.

Era una suerte de mujer de bajo mantenimiento que no requería mucho cuando se quedaba a pasar la noche en algún lado.

No estoy acostumbrado a que las mujeres estén listas antes que yo, de manera que tuve que apresurarme a ducharme. Me puse mis vaqueros más ajustados, una camiseta blanca y los zapatos. Dejé el 38 guardado con llave en la cómoda.

Por sugerencia de la señorita Whitestone, fuimos al bodegón de Cutchogue, una verdadera reliquia de 1930. El lugar estaba lleno de granjeros, repartidores, comerciantes locales, unos cuantos turistas, camioneros y tal vez una pareja que comenzaba a conocerse mientras desayunaba y después de un buen encuentro sexual.

Nos sentamos en un pequeño reservado, y yo comenté:

—¿La gente no murmurará si te ven con la misma ropa de ayer?

—Hace años que dejaron de murmurar sobre mí.

—¿Y mi reputación?

—Tu reputación, John, se verá realzada con mi compañía.

Estábamos un poco cáusticos aquella mañana.

Ella pidió un enorme desayuno de salchichas, huevos, papas fritas y tostadas, con la excusa de que la noche anterior no había cenado.

Le recordé:

—Pero bebiste bastante. Te ofrecí ir a comprar pizza.

—La pizza no te hace bien.

—Y lo que acabas de ordenar no te hace bien a ti.

—No almorzaré. ¿Vamos a cenar juntos?

—Justo iba a preguntártelo.

—Bien. Pasa a buscarme a las seis por la florería.

—De acuerdo. —Miré alrededor y divisé dos policías de Southold uniformados, pero Max no estaba a la vista.

Llegó la comida y comimos. Me encanta como cocinan los demás.

Emma me preguntó:

—¿Por qué te interesa tanto el capitán Kidd?

—¿Quién? Ah... los piratas. Bueno, es fascinante que haya estado aquí mismo, en North Fork. Ahora recuerdo algo. De cuando era chico.

Me miró y comentó:

—Anoche estabas muy entusiasmado.

Tras mi estallido inicial de la noche, que lamentaba, había intentado mostrarme más tranquilo, como ya dije. Pero la señorita Whitestone aún sentía curiosidad por mi curiosidad. Le dije:

—Si yo encontrara el tesoro, lo compartiría contigo.

—Qué dulce.

Con la mayor indiferencia posible le planteé:

—Quisiera volver a la casa de la sociedad histórica. ¿Qué te parece esta tarde?

—¿Por qué?

—Necesito comprar algo para mi madre en el local de regalos.

—Si te asocias, te haré un descuento.

—De acuerdo. ¿Paso a buscarte a las cuatro, digamos?

Se encogió de hombros.

—Está bien.

La miré. La luz del Sol le caía en la cara. A veces, la mañana después —y de veras detesto confesarlo—, uno se pregunta qué cuernos estaba pensando la noche anterior, o peor, uno se pregunta si le guarda rencor a su pito. Pero aquella mañana me sentía bien. Me gustaba Emma Whitestone. Me gustaba su manera de engullir dos huevos fritos, cuatro salchichas, una pila de papas fritas, tostadas con manteca, jugo y té con crema.

Echó un vistazo al reloj situado detrás del mostrador, y me di cuenta de que ni siquiera usaba reloj. Aquella dama era algo así como un espíritu libre, y al mismo tiempo presidenta y archivista de la Sociedad Histórica Pecónica. Lindo contraste, pensé.

Mucha gente le sonreía y la saludaba, y vi que le tenían afecto. Ése es siempre un buen signo. Si da la impresión de que me estaba enamorando por segunda vez en aquella semana, puede que sea cierto. No obstante, tenía mis dudas acerca del juicio de Emma Whitestone con respecto a los hombres, específicamente con respecto a Fredric Tobin y quizá también con respecto a mí. Tal vez le gustaban todos los hombres. Por cierto Fredric y yo no podríamos haber sido más opuestos. La atracción de Emma hacia Fredric Tobin, supuse, debía de residir en lo abultado de los bolsillos del vinatero, mientras que conmigo sin duda se trataba del bulto de la parte delantera de mis pantalones.

En cualquier caso, conversamos un poco; yo había decidido no tocar el tema de los piratas o el capitán Kidd hasta la tarde. Al final, sin embargo, mi curiosidad pudo más. Una posibilidad remota me acudió a la mente; le pedí una lapicera prestada a la camarera y escribí "44106818" en una servilleta. Di vuelta la servilleta hacia el lado de Emma y le dije:

—Si jugara estos números a la lotería, ¿ganaría?

Sonrió entre bocados de tostada.

—El premio mayor —respondió—. ¿De dónde sacaste esos números?

—De algo que leí. ¿Qué significan?

Echó un vistazo alrededor y bajó la voz. Dijo:

—Cuando encerraron al capitán Kidd en una cárcel de Boston bajo acusación de piratería, él le hizo llegar una nota a la esposa, Sarah, y al pie de la nota figuraban esos números.

—¿Y?

—Y durante los últimos trescientos años todos han tratado de adivinar qué significaban.

—¿Qué crees tú que significan?

—La respuesta más obvia es que esos números se relacionan con el tesoro enterrado del capitán Kidd. —Calló un momento y agregó: —Pero no quiero hablar de eso aquí. La última ola de kiddmanía asoló esta zona por la década de 1940, y no quiero que me acusen de iniciar otra caza masiva del tesoro.

—De acuerdo.

—¿Tienes hijos? —me preguntó.

—Es probable.

—En serio.

—No, no tengo hijos. ¿Y tú?

—No. Pero me gustaría.

Y así. Al cabo de un rato retorné al tema de los números y en susurros le pregunté:

—¿Podrían ser coordenadas de un mapa?

Era evidente que Emma no quería hablar de eso, pero respondió:

—Es lo obvio. Coordenadas de ocho dígitos. Minutos y segundos. Esas coordenadas se encuentran en realidad en algún sitio cercano a la isla Deer, en Maine. —Se inclinó por sobre la mesa y continuó: —Los movimientos de Kidd cuando navegó de vuelta a la zona de Nueva York, cerca de 1699, están bastante bien documentados, día por día, por testigos confiables, de modo que es improbable que haya podido enterrar un tesoro en la isla Deer. —Añadió: —No obstante, hay otra leyenda referente a esa isla. Supuestamente, John Jacob Astor sí encontró el tesoro de Kidd o de algún otro pirata en la isla Deer, y ése fue el comienzo de la fortuna de Astor. —Bebió un poco de té y dijo: —Hay docenas de libros, obras de teatro, baladas, rumores, leyendas y mitos inspirados por el tesoro enterrado del capitán Kidd. El noventa y nueve por ciento son sólo eso: mitos.

—De acuerdo, pero ¿esos números que Kidd le escribió a su esposa no constituyen una sólida evidencia de algo?

—Sí, algo significan. Sin embargo, aunque fueran coordenadas de un mapa, en aquella época la navegación era demasiado primitiva como para definir un sitio determinado con alguna precisión. En especial la longitud. Unas coordenadas de ocho dígitos de minutos y segundos pueden errar por cientos de metros si se utilizan los métodos disponibles en 1699. Incluso hoy, con un aparato de navegación por satélite, se puede errar por cuatro o cinco metros. Si excavas en busca de un tesoro y yerras por cuatro o cinco metros, quizá debas hacer muchos pozos. Creo que la teoría de las coordenadas se ha dejado de lado en favor de otras teorías.

—¿Como cuáles?

Exhaló un suspiro exasperado, miró de reojo el salón y respondió:

—Mira, John, creo que esos números sólo tenían sentido para el capitán Kidd y la esposa. Ella pudo visitarlo en la cárcel unas cuantas veces. Hablaban. Se amaban. Tal vez él le dio una pista en forma oral, u otra pista en alguna carta que se ha perdido.

Eso me resultaba interesante. Se parecía a lo que hago yo, salvo que aquella pista tenía trescientos años de antigüedad. Le pregunté:

—¿Y las otras teorías?

—Bien, la que prevalece es la que especula con que esos números representan pasos, que es el método tradicional con el que los piratas registraban la ubicación de sus tesoros enterrados.

—¿Pasos?

—Sí.

—¿Pasos desde dónde?

—Eso es lo que sabía el señor William Kidd y nosotros no.

—Ah. —Miré los números. —Son muchos pasos.

—De nuevo, tienes que conocer el código personal. Podría significar —miró la servilleta— cuarenta y cuatro pasos en una dirección de diez grados, y sesenta y ocho en una dirección de dieciocho grados. O viceversa. O bien se lo podría leer de atrás para adelante. ¿Quién sabe? No importa, si no conoces el punto de partida.

—¿Crees que el tesoro está enterrado debajo de uno de esos robles? ¿Los Árboles del Capitán Kidd?

—No sé. —Agregó: —O el tesoro ya fue encontrado y la persona que lo encontró no lo anunció al mundo, o nunca hubo un tesoro, o todavía está enterrado y permanecerá enterrado para siempre.

—¿Qué piensas tú?

—Creo que iré a abrir mi negocio.

Abolló la servilleta y me la puso en el bolsillo de la camisa. Pagué la cuenta y nos fuimos. La fonda quedaba a cinco minutos de la Sociedad Histórica Pecónica, donde Emma había dejado su camioneta. Paré en el estacionamiento, y ella me dio un beso rápido en la mejilla, como si fuéramos más que amantes.

—Te veo a las cuatro —me dijo—. Florería Whitestone, calle Main, Mattituck.

Bajó, subió a su camioneta, tocó la bocina, me saludó con la mano y se marchó.

Yo me quedé un rato sentado en el Jeep, escuchando el noticiario local. Habría puesto el auto en marcha, pero no sabía adónde dirigirme. La verdad, había agotado casi todas mis pistas, y no tenía una oficina a la cual ir a mover papeles. No iba a llamarme ningún testigo ni el médico forense ni nadie. Muy pocas personas sabían siquiera adónde enviarme un dato en forma anónima. Me sentía como un detective privado, aunque no tenía licencia para eso.

Considerándolo todo, sin embargo, había hecho bastantes hallazgos sorprendentes desde mi encuentro con Emma Whitestone. Si me quedaba alguna duda acerca de por qué habían asesinado a los Gordon, ese número, 44106818, que había encontrado en el libro de mapas de Tom y Judy, debía despejarla.

Por otro lado, aunque fuera cierto que Tom y Judy Gordon habían sido cazadores de tesoros —y yo no lo dudaba, basado en todas las evidencias—, no se deducía necesariamente que la caza del tesoro fuera lo que les hubiera ocasionado la muerte. ¿Cuál era la conexión demostrable entre las excavaciones arqueológicas en Plum Island y las balas que los habían atravesado en la plataforma de su casa?

Llamé a mi contestador automático. Dos mensajes: uno de Max, para preguntarme adónde me enviaba mi cheque por un dólar, y otro de mi superior, el teniente detective Wolfe, que de nuevo me urgía imperiosamente a llamarlo a su oficina.

Puse el auto en marcha y arranqué. A veces es bueno manejar por el solo hecho de manejar.

Por la radio, el tipo de las noticias dijo:

—Una novedad sobre el doble homicidio de dos científicos de Plum Island en Nassau Point. La policía del municipio de Southold y la del condado de Suffolk acaban de lanzar un comunicado conjunto.

El locutor leyó la declaración en forma textual. Enfatizaba que el probable motivo había sido el robo de una vacuna contra el Ébola. Otra declaración, del FBI, afirmaba que no sabían si los perpetradores eran extranjeros o estadounidenses, pero que estaban siguiendo buenas pistas. La Organización Mundial de la Salud expresaba preocupación por el robo de esa "importante y vital vacuna", necesitada con desesperación en muchos países del Tercer Mundo.

Lo que de veras me fastidiaba era que la versión oficial de lo ocurrido surtía el efecto de dar la impresión de que Tom y Judy eran unos ladrones cínicos y desalmados: primero habían robado el tiempo y los recursos de sus empleadores, y luego habían desarrollado en secreto una vacuna, de la cual era de presumir que habían robado la fórmula y algunas muestras, que se proponían vender con gran lucro para ellos. Mientras tanto, en África la gente moría de a miles a causa de esa horrible enfermedad.

Ya me imaginaba a Nash, Foster, los cuatros tipos de traje que yo había visto bajar del *ferry* y un puñado de sujetos de la Casa Blanca y el Pentágono haciendo arder las líneas telefónicas entre Plum Island y el distrito de Columbia. En cuanto todos se enteraran de que los Gordon estaban involucrados en la experimentación con vacunas genéticamente alteradas, esos genios del gobierno encontrarían la justificación perfecta. Para ser justos, querían evitar que cundiera el pánico por la peste, pero yo estaba dispuesto a apostar mi potencial pensión de por vida por incapacidad a que en Washington no había una sola persona que tuviera en cuenta la reputación de los Gordon ni la pesadumbre de sus familiares mientras inventaban la historia que los pintaba como ladrones.

La ironía, si es que había alguna, era que sin duda Foster, Nash y el gobierno todavía se hallaban convencidos de que los Gordon habían robado una o más enfermedades aptas para una guerra biológica. Los tipos de Washington, desde el presidente hacia abajo según la cadena de mando, debían de dormir todos con el trasero tapado por un traje de biocontención. Por Dios. Que se fueran al carajo.

Me detuve en un negocio de Cutchogue, donde compré un vaso grande de café y un manojo de diarios: el *New York Times*, el *Post*, el *Daily News* y el *Newsday* de Long Island. En los cuatro la nota de los Gordon aparecía relegada a unos pocos centímetros en las páginas interiores. Ni siquiera el *Newsday* dedicaba mucha atención al asesinato local. Tuve la certeza de que a los tipos de Washington les alegraba que la nota fuera perdiendo interés. También me alegró a mí. Porque, al igual que a ellos, me daba tanta más libertad.

Y mientras Foster, Nash y compañía buscaban agentes y terroristas extranjeros, yo seguiría mi corazonada y conservaría mis sentimientos por Tom y Judy Gordon. Me sentía contento y no demasiado sorprendido de descubrir que lo que había pensado desde el principio resultaba cierto: aquello no era una guerra biológica ni algo relacionado con narcóticos ni nada ilegal. Bueno, no demasiado ilegal.

De cualquier modo, todavía no sabía quién los había asesinado. Igualmente importante, sabía que no eran criminales, y me proponía devolverles su reputación.

Terminé el café, arrojé los diarios en el asiento de atrás y salí al camino. Manejé hasta el Soundview, un motel de la década de 1950. Entré en la oficina y pregunté por los señores Nash y Foster. El joven que se hallaba detrás del mostrador me dijo que los dos caballeros que yo le describía ya se habían marchado.

Manejé por ahí... Vacilo en decir que lo hice sin rumbo, pero si uno no sabe adónde va o por qué, o bien es un empleado del gobierno o bien carece de rumbo.

Al final decidí ir a Orient Point. Era otro día lindo, un poco más fresco y ventoso, pero agradable.

Fui hasta la estación de *ferry* de Plum Island. Quería verificar qué autos había en la playa de estacionamiento, si se desarrollaba alguna actividad desacostumbrada, y tal vez ver si me topaba con alguien interesante. Cuando me detuve y me aproximé al portón, un guardia de seguridad de Plum Island me salió al paso con una mano levantada. De puro amable que soy no lo aplasté con el auto. Se acercó a mi ventanilla y me preguntó:

—¿En qué puedo ayudarlo, señor?

Le mostré mi identificación y repliqué:

—Estoy trabajando con el FBI en el caso de los Gordon.

Estudió la chapa con detenimiento, mientras yo le observaba la cara. Era evidente que yo figuraba en su corta lista de saboteadores, espías y pervertidos, y no lo disimuló muy bien. Me miró fijo un momento, carraspeó y dijo:

—Señor, si estaciona aquí le conseguiré un pase.

—Muy bien.

Detuve el auto a un costado. No esperaba encontrar a un tipo de seguridad en el portón, aunque debería haberlo calculado. El sujeto entró en el edificio de ladrillos y yo proseguí mi entrada en la playa de estacionamiento. Tengo un problema con la autoridad.

Lo primero que noté fue que había dos vehículos militares estacionados en el andén del *ferry*. Vi dos hombres uniformados en cada uno, así que me acerqué, y entonces pude identificarlos como infantes de marina. El martes a la mañana no había visto un solo vehículo militar en Plum Island, pero desde entonces el mundo había cambiado.

También divisé un gran Caprice negro que podría haber sido el mismo que había visto el martes con los cuatro tipos de traje adentro. Miré el número de chapa.

Después di una vuelta alrededor de los cien o más autos estacionados, y vi un Ford Taunus blanco con chapas de auto alquilado; tuve bastante certeza de que era el auto que manejaban Nash y Foster. Al parecer, aquel día había mucha actividad en Plum Island.

No había ningún *ferry* en el muelle ni en el horizonte, y, salvo los infantes de marina que esperaban para subir sus vehículos a bordo del siguiente transbordador, no había nadie más por allí.

Excepto lo que vi al mirar por mi espejo retrovisor: cuatro guardias de seguridad uniformados que corrían hacia mí, gritando y haciendo gestos con las manos. Resultaba obvio que yo no había entendido bien al guardia del portón. Ay, Dios.

Hice avanzar mi vehículo en dirección a los cuatro guardias. Ahora los oía vociferar: "¡Pare! ¡Pare!". Por suerte, no hacían ademán de sacar las armas.

Como quería que el informe de los señores Nash y Foster fuera entretenido, manejé en círculos alrededor de los cuatro guardias, haciéndoles gestos también y gritándoles: "¡Paren! ¡Paren!". Tracé un par de ochos y después, antes de que alguno cerrara la puerta o se pusiera loco con las armas, fui hacia la salida. Salí a toda velocidad hacia Main, rumbo al oeste. Nadie disparó. Es por eso que amo este país.

En dos minutos me hallaba en la estrecha franja de tierra que conecta Orient con East Marion. El canal a mi derecha, la bahía a mi izquierda, y montones de pájaros en el medio. De repente, una enorme gaviota blanca vino hacia mí desde lo alto. Con hermosa sincronización y perfecto vuelo soltó su carga explosiva, que dejó como resultado un manchón verde y violáceo en mi parabrisas. Era uno de esos días.

Encendí los limpiaparabrisas, pero la reserva de agua estaba vacía y sólo logré esparcir toda esa materia por el vidrio, borroneando mi visión. Puaj, puaj. Paré. Siempre lleno de recursos, tomé del asiento trasero mi onerosa botella de merlot Tobin y de la guantera mi cortaplumas del ejército suizo, con sacacorchos incluido. Abrí la botella y eché un poco del merlot sobre el parabrisas mientras las escobillas iban de un lado a otro. Bebí un sorbo de vino. No era malo. Eché más en el vidrio y bebí otro poco. Un tipo que pasaba en un auto me tocó la bocina y me saludó con la mano. Por fortuna, la descarga del pájaro estaba compuesta más o menos por los mismos materiales que el vino, así que el parabrisas quedó razonablemente limpio. Terminé el jugo de uvas y tiré la botella en el asiento de atrás.

De nuevo en marcha, pensé en Emma Whitestone. Soy de esa clase de tipos que siempre envían flores al día siguiente de la primera vez. No obstante, enviar flores a una florista podía resultar redundante. Necesitaba comprarle un regalo. Una botella de vino Tobin tampoco era apropiada, ya que habían sido amantes. Y además ella tenía acceso a todas las artesanías locales y negocios de regalos que podría necesitar en su vida. Santo cielo, qué difícil. Detestaba comprar joyas o ropa a las mujeres, pero quizá fuera eso lo que debía hacer.

De nuevo en Main, me detuve en una estación de servicio a cargar combustible. También llené la reserva de agua del limpiaparabrisas e invertí en un mapa de la zona.

Aproveché la oportunidad para escrutar el camino, por si había alguien estacionado cerca, observándome. No me dio la impresión de que me siguieran.

No creía correr peligro, aunque consideré volver a casa a buscar mi arma; al final deseché la idea.

Armado con nada más que un mapa y mi inteligencia superior, me dirigí al norte, barrancas arriba. Con cierta dificultad encontré al fin el sendero de tierra que llevaba a la barranca que buscaba. Estacioné, bajé y subí a la cima.

Atravesé los matorrales, encontré la roca en la que me había sentado antes, y observé que era lo bastante grande como para usarla de punto de referencia si uno iba a enterrar algo.

Fui hasta el borde de la barranca. Resultaba obvio que allí había tenido lugar mucha erosión en los últimos trescientos años, de modo que, si había algo enterrado en el lado norte —el lado del canal— de la barranca, bien podría haber quedado expuesto por el viento y el agua, y quizá caído a la playa.

Bajé de la barranca y subí a mi Jeep. Valiéndome de mi nuevo mapa, avancé hacia el lado oeste de la caleta de Mattituck. Y allí estaba... No, no los Árboles del Capitán Kidd, sino un cartel que decía: "Fincas del Capitán Kidd". En apariencia, algún constructor había realizado su sueño de mercado. Entré con el auto en las Fincas del Capitán Kidd, una pequeña colección de casas tipo *ranch* de la década de 1960. En ese momento pasaba por allí un chico en bicicleta; lo paré y le pregunté:

—¿Sabes dónde están los Árboles del Capitán Kidd?

El chico, de unos doce años, no me respondió.

—Se supone que cerca de la caleta hay un lugar con un grupo de árboles llamados los Árboles del Capitán Kidd —insistí.

Me miró, miró mi vehículo cuatro por cuatro y supongo que le parecí del tipo de Indiana Jones, porque me preguntó:

—¿Va a buscar el tesoro?

—No... No, sólo quiero fotografiar los árboles.

—Él enterró el cofre del tesoro debajo de uno de esos árboles.

Daba la impresión de que todos estaban al tanto de eso, menos yo. Es lo que sucede cuando uno no presta atención.

—¿Dónde están los árboles? —volví a preguntarle al chico.

—Una vez mis amigos y yo cavamos un pozo grande, antes de que nos echara la policía. Los árboles están en un parque, así que no se puede cavar.

—Yo quiero tomar unas fotos, no más.

—Si quiere cavar, yo le avisaré si viene la policía.

—De acuerdo. Vamos.

Lo seguí hasta un sendero sinuoso que llevaba cuesta abajo hasta el canal y terminaba en un parque cercano a la playa donde había unas cuantas madres jóvenes sentadas junto a cochecitos con bebés. A la derecha estaba la caleta de Mattituck y un muelle más allá. Paré a un costado y bajé del Jeep. No vi ningún roble grande; sólo un campo de matorrales y árboles bajos del otro lado del sendero. El campo se hallaba bordeado por la playa al norte y la caleta a este. Del otro lado, hacia el oeste, alcancé a ver una barranca que descendía hasta el agua. Al sur, de donde yo había venido, había una elevación de tierra que eran las Fincas del Capitán Kidd.

El chico me preguntó:

—¿Dónde está su pala?

—Sólo voy a tomar fotos.

—¿Dónde está su cámara?

—¿Cómo te llamas?

—Billy. ¿Y usted?

—Johnny. ¿Éste es el lugar correcto?

—Claro.

—¿Dónde están los Árboles del Capitán Kidd?

—Ahí. En el parque.

Señaló el campo. En apariencia era un pedazo de parque con parte de playa, más una reserva natural que mi mente de Manhattan imaginó como parque. Aun así, no veía ningún roble alto. Le dije:

—No veo los árboles.

—Allá. —Señaló un roble esmirriado, un cerezo silvestre y otros árboles diversos, ninguno de más de seis metros de alto. Me dijo: —¿Ve ése, el más grande? Ahí es donde cavamos Jerry y yo. Alguna noche vamos a volver.

—Buena idea. Vayamos a echarle un vistazo.

Billy dejó su bicicleta en el pasto y mi nuevo socio y yo caminamos hacia el campo. El pasto era alto, pero los matorrales eran dispersos, de modo que pudimos avanzar con facilidad. Evidentemente Billy no había prestado atención en su clase de ciencias biológicas, o de lo contrario habría sabido que esos árboles no tenían trescientos o cuatrocientos años de edad. De hecho, yo no me hacía ilusiones de encontrar robles de treinta metros con calaveras y huesos tallados en los troncos.

Billy preguntó:

—¿Tiene una pala en su auto?

—No. Mañana voy a venir con topadoras.

—¿Sí? Si encuentra el tesoro, tiene que compartirlo conmigo.

Con mi mejor acento pirata repliqué:

—Si encuentro el tesoro, muchacho, les cortaré la garganta a los que me pidan su parte.

Billy se agarró la garganta con las dos manos e hizo unos ruidos guturales.

Seguí caminando, pateando el suelo arenoso, hasta que al fin encontré lo que buscaba: un enorme tocón semipodrido, cubierto con tierra y vegetación. Le dije a Billy:

—¿Has visto más tocones como éste?

—Sí, claro. Los hay por todas partes.

Miré alrededor, imaginando robles primitivos que en épocas coloniales se alzaron en aquella tierra llana, junto a la gran caleta del canal. Aquél era un refugio natural para barcos y hombres, y visualicé una embarcación de tres mástiles entrando en el canal y anclando cerca. Unos hombres llegan a la caleta en un bote y caminan hasta donde estaba estacionado mi vehículo, en el sendero. Llevan el bote hasta el árbol. Además llevan otra cosa, un cofre, lo mismo que Tom y Judy llevaban la hielera. Los hombres de mar —William Kidd y unos hombres más— entran en el bosque de robles, eligen un árbol, cavan un pozo, entierran el tesoro y luego marcan de algún modo el árbol y se marchan, con la intención de regresar algún día. Por supuesto, no regresan jamás. Es por eso que hay tantas leyendas de tesoros enterrados.

Billy dijo:

—Ahí está el árbol donde cavamos Jerry y yo. ¿Quiere ver?

—Claro.

Fuimos hasta un cerezo silvestre retorcido y deformado por el viento, de unos cinco metros de altura. Billy señaló la base, donde había un pozo de poca profundidad llenado a medias con arena.

—Ahí —indicó.

—¿Y por qué no al otro lado del árbol? ¿Por qué no a cierta distancia del árbol?

—No sé... Adivinamos. Eh, ¿usted tiene un mapa? ¿Un mapa del tesoro?

—Sí. Pero si te lo muestro tendré que obligarte a caminar por la planchada.

—¡Aaahhhh! —Hizo una imitación pasable de lo que le pasaría si cayera por el extremo del interminable tablón.

Empecé a caminar de vuelta hacia mi auto, con Billy a mi lado. Le pregunté:

—¿Cómo es que hoy no has ido a la escuela?

—Hoy es una fiesta judía.

—¿Eres judío?

—No, pero mi amigo Danny sí.

—¿Dónde está Danny?

—En la escuela.

El chico era un abogado en potencia.

Volvimos a mi vehículo y saqué un billete de cinco de mi billetera.

—Bueno, Billy, gracias por tu ayuda.

Tomó el billete y repuso:

—¡Eh, gracias! ¿Necesita más ayuda?

—No. Tengo que volver e informar a la Casa Blanca.

—¿La Casa Blanca?

Tomé su bicicleta y se de la di. Subí a mi Jeep y lo puse en marcha. Le dije:

—Ese árbol donde estuviste cavando no es lo bastante antiguo para haber existido en los tiempos del capitán Kidd.

—¿De veras?

—El capitán Kidd vivió hace trescientos años.

—¡Vaya!

—¿Ves todos esos tocones podridos? Eran grandes árboles cuando el capitán Kidd desembarcó aquí. Intenta cavar alrededor de uno de ésos.

—¡Gracias!

—Si encuentras el tesoro, volveré a buscar mi parte.

—De acuerdo. Pero a lo mejor mi amigo Jerry quiere cortarle la garganta. Yo no, porque usted nos dijo dónde está el tesoro.

—A lo mejor Jerry te corta la garganta a ti.

—¡Aaahhhh!

Y me marché.

Próxima parada: un regalo para Emma. En el camino me dedicaría a armar más piezas del rompecabezas mental.

En realidad, podría haber más de un tesoro enterrado, pero el que buscaban los Gordon —y que bien podían haber encontrado— estaba enterrado en Plum Island. De eso tenía una razonable certeza.

Y Plum Island era tierra del gobierno, y cualquier cosa tomada de esa tierra pertenecía al gobierno, específicamente el Departamento del Interior.

De manera que la simple solución para engañar al César y sacar el tesoro de la tierra del César consistía en mudar el tesoro a la tierra de uno. Sin embargo, si uno alquilaba tenía un problema. Entonces, *voilà*, así se explicaba el acre de tierra con vista al mar comprado a Margaret Wiley.

No obstante, persistían algunas preguntas. Una: ¿cómo supieron los Gordon que era posible que hubiera un tesoro enterrado en Plum Island? Respuesta: Lo averiguaron a través de su interés y su asociación a la Sociedad Histórica Pecónica. O bien otra persona había descubierto mucho tiempo atrás que en Plum Island había un tesoro y esa persona no tenía acceso a Plum Island, de manera que se hizo amiga de los Gordon, quienes, como personal de primer nivel, tenían pase casi ilimitado a la isla. Al final, esa persona —o personas— confió su conocimiento a los Gordon y urdieron un plan e hicieron un trato, que firmaron con sangre a la luz de una vela parpadeante.

Tom y Judy eran buenos ciudadanos, pero no santos. Pensé en lo que había dicho Beth —"oro seductor de santos"— y me di cuenta de cuán acertado era.

Resultaba obvio que los Gordon se proponían volver a enterrar el tesoro en su tierra, y luego descubrirlo y anunciarlo al mundo, y pagar honestamente sus impuestos al Tío Sam y al estado de Nueva York. Tal vez el socio tenía otras ideas. Eso era. Al socio no le satisfacía recibir sólo su cincuenta por ciento del botín, del cual era de presumir tendría que pagar fuertes impuestos.

Esto me llevó a plantearme cuánto podría valer el tesoro. Evidentemente, bastante como para cometer un doble homicidio.

Una teoría, según enseño en mis clases, debe concordar con todos los hechos. De lo contrario, uno debe examinar los hechos. Si éstos son correctos y la teoría no funciona, entonces hay que cambiar la teoría.

En este caso, la mayoría de los primeros hechos señalaban hacia la teoría errada. Aparte, yo tenía al fin lo que los físicos denominarían una teoría unificada: las excavaciones pseudoarqueológicas en Plum Island, la costosa lancha, el elevado alquiler de la casa junto al agua, la *Espiroqueta* anclada cerca de Plum Island, la asociación a la Sociedad Histórica Pecónica, y el acre de tierra en apariencia inútil en el canal, y quizás el viaje a Inglaterra. Si sumaba todo eso a la bandera pirata que flameaba en el mástil de los Gordon, la hielera desaparecida y el número de ocho dígitos en el libro de cartas de navegación, se obtenía una teoría unificada bastante sólida que unía todos esos elementos en apariencia desconectados.

O bien —y ése era el gran "o bien"— yo había perdido mucha sangre, mi cerebro no había quedado bien irrigado y me hallaba por completo equivocado, por entero errado y mentalmente inepto para el trabajo de detective.

También eso era posible. Es decir, miremos a Foster y Nash, dos tipos más o menos astutos que disponían de todos los recursos del mundo, y sin embargo ellos sí que estaban por completo errados, corriendo en pos de pistas equivocadas. Tenían buenos cerebros, pero los limitaba su estrecha visión del mundo: intriga internacional, guerra biológica, terroristas internacionales y todo eso. Lo más probable era que jamás hubieran oído hablar del capitán Kidd. Bien.

De un modo u otro, pese a mi teoría unificada, todavía había cosas que ignoraba y cosas que no comprendía. Una que ignoraba era quién había asesinado a Tom y Judy Gordon. A veces uno agarra al asesino incluso antes de tener todos los hechos o antes de comprender lo que tiene; en esos casos, a veces el asesino tendrá la amabilidad de explicar lo que uno pasó por alto, lo que entendió mal, cuáles fueron sus motivos, etcétera. Cuando obtengo una confesión, quiero más que una admisión de culpa: quiero una lección sobre la mente criminal. Esto sirve para la próxima vez, y siempre hay una próxima vez.

En aquel caso, yo tenía lo que creía era el motivo, pero no al asesino. Sólo sabía que era muy astuto. No conseguía imaginar a los Gordon tramando un crimen con un idiota.

Uno de los puntos de mi mapa mental eran los Viñedos Tobin. Incluso en aquel momento, después de haber redondeado el asunto de Kidd y llegado a mi teoría unificada, no lograba explicarme cómo encajaba en todo el cuadro la relación de los Gordon con Fredric Tobin.

Bueno, acaso lo lograra... Me dirigí a los Viñedos Tobin.

El Porsche blanco que pertenecía al propietario estaba en la playa de estacionamiento. Estacioné, bajé de mi Jeep y me dirigí hacia la vinatería.

La planta baja de la torre central conectaba diversas alas; entré en la torre a través de la zona de recepción de visitantes. La escalera y el ascensor tenían carteles que decían: "Sólo empleados". De hecho, al ascensor del que había bajado el señor Tobin cuando lo conocí se accedía con un código, así que opté por la escalera, que de todos modos prefiero. Era en realidad una salida de incendios de acero y cemento construida dentro de la torre de tablones de cedro, y en cada piso había una puerta de acero con un cartel que indicaba: "Segundo piso. Contaduría, Personal, Cuentas" o: "Tercer piso. Ventas, Mercado, Envíos" y así sucesivamente.

En el cuarto piso el cartel decía: "Oficinas ejecutivas". Continué subiendo hasta el quinto piso, donde había otra puerta de acero, ésta sin cartel. Accioné el picaporte, pero estaba echado el cerrojo. Noté una cámara de vigilancia y un intercomunicador.

Volví a bajar al cuarto piso, donde la puerta de las oficinas ejecutivas daba a una zona de recepción. En el centro había un mostrador circular, pero no vi a nadie que atendiera. Desde la zona de recepción cuatro puertas conducían a unas oficinas que, según alcanzaba a ver, tenían forma de torta, función obvia del plano circular de la planta. Cada oficina tenía una linda ventana en la torre. Había una quinta puerta, cerrada.

No pude ver a nadie en ninguno de los escritorios de las oficinas abiertas, y como ya era la una y media de la tarde supuse que todos estarían almorzando.

Entré en la recepción y eché un vistazo. Los muebles parecían de cuero legítimo, color púrpura, por supuesto, y en las paredes había reproducciones de Pollock y de Kooning... o a los hijos y nietos del personal les habían permitido colgar sus garabatos. Me enfocó una cámara de vigilancia con vídeo, así que saludé.

La puerta cerrada se abrió y apareció una mujer de unos treinta años y aspecto eficiente. Me preguntó:

—¿Puedo ayudarlo en algo?

—Por favor, dígale al señor Tobin que ha venido a verlo el señor Corey.

—El señor Tobin está por salir a almorzar. En realidad, se encuentra un poco retrasado en su programa de actividades.

—Entonces lo llevaré yo. Por favor, dígale que estoy aquí. —Odio mostrar la identificación en la oficina de alguien, a menos que haya ido a ayudarlo o a esposarlo. Si se trata de razones intermedias, a veces los tipos se enojan si uno asusta al personal mostrándole la chapa y entrando como un matón. Urgí a la dama: —Dígale que es importante.

Volvió a la puerta cerrada, golpeó, entró y cerró. Esperé un minuto entero, lo cual para mí es tener muchísima paciencia, y después entré. El señor Tobin y la joven estaban de pie junto al escritorio de él, conversando. Él se mesaba la barba, con un aspecto algo mefistofélico. Vestía chaqueta borgoña, pantalones negros y camisa rosa. Se volvió hacia mí pero no devolvió mi sonrisa amistosa.

Le dije:

—Lamento tener que entrar de este modo, señor Tobin, pero ando un poco apretado de tiempo, y sabía que a usted no le molestaría.

Despachó a la joven y permaneció de pie. El hombre era un verdadero caballero; ni siquiera se mostró enfadado. Me dijo:

—Qué placer inesperado.

Me encanta esa expresión. Respondí:

—También para mí. Es decir, no creí volver a verlo hasta su fiesta, pero de repente volvió a surgir su nombre.

—¿Cómo surgió?

"Cuando me acosté con tu ex novia." La verdad, le respondí de manera más amable:

—Estaba hablando con alguien sobre el caso... Ya sabe: sobre Tom y Judy y su amor por el vino y cuán complacidos se sentían de conocerlo a usted. Bueno, la cuestión es que esa persona mencionó por casualidad que también los conocía a usted y a Tom y Judy. Bueno, así fue como surgió su nombre.

No se tragó el anzuelo. Replicó:

—¿Y es por eso que ha venido?

—Bueno, no. —No di más explicaciones. Él seguía de pie, con la ventana a sus espaldas. Rodeé el escritorio y miré hacia abajo. —Qué vista.

—La mejor de North Fork, a menos que uno viva en un faro.

—Correcto. —La ventana daba al norte y abarcaba sus acres de viñedos, salpicados de granjas y huertas. A lo lejos, la tierra se elevaba en forma de barrancas, y hasta se alcanzaba a ver el canal. Le pregunté: —¿Tiene binoculares?

Vaciló, pero enseguida fue hasta un mueble y me dio un par.

—Gracias. —Enfoqué en el canal al tiempo que comentaba: —Se ve la costa de Connecticut.

—Sí.

Enfoqué hacia la izquierda, la barranca que creía podía ser la de Tom y Judy. Le dije al señor Tobin:

—Acabo de enterarme de que los Gordon compraron un acre de aquellas barrancas. ¿Usted lo sabía?

—No.

"No es eso lo que me dijo Emma, Fredric." En voz alta:

—Les habría venido bien tener un poco del sentido comercial de usted. Pagaron veinticinco mil dólares por una parcela en la que no se puede construir.

—Sin duda sabían que los derechos de construcción habían sido vendidos al condado.

Bajé los binoculares y repliqué:

—No dije que los derechos de construcción habían sido vendidos al condado. Dije que no podían construir en su parcela. Podía deberse a ordenanzas de la zona, a falta de agua o servicios eléctricos o cualquier otra cosa. ¿Por qué pensó que los derechos de construcción de esa tierra estaban vendidos?

Respondió:

—Puede que lo haya oído comentar.

—Ah. Entonces usted sabía que los Gordon habían comprado un terreno.

—Creo que alguien me lo mencionó. No sabía dónde quedaba el terreno. Sólo que no incluía derechos de construcción.

—Correcto. —Me volví de nuevo hacia la ventana y otra vez enfoqué los binoculares de Tobin en las barrancas. Hacia el oeste, la tierra descendía en la caleta de Mattituck, y vi la parte denominada los Árboles del Capitán Kidd y las Fincas del Capitán Kidd. Hasta la extrema derecha, al este, veía con claridad hasta Greenport y también lograba distinguir Orient Point y Plum Island. Comenté: —Esto es mejor que la plataforma de observación del Empire State. No tan alto, pero...

—¿En qué puedo ayudarlo, señor Corey?

Ignoré la pregunta y dije:

—¿Sabe? Usted está en la cima del mundo. O sea, mire todo esto... Cuatrocientos acres de tierras de primera calidad, una casa sobre el agua, un restaurante, un Porsche y quién sabe qué más. Y usted sentado aquí, en esta torre de cinco pisos... ¿Qué hay en el quinto piso, ya que estamos?

—Mi departamento.

—Vaya, vaya. ¿Les gusta a las damas?

No respondió a mi pregunta, pero me advirtió:

—Después de su visita de ayer hablé con mi abogado.

—¿Sí?

—Y me aconsejó que no hablara con la policía sin la presencia de un abogado.

—Es su derecho. Yo se lo dije.

—Después mi abogado hizo algunas averiguaciones y se enteró de que usted ya no está empleado por el jefe Maxwell como asesor en este caso y que, de hecho, no estaba empleado por el municipio cuando vino a hablar conmigo.

—Bueno, ese punto es debatible.

—Debatible o no, usted ya no tiene nivel oficial aquí.

—Correcto. Y como ya no soy la policía, usted puede hablar conmigo.

Fredric Tobin me ignoró.

—Mi abogado prometió cooperar con la policía del pueblo —continuó—, hasta que descubrió que el jefe Maxwell no quiere ni necesita nuestra cooperación. El jefe Maxwell está molesto porque usted vino a interrogarme. Usted nos ha incomodado, tanto a él como a mí. —Agregó: —Soy un generoso contribuyente de políticos clave de esta zona, y he sido muy generoso en tiempo y en dinero para renovar casas históricas, colocar hitos históricos, contribuir con hospitales y otras obras de caridad, incluida la Asociación Caritativa de la Policía. ¿Soy claro?

—Ah, absolutamente. Pero yo sólo vine para ver si podía llevarlo a almorzar.

—Ya tengo con quien almorzar, gracias.

—Bueno, otra vez será.

Miró la hora y anunció:

—Tengo que irme.

—Claro. Bajo con usted.

Respiró hondo.

Salimos de su oficina y entramos en la zona de recepción. Le dijo a la recepcionista:

—El señor Corey y yo hemos concluido nuestra conversación, y no será necesario que él regrese.

Vaya, qué cortesía. El tipo podía clavarte un cuchillo sin que te dieras cuenta por varios días.

El señor T. puso su llave en la cerradura del ascensor y éste llegó en unos segundos. Subimos, y durante el descenso, para romper el incómodo silencio, dije:

—¿Recuerda el merlot que compré? Bueno, me resultó muy útil. Es una estupidez, tal vez cómico, aunque no creo que a usted le cause gracia... Tuve que usarlo para limpiar una caca de un pájaro que cayó en mi parabrisas.

—¿Qué?

Se abrió la puerta del ascensor y bajamos.

—Una gaviota me arrojó un proyectil en el parabrisas —le expliqué, mientras él volvía a mirar su reloj—. La mitad que bebí estaba muy buena. Aunque no era demasiado audaz.

—Un terrible desperdicio de un vino añejo.

—Sabía que diría eso.

Pasó por el umbral de la zona de recepción. Lo seguí.

Ya en la playa de estacionamiento, le dije:

—A propósito, esa persona que hizo surgir su nombre en la conversación... ¿recuerda?

—Sí.

—Era una mujer, y me dijo que era amiga suya. Pero hay mucha gente que afirma ser amiga suya, como los Gordon, y en realidad no son más que conocidos que quieren aprovechar su fulgor.

No respondió. Es difícil tenderle el anzuelo a un hombre que juega al Señor de la Mansión. El señor Tobin no iba a perder la serenidad.

Continué:

—Bueno, el asunto es que dijo que era amiga suya. ¿Conoce a Emma Whitestone?

Alteró apenas el ritmo de sus pasos, pero enseguida prosiguió y se detuvo junto a su auto.

—Sí, salimos hace un año, más o menos —repuso.

—¿Y quedaron amigos?

—¿Por qué no?

—Todas mis ex quieren asesinarme.

—No consigo imaginar por qué.

Me reí del chiste. Era raro que todavía me simpatizara ese tipo, aunque sospechaba que él había asesinado a mis amigos. No me entiendan mal: si de veras lo había hecho, yo me esforzaría al máximo por verlo freírse en la silla o lo que sea que use este Estado para despachar al primer asesino convicto. Pero, por el momento, si él se mostraba cortés yo me mostraría cortés.

La otra cosa que me resultaba extraña era que, desde la última vez que habíamos hablado, habíamos desarrollado algo en común. Tuve ganas de darle una palmada en la espalda y preguntarle: "Eh, viejo, ¿te gustó tanto como a mí?". Pero los caballeros no hablan de las damas con que se acuestan.

Fredric Tobin iba diciendo:

—Señor Corey, percibo que cree que sé más sobre los Gordon que lo que le digo. Le aseguro que no es así. No obstante, si la policía del condado o del municipio desea una declaración mía, no tendré inconveniente en hacerlo. Mientras tanto, usted será bienvenido aquí como cliente, y en mi casa como invitado. No es bienvenido en mi oficina, y no permitiré que vuelva a interrogarme.

—Suena razonable.

—Buenos días.

—Que disfrute del almuerzo.

Subió a su Porsche y se marchó.

Volví a mirar la torre Tobin con la bandera negra. Si el señor Tobin tenía alguna prueba física que esconder, era posible que se hallara en su casa junto al agua o quizás en su departamento en el último piso de esa torre. Obviamente no podía ni plantearme obtener una orden de registro, así que tendría que arreglármelas con una incursión a medianoche, por mi propia cuenta.

Subí a mi Jeep y salí de nuevo al camino. Llamé a mi contestador automático y escuché dos mensajes. El primero era de un insolente del Departamento de Policía de Nueva York que me comunicaba que mi examen físico se había adelantado al martes siguiente y me pedía que llamara para confirmar que me había enterado.

El otro mensaje era de mi ex compañera, Beth Penrose, que decía:

—Hola, John. Lamento no haber podido llamarte antes, pero aquí ha sido una locura. Sé que oficialmente ya no formas parte del caso, pero hay unas cuantas cosas que quisiera hablar contigo. ¿Qué te parece si voy hoy a la tarde? Llámame o te llamaré yo, y nos pondremos de acuerdo en hora y lugar. Cuídate.

Bien. El tono era cordial, pero no tanto como la última vez que habíamos conversado en persona. Y ni hablar del beso en la mejilla. Supongo que no convenía ponerse muy mimoso por el contestador automático. Para ir más al grano, cualquiera fuera el grado de calor por mí que pudiera haber desarrollado durante esos intensos dos días, era natural que se enfriara cuando regresó a su ámbito y su propio mundo. Sucede.

Ahora quería hablar unas cuantas cosas conmigo, lo cual significaba que quería saber qué había descubierto yo. Para Beth Penrose, yo me había convertido en un testigo más. Bueno, quizá yo lo veía con ojos cínicos. Aunque quizá debiera sacar de mi mente a Beth Penrose para acomodar a Emma Whitestone. Nunca serví para equilibrar relaciones múltiples. Es peor que llevar una docena de casos de homicidio al mismo tiempo, y mucho más peligroso.

De cualquier modo, necesitaba comprar un regalo para Emma. Divisé un negocio de antigüedades en la calle Main. Perfecto. Paré y bajé. Lo maravilloso de los Estados Unidos es que hay en circulación más antigüedades que las que se hicieron en la época original.

Me puse a mirar por el mohoso lugar hasta que la dueña, una ancianita agradable, me preguntó en qué podía ayudarme.

—Necesito un regalo para una dama joven.

—¿Esposa? ¿Hija?

"Alguien a quien no conozco pero con quien me acosté."

—Una amiga.

—Ah. —Me mostró algunas cosas, pero yo no tengo la menor noción sobre antigüedades. Entonces se me ocurrió una brillante idea.

—¿Usted es miembro de la Sociedad Histórica Pecónica?

—No, pero pertenezco a la Sociedad Histórica de Southold.

Buen Dios, vaya que había demasiadas de esas agrupaciones. Le pregunté:

—¿Por casualidad conoce a Emma Whitestone?

—Por supuesto que sí. Una joven encantadora.

—Exacto. Busco algo para ella.

—Qué bien. ¿Qué celebran?

"Sólo es un gesto de agradecimiento y afecto postsexual."

—Quiero agradecerle porque me ayudó a investigar unos datos en los archivos.

—Ah, ella es muy capaz para esas cosas. ¿Qué andaba buscando?

—Bien... es una tontería, pero desde chico me fascinan los piratas.

Soltó una risita, o más bien cacareó.

—El capitán Kidd visitó nuestras costas —repuso.

—¿De veras?

—Hubo muchos piratas que anduvieron por aquí antes de la revolución. Saqueaban a los franceses y los españoles en el Caribe; después venían al norte a gastar sus mal habidas ganancias, o a volver a pertrechar sus naves. Algunos se establecieron en esta zona. —Sonrió y agregó: —Con todo ese oro y esas joyas, muy pronto se convirtieron en ciudadanos prominentes. Más de una fortuna de por aquí se basaron en botines de piratas.

Me agradaba la manera anticuada como hablaba la señora. Comenté:

—Más de una fortuna de hoy en día se basan en piratería empresarial.

—Bueno, eso no lo sabía, pero sé que estos traficantes de drogas de la actualidad se parecen mucho a piratas. —Añadió: —Cuando yo era chica, teníamos los traficantes de ron. Aquí somos gente respetuosa de la ley, pero estamos en las rutas marinas.

Al cabo de otro minuto de charla me presenté como John, y ella como la señora Simmons. Le pregunté:

—¿La Sociedad Histórica de Southold tiene alguna información sobre piratas?

—Sí. Aunque no mucha. Hay algunos documentos y cartas originales en los archivos. E incluso, en nuestro pequeño museo, un cartel que ofrece una recompensa.

—¿Por casualidad tendrán un auténtico mapa de un tesoro pirata que yo pudiera fotocopiar?

Sonrió.

Le pregunté:

—¿Conoce a Fredric Tobin?

—Bueno, ¿no lo conocen todos? Rico como Creso.

¿Quién?

—¿Pertenece a la Sociedad Histórica de Southold? El señor Tobin, no Creso.

—No, pero el señor Tobin es un generoso contribuyente.

—¿Visita los archivos?

—Entiendo que lo hizo. Aunque no en el último año.

Asentí. Debía recordarme todo el tiempo que aquello no era Manhattan sino una comunidad de unas dos mil personas y que, aunque no era literalmente cierto que todos se conocieran, sí era verdad que todos conocían a alguien que conocía a otro.

De un modo o de otro, al menos una de mis búsquedas había terminado. Le pregunté a la señora Simmons:

—¿Podría recomendarme algo para la señorita Whitestone?

—¿Cuánto puede gastar?

—Para la señorita Whitestone nada es demasiado caro. Cincuenta dólares.

—Ah... bueno...

—Cien.

Sonrió y sacó una bacinilla de porcelana con una gran asa, decorada con rosas pintadas. Me informó:

—Emma las colecciona.

—¿Bacinillas?

—Sí. Las usa para poner plantas dentro. Tiene toda una colección.

—¿Está segura?

—Por supuesto. Le había guardado ésta para mostrársela. Es de fines de la época victoriana. Inglesa.

—De acuerdo... La llevaré.

—En realidad cuesta un poquito más de cien dólares.

—¿Cuánto es "un poquito"?

—Cuesta doscientos.

—¿Está usada?

—Imagino que sí.

—¿Acepta Visa?

—Por supuesto.

—¿Puede envolverla?

—La pondré en una linda bolsa de regalo.

—¿Puede ponerle un moño en el asa?

—Si así lo desea...

Completa la transacción, salí del negocio de antigüedades con la gloriosa bacinilla dentro de una linda bolsa de regalo rosa y verde.

Allá fui, rumbo a la Biblioteca Gratuita de Cutchogue, que fue fundada en 1841 y aún pagaba los mismos salarios de entonces. Era un edificio grande, de tablones de madera, con una torre ahusada que daba la impresión de que en otros tiempos había sido una iglesia.

Estacioné y entré. Sentada tras el escritorio de recepción había una pajarraca vieja de aspecto recio que me miró por encima de un par de anteojos bifocales. Sonreí y pasé rápido a su lado.

En la entrada a los anaqueles había colgado un gran cartel que decía: "Encuentre el tesoro enterrado - Lea libros". Excelente consejo.

Encontré el fichero, el cual, gracias a Dios, no estaba computadorizado, y en diez minutos me hallaba sentado en un sitio de lectura ante un volumen de referencias titulado *El libro del tesoro enterrado*.

Leí sobre un tal John Shelby, de Thackham, Inglaterra, que en 1672 fue arrojado del caballo en un bosquecillo donde encontró una marmita de hierro que contenía más de quinientas monedas de oro. Según las leyes de Inglaterra, toda propiedad oculta o perdida pertenecía a la Corona. No obstante, Shelby se negó a entregar el oro a los oficiales del rey y fue arrestado, procesado por traición y decapitado. Con toda probabilidad aquélla sería una de las historias favoritas de la Agencia Impositiva.

Leí sobre las leyes del gobierno de los Estados Unidos referentes al hallazgo de tesoros, así como las de los diversos estados. Básicamente, todas decían: "Los que encuentran se lo guardan, los que pierden se la aguantan".

Había, no obstante, algo llamado el Acta de Preservación de Antigüedades Estadounidenses, y quedaba bastante claro que cualquier cosa encontrada en tierras federales caía dentro de la jurisdicción de la secretaría de Agricultura, Defensa o el Interior, según a quién perteneciera la tierra en cuestión. Además, se necesitaba un permiso para cavar en tierras federales y cualquier cosa que uno encontrara pertenecía al Tío Sam. Qué gran negocio.

Sin embargo, si uno encontraba dinero, objetos de valor o cualquier tipo de tesoro en su propia tierra, en general se los consideraba propiedad de uno, siempre que pudiera demostrar que el dueño original estaba muerto y/o sus herederos eran desconocidos, y que la propiedad no fuera robada. Y aunque fuera robada, uno podía reclamarla si se confirmaba que sus verdaderos dueños estaban muertos o eran desconocidos o enemigos del país en el momento en que se obtuviera el dinero, los bienes o el tesoro. El ejemplo que daban era el de un tesoro o botín pirata. Hasta el momento, todo bien.

Y para volver aún mejor la situación, la Agencia Impositiva, en un increíble lapsus de codicia, exigía que se le pagara impuestos sólo sobre la porción que vendiera o convirtiera en efectivo de algún otro modo, una vez por año, siempre que uno no fuera un cazador de tesoros profesional. De modo que, si uno era un biólogo, por ejemplo, y poseía un terreno y encontraba allí un tesoro enterrado por accidente o como resultado de la afición a la arqueología, y ese tesoro valía, digamos, diez o veinte millones, no tenía que pagar un centavo de impuestos hasta que vendiera una parte. Qué buen negocio. Casi me dieron ganas de adoptar el pasatiempo de buscar tesoros. Pensándolo mejor, eso era justamente lo que estaba haciendo.

El libro decía también que si el tesoro tenía valor histórico o guardaba alguna relación con la cultura popular —y aquí, ay, el libro daba el ejemplo específico del tesoro perdido del capitán Kidd—, su precio aumentaría de manera considerable, y otras cosas semejantes.

Leí un rato más, enterándome de las leyes sobre hallazgos de tesoros y leyendo otros ejemplos y casos interesantes. También me enteré de que en Londres hay un lugar llamado Sección del Almirantazgo de la Oficina de Registros Públicos, y sabía Dios qué se podía encontrar en aquel sitio si uno tenía tiempo, paciencia y una lupa, además de conocimientos de inglés antiguo y un poco de codicia, optimismo y sentido de la aventura. Tuve la certeza de que ahora comprendía por qué los Gordon habían pasado una semana en Londres aquel año.

Tenía que suponer que Tom y Judy habían leído lo que yo estaba leyendo en aquel momento y que conocían las leyes concernientes al hallazgo de tesoros. Además, el sentido común debía de haberles indicado que cualquier cosa que encontraran en Plum Island pertenecería al gobierno —nada de dividirlo cincuenta y cincuenta— y que cualquier cosa que ellos afirmaran haber encontrado en la propiedad que alquilaban pertenecería al dueño, no a los inquilinos. No se necesitaba un diploma en leyes para figurarse todo aquello.

Era probable que a Tom y Judy se les hubiera cruzado por la cabeza que una solución fácil a los problemas de propiedad consistía sencillamente en cerrar la boca si encontraban algo en Plum Island. Pero tal vez en algún momento del proceso se dieron cuenta de que el mejor curso de acción —y el más lucrativo, a la larga— era el de cambiar la ubicación de su descubrimiento, anunciar el hallazgo, atraer mucha publicidad, pagar impuestos sólo por lo que vendieran cada año y pasar a la historia como la joven y atractiva pareja de científicos que encontraron el tesoro perdido del capitán Kidd y se volvieron asquerosamente ricos. Eso era lo que haría cualquier persona inteligente y lógica. Era lo que habría hecho yo.

Pero había unos cuantos problemas. El primero consistía en que Tom y Judy tenían que sacar de Plum Island cualquier cosa que encontraran en Plum Island. El segundo consistía en que debían volver a enterrar el tesoro de un modo tal que su redescubrimiento no sólo pareciera plausible sino que resistiera el escrutinio científico. La respuesta a eso estaba en las barrancas erosionadas.

Para mí, todo adquiría sentido. Y también debía de haberlo tenido para ellos, pero en algún punto del camino Tom y Judy habían dicho o hecho algo que causó que los asesinaran.

Fredric Tobin me había mentido acerca de dos hechos y sobre su relación con los Gordon, tema que parecía abierto a dos interpretaciones diferentes. Además, Tobin estaba quebrado o iba camino a estarlo. Para un detective de homicidios, aquello era como una luz roja y una campana de alarma.

No sólo Tobin había procurado la amistad de los Gordon, sino que había seducido —o al menos cautivado— a Emma Whitestone, historiadora y archivista. Todo daba la impresión de concordar. Probablemente era Tobin el que de algún modo se topó con la posibilidad de que hubiera un tesoro enterrado en Plum Island. Y era probablemente Tobin el que había pagado la semana que pasaron los Gordon en Inglaterra para investigar y tal vez tratar de determinar la localización exacta.

Fredric Tobin era mi primer sospechoso, pero no descontaba a Paul Stevens ni a otra persona de Plum Island. Por lo que sabía, aquello era una conspiración más grande que lo que pensé al principio, y podía involucrar a Stevens, Zollner y otros individuos de la isla, más Tobin, más... bueno, Emma Whitestone.

21

Encontré la florería Whitestone con bastante facilidad; había pasado docenas de veces por allí en los tres meses anteriores.

Estacioné cerca, me miré el pelo en el espejo retrovisor, bajé y entré en el negocio.

Era un lindo lugar, lleno de... bueno, flores. Olía bien. Detrás del mostrador había un joven que me preguntó:

—¿En qué puedo servirlo?

—Tengo una cita con Emma Whitestone.

—¿Usted es John?

—El mismo.

—Ella tuvo que salir a hacer unos trámites... Espere. —Dijo en dirección a la trastienda: —Janet, aquí ha venido John a buscar a Emma.

Desde atrás vino Janet, una mujer de unos cuarenta y tantos años, y también una joven de unos veinticinco a quien Janet presentó como Ann. Janet me dijo:

—Emma me dejó dicho que por favor la espere en la casa de la sociedad histórica.

—No hay problema.

Ann acotó:

—Puede que Emma llegue un poco tarde. Tenía que hacer unas entregas.

—No se preocupe, la esperaré. La esperaré toda la noche si es necesario.

¿Hacían falta tres personas para darme el recado? Obviamente, yo estaba en exposición.

El muchacho tendió una tarjeta comercial y dijo:

—Si hay algún problema, llame aquí.

—Lo haré. Gracias por su ayuda. —Fui hasta la puerta, me volví y observé: —Emma tiene un local muy bonito.

Todos sonrieron.

Me fui. Con ese comentario conseguí una buena nota fácil.

De vuelta a mi Jeep y camino a Cutchogue. En realidad no me agradaba ni siquiera pensar que Emma Whitestone estuviera complicada con Tobin y quién sabía con quién más. O sea, era una muchacha que había hecho que todo el personal de la florería Whitestone le echara un vistazo a su nuevo amigo.

Por otro lado, cuando uno termina en la cama con una mujer a la que acaba de conocer, tiene que preguntarse si el asunto se debe al encanto de uno o a los designios de ella. Aun así, era yo el que la había procurado, no al revés. ¿De dónde saqué el nombre? ¿De Margaret Wiley? No, lo había visto antes en el fichero de los Gordon en Plum Island. Todas aquellas personas parecían estar interconectadas. Tal vez Margaret Wiley formara parte del plan. Tal vez toda la población adulta de North Fork formara parte del plan, y yo era el único intruso. Es decir, era como una de esas películas de terror donde toda la aldea está llena de brujos y hechiceros y de pronto aparece un turista despistado que antes de darse cuenta se convierte en la cena.

Entré en el pequeño lote de estacionamiento de la mansión de la sociedad histórica. No había ninguna camioneta de la florería, pero sí un Ford de diez años.

Dejé la bacinilla en el asiento de atrás, pensando que aquél no era el momento apropiado para dársela. Quizá después de la cena.

Entré por la puerta de adelante, donde había otra nota que decía sencillamente: "Entra".

Lo hice. Dentro del gran vestíbulo llamé:

—¡Emma!

No hubo respuesta. Atravesé las varias habitaciones de la amplia casa y volví a llamar:

—¡Emma!

De nuevo no hubo respuesta. Parecía inconcebible que hubiera dejado la puerta sin llave y la casa sola, con todas esas antigüedades.

Fui hasta el pie de las escaleras y llamé de nuevo, con el mismo resultado. Se me ocurrió que podía estar en el baño y que debía dejar de llamarla. Si hubiera esperado un poco más, podría haber usado mi regalo.

Comencé a subir las escaleras, que crujían. No digo que me hubiera gustado llevar mi arma encima, pero me habría gustado llevar mi arma encima.

Bueno, subí hasta lo alto de las escaleras y agucé el oído. No se oía nada, salvo los ruidos que hacen las casas viejas. Decidí entrar en el salón de la planta alta, que quedaba en la mitad del largo pasillo.

Traté de caminar sin que crujieran los malditos tablones del piso, pero cada paso los hacía gemir y chillar.

Llegué a la puerta del salón. Estaba cerrada, así que la abrí de golpe. Las malditas bisagras chirriaron. Santo Dios.

Entré y desde atrás de la puerta abierta se oyó un grito. Me volví con rapidez y Emma se me arrojó encima empuñando una espada, que me clavó en las entrañas, al tiempo que gritaba:

—¡Toma, perverso pirata!

Se me aceleró el corazón y casi se me aflojó la vejiga. Sonreí.

—Qué graciosa.

—Te asusté, ¿eh?

Tenía puesto un sombrero tricornio y en la mano empuñaba un alfanje de plástico blanco.

—Más bien me sorprendiste.

—Parecías más que sorprendido.

Me tranquilicé y noté que vestía unos pantalones color tostado, blusa azul y sandalias.

Me dijo:

—Compré la espada y el sombrero en un negocio de regalos. Hay toda una sección de chucherías para chicos.

Fue hasta un sillón situado junto al hogar y levantó un sombrero pirata con una calavera blanca y unos huesos cruzados, un sable de plástico, un parche para el ojo, y algo que parecía un pergamino. Me dio el sombrero y el parche e insistió en que me los pusiera mientras ella me enganchaba la espada en el cinturón. Me enseñó el pergamino amarillento, que mostraba un mapa y unas letras que decían: "Mapa pirata". Contenía la acostumbrada isla con la palmera, una brújula, una cara gorda haciendo soplar el viento oeste, una ruta marítima llena de puntos, una nave de tres mástiles y una serpiente de mar: todo el circo, incluida la X negra que marcaba el cofre del oro.

Emma dijo:

—Éste es uno de los artículos que más vendemos, para chicos de todas las edades. —Agregó: —A la gente le fascinan los tesoros piratas.

—¿En serio?

—¿A ti no?

—Es interesante. —Le pregunté: —¿A Fredric le interesaban los tesoros piratas?

—Puede ser.

—¿No me dijiste que le enseñaste a leer antiguos escritos ingleses?

—Sí, pero no sé específicamente qué le interesaba leer. —Nos miramos un momento y luego me preguntó: —¿Qué pasa, John?

—No lo sé a ciencia cierta.

—¿Por qué me preguntas por Fredric?

—Estoy celoso.

No respondió, pero me preguntó:

—Bueno... ¿puedo confiar en que no se lo cuentes a nadie?

—¿Que no cuente qué?

—Lo de los piratas.

—¿Qué pasa con ellos?

Hay que saber mantener el equilibro entre decirle a un testigo lo que uno quiere y por qué lo quiere. Cambié de tema:

—Conocí a tus empleados. Janet, Ann y...

—Warren.

—Ajá. Pasé la prueba.

Sonrió y me tomó de la mano.

—Ven a mirarte en el espejo.

Me llevó a un vestíbulo y luego al dormitorio del siglo XVIII. Me miré en un espejo de pared, con el sombrero de pirata, el parche en el ojo y la espada.

—Luzco estúpido.

—La verdad que sí.

—Gracias.

—Apuesto a que nunca lo hiciste en un colchón de plumas.

—No, nunca.

—Pero tienes que dejarte puestos el sombrero y el parche.

—¿Es mi fantasía o la tuya?

Rió y luego, antes de que me diera cuenta, se estaba sacando la ropa, que tiró en el piso. Se dejó el sombrero ladeado y, mientras se lo sostenía con una mano, se echó en la cama, sobre el acolchado, que sin duda era una costosa antigüedad que nunca antes había disfrutado del sexo.

Le seguí el juego y me dejé el sombrero y el parche mientras me desvestía.

Como dije, Emma era alta, de piernas largas, y en aquellos tiempos las camas eran cortas, de modo que su cabeza con el sombrero rozaba la cabecera y sus pies casi sobresalían por el otro extremo de la cama. Era bastante gracioso, y me reí.

—¿De qué te ríes?

—De ti. Eres más grande que la cama.

—A ver cuán grande eres tú.

Les digo que, si nunca lo han hecho en un colchón de plumas, no se han perdido gran cosa. Ahora entiendo por qué, en esos retratos antiguos que había en las paredes, no sonreía nadie.

22

ás tarde, en la sala del archivo, sin ropa, los dos nos sentamos a la mesa de roble. Emma tenía un jarrito de té de hierbas que olía a linimento para fricciones.

Había reunido algún material, como documentos enfundados en plástico, algunos libros viejos y unas reproducciones de cartas y documentos históricos. Hojeaba los papeles mientras bebía el té. Yo me hallaba del típico humor masculino después del sexo, pensando que debía estar durmiendo o irme. Pero no podía hacer ninguna de ambas cosas; tenía trabajo que realizar.

Emma me preguntó:

—¿Qué es exactamente lo que te interesa?

—Me interesan los tesoros piratas. ¿Hay alguno por aquí?

—Claro. Casi en cualquier parte donde caves encontrarás monedas de oro y plata, diamantes y perlas. Los granjeros dicen que se les hace difícil arar.

—Me imagino. No, en serio. —Odio cuando la gente se quiere pasar de lista.

Me dijo:

—Hay una cantidad de leyendas y verdades piratas relacionadas con esta región. ¿Quieres oír la más famosa? ¿La historia del capitán Kidd?

—Sí. Es decir, no desde el primer día, sino del capitán Kidd en relación con este lugar y con el tesoro enterrado.

—De acuerdo... Antes que nada, el capitán William Kidd era escocés, pero vivía en Manhattan con su esposa, Sarah, y sus dos hijos. De hecho, vivía en Wall Street.

—Que sigue llena de piratas.

—Kidd no era en realidad un pirata. Era más bien un corsario, contratado por lord Bellomont, que era entonces el gobernador de Massachusetts, Nueva York y New Hampshire. —Tomó un sorbo de té. —De modo que, en misión real, el capitán William Kidd se hizo a la mar en 1696 en el puerto de Nueva York para ir en busca de piratas y apropiarse del botín. Bellomont invirtió mucho de su propio dinero para comprar y pertrechar el buque de Kidd, el *Adventure*. También había otros individuos ricos y poderosos que respaldaban esta empresa en Inglaterra, entre ellos cuatro lores ingleses y el mismísimo rey Guillermo.

—Veo que se vienen problemas. Nunca te metas en una empresa conjunta con el gobierno.

—Amén.

Escuché mientras ella me relataba la historia de memoria. Me pregunté si también Tobin conocía el cuento, y, de ser así, si lo conocía antes o después de intimar con Emma Whitestone. ¿Y por qué alguien creería seriamente que un tesoro de trescientos años de antigüedad podía seguir enterrado y/o ser encontrado? El tesoro de Kidd, según descubrí al hablar con Billy en la caleta de Mattituck, era un sueño, un cuento infantil. Por supuesto, el tesoro podía haber existido, pero estaba tan rodeado de mitos y leyendas, como había dicho Emma en la fonda de Cutchogue, y de tantos mapas y pistas falsos, que a lo largo de los últimos tres siglos había llegado a perder todo significado. Sin embargo... tal vez Tobin y los Gordon habían dado, por azar, con alguna prueba contundente.

Emma proseguía:

—Así que después de sufrir mucha mala suerte en el Caribe, Kidd viajó al océano Índico en busca de piratas. Allí asaltó dos barcos propiedad del Gran Mogol de la India. A bordo había riquezas fabulosas, que en aquella época valían doscientas mil libras. Hoy equivaldrían a unos veinte millones de dólares.

—No está mal.

—No. Pero, por desgracia, Kidd había cometido un error. El mogol estaba aliado con el rey, y se quejó al gobierno británico. Kidd defendió sus acciones diciendo que los buques del mogol navegaban con pases franceses, e Inglaterra y Francia estaban todo el tiempo en guerra. Así que, aunque los barcos del mogol no eran barcos piratas, eran técnicamente naves enemigas. Lamentablemente para Kidd, el gobierno británico mantenía una buena relación con el mogol a través de la Compañía de las Indias Orientales británica, que hacía negocios con el soberano indio. De modo que Kidd se encontró en problemas, y lo único que podía sacarlo del aprieto era el botín por valor de doscientas mil libras.

—La elocuencia del dinero.

—Así es.

A propósito de dinero, volvió a acudirme Fredric Tobin a la mente. Si bien no me sentía técnicamente celoso de la pasada relación de Emma con él, pensé que sería lindo si pudiera freír a Fredric en la silla eléctrica. Bueno, tranquilo, John.

Emma continuó:

—Entonces William Kidd volvió a Nueva York. Se detuvo en el Caribe, donde se enteró de que lo buscaban, por cargos de piratería. Adelantándose a los demás, dejó alrededor de un tercio de su botín en las Antillas a cuidado de una persona en la que podía confiar. Muchos de sus hombres no querían ser partícipes del problema, de modo que tomaron su porción del botín y se quedaron en el Caribe. Kidd compró entonces un barco más chico, una balandra llamada *San Antonio*, y regresó a Nueva York... a responder a los cargos. En el camino, más hombres de su tripulación quisieron quedarse en tierra con su parte del botín, y lo hicieron, en Delaware y New Jersey. Pero Kidd todavía llevaba a bordo una fantástica porción de lo saqueado, que, a valores de hoy, equivaldría a unos diez o quince millones de dólares.

Pregunté:

—¿Cómo sabes que llevaba semejante tesoro a bordo?

—Bueno, nadie lo sabe con seguridad. Éstas no son más que conjeturas basadas en parte en las quejas del mogol al gobierno británico, que pueden haber sido infladas.

—Los mogoles mienten.

—Supongo que sí. Pero, además de lo que valdría el tesoro gramo por gramo, considera que algunas de las joyas deben de ser dignas de un museo. Considera también que, si tomas una simple moneda de oro de esa época, de un valor de quizás mil dólares, y la pones en un estuche bien presentado con un certificado autenticado de que formaba parte del tesoro del capitán Kidd, tal vez podrías duplicar o triplicar ese valor.

—Ya veo que tomaste lecciones de *marketing* en Columbia.

Sonrió y luego me miró un momento largo. Dijo:

—Esto tiene que ver con el asesinato de los Gordon, ¿no?

Nuestros ojos se encontraron.

—Por favor, continúa —le dije.

Guardó silencio un momento más y prosiguió:

—Está bien... Por documentos y registros públicos sabemos que Kidd se dirigió después al canal de Long Island desde el extremo oriental, y que bajó a tierra en la bahía Oyster, donde hizo contacto con un tal James Emmot, que era un abogado famoso por defender piratas.

—Eh, mi ex esposa trabaja para esa firma. Siguen siempre en el mismo negocio.

Me ignoró.

—En algún momento —continuó—, Kidd se puso en contacto con su esposa, en Manhattan, que se reunió con él a bordo del *San Antonio*. Sabemos que en ese momento el tesoro aún seguía a bordo.

—¿Quieres decir que no se lo quedó el abogado?

—La verdad, Kidd pagó a Emmot una suma generosa para que lo defendiera de los cargos por piratería.

Observé a Emma Whitestone mientras hablaba. A la luz de la lámpara de la sala del archivo, con los papeles apilados frente a sí, parecía y casi hablaba como una directora de escuela. Me recordó a algunas de las profesoras que conozco en John Jay: seguras de sí mismas, bien informadas, serenas y competentes en el aula, lo cual de algún modo las torna, para mí, atractivas y sensuales. Tal vez no he olvidado mi enamoramiento de la maestra de sexto grado, la señorita Myerson, con la que aún tengo sueños cochinos.

Emma continuó:

—El señor Emmot fue a Boston en nombre de Kidd y se encontró con lord Bellomont. Emmot le entregó una carta que Kidd le había escrito al lord y también le dio a Bellomont dos pases franceses que estaban en los dos barcos del Gran Mogol, lo cual demostraba que el monarca indio hacía negocios tanto con los ingleses cuanto con los franceses, y por lo tanto Kidd no había cometido traición al asaltar sus buques.

Pregunté:

—¿Cómo lo sabía Kidd cuando atacó los barcos?

—Buena pregunta. Eso no surgió en ningún momento del juicio.

—¿Y tú dices que el abogado de Kidd entregó a Bellomont esos pases, la importante prueba de la defensa?

—Sí, y Bellomont, por razones políticas, quería que Kidd fuera a la horca.

—Que despidan a ese abogado. Siempre hay que darles fotocopias y quedarse con los originales.

Sonrió.

—Sí. Los originales no fueron presentados en ningún momento del juicio a Kidd en Londres, y por lo tanto, sin esos pases franceses, Kidd fue condenado y ejecutado. —Agregó: —Los pases se encontraron en el Museo Británico en 1910.

—Un poco tarde para la defensa.

—De más está decirlo. Básicamente, a Kidd le tendieron una trampa.

—Qué mala suerte. ¿Pero qué sucedió con el tesoro que iba a bordo del *San Antonio*?

—Ésa es la cuestión. Te diré lo que sucedió después de que Emmot fue a ver a lord Bellomont en Londres, y, ya que eres detective, después me dirás tú qué ocurrió con el tesoro.

—De acuerdo. Estoy listo.

—Emmot, que en apariencia no era muy buen abogado, tuvo de lord Bellomont la impresión de que Kidd sería tratado con justicia si se entregaba en Boston. De hecho, Bellomont escribió a Kidd una carta, que le pidió a Emmot que le entregara. La carta dice, entre otras cosas... —Leyó una reproducción que tenía delante: —"He conversado con los abogados de Su Majestad, y son de la opinión de que, si está usted tan libre de culpa como ha afirmado, podría venir aquí sin correr peligro y equiparse y prepararse para ir a buscar su otro buque, y no tengo ninguna duda de que obtendrá el perdón del Rey."

—A mí me suena a real camelo —comenté.

Emma asintió y continuó leyendo la carta de Bellomont a Kidd:

—"Le aseguro y le doy mi palabra de honor de que cumpliré debidamente con lo que he prometido, aunque declaro de antemano que, cualesquiera sean los tesoros que usted traiga, no interferiré con ellos en ninguna medida, pero deberán ser dejados con personas confiables que aconsejen los abogados hasta que yo reciba órdenes de Inglaterra en cuanto a cómo debe disponerse de ellos."

Emma me miró y preguntó:

—¿Eso te convencería de ir a Boston a responder a un cargo pendiente?

—A mí no. Yo soy de Nueva York. Puedo oler una trampa a un kilómetro de distancia.

—Lo mismo que William Kidd. También era neoyorquino, y además escocés. ¿Pero qué iba a hacer? Era hombre de cierta importancia en Manhattan, tenía esposa y dos hijos a bordo del barco, y sentía que era inocente. Lo más importante: tenía el dinero, un tercio en el Caribe y el resto a bordo del *San Antonio*. Se proponía usar ese tesoro para comprar su vida.

Asentí. Emma continuó:

—Mientras tanto, Kidd mantenía su barco en movimiento, navegando de un lado a otro por el canal desde la bahía Oyster a la isla Gardiners y hasta la isla Block. Fue durante ese tiempo que en apariencia el barco se aligeró un poco.

—Arrojaron el botín al agua.

—Eso es lo que parece haber sucedido, y así fue como empezaron todas las leyendas sobre tesoros enterrados. Kidd llevaba a bordo oro y joyas por valor de diez o quince millones de dólares, y sabía que podían capturarlo en el mar en cualquier momento. Tenía un barco chico, con sólo cuatro cañones. Rápido, pero incomparable con un buque de guerra. Entonces, ¿qué harías tú?

—Creo que correría el riesgo.

—A él casi no le quedaba tripulación ni provisiones. Su esposa y sus hijos iban a bordo.

—Pero tenía el dinero. Toma el dinero y huye.

—Bueno, no fue eso lo que hizo. Decidió entregarse. Pero como no era estúpido, decidió esconder el botín... Recuerda que eso incluía también la parte que Bellomont, los cuatro lores y el rey codiciaban para recuperar su inversión. De manera que el tesoro se convirtió en el seguro de vida de Kidd.

Asentí.

—Entonces enterró el botín.

—Correcto. En 1699 había muy poca población en las afueras de Manhattan y Boston, así que Kidd disponía de miles de lugares donde podía bajar a tierra y enterrar el tesoro en forma segura.

—Como los Árboles del Capitán Kidd.

—Exacto. Y más hacia el este están los Arrecifes del Capitán Kidd, que con toda probabilidad son una sección de las barrancas, ya que en Long Island no hay verdaderos arrecifes.

Me erguí en el asiento.

—¿Quieres decir que hay una parte de las barrancas que se llama los Arrecifes del Capitán Kidd? ¿Dónde?

—En algún lugar entre la caleta de Mattituck y Orient Point. En realidad nadie lo sabe con certeza. Sólo forma parte de todo el mito.

—Pero es cierto en parte, ¿correcto?

—Sí. Eso es lo que lo vuelve tan interesante.

Volví a asentir. Uno de esos mitos —los Arrecifes del Capitán Kidd— era lo que había impulsado a los Gordon a comprar el acre de la señora Wiley en las barrancas. Qué astutos.

Emma agregó:

—No hay duda de que Kidd dejó parte del tesoro en varios puntos, ya sea aquí, en North Fork, o en la isla Block, o en la isla Fishers. Allí es donde la mayoría de los relatos ubican el tesoro enterrado.

—¿Alguna otra ubicación?

—Una más, que sabemos que es cierta. La isla Gardiners.

—¿Gardiners?

—Sí. Es historia documentada. En junio de 1699, mientras navegaba por la zona tratando de llegar a un acuerdo con lord Bellomont, Kidd ancló en las afueras de la isla Gardiners para conseguir provisiones. La isla se llamaba entonces isla de Wight en los mapas, pero era, y sigue siendo, propiedad de la familia Gardiners.

—¿Quieres decir que la gente que posee la isla ahora son los Gardiner, y que es la misma familia que poseía la isla en 1699?

—Sí. La isla ha pertenecido al mismo tronco familiar desde que se la regaló el rey Carlos I, en 1639. En 1699, John Gardiner, Tercer Lord del Feudo, vivía allí con su familia. —Añadió: —La historia del capitán Kidd tiene mucho que ver con la historia de la familia Gardiner. De hecho, en la isla Gardiners hay un valle Kidd y un monumento de piedra que señala el sitio donde John Gardiner enterró parte del tesoro de Kidd, como un favor a éste. Toda la isla es privada, pero el presente lord del feudo a veces permite alguna visita. —Vaciló y agregó: —Fredric y yo fuimos huéspedes de ese caballero.

No hice ningún comentario al respecto.

—De modo que sí hubo un tesoro enterrado —dije.

—Sí. William Kidd apareció en el *San Antonio*, y John Gardiner fue en un bote a ver quién había anclado cerca de su isla. Según todos los testimonios, fue un encuentro amistoso, y los dos intercambiaron regalos. Hubo por lo menos una reunión más entre ambos, y en esa ocasión Kidd le dio a John Gardiner una buena parte del botín y le pidió que lo enterrara.

—Espero que Kidd le haya pedido un recibo —comenté.

—Mejor aún, las últimas palabras de Kidd a Gardiner fueron: "Si lo mando a buscar y ha desaparecido, me cobraré con la cabeza de usted y las de sus hijos".

—Mejor que un recibo firmado.

Emma bebió otro sorbo de té; luego me miró y prosiguió:

—Kidd, por supuesto, no regresó jamás. Después de haber recibido otra linda carta de Bellomont, estaba dispuesto a ir a Boston a enfrentar los cargos. Bajó a tierra allí el primero de julio. Le permitieron permanecer en libertad por una semana, para ver con quién se relacionaba, y luego lo arrestaron, por órdenes de Bellomont, y lo encadenaron. Registraron su barco y su alojamiento en Boston, encontraron bolsas de oro, plata y algunas joyas y diamantes. Era un gran tesoro, pero no tanto como el que se suponía tenía Kidd, y en absoluto suficiente para cubrir el costo de la expedición.

—¿Qué pasó con el tesoro de la isla Gardiners?

—Bueno, de algún modo... y aquí los relatos difieren... eso llegó a la atención de Bellomont, que envió a John Gardiner una linda carta mediante mensajero especial... —Sacó una reproducción y leyó: —"Señor Gardiner: He puesto a buen seguro al capitán Kidd en la prisión del pueblo, y también a algunos de sus hombres. Lo he examinado yo mismo, así como el Concejo, y ha confesado, entre otras cosas, que ha dejado con usted un paquete de otro embalado en una caja y además otros paquetes, todos los cuales requiero, en el nombre de Su Majestad, que los traiga de inmediato, para que yo pueda destinarlos al uso de Su Majestad. Recompensaré sus molestias por venir hasta aquí. Firmado: Bellomont."

Emma me pasó la carta y le eché un vistazo. Hasta logré descifrar algunas partes. Increíble, pensé, que cosas así pudieran sobrevivir tres siglos. Reflexioné que tal vez algún otro documento de trescientos años, referente a la ubicación de otra parte del tesoro de Kidd, había provocado el asesinato de dos científicos del siglo xx.

Le dije a Emma:

—Espero que John Gardiner haya enviado a Bellomont una carta diciéndole: "¿Qué Kidd? ¿Qué oro?".

Sonrió.

—No, John. Gardiner no iba a enemistarse con el gobierno y el rey. Se apresuró a llevar el tesoro a Boston, en persona.

—Apuesto a que se quedó con una parte.

Emma empujó hacia mí un papel y repuso:

—Es una fotocopia del inventario original del tesoro entregado por John Gardiner a lord Bellomont. El original está en la Oficina de Registros Públicos de Londres.

Miré la fotocopia del original, que estaba desgarrada en algunos lugares y resultaba por completo indescifrable para mí.

—¿De veras puedes leer esto?

—Puedo. —Acercó la copia a la lámpara y leyó: —"Recibido el 17 de julio del señor John Gardiner: una bolsa de oro en polvo, una bolsa de monedas de oro y plata, un paquete de oro en polvo, una bolsa con tres anillos de plata y piedras preciosas diversas, una bolsa de piedras sin pulir, un paquete de cristales de roca, dos anillos de cornalina, dos ágatas pequeñas y dos amatistas, todas en la misma bolsa, una bolsa de botones de plata, una bolsa de plata quebrada, dos bolsas de lingotes de oro y dos bolsas de lingotes de plata. El total de oro arriba mencionado es de ciento once onzas, según el sistema de peso Troy. La plata pesa dos mil trescientas cincuenta y tres onzas; las joyas y piedras preciosas pesan diecisiete onzas..."

Emma alzó la vista del inventario y observó:

—Es un buen tesoro, pero si creemos el reclamo del mogol al gobierno británico, había veinte veces más oro y joyas, que aún continúan desaparecidas, que lo que hasta el momento se recuperó en la isla Gardiners o encontraron en el *San Antonio* y en el alojamiento de Kidd en Boston. —Me sonrió y preguntó: —Y bien, detective, ¿dónde está el resto del botín?

Le sonreí a mi vez.

—Bien... un tercio continúa en el Caribe.

—Sí. Ese tesoro, que está bien documentado, desapareció y ha producido cien leyendas caribeñas comparables a las cien leyendas de aquí.

—De acuerdo... Además, la tripulación recibió su parte antes de que todos saltaran del barco.

—Sí, pero lo que se llevó la tripulación no debe de haber sido más del diez por ciento del tesoro total. Ése era el trato.

—Más gastos por servicios médicos y dentales.

—¿Dónde está el resto del tesoro?

—Bien, podemos suponer que John Gardiner retiró un poco.

—Podemos suponerlo.

—El abogado, Emmot, también agarró lo suyo, sin duda.

Asintió.

—¿Cuánto queda?

Se encogió de hombros.

—¿Quién sabe? Los cálculos oscilan entre los cinco y los diez millones en dólares de hoy. Pero, como te dije, el tesoro, si se lo encuentra *in situ*, con cofre podrido y todo, valdría el doble o el triple de su valor intrínseco si fuera subastado en Sotheby's. —Agregó: —Sólo el mapa del tesoro, si existiera y estuviera escrito de puño y letra de Kidd, valdría cientos de miles de dólares en una subasta.

—¿Cuánto cobran por los mapas en el negocio de regalos?

—Cuatro dólares.

—¿No son auténticos?

Sonrió y terminó el té.

Le dije:

—Estamos suponiendo que Kidd enterró el tesoro en una o varias ubicaciones más, como reaseguro, como medio de negociar su libertad y salvarse de la horca.

—Eso es lo que se ha supuesto siempre. Si dejó parte del tesoro en la isla Gardiners, entonces es probable que haya enterrado otras partes en otros lugares por el mismo motivo. —Añadió: —Los Árboles del Capitán Kidd y los Arrecifes del Capitán Kidd.

—Fui a ver los Árboles del Capitán Kidd.

—¿En serio?

—Creo que encontré el lugar, pero los han cortado todos.

—Sí. A principios de siglo aún quedaban algunos robles en pie. Ahora han desaparecido todos. La gente solía cavar alrededor de los tocones.

—Todavía se pueden ver algunos —repuse.

Emma me informó:

—En la época colonial, cavar en busca de tesoros piratas se volvió una obsesión nacional, hasta tal punto que Ben Franklin escribió artículos en los diarios en contra de esa manía. Hasta fines de la década de 1930 la gente seguía cavando por estos alrededores. —Agregó: —Esa locura ha desaparecido casi por completo, pero forma parte de la cultura local, y es por eso que no quería que en la fonda de Cutchogue nadie nos oyera hablar del tesoro enterrado. A esta altura, la mitad del maldito pueblo estaría excavando. —Sonrió.

—Asombroso —comenté—. De modo que se suponía que el tesoro enterrado del capitán Kidd debía asegurarle la vida. ¿Por qué no lo salvó de la horca?

—A causa de una variedad de malos entendidos, mala suerte, venganzas... Por un lado, tanto en Boston como en Londres nadie creía que Kidd pudiera recuperar el botín del Caribe, y es probable que tuvieran razón. Además, tienes la queja del mogol y el problema político. Después, el propio Kidd quiso pasarse de listo. Esperaba el pleno perdón del rey a cambio de la devolución del botín. Pero quizás el rey y los otros consideraron que, para proteger a la Compañía de las Indias Orientales británica, debían devolver el botín al mogol, de modo que no tenían interés alguno en perdonar a Kidd a cambio de saber la ubicación del tesoro. Preferían colgar a Kidd, que fue lo que hicieron.

—Durante el juicio, ¿Kidd dijo algo acerca del tesoro escondido?

—Nada. Hay transcripciones del juicio, de los que surge que Kidd se daba cuenta de que iban a colgarlo dijera o hiciera lo que fuere. Creo que lo aceptó y decidió, como último acto de revancha, llevarse su secreto a la tumba.

—O se lo dijo a la esposa.

—Es una fuerte posibilidad. La mujer tenía algún dinero propio, pero, según parece, después de la muerte del esposo vivió muy bien.

—Lo mismo les pasa a todas.

—Sin comentarios machistas, por favor. Dime qué pasó con el tesoro.

Respondí:

—No dispongo de bastante información. Las pistas son viejas. Aun así, podría conjeturar que todavía queda parte del tesoro enterrada en alguna parte.

—¿Crees que Kidd le dijo a la esposa dónde estaba todo?

Reflexioné un momento y luego repuse:

—Kidd sabía que podían arrestar a la esposa y obligarla a hablar. De modo que... creo que al principio no le dijo, pero, cuando estaba en la cárcel en Boston y a punto de ser embarcado a Londres, es probable que le diera algunos indicios. Como ese número de ocho dígitos.

Emma asintió.

—Siempre se ha supuesto que Sarah Kidd se las ingenió para recobrar parte del tesoro. Pero no creo que Kidd le haya dicho dónde estaba todo, porque si la arrestaban y la obligaban a hablar, se perdía la magra posibilidad de que Kidd canjeara el tesoro enterrado por su vida. —Agregó: —En realidad pienso que él se llevó a la tumba la ubicación de una buena parte del tesoro.

—¿Lo torturaron?

—No —respondió—, y la gente siempre se ha preguntado por qué no lo hicieron. En esa época torturaban a la gente por razones mucho menos importantes. —Añadió: —Gran parte de la historia de Kidd nunca tuvo sentido.

—Si yo hubiera estado ahí, le habría encontrado el sentido a todo.

—Si hubieras estado ahí en ese entonces, te habrían colgado por agitador.

—Sé buena, Emma.

Procesé toda esta información y jugueteé con ella durante un rato. Al fin, le pregunté a Emma:

—¿Crees que Kidd podía recordar de memoria todos los lugares donde había enterrado su tesoro? ¿Es posible?

—Lo más probable es que no. —Explicó: —Bellomont buscó evidencias de tesoro escondidos y recuperó algunos papeles en el alojamiento de Kidd en Boston y en el *San Antonio*, pero no había entre ellos mapas ni indicaciones de tesoros enterrados... O, si los había, Bellomont se los guardó para sí. Debería mencionar que Bellomont murió antes de que colgaran a Kidd, en Londres, así que, si tenía los mapas del tesoro de Kidd, puede que hayan desaparecido al morir él. De modo que ya ves, John, que hay montones de pequeñas pistas e indicios e inconsistencias. Muchas personas interesadas en esto han jugado a los detectives históricos durante siglos. —Me sonrió. —Y bien, ¿te lo has explicado?

—Todavía no. Necesito unos minutos más.

—Los que necesites. Mientras tanto, yo quiero una copa. Vamos.

—Espera. Tengo unas preguntas más que hacerte.

—De acuerdo. Habla.

—Bueno... Yo soy el capitán Kidd y estuve navegando por el canal de Long Island durante... ¿cuánto tiempo?

—Unas semanas.

—Correcto. Estuve en la bahía Oyster, donde me puse en contacto con un abogado, y mi esposa e hijos han venido a bordo desde Manhattan. Estuve en la isla... Le pedí al señor Gardiner que enterrara parte del tesoro. ¿Sé dónde lo enterró?

—No. Es por eso que no hacía falta un mapa. Kidd simplemente le dijo a Gardiner que se asegurara de que el tesoro estuviera disponible cuando él regresara, o cortaría alguna cabeza de los Gardiner.

Asentí.

—Eso es mejor que un mapa. Kidd ni siquiera tenía que cavar un pozo.

—En efecto.

—¿Crees que Kidd hizo lo mismo en otros lugares?

—¿Quién lo sabe? El método más común consistía en bajar a tierra con unos hombres y enterrar el tesoro en secreto, y después trazar un mapa de la ubicación.

—En ese caso, tienes testigos que conocen el lugar donde se enterró el tesoro.

Replicó:

—El método pirata tradicional de asegurar el secreto consistía en matar a la persona que cavaba el pozo y arrojarla dentro. Después el capitán y su hombre de confianza tapaban el pozo. Se creía que el fantasma del marinero muerto mantenía hechizado el tesoro. De hecho, se han encontrado esqueletos enterrados junto con cofres del tesoro.

—Supuesta evidencia de homicidio —confirmé.

Emma continuó:

—Como te mencioné, puede que, para ese momento, la tripulación de Kidd se hubiera reducido a seis o siete hombres. Si confiaba por lo menos en uno para que vigilara el barco y la tripulación y su familia, podía con facilidad remar hasta cualquier bahía o ensenada y enterrar él solo el arcón con las riquezas. Cavar un pozo en la arena no es un proyecto de ingeniería mayor. Las películas viejas suelen mostrar un gran grupo de hombres que bajan a tierra, pero, según el tamaño del cofre, no hacen falta más que una o dos personas.

—Toda nuestra percepción de la historia está influida por películas imprecisas.

—Quizá tengas razón. Pero una cosa de las películas es bastante precisa: todas las cazas del tesoro empiezan con el descubrimiento de un mapa perdido durante mucho tiempo. Nosotros los vendemos por cuatro dólares en el local de abajo, pero a lo largo de los siglos se los ha vendido por decenas de miles de dólares a personas crédulas.

Lo medité, pensando que acaso uno de esos mapas —uno de verdad— había llegado de algún modo a manos de Tom y Judy, y/o de Fredric Tobin. Le dije a Emma:

—Mencionaste que en otra época la isla Gardiners se llamó isla de Wight.

—Sí.

—¿Y hay por acá algunas islas que en otras épocas se hayan llamado de otra forma?

—Por supuesto. Todas las islas tuvieron en un principio nombres indígenas, como es obvio. Después algunas adquirieron nombres holandeses o ingleses. E incluso ésos cambiaron con el paso de los años. En el Nuevo Mundo había un verdadero problema con los nombres geográficos. Algunos capitanes de buques ingleses sólo disponían de mapas holandeses, que en su mayoría mostraban nombres equivocados de ríos o islas, por ejemplo, y la ortografía era atroz; otros mapas simplemente tenían blancos, y otros, información equivocada adrede, para desorientar.

—Tomemos, por ejemplo, la isla Robins, o, digamos, Plum. ¿Cómo se llamaban en los tiempos del capitán Kidd?

—Con respecto a la isla Robins no lo sé, pero Plum Island se llamaba igual, excepto que se deletreaba "P-L-U-M-B-E", que venía del nombre holandés original, que se escribía "P-R-U-Y-M E-Y-L-A-N-D". —Agregó: —Puede haber habido un nombre anterior, y puede que alguien como el capitán Kidd, que hacía años que no salía al mar antes de aceptar ese encargo de Bellomont, haya comprado o adquirido cartas de navegación que ya tenían décadas de antigüedad. Eso sucedía con cierta frecuencia. —Continuó: —Un mapa pirata del tesoro, que se trazaba sobre la base de una carta de navegación, podía partir, desde el comienzo mismo, de algunas imprecisiones. Y debes recordar que hoy en día no hay en existencia muchos auténticos mapas del tesoro, así que es difícil sacar conclusiones sobre la precisión general de los mapas de tesoros enterrados. Dependía del propio pirata. Algunos eran realmente estúpidos.

Sonreí.

Emma prosiguió:

—Si el pirata prefería no trazar un mapa, entonces las probabilidades de encontrar un tesoro basado en sus instrucciones escritas eran mucho menores. Por ejemplo, supongamos que encontraste un pergamino que dice: "En Pruyn Eyland enterré mi tesoro. Desde la Roca del Águila treinta pasos hasta los robles gemelos, y de allí cuarenta pasos al sur" y así. Si no logras determinar dónde estaba Pruyn Eyland, te encuentras con un problema mayor. Si investigas que Pruyn Eyland era en otro tiempo el nombre de Plum Island, entonces debes encontrar la roca que en esa época todos conocían como la Roca del Águila. Y olvida los robles. ¿Entiendes?

—Sí.

Al cabo de un momento, Emma me dijo:

—Los archivistas son un poco como detectives, también. ¿Puedo arriesgar una conjetura?

—Claro.

Pensó un instante y dijo:

—Bueno... Los Gordon dieron con una información sobre el tesoro del capitán Kidd, o tal vez de otro pirata, y entonces alguien se enteró, y es por eso que los asesinaron. —Me miró. —¿Estoy en lo cierto?

—Algo así —respondí—. Estoy elaborando los detalles.

—¿De veras los Gordon llegaron a recuperar el tesoro?

—No estoy seguro.

No me presionó.

Le pregunté:

—¿Cómo pudieron los Gordon haber tropezado con esa información? Es decir, no veo que haya aquí ninguna carpeta marcada "Mapas de tesoros piratas". ¿Correcto?

—Correcto. Los únicos mapas de tesoros piratas que hay aquí son los del negocio de regalos. Sin embargo, hay muchos documentos, aquí y en los otros museos y sociedades históricas, que todavía permanecen sin leer, o, si los han leído, su significado no se ha comprendido. ¿Entiendes?

—Sí.

Continuó:

—Hay gente, John, que frecuenta archivos como la Oficina de Registros Públicos de Londres, o el Museo Británico, y encuentra cosas nuevas que otras personas pasaron por alto o no comprendieron. De modo que sí, puede haber información aquí o en otras colecciones o en casas particulares.

—¿Casas particulares?

—Sí. Por lo menos una vez por año nos donan algo que apareció en una casa antigua. Como un testamento o una escritura de propiedad. Mi conjetura... y no es más que una conjetura... es que los Gordon, que no eran archivistas ni historiadores profesionales, simplemente dieron por casualidad con algo tan obvio que hasta ellos podían entender de qué se trataba.

—¿Como un mapa?

—Sí, como un mapa que mostraba con claridad un pedazo de geografía reconocible, y daba hitos, instrucciones, pasos, marcaciones y todo eso. Si ellos tenían algo así, es muy probable que hayan ido al sitio indicado y cavado. —Reflexionó un momento y añadió: —Los Gordon hacían muchas excavaciones arqueológicas en Plum Island... Tal vez estaban buscando un tesoro.

—No hay duda alguna al respecto.

Me miró un largo instante y luego dijo:

—Por lo que oí, habían hecho pozos en toda la isla. No me da la impresión de que supieran qué o dónde...

—Las excavaciones arqueológicas eran una pantalla —la interrumpí—. Les daban la posibilidad de caminar por partes remotas de la isla cargados con palas. Además, no me sorprendería mucho si el trabajo en los archivos no fuera también una pantalla.

—¿Por qué?

—No iban a permitirles quedarse con nada que encontraran en Plum Island. Es tierra del gobierno. De modo que tenían que crearse una leyenda. La leyenda de cómo Tom y Judy Gordon vieron algo en los archivos, aquí o en Londres, que mencionaba los Árboles del Capitán Kidd, o los Arrecifes del Capitán Kidd, y más tarde afirmarían que eso los llevó a pensar en buscar el tesoro. —Añadí: —En realidad, ya sabían que el tesoro estaba en Plum Island.

—Increíble.

—Sí, pero debes elaborar el problema hacia atrás. Empezar con un mapa auténtico o indicaciones escritas que señalen la presencia de un tesoro en Plum Island. Digamos que posees esta información. ¿Qué harías tú, Emma Whitestone?

Lo pensó un buen rato antes de responder:

—Simplemente le daría la información al gobierno. Es un documento histórico importante, y el tesoro, si lo hay, también es históricamente importante. Si está en Plum Island, entonces hay que encontrarlo en Plum Island. Hacer lo contrario no sólo es deshonesto, sino también un fraude histórico.

—La historia está llena de mentiras, engaños y estafas. Así fue como el tesoro fue a parar ahí, para empezar. ¿Por qué no montar una estafa más? El que lo encuentra se lo guarda. ¿Correcto?

—No. Si el tesoro está en la tierra de otro, incluso del gobierno, entonces ese otro es el dueño. Si yo descubro su paradero, aceptaría una recompensa.

Sonreí.

Me miró.

—¿Qué harías tú?

—Bueno... siguiendo el espíritu del capitán Kidd, trataría de llegar a un acuerdo. No revelaría la ubicación a la persona cuya tierra representa el mapa. Sería justo trocar el secreto por una parte del tesoro. Hasta el Tío Sam aceptaría un trato semejante.

Pensó un instante y dijo:

—Supongo que sí. —Añadió: —Pero no fue eso lo que hicieron los Gordon.

—No. Los Gordon tenían un socio, o socios, que, según creo, era más ladrón que ellos. Y con toda probabilidad un asesino, además. En realidad no sabemos qué tramaban los Gordon, o qué se proponían hacer, porque terminaron muertos. Podemos suponer que comenzaron con una buena información sobre la ubicación de un tesoro en Plum Island, y que todo lo que, según vemos, hicieron después no fue más que un engaño deliberado y muy astuto: la Sociedad Histórica Pecónica, las excavaciones arqueológicas, el trabajo en los archivos, incluso la semana que pasaron visitando la Oficina de Registros Públicos de Londres... todo formaba parte de la preparación para transportar y volver a enterrar el tesoro de las tierras del Tío Sam en el terreno de los Gordon.

Emma aprobó.

—Y es por eso que los Gordon le compraron ese terreno a la señora Wiley... un lugar donde volver a enterrar el tesoro... los Arrecifes del Capitán Kidd.

—En efecto. ¿Para ti tiene sentido, o estoy loco?

—Estás loco, pero tiene sentido.

Ignoré el comentario y continué:

—Si hay diez o veinte millones de dólares en juego, lo haces bien. Te tomas tu tiempo, cubres tus huellas antes de que nadie siquiera sepa que estás dejando huellas, te anticipas a los problemas que pueden surgir con historiadores, arqueólogos y el gobierno. No sólo vas a ser rico, sino también famoso y vas a estar en el candelero para mejor o para peor. Eres joven, atractivo, inteligente y tienes dinero. Y no quieres ningún problema.

Emma guardó silencio un momento y luego dijo:

—Pero algo salió mal.

—Así tiene que haber sido... Ellos están muertos.

Ninguno de los dos habló por un rato. Yo ya tenía muchas respuestas, y aún me quedaban muchas preguntas más. Algunas quizá no las respondiera nunca, ya que Tom y Judy Gordon, lo mismo que William Kidd, se habían llevado parte de sus secretos a la tumba.

Al fin Emma me preguntó:

—¿Quién crees que los mató?

—Lo más probable, el socio o los socios.

—Lo sé... ¿pero quién?

—Todavía lo ignoro. ¿Tienes en mente a algún sospechoso?

Meneó la cabeza, pero creo que tenía un sospechoso en mente.

Había confiado mucha información a Emma Whitestone, a quien en realidad no conocía. Pero tengo buena intuición con respecto a las personas en quien confiar. Si por casualidad la había juzgado mal y ella formaba parte del complot, entonces no importaba, porque de todos modos sabía todo aquello. Y si iba y le contaba a Fredric Tobin o a otro lo que yo me había figurado, tanto mejor. Fredric Tobin vivía muy alto en la torre, y haría falta mucho humo para alcanzarlo allí. Y si había otra persona involucrada, alguien que yo ignoraba, entonces el humo lo alcanzaría también. En una investigación llega un momento en que hay que dejar que las cosas caigan por su propio peso. En especial cuando se acaba el tiempo.

Medité mi pregunta siguiente, y al final decidí arriesgarme.

—Tengo entendido que algunas personas de la Sociedad Histórica Pecónica fueron a Plum Island a hacer unas excavaciones —comenté.

Emma asintió.

—¿Fredric Tobin era una de esas personas?

Vaciló, actitud que —supongo— fue producto de un viejo hábito de lealtad. Al fin respondió:

—Sí. Estuvo en la isla en una ocasión.

—¿Con los Gordon como guías?

—Sí. —Me miró. —¿Crees que...?

—Puedo especular acerca del método y los motivos, pero jamás especulo en voz alta sobre los sospechosos —repuse. Y agregué: —Es importante que no hables de esto con nadie.

Asintió otra vez.

La miré. Daba la impresión de ser lo que parecía: una mujer honesta, inteligente y agradablemente loca. Me gustaba. Le tomé la mano y jugamos a apretarnos un poco.

—Gracias por tu tiempo y tus conocimientos —le dije.

—Fue divertido.

Mi mente volvió a William Kidd.

—¿Así que lo colgaron? —le pregunté.

—Sí. Lo tuvieron encadenado en Inglaterra durante más de un año antes de procesarlo en la cárcel de Old Bailey. No le permitieron contar con un abogado, no hubo testigos ni pruebas. Lo encontraron culpable y lo ahorcaron en el Muelle de las Ejecuciones, en el Támesis. Cubrieron su cuerpo con alquitrán y lo colgaron de cadenas como advertencia a los marineros que pasaban. Los cuervos devoraron la carne putrefacta durante meses.

Me puse de pie.

—Vayamos a tomar una copa.

23

Necesitaba reponer fuerzas con alguna pasta, así que propuse ir a cenar a Claudio, y Emma se mostró de acuerdo.

Claudio queda en Greenport, que, como dije, cuenta con una población de unas dos mil personas, menos de las que viven en mi edificio de Nueva York.

Viajamos al este por Main. Eran cerca de las siete de la tarde cuando entramos en el pueblo, ya anocheciendo.

El pueblo en sí no es tan pintoresco ni antiguo como las aldeas; era, y aún es, un puerto de trabajo y un punto de pesca comercial. Ha habido cierto proceso de refinamiento en los años recientes, boutiques, restaurantes elegantes y todo eso, pero Claudio sigue siendo más o menos igual que cuando yo era chico. En una época en que había muy pocos lugares donde comer en North Fork, allí estaba Claudio, asentado en la bahía al final de la calle Main, cerca del fondeadero, en el mismo lugar que desde el siglo pasado.

Estacioné y caminamos por el largo embarcadero. Había un gran barco de tres mástiles amarrado en forma permanente, y cerca un bar de mariscos, gente paseando y unas cuantas embarcaciones de motor amarradas cuyos pasajeros se hallaban con toda probabilidad en Claudio. Era otra noche agradable, e hice un comentario acerca del buen tiempo.

Emma dijo:

—En el Caribe se está formando una depresión tropical.

—¿Se podría arreglar con un antidepresivo?

—Un pequeño huracán.

—Ah. —Los huracanes eran lindos de mirar en un departamento de Manhattan. Pero no resultaban lindos en aquella región, a menos de quince metros por sobre el nivel del mar. Recordé un huracán que pasó por allí en agosto, cuando yo era chico. Comenzó como algo divertido, pero después se tornó aterrador.

Seguimos caminando y conversando. Existe una emoción en las primeras etapas de una relación —los tres primeros días, digamos—, después de la cual a veces ambos se dan cuenta de que el otro no le gusta. Pero con Emma Whitestone, hasta el momento, todo marchaba bien. Ella parecía disfrutar de mi compañía, también. De hecho, dijo:

—Me gusta estar contigo.

—¿Por qué?

—Bueno, no eres como la mayoría de los hombres con los que salgo... Lo único que quieren es que les cuente cosas de mí, hablar de mí, conversar de arte, política y filosofía, y escuchar mi opinión acerca de todo. Tú eres diferente. Sólo quieres sexo.

Reí.

Me tomó del brazo, caminamos hasta el final del embarcadero y contemplamos los barcos.

Me dijo:

—Estaba pensando... Si Tom y Judy no hubieran muerto y hubieran anunciado que habían encontrado ese tesoro fabuloso... un tesoro pirata, el tesoro del capitán Kidd... entonces toda esta zona se habría llenado de periodistas, igual que cuando asesinaron a los Gordon. Anduvieron por todo Southold haciendo preguntas a la gente de la calle, filmando y todo eso.

—Es lo que hacen.

—Es irónico que hayan venido a informar sobre el asesinato de los Gordon, y no sobre su buena suerte.

Asentí.

—Interesante observación.

—Me pregunto si los periodistas habrían ido a la Sociedad Histórica Pecónica en busca de la historia del tesoro.

—Es probable.

—¿Sabes? Como te decía antes, hubo varias olas de manía por la caza del tesoro. En la década de 1930, en plena Depresión, y hasta fines de la de 1950, la kiddmanía arrasaba con toda esta región; en general se iniciaba con algún rumor estúpido o un hallazgo menor de monedas en la playa. La gente venía de todas partes y comenzaba a cavar en las playas, las barrancas, los bosques... Hace tiempo que no sucede... Tal vez los tiempos han cambiado. —Me preguntó: —¿Jugabas a los piratas cuando eras chico?

—Estaba pensando en eso... Ahora recuerdo haber oído hablar de piratas por acá en mi infancia. Pero no demasiado... —Agregué: —Mi tía era un poco más refinada; le interesaban los indígenas antes de que ese tema se pusiera de moda.

—A mi familia le interesaban los primeros colonos y la revolución de la independencia. Y también recuerdo conversaciones sobre piratas... Tengo un hermano mayor que solía jugar a los piratas de vez en cuando con sus amigos. Supongo que es algo típico de los varones. Como ladrones y policías, vaqueros e indios.

—Supongo que sí. Ahora juegan a policías y traficantes. —Añadí: —Pero en las Fincas del Capitán Kidd conocí a un chico... —Le conté la historia de Billy, el cazador de tesoros.

Ella comentó:

—Vuelve en forma cíclica. Tal vez los piratas se estén poniendo de moda otra vez. —Me preguntó: —¿Alguna vez leíste *La isla del tesoro*, de Robert Louis Stevenson?

—Por supuesto. Y "El escarabajo de oro", de Poe.

—¿Y viste alguna de esas viejas películas de espadachines de las décadas de 1930 y 1940?

—Me encantaban.

—¿Sabes? Nuestro idioma tiene pocas palabras más intrigantes y románticas que "pirata", "tesoro enterrado", "galeón"... ¿qué más?

—"Espadachín"; ésa me gusta.

Y así, de pie en el embarcadero cerca de un barco de tres mástiles, grande y viejo, mientras se ponía el Sol, jugamos ese juego tonto de buscar palabras y frases, y encontramos algunas: bucanero, doblones, alfanje, pata de palo, loro, caminar por la planchada, islas desiertas, botín, saquear, pillaje, bandera pirata, mapa del tesoro, arcón del tesoro, X para marcar el sitio exacto... Los dos reímos, y yo le dije:

—Me gustas.

—Por supuesto que sí.

Volvimos por el largo embarcadero hacia Claudio, tomados de la mano, algo que yo no había hecho en mucho tiempo.

El restaurante estaba lleno para ser un día de semana; nos sentamos a la barra y tomamos una copa mientras nos preparaban la mesa. Emma pidió vino blanco y el *barman* le dijo:

—Tenemos dieciséis vinos blancos locales diferentes. ¿Prefiere alguno en particular?

—Sí... Pindar —respondió ella.

Buena chica; leal y fiel. No iba a beber un vino de su ex amante en presencia de su nuevo novio.

Yo pedí una Budweiser, y entrechocamos las copas. Le dije:

—De nuevo, gracias por todo.

—¿Qué lección histórica fue la que más disfrutaste?

—La historia de la cama con el colchón de plumas.

—Yo también.

Y así.

En las paredes del restaurante había montones de recuerdos, fotos en blanco y negro de los ancestros de Claudio, añosas imágenes de pasadas carreras náuticas, antiguas escenas de Greenport y esas cosas. Me gustan los restaurantes viejos; son como museos vivientes donde además se puede tomar una cerveza.

También había sido en Claudio, en junio anterior, donde conocí a los Gordon, y ésa era una de las razones por las que quería ir ahí, además de que mi estómago exigía salsa de tomate. A veces es bueno regresar físicamente a un lugar en particular, cuando uno desea memorar algo que sucedió allí.

De pronto recordé a mis padres, mi hermano y mi hermana, sentados a esas mesas, hablando de las actividades del día y planeando las del siguiente. Hacía años que no lo evocaba.

Pero dejé de lado mis recuerdos de infancia, que más vale sacarlos a la luz en el diván de un analista, y volví a concentrar mi mente en junio de ese año.

Yo había ido allí, a la barra, porque aquél era uno de los pocos lugares que conocía. Todavía me sentía un poco débil, pero para levantarle los ánimos a un tipo no hay nada como un bar y una cerveza.

Pedí mi cóctel acostumbrado, una Bud, y de inmediato noté a una mujer muy atractiva, sentada unos taburetes más allá. Era la época previa a la temporada de turismo, un día laborable a la noche, y no había mucha gente en la barra. Hice contacto ocular con ella. Esbozó una semisonrisa y me acerqué:

—Hola —le dije.

—Hola —respondió.

—Me llamo John Corey.

—Judy Gordon.

—¿Estás sola?

—Sí, salvo mi marido, que fue al baño.

—Ah... —En ese momento reparé en el anillo de bodas. ¿Por qué nunca me acuerdo de mirar el anillo de bodas? Le dije: —Iré a buscarlo.

Sonrió.

—No salgas corriendo —repuso.

Yo estaba enamorado, pero dije con gallardía:

—Hasta pronto. —Estaba por volver a mi taburete original cuando apareció Tom, y Judy me lo presentó.

Me excusé, pero Tom invitó:

—Toma otra cerveza.

Yo había notado que los dos hablaban con un acento de tierra adentro, y me figuré que eran turistas o algo así. No tenían nada de ese modo abrupto neoyorquino al que estoy acostumbrado. Como dice el chiste: un tipo del Medio Oeste se acerca a un neoyorquino en la calle y le dice: "Disculpe, señor, ¿puede decirme cómo llegar al Empire State, o directamente me voy a la mierda?".

Sea como fuere, yo no quería beber una copa con ellos; me sentía incómodo, supongo, por haber tratado de levantarme a la esposa y todo eso, pero por alguna razón que nunca comprenderé del todo decidí aceptar la invitación.

Bueno, yo sé ser taciturno, pero los dos eran personas tan abiertas que en poco rato les conté mi reciente desgracia y los dos recordaron haber visto la nota en televisión. Para ellos, yo era una celebridad.

Mencionaron que trabajaban en Plum Island, dato que me resultó interesante, y que habían ido directamente del trabajo a Claudio, en lancha, dato que también me resultó interesante. Tom me invitó a ver la lancha, pero no quise ir, ya que no me interesan mucho los barcos.

Salió el tema de que yo tenía una casa sobre la bahía, y fue entonces cuando Tom me preguntó dónde quedaba y me pidió que le describiera como se la veía desde el agua, así podían visitarme. Lo hice y, para mi sorpresa, él y Judy de veras aparecieron a verme una semana después.

Lo pasamos bien en Claudio, y una hora más tarde cenamos juntos.

Eso había ocurrido tres meses antes, no mucho tiempo, pero yo sentía que los conocía bien. Iba descubriendo, no obstante, que había cosas de ellos que ignoraba.

Emma me dijo:

—¿John? ¿Estás ahí?

—Discúlpame. Estaba pensando en la noche en que conocí a los Gordon. Aquí mismo, en esta barra.

—¿De veras? ¿Estás mal por...?

—No me di cuenta de cuánto me agradaba su compañía. —Agregué: —Me lo estoy tomando de manera más personal que lo que creí.

Asintió. Charlamos de esto y aquello. Se me ocurrió que, si ella estuviera complicada con el asesino, o si formara de algún modo parte del complot, trataría de extraerme alguna información. Pero en apariencia deseaba evitar el tema, lo cual no me molestaba.

Cuando nuestra mesa estuvo lista, pasamos a una especie de patio cerrado con vista a la bahía. El clima iba tornándose bastante más frío; lamenté que el verano llegara a su fin. Le había sentido el gusto a mi propia mortalidad —le había sentido el gusto literalmente, cuando me salió sangre por la boca—, y supongo que los días más cortos y el viento fresco me recordaron que había terminado mi verano, que el pequeño Johnny, que miraba con ojos grandes la bala de mosquete, había crecido y yacía en la alcantarilla de la calle 102 Oeste, con tres agujeros de bala en su propio cuerpo.

Los Estados Unidos son un país de segundas y terceras oportunidades, un lugar de múltiples resurrecciones, de modo que, si se dan las suficientes nuevas oportunidades, sólo un idiota total no puede al final hacer las cosas bien.

Emma dijo:

—Pareces distraído.

—Trato de decidir si quiero empezar con los calamares fritos o con los *scungili*.

—Las frituras no hacen bien.

—¿Extrañas la ciudad? —le pregunté.

—De vez en cuando. Extraño el anonimato. Aquí todos saben con quién te acuestas.

—Supongo que sí, si exhibes a todos tus novios frente a tus empleados.

—¿Y tú extrañas la ciudad?

—No sé... No lo sabré hasta que vuelva. —Me excusé diciendo: —Tengo que ir al baño. —Fui a mi auto y tomé la bacinilla, que llevé al restaurante en su bolsa de regalo.

Puse la bolsa frente a Emma, que preguntó:

—¿Es para mí?

—Sí.

—Oh, John, no tenías por qué... ¿Debo abrirlo ahora?

—Por favor.

Metió una mano dentro de la bolsa y sacó el objeto, envuelto en papel rosa.

—¿Qué es...?

Me dio un súbito ataque de pánico. ¿Y si la vieja del negocio se había equivocado? ¿Y si había confundido a Emma con otra persona?

—Espera —le dije—. Tal vez no deberías abrirlo...

Otros comensales nos miraban, curiosos, chismosos, sonrientes.

Emma quitó el papel y reveló la bacinilla blanca con rosas rosadas. La sostuvo en alto tomándola por el asa.

Los otros clientes murmuraron. Alguien rió.

Emma dijo:

—¡Oh, John! Es hermosa. ¿Cómo supiste?

—Soy detective.

"Ay, menos mal."

Admiró la bacinilla, la dio vuelta, observó la marca de fábrica y todo eso.

El camarero se acercó y dijo:

—En el fondo hay baños, si prefieren.

Todos nos reímos con ganas, y Emma dijo que iba a plantar rosas miniatura en su regalo, y yo le dije que sin duda eso impediría que la gente se sentara encima, y así por el estilo. Cuando nos quedamos sin chistes alusivos, pedimos la cena.

Fue una comida agradable, conversando y contemplando el puerto. Emma me preguntó si quería que ella volviera a pasar la noche en casa, y por supuesto que yo quería. Abrió la cartera y sacó un cepillo de dientes y una bombacha. Me dijo:

—Vine preparada.

En ese momento volvió el camarero gracioso, que preguntó:

—¿Les traigo más café, o están muy apresurados por ir a su casa?

En el trayecto de vuelta a Mattituck, tuve la extraña sensación de que nada de aquello iba a terminar bien, ni el caso ni la relación con Emma ni la relación con Beth ni mi carrera. La sentía en mi interior como el silencio espectral y el cielo claro antes de que estalle un huracán.

24

A la mañana siguiente, mientras me vestía, tocaron el timbre; supuse que atendería Emma, que estaba abajo.

Terminé de vestirme: pantalones color tostado, camisa a rayas, chaqueta azul y zapatos sin medias, atuendo estándar de las provincias marinas. En Manhattan, la gente que no usa medias, a menudo pide limosna; allí, cerca del mar, era muy *chic*.

Bajé diez minutos después y encontré a Emma Whitestone sentada a la mesa de la cocina tomando café con Beth Penrose. Oh, oh.

Era uno de esos momentos que exigen *savoir faire*, así que le dije a Beth:

—Buenos días, detective Penrose.

Beth respondió:

—Buenos días.

A Emma le dije:

—Ésta es mi compañera, Beth Penrose. Supongo que ya se han presentado.

Emma respondió:

—Supongo que sí. Estamos tomando café.

Le dije a Beth con tono significativo:

—Creí que te vería más tarde.

Beth repuso:

—Tuve un cambio de planes. Anoche te dejé un mensaje en el contestador.

—No los escuché.

Emma se puso de pie.

—Tengo que ir a trabajar.

—Ah... Te llevo —me ofrecí.

Beth se puso de pie también y me dijo:

—Yo también tengo que irme. Pasé a buscar esas hojas de gastos. Si las tienes, puedo llevármelas ahora.

Emma nos dijo a los dos:

—Siéntense. Deben de tener trabajo que hacer. —Fue hacia la puerta. —Le pediré a Warren que pase a buscarme; vive cerca de aquí. Iré al escritorio. —No me miró a los ojos al salir de la cocina.

Le dije a Beth:

—Es la presidenta de la Sociedad Histórica Pecónica.

—¿En serio? Un poco joven para el cargo.

Me serví una taza de café.

—Se me ocurrió ponerte al tanto de los hechos, como gesto de cortesía —dijo Beth.

—No me debes ninguna cortesía.

—Bueno, tú fuiste de gran ayuda.

—Gracias.

Los dos seguíamos de pie, yo bebiendo café, Beth retirando de la mesa su taza, cucharita y servilleta, como si se dispusiera a marcharse. Vi que había un portafolio junto a su silla.

—Siéntate —le pedí.

—Debo irme.

—Tomemos una taza de café juntos.

—Está bien. —Se sirvió más café y se sentó frente a mí. —Se te ve muy elegante esta mañana —comentó.

—Estoy tratando de cambiar mi imagen. Nadie me tomaba en serio. —Ella vestía otro traje, esta vez azul marino, con una blusa blanca. Lucía deliciosa, fresca y con los ojos brillantes. Le dije: —También a ti se te ve muy bien.

—Gracias. Me visto bien.

—Correcto. —Un poco severa, en mi opinión. No logré adivinar qué le parecía mi invitada, si es que en realidad le parecía algo. Aparte de una pequeña oleada emocional que había sentido por Beth, me recordé que ella me había hecho a un lado en el aspecto profesional. Ahora había vuelto.

No sabía si debía contarle que había logrado un nuevo y significativo progreso durante su ausencia, que de hecho creía haber encontrado el motivo del doble asesinato, y que era preciso vigilar a Fredric Tobin. ¿Pero por qué decírselo? Quizá yo estaba equivocado. Y lo cierto es que, pasado ya el primer momento de entusiasmo, me sentía menos seguro de que Fredric Tobin fuera el verdadero asesino de Tom y Judy Gordon. Muy bien podía saber más de lo que decía, pero parecía más probable que otra persona hubiera apretado el gatillo... alguien como Paul Stevens.

Decidí averiguar qué sabía Beth que pudiera serme de utilidad, y qué quería de mí. Iba a ser todo un encuentro. Primer *round*.

—Max puso fin a mi carrera con el municipio de Southold —le dije.

—Lo sé.

—Por lo tanto no creo que deba enterarme de ninguna información policial.

—¿Lo dices en serio? ¿O sólo por resentimiento?

—Un poco de las dos cosas.

Jugueteó un momento con la cucharita de café y luego dijo:

—Yo respeto mucho tus opiniones e ideas.

—Gracias.

Observó la cocina.

—Qué linda casa.

—Una gran dama pintada.

—¿El dueño es tu tío?

—Sí. Ahora está en Wall Street. Allá hay mucho dinero. Me menciona en su testamento. Es un gran fumador.

—Bueno, qué bueno que tuviste un lugar donde venir a pasar tu convalecencia.

—Debería haber ido al Caribe.

Sonrió.

—No te habrías divertido tanto. —Me preguntó: —¿Cómo te sientes?

—Ah, bien. Hasta que me excedo.

—No te excedas.

—No lo haré.

—Y bien, ¿en qué has andado los últimos días? ¿Has seguido alguna pista?

—Un poco. Pero, como te dije, Max me despachó, y mi jefe me vio en la televisión la noche del homicidio. Además, creo que tu amigo, el señor Nash, habló mal de mí a mis superiores. Qué roñoso.

—Tú lo trataste muy mal, John. Apuesto a que debe de estar un poco enojado contigo.

—Podría ser. Es probable que quiera acabar con mi ciclo vital.

—Bueno, no sé si tanto.

"Yo sí." Le dije:

—Es muy probable que me vea obligado a dar unas cuantas explicaciones a los grandes jefes.

—Qué mala suerte. Avísame si puedo ayudarte en algo.

—Gracias. Pero todo saldrá bien; es mala política de relaciones públicas embromar a un policía baleado.

—¿Quieres volver o retirarte?

—Volver.

—¿Estás seguro?

—Sí. Quiero volver. Estoy listo.

—Qué bien. Se te ve listo.

—Gracias. —Le espeté: —Bueno, ¿quién mató a Tom y Judy Gordon?

Forzó una sonrisa.

—Creí que a esta altura me lo dirías tú.

—No se puede hacer mucho por un dólar por semana. ¿O era un dólar por mes?

Jugueteó de nuevo con la cucharita; luego me miró y dijo:

—Cuando te conocí no me gustaste. ¿Sabes por qué?

—Déjame pensar... Por arrogante, rápido y demasiado atractivo.

Para mi sorpresa, asintió.

—Así es. Ahora me doy cuenta de que eres más que eso.

—No.

—Claro que sí.

—Tal vez se deba a que estoy tratando de ponerme en contacto con mi niño interior.

—Oh, lo haces muy bien. Deberías tratar de ponerte en contacto con tu reprimido lado adulto.

—Ésa no es manera de hablarle a un héroe herido.

Beth continuó:

—En general creo que eres leal a tus amigos y dedicado a tu trabajo.

—Gracias. Vayamos al caso. Quieres que te ponga al tanto de lo que he hecho.

Asintió.

—Suponiendo que hayas hecho algo. —Añadió, con un toque de sarcasmo: —Parecería que has estado ocupado con otras cosas.

—Relacionadas con el trabajo. Ella es la presidenta de...

Emma asomó la cabeza por la cocina,

—Bueno, me pareció oír una bocina afuera. Gusto en conocerte, Beth. Te llamo más tarde, John. —Se fue, y oí la puerta que se abría y cerraba.

Beth comentó:

—Es agradable. —Y agregó: —Viaja con poco equipaje.

No respondí.

· Beth me preguntó:

—¿Tienes esas hojas de datos financieros?

—Sí. —Me paré. —Las tengo en el escritorio. Enseguida vuelvo.

Salí al pasillo, pero, en lugar de ir al escritorio, fui a la puerta de entrada.

Emma estaba sentada en un sillón de mimbre, esperando que pasaran a buscarla. En el sendero de acceso vi el auto policial de Beth, el Ford negro. Emma me dijo:

—Me pareció oír una bocina. Esperaré aquí.

—Lamento no poder llevarte al trabajo —me excusé.

—No hay problema. Warren vive muy cerca. Le queda de paso.

—Bien. ¿Puedo verte después?

—Los viernes a la noche salgo con las chicas.

—¿Y qué hacen las chicas?

—Lo mismo que los muchachos.

—¿Adónde van las chicas?

—En general, a Hamptons. Todas buscamos maridos y amantes ricos.

—¿Al mismo tiempo?

—Lo que aparezca primero. Hacemos concesiones.

—Está bien. Más tarde pasaré por el negocio. ¿Dónde está tu bacinilla?

—En el dormitorio.

—Te lo llevaré.

Se detuvo un auto en el largo sendero, y Emma se puso de pie. Me comentó:

—Tu compañera pareció sorprendida de verme.

—Bueno, supongo que esperaba que yo le abriera la puerta.

—Parecía más que sorprendida. Estaba un poco... desconcertada. Chocada. Desdichada.

Me encogí de hombros.

—Me dijiste que no salías con nadie más de por acá.

—Y así es. La conocí el lunes pasado.

—A mí me conociste el miércoles.

—Sí, pero...

—Mira, John, no me importa, pero...

—Ella no es más que...

—Ahí está Warren. Debo irme. —Empezó a bajar los escalones, pero enseguida se volvió, me besó en la mejilla y corrió hacia el auto.

Saludé a Warren.

Ah, bueno, entré y fui al escritorio. Apreté el botón de mi contestador automático. El primer mensaje, de las siete de la noche anterior, era de Beth, que decía:

—Tengo un encuentro con Max mañana a las diez. Me gustaría pasar antes por tu casa, más o menos a las ocho y media. Si hay algún problema, llámame esta noche. —Me daba el número de teléfono de su casa y agregaba: —O llámame a la mañana, o a mi auto. —Me daba el número de su auto y terminaba: —Si preparas café, llevaré rosquillas.

Un tono de voz muy amistoso. En realidad debería haberme llamado desde el auto aquella mañana. Pero no importaba. Mi experiencia a lo largo de los años siempre ha sido que, si te pierdes un mensaje, suele suceder algo interesante.

El mensaje siguiente era de Dom Fanelli, a las ocho de la noche. Decía:

—Eh, ¿estás en tu casa? Si estás, atiende. Bueno... Escucha, hoy recibí una visita de dos tipos de la Fuerza de Tareas Antiterrorista. Un tipo del FBI llamado Whittaker Whitebread o algo así, un verdadero dandi, y su compañero, un sujeto que hemos visto unas cuantas veces, un paisano. Ya sabes a qué me refiero. Bueno, la cosa es que querían saber si tenía noticias tuyas. Quieren verte el martes cuando vengas a tu revisión médica, y yo tengo que entregarte a ellos. Creo que el FBI no cree su propio boletín de prensa sobre la vacuna contra el Ébola. Me parece oler una pantalla de humo. Dime, ¿es que todos vamos a contraer la peste negra y ver cómo se nos cae el pito a pedazos? A propósito, mañana a la noche vamos a San Genaro. Ven con nosotros. La barra del Taormina, a las seis de la tarde. Kenny, Tom, Frank y yo. Tal vez algunas chicas. Vamos a pasarlo *bellissimo*. *Molto bene*. Ven a reunirte con nosotros si tu *pepperoni* está solo. *Ciao*.

Interesante. Es decir, lo de la Fuerza de Tareas Antiterrorista. Sin duda no sonaba como que les preocupaba que entrara en el mercado negro una cura milagrosa para el Ébola. Obviamente, Washington todavía seguía en estado de pánico. Yo debía decirles que no se preocuparan. Ya saben: el capitán Kidd, los doblones, lo que diablos fuere. Pero que siguieran buscando terroristas. Tal vez encontrarán alguno. Es un buen ejercicio de entrenamiento.

La Fiesta de San Genaro. Se me hizo agua la boca al pensar en *calamari* y *calzoni*. Santo Dios, a veces me sentía como un exiliado en aquel lugar. Otras veces me dejaba llevar: naturaleza, silencio, nada de tránsito, águilas marinas...

Era posible que estuviera en el Taormina a las seis de esa noche, aunque no quería acercarme tanto al fuego. Necesitaba un poco más de tiempo, y aún me quedaba hasta el martes antes de que me pusieran las manos encima: primero los médicos, después Wolfe. Me pregunté si Whittaker Whitebread y George Foster estaban en comunicación entre sí. ¿O eran la misma persona?

Recuperé la pila de impresiones de datos financieros. En el escritorio estaba también la bolsa de Viñedos Tobin que contenía el azulejo pintado con el águila pescadora. Lo tomé, luego pensé "no", luego "sí", después de nuevo "no", después "tal vez más tarde". La dejé y volví a la cocina.

25

Beth Penrose sacó los papeles de su portafolio y los desparramó sobre la mesa, y en ese momento noté un plato de rosquillas. Le di la pila de impresiones, que puso a un costado. Le dije:

—Lamento haber demorado tanto. Tenía que escuchar mis mensajes telefónicos. Escuché el tuyo.

Respondió:

—Debería haberte llamado desde el auto.

—Está bien. Tenías una invitación pendiente. —Indiqué los papeles que descansaban sobre la mesa y pregunté: —Y bien, ¿qué hay ahí?

—Unas notas. Informes. ¿Quieres escuchar?

—Claro. —Serví café para los dos y me senté.

Beth inquirió:

—¿Descubriste algo más en esas impresiones?

—Sólo unos gastos más elevados de teléfono, Visa y Amex después del viaje a Inglaterra.

—¿Crees que el viaje a Inglaterra fue algo más que trabajo y unas breves vacaciones?

—Podría ser.

—¿Piensas que se encontraron con un agente extranjero?

—No creo que sepamos nunca qué hicieron en Inglaterra. —Yo estaba bastante seguro, desde luego, de que habían pasado esa semana hojeando papeles de trescientos años de antigüedad, asegurándose de firmar sus entradas y salidas en la Oficina de Registros Públicos y/o el Museo Británico, de modo de dejar bien establecidas sus credenciales como buscadores de tesoros. No obstante, todavía no me sentía dispuesto a compartir esa información.

Beth hizo una breve anotación en su cuaderno. Tal vez a algún archivista le interesara el cuaderno de una detective de homicidios de fines del siglo xx. Yo solía usar una libreta, pero no puedo leer mi propia letra, así que es bastante inútil.

Beth dijo:

—Bueno, déjame comenzar por el principio. Primero, todavía no hemos recuperado las dos balas de la bahía. Es una tarea casi sin esperanzas, y han renunciado.

—Buena decisión.

—Vamos a lo siguiente. Huellas dactilares. Casi todas las huellas de la casa son de los Gordon. Identificamos las de la mujer encargada de la limpieza, que había limpiado aquella misma mañana.

—¿Qué hay de las huellas del libro de cartas de navegación?

—Sólo de los Gordon y tuyas. —Agregó: —Examiné cada página de ese libro con una lupa y una lámpara ultravioleta, en busca de marcas, orificios de alfileres, escrituras secretas... cualquier cosa. Nada.

—De veras pensé que eso podría darnos algo.

—No tuvimos tanta suerte. —Echó un vistazo a las notas y continuó: —La autopsia muestra lo que cabía esperar. Muerte, en ambos casos, como resultado de un trauma cerebral masivo causado por una evidente herida de bala en la cabeza de los respectivos occisos; ambas balas entraron por los lóbulos frontales, y todo lo que ya sabes... Se encontraron rastros de pólvora, lo cual indica que les dispararon desde corta distancia, de modo que tal vez podamos descontar un rifle disparado desde lejos. El médico forense no quiere comprometerse, pero dice que es muy probable que el arma homicida haya sido disparada desde entre dos y tres metros de distancia y que el calibre de las balas sea de los mayores... tal vez un cuarenta y cuatro o cuarenta y cinco.

Asentí.

—Eso era lo que me figuraba.

—Correcto. El resto de la autopsia... —Echó otro vistazo al informe. —Toxicología: no se encontró ninguna droga, ni legal ni ilegal. Contenido del estómago: casi nada, quizás algún resto de un desayuno temprano y liviano. No había marcas en ninguno de los cuerpos, ni infecciones ni enfermedades discernibles... —Continuó durante uno o dos minutos; luego alzó la vista y dijo: —La mujer estaba embarazada de alrededor de un mes.

Asentí. Qué linda manera de celebrar la fama y la riqueza súbitas.

Ninguno de los dos habló durante un minuto. En el protocolo de una autopsia hay algo que de algún modo te arruina el humor. Una de las tareas más desagradables que debe realizar un detective es la de estar presente en la autopsia. Esa medida se debe a las exigencias de la cadena de la evidencia y tiene sentido desde el punto de vista legal, pero no me gusta ver cuerpos abiertos y cortados, órganos extraídos y pesados y todo eso. Sabía que Beth se había hallado presente mientras practicaban la autopsia a los Gordon, y me pregunté si yo podría haber aguantado ver cómo quitaban las entrañas y el cerebro a personas a las que conocía.

Beth hojeó los papeles y me informó:

—La tierra rojiza encontrada en la suela del calzado de ambos era en su mayor parte arcilla, hierro y arena. Hay tanta similar por aquí, que ni siquiera vale la pena compararla con la de un sitio específico.

Asentí nuevamente y pregunté:

—¿En las manos no encontraron indicio alguno de que habían estado haciendo algo manual?

—En realidad, sí. Tom tenía una ampolla en la mano derecha. Los dos habían manipulado tierra, que había penetrado en sus manos y bajo las uñas, pese a los intentos de lavarla con agua salada. También en su ropa había manchas del mismo tipo de tierra. —Me miró y preguntó: —¿Qué piensas que estaban haciendo?

—Cavando.

—¿Para qué?

—Para encontrar un tesoro enterrado.

Tomó mi respuesta como un nuevo ejemplo de mi actitud de sabihondo y me ignoró, tal como yo calculaba. Recorrió otros puntos del informe forense, pero no oí nada significativo.

Beth continuó:

—El registro de la casa, de arriba abajo, no arrojó casi nada de interés. No guardaban muchas cosas en la computadora, salvo comprobantes financieros e impositivos.

Cerró los ojos un segundo, se frotó las sienes, respiró hondo y prosiguió:

—Tenían un mueble archivo, donde había algo de correspondencia, materiales legales, personales y otras cosas. Estamos leyendo y analizándolo todo. Podría resultar interesante, pero hasta el momento, nada.

—Lo más probable es que, si había algo incriminador o revelador, lo hayan robado.

Asintió y continuó:

—Los Gordon poseían ropa cara, incluso las prendas informales; nada de pornografía ni aditamentos sexuales; una bodega en el sótano con diecisiete botellas; cuatro álbumes de fotografías, en unas cuantas de las cuales apareces tú; ninguna cinta de audio; una agenda que estamos comparando con la que tenían en la oficina; nada fuera de lo común en el botiquín; nada en ninguno de los bolsillos de su ropa de verano ni de invierno; ninguna llave que no correspondiera, y una que en apariencia falta: la llave de los Murphy, si creemos lo que dijo el señor Murphy en cuanto a haberle dado la llave de su casa a los Gordon...

Volvió la página y siguió leyendo. Ese tipo de detalles logran toda mi atención, aunque hasta el momento no había nada desacostumbrado.

Beth prosiguió:

—Encontramos la escritura del terreno de Wiley, dicho sea de paso. Todo en regla. Además, no logramos encontrar evidencia alguna de una caja de seguridad, ni de otras cuentas bancarias. Había dos pólizas de seguro de vida por la cantidad de 250.000 dólares, una de cada uno nombrando al otro como beneficiario principal, y beneficiarios secundarios a padres y hermanos. Lo mismo con el seguro de vida del gobierno. Y un testamento, muy simple, de nuevo de uno a favor del otro, y luego a padres y hermanos...

—Buen trabajo —comenté.

—Correcto. Bueno... nada interesante en las paredes... Fotos familiares, reproducciones de arte, diplomas.

—¿Y algo de un abogado?

—¿En las paredes?

—No, Beth. Un abogado... ¿Quién es el abogado de ellos?

Sonrió y dijo:

—No te gusta cuando la gente te hace bromas, ¿verdad? Pero tú...

—Por favor, continúa. Abogado.

Se encogió de hombros y respondió:

—Sí, encontramos el nombre de un abogado de Bloomington, Indiana, así que lo contactaremos. —Añadió: —Hablé con los padres de ambos por teléfono... Ésa es la parte de este trabajo que no me gusta.

—A mí tampoco.

—Los convencí de que no vinieran. Les expliqué que, en cuanto el médico forense haya terminado, enviaremos los restos a la funeraria que nos indiquen. Le pediré a Max que les advierta que necesitamos conservar muchos efectos personales hasta que, con suerte, resolvamos el caso, vayamos a juicio y todo eso. —Agregó: —Es todo tan difícil cuando se trata de un asesinato... La muerte en sí misma ya es bastante mala. El asesinato es... bueno, difícil para todos.

—Lo sé.

Sacó otra hoja.

—Hice averiguaciones sobre la *Espiroqueta* con la DEA, la Guardia Costera e incluso la aduana. Es interesante que todos conocieran la lancha; prestan atención a las Formulas. De cualquier modo, en lo que a todos concernía, los Gordon estaban limpios. La *Espiroqueta* nunca fue observada en el Atlántico abierto, según recuerdan todos, y nunca se sospechó que la embarcación participara en contrabando, tráfico de drogas o ninguna otra actividad ilegal.

—Está bien —No era del todo cierto, pero no valía la pena mencionarlo en aquel momento. Añadí: —Has estado ocupada.

—Sí. ¿Qué creías que estaba haciendo?

Ignoré su pregunta y concluí:

—Creo que podemos descartar el tráfico de drogas y todo eso. Aun así, quizá querían poseer esa lancha por alguna razón especial.

—¿Por ejemplo?

—Por si los perseguían.

—¿Quién podía perseguirlos? ¿Y por qué?

—No sé. —Tomé una rosquilla de canela y le di un mordisco. —Qué rica. ¿Las hiciste tú?

—Sí.

—Me impresionas, pero en la bolsa dice "Panadería Nicole".

—Eres buen detective.

—Sí, señora. ¿Qué más tienes?

Leyó unos papeles más y repuso:

—Logré la orden del fiscal de distrito para obtener los registros telefónicos de los Gordon de los últimos dos años.

Me erguí en la silla.

—¿Sí?

—Bueno, tal como era de esperar, hay muchas llamadas a sus respectivos pueblos: padres, amigos, parientes... Las llamadas de Tom eran a Indiana, y las de Judy, a Illinois. Muchas llamadas a Plum Island, servicios varios, restaurantes y esas cosas. Y unas cuantas a la Sociedad Histórica Pecónica, a Margaret Wiley, dos a la residencia Maxwell, una a Paul Stevens a su casa de Connecticut, y diez a ti en las últimas doce semanas.

—Más o menos lo que imaginaba.

—Exacto. Además, dos o tres llamadas por mes a los Viñedos Tobin, en Peconic, así como a Fredric Tobin en Southold y a Fredric Tobin en Peconic.

—El caballero tiene una casa sobre el agua en Southold y un departamento en la vinatería, que queda en Peconic.

Me miró.

—¿Cómo sabes todo eso?

—Porque Emma... la presidenta de la Sociedad Histórica Pecónica, que acaba de irse... es amiga del señor Tobin. Además fui invitado a una fiesta en la casa de Su Señoría mañana a la noche. Creo que deberías ir.

—¿Por qué?

—Es una buena oportunidad para charlar con algunas personas del lugar. Es probable que Max vaya.

Asintió.

—De acuerdo.

—Pídele los detalles a Max. En realidad no tengo una invitación formal.

—Está bien.

—Llamadas telefónicas.

Miró sus papeles impresos en computadora y enumeró:

—En mayo del año pasado hubo cuatro llamadas desde Londres, Inglaterra, cobradas a su tarjeta de crédito... una a Indiana, otra a Illinois, una al número general de Plum Island y una llamada de cuarenta y dos minutos a Fredric Tobin en Southold.

—Interesante.

—¿Qué pasa con el señor Fredric Tobin?

—No lo sé con seguridad.

—Cuéntame la parte de la que estás seguro.

—Creo que estabas dándome un informe, y no quiero interrumpir.

—No, es tu turno, John.

—No jugaré ese juego, Beth. Tú terminas y después yo te cuento lo que descubrí.

Pensó un momento; era evidente que no quería dejarse intimidar por John Corey. Me preguntó:

—¿En serio tienes algo?

—Sí. De veras. Procede.

—Está bien... ¿Por dónde iba?

—Los registros telefónicos.

—Sí. Acá figuran veinticuatro meses, lo cual suma unas mil llamadas, que estoy haciendo analizar con computadora. Pero sí encontré un dato interesante: cuando los Gordon vinieron aquí, en agosto de hace dos años, primero alquilaron una casa en Orient, cerca del *ferry*, y luego, apenas unos meses después, se mudaron a la casa de Nassau Point.

—¿La casa de Orient daba al agua?

—No.

—Ahí está la respuesta. A los cuatro meses de venir aquí, decidieron que necesitaban una casa sobre el agua y un muelle y una lancha. ¿Por qué?

—Eso es lo que estamos tratando de explicarnos —respondió Beth.

—Correcto.

Yo ya me lo había explicado. Tenía que ver con que los Gordon de algún modo habían descubierto que en Plum Island había algo que necesitaba ser revelado y desenterrado. De modo que ya en el otoño de dos años antes se hallaba en marcha la primera parte del plan: conseguir una casa sobre el agua y luego la lancha.

—Procede —le dije a Beth.

—Está bien... Plum Island. Se pusieron un poco difíciles, así que tuve que aplicar mano dura.

—Muy bien.

—Hice que transportaran por *ferry* el contenido completo de las oficinas de los Gordon a Orient Point, lo cargaran en una camioneta de la policía y lo llevaran al laboratorio del condado de Suffolk.

—A los contribuyentes del condado les encantará enterarse.

—Además, hice que tomaran las huellas dactilares de sus oficinas y aspiraran cada despacho y les pusieran candado.

—¡Mi Dios! Vaya que eres exhaustiva.

—Es un doble homicidio, John. ¿Cómo manejas un doble homicidio en la ciudad?

—Llamamos al departamento de Sanidad. Por favor, procede.

Respiró hondo.

—Bueno... También obtuve el directorio de todos los que trabajan en Plum Island, y tenemos cinco detectives asignados a hacer entrevistas.

Asentí.

—Bien. A Donna Alba quiero entrevistarla yo.

—Estaba segura. Si la encuentras, avísame.

—¿Se fue?

—De vacaciones. A eso me refería cuando te dije que se pusieron difíciles.

—Claro. Todavía siguen con la pantalla. No pueden evitarlo; lo llevan en su burocrática médula. ¿Dónde están tus amigos, Nash y Foster?

—No son mis amigos, y lo ignoro. Por ahí, pero no a la vista. Se fueron del Soundview.

—Lo sé. Bueno, lo siguiente.

—Obtuve una orden judicial para retener todas las armas del gobierno que hay Plum Island, incluidos las automáticas 45, unos cuantos revólveres y una docena de M-16, más dos carabinas de la Segunda Guerra Mundial.

—Santo cielo. ¿Iban a invadirnos?

Se encogió de hombros.

—Mucho es material del ejército que quedó allí, supongo. De cualquier modo, protestaron bastante. Pedí a balística que hiciera pruebas de fuego a cada arma, y recibiré un informe completo.

—Buena idea. ¿Cuándo devolverás las armas a Plum Island?

—Probablemente el lunes o el martes.

—Observé actividad de los infantes de marina en el *ferry*. Supongo que después de que desarmaste a la fuerza de seguridad del pobre señor Stevens sintieron que necesitaban protección.

—No es problema mío.

—Dicho sea de paso, no creo que te hayan entregado el arsenal completo —observé.

—Si no lo hicieron, obtendré una orden de allanamiento para Stevens.

Ningún juez iba a librar esa orden, pero no importaba, así que me limité a urgirla:

—Continúa.

—Más de Plum Island. Le hice una visita sorpresa a la doctora Chen, que vive en Stony Brook. Tuve la clara impresión de que la habían aleccionado antes de que habláramos con ella en el laboratorio. Logré que admitiera que sí, tal vez, quizá, posiblemente, los Gordon habían robado un virus o bacteria peligroso.

Asentí. Todo aquello constituía un buen trabajo policial, procedimiento de primera clase. Parte era relevante, parte no. Hasta donde yo sabía, había sólo tres personas que usarían las palabras "tesoro pirata" en referencia a ese caso: yo, Emma y el asesino.

Beth continuó:

—Volví a entrevistar a Kenneth Gibbs, también en su casa. Vive en Yaphank, no muy lejos de mi oficina. Es un poco insolente, pero aparte de eso no creo que sepa más de lo que nos dijo. —Agregó: —Paul Stevens es otra historia...

—Ya lo creo que sí. ¿Hablaste con él?

—Lo intenté... pero me ha evadido. Creo que él sabe algo, John. Como jefe de seguridad de Plum Island, no hay muchas cosas que se le pasen por alto.

—Es probable que no.

Me miró.

—¿Crees que es sospechoso?

—Me hace sospechar; por lo tanto es sospechoso.

Pensó un momento y repuso:

—Lo que te diré no es muy científico... pero tiene aspecto de asesino.

—Sin duda. Suelo dar una clase completa denominada "Personas que parecen asesinos y actúan como tales".

No supo si la estaba embromando o no; en realidad, no fue ésa mi intención.

—De cualquier modo —prosiguió—, estoy tratando de averiguar sus antecedentes, pero la gente que más información podría tener, o sea el FBI, no se mueve muy rápido.

—En rigor, ya deben de haber hecho lo que les pides, pero no van a compartir ningún dato contigo.

Asintió y comentó inesperadamente:

—Qué caso embrollado.

—Es lo que te he dicho todo el tiempo. —Le pregunté: —¿Dónde vive Stevens?

—En Connecticut. New London. Hay un *ferry* del gobierno desde New London a Plum.

—Dame la dirección y el número de teléfono.

Los encontró en sus notas y comenzó a copiármelos, pero la atajé:

—Tengo una memoria fotográfica. Sólo dímelo.

Me miró, de nuevo con expresión de ligera incredulidad. ¿Por qué nadie me toma en serio? En cualquier caso, me dio la dirección y el número de teléfono de Paul Stevens, que guardé en un rincón de mi cerebro. Me puse de pie y propuse:

—Vayamos a caminar.

26

Salimos a la parte de atrás de la casa y bajamos hasta el agua. Beth comentó:

—Qué lindo es esto.

—Voy comenzando a apreciarlo —repuse. Levanté una piedra chata y la arrojé al agua. Hizo tres saltos antes de hundirse.

Beth encontró otra, flexionó el brazo y la soltó, aplicando todo el cuerpo al movimiento. La piedra rebotó cuatro veces antes de hundirse.

—Buen tiro —le dije.

—Juego al softball. En el equipo de Homicidios. —Tomó otra piedra y la arrojó al extremo opuesto del muelle; no le dio, así que volvió a intentarlo.

La observé arrojar piedras a los pilotes. Lo que antes me atraía seguía atrayéndome. Era su aspecto, por supuesto... pero también su reserva. Me encantan las mujeres reservadas. Creo. De cualquier modo, estaba bastante seguro de que encontrar a Emma en la casa la había incomodado y fastidiado. Más importante: le sorprendía lo que sentía, y tal vez lo que sentía era rivalidad. Le dije:

—Eché de menos tu compañía. La ausencia intensifica el sentimiento.

Me miró de soslayo entre un tiro y otro y replicó:

—Entonces vas a amarme muchísimo, porque es muy probable que ésta sea la última vez que me ves.

—No olvides la fiesta de mañana.

Me ignoró.

—Si sospechara de una persona de entre toda la gente con que hablamos, sería Paul Stevens —dijo.

—¿Por qué?

De nuevo apuntó una piedra a los pilotes y esta vez le dio. Me dijo:

—Ayer lo llamé a Plum Island, y me dijeron que no estaba. Los presioné y me dijeron que estaba enfermo, en su casa. Lo llamé a la casa pero no me atendió nadie. —Agregó: —Otro empleado de Plum Island que desaparece.

Caminamos por la playa pedregosa.

Tampoco a mí me satisfacía la última actuación del señor Stevens. Y en verdad era un posible sospechoso de homicidio. Como dije, bien podía estar equivocado acerca de Fredric Tobin, o podía ser que Tobin fuera cómplice de Stevens, o podía no ser ninguna de las dos cosas. Había pensado que cuando tuviera el motivo tendría al asesino. Pero el motivo había resultado ser dinero, y cuando el motivo es dinero los sospechosos son todos y cualquiera.

Caminamos hacia el este por la playa, pasando ante las casas de mis vecinos. Iba subiendo la marea y el agua lamía las piedras. Beth, con las manos metidas en los bolsillos de su chaqueta, caminaba con la cabeza baja, como sumida en profundos pensamientos. De vez en cuando pateaba una piedra o una conchilla marina. Vio una estrella de mar varada en la playa, se agachó, la levantó y la arrojó a la bahía.

Continuamos andando en silencio durante un rato más, hasta que ella dijo:

—En cuanto al doctor Zollner, tuvimos una agradable charla telefónica.

—¿Por qué no lo llamas a declarar?

—Lo haría, pero está en Washington. Lo convocaron para dar una declaración al FBI, el Departamento de Agricultura y otros. Después tiene una serie de viajes programados; América del Sur, Inglaterra, muchos lugares que necesitan de sus conocimientos. Lo han puesto fuera de mi alcance.

—Consigue una orden judicial.

No respondió.

—¿Washington te está obstaculizando la tarea?

—No en forma directa. Pero la gente para la que trabajo... Ya sabes cómo es cuando no te devuelven las llamadas, cuando lo que pides demora mucho, las reuniones que solicitas son postergadas...

—En una oportunidad trabajé en un caso así. Los políticos y los burócratas dan muchas vueltas hasta que averiguan si puedes ayudarlos o perjudicarlos.

—¿De qué tienen miedo, realmente, y qué es lo que están ocultando?

—Los políticos le tienen miedo a cualquier cosa que no entiendan, y no entienden nada. Limítate a seguir trabajando en el caso.

Asintió.

—Has hecho un buen trabajo —le dije.

—Gracias. —Dimos la vuelta y comenzamos a caminar hacia mi casa.

A Beth, reflexioné, parecía gustarle el trabajo de papeleo, los detalles, los pequeños bloques de construcción que conformaban un caso. Había detectives que creían que se podía solucionar un caso trabajando con los elementos conocidos de medicina forense, balística y demás. A veces era cierto. En este caso, sin embargo, las respuestas no resultaban tan fáciles de encontrar.

Beth dijo:

—El laboratorio ha realizado un examen completo de los dos vehículos de los Gordon y la lancha. Todas las huellas dactilares eran de ellos, salvo las mías, las tuyas y las de Max en el barco. Además, en la cubierta encontraron algo extraño.

—¿Sí?

—Dos cosas. Primero, tierra, cosa que ya sabemos. Pero también encontraron unas pequeñas astillas de madera deteriorada, podrida. No madera recuperada del mar; no contenía sal. Las astillas eran de madera enterrada, todavía con rastros de tierra. —Me miró. —¿Alguna idea?

—Déjame pensarlo.

—De acuerdo. —Continuó: —Me contacté con el comisario del condado, un tal Will Parker, en cuanto a los permisos de posesión de armas que extendió en el municipio de Southold.

—Bien.

—También verifiqué con la sección de licencia de armas del condado, y tengo una hoja impresa por computadora que muestra que hay 1.224 permisos de posesión de pistolas extendidos por el comisario y por el condado a residentes del municipio de Southold.

—De modo que, de los veintitantos miles de residentes de este municipio, tenemos unos mil doscientos que están registrados como poseedores de pistolas. Es una cifra grande, mucha gente para llamar, pero no una tarea imposible.

—Bueno —me informó Beth—, la ironía es que, cuando el tema era la peste, ninguna tarea se consideraba imposible. Pero ya no disponemos de todo el presupuesto policial para resolver este caso.

—Para mí, lo más importante son los Gordon. Su asesinato es importante para mí.

—Lo sé. Y para mí también. Sólo te explico la realidad.

—¿Por qué no me dejas llamar a tu jefe, así le explico la realidad a él?

—Vamos, John, afloja un poco. Yo me encargaré.

—Está bien.

En verdad, mientras el departamento de policía del condado iba reduciendo el ímpetu, los federales trabajaban con sigilo y gran esfuerzo en busca del perpetrador equivocado. Pero no era problema mío. Pregunté:

—¿El señor Tobin figura en la lista de los que poseen armas?

—Sí. Eché un vistazo a la lista y encontré unos cuantos nombres que conocía. Tobin era uno de ellos.

—¿Quién más?

—Bueno, Max. —Añadió: —Tiene una 45 que usa cuando no está trabajando.

—Ahí tienes a tu criminal —dije, medio en broma—. ¿Qué arma tiene Tobin?

—Dos: una Browning 9 milímetros y una Colt 45 automática.

—Mi Dios. ¿Tiene miedo a los ladrones de uvas?

—Supongo que transporta dinero en efectivo o algo así. En este municipio no se necesitan muchos motivos para obtener un permiso de posesión de armas si estás en buenas relaciones con el comisario y el jefe.

—Interesante.

Las armas ocultas se hallaban sujetas a una rígida regulación en el estado de Nueva York, pero había lugares donde resultaba un poco más fácil obtener un permiso. De cualquier modo, tener dos pistolas no convertía a Fredric Tobin en un asesino, pero sugería cierto tipo de personalidad. Pensé que Freddie concordaba con el individuo de buenos modales que, tal como sugirió Emma, no era ni física ni verbalmente violento, pero que podía meterte una bala en la cabeza si se sentía amenazado.

Mientras nos acercábamos a mi porción de costa, Beth se detuvo y se volvió hacia el agua. Permaneció allí, contemplando la bahía... Una pose clásica, pensé, como un viejo cuatro titulado: *Mujer mirando el mar*. Me pregunté si a Beth Penrose le gustaría nadar desnuda, y decidí que sin duda no.

Me preguntó:

—¿Por qué te interesa Fredric Tobin?

—Ya te lo dije... Bueno, resultó tener con los Gordon una relación más estrecha que la que incluso yo me había dado cuenta.

—¿Y con eso qué?

—No sé. Por favor, continúa.

Volvió a mirarme de reojo; luego apartó la vista de la bahía y siguió caminando. Me dijo:

—De acuerdo. A continuación registramos la zona pantanosa del norte de la casa de los Gordon, y encontramos un lugar donde podría ocultarse un bote entre los juncos.

—¿De veras? Buen trabajo.

—Gracias. —Continuó: —Es bastante posible que alguien haya andado por allí en una balsa. El lunes la marea subió a las siete y dos minutos de la tarde, de modo que a las cinco y media estaba bastante alta, y había unos sesenta centímetros de agua en los pantanos cercanos a la casa de los Gordon. Alguien pudo haber escondido una balsa o un bote entre los juncos, sin que nadie lo viera.

—Muy bien. ¿Por qué no se me ocurrió?

—Porque pierdes tiempo pensando comentarios insolentes.

—En realidad, no los pienso.

Continuó:

—No digo que estoy segura de que hubo un bote en esos cañaverales, pero así parece. Hay juncos que muestran roturas recientes. —Añadió: —La tierra no muestra signos de compresión, pero hemos tenido ocho mareas desde el asesinato, lo cual puede haber borrado cualesquiera marcas que quedaran en el barro.

Asentí.

—Santo cielo, éste no es como un homicidio en Manhattan. Es decir, juncos, cañaverales, tierra, mareas, bahías grandes y profundas con balas en el fondo.

Me ignoró y continuó:

—Hablé con Max por teléfono, y está enojado porque interrogaste a Fredric Tobin.

—A la mierda con Max.

—Yo te allané un poco la situación con él.

—Muchas gracias.

—¿Te enteraste de algo por Fredric Tobin?

—De varias cosas. Diferencias de cepas. Maceración de los pellejos con el jugo en los barriles. ¿Qué más...?

—¿Debería entrevistarlo?

Pensé un momento y respondí:

—Sí, deberías.

—¿Vas a darme alguna pista sobre por qué debería entrevistarlo?

—Sí. Pero ahora no. No obstante, deberías olvidar lo de las drogas, bichos, vacunas y todo lo relacionado con el trabajo de los Gordon.

Guardó silencio por un momento muy largo, mientras caminábamos. Al final preguntó:

—¿Estás seguro?

—No es broma.

—¿Entonces cuál es el motivo? ¿Pasión? ¿Sexo? ¿Celos?

—No.

—¿El terreno de Wiley?

—Forma parte.

Se sumió en profundos pensamientos.

Ya habíamos llegado a la casa de mi tío, y nos detuvimos cerca del muelle. Quedamos frente a frente, cada uno con las manos en los bolsillos. Yo trataba de determinar cómo me sentía con esa mujer en comparación con Emma, y Beth trataba de determinar quién había matado a los Gordon. Se me ocurrió que tal vez, después de que el caso quedara resuelto, todos podríamos resolver cómo nos sentíamos, y por quién lo sentíamos.

Beth dijo:

—Toma una piedra y tírala lo mejor que puedas.

—¿Es un concurso?

—Por supuesto.

—¿Cuál es el premio?

—No te preocupes por eso. No vas a ganar.

—Bueno, ¿no te tienes demasiada confianza?

Encontré una piedra perfecta: redonda, chata en la parte de abajo y cóncava arriba. Me preparé como si fuera el último tiro de mi vida, arrojé, la piedra rebotó en el agua y se hundió.

—Cuatro rebotes —dije, por si ella no había contado.

Beth ya había encontrado su piedra: redonda, un poco más grande que la mía, y cóncava de ambos lados. Otra teoría. Se sacó la chaqueta y me la dio. Levantó la piedra en el aire como si considerara la posibilidad de partirme la cabeza y luego, acaso inspirada por la imagen de mi cráneo flotando en el agua, la arrojó.

La piedra rebotó cuatro veces y se habría hundido, pero cayó en una pequeña ola y rebotó una vez más antes de desaparecer.

Beth se secó las manos y recuperó su chaqueta.

—Muy bien —la felicité.

—Perdiste —replicó. Se puso la chaqueta y me ordenó: —Ahora cuéntame lo que sabes.

—Eres tan buena detective que me limitaré a darte las pistas, y tú deducirás el resto. Escucha... La casa que alquilaron sobre el agua; la lancha de carrera; el terreno comprado a Wiley; la Sociedad Histórica Pecónica; la historia de Plum Island y las islas que la rodean; la semana que pasaron en Inglaterra... ¿Qué más?... Los números 44106818... ¿Qué más?

—¿Paul Stevens?

—Es posible.

—¿Fredric Tobin?

—Es posible.

—¿Cómo encaja él? ¿Sospechoso? ¿Testigo?

—Bien, el señor Tobin y su vinatería podrían estar quebrados. O así me comentaron. De modo que acaso sea un hombre desesperado. Y los hombres desesperados hacen cosas desesperadas.

—Verificaré sus datos financieros. Mientras tanto, gracias por las grandes pistas.

—Está todo ahí —contesté—. Busca el denominador común, un hilo que corre a través de todas esas pistas.

El juego no le gustaba. Me dijo:

—Tengo que irme. Le diré a Max que resolviste el caso y que debe llamarte. —Comenzó a cruzar el parque en dirección a la casa. La seguí.

De vuelta en la cocina, comenzó a juntar sus papeles.

—A propósito —le pregunté—, ¿qué significaban esos dos banderines de señales?

Sin dejar de guardar las cosas en su portafolio, respondió:

—Los banderines son las letras B y V. En el alfabeto fonético, significan "Bravo Víctor". —Me miró.

—¿Y el otro significado? ¿El de palabras?

—El banderín de "Bravo" también significa "carga peligrosa". El de "Víctor" significa "se necesita ayuda".

—De modo que ambos banderines podrían significar "carga peligrosa, necesitamos ayuda".

—Sí, lo cual tendría sentido si los Gordon hubieran transportado microorganismos peligrosos. O incluso drogas ilegales. Los banderines podrían haber sido una señal a su socio. Pero tú dices que esto no tiene nada que ver con bichos ni con drogas.

—Eso es lo que digo.

—Según un hombre de mi oficina, que navega, mucha gente iza banderines en tierra sólo como decoración o broma. En el agua no se puede hacer, pero en tierra nadie lo toma en serio.

—Es cierto. Es lo que solían hacer los Gordon. —Pero esta vez... Carga peligrosa, necesitamos ayuda... Continué: —Supongamos que era una señal a alguien. Es una señal terrible. Nada de teléfono de red, ni teléfono celular; sólo un anticuado banderín de señales. Quizás estaba preestablecido. Los Gordon decían: "Tenemos la mercadería a bordo; vengan a ayudarnos a descargarla".

—¿Qué mercadería?

—Ah. Ésa es la cuestión.

Me miró.

—Si estás reteniendo información o evidencia, tal como supongo, entonces enfrentas un problema legal, detective.

—Bueno, bueno. No me amenaces.

—John, estoy investigando un doble homicidio. Eran tus amigos, y esto no es un juego...

—Espera. No necesito un sermón. Yo estaba sentado en el porche de mi casa, ocupándome de mis propios asuntos, cuando vino Max a pedirme ayuda. A la noche siguiente, a la misma hora, me encontraba parado en la playa de estacionamiento vacía del *ferry* después de haber pasado un día en biocontención. Y ahora...

—Espera tú. Te he tratado muy bien...

—Ah, vamos. Me dejaste plantado durante dos días...

—Estaba trabajando. ¿Qué hacías tú?

Y así.

Al cabo de más o menos dos minutos de lo mismo, dije:

—Tregua. Esto no es productivo.

Se controló y repuso:

—Lo lamento.

Y así hicimos las paces, sin besarnos.

Beth dijo:

—No te presiono para que me digas lo que sabes, pero me diste a entender que, después de que yo te contara lo que sabía, tú harías lo mismo.

—Lo haré. Pero no esta mañana.

—¿Por qué?

—Primero habla con Max. Sería mucho mejor si lo pusieras al tanto de tus notas y no de mis teorías.

Lo pensó y luego asintió.

—De acuerdo. ¿Cuándo puedo escuchar tus teorías?

—Sólo necesito un poco más de tiempo. Mientras tanto, piensa en esas pistas que te di, a ver si llegas a la misma conclusión que yo.

No respondió.

Agregué:

—Te prometo que, si resuelvo todo esto, te lo daré servido en bandeja de plata.

—Qué generoso de tu parte. ¿Qué pedirías a cambio?

—Nada. Tú necesitas un empujón en tu carrera. Yo ya he llegado a la cima.

—En realidad estás en un lío, y resolver este caso no te sacará del aprieto... Te hundirá más aún.

—Como sea.

Miró la hora.

—Tengo que encontrarme con Max —dijo.

—Te acompaño hasta el auto.

Salimos y subió a su auto. Me dijo:

—Te veo mañana a la noche en la fiesta de Tobin, si no antes.

—De acuerdo. Puedes ir con Max. —Le sonreí. —Gracias por venir.

Tomó por el sendero de acceso, pero en lugar de marcharse volvió haciendo chirriar los neumáticos hasta la puerta del frente, clavó los frenos y exclamó casi sin aliento:

—¡John! Dijiste que los Gordon cavaban en busca de un tesoro enterrado. Como un importante hallazgo arqueológico... en Plum Island... tierra del gobierno... tenían que robarlo de Plum Island y enterrarlo en su propio terreno... la propiedad Wiley. ¿Correcto?

Sonreí y levanté el pulgar de una mano, en gesto de victoria. Después me volví y entré.

Estaba sonando el teléfono, así que atendí. Era Beth, que me preguntó:

—¿Qué sacaron?

—El teléfono no es seguro.

—John, ¿cuándo podemos encontrarnos? ¿Dónde? —preguntó con la excitación del caso.

—Yo te llamaré.

—Prométemelo.

—Claro. Mientras tanto, te aconsejo que te lo guardes para ti sola.

—Entiendo.

—Adiós...

—John.

—¿Sí?

—Gracias.

Corté.

—De nada.

Salí por la puerta de la cocina y fui hasta el final del muelle. He descubierto que es un buen lugar para pensar.

Una niebla matinal pendía sobre el agua, y vi un pequeño esquife que se abría paso entre la bruma gris. Un crucero iba a cruzar su estela, y el hombre del esquife tomó un objeto, y enseguida oí sonido como a sirena de niebla, y recordé haber visto unas latas de aerosol que emiten el mismo sonido, una especie de campana de bronce o sirena eléctrica de niebla para pobres. Era un sonido bastante común en el agua, tanto que uno ya no reparaba en él, acaso ni siquiera aunque lo oyera en un día despejado de verano, porque yo recordaba que los barcos grandes también lo usaban como señal para indicar a una nave nodriza que recogiera la tripulación después de anclar en aguas profundas. Y si uno lo oía de cerca, quizá no percibiera el sonido de dos disparos en rápida sucesión. Muy astuto, en verdad.

Ya todo iba concordando, incluso los detalles más pequeños. Me sentía satisfecho porque tenía el motivo del asesinato: el tesoro del capitán Kidd. Pero no podía acabar de conectar a Tobin, Stevens o cualquier otro con los asesinatos. De hecho, en mis momentos más paranoicos llegué a pensar que hasta Max y Emma podían formar parte de la trama.

Dado el ámbito general del lugar, sólo podía tratarse de una conspiración de amplio alcance. ¿Pero quién había apretado el gatillo? Traté de imaginar a Max, Emma, Tobin y Stevens, y tal vez incluso a Zollner, todos en la plataforma posterior de la casa de los Gordon... O tal vez otra persona, a quien yo no conocía o en quien no había pensado. Hay que tener mucho cuidado y estar segurísimo antes de empezar a calificar a alguien de asesino.

Lo que asimismo necesitaba hacer —no porque me importara un bledo, sino porque les importaría a todos los demás— era encontrar el tesoro. El pequeño Johnny sale a cazar el tesoro. El oro seductor de santos. Antes de meterme hondo en esa tarea, pensé en toda la gente que había muerto a causa de ese oro: presumiblemente los hombres en cuyo barco estaba cuando Kidd los atacó, después algunos de los hombres de Kidd, después el propio Kidd cuando lo colgaron en el muelle de ejecuciones, después quién sabía cuántos hombres o mujeres que murieron o se arruinaron a lo largo de los últimos tres siglos buscando el legendario tesoro del capitán Kidd. Y por último Tom y Judy Gordon. Experimenté la inquietante premonición de que la cadena de muertes no iba a terminar allí.

27

erca del mediodía pasé por la florería Whitestone y dejé la bacinilla. No había desayunado, así que invité a Emma a almorzar, pero me dijo que estaba ocupada. En florilandia los viernes eran días agitados: fiestas, cenas y todo eso. Además, había tres funerales, que, por su naturaleza misma, son acontecimientos imposibles de programar con anticipación. Y todos los fines de semana los Viñedos Tobin le encargaban flores para el restaurante y la recepción. Y, desde luego, estaba la gran *soirée* de Fredric, a la noche siguiente. Le dije:

—¿Tobin paga sus cuentas?

—No. Es por eso que le aclaré que debe pagarme en efectivo o con tarjeta de crédito. Nada de cheques. Y le reduje el monto de la cuenta.

Lo dijo de una manera que sugería que quería reducir más que eso. Le pregunté:

—¿Quieres que te traiga un sándwich?

—No, gracias. Debo volver a trabajar ya mismo.

—Hasta mañana.

Me fui y caminé un poco por la calle Main. De algún modo la naturaleza de nuestra breve relación había cambiado. Sin la menor duda, ella se mostraba un poco fría. Las mujeres tienen una manera de dejar a los hombres como congelados, y si uno intenta someterlas al deshielo, sólo logra que bajen aún más la temperatura. Es un juego que debe jugarse de a dos, de modo que yo elegí no jugar.

Compré un sándwich y una cerveza, subí a mi Jeep y me dirigí al terreno de Tom y Judy en la barranca. Me senté en una piedra y almorcé. Los Arrecifes del Capitán Kidd. Increíble. Y no tenía duda de que los números 44106818, que eran historia conocida, concordarían a la fuerza con el punto erosionado de la ladera de esa barranca donde iba a ser encontrado el tesoro: cuarenta y cuatro pasos o cuarenta y cuatro grados, diez pasos o diez grados, o lo que fuere. Se podía jugar con los números hasta llegar al sitio que uno eligiera.

—Buena idea, la de ustedes dos. Ojalá hubieran confiado en mí. Ahora no estarían muertos —pensé en voz alta.

En algún lugar gorjeó un pájaro, como respondiéndome.

Me paré en una roca y con mis binoculares miré hacia el sur, escrutando las granjas y los viñedos hasta que divisé la Torre de Tobin el Terrible, que se elevaba por encima de una llanura glaciar; era lo más alto que había por allí: el pene sustituto de Lord Freddie. Dije al viento:

—Eres una mierda.

Decidí que quería irme: de mi teléfono, de mi casa, de Beth, Max, Emma, el FBI, la CIA, mis jefes e incluso mis compinches de la ciudad. Miré al otro lado del canal, en Connecticut, y se me ocurrió ir al casino de Foxwoods.

Bajé la barranca, subí al Jeep y manejé hasta el *ferry* de Orient. El cruce fue calmo; hacía un lindo día en el canal, y en una hora y veinte minutos mi Jeep y yo llegamos a New London, Connecticut.

Fui hasta Foxwoods, un enorme casino y hotel situado en medio de la nada; en realidad eran las tierras de la tribu Mashantucket Pequot. Me registré, compré unos artículos de tocador, fui a mi habitación, desempaqué el cepillo de dientes y bajé al cavernoso casino para ir al encuentro de mi destino.

Tuve mucha suerte con el blackjack, salí empatado en las máquinas tragamonedas, perdí un poco a los dados y perdí un poco en la ruleta. A las ocho de la noche sólo había perdido unos dos mil dólares. Cómo me estaba divirtiendo.

Traté de ponerme en el lugar de Fredric Tobin: linda mujer colgada de mi brazo, diez mil dólares perdidos en un fin de semana, vinatería dando su jugo aunque no lo bastante rápido. Todo lo que componía ese mundo estaba a punto de derrumbarse. Aun así, yo resistía e incluso me volvía más arriesgado en el juego y en los gastos, porque pronto me volvería riquísimo. No porque iba a ganar en Foxwoods, sino porque iba a encontrar un tesoro enterrado desde hacía trescientos años, y yo sabía dónde estaba, y estaba muy, muy cerca... tal vez hasta pudiera ver el sitio donde se hallaba enterrado al pasar por Plum Island en mi barco. Pero no podía ponerle las manos encima sin la ayuda de Tom y Judy Gordon, con quienes había iniciado una relación amistosa y a quienes había reclutado para que fueran mis socios. Y yo, Fredric Tobin, había elegido bien. De todos los científicos, personal administrativo y otros empleados de Plum Island que había conocido, Tom y Judy eran los únicos que había querido reclutar, porque eran jóvenes, inteligentes, estables, tenían cierto estilo y, sobre todo, habían demostrado poseer gusto por la buena vida.

Supuse que Tobin había reclutado a los Gordon no mucho después de que llegaran a la zona, tal como lo evidenciaba el hecho de que en cuatro meses los Gordon se hubieran mudado de una casa cercana al *ferry* a otra que daba al agua. Eso había sido sugerencia de Tobin, lo mismo que la lancha.

Resultaba obvio que Fredric Tobin había estado buscando con ahínco su conexión con Plum Island, y era probable que hubiera descartado a una cantidad de candidatos. Hasta donde yo sabía, en un momento había tenido otro socio de Plum Island, y algo había salido mal, y esa persona ahora se hallaba muerta.

Tendría que indagar si algún empleado de Plum Island había sufrido una muerte prematura hacía dos o tres años.

Me di cuenta de que adolecía de un inaceptable prejuicio hacia Fredric Tobin; que en realidad quería que él fuera el asesino. No Emma ni Max ni Zollner, ni siquiera Stevens. Fredric Tobin... Friamos a Freddie.

Por mucho que intentara poner a los otros en el papel del asesino, en mi mente siempre era Tobin. Beth, aunque sin decirlo con claridad, sospechaba de Paul Stevens, y, tomándolo todo en cuenta, el tipo tenía más probabilidades que Tobin de ser el homicida. Mis pensamientos acerca de Tobin estaban demasiado enredados con mis sentimientos por Emma. No conseguía quitarme de la cabeza la imagen de los dos en la cama. Es decir, hacía más o menos una década que no me sentía así.

No quería condenar a Freddie sin motivos suficientes, pero decidí proceder sobre la suposición de que él era el asesino, y a partir de allí me encargaría de obtener lo necesario para poder acusarlo.

En cuanto a Paul Stevens, bien podía formar parte de aquello, pero si Tobin hubiera reclutado a Stevens, ¿para qué necesitaba a los Gordon? Y si Stevens no formaba parte del plan, ¿sabía algo? ¿Era como un buitre esperando para arrebatar su parte después de que los otros hubieran llevado a cabo la larga y ardua cacería? ¿O lo había hecho todo Stevens solo, sin Tobin ni nadie más? Sin duda yo tenía elementos contra Stevens, que conocía bien Plum Island y contaba con la oportunidad, las armas, la proximidad diaria a las víctimas y, sobre todo, la personalidad para urdir una conspiración y matar a sus socios. Tal vez, si tenía suerte, yo consiguiera agarrar tanto a Stevens como a Tobin.

Y además estaba la posibilidad de que fuera otra persona...

Pensé en todo lo que había sucedido antes de que Tom y Judy Gordon aparecieran con los sesos hechos pedazos. Visualicé a Tom y Judy y Fredric viviendo en un nivel muy elevado, gastando demasiado, sintiéndose a veces confiados y a veces frenéticos en cuanto al éxito de su empresa.

Habían sido meticulosos en lo relativo a preparar el terreno para el supuesto descubrimiento del tesoro. De manera interesante, decidieron no ubicarlo en la finca de Tobin que daba al agua, sino en un lugar que concordara con una leyenda local, los Arrecifes del Capitán Kidd. Por supuesto, después le dirían al mundo que su investigación los había conducido a ese punto en particular, y confesarían que habían engañado a la pobre Margaret Wiley, que se patearía el propio trasero por haber vendido la tierra y se convencería de que aquello era un castigo de Thad. Los Gordon le habrían regalado una joya y un premio consuelo a la señora Wiley.

A menudo, en una investigación de homicidio, yo buscaba la explicación más simple, y la explicación más simple era en verdad simple: codicia. Freddie nunca había aprendido a compartir, e incluso si quería hacerlo, me pregunté si el tesoro sería lo bastante cuantioso como para pagar sus deudas y salvar sus viñedos. Su parte sería por cierto de no más del cincuenta por ciento, y la parte del gobierno, del Estado y federal, sumaría otro tanto. Aunque el tesoro valiera diez millones de dólares, Freddie tendría suerte si recibía dos millones y medio. En absoluto suficiente para un despilfarrador como Lord Tobin. Y si había otro socio —uno que siguiera vivo, como Paul Stevens, por ejemplo—, entonces sin duda los Gordon debían desaparecer.

Pero aún me quedaban preguntas sin responder. Suponiendo que los Gordon hubieran sacado a la luz el tesoro de Plum Island, ¿lo llevaban todo con ellos el día en que encontraron su fin en el parque de su propia casa? ¿El tesoro estaba en la hielera? ¿Y dónde estaba el cofre original del tesoro, al que había que volver a enterrar para encontrarlo de una manera que satisficiera tanto a un arqueólogo curioso como a un agente del Tesoro?

Mientras rumiaba todo esto, dejé de prestar atención a la ruleta. La ruleta es buena para la gente con muchas cosas en la cabeza, porque es un juego en que la mente no participa en absoluto, lo mismo que las máquinas tragamonedas; son pura suerte.

Me levanté de la mesa, fui a sacar un adelanto en efectivo de mi tarjeta de crédito y me dirigí a un amistoso juego de póquer. Ah, las cosas que hago por mi trabajo.

En la mesa de póquer me fue bien, y para medianoche había vuelto a mis dos mil dólares de pérdida más algo de cambio. Además, me moría de hambre. Compré una cerveza y un sándwich y jugué al póquer hasta la una de la madrugada, siempre con dos mil de pérdida.

Me retiré a uno de los bares y cambié la cerveza por el whisky. Miré un noticiario por televisión, que no mencionó para nada los asesinatos de los Gordon.

Volví a repasar todo el caso en mi mente, desde que Max había aparecido en mi porche hasta el momento y lugar en que me hallaba ahora. Y mientras lo hacía, pensé en mi vida amorosa, mi trabajo y todo eso, lo cual me llevó a enfrentar la pregunta de hacia dónde me dirigía.

Así eran las cosas: dos de la mañana, dos mil dólares más pobre, solo pero no solitario, algo achispado. Se suponía que me hallaba incapacitado físicamente en un setenta y cinco por ciento, y quizás en un ciento por ciento mentalmente, y con facilidad podría haber sentido lástima de mí mismo. Pero en cambio regresé a la ruleta. Ya que no tenía suerte en el amor, debía tenerla en el juego.

A las tres de la madrugada, tras perder mil dólares más, me fui a dormir.

El sábado a la mañana me desperté con esa extraña sensación de "¿dónde estoy?". A veces la mujer que tengo al lado puede darme una mano, pero no había ninguna mujer a mi lado. Enseguida se me despejó la cabeza y recordé dónde me hallaba.

Me duché, me vestí, empaqué mi cepillo de dientes y desayuné en el casino.

Afuera era otro hermoso día de fines de verano, casi de otoño. Subí a mi Jeep y me dirigí al sur, rumbo a New London.

En los suburbios del norte de la ciudad me detuve en una estación de servicio y pedí instrucciones para seguir. En quince minutos me encontraba en la calle

Ridgefield, en una zona de prolijas casas típicas de Nueva Inglaterra situadas en amplios terrenos. La región era semirrural; las casas eran de tamaño medio, y los autos, de precio medio, de modo que me figuré que era un barrio medio.

Me detuve ante el número diecisiete, una típica vivienda del cabo Cod, de madera pintada de blanco, situada a unos treinta metros del camino. Los vecinos más próximos se hallaban a bastante distancia. Bajé del Jeep, subí por el sendero de acceso y toqué el timbre.

Mientras esperaba eché un vistazo a los alrededores. No había ningún auto en el sendero. Además, no había ningún juguete ni objeto de chicos, de modo que concluí que el señor Stevens no estaba casado, o era casado pero no tenía hijos, o era casado con hijos adultos, o se había comido a los hijos. ¿Qué tal ese razonamiento deductivo, eh?

Observé también que el lugar lucía demasiado limpio y prolijo. O sea, daba la impresión de que allí vivía alguien con una mente ordenada, enferma, fascista.

Nadie respondió a mi llamado, de modo que fui al garaje anexo y espié por una ventana lateral. No había ningún auto. Di la vuelta hasta el jardín posterior, cuyo césped se extendía unos cincuenta metros hasta un bosque. Había un lindo patio de lajas, con parrilla, muebles de jardín y demás.

Fui hasta la puerta trasera y espié por las ventanas: una cocina de campo, prolija y limpia.

Contemplé seriamente la posibilidad de entrar en forma subrepticia y echar un vistazo general y quizá robarle el diploma sólo por divertirme, pero noté que en todas las puertas y ventanas de la casa había dispositivos de alarma. Además, bajo los aleros, a mi derecha, había una cámara de vigilancia haciendo un barrido de ciento ochenta grados. Aquel tipo era todo un lunático.

Volví al frente, subí al Jeep y marqué el número de teléfono de Stevens. Me atendió un mensaje grabado que me dio varias opciones relacionadas con el fax de su casa y su dirección de correo electrónico particular, el fax de la oficina, la dirección de correo electrónico de la oficina y por último la posibilidad de dejar un mensaje verbal después de oír dos señales sonoras. Hacía mucho tiempo que no me daban tantas opciones. Oprimí el número tres en el teclado de mi teléfono, obtuve el número de radiollamada de Stevens, lo marqué, luego marqué el número de mi teléfono móvil y colgué. Un minuto después sonó mi teléfono y atendí:

—Servicios de Agua Corriente de New London.

—Sí, habla Paul Stevens. Usted me llamó.

—Sí, señor. Hay una pérdida de agua frente a su casa, en la calle Ridgefield. Queremos poner una bomba en su sótano para asegurarnos de que no se inunde.

—De acuerdo... Ahora estoy en mi auto... Puedo llegar en veinte minutos.

—Muy bien. —Colgué y esperé.

Unos cinco minutos después —no veinte— subió por el sendero de acceso un Ford Escort gris, del cual bajó Paul Stevens, vestido con pantalones negros y un buzo pardo.

Bajé de mi Jeep y nos encontramos en el jardín delantero. Me saludó con afecto:

—¿Qué cuernos hace usted aquí?

—Pasaba por aquí y paré a saludar.

—Salga ya mismo de mi propiedad.

Mi Dios. No esperaba un recibimiento tan desagradable.

—La verdad, no me gusta que me hablen así.

—Usted es una mierda... Me hinchó las pelotas durante toda la maldita mañana...

—Eh, un momento...

—Váyase al carajo, Corey. Salga ya mismo de acá.

Aquél era un señor Stevens muy diferente del de Plum Island, que por lo menos se había mostrado educado, si no amistoso. Por supuesto, allá no le quedaba más remedio que ser educado. Ahora, en cambio, era como un tigre en su territorio, sin sus empleadores cerca.

—Tranquilícese, Paul...

—¿Usted es sordo? Le dije que se mande mudar de acá. Y, ya que estamos, imbécil de mierda, en mi casa hay agua de pozo. Ahora váyase.

—Está bien. Pero tengo que esperar a mi compañera. —Comencé a avanzar hacia la casa. —Beth Penrose. Está atrás.

—Suba a su maldito auto. Iré a buscarla yo. —Se volvió y comenzó a alejarse. Enseguida gritó por sobre el hombro: —Debería hacerlos arrestar a los dos por irrupción ilegal en propiedad privada. Tienen suerte de que no haya bajado de mi auto a los tiros.

Me volví y fui hacia mi Jeep. Miré por sobre el hombro a tiempo para verlo rodear el garaje.

Atravesé el césped a la carrera, crucé el sendero de acceso y lo alcancé cuando rodeaba el otro extremo de la casa en dirección al jardín trasero. Me oyó, se dio vuelta y llevó la mano al arma, pero demasiado tarde. Le di en el mentón con el puño; hizo uno de esos ruidos tipo "umpf" y agitó un poco los brazos y las piernas. Era casi cómico.

Me arrodillé junto al pobre Paul y lo palpé hasta encontrar su pequeña arma especial para los sábados a la tarde —una Beretta de 6.5 milímetros— metida en el bolsillo interior del buzo. Tomé el cargador, lo vacié, me guardé las balas en el bolsillo. Después volví a ponerlo en el arma, que le devolví.

Le revisé la billetera: algo de efectivo, un permiso de posesión de armas de Connecticut en el que figuraban la Beretta, un Colt 45 y un Magnum 357. No había fotos ni números de teléfono ni tarjetas comerciales ni llaves ni profilácticos ni boletas de lotería ni nada de interés especial, salvo que poseía dos armas de gran calibre, de las que podríamos no habernos enterado si yo no lo hubiera golpeado, derribado y no le hubiera revisado la billetera.

Sea como fuere, le devolví la billetera, me paré y esperé con paciencia a que se pusiera de pie y me pidiera disculpas. Pero se quedó tirado ahí, meneando de lado a lado la cabeza estúpida, emitiendo unos sonidos idiotas. No le salía sangre, pero comenzaba a formársele un manchón rojo en el punto donde yo lo había golpeado. Más tarde se pondría azul, y luego de un atractivo violeta.

Fui hasta donde una había una manguera de jardín enrollada, abrí la canilla y rocié con agua al señor Stevens. Eso dio la impresión de ayudarlo, porque de inmediato se levantó, escupiendo y tambaleándose y todo eso.

Le dije:

—¿Encontró a mi compañera?

Parecía como confundido, lo cual me recordó a mí mismo aquella mañana cuando me desperté con una resaca fenomenal. Lo entendía. De veras.

Le dije:

—Agua de pozo. Santo Dios, jamás se me ocurrió. Eh, Paul, ¿quién mató a Tom y Judy?

—Váyase a la mierda.

Lo mojé de nuevo y se cubrió la cara.

Dejé la manguera y me acerqué.

—¿Quién mató a mis amigos?

Se estaba secando la cara con una punta del buzo, y entonces pareció recordar algo y su mano derecha fue a su chaqueta y salió con el matagente. Me dijo:

—¡Desgraciado! ¡Las manos en la cabeza!

—De acuerdo. —Me puse las manos en la cabeza, lo cual lo hizo sentirse un poco mejor.

Se frotó la mandíbula; se notaba que le dolía. Daba la impresión de ir dándose cuenta por etapas de que lo habían golpeado, derribado y bañado con la manguera. Me pareció que se estaba enojando, recomponiendo. Me ordenó:

—Quítese la chaqueta.

Me la quité, dejando al descubierto mi cartuchera con el 38 que usaba cuando no me hallaba de servicio.

—Déjela en el suelo. Desabroche despacio la cartuchera y póngala también en el suelo.

Lo hice.

—¿Lleva alguna otra arma?

—No, señor.

—Levántese las piernas de los pantalones.

Me levanté las piernas de los pantalones, mostrándole que no llevaba ningún arma en el tobillo.

—Dese vuelta y levántese la camisa.

Me di vuelta y me levanté la camisa, mostrándole que no llevaba ningún arma en la espalda.

—Dese vuelta.

Me di vuelta y quedé de nuevo frente a él.

—Las manos en la cabeza.

Me puse las manos en la cabeza.

—Aléjese del arma.

Di un paso adelante.

—Arrodíllese.

Me arrodillé.

—Pedazo de mierda... Basura —me dijo—. ¿Quién carajo se cree que es, para venir acá de esta manera y violar mi intimidad y mis derechos civiles? —Estaba muy, muy enojado y decía un montón de groserías.

Es casi axiomático en esta actividad que los culpables proclamen su inocencia y que los inocentes se pongan locos de enojo y profieran todo tipo de amenazas legales. Ay, el señor Stevens parecía caer en la categoría de los inocentes. Lo dejé desahogarse un momento más.

Al fin, cuando me permitió un bocadillo, le pregunté:

—Y bien, ¿por lo menos tiene alguna idea de quién pudo haberlo hecho?

—Si así fuera, no se lo diría a usted, desgraciado de mierda.

—¿Y tiene idea de por qué los mataron?

—Eh, no me interrogue, basura. Cállese la maldita boca.

—¿Eso significa que no puedo contar con su cooperación?

—¡Cállese! —Pensó un momento y luego dijo: —Debería dispararle por haber entrado sin permiso, bastardo. Va a pagar muy caro el haberme golpeado. Debería hacerlo desnudar y arrojarlo al bosque. —Volvía a entusiasmarse, y también se ponía creativo en cuanto a las maneras de vengarse y esas cosas.

Yo comenzaba a sentir calambres de tanto permanecer arrodillado, así que me paré.

Stevens chilló:

—¡Arrodíllese! ¡Arrodíllese!

Avancé hacia él; me apuntó la Beretta directamente a mi campanita feliz y apretó el gatillo. Me sobresalté aunque el arma estaba descargada.

Se dio cuenta de que había hecho algo muy malo, al tratar de dispararme a las bolas con un arma vacía. Se quedó mirando fijo la Beretta.

Esta vez le pegué del lado izquierdo, ya que no quería abrirle la herida de la parte derecha de la mandíbula. Pensé que, cuando se despertara, iba a apreciar mi gesto.

Se desplomó en el pasto, de espaldas.

Sabía que cuando volviera en sí se sentiría pésimo, de lo más estúpido y avergonzado y todo eso, y me dio un poco de lástima. Bueno, tal vez no. En cualquier caso, no iba a ofrecer por propia voluntad ninguna información después del segundo *knockout*, y no era probable que yo lograra convencerlo de hablar mediante ningún truco. Ni pensar en torturarlo, aunque la idea me tentaba.

Levanté mi arma, mi cartuchera y mi chaqueta; después, de puro gracioso que soy, até los cordones de los zapatos del señor Stevens en un solo moño que los unía.

Volví a mi Jeep, subí y me marché, en la esperanza de poner cierta distancia entre aquel lugar y yo antes de que Stevens se despertara y llamara a la policía.

Mientras me alejaba, pensé en el tipo. Lo cierto era que estaba loco. ¿Pero era un asesino? No parecía, y sin embargo había algo en él... El tipo sabía algo. De eso yo estaba convencido. Y fuera lo que fuere lo que sabía, se lo guardaba para él solo, lo cual significaba que estaba protegiendo a alguien, o chantajeando a alguien, o acaso tratando de idear un modo de sacar provecho del asunto. En cualquier caso, ahora era un testigo hostil, por decir poco.

De modo que, en lugar de tomar el *ferry* de New London para regresar a Long Island —lo cual podía facilitar que me encontraran con rapidez si alguien decidía buscarme—, me dirigí al oeste por unos caminos vecinales muy pintorescos, cantando una melodía de una comedia musical tonta que pasaban por la radio.

Mientras tanto, la mano derecha me dolía y la izquierda se me había entumecido. Me estaba poniendo viejo. Flexioné las dos. ¡Ay!

Sonó mi teléfono celular. No atendí. Crucé al estado de Nueva York, donde tenía mejores probabilidades de perderme si alguien me perseguía.

Pasé de largo la salida del puente de Throgs Neck, donde la mayoría de la gente cruzaba hacia Long Island, y continué camino hasta cruzar por el puente Whitestone, que me pareció muy apropiado.

—El puente de Emma Whitestone —canté—. Estoy enamorado, estoy enamorado, ¡estoy enamorado de una muchacha maravillosa! —Me encantan las melodías de comedias musicales tontas.

Ya del otro lado del puente, tomé hacia el este, volviendo a North Fork. Era un camino bastante complicado, porque debía evitar el *ferry*, pero no podía saber qué iba a hacer Paul Stevens después de recibir dos buenas trompadas en el jardín de su propia casa. Y ni hablar de lo que haría cuando quisiera dar un paso con los cordones atados y se cayera de cara en el pasto.

Mi conjetura, sin embargo, era que no había llamado a la policía. Y si no quería informar una invasión de propiedad privada agravada con agresión, su actitud resultaría muy sugestiva. Paul me concedía ese *round*, sabiendo que habría otro. Mi problema consistía en que sería él quien eligiera la siguiente oportunidad y lugar, y trataría de sorprenderme con su elección. Bah; si uno juega duro, debe esperar algún golpe de vez en cuando.

Para las siete de la tarde me hallaba de vuelta en North Fork, tras haber manejado casi quinientos kilómetros. No quería ir a casa, así que paré en la Olde Towne Taverne a tomar una o dos cervezas. Le dije al *barman*, un tipo de nombre Aidan, al que conocía:

—¿Has tratado a Fredric Tobin?

—Trabajé como camarero en una fiesta que dio una vez en su casa. Pero no hablamos ni cinco palabras.

—¿Cómo es la historia con él?

Aidan se encogió de hombros.

—No sé... Oigo todo tipo de comentarios.

—¿Por ejemplo?

—Bueno, algunos dicen que es *gay*; otros, que es un mujeriego. Algunos dicen que está quebrado y que le debe a todo el mundo. Otros, que es amarrete; otros, que es generoso. ¿Sabes? Con un tipo así, que viene acá y levanta un gran negocio de la nada, siempre se hacen comentarios contradictorios. A algunos los embromó, pero a otros los favoreció, supongo. Es íntimo de muchos políticos y policías. ¿Sabías?

—Sí. —Le pregunté: —¿Dónde vive?

—Ah, tiene una casa en Southold, cerca de Founders Landing. ¿Sabes dónde queda?

—No.

Aidan me indicó y luego dijo:

—No puedes pasar de largo. Es grande, muy grande.

—Correcto. Eh, alguien me comentó que por acá hay un tesoro pirata enterrado.

Aidan rió.

—Sí. Mi viejo contaba que cuando él era chico había pozos por todas partes. Si alguien encontró algo, se lo tiene bien callado.

—Está bien. ¿Por qué compartirlo con el Tío Sam?

—De veras.

—¿Te enteraste de alguna novedad sobre el doble asesinato de Nassau Point?

—No. Personalmente creo que esa gente robó algo peligroso y el gobierno y la policía están inventando ese cuento de la vacuna. O sea, ¿qué otra cosa van a decir? ¿Que se viene el fin del mundo? ¡No! Dicen: "No se preocupen, nadie les hará daño". Mentira.

—Correcto.

Creo que la CIA, el FBI y el gobierno en general deberían siempre poner a prueba sus mentiras con los camareros de bares, los peluqueros y los choferes de taxis antes de intentar vendérselas al país. Es decir, yo siempre les planteo las cosas a camareros de bar o a mi peluquero cuando necesito contrastar algo con la realidad, y de veras funciona.

Me marché de la OTT, subí al Jeep y me dirigí a un lugar llamado Founders Landing.

28

uando llegué a Founders Landing estaba oscureciendo, pero alcancé a ver un parque a la orilla del agua al final del camino. También vi un monumento de piedra que decía: "Founders Landing - 1640". Deduje que era allí donde se había establecido el primer grupo de colonos en Connecticut. Si habían pasado antes por Foxwoods, era probable que hubieran llegado allí en calzoncillos.

Hacia el este del parque había una casa grande, grande, más grande que la del tío Harry y más colonial que victoriana. La rodeaba una bonita cerca de hierro forjado, y vi autos estacionados enfrente y otros al costado. También oí música que venía de la parte posterior de la propiedad.

Estacioné en la calle y bajé hasta el portón de hierro, que se hallaba abierto. No me sentía seguro con respecto a la vestimenta, pero observé a una pareja que iba delante de mí, y el tipo vestía más o menos como yo: chaqueta azul, sin corbata ni medias.

Me abrí camino hasta el jardín posterior, que era amplio y largo y descendía hasta la bahía. Había unas carpas rayadas, luces de colores colgadas de los árboles, llameantes antorchas indias, grandes velas en las mesas situadas bajo sombrillas, flores de Whitestone, un grupo de seis músicos que tocaban melodías populares, unas cuantas barras de bebidas y una larga mesa de comidas frías; lo más elegante de la Costa Este, lo mejor que tenía para ofrecer la antigua civilización... y el clima cooperaba. En verdad F. Tobin era un ser bendecido por los dioses.

Noté también un gran banderín azul y blanco colgado entre dos altos robles. Decía: "Fiesta Anual de la Sociedad Histórica Pecónica".

Una joven bonita ataviada con traje de época se me acercó y me saludó:

—Buenas noches.

—Hasta ahora.

—Venga a elegir un sombrero.

—¿Cómo?

—Para poder beber tiene que llevar sombrero.

—Entonces quiero seis sombreros.

Rió, me tomó del brazo y me condujo a una mesa larga sobre la cual había dos docenas de sombreros idiotas: tricornios de diversos colores, algunos con plumas, otros con penachos, algunos con trencillas doradas como los de la marina de la época, y otros negros con la calavera y los dos huesos cruzados en blanco. Dije:

—Quiero el sombrero pirata.

Lo tomó de la mesa y me lo puso en la cabeza.

—Se lo ve peligroso.

—Si usted supiera...

De una gran caja de cartón sacó un alfanje de plástico, parecido al que había empleado Emma para atacarme, y me lo enganchó en el cinturón.

—Listo —dijo.

Dejé a la joven dama que fue al encuentro de un grupo que acababa de llegar, y avancé por el jardín, provisto de sombrero y arma. La banda tocaba "Moonlight Serenade".

Eché un vistazo alrededor y vi que no había tanta gente todavía; serían unas cincuenta personas, todas con sombrero, y calculé que el gentío mayor arribaría después del crepúsculo, en una hora y media. No vi a Max, Beth, Emma ni nadie a quien conociera. Sin embargo, ubiqué el bar más cercano y pedí una cerveza.

El camarero, vestido con traje de pirata, me dijo:

—Lo lamento, señor; sólo servimos vino y gaseosas.

—¿Cómo? ¡Esto es un escándalo! Necesito una cerveza, tengo mi sombrero puesto.

—Sí, señor, pero no hay cerveza. ¿Puedo sugerirle un blanco espumante? Tiene burbujas.

—¿Puedo sugerirle que para cuando yo vuelva por acá usted me haya conseguido una cerveza?

Di una vuelta, sin cerveza, para observar el ambiente. Alcanzaba a ver el parque, el lugar donde se habían asentado los primeros colonos.

Observé a los invitados del señor Tobin que se desparramaban por el amplio jardín, parados, caminando, sentados a las mesas redondas blancas, todos ataviados con sombrero de plumas, copa en mano, charlando. Eran un grupo manso, o así lo parecían a aquella hora temprana... nada de ron ni sexo en la playa ni nadar desnudos ni practicar ninguna otra actividad desnudos. Sólo relaciones sociales.

Vi que el señor Tobin poseía un largo muelle, al final del cual había una caseta para botes, de buen tamaño. Además, había varios barcos amarrados al largo muelle, y supuse que pertenecían a los invitados. Si aquella fiesta se hubiera ofrecido una semana antes, la *Espiroqueta* habría estado allí.

Bueno, curioso como soy, caminé toda la extensión del muelle hacia la caseta para botes. Justo delante de la abertura de la caseta había un gran crucero con cabina, de unos diez metros de eslora. Se llamaba *Oro otoñal*, y conjeturé que el nombre se debía al nuevo vino de Fredric, o tal vez al tesoro que el señor

Tobin aún debía descubrir. En cualquier caso, al señor T. le gustaban sus juguetes.

Entré en la caseta. Estaba oscura, pero de ambos lados venía luz suficiente como para ver dos barcos, uno a cada lado del muelle. El de la derecha era pequeño, un Whaler de esos que se pueden llevar por aguas poco profundas. El otro, el de la izquierda, era una lancha veloz, de hecho una Formula 303, exactamente del mismo modelo que la de los Gordon. Durante medio segundo tuve la sensación fantasmal de que los Gordon habían retornado de entre los muertos para arruinar la fiesta y matar de un susto a Freddie. Pero no era la *Espiroqueta*... Esa 303 se llamaba *Sondra*, presumiblemente en homenaje a la novia actual de Fredric. Supongo que era más fácil cambiar el nombre de un barco que sacarse un tatuaje del brazo.

Ni el crucero ni la lancha me interesaban, sino el Whaler de fondo chato. Bajé a la pequeña embarcación. Tenía un motor fuera de borda, y también toletes. Había dos remos sobre el muelle. Más interesante aún, había una vara, de unos dos metros de largo, como las que se usan para mover un bote entre juncos y cañas, donde no puede usarse el motor ni los remos. Además, en la cubierta del Whaler había un poco de barro. En la popa vi un recipiente de plástico lleno de diversos objetos, entre los cuales había una bocina para niebla, de aire comprimido.

—¿Busca algo?

Me volví y vi al señor Fredric Tobin parado en el muelle, con una copa de vino en la mano, tocado con un sombrero tricornio bastante elaborado, color violeta, con una pluma que flameaba. Se acariciaba la corta barba mientras me miraba fijo. Mefistofélico, en verdad.

—Estaba admirando su embarcación —respondí.

—¿Ésa? La mayoría sólo repara en la lancha o en el Chris-Craft —repuso, al tiempo que indicaba el crucero amarrado fuera de la caseta.

—Creí que se llamaba *Oro otoñal*.

—Ése es el nombre. La marca es Chris-Craft.

Me hablaba con cierto tono de irritación que no me gustó. Repliqué:

—Bueno, este bote chico de acá se acerca más a lo que yo puedo pagar. —Esbocé una sonrisa simpática. Siempre lo hago antes de embromar a alguien en grande. Agregué: —Cuando vi la Formula 303 pensé que los Gordon habían regresado de entre los muertos.

No le gustó nada.

Añadí:

—Pero después vi que no era la *Espiroqueta*... Se llama *Sondra*, lo cual me parece apropiado. Usted me entiende: rápida, elegante y cara. —Me encanta irritar a los imbéciles.

El señor Tobin repuso con frialdad:

—La fiesta es en el jardín, señor Corey.

—Ya lo noté. —Subí al muelle y comenté: —Lindo lugar, éste.

—Gracias.

Además del sombrero recargado, el señor T. vestía pantalones blancos de algodón, chaqueta azul cruzada y una escandalosa corbata de lazo color escarlata. Mi Dios.

—Me gusta su sombrero —le dije.

—Permítame presentarlo a algunos de mis invitados —respondió.

—Magnífico.

Y allá fuimos, lejos de la caseta para botes y del muelle. Le pregunté:

—¿A qué distancia de aquí queda el muelle de los Gordon?

—No tengo idea.

—Arriesgue una cifra.

—Tal vez unos doce kilómetros. ¿Por qué?

—Más bien quince —corregí—. Hay que rodear Great Hog Neck. Lo miré en el mapa. Unos quince kilómetros.

—¿Adónde quiere legar?

—A nada en particular. Sólo conversaba de temas marinos.

Ya habíamos llegado al jardín, donde el señor Tobin me recordó:

—No hará ninguna pregunta a mis invitados con respecto a los asesinatos de los Gordon. He hablado con el jefe Maxwell y él se mostró de acuerdo; además, me reiteró que usted no tiene intervención oficial aquí.

—Le doy mi palabra de que no molestaré a ninguno de sus invitados con preguntas policiales sobre los asesinatos de los Gordon.

—Ni nada que tenga algo que ver con los Gordon.

—Lo prometo. Pero necesito una cerveza.

El señor Tobin miró alrededor, vio a una joven con una bandeja de vino y le indicó:

—Por favor, entre en la casa y dele una cerveza a este caballero. Sírvasela en una copa de vino.

—Sí, señor. —La chica se fue. Qué lindo ser rico y poder decirle a la gente: "Quiero esto, quiero aquello".

El señor Tobin me dijo:

—No le quedan bien los sombreros. —Se excusó y me dejó parado ahí, solo. Tuve miedo de moverme, no fuera que volviera la chica con la cerveza y no me encontrara.

Ya estaba bastante oscuro y las luces de la fiesta titilaban, llameaban las antorchas, relumbraban las velas. Una agradable brisa se llevaba los bichos hacia el mar. La banda tocaba "Stardust". El trompetista era excelente. La vida es buena. Me alegré de no estar muerto.

Observé a Fredric cumplir con su papel de anfitrión, persona por persona, pareja por pareja, grupo por grupo, riendo, bromeando, acomodándoles los sombreros y poniendo espadas de plástico en los cinturones de las damas que llevaban cinturón. Al contrario de otro más famoso anfitrión de Long Island, Jay Gatsby, Fredric Tobin no contemplaba su fiesta desde lejos, sino más bien lo contrario; la gozaba desde el centro mismo, atendiendo, mostrándose como el anfitrión más perfecto que hubiera existido jamás.

El hombre tenía cierto encanto, debo admitir. Estaba casi en la ruina, si había de creerle a Emma Whitestone, y era un doble asesino, si había de creer en mi instinto, para no mencionar lo que acababa de ver en la caseta para botes. Y, aunque debía de saber que yo conocía sus dos secretos, no se le movía un pelo. Le preocupaba más que yo no le estropeara la fiesta, que la posibilidad de que le estropeara la vida. Un tipo muy frío y tranquilo, la verdad.

Regresó la chica con la copa de vino con cerveza en una bandeja. La tomé y comenté:

—No me gusta el vino.

Sonrió.

—A mí tampoco. Hay más cerveza en la heladera. —Me guiñó un ojo y se marchó.

A veces creo poseer gran atractivo sexual, carisma y magnetismo animal. Otras veces pienso que debo de tener mal aliento y olor corporal. Aquella noche me sentía preparado para cualquier cosa. Me acomodé el sombrero con un ladeo disoluto, me ceñí la espada y me dispuse a disfrutar de la fiesta.

Era en su mayoría una multitud de gente joven y de mediana edad; no había grandes damas ni hijas de la revolución de la independencia estadounidense. No vi a Margaret Wiley, por ejemplo. En general eran parejas —el mundo consiste en general en parejas— pero había unas cuantas personas solas que parecían capaces de conversar si no aparecía ninguno de mis únicos y verdaderos amores.

Reparé en una mujer de blanco, con una especie de vestido sedoso y ataviada con el requerido *chapeau*, del que caía una larga cabellera rubia. La reconocí como la noviecita de Lord Freddie, que los Gordon me habían señalado en la degustación de vinos. Iba cruzando el césped, sola, de modo que puse rumbo hacia allí y la intercepté.

—Buenas noches —le dije.

Sonrió.

—Buenas noches.

—Soy John Corey.

Era obvio que el nombre no le decía nada, de modo que siguió sonriendo.

—Yo soy Sondra Wells —repuso—. Amiga de Fredric Tobin.

—Sí, lo sé. Nos conocimos en julio en la vinatería. Una degustación de vinos. Yo estaba con los Gordon.

Se le borró la sonrisa.

—Ah, qué terrible lo que les pasó —dijo.

—Sin duda.

—Una tragedia.

—Sí. ¿Usted era amiga de ellos?

—Bueno... Los conocía Freddie. Me agradaban... pero no sé si yo les gustaba a ellos.

—Estoy seguro de que sí. Siempre hablaban muy bien de usted. —La verdad, jamás la habían nombrado.

Volvió a sonreír.

Sabía hablar y se comportaba como si hubiera asistido a alguna escuela para aprender a hacer esas cosas; era todo demasiado practicado. Imaginé a Tobin enviándola a un lugar donde la obligaban a caminar con un libro en la cabeza y recitar poemas de Elizabeth Barrett Browning mientras chupaba un lápiz.

No conseguía entender por qué alguien cambiaría a Emma Whitestone por Sondra Wells. Pero, una vez más, la belleza está en los ojos del que mira. Le pregunté a la señorita Wells:

—¿Le gusta navegar?

—No. No me gusta. Pero a Fredric le encanta.

—Yo tengo una casa sobre el agua, al oeste de aquí. Me encantan los barcos.

—Qué lindo.

—De hecho, estoy seguro de haber visto al señor Tobin... eh... el lunes pasado, a la hora de los cócteles, creo, en su pequeño Whaler. Me pareció haberla visto a usted con él.

Pensó un momento y respondió:

—Ah... el lunes... yo estuve todo el día en Manhattan. Fredric hizo que un chofer nos llevara en auto a la ciudad al ama de llaves y a mí, y pasé el día haciendo compras.

Observé que se le fruncían los labios mientras le trabajaba el pequeño cerebro. Me preguntó:

—¿Usted vio a Fredric en el Whaler con... otra persona?

—Tal vez no era él, o, si lo era, puede que haya estado solo, o quizá con un hombre...

Volvió a fruncir los labios.

Me encanta revolver la mierda. Además, había ubicado a la señorita Wells y al ama de llaves en Manhattan a la hora de los asesinatos. Qué conveniente. Le pregunté:

—¿Comparte usted el interés de Fredric por la historia y la arqueología locales?

Respondió:

—Oh, no. Y me alegra que él haya terminado con eso. De todos los pasatiempos que puede tener un hombre, ¿por qué justo ése?

—Acaso tenía algo que ver con la archivista de la Sociedad Histórica Pecónica.

Me echó una mirada fría, y seguro que se habría ido si no se hubiera acercado el propio Fredric, que le dijo:

—¿Puedes venir un momento? Los Fisher quieren saludarte. —Enseguida se dirigió a mí: —¿Nos disculpas?

—Supongo que sí, a menos que los Fisher también quieran saludarme a mí.

Fredric me dirigió una sonrisa desagradable, la señorita Wells me miró ceñuda y se marcharon los dos, abandonando a su rústico invitado a la contemplación de su torpe comportamiento.

Alrededor de las ocho y media vi a Max y Beth. También Max había elegido un sombrero de pirata, y Beth llevaba una suerte de toca insulsa. Vestía pantalones blancos y un *top* a rayas azules y blancas. Se la veía diferente. Me acerqué a ellos, que se hallaban ante la mesa de comidas frías. Max se estaba llenando la boca con mis bocadillos preferidos.

Beth dijo:

—Linda noche. Gracias por sugerirme que viniera.

—Nunca se sabe lo que se puede aprender escuchando.

Max me miró.

—Beth me puso al tanto de los progresos de la policía de Suffolk hasta ahora —me informó—. Trabajó mucho en los últimos cuatro días.

Miré de reojo a Beth para ver si le había dicho algo de su visita a mi casa. Ella sacudió levemente la cabeza.

—De nuevo te doy las gracias por tu ayuda —me dijo Max.

—No hay problema. No dudes en volver a llamarme.

—No contestaste ninguna de mis llamadas telefónicas —me reprochó.

—No, y no lo haré nunca.

—No creo que tengas motivos para estar enojado.

—¿No? Intenta ponerte en mi lugar, Max. Debería haberte echado a patadas de mi porche.

—Bueno... Te pido disculpas, si causé algún inconveniente.

—Sí. Gracias.

Intervino Beth, que le dijo:

—John tiene problemas con sus jefes por haberte ayudado.

—Te pido disculpas —repitió Max—. Haré unas llamadas, si me indicas a quién.

—No te ofendas, Max, pero allá no quieren saber nada de un jefe de policía rural.

La verdad, yo no estaba tan enojado con Max, e incluso si así hubiera sido, es difícil seguir enojado con él. Básicamente, es un buen tipo. A veces hago de cuenta que estoy enojado para que la otra persona crea que me debe algo. Como un poco de información, por ejemplo. Le pregunté:

—A propósito, ¿ha habido alguna otra muerte entre los empleados de Plum Island que haya llamado tu atención? ¿Digamos hace dos o tres años?

Pensó un momento y luego respondió:

—Hubo un accidente en que se ahogó alguien; este verano hizo dos años. Un tipo... un doctor... un veterinario, creo.

—¿Cómo se ahogó?

—Estoy haciendo memoria... Estaba en su barco... Sí, estaba pescando de noche o algo así, y como no volvió a la casa, la esposa nos llamó. Hicimos salir a la Guardia Costera, y ellos encontraron el barco vacío a eso de la una de la mañana. Al día siguiente apareció el cadáver en la bahía, allá... —Indicó con la cabeza hacia la isla Shelter.

—¿Evidencias de juego sucio?

—Bueno, tenía un chichón en la cabeza, y le hicieron autopsia, pero al

325

parecer se resbaló, se golpeó la cabeza con la regala y cayó por la borda. —Agregó: —Suele suceder. —Me miró. —¿Por qué lo preguntas?

—Le prometí al señor Tobin, y también lo hiciste tú, Max, que no hablaríamos de nada de esto en la fiesta. —Añadí: —Necesito una cerveza. —Y me fui, dejándolo atragantado.

Beth me alcanzó y me retó:

—Estuviste grosero.

—Se lo merecía.

—Recuerda que yo tengo que trabajar con él.

—Entonces trabaja con él. —Vi a mi camarera preferida, y ella me vio a mí. Tenía una copa de cerveza en la bandeja, y me la dio. Beth tomó una copa de vino.

—Quiero que me cuentes lo de las excavaciones arqueológicas —me urgió—, lo de Fredric Tobin y todo lo que has averiguado y todas tus conclusiones. A cambio, te conseguiré rango oficial y dispondrás de los recursos de la policía del condado. ¿Qué dices?

—Digo que te guardes mi rango oficial, que ya tengo bastantes problemas y que te contaré todo lo que sé, pero mañana. Después me iré de aquí.

—John, deja de hacerte el difícil.

No respondí.

—¿Quieres que hable oficialmente con tu jefe? ¿Cómo se llama?

—Jefe inspector Imbécil. No te preocupes por eso. —La banda tocaba "As Time Goes By", así que le pregunté: —¿Quieres bailar?

—No. ¿Podemos hablar?

—Claro.

—¿Crees que ese otro empleado de Plum Island que murió ahogado tiene alguna relación con este caso?

—Puede ser. Tal vez no lo sepamos nunca. Pero veo un esquema en todo esto.

—¿Qué esquema?

—El sombrero te queda bien.

—Quiero hablar del caso, John.

—Aquí no, y ahora no.

—¿Dónde y cuándo?

—Mañana.

—Esta noche. Me dijiste esta noche. Iré a tu casa.

—Bueno... No sé si puedo...

—Mira, John, no te propongo acostarme contigo. Sólo necesito hablar. Vayamos a un bar o algo.

—Bueno... No creo que debamos irnos juntos...

—Ah, claro. Estás enamorado.

—No... bueno... tal vez sí... En cualquier caso, esto puede esperar hasta mañana. Si estoy en lo cierto, nuestro hombre se encuentra allá, y es el anfitrión de esta fiesta. Si yo fuera tú, mañana lo mantendría bajo estrecha vigilancia. Pero no lo espantes, ¿de acuerdo?

—De acuerdo, pero...

—Nos encontraremos mañana. Te lo contaré todo, y después acabaré con esto. El lunes vuelvo a Manhattan. Tengo citas médicas y profesionales todo el martes. ¿Sí? Mañana. Te lo prometo.

—De acuerdo. —Hizo chocar su copa con la mía, y bebimos.

Charlamos un rato, y mientras lo hacíamos vi a Emma a la distancia. Hablaba con un grupo de personas entre las cuales se hallaba Fredric Tobin, ex amante y actual sospechoso de asesinato. No sé por qué me fastidió verlos conversar. O sea: civilízate un poco, John. Cuando mi esposa hacía largos viajes de negocios con su jefe, ¿yo me volvía loco? No demasiado.

Beth siguió mi mirada y comentó:

—Parece muy agradable.

No respondí.

Beth continuó:

—Se la mencioné a Max.

Tampoco respondí.

—Fue novia de Fredric Tobin... Supongo que lo sabes. Sólo te lo digo por si lo ignorabas. Es decir, deberías tener cuidado con lo que hablas en la cama, si Tobin es sospechoso. ¿O es por eso que sales con ella? ¿Para averiguar más acerca de Tobin? ¿John? ¿Estás escuchándome?

La miré y repliqué:

—¿Sabes, Beth? A veces deseo que una de esas balas de veras me hubiera castrado. Entonces me vería completamente libre del control de las mujeres.

Observó:

—La próxima vez que tengas una relación sexual no pensarás así. —Dio media vuelta y se marchó.

Contemplé el jardín, pensando que Tom y Judy habrían estado allí esa noche. Me pregunté si habrían descubierto el tesoro de la barranca aquella semana. ¿Ya lo habrían anunciado a la prensa? ¿O iban a anunciarlo en la fiesta, esa noche?

En cualquier caso, los Gordon se hallaban en un depósito refrigerado, el tesoro se hallaba escondido en alguna parte y su probable asesino se hallaba a unos cinco metros de mí, hablando con una mujer a la que yo había tomado gran afecto. De hecho, noté que Tobin y Emma estaban solos, hablando *tête-à-tête*.

Ya estaba harto, así que avancé hacia el costado de la casa, mientras me sacaba el sombrero y la espada por el camino. Más o menos por la mitad del parque delantero oí que pronunciaban mi nombre, pero seguí caminando.

—¡John!

Me volví.

Emma venía apresurada hacia mí.

—¿Adónde vas?

—A algún lugar donde pueda tomar una cerveza.

—Voy contigo.

—No, no necesito compañía.

Me informó:

—Necesitas mucha compañía, amigo. Ése es tu problema. Has estado solo demasiado tiempo.

—¿Escribes una columna amorosa para el semanario local?

—No morderé tu anzuelo, y no te dejaré marcharte solo. ¿Adónde vas?

—A la Olde Towne Taverne.

—Mi lugar preferido. ¿Ya has probado los nachos que hacen? —Me tomó del brazo y nos fuimos.

Subí al auto de ella y en veinte minutos nos hallábamos acomodados en un reservado de la Olde Towne Taverne, cervezas en mano, nachos y alas de pollo en camino. Los clientes habituales del sábado a la noche no daban la impresión de ir o volver de la fabulosa fiesta de Freddie.

—Anoche te llamé —me dijo Emma.

—Creí que habías salido con las chicas.

—Te llamé cuando volví. Cerca de medianoche.

—¿No tuviste suerte con la caza?

—No. Supongo que estabas durmiendo.

—La verdad, fui a Foxwoods. Ahí puedes perder con ganas.

—Cuéntame.

Conversamos un rato, y al final le dije:

—Supongo que no le contaste a Fredric de qué hemos hablado tú y yo.

Vaciló medio segundo de más. Luego respondió:

—No... Pero sí le conté... Le dije que tú y yo salíamos como pareja. —Sonrió. —¿Salimos como pareja?

—Supongo. Pero hubiera deseado que no me mencionaras para nada.

Se encogió de hombros.

—Estoy feliz, y quiero que todos lo sepan. Me deseó suerte.

—Qué caballero.

Sonrió.

—¿Estás celoso?

—En absoluto. —"Voy a verlo freírse en la silla eléctrica." —Creo que no deberías hablar con él de nosotros, y mucho menos del tesoro pirata.

—De acuerdo.

Y disfrutamos de una cena agradable y después fuimos a la casa de ella, un pequeño chalé situado en una zona residencial de Cutchogue. Me mostró su colección de bacinillas, diez, todas las cuales usaba como portamacetas que adornaban las grandes ventanas de forma redondeada. Dentro de mi regalo, lleno de tierra, crecían unas rosas miniatura.

Emma desapareció un momento y regresó con un regalo para mí. Me dijo:

—Lo compré en el local de la sociedad histórica.

—No tenías por qué...

—Ábrelo.

Lo hice. Era un libro titulado *La historia del tesoro pirata.*

—Abre la solapa —me dijo.

La abrí y leí: "A John, mi bucanero preferido. Con amor, Emma". Sonreí.

—Gracias. Es algo que siempre he deseado.

—Bueno, no siempre. Pero pensé que querrías leerlo.

—Lo haré.

El chalé era lindo y limpio; había whisky y cerveza, el colchón era firme, a Emma le gustaban los Beatles y los Bee Gees, y tenía dos almohadas para mí. ¿Qué más se podía pedir? Bueno... También tenía "eso".

A la mañana siguiente, domingo, salimos a desayunar a la fonda de Cutchogue y después, sin preguntarme, Emma se dirigió a la iglesia, un lindo edificio metodista de tablones de madera. Me explicó:

—No soy fanática, pero a veces me ayuda. Tampoco es malo para el negocio.

Así que asistí a la iglesia, listo para zambullirme bajo un banco si el cielo raso se me venía encima.

Después recuperamos mi auto, que había quedado frente a la mansión del señor Tobin, y Emma me siguió hasta mi mansión.

Mientras Emma se preparaba un té, llamé a Beth a su oficina. No estaba, así que le dejé un mensaje a un tipo que me dijo trabajaba en el caso de los Gordon:

—Dígale que no estaré en todo el día. Trataré de hablar con ella hoy a la noche. Si no, que pase por mi casa mañana por la mañana a tomar un café.

—Muy bien.

Llamé a la casa de Beth y me atendió el contestador automático. Dejé el mismo mensaje.

Con la sensación de haber hecho lo que podía para cumplir mi promesa, fui a la cocina y propuse:

—Salgamos a pasear.

—Me encanta.

Llevó su auto hasta su casa y la seguí; luego fuimos a Orient Point en mi Jeep y tomamos el *ferry* de New London. Pasamos el día en Connecticut y Rhode Island, visitando las mansiones de Newport; cenamos en Mystic y volvimos en el *ferry*.

Nos paramos en la cubierta del transbordador, contemplando el agua y las estrellas.

El *ferry* pasó por el estrecho de Plum Island, y alcancé a ver el faro de Orient Point a la derecha; a la izquierda, el viejo faro de piedra de Plum Island se alzaba oscuro y amenazador contra el cielo nocturno.

Al ver que el estrecho estaba picado, Emma comentó:

—La tormenta viene para acá. El mar se encrespa mucho antes de que llegue el temporal. —Agregó: —Además, el barómetro baja. ¿Lo sientes?

—¿Sentir qué?

—El descenso de la presión del aire.

—Eh... —Saqué la lengua. —Todavía no.

—Yo sí. Soy muy sensible al clima.

—¿Eso es bueno o malo?

—Creo que es bueno.

—Yo también.

—¿Seguro que no puedes sentirlo? ¿No te duelen un poquito las heridas?

Me concentré en mis heridas; con toda seguridad, me dolían un poco.

—Gracias por recordármelo —le dije.

—Es bueno ponerse en contacto con el propio cuerpo, comprender las relaciones entre los elementos y tu cuerpo y tu mente.

—Absolutamente.

—Por ejemplo, yo me pongo un poco loca cuando hay Luna llena.

—Más loca —señalé.

—Sí, más loca. ¿Y tú?

—Yo me pongo libidinoso.

—¿De veras? ¿Durante la Luna llena?

—Con Luna llena, menguante, creciente...

Rió.

Eché un vistazo a Plum Island mientras pasábamos. Divisé unas cuantas luces encendidas y, en el horizonte, un resplandor que provenía de donde se hallaba el laboratorio principal, detrás de los árboles. Excepto eso, la isla se veía tan oscura como hacía trescientos años, y si entrecerraba los ojos podía imaginar el barco del capitán Kidd, el *San Antonio*, haciendo un reconocimiento de la isla una noche de julio de 1699. Imaginé un bote que descendía a un lado del buque, con el capitán Kidd y tal vez uno o dos hombres más a bordo, y vi que alguien remaba hacia la costa...

Emma interrumpió mis divagaciones al preguntarme:

—¿Qué estás pensando?

—Sólo disfruto de la noche.

—Tenías la mirada fija en Plum Island.

—Sí... estaba pensando en... los Gordon.

—Pensabas en el capitán Kidd.

—Debes de ser bruja.

—Soy una buena metodista y una loca. Pero sólo una vez por mes.

Sonreí.

—Y eres sensible al clima.

—Exacto. —Me preguntó: —¿Vas a contarme algo más de este... asesinato?

—No.

—Bien. Comprendo. Si necesitas algo de mí, pregunta. Haré lo que pueda por ayudar.

—Gracias.

Cuando el *ferry* se aproximaba al embarcadero, Emma me dijo:

—¿Quieres quedarte en casa esta noche?

—Bueno, sí, pero... Debería ir a casa.

—Puedo quedarme yo allá.

—Bueno... Para serte sincero, se suponía que hoy debía hablar con la detective Penrose, y tengo que tratar de cumplir mi promesa.

—De acuerdo.

Y dejamos el asunto ahí.

La dejé en su casa.

—Te veo mañana después del trabajo —le dije.

—Bueno. Hay un lindo restaurante sobre el agua al que me gustaría ir contigo.

—Ya lo estoy deseando.

Nos besamos en el umbral, y después subí a mi Jeep y fui a casa.

Me esperaban siete mensajes. No estaba de ánimo para escucharlos, así que me fui a la cama sin pasarlos. A la mañana seguirían allí.

Mientras me adormecía traté de decidir qué hacer con Fredric Tobin. A veces surge esa situación en que uno tiene al tipo que busca, y sin embargo no lo tiene. Existe un momento crítico en que uno debe decidir si sigue acechándolo, lo enfrenta o hace de cuenta que ha perdido interés en él.

También debí haber pensado que, cuando uno acorrala a un animal o un hombre, puede volverse peligroso... que el juego lo juega tanto el cazador como el cazado, y que el cazado tiene mucho más que perder.

Pero olvidé considerar a Tobin como un animal pensante y astuto porque me causaba la impresión de ser un frívolo, así como yo le había parecido a él un rústico simplón. Los dos sabíamos que no era así la realidad, pero ambos nos habíamos dejado engañar por la actuación del otro. En cualquier caso, me siento culpable de lo que sucedió.

29

El lunes a la mañana, cuando me desperté, llovía; era la primera lluvia en semanas, y los granjeros estaban felices, aunque los viñeros no. Yo conocía por lo menos uno que tenía problemas mayores que una lluvia fuerte.

Mientras me vestía escuchaba la radio, y oí que un huracán llamado Jasper se alejaba de la costa de Virginia, causando condiciones meteorológicas inestables hasta el norte de Long Island. Me alegré de volver a Manhattan ese día.

Hacía más de un mes que no iba a mi departamento de la calle 72, y tampoco me había conectado con mi contestador automático, en parte porque no quería pero sobre todo, creo, porque olvidé mi código de acceso.

De cualquier modo, a eso de las nueve de la mañana bajé vestido con vaqueros de marca y una remera, y me preparé café. Esperaba que Beth llamara o pasara.

Sobre la mesa de la cocina estaba desde el viernes el semanario local, sin leer, y no me sorprendió mucho ver el asesinato del lunes anterior en primera plana. Lo llevé al porche posterior con un jarrito de café y me puse a leer la versión local del doble homicidio. El periodista era impreciso, opinaba demasiado y tenía un estilo lo bastante malo como para escribir para *Newsday* o el *Times*.

Reparé en un artículo sobre los Viñedos Tobin en el cual citaban la siguiente declaración del señor Fredric Tobin: "Comenzaremos la cosecha en cualquier momento. Éste promete ser un buen año, tal vez el mejor de los últimos diez, siempre que no caiga una lluvia fuerte".

Bueno, Freddie: estaba lloviendo. Me pregunté si a los condenados se les permite pedir vino en su última comida.

Tiré a un costado el semanario local y tomé el regalo de Emma, *La historia del tesoro pirata*. Lo hojeé, miré las ilustraciones, vi un mapa de Long Island, que estudié durante uno o dos minutos, y luego encontré los capítulos sobre el capitán Kidd y leí al azar una declaración de Robert Livingston, uno de los patrocinadores financieros originales de Kidd. La declaración decía en parte:

Que al enterarse de que el capitán Kidd venía a estos sitios a presentarse ante Su Excelencia, el conde de Bellomont, el dicho narrador vino directamente de Albany por el camino más cercano, a través de los bosques, para encontrase con el mencionado Kidd aquí y esperar a Su Señoría. Y a su llegada a Boston, el capitán Kidd le informó que había a bordo de su nave, en el puerto, cuarenta fardos de mercadería, y algo de azúcar, y también dijo que tenía alrededor de ochenta libras de peso en plata. Y además el mencionado Kidd dijo que tenía cuarenta libras de peso en oro, que dejó a buen seguro en un lugar del canal entre ésta y Nueva York, sin nombrar ningún lugar en particular, que nadie lo encontraría más que él.

Hice unos cálculos mentales y deduje que cuarenta libras de oro equivaldrían a unos trescientos mil dólares, sin carnear, por decirlo así, y sin contar cualquier valor histórico o numismático que pudiera tener, valor que podría duplicarse con facilidad, según lo que había dicho Emma.

Pasé la hora siguiente leyendo, y cuanto más leía más me convencía de que casi todos los narradores de ese episodio, desde lord Bellomont hasta el marinero de más bajo nivel, eran unos mentirosos. No había dos relatos iguales, y el valor y la cantidad del oro, la plata y las joyas variaban en forma considerable. Lo único en que todos se ponían de acuerdo era en que el tesoro había sido dejado en tierra en diversos sitios de los alrededores del canal de Long Island. Ni una sola vez se mencionaba a Plum Island, pero ¿qué mejor lugar para ocultar algo? Según lo que había aprendido en mi viaje a Plum, la isla no tenía puerto en aquel entonces, de modo que era improbable que la visitaran barcos que anduvieran en busca de comida o agua. Era propiedad de colonos blancos, y por lo tanto se hallaba vedada a los indígenas, pero en apariencia no la habitaba nadie. Y si Kidd había dejado un valioso tesoro con John Gardiner, un hombre al que no conocía, ¿por qué no habría navegado los ocho o diez kilómetros hasta Plum Island para enterrar más riquezas allí? Para mí tenía sentido. Me pregunté, no obstante, cómo lo habría deducido Fredric Tobin. Le encantaría decírnoslo en la conferencia de prensa, cuando anunciara su descubrimiento. Con toda probabilidad diría: "Mucho trabajo, buen conocimiento de la vitivinicultura, perseverancia y un producto superior. Y buena suerte".

Continué en el porche posterior un largo rato, leyendo, observando el tiempo, elaborando el caso en mi mente, esperando a Beth, que para esa hora ya debía haber llegado.

Al final entré por las puertas ventana que daban al escritorio y escuché los siete mensajes que había en el contestador automático.

El número uno era del tío Harry, que decía que tenía un amigo que quería alquilar la casa, de modo que decidiera si yo iba a comprarla o irme. Dos, el teniente detective Wolfe, que decía simplemente: "Me estás encabronando". Tres, el mensaje de Emma que yo no había escuchado, del viernes a la noche, sólo para saludarme. Cuatro, Max, el sábado a la mañana, con las indicaciones para llegar a la casa de Tobin el día de la fiesta y para decirme que había conversado con Beth y que yo debía llamarlo. Cinco, Dom Fanelli, que decía:

—Hola, paisano, te perdiste un buen momento. Qué noche. Corría el vino, y salimos con cuatro turistas suecas que estaban en Taormina, dos azafatas, una modelo y una actriz. Bueno, llamé a nuestro amigo Jack Rosen, del *Daily News*, y va a hacer una nota sobre tu regreso a Nueva York después de tu convalecencia en el campo. Héroe herido vuelve al hogar. Hermoso. Llámalo el lunes a la mañana y la nota saldrá el martes, así los jefazos pueden leerla antes de patearte los cojones. ¿Soy bueno, o qué? Llámame el lunes, y tomaremos una copa a la noche, y te contaré de las suecas. *Ciao*.

Sonreí. Cuatro suecas, las pelotas. El número seis era Beth, el domingo a la mañana, para preguntarme adónde me había fugado el sábado a la noche y cuándo nos encontraríamos. Y el número siete era Beth, el domingo a la tarde, para darse por enterada de mi mensaje a su oficina y avisar que pasaría por mi casa el lunes a la mañana.

Así que, cuando sonó el timbre poco antes del mediodía, no me sorprendió mucho ver a Beth en la puerta. Le dije:

—Pasa.

Dejó el paraguas en el porche y entró. Vestía otro traje sastre, de una especie de color herrumbre.

Pensé que debía decirle que estaba solo, así que le dije:

—Estoy solo.

—Lo sé —respondió.

Nos miramos durante unos segundos. Supe lo que iba a decirme, pero no quería oírlo. De todos modos lo dijo:

—Uno de sus empleados encontró a Emma Whitestone en su casa, esta mañana, muerta. En apariencia, asesinada.

No respondí nada. ¿Qué podía decir? Me quedé parado ahí.

Beth me tomó del brazo y me condujo al sofá de la sala.

—Siéntate —me ordenó. Me senté.

Se sentó junto a mí y me tomó la mano. Me dijo:

—No sé cómo te sientes... Es decir, sé que debías de quererla...

Asentí. Por segunda vez en mi vida, no era yo el que daba las malas noticias, sino el que oía del asesinato de alguien a quien quería. Era algo que embotaba la mente. No podía acabar de comprenderlo, porque no me parecía real. Repuse:

—Estuve con ella anoche, hasta las diez.

—Todavía no tenemos la hora de la muerte. La encontraron en la cama... al parecer, muerta a golpes en la cabeza con un atizador de chimenea que encontraron en el piso... No había signos de entrada forzada... La puerta de atrás no estaba cerrada con llave.

Asentí. Él debía de tener una llave que nunca había devuelto, y a ella no se le ocurrió cambiar la cerradura. Él sabía que había un atizador a mano.

Beth continuó:

—Había cierta apariencia de robo... revisaron la agenda, desapareció el efectivo, vaciaron el alhajero. Esas cosas.

Respiré hondo, sin decir nada.

Beth prosiguió:

—Además, murieron los dos Murphy. Al parecer, también asesinados.

—Dios mío.

—Un policía de Southold patrullaba la calle más o menos cada hora y mantenía bajo vigilancia la casa de los Murphy, pero... no vio nada. —Agregó: —Cuando hicieron el cambio de turno, a las ocho de la mañana, el oficial notó que el diario estaba en el césped, y que seguía allí a las nueve. Sabía que los Murphy se levantaban temprano y entraban el diario, así que... —Me preguntó: —¿Quieres escuchar?

—Sigue.

—Bueno... entonces los llamó por teléfono, después golpeó a la puerta, después dio la vuelta por atrás y vio que el jardín de invierno estaba abierto. Entró y los encontró en la cama. Los dos habían muerto de heridas en la cabeza causadas por una barreta que quedó en el piso, sucia de sangre. —Añadió: —La casa fue saqueada. Además, con la presencia de la policía en la calle, se supone que el perpetrador ingresó en la casa del lado de la bahía.

Asentí.

—Imaginarás que el departamento de policía de Southold se encuentra en estado de alarma total, y que pronto todo North Fork estará igual. Acá, si tienen un asesinato por año, es mucho.

Pensé en Max, a quien le gustaban las cosas calmas y silenciosas.

Beth continuó:

—La policía del condado enviará una fuerza de tareas, porque ahora creen que el asesino es un psicópata que roba casas y asesina a los ocupantes. —Agregó: —Creo que el que mató a los Gordon puede haber tomado la llave de los Murphy de la casa de Tom y Judy; por eso no encontraron muestras de entrada forzada y no estaba asegurada la puerta de atrás. Lo cual indicaría cierta premeditación.

Asentí. Tobin sabía que tendría que deshacerse de los Murphy en algún momento, y lo pensó con bastante anticipación como para robar la llave. Cuando Beth mencionó que no se había encontrado la llave de los Murphy en la casa de los Gordon, deberíamos habernos dado cuenta. Otro ejemplo de subestimación del asesino. Dije:

—Deberíamos haberlo previsto...

Asintió.

—Lo sé. —Prosiguió: —En cuanto a Emma Whitestone... O bien dejó la puerta sin llave o, de nuevo, alguien tenía la llave... Alguien a quien ella conocía.

Miré a Beth y vi que ambos sabíamos de quién hablaba. De hecho, dijo:

—El domingo a la mañana ordené poner bajo vigilancia a Fredric Tobin, tal como sugeriste, y lo controlaron todo el día, pero alguien de arriba suspendió el control desde medianoche hasta las ocho... por razones presupuestarias... De modo que, básicamente, nadie vigilaba a Tobin durante esas horas.

No respondí.

—Me costó convencerlos de que lo vigilaran. No es sospechoso. —Agregó, con intención: —No tenía ningún motivo que justificara vigilarlo veinticuatro horas por día.

Yo le prestaba atención, pero mi mente no cesaba de retornar a imágenes de Emma, en mi casa, nadando en la bahía, en la fiesta de la sociedad histórica, en su cuarto, donde la encontraron asesinada... ¿Y si yo hubiera pasado la noche allá? ¿Cómo podían saber que estaba sola?... Se me ocurrió que Tobin me habría matado también, si me hubiera encontrado durmiendo junto a ella.

Continuó Beth:

—A propósito, conocí a Fredric Tobin en la fiesta, y se mostró muy simpático. Pero es un poco demasiado agradable... Es decir, ese hombre tiene otra cara... Detrás de esa sonrisa hay algo que no es tan agradable.

Pensé en Fredric Tobin y lo visualicé conversando con Emma en el jardín, en su fiesta. Mientras charlaba con ella, debía de haber sabido que iba a asesinarla. Me planteé, sin embargo, si decidió matarla para evitar que siguiera hablando conmigo, o si sólo quería decir: "Vete a la mierda, Corey. Vete a la mierda por ser un insolente, vete a la mierda por deducir quién mató a los Gordon, vete a la mierda por acostarte con mi ex novia, y simplemente vete a la mismísima mierda".

—Me siento un poco responsable por los Murphy —dijo Beth.

Me obligué a pensar en los Murphy. Eran gente decente, ciudadanos serviciales y, lamentablemente para ellos, testigos de demasiadas cosas que habían tenido lugar en la casa de al lado durante los dos años anteriores. Dije:

—El miércoles les llevé una foto de Fredric Tobin, y lo identificaron como el tipo del auto deportivo blanco... Tobin tiene un Porsche blanco... —Le expliqué mi corta visita a Edgar y Agnes Murphy.

—Entiendo.

—El asesino es Fredric Tobin —afirmé.

No respondió.

—Él mató a Tom y Judy Gordon, a Egdar y Agnes Murphy, tal vez a ese veterinario de Plum Island y a Emma Whitestone. Y quizás a otros. —Agregué: —Me estoy tomando esto en forma personal.

Me paré y agregué:

—Necesito un poco de aire. —Salí al porche. La lluvia era más intensa, una lluvia gris que caía de un cielo gris sobre un mar gris. El viento venía de la bahía, desde el sur.

Emma. Emma.

Todavía me hallaba en estado de *shock*, en la etapa de la negación, elaborando la etapa de la furia. Cuanto más pensaba en Tobin destrozándole la cabeza con un atizador de hierro, más quería destrozar la cabeza de él con un atizador de hierro.

Como muchos policías que padecen un choque personal y cercano con el crimen, quería utilizar mi poder y mis conocimientos para encargarme del asunto con mis propias manos. Pero un policía no puede hacer eso. Por otro lado, hay ocasiones en que uno tiene que dejar de lado la chapa de identificación y empuñar el arma...

30

Beth me dejó solo un rato, durante el cual pude recomponerme. Al final salió al porche posterior y me dio un jarrito de café con algo que olía a coñac.

Los dos permanecimos en silencio, contemplando la bahía. Al cabo de unos minutos me preguntó:

—¿De qué se trata todo esto, John?

Sabía que le debía información.

—De oro —respondí.

—¿Oro?

—Sí. Un tesoro enterrado, tal vez el tesoro de un pirata, tal vez el tesoro del mismísimo capitán Kidd

—¿El capitán Kidd?

—Sí.

—¿Y estaba en Plum Island?

—Sí... Hasta donde puedo conjeturar, Tobin se enteró de algún modo y, al darse cuenta de que jamás podría llegar a uno de los lugares más inaccesibles del país, comenzó a buscar un socio que tuviera acceso ilimitado a la isla.

Beth lo pensó y luego dijo:

—Por supuesto... Ahora todo tiene sentido... La sociedad histórica, las excavaciones, la casa sobre el agua, la lancha veloz... Todos estábamos tan enganchados con la peste y luego las drogas...

—Correcto. Pero cuando descartas por completo esas posibilidades, como hice yo porque los Gordon no eran capaces de tales cosas, entonces tienes que volver a pensar todo el asunto.

Asintió y comentó:

—Como dijo el doctor Zollner: "Cuando lo único que tienes es un martillo, todo problema parece un clavo"... Cuéntame.

Sabía que ella trataba de alejar de mi mente el asesinato de Emma, y tenía razón en cuanto a que yo debía elaborar el caso y hacer algo positivo. Le dije:

—Está bien... Cuando estuve en Plum Island, esas excavaciones arqueológicas me dieron la sensación de que no tenían nada que ver con Tom y Judy, y ellos sabían que yo pensaría así, de modo que jamás me lo mencionaron. Creo que pensaban por adelantado, con vistas a un día, después de que supuestamente descubrieran el tesoro en su propio terreno, en que ciertas personas podrían recordar sus excavaciones en Plum Island y hacer la conexión. De manera que cuantas menos personas lo supieran, mejor.

Beth observó:

—No sería la primera vez que algo valioso fuera trasladado y descubierto de pronto en un lugar más conveniente.

—Ése fue el punto esencial de todo el plan. Había que mudar la "X" del mapa pirata de las tierras del Tío Sam al terreno de Tom y Judy.

Reflexionó unos instantes y luego me preguntó:

—¿Crees que los Gordon sabían con exactitud dónde se hallaba enterrado el tesoro en Plum Island? ¿O estaban tratando de encontrarlo? No recuerdo haber visto muchas excavaciones frescas en la isla.

—Creo que la información de Tobin era confiable y creíble, pero tal vez no muy precisa. Aprendí unas cuantas cosas sobre mapas piratas, gracias a Emma... y por este libro. —Le señalé el volumen que descansaba en el extremo de la mesa. —Y, según aprendí, estos tesoros se enterraban sólo en forma temporaria, de modo que algunos de los hitos de un mapa o algunas instrucciones resultan ser árboles muertos hace mucho tiempo, rocas que han desaparecido o caído al mar... esas cosas.

—¿Cómo fue que decidiste entrevistar a Emma?

—Sólo quería descartar a la Sociedad Histórica Pecónica. Iba a dedicarle no más de una hora, y en realidad no me importaba con quién hablara... Entonces la conocí y en el transcurso de la conversación surgió que había sido novia de Tobin.

Beth consideró todos estos datos durante un largo momento, mientras contemplaba la bahía. Luego repuso:

—De modo que a continuación entrevistaste a Fredric Tobin.

—No, lo hice antes de hablar con Emma.

—¿Entonces qué fue lo que te llevó a entrevistarlo? ¿Qué posible conexión pensabas que tenía con los asesinatos?

—Al principio, ninguna. Me limitaba a hacer el trabajo elemental de detective: hablar con amigos, no sospechosos. Había conocido a Tobin en la vinatería, en julio pasado, con los Gordon. —Le expliqué el punto y agregué: —En aquel momento no reparé mucho en él, y luego me pregunté por qué los Gordon sí. Después de pasar unas horas con él, el miércoles, decidí que era un buen tipo, en el aspecto personal, pero que no me daba las respuestas correctas a preguntas sencillas. ¿Entiendes?

Asintió.

—Luego, después de hablar con Emma, comencé a triangular ciertas relaciones.

De nuevo asintió y se quedó pensando, con la vista fija en la lluvia. Al fin dijo:

—Yo pasé los mismos dos días con el médico forense, Plum Island y todo eso. Mientras tanto, tú seguías una pista por completo diferente.

—La más débil de las pistas, pero no tenía mucho más que hacer.

—¿Todavía estás enojado por el modo como te trataron?

—Lo estaba. Tal vez fue eso lo que me motivó. No importa. La cuestión es que pongo todo esto en tus manos. Quiero que Fredric Tobin sea arrestado, condenado y frito en la silla.

Me miró.

—Puede que eso no ocurra, y lo sabes. A menos que obtengamos alguna prueba sólida, a ese tipo no van a condenarlo por nada. Ni siquiera creo que el fiscal de distrito trate de procesarlo.

Lo sabía. También sabía que, cuando el problema era en verdad un clavo, lo único que uno necesitaba era un martillo. Y yo tenía un martillo.

Beth me preguntó:

—¿Y bien? ¿Alguna otra evidencia?

—La verdad, encontré un pequeño bote en la caseta de Tobin, con una vara de esas que se usan para avanzar por aguas pantanosas. Y también una señal para niebla en aerosol. —Le relaté mi encuentro con Tobin en la caseta para botes.

Beth hizo un gesto afirmativo con la cabeza y me dijo:

—Siéntate. —Me senté en mi sillón de mimbre y ella lo hizo en la reposera. —Cuéntame —me pidió.

Pasé la hora siguiente poniéndola al tanto de todo, contándole lo que había hecho desde nuestra separación, el martes a la noche, incluido el dato de que la novia de Tobin, Sondra Wells, y el ama de llaves habían estado ausentes toda la tarde del asesinato de los Gordon, y sin embargo Tobin me había llevado a creer que habían permanecido en su casa.

Beth me escuchaba, mirando la lluvia y el mar. El viento se tornaba más fuerte y bramaba de vez en cuando.

Cuando terminé, Beth concluyó:

—De modo que los Gordon compraron la propiedad de Wiley siguiendo una sugerencia de Tobin.

—Exacto. Tobin les ordenó comprar esa tierra, basado en la leyenda de los Arrecifes del Capitán Kidd. También hay un lugar llamado los Árboles del Capitán Kidd, pero ahora es un parque público. En cuanto al arrecife o la barranca, ese punto no está tan bien definido en los libros de historia como los árboles, de modo que Tobin sabía que cualquier barranca de la zona serviría. Pero no quería que se supiera que él compraba una tierra inservible en las barrancas, pues eso provocaría todo tipo de chismes y especulaciones. Así que hizo que los Gordon compraran el terreno con su propio dinero, que era limitado. Según el plan, debían esperar un tiempo antes de enterrar allí el tesoro, para luego descubrirlo.

—Increíble.

—Sí. Y como es casi imposible falsear la antigüedad de un pozo semejante, se proponían meter el cofre del tesoro en la ladera de esa barranca, en el saliente que encontramos nosotros, y después decir que había quedado expuesto por la erosión. Luego, cuando lo sacaran a pico y pala de ese suelo de arena y arcilla, el lugar quedaría básicamente destruido, y el cofre en sí se astillaría, de modo que la recuperación del arcón imposibilitaría que alguien estudiara el lugar del hallazgo.

—Increíble —volvió a comentar Beth.

—Eran tres personas muy inteligentes, Beth, y no tenían intención de estropear su plan. Iban a robar diez o veinte millones de dólares en las narices del mismísimo Tío Sam, que sólo iba a enterarse cuando se conociera la noticia. Y cuando entrara en acción la Agencia Impositiva, ellos ya estarían preparados. —Le expliqué las leyes de hallazgo de tesoros, los impuestos y todo eso.

Pensó un momento y me preguntó:

—¿Pero cómo iba a recibir Tobin su dinero después de que los Gordon anunciaran su hallazgo?

—En primer término, los tres dejaron establecido que eran amigos desde hacía casi dos años. Los Gordon habían desarrollado un interés por el vino, que yo no creo fuera real pero que constituía un buen motivo para que Fredric Tobin y los Gordon fueran vistos juntos en público como amigos. —Le expliqué lo que había descubierto, por Emma, acerca de la naturaleza de la relación entre ellos. Luego agregué: —No obstante, eso no concordaba con lo que me había dicho Tobin acerca de la relación. De modo que ahí tenía otra interesante inconsistencia.

—Ser amigos no es razón para compartir millones de dólares de un tesoro descubierto.

—No. De modo que idearon toda una historia para acompañar el hallazgo. Esto es lo que yo creo: Primero simularon haber desarrollado un mutuo interés por la historia local, interés que al final los llevó a cierta información sobre el tesoro pirata. A esa altura, de acuerdo con lo que iban a decir a la prensa, hicieron un acuerdo amistoso para buscar y compartir lo que encontraran.

Beth volvió a hacer un gesto de asentimiento. Vi que estaba bastante convencida de mi reconstrucción de lo que había sucedido antes de los asesinatos. Continué:

—Los Gordon y Tobin dirían que los tres habían revisado antiguos archivos de diversas sociedades históricas de aquí, lo cual es cierto, y que hicieron lo mismo en Inglaterra, y demás. Llegaron a convencerse de que el tesoro estaba en la tierra propiedad de Margaret Wiley y, aunque sentían algún escrúpulo en cuanto a quitarle esa parcela en la caza del tesoro el fin justifica los medios y todo eso. A Margaret Wiley le darían una linda joya o algo así. También aclararían que habían corrido un riesgo al gastar esos veinticinco mil dólares, ya que no podían tener total certeza de que el tesoro se hallara allí.

Me recosté contra el respaldo del sillón y escuché el viento y la lluvia. Me sentía tan mal como nunca en mi vida, y me sorprendía ver cuánto extrañaba a Emma Whitestone, que había entrado en mi existencia de manera tan rápida e inesperada y luego pasado a otra existencia, quizás en algún sitio entre las constelaciones.

Respiré hondo y continué:

—Supongo que los Gordon y Tobin poseían algún tipo de documentación falsa que respaldara su afirmación de haber descubierto esa ubicación del tesoro en un archivo. No sé qué tenían en mente a ese respecto; un pergamino falsificado, o una fotocopia de un supuesto original perdido, o simplemente podían decir: "No es de su incumbencia cómo lo encontramos. Aún seguimos buscando otra parte del tesoro". Al gobierno no le importaría cómo lo encontraron; sólo dónde, y cuánto vale. —La miré. —¿Esto tiene sentido para ti?

Reflexionó un instante y respondió:

—Tiene sentido de la manera como lo expones... pero sigo pensando que alguien haría la conexión con Plum Island en algún momento.

—Es posible. Pero sospechar dónde se encontró el tesoro y probarlo son dos cosas muy diferentes.

—Sí, pero es un eslabón débil en un plan que, en todos los demás aspectos, es muy bueno.

—Así es. Entonces permíteme plantearte otra teoría, que concuerda con lo que sucedió en realidad. Tobin no tenía intención alguna de compartir nada con los Gordon. Los llevó a creer todo lo que acabo de decirte, los hizo comprar el terreno, y los tres construyeron la historia entera acerca de cómo encontraban el tesoro y por qué iban a compartirlo. En realidad, también Tobin temía que alguien hiciera la conexión con Plum Island. Los Gordon eran la solución a su problema en cuanto a cómo localizar el tesoro y mudarlo de Plum. Después los Gordon se convirtieron en un obstáculo, un eslabón débil, un obvio indicio del lugar donde en realidad se había encontrado el tesoro.

Beth guardó silencio, mientras se mecía en la silla. Meneó la cabeza y dijo:

—Tres personas pueden guardar un secreto, si dos están muertas.

—Exacto. —Continué: —Los Gordon eran inteligentes, pero también un poco ingenuos, y nunca se habían cruzado con alguien tan perverso y engañoso como Fredric Tobin. En ningún momento desconfiaron, ya que cumplieron el plan paso a paso, compraron la tierra y todo lo demás. Lo más probable es que él se propusiera enterrar el tesoro en su propiedad cercana a Founders Landing, que también se halla en un antiguo lugar histórico, y descubrir el tesoro allí... O bien iba a guardarse el tesoro, aquí o en el extranjero, quedándose así no sólo con la parte de los Gordon sino también con la parte del Tío Sam.

—Sí. Creo que ésa es una fuerte posibilidad, ahora que veo que es capaz de asesinar a sangre fría.

—En cualquier caso, él es el culpable.

Beth se quedó pensando con el mentón apoyado en una mano y los pies enganchados en el travesaño de la mecedora. Al fin me preguntó:

—¿Cómo conociste a los Gordon? Es decir, ¿cómo es que gente tan ocupada tuvo tiempo de...? ¿Me entiendes?

Intenté una sonrisa y respondí:

—Subestimas mi encanto. Pero es una buena pregunta. —Lo pensé, no por

341

primera vez, y repuse: —Tal vez yo de veras les caía bien. Pero tal vez sí sospecharon algo raro, y querían tener cerca a alguien que pudiera ayudarlos. También entablaron una relación con Max, así que deberías preguntarle cómo sucedió.

—Bueno, ¿y cómo fue que los conociste? Debería habértelo preguntado el lunes, en la escena del crimen.

—Deberías. Fue en el restaurante Claudio. ¿Lo conoces?

—Todos lo conocen.

—Intenté seducir a Judy en la barra.

—Qué comienzo de amistad tan auspicioso.

—Correcto. Sea como fuere, lo consideré un encuentro casual, y quizá lo fue. Por otro lado, los Gordon ya conocían a Max, y Max me conocía a mí, y puede que haya mencionado que el policía baleado que había salido en televisión era amigo de él y que estaba pasando su convalecencia en Mattituck. Yo tenía... tengo... dos lugares adonde voy con frecuencia: la Olde Towne Taverne y Claudio. Así que es posible... pero quizá no... Es difícil de decir. Casi no importa, salvo como punto de interés. —Agregué: —A veces las cosas suceden sólo por obra del destino.

—Así es. Pero en nuestro trabajo tenemos que buscar motivos y planes. Lo que resta es obra del destino. —Me miró y preguntó: —¿Cómo te sientes, John?

—Bien.

—En serio.

—Un poco deprimido. El clima no ayuda.

—¿Te sientes dolido?

No respondí.

Me informó:

—Estuve hablando por teléfono con tu compañero.

—¿Con Dom? No me dijo nada. Debería haberlo hecho.

—Bueno, no lo hizo.

—¿Y de qué le hablaste?

—De ti.

—¿Qué de mí?

—Tus amigos están preocupados por ti.

—Mejor será que se preocupen por ellos mismos, si andan hablando a mis espaldas.

—¿Por qué no dejas de lado el papel de tipo duro?

—Cambia de tema.

—De acuerdo. —Se puso de pie y fue hasta la baranda a contemplar la bahía, que comenzaba a hincharse de olas. Me dijo: —Viene un huracán. Tal vez pase de largo. —Se volvió hacia mí y preguntó: —Y bien, ¿dónde está el tesoro?

—Muy buena pregunta. —También me puse de pie y contemplé el agua agitada. No había una sola embarcación a la vista, por supuesto, y comenzaban a llegar desperdicios que se depositaban en el pasto. Cuando el viento amainaba unos segundos, se podía oír el ruido del agua golpeando contra la orilla rocosa.

—¿Y dónde están nuestras pruebas?

Sin dejar de mirar el agua, respondí:

—Las respuestas a esas dos preguntas pueden estar en la casa, la oficina o el departamento de Tobin.

Pensó un momento y dijo:

—Presentaré los hechos, tal como los conozco, a un asistente del fiscal de distrito y solicitaré que la fiscalía obtenga una orden de registro.

—Buena idea. Si puedes lograrla sin una causa probable, eres mucho más lista que yo. —Agregué: —Cualquier juez se mostraría algo quisquilloso en cuanto a emitir una orden de allanamiento de las viviendas y las oficinas comerciales de un prominente ciudadano que no ha tenido problemas previos con la ley. Bien lo sabes. —Le estudié la cara mientras ella lo pensaba. Luego dije: —Eso es lo bueno de los Estados Unidos. La policía y el gobierno no te persiguen sin el debido proceso. Y si eres rico, el debido proceso es mucho más largo y minucioso que para un tipo común.

No respondió, pero me preguntó:

—¿Qué crees que nosotros... que yo debo hacer a continuación?

—Lo que quieras. Yo he salido del caso. —Las olas aumentaban en tamaño y fuerza, lo cual era raro en aquella parte de la bahía. Recordé lo que había dicho Emma acerca de observar el agua cuando se aproximaba una tormenta.

Beth me dijo:

—Sé que puedo... Bueno, creo que puedo agarrar a ese tipo, si lo hizo.

—Qué bien.

—¿Estás seguro de que fue él?

—Estoy seguro.

—¿Y Paul Stevens?

—Todavía es el comodín del mazo. Puede que sea cómplice de Tobin en el asesinato, o que chantajee a Tobin, o que sea un chacal que espera saltar sobre el tesoro, o quizá no sea más que un tipo que siempre parece sospechoso y culpable de algo.

—Deberíamos hablar con él.

—Ya lo hice.

Enarcó las cejas.

—¿Cuándo?

Le expliqué mi inesperada visita al señor Stevens en su casa de Connecticut, sin incluir las partes feas. Concluí:

—Cómo mínimo, es culpable de mentirnos y conspirar con Foster y Nash.

Lo meditó un momento. Luego repuso:

—O puede que esté involucrado de una manera más profunda... —Tras un corto silencio dijo: —Tal vez podamos enteranos de algo interesante en las escenas de los dos últimos crímenes.

—Correcto. Mientras tanto, Tobin sabrá lo que está pasando con él, y tiene a la mitad de los políticos locales en el bolsillo, y es probable que también tenga amigos en el departamento de policía de Southold.

—A Max lo dejaremos fuera de esto.

—Haz lo que debas hacer. Sólo te pido que no hables con Tobin, porque si se da cuenta de lo que pasa va a desaparecer cualquier evidencia que exista y esté bajo su control.

—¿Como el tesoro?

—Correcto. O el arma asesina. En realidad, si yo hubiera matado a dos personas con mi pistola registrada y de repente la policía aparece en mi oficina, la tiraría al medio del Atlántico y afirmaría que la perdí o me la robaron. —Añadí: —Deberías anunciar que encontraste una de las balas. Eso lo inquietará, si todavía tiene la pistola. Después manténlo vigilado y fíjate si trata de deshacerse del arma, si no lo ha hecho ya.

Asintió y me miró.

—Quisiera que siguieras trabajando en este caso conmigo. ¿Lo harás?

La tomé del brazo y la conduje a la cocina. Descolgué el teléfono y le dije:

—Llama a su oficina, a ver si está ahí.

Marcó información, obtuvo el número de Viñedos Tobin y lo marcó. Entonces solicitó:

—El señor Tobin, por favor. —Mientras esperaba me preguntó: —¿Qué le digo?

—Sólo agradécele por la fiesta maravillosa.

Beth habló por el teléfono:

—Sí, es la detective Penrose, del departamento de policía del condado de Suffolk. Quisiera hablar con el señor Tobin.

Tras volver a escuchar, dijo:

—Dígale que lo llamé para agradecerle por la maravillosa velada. —Volvió a escuchar y preguntó: —¿Hay alguna manera de comunicarse con él? —Me miró de reojo y contestó por teléfono: —Muy bien. Sí, es buena idea. —Colgó y me informó: —No está, no lo esperan y la muchacha no sabe dónde encontrarlo. Además, están por cerrar la vinatería a causa del mal tiempo.

—Bien. Llama a la casa.

Tomó su cartera, sacó su libreta, encontró el número de Tobin y marcó. Me dijo:

—¿Lo llamo a su casa para agradecerle por la maravillosa velada?

—Perdiste en el parque de su casa un relicario de oro de tu madre.

—Correcto. —Por el teléfono dijo: —¿Está el señor Tobin? —Escuchó y preguntó: —¿Está la señorita Wells, entonces? —Tras volver a escuchar, repuso: —Gracias. Volveré a llamar... No, no dejaré mensaje. No, no se asuste. Debería ir a un refugio... Bueno, entonces llame a la policía o a los bomberos, y ellos irán a buscarla. ¿De acuerdo? Hágalo ya. —Cortó. —El ama de llaves. Una señora del este europeo. No le gustan los huracanes.

—Tampoco a mí me simpatizan. ¿Dónde está el señor Tobin?

—Ausente sin explicación. La señorita Wells ha ido a Manhattan hasta que pase la tormenta. —Beth me miró. —¿Dónde está el tipo?

—No sé. Pero sabemos dónde no está.

—A propósito, deberías irte de aquí. A todos los que residen en zonas cercanas al agua se les ha aconsejado evacuar sus casas.

—Los tipos de meteorología son alarmistas profesionales.

En ese momento parpadearon las luces.

Beth se corrigió:

—A veces tienen razón.

—De todos modos debo volver a Manhattan en algún momento de hoy. mañana a la mañana tengo citas con los que decidirán mi destino.

—Entonces será mejor que te marches ahora. Esto va a empeorar.

Mientras yo consideraba mis opciones, el viento se llevó una silla del porche y las luces parpadearon otra vez. Recordé que debía llamar a Jack Rosen, del *Daily News*, pero ya se había vencido el plazo para la entrega de su columna. De un modo o de otro, no creía que la historia del héroe herido fuera a servir de mucho. Le dije a Beth:

—Salgamos a pasear.

—¿Adónde?

—A buscar a Fredric Tobin... así podemos agradecerle por la maravillosa velada.

31

L a lluvia era intensa y el viento sonaba como un tren de carga.

En el armario encontré dos capas de plástico amarillas, y tomé también mi 38, que llevaba en la cartuchera de hombro. A continuación había que salir del sendero para autos, que estaba cubierto de ramas y desechos dejados por el agua. Puse el Jeep en marcha y pasé por encima de las ramas caídas. Le dije a Beth:

—Este vehículo sirve para todo.

—¿Flota?

—Tal vez lo averigüemos.

Avancé por las calles estrechas de mi zona de Mattituck, encima de más ramas caídas y junto a tachos de basura que pasaban flotando, hasta que encontré el camino principal bloqueado por un árbol derrumbado.

—Desde que era chico que no andaba por el campo durante un huracán —comenté.

—Esto no es un huracán, John —me informó Beth.

Pasé por encima del césped de alguien, rodeando el árbol caído, y señalé:

—A mí me parece un huracán.

—El viento tiene que alcanzar una velocidad de sesenta y cinco nudos para ser un huracán. Ahora es una tormenta tropical.

Encendió la radio en una emisora que sólo transmitía noticias y, tal como era de esperar, la que prevalecía era la de Jasper. El locutor decía:

—...con rumbo nornoroeste, con vientos de una velocidad de hasta sesenta nudos, lo que equivale a unos ciento diez kilómetros por hora. Si continúa el presente curso, llegará a algún punto de la costa sur de Long Island alrededor de las ocho de esta noche. Se aconseja a los viajeros que permanezcan en sus casas y...

Apagué la radio.

—Alarmista.

Beth dijo:

—Mi casa está bastante tierra adentro, si quieres pasar más tarde. Desde allí son menos de dos horas en auto o tren hasta Manhattan, y podrías irte después de que haya pasado lo peor de la tormenta.

—Gracias.

Continuamos viajando en silencio durante un rato, hasta que al final alcanzamos la calle Main, que estaba libre de desechos arrastrados por el agua pero inundada. No había mucho tránsito y casi todos los negocios habían cerrado. Vi un quiosco que se había derrumbado y un poste de electricidad y teléfono caído, junto con todos los cables.

—No creo que esto sea bueno para las vides —comenté.

—No es bueno para nada.

En veinte minutos más paré en la playa de estacionamiento de Viñedos Tobin. No había ningún auto, y un cartel anunciaba: "Cerrado".

Miré hacia la torre y vi que no había luces en ninguna de las ventanas, aunque el cielo estaba casi negro.

A ambos lados del estacionamiento había viñedos, cuyas plantas sufrían una terrible paliza. Si la tormenta empeoraba, lo más probable era que arrasara con la cosecha. Recordé la pequeña lección de Tobin sobre la influencia moderadora del clima marítimo, lo cual era bastante cierto hasta que uno se encontraba en el paso de un huracán.

—Jasper.

—Así es como lo llaman. —Beth miró la playa de estacionamiento y la vinatería y dijo: —No creo que él esté aquí. No veo ningún vehículo, y el lugar está oscuro. Intentemos con su casa.

—Primero entremos en la oficina.

—John, está cerrado.

—"Cerrado" es un término relativo.

—No, no lo es.

Conduje el Jeep hacia la vinatería y doblé a la derecha, fuera del estacionamiento, en dirección a una zona de césped situada entre la vinatería y el viñedo. Me acerqué hasta la parte de atrás del gran edificio, donde había unos cuantos camiones estacionados entre barriles de vino vacíos y apilados.

—¿Qué haces? —inquirió Beth.

Paré delante de la puerta posterior, en la base de la torre.

—Anda a ver si está abierta.

Me miró y comenzó a protestar.

—Sólo ve a ver si está abierta. Haz lo que te digo.

Bajó del Jeep, corrió a la puerta y tiró del picaporte. Me miró, meneó la cabeza y luego echó a correr de vuelta hacia el Jeep. Apreté el acelerador y con el vehículo embestí la puerta, que se abrió. Apagué el motor y bajé de un salto. Aferré a Beth por un brazo y atravesé a la carrera la puerta abierta, hacia el interior de la torre.

—¿Estás loco?

—Desde arriba hay una vista espléndida. —Para acceder al ascensor, tal como ya había notado, había que marcar un código, de modo que empecé a subir por las escaleras. Beth me agarró de un brazo y me gritó:

—¡Para! Esto se llama robo, y ni hablar de las violaciones a los derechos civiles...

—Es un edificio público.

—¡Está cerrado!

—Encontré la puerta rota.

—John...

—Vuelve al Jeep. Lo haré yo.

Nos miramos, ella con una expresión que decía: "Sé que estás enojado, pero no hagas esto".

Me aparté y subí solo las escaleras. En cada rellano probaba el picaporte de las puertas de las oficinas, pero estaban todas cerradas con llave.

En el rellano del tercer piso oí pasos a mis espaldas y saqué mi 38. Esperé oculto en un rincón y vi que aparecía Beth. Me miró.

—Esta contravención es mía. No necesito un cómplice.

—La puerta estaba rota —replicó—. Estamos investigando.

—Eso fue lo que te dije.

Continuamos subiendo juntos.

En el cuarto piso, el de las oficinas ejecutivas, la puerta también estaba cerrada con llave. Eso no significaba que no hubiera nadie adentro; aquellas puertas de salida de emergencia podían estar cerradas de un lado, pero debían abrirse del otro. Me puse a golpear con fuerza la puerta de acero.

—John, no creo que haya nadie...

—Espero que no.

Corrí hasta el quinto piso y ella me siguió. De nuevo probé el picaporte, y de nuevo me encontré con una puerta cerrada con llave.

Beth me preguntó:

—¿Éste es el departamento de él?

—Sí. —En una vitrina que había en la pared vi la obligatoria manguera, un hacha para incendios y un extintor de fuego. Tomé el extintor, rompí el vidrio y saqué el hacha. El ruido de los vidrios destrozados resonó en todas las escaleras.

Beth casi gritó:

—¿Qué haces?

La aparté de un empujón y golpeé con el hacha el picaporte, que saltó enseguida, aunque el mecanismo del cerrojo resistió. Unos golpes más abrieron el acero alrededor del mecanismo, y una descarga final hizo que la puerta se abriera.

Respiré hondo varias veces. Sentía raro el pulmón enfermo, como si se me hubiera vuelto a abrir algo que había demorado mucho en cerrarse.

—John, escúchame...

—Calla. Presta atención por si oyes pasos. —Saqué mi arma de abajo de mi capa, y ella hizo lo mismo. Nos quedamos inmóviles, y yo espié hacia adentro del umbral que acababa de abrir. Un biombo de seda japonés que ocultaba la puerta de acero de los delicados ojos del señor Tobin bloqueaba mi visión del departamento, que se hallaba oscuro y silencioso.

Todavía sostenía el hacha en la mano izquierda, y al arrojarla contra el biombo verde, que cayó al piso, dejé al descubierto una gran sala de estar combinada con comedor.

Beth susurró:

—No podemos entrar allí.

—Debemos hacerlo. Alguien destrozó la puerta. Hay ladrones en algún lugar.

El ruido que habíamos hecho hasta el momento era lo bastante fuerte como para atraer a cualquiera que anduviera por allí, pero no oí nada. Supuse que la puerta posterior tenía alarma, pero era probable que la tormenta hubiera descompuesto docenas de alarmas de todo North Fork, conectadas a diversas estaciones centrales de control. En cualquier caso, podíamos lidiar con la policía, si acudía: de hecho, nosotros éramos policías.

Entré en la sala, sosteniendo el arma con las dos manos, moviéndome en un arco desde la izquierda hacia el centro. Beth hizo lo mismo, desde la derecha hacia el centro. Me dijo:

—John, esto no es buena idea. Te pido que te calmes. Sé que estás enfadado, y no te culpo, pero no puedes hacer esto. Ahora vamos a irnos de aquí y...

—Calla —le grité—. ¡Señor Tobin! ¿Está en casa, señor? Tiene visitas.

No hubo respuesta. Avancé más, dentro de la sala, que sólo se hallaba iluminada por el resplandor del oscuro cielo exterior, que entraba por las grandes ventanas en arco, y por la luz de dos focos situados en el alto cielo raso. Beth me seguía con lentitud.

Aquél era todo un lugar, como pueden imaginar. La sala tenía forma de semicírculo, cuya pared redondeada daba al norte. La otra mitad de la torre, la mitad sur, se dividía en una cocina abierta, que yo alcanzaba a ver, y un dormitorio que ocupaba el cuarto sudoeste del círculo. La puerta del dormitorio se hallaba abierta, de modo que espié el interior. Me satisfizo comprobar que nos encontrábamos solos, o, si el señor Tobin estaba ahí, se ocultaba bajo la cama o en un armario, asustado hasta los tuétanos.

Eché un vistazo a la sala. A la luz grisácea pude ver que la decoración era más bien ligera, aireada y moderna, como para combinar con el estilo general de la torre. Las paredes estaban adornadas con acuarelas que mostraban escenas locales que reconocí: el faro de Plum Island, el faro de Horton Point, algunos paisajes marinos, unas cuantas casas coloniales y hasta la posada del General Wayne.

—Lindo —comenté.

—Muy lindo.

—Cualquier tipo podría tener suerte con las damas aquí arriba.

No hubo respuesta de parte de la señorita Penrose.

Avancé hasta una de las ventanas que daban al norte y contemplé la tormenta que se desataba afuera. Vi que habían caído algunas vides, e imaginé que las uvas aún no cosechadas ya habrían pasado su punto de madurez y serían llevadas por el viento.

Beth, ateniéndose a mi guión, dijo:

—Aquí no hay ningún ladrón. Deberíamos irnos e informar que encontramos evidencia de una irrupción forzada.

—Buena idea. Pero antes iré a cerciorarme de que el perpetrador huyó. —Le di mis llaves. —Ve a esperarme en el Jeep. Yo bajo enseguida.

Vaciló un instante y luego replicó:

—Voy a llevar el Jeep a la playa de estacionamiento. Esperaré quince minutos. Ni uno más.

—De acuerdo. —Me aparté de ella y entré en el dormitorio.

Esa habitación era algo más mullida y suave, el aposento al cual el enviado de Dios a las mujeres llevaba las botellas de champaña. De hecho, había un balde de champaña sobre una mesita situada junto a la cama. Mentiría si dijera que no podía imaginarme a Emma en la cama con el señor Vino. Pero eso ya no importaba. Ella estaba muerta, y pronto lo estaría él.

A la izquierda había un amplio baño, con una ducha de varias cabezas, Jacuzzi, bidé y todo el circo. Sí, la vida había sido bondadosa con Fredric Tobin, hasta que él empezó a gastar más de lo que ganaba. Se me ocurrió que, si no recibía pronto una transfusión de oro, aquella tormenta lo habría aniquilado.

En el dormitorio había un escritorio, que revisé íntegro sin encontrar nada incriminador.

Dediqué los diez minutos siguientes a destrozar el lugar. Cuando volví a la sala, encontré un pequeño armario cerrado y lo abrí a hachazos, pero en apariencia sólo contenía cubiertos de plata, unos manteles de lino, vajilla de cristal y otras necesidades de la buena vida, incluida una buena colección de vídeos pornográficos.

También lo hice pedazos.

Recorrí la sala con el hacha en la mano, buscando cualquier cosa, y descargando un poco mi frustración al romper cosas con el hacha.

En una pared había una de esas unidades que combinan televisión, VCR y aparato para escuchar CD, así como unos estantes con libros. También lo revisé todo, sacudiendo los libros y arrojándolos a un lado.

Entonces algo me llamó la atención. En un marco dorado, del tamaño aproximado de un libro, había un antiguo pergamino. Lo tomé y lo llevé a la mortecina luz que entraba por la ventana. Era un mapa hecho con tinta ya descolorida; tenía algo escrito en la parte de abajo. Lo llevé a la cocina y lo apoyé sobre la mesa, cerca de una luz de emergencia que arrojaba un débil resplandor. Abrí el marco y saqué el pergamino, de bordes irregulares. En ese momento vi lo que era: un fragmento de costa y una pequeña ensenada. La escritura era muy intrincada; deseé que Emma pudiera ayudarme.

Al principio pensé que el mapa podría ser de un sector de la costa de Plum Island, pero en Plum no había caletas ni ensenadas, sino sólo el puerto, que tenía un aspecto muy diferente del que se veía en aquel mapa.

Luego consideré que podía ser de la ensenada de Mattituck, donde estaban los Árboles del Capitán Kidd, pero parecía haber poca o ninguna semejanza con la ensenada que yo había visto en mi mapa caminero y en persona. Había una tercera posibilidad: las barrancas o arrecifes; sin embargo, otra vez no pude observar ninguna similitud entre esa costa, que era muy recta, y la de ese mapa, que mostraba curvas y una caleta.

Al final decidí que no tenía más significado que el mero hecho de ser un pergamino antiguo que Tobin había decidido enmarcar como decoración. ¿Correcto? Incorrecto. Seguí mirándolo, tratando de descifrar las borrosas palabras... hasta que logré leer dos: Founders Landing.

Ahora que me había orientado, vi que era en efecto un mapa de alrededor de cuatrocientos metros de costa que abarcaba Founders Landing, una caleta sin nombre y lo que hoy era la propiedad de Fredric Tobin.

Lo escrito al pie del mapa eran, obviamente, indicaciones geográficas; logré distinguir unos números y la palabra "roble".

Oí un ruido en la sala y empuñé mi arma.

Beth llamó:

—¿John?

—Estoy aquí.

Cuando entró en la cocina, le dije:

—Creí que te habías ido.

—Vino la policía de Southold, por una llamada de un sereno. Les dije que estaba todo bajo control.

—Gracias.

Echó un vistazo a la sala y comentó:

—Este lugar es un desastre.

—El huracán John.

—¿Te sientes mejor?

—No.

—¿Qué tienes ahí?

—Un mapa del tesoro. Estaba a plena vista, en este marco dorado.

Lo miró.

—¿Plum Island?

—No. El mapa de Plum Island, o lo que fuere que los condujo al tesoro, fue destruido hace tiempo. Éste es un mapa de Founders Landing y lo que es ahora la propiedad de Tobin.

—¿Y?

—Bueno, seguro que es falso. En mis estudios en los archivos aprendí que se puede comprar un auténtico pergamino en blanco de cualquier período de los últimos siglos. Después, en la ciudad hay personas que mezclan determinados elementos, de modo de darle un aspecto antiguo, y escriben lo que uno les pida.

Asintió.

—Entonces Tobin hizo hacer este mapa que muestra que había un tesoro enterrado en su propiedad.

—Sí. Si miras bien, puedes ver que estas palabras parecen dar indicaciones geográficas. Y si miras mejor aún... ¿ves esa X?

Sostuvo el pergamino, lo observó y repuso:

—La veo. —Lo dejó sobre la mesa. —Tobin jamás tuvo la intención de permitir que los Gordon enterraran el tesoro en la barranca.

—No. Se proponía robarles el tesoro, matarlos y enterrarlo en la propiedad de él.

—¿De modo que entonces ahora el tesoro está enterrado allá?

—Vayamos a averiguarlo.

—¿Otro robo?

—Peor. Si lo encuentro en su casa, voy a romperle las piernas con esta hacha, y luego voy a amenazarlo con lastimarlo de verdad si no habla. —Añadí: —Puedo dejarte donde quieras.

—Te acompañaré. Necesitas alguien que te cuide, y además tengo que buscar el relicario de mi abuela en el césped.

Me guardé el pergamino dentro de la camisa, bajo la capa, y agarré el hacha. Camino a la escalera, arrojé una lámpara de mesa por una de las altas y arqueadas ventanas. Una ráfaga de viento entró por el vidrio destrozado y azotó unas revistas dispuestas sobre una mesa baja.

—¿Ya habrá alcanzado los sesenta y cinco nudos?

—En eso está.

32

El trayecto desde los Viñedos Tobin a Founders Landing, que en general es de unos veinte minutos, nos llevó una hora a causa de la tormenta. Los caminos estaban cubiertos de ramas y la lluvia golpeaba con fuerza contra el parabrisas. Tuve que avanzar muy despacio, con los faros encendidos, aunque eran sólo las cinco de la tarde. Cada tanto una ráfaga de viento hacía desviar el Jeep.

Beth encendió la radio, y el tipo de meteorología dijo que la tormenta no había ascendido al nivel de un huracán pero que le andaba cerca. Jasper todavía iba hacia el norte a veinticinco kilómetros por hora, y el borde de la tormenta se localizaba a unos cien kilómetros de la costa de Long Island. La tempestad iba levantando mucha agua y cobrando gran fuerza en el Atlántico abierto. Comenté:

—Estos tipos tratan de asustar a todos.

—Mi padre decía que el huracán de septiembre de 1938 destruyó por completo grandes zonas de Long Island.

—Mi padre también me contó. Los viejos tienden a exagerar.

Cambió de tema:

—Si Tobin está en su casa, voy a manejar el asunto yo.

—De acuerdo.

—Lo digo en serio. Esto lo harás a mi modo, John. No vamos a hacer nada que comprometa el caso.

—Ya lo hicimos. Y no te preocupes por perfeccionar el caso.

No respondió. Traté de llamar a mi contestador automático, pero el teléfono sonaba y sonaba.

—En mi casa no hay electricidad —deduje.

—Es probable que se haya cortado en toda la zona.

—Qué espantoso. Creo que me gustan los huracanes.

—Tormenta tropical.

—Correcto. Ésas también.

Se me ocurrió que no iba a volver a Manhattan esa noche, y por lo tanto no iba a asistir a mi reunión obligatoria, de modo que me enfrentaba a una linda mierda laboral. Me di cuenta de que no me importaba.

Pensé de nuevo en Emma y reflexioné que, de haber seguido ella con vida, mi existencia se habría vuelto más feliz. Pese a mis devaneos en cuanto a vivir en la ciudad o en el campo, en realidad me había imaginado viviendo allí con Emma Whitestone, pescando, nadando, coleccionando bacinillas o lo que fuere que la gente hacía allí. Pensé también que ahora todas mis conexiones con North Fork habían terminado: la tía June estaba muerta, el tío Harry iba a vender la casa, Max y yo nunca repararíamos la relación que habíamos tenido en otro tiempo, los Gordon habían muerto y ahora también Emma se había ido. Por añadidura, tampoco en Manhattan las cosas marchaban bien. Miré de reojo a Beth Penrose.

Ella percibió mi mirada y me la devolvió. Nuestros ojos se encontraron.

—El cielo es muy hermoso una vez que pasa la tormenta —dijo.

Asentí.

—Gracias.

La región que rodeaba a Founders Landing tenía muchos árboles añosos y, lamentablemente, grandes pedazos de ellos yacían en el camino y los jardines. Demoramos otros veinte minutos de rodeos en llegar a la propiedad de Tobin.

Los portones de hierro forjado estaban cerrados, y Beth dijo:

—Bajaré a ver si está echado el cerrojo.

Pero, por cuestiones de falta de tiempo, los embestí con el Jeep.

—¿Por qué no intentas bajar tu nivel de adrenalina? —protestó Beth.

—Lo intento.

Mientras subíamos por el largo sendero, vi que el parque donde había tenido lugar la fiesta, tanto tiempo atrás, ahora se hallaba cubierto de ramas rotas, latas de basura, muebles de jardín y todo tipo de despojos.

La bahía, al otro extremo del parque, mostraba un aspecto enloquecido: grandes olas saltaban por encima de la playa rocosa e inundaban el césped. El muelle de Tobin resistía bien, pero a la caseta para botes le faltaban muchos tablones.

—Qué raro —comenté.

—¿Qué cosa?

—No está el Chris-Craft.

—Debe de estar en un muelle seco en algún lugar. Nadie saldría al agua con este tiempo.

—Correcto.

Ni vi ningún auto en el sendero; la casa se hallaba por completo a oscuras. Me dirigí con el Jeep al garaje para dos autos, que era una construcción separada situado a un costado y atrás de la casa. Embestí con mi vehículo contra la puerta, que cayó en pedazos. Por el parabrisas vi el Porsche blanco frente a mí, con un pedazo de puerta encima; del otro lado había un Ford Bronco.

—Dos autos —dije—. Quizás el desgraciado está en su casa.

—Deja que me encargue yo.

—Por supuesto.

Salí del garaje, rodeé la parte posterior de la casa y crucé el jardín trasero hasta el patio, donde me detuve en medio de unos muebles de jardín desparramados.

Bajé, empuñando el hacha para incendios, y Beth tocó el timbre. Nos paramos debajo del umbral, pero no respondió nadie, así que abrí la puerta a hachazos. Beth me pidió:

—John, por el amor de Dios, cálmate.

Entramos en la cocina. No había electricidad, y todo estaba oscuro y callado.

—Cubre esta puerta —le ordené a Beth.

Fui al vestíbulo central y llamé en dirección a lo alto de las escaleras:

—¡Señor Tobin! —No respondió nadie. —¿Está en su casa, Fredric? —"Voy a reventarte la maldita cabeza."

Oí un crujido en el piso de arriba. Bajé el hacha, saqué mi 38 y subí las escaleras a la carrera, de a cuatro escalones por vez. Enseguida me dirigí a la zona de donde había venido el crujido.

—¡Manos arriba! ¡Policía! ¡Policía!

Oí un ruido en uno de los dormitorios, y avancé a tiempo de ver cerrarse la puerta de un armario. La abrí de un tirón y una mujer gritó. Y volvió a gritar. Tenía unos cincuenta años y debía de ser el ama de llaves.

—¿Dónde está el señor Tobin?

Se cubrió la cara con las manos.

—¿Dónde está el señor Tobin?

Beth ya había llegado al dormitorio; pasó a mi lado y tomó a la mujer por el brazo.

—Está todo bien —la tranquilizó—. Somos de la policía. —Sacó a la mujer de adentro del armario y la hizo sentar en la cama.

Al cabo de un minuto de amable charla, nos enteramos de que la mujer se llamaba Eva, que no hablaba bien inglés y que el señor Tobin no estaba en la casa.

Beth le dijo:

—Pero sus autos están en el garaje.

—Vino a casa, después se fue.

—¿Adónde? —preguntó Beth.

—Llevó el barco.

—¿El barco?

—Sí.

—¿Cuándo? ¿Hace cuánto?

—No mucho —respondió Eva.

—¿Está segura?

—Sí. Lo miré. —Señaló la ventana. —El barco salió allá.

—¿Él iba solo?

—Sí.

—Párese aquí, junto a la ventana —le ordené a Eva.

Se paró y fue a la ventana.

—El barco —le dije—. ¿Hacia dónde fue? ¿En qué dirección? —le indiqué con las manos.

Señaló a la izquierda.

—Allá.

Miré la bahía. El Chris-Craft, el *Oro otoñal*, había salido de la caseta en dirección al este, pero yo no divisaba nada más que las olas en el agua.

Beth me preguntó:

—¿Por qué se habrá llevado el crucero?

Respondí:

—Tal vez para arrojar al agua el arma asesina.

—Podría haber elegido un día mejor. —Se volvió hacia Eva, a quien preguntó: —¿Cuándo se fue? ¿Hace diez minutos? ¿Veinte?

—Tal vez diez. Tal vez más.

—¿Adónde iba?

El ama de llaves se encogió de hombros.

—Dijo que vuelve esta noche. Que yo me quede acá. Que no tenga miedo. Pero tengo.

—No es más que una tormenta tropical —le informé.

Beth tomó a Eva de la mano y la condujo fuera del dormitorio y escaleras abajo, a la cocina. Las seguí. Beth le indicó:

—Debe quedarse en la planta baja. No se acerque a las ventanas. ¿De acuerdo?

Eva asintió.

—Busque velas, fósforos y una linterna. Si tiene miedo, vaya al sótano. ¿Entendido?

Eva asintió otra vez y fue a una alacena a buscar velas.

Beth pensó un instante y me preguntó:

—¿Adónde va ese hombre con este tiempo?

Respondí:

—Debería estar en la vinatería haciendo lo posible por proteger su propiedad. Pero no va a ir a la vinatería en el crucero. —Le pregunté a Eva: —¿Usted lo vio ir hasta el barco? ¿Me entiende?

—Sí. Lo vi caminar hacia el barco.

—¿Llevaba algo? —Le hice una pequeña pantomima. —¿En las manos?

—Sí.

—¿Qué?

La mujer se cerró como una ostra.

Beth insistió:

—¿Qué llevaba?

—Arma.

—¿Arma?

—Sí. Grande. Larga.

—¿Un rifle? —Beth le hizo la pantomima de apuntar con un rifle.

—Sí, rifle. —Levantó dos dedos y agregó: —Dos.

Beth y yo nos miramos.

Eva añadió:

—Y para cavar. —Esta vez fue ella quien hizo la pantomima, unos movimientos como si estuviera cavando. —Para cavar.

—¿Pala?

—Sí. Pala. En el garaje.

Pensé un momento y le pregunté:

—¿Y una caja? ¿Para llevar? ¿Bolsa? ¿Cajón?

Se encogió de hombros.

Beth me preguntó:

—¿Qué piensas?

—Bueno —respondí—, lo que no pienso es que Fredric Tobin haya ido a pescar con dos rifles y una pala. —Me volví otra vez hacia Eva: —Llaves. ¿Dónde están las llaves?

Nos llevó a un teléfono de pared, junto al cual había un soporte para llaves. Tobin, fanático compulsivo de la prolijidad, les había puesto etiqueta a todas las llaves. Vi que faltaban las del Chris-Craft pero que aún estaban allí las de la Formula.

Mientras yo consideraba mi siguiente movimiento, Eva dijo:

—Abajo. Sótano.

Los dos la miramos. La mujer señalaba una puerta situada en el otro extremo de la cocina. Eva aclaró:

—Él bajó. Algo abajo.

Beth y yo nos miramos.

Era evidente que el señor Tobin no era el Empleador del Año, y Eva aprovechaba feliz la oportunidad de denunciarlo... aunque vi miedo en sus ojos y supe que era algo más que el huracán lo que la asustaba. No tuve duda de que Tobin la habría asesinado de no ser por el inconveniente de tener un cadáver en su propiedad.

Fui hasta la puerta y accioné el picaporte, pero estaba cerrada con llave. Volví a tomar el hacha y me preparé para asestar un golpe.

—¡Espera! —me atajó Beth—. Para hacer eso necesitamos causa probable.

Le pregunté a Eva:

—¿Nos da su consentimiento para que registremos?

—¿Cómo dice?

—Gracias. —Di el hacha contra el picaporte y destrocé la madera. Abrí la puerta y vimos una escalera estrecha y oscura que conducía al sótano. Le dije a Beth: —Eres libres de irte cuando quieras.

La Señorita Corrección parecía comprender que los dos estábamos metidos en una mierda tan honda que bien podíamos seguir violando leyes. Le pidió una linterna a Eva y me la pasó.

—Tú primero, héroe. Yo te cubriré.

—Correcto. —Fui primero yo, llevando la linterna en una mano y el hacha en la otra. Beth empuñó la 9 milímetros y me siguió.

Era un sótano muy frío, de poca altura, con cimientos de piedra, lo mismo que el piso. A primera vista, daba la impresión de que no había gran cosa ahí abajo; era demasiado húmedo para guardar nada y demasiado lóbrego y fantasmal hasta para instalar un lavadero. Básicamente parecía contener sólo una caldera y un tanque de agua caliente. Yo no conseguía imaginar qué era lo que Eva trataba de darnos a entender.

Entonces el haz de la linterna cayó en una larga pared de ladrillos, en el extremo opuesto del sótano, que dividía éste por la mitad y subía hasta las viejas vigas de roble.

En el centro de la pared había una linda puerta de roble tallado. Mi linterna iluminó un cartel de bronce que decía: "Bodega privada de Su Señoría".

Ya que Su Señoría carecía de sentido del humor, supuse que el cartel era regalo de alguna admiradora, o quizás incluso de Emma.

Beth susurró:

—¿Deberíamos entrar?

Respondí:

—Sólo si la puerta no está cerrada con llave, según las reglas de allanamiento y secuestro de bienes. —Le pasé la linterna y probé la manija de bronce, pero la puerta estaba trancada. Advertí una cerradura de bronce encima de la manija. —No está cerrada con llave —mentí—. Sólo atascada. —Golpeé la cerradura con el hacha y la puerta de roble se hendió, pero resistió. Le di unos golpes más y al fin se abrió.

Beth había apagado la linterna en cuanto la puerta cedió, y nos quedamos parados uno a cada lado, de espaldas a la pared, con las pistolas apuntadas.

Grité:

—¡Policía! ¡Salga con las manos en alto!

No hubo respuesta.

Arrojé mi hacha por la abertura y aterrizó con un ruido metálico. Pero nadie le disparó.

Le dije a Beth:

—Tú primero. A mí ya me balearon este año.

—Gracias. —Se agachó y dijo: —Iré hacia la derecha.

Pasó con rapidez por el umbral y yo la seguí. Avancé hacia la izquierda y ambos nos quedamos quietos, agachados, con las pistolas preparadas.

No veía nada, pero sentía que la habitación era más fría y tal vez más seca que el resto del sótano. Grité:

—¡Policía! ¡Arriba las manos!

Esperamos otro medio minuto y luego Beth encendió la linterna. El haz de luz recorrió la habitación iluminando una hilera de estanterías de vino. En el centro del lugar había una mesa con dos candelabros y unas velas. Había también una caja de fósforos, de modo que encendí diez velas, que arrojaron un resplandor titilante por toda la bodega, bailando sobre las botellas.

Se veían anaqueles para vino en todas partes, tal como era de esperar en una bodega. También había cajones de madera y cajas de cartón, abiertas y sin abrir, apiladas aquí y allá, y seis barriles de vino, todos tapados. Vi unos conductos de refrigeración en las paredes, protegidos por Plexiglas. El cielo raso parecía de cedro y el tosco piso de piedra se hallaba cubierto con baldosas lisas sobre cemento. Comenté:

—Yo guardo mis dos botellas de vino en una alacena de la cocina.

Beth me sacó la linterna y examinó algunas de las polvorientas botellas de uno de los anaqueles.

—Éstos son vinos franceses añejos —me informó.

Respondí:

—Tal vez el tipo guarda los suyos en el garaje.

Apuntó con la luz la pared contra la cual había unas docenas de cajas apiladas y repuso:

—Acá hay algunos de los vinos de él. Y los barriles tienen las etiquetas de su vinatería.

—Correcto.

Hurgamos un poco más y reparamos en un armario que contenía copas, sacacorchos, servilletas y esas cosas. Encontramos termómetros colgados aquí y allá, todos los cuales marcaban dieciséis grados centígrados.

Al fin dije:

—¿Qué trataba de decirnos Eva?

Beth se encogió de hombros.

La miré a la luz de las velas. Ella me devolvió la mirada y me dijo:

—Tal vez debiéramos mirar esos cajones y cajas.

—Tal vez.

De modo que empezamos a mover cajones de madera y cajas de cartón. Abrimos unos cuantos, pero no contenían más que vino. Beth preguntó:

—¿Qué estamos buscando?

—No sé. Vino no.

En un rincón donde se encontraban las dos paredes había una pila de cajas de vino de Viñedos Tobin, todas con la etiqueta de Oro Otoñal. Me acerqué y comencé a arrojarlas a un pasillo que corría entre dos anaqueles de botellas. El ruido a vidrio roto llenó la habitación, al tiempo que se esparcía el olor a vino.

—No tienes necesidad de estropear un buen vino —me reprochó Beth—. Tómatelo con calma. Pásame las cajas.

La ignoré.

—Sal del camino —le ordené.

Arrojé la última hilera de cajas y allí, en el rincón, entre las cajas de vino, había algo que no era vino. De hecho, era una hielera de aluminio. Me quedé mirándola a la luz de las velas.

Beth se me acercó; la linterna que sostenía en la mano iluminó la hielera.

—¿Era de esto que hablabas? ¿La hielera de aluminio de la lancha de los Gordon?

—Por cierto parece serlo. Pero es bastante común y, a menos que tenga huellas dactilares, que sin duda no tiene, jamás lo sabremos con seguridad.

—Agregué: —Me atrevería a decir que sí... que es la hielera que, según la convicción de todos, contenía hielo seco y ántrax.

—Aún podría ser así. No me convence del todo la historia del tesoro pirata.

—Bueno, espero que la gente de huellas pueda levantar algunas de ese aluminio pulido. —Me volví hacia la puerta e hice ademán de irme.

—Espera. ¿No vas a...? Es decir...

—¿Abrirla? ¿Estás loca? ¿Y estropear la evidencia? No tenemos nada que hacer aquí. Ni siquiera disponemos de una orden de...

—¡Basta!

—¿Basta con qué?

—Abre la maldita hielera... No, la abriré yo. Toma esto. —Me pasó la linterna y se agachó frente a la hielera situada entre dos cajas de vino. —Dame un pañuelo o algo.

Le di mi pañuelo, y con la mano así cubierta Beth abrió el cerrojo y levantó la tapa con bisagras.

Mantuve el haz de la linterna apuntado a la hielera. Supongo que esperábamos ver oro y joyas, pero antes de que la tapa se abriera del todo lo que vimos fue un cráneo humano que nos miraba a su vez. Beth soltó un grito sorprendido, dio un salto hacia atrás y soltó la tapa, que se cerró de un golpe. Se paró a unos pasos y contuvo el aliento. Señaló el recipiente, pero por un segundo no pudo hablar. Luego dijo:

—¿Viste eso?

—Sí. El tipo está muerto.

—¿Por qué...? ¿Qué...?

Me agaché junto a la hielera y pedí:

—Pañuelo.

Me lo dio y abrí la tapa. La linterna recorrió el interior de la gran hielera de aluminio, y vi que el cráneo descansaba entre unos huesos. El cráneo en sí tenía una moneda de cobre en cada órbita ocular, espeso de verdín.

Beth se acuclilló a mi lado y apoyó una mano sobre mi hombro para mantener el equilibrio o tranquilizarse. Ya se había serenado.

—Es parte de un esqueleto humano. De un chico.

—No, de un adulto menudo. La gente era más menuda en esa época. ¿Alguna vez viste una cama del siglo XVII? Una vez dormí en una.

—Mi Dios... ¿Por qué hay un esqueleto...? ¿Dónde está lo otro...?

Introduje la mano en la hielera y extraje algo desagradable al tacto. Lo alcé a la luz de la linterna.

—Madera podrida.

Ahora veía que debajo de los huesos había unos pedazos de madera descompuesta, y al examinar de más cerca encontré herrajes de bronce cubiertos de verdín y unos clavos de hierro que eran casi óxido, y un pedazo de tela podrida.

Los huesos no eran blancos, sino de un marrón rojizo, y noté que aún tenían tierra y arcilla pegada, lo cual indicaba que no habían sido enterrados en un ataúd, sino directamente en la tierra, donde habían yacido durante un largo tiempo.

Revolví un poco las cosas que contenía la hielera y encontré un herrumbrado candado de hierro y cuatro monedas de oro, que le di a Beth.

Me paré y me limpié la mano en el pañuelo.

—El tesoro del capitán Kidd.

Miró las cuatro monedas de oro que tenía en la mano.

—¿Esto?

—Eso es una parte. Lo que veo aquí es parte de un cofre de madera, pedazos de la tapa que forzaron para abrirla, conjeturo. El cofre estaba envuelto en esa tela o lona podrida para mantenerlo a salvo del agua por uno o dos años, pero no por trescientos.

Señaló el cráneo y dijo:

—¿Qué es eso?

—Supongo que es el guardián del tesoro. A veces asesinaban a un condenado o un nativo o un esclavo o algún desdichado, y lo arrojaban encima del cofre. En aquella época creían que el fantasma de un hombre asesinado espantaría a cualquiera que cavara en su tumba.

—¿Cómo lo sabes?

—Lo leí en un libro. —Agregué: —Y los que no eran supersticiosos, y que tal vez habían visto gente enterrando algo o tierra recién removida, si cavaban y lo primero que veían era un cadáver, pensarían que sólo se trataba de una tumba. Astuto, ¿no?

—Supongo. Seguro que a mí me disuadiría de seguir cavando.

Los dos permanecimos un momento más en la bodega del sótano, inmersos en nuestros pensamientos. El contenido de la hielera de aluminio no tenía muy buen olor, así que me agaché y cerré la tapa. Le dije a Beth:

—Imagino que todo esto iba a ser exhibido en algún momento y lugar, junto con el oro y las joyas.

Se quedó mirando las cuatro monedas de oro que aún sostenía en la mano y de nuevo preguntó:

—¿Pero dónde está el tesoro?

—Si los huesos pudieran hablar, sin duda este esqueleto nos lo diría.

—¿Por qué tiene monedas en los ojos?

—Por alguna superstición, supongo.

Me miró.

—Bueno, tenías razón —repuso—. Te felicito por tu notable trabajo detectivesco.

—Gracias. Vayamos a tomar un poco de aire fresco.

33

Subimos las escaleras y vi que Eva ya no estaba en la cocina. Beth me dijo:

—Creo que ya tengo elementos suficientes como para pedir una orden de allanamiento.

—No, no los tienes. Lo que encontramos aquí no está conectado en modo alguno con ninguno de los asesinatos, salvo mediante evidencia circunstancial. Y eso, sólo si crees en mi línea de razonamiento. —Le recordé: —Tres potenciales testigos han muerto.

—Está bien... Pero acá tengo restos humanos. Es un comienzo.

—Es cierto. Vale la pena hacer una llamada telefónica. —Le advertí: —No menciones que los huesos podrían tener trescientos años de antigüedad.

Beth tomó el teléfono de la pared.

—Muerto —dijo.

Le di las llaves de mi auto.

—Intenta con mi teléfono celular.

Salió por la puerta de atrás y saltó al Jeep. La vi marcar y hablar con alguien.

Yo recorrí la planta baja de la casa. Estaba decorada con antigüedades de aspecto legítimo, aunque podrían haber sido reproducciones. El estilo y el período parecían ser rural inglés, quizá del mil ochocientos cincuenta y tantos. El asunto era que Fredric Tobin sabía cómo gastar la plata. Había construido todo un mundo de placer, buen gusto y refinamiento más apropiado para la zona de Hamptons que para North Fork, que se enorgullecía de sus gustos simples y sus virtudes estadounidenses. Sin duda Tobin habría preferido vivir en Bordeaux, pero por el momento, como la mayoría de la gente, tenía que residir cerca de donde trabajaba, del vino que le daba de comer. En la sala había un hermoso armario de madera tallada con cristales biselados, lleno de objetos de apariencia muy costosa. Le di un empujón, y resonó con un gran estrépito seguido por pequeños tintineos. Me encanta ese sonido. Mis ancestros deben de haber sido vándalos o visigodos o algo semejante.

Saliendo de la sala había un saloncito de trabajo, de modo que entré y eché un vistazo al escritorio de Su Señoría, que guardaba muy pocas cosas allí. Había unas fotos en portarretratos, una de Sondra Wells, otra de su verdadero amor, o sea él mismo, de pie en el puente de su crucero.

Encontré su agenda y busqué "Gordon". Tom y Judy figuraban, pero los habían tachado con una cruz. Busqué "Whitestone" y vi que también el nombre de Emma había sido tachado. Considerando que la había asesinado apenas aquella mañana, y que la noticia todavía no se había dado a conocer, ese detalle mostraba una mente enferma en su manía por el orden. Ese tipo de mente que a veces trabaja en contra de la persona que la posee.

En la habitación había un hogar, y encima de la repisa, ganchos para dos rifles, aunque ninguno se hallaba allí. Eva iba demostrando ser una testigo confiable.

Regresé a la cocina y miré por la ventana de atrás. La bahía estaba encolerizada, como dirían los viejos marineros, pero no del todo enfurecida todavía. Aun así, no conseguía imaginar qué motivo podría impulsar a Fredric Tobin a salir a navegar en una día como aquél. La verdad, sí podía imaginarlo. Sólo tenía que pensarlo un poco más.

Beth entró en la casa, con la capa mojada tras la corta carrera entre el Jeep y la puerta. Me dio las llaves y me informó:

—Hay un equipo forense en la casa de los Murphy, y otro en... la otra escena del crimen. —Añadió: —Ya no encabezo la investigación de los Gordon.

—Mala suerte —comenté—. Pero no te preocupes. Ya has resuelto el caso.

—Lo resolviste tú.

—Pero tú deberás convencerlos. No te envidio esa tarea. Tobin puede vencerte, Beth, si no tienes cuidado con el modo como procedes.

—Lo sé... —Miró la hora y dijo: —Son las siete menos veinte. Vienen oficiales forenses y de homicidios, pero con esta tormenta demorarán un rato en llegar. Querrán obtener una orden de allanamiento antes de entrar. Para cuando lleguen, deberíamos habernos ido.

—¿Cómo les explicaste que ya estábamos dentro de la vivienda?

—Nos abrió Eva. Estaba asustada... sentía que corría peligro. Después refinaré un poco más la historia. —Agregó: —No te preocupes por eso. Les diré que bajé al sótano a verificar el estado de la electricidad.

Sonreí.

—Vas aprendiendo a cubrirte el trasero. Me parece que andas con algún policía callejero...

—Estás en deuda conmigo por todo esto, John. Has violado todas las reglas.

—Apenas empecé...

—No irás más lejos.

—Beth, este tipo mató a tres personas a las que yo quería, y a una pareja de ancianos inocentes. Las últimas tres no habrían muerto si yo hubiera pensado y actuado más rápido.

Apoyó una mano en mi hombro.

—No te eches la culpa. La policía era responsable de la seguridad de los

Murphy... En cuanto a Emma... bueno, sé que yo debería haber calculado que corría peligro...

—No quiero hablar de eso.

—Comprendo. Mira, no hace falta que hables con la policía del condado cuando lleguen. Vete. Yo lidiaré con ellos.

—Buena idea. —Le tiré las llaves del Jeep y le dije: —Hasta luego.

—¿Adónde vas sin las llaves?

—A pasear en bote. —Tomé las llaves de la Formula.

—¿Estás loco?

—Eso nadie lo discute. Hasta luego. —Me dirigí a la puerta de atrás.

Beth me aferró del brazo.

—No, John. Vas a hacerte matar. Nosotros conversaremos con Fredric Tobin más tarde.

—Lo quiero ahora, con sangre fresca en las manos.

—No. —Me apretó el brazo con fuerza. —John, ni siquiera sabes adónde fue.

—Hay un solo lugar al que pudo haber ido en una noche como ésta en un crucero.

—¿Adónde?

—Bien lo sabes... Plum Island.

—¿Pero por qué?

—Creo que el tesoro todavía está allá.

—¿Cómo lo sabes?

—Sólo una corazonada. *Ciao.* —Antes de que pudiera volver a interponerse en mi camino, me fui.

Crucé el césped en dirección a la lancha. El viento aullaba; una rama enorme cayó no muy lejos de mí. Casi no quedaba luz del día, lo cual me convenía porque no quería ver el agua encrespada.

Avancé por el muelle, aferrándome a los pilotes para que el viento no me arrojara al mar. Por fin alcancé la caseta para botes, que crujía y chirriaba. A la débil luz vi que la Formula 303 continuaba allí, pero noté que ya no estaba el Whaler, y me pregunté si se habría soltado y lo habría arrastrado la corriente, o si Tobin lo llevaba de remolque tras el Chris-Craft, como bote salvavidas o como medio de llegar a la playa de Plum Island.

Puse en marcha la Formula, que subía y bajaba sobre las olas y se golpeaba contra los protectores de goma del muelle flotante. Vacilé un momento, tratando de pensar en forma racional, diciéndome que no era necesario que me metiera con una lancha en la tormenta. Tobin estaba liquidado, de un modo o de otro. Bueno... quizá no. Quizá debía liquidarlo yo antes de que él se protegiera y se llenara de coartadas y se mostrara escandalizado por todas mis violaciones a sus derechos civiles. Los muertos no pueden hacer juicio.

Mientras continuaba con la vista fija en la lancha, a la escasa luz, me pareció ver a Tom y Judy a bordo, sonriendo y haciéndome señas de que los siguiera. Después una imagen de Emma me cruzó la mente, nadando en la bahía y sonriéndome. Y luego vi la cara de Tobin en su fiesta cuando le hablaba, sabiendo que iba a matarla...

Más allá de las necesidades legales, me di cuenta de que el único modo en que podría poner fin a ese caso era capturando a Fredric Tobin en persona, con mis propias manos, y después de capturarlo... Bueno, eso lo pensaría más tarde.

Casi sin darme cuenta, salté del muelle a la cubierta de la lancha.

Me equilibré en la inestable cubierta y me abrí paso hasta el asiento del capitán.

Allí experimenté mi primer problema, que consistía en encontrar el encendido del motor. Al fin lo hice. Traté de recordar lo que había visto hacer a los Gordon y me acudió a la mente una ocasión en que me dieron una tarjeta impresa, recubierta en plástico, titulada "Instrucciones rápidas de manejo", que me pidieron que leyera. En aquella oportunidad, después de leerla, decidí que no me interesaba manejar esa embarcación. Pero ahora deseé tener la tarjeta conmigo.

De cualquier modo, sabía que había que poner en punto muerto los dos selectores de cambios, colocar la llave en el encendido... y después... ¿qué? No pasaba nada. Vi dos botones que decían "Encendido" y apreté el de la derecha. Se encendió el motor de estribor. Luego presioné el segundo botón y se encendió el motor de babor. Sentí que no regulaban bien, así que apreté un poco los aceleradores y les envié más combustible. Recordé que debía dejar calentar los motores unos minutos; no quería quedarme varado en aquel mar. Mientras tanto, encontré un cuchillo en una guantera abierta del tablero y corté las amarras, y de inmediato la Formula chocó con una ola y golpeó contra el costado de la caseta de botes a un metro y medio del muelle.

La proa miraba hacia la bahía, de modo que sólo tuve que apretar los aceleradores y salir a la tormenta.

Justo cuando estaba por hacerlo, oí a alguien detrás de mí y miré por sobre el hombro. Era Beth, que gritaba mi nombre por sobre el ruido del viento, el agua y los motores.

—¡John!

—¿Qué?

—¡Espera! ¡Yo voy también!

—¡Entonces ven! —Hice retroceder la lancha, aferré el timón y logré acercarme más al muelle. —¡Salta!

Saltó y aterrizó sobre la cubierta, a mis espaldas, y luego se cayó.

—¿Estás bien?

Se paró; en ese momento una ola sacudió la embarcación: volvió a caerse y de nuevo se puso en pie.

—¡Estoy bien! —Avanzó hasta el asiento de al lado del timonel y me indicó: —Vamos.

—¿Estás segura?

—¡Vamos!

Apreté los aceleradores y nos alejamos de la caseta, hacia la lluvia torrencial.

Un segundo después vi que una ola enorme venía hacia nosotros desde la derecha, y que iba a golpearnos de costado. Moví el timón hacia la derecha y metí la proa dentro de la ola. La lancha cabalgó la cresta como suspendida, y luego la ola rompió a mis espaldas, dejando a la lancha literalmente en el aire. La embarcación descendió, de proa, hundiéndose en el mar agitado; después se elevó y la popa dio contra el agua. En cuanto la lancha se estabilizó, la hice girar ciento ochenta grados y puse rumbo al este. Cuando pasamos frente a la caseta para botes, oí un fuerte crujido y toda la estructura se inclinó hacia la derecha y luego se desplomó en el turbulento mar.

—¡Santo cielo!

Beth me gritó por encima del ruido de la tormenta:

—¿Sabes lo que estás haciendo?

—Claro. Tomé un curso corto llamado "Instrucciones rápidas de manejo". —La miré, y ella me devolvió la mirada. —Gracias por venir —le dije.

Ella respondió:

—Maneja.

La Formula iba a velocidad media, que creo es la adecuada para mantener el control en una tormenta. Además de eso, lo único que sabía era que debía mantener la proa apuntada a las olas que se nos venían encima y evitar que una grande nos diera de costado. Tal vez el barco no se hundiera, pero sí se volcaría. Yo había visto embarcaciones volcadas en la bahía tras tormentas menos fuertes que aquélla.

—¿Sabes navegar? —me preguntó Beth, a los gritos.

—Claro. Rojo a la derecha al regreso.

—¿Qué significa?

—Debes mantener la boya roja a tu derecha cuando regresas al puerto.

—No estamos regresando al puerto. Nos estamos yendo.

—Ah... Entonces busca boyas verdes.

—No veo ninguna boya —me informó.

—Yo tampoco. —Agregué: —Me limitaré a mantener a mi derecha la doble raya blanca.

No respondió.

Traté de concentrarme en la náutica. Navegar no es mi pasatiempo número uno, pero había sido invitado a hacerlo en varios barcos a lo largo de los años, y en junio, julio y agosto había salido a navegar con los Gordon una docena de veces. Tom era un conversador imparable, y le gustaba compartir conmigo su entusiasmo y sus conocimientos de náutica. No recuerdo haberle prestado mucha atención (ya que me interesaban más Judy y su biquini), pero sin duda tenía en mi corteza cerebral algún casillero rotulado "Barcos". Sólo debía encontrarlo. De hecho, estaba seguro de saber más de barcos de lo que me daba cuenta. Así lo esperaba, al menos.

Ya estábamos bien adentro de la bahía Peconic; la lancha golpeaba con fuerza contra el agua, y mi estómago perdía su sincronización debido al movimiento vertical de la embarcación: cuando la lancha bajaba, mi estómago seguía arriba, y cuando la lancha saltaba en el aire, mi estómago bajaba. O así me parecía. No veía nada por el parabrisas, de modo que me paré y miré por encima, aferrando el timón con la mano derecha y el tablero con la izquierda. Ya había tragado suficiente agua salada como para elevar en cincuenta puntos mi presión arterial. Además, la sal comenzaba a hacerme arder los ojos. Miré a Beth y vi que también ella tenía los ojos llorosos.

A mi derecha vi un enorme velero que yacía de lado en el agua, con la quilla apenas visible y el mástil y la vela sumergidos.

—Dios mío...

—¿Necesitarán ayuda? —preguntó Beth.

—No veo a nadie.

Me acerqué al velero, pero no había señales de nadie aferrado a los aparejos. Busqué en el tablero el botón de la bocina y lo oprimí unas cuantas veces, pero aun así no vi a nadie.

—Deben de haber llegado a la costa en bote —le dije a Beth.

No respondió.

Continuamos camino. Recordé que ni siquiera me gustaba el suave movimiento del *ferry*, y allí me encontraba, en una lancha veloz, abriéndome paso en medio de una tempestad que era casi un huracán.

Sentía el choque de las olas en mis pies, como si alguien me golpeara las suelas de los zapatos con un garrote, y la intensidad del impacto me recorría las piernas hasta las rodillas y las caderas, que ya comenzaban a dolerme. En otras palabras, aquello era una porquería.

Sentía náuseas por la sal, el movimiento, el constante golpear de las olas y también por mi incapacidad de distinguir o separar el horizonte del agua. Si le sumaba mi precario estado de convaleciente... Recordé cuando Max me dijo que aquel caso no podía hacerme daño. Si se hubiera hallado conmigo en aquella lancha, lo habría atado a la popa.

En medio de la lluvia alcancé a ver la línea de la costa a mi izquierda, a unos doscientos metros, y a mi derecha divisé la imprecisa silueta de la isla Shelter. Sabía que estaríamos un poco más seguros cuando entráramos en el paso protegido del lado de sotavento de la isla. Le dije a Beth:

—Puedo dejarte en tierra en la isla Shelter.

—¿Por qué no sigues timoneando la maldita lancha, en lugar de preocuparte por la frágil Beth?

—Sí, señora.

Agregó, en un tono algo más amable:

—Ya he estado en aguas difíciles, John. Sé cuándo hay que entrar en pánico.

—Bien. Entonces avísame.

—No falta mucho —replicó—. Mientras tanto, voy a bajar a buscar chalecos salvavidas y a ver si encuentro algo más cómodo que ponerme.

—Buena idea. Lávate los ojos, y también busca algún mapa.

Desapareció por la escalera de la cabina.

Me paré de nuevo, con una mano en el timón y la otra en la parte superior del parabrisas, para mantener el equilibrio. A través de la lluvia intensa escruté el mar en busca de alguna embarcación, un Chris-Craft, para ser exacto, pero apenas lograba distinguir el horizonte o la costa, y mucho menos otro barco.

Beth subió y me entregó un chaleco salvavidas.

—Póntelo —gritó—. Yo sostendré el timón.

Sin sentarse, tomó el timón mientras yo me ponía el chaleco. Vi que tenía un par de binoculares colgados del cuello. Se había puesto unos vaqueros debajo de la capa impermeable amarilla, calzado náutico y el chaleco salvavidas naranja.

—¿Te has puesto ropa de Fredric? —le pregunté.

—Espero que no. Supongo que es de Sondra Wells. Me ajusta un poco. —Agregó: —Desplegué un mapa sobre la mesa, si quieres echarle un vistazo.

—¿Sabes leer una carta náutica?

—Un poco. ¿Y tú?

—Ningún problema. El azul es agua, el marrón es tierra. Lo miraré después.

—Busqué una radio, pero no vi ninguna.

—Puedo cantar. ¿Te gusta "Oklahoma"?

—John... Por favor, no seas idiota. Me refería a una radio para comunicarse con la costa. Para enviar llamadas de emergencia.

—Ah, eso... Bueno, acá tampoco hay ninguna.

—Abajo hay un cargador para teléfonos inalámbricos, pero ningún teléfono.

—Correcto. La gente tiende a usar teléfono celular en los barcos chicos. Yo prefiero una radio. En cualquier caso, lo que quieres decir es que estamos incomunicados.

—Correcto. Ni siquiera podemos enviar un s.o.s.

—Bueno, tampoco podía la gente del *Mayflower*. No te preocupes por eso.

Me ignoró y dijo:

—Encontré una pistola de señales. —Se palmeó el bolsillo de la capa.

Yo no creía que nadie pudiera ver una bengala con esa noche, pero repuse:

—Bien. Tal vez más tarde la necesitemos.

Volví a tomar el timón, y Beth se sentó en los escalones de la cabina, a mi lado. Cansados de gritar a causa de la tormenta, permanecimos un rato en silencio. Los dos estábamos empapados, con el estómago revuelto y asustados. Sin embargo, parte del terror de navegar en la tempestad iba pasando, creo, a medida que tomábamos conciencia de que las olas no iban a hundirnos.

Al cabo de diez minutos Beth se puso de pie cerca de mí, para que pudiera oírla, y me preguntó:

—¿De veras crees que él va a Plum Island?

—Sí.

—¿Por qué?

—Para recuperar el tesoro.

—Con esa tormenta, no habrá ninguno de los barcos patrulla de Stevens ni helicópteros de la Guardia Costera dando vueltas.

—Ni uno. Y los caminos estarán intransitables, de modo que tampoco andarán por ahí las camionetas patrulleras.

—Es cierto... ¿Por qué Tobin no esperó a tener todo el tesoro antes de matar a los Gordon?

—No lo sé con certeza. Tal vez los Gordon lo sorprendieron cuando él estaba registrando la casa de ellos. Sin duda planeaban recuperar el tesoro íntegro, pero algo salió mal.

—De modo que ahora tiene que ir a buscarlo él. ¿Sabe dónde está?

—Si así no fuera, no se dirigiría allá. Averigüé, por Emma, que Tobin estuvo en la isla en una oportunidad, con un grupo de investigación de la Sociedad Histórica Pecónica. En ese momento debe de haberse encargado de que Tom y Judy le mostraran la ubicación exacta del tesoro, que, por supuesto, debía de ser una de las excavaciones de Tom. —Agregué:—Tobin no era un hombre confiado, y no tengo duda de que los Gordon no confiaban demasiado en él, tampoco. Cada uno usaba al otro.

—Siempre surgen desavenencias entre ladrones.

Quise decirle que Tom y Judy no eran ladrones, y sin embargo lo eran. Y cuando cruzaron la raya que separa a los ciudadanos honestos de los conspiradores, su destino quedó sellado. No soy ningún moralista, pero en mi trabajo veo cosas semejantes todos los días.

Teníamos la garganta áspera de tanto gritar y también por la sal, así que volvimos a guardar silencio.

Ya íbamos acercándonos al paso entre la costa sur de North Fork y la isla Shelter, pero en la boca del estrecho el mar presentaba peor aspecto aún. Una ola inmensa salió de la nada y pendió un segundo por sobre el costado derecho de la lancha. Beth la vio y soltó un alarido. La ola rompió a la derecha, encima de la lancha, y la sentimos como si nos halláramos en medio de una catarata.

Fui a parar a cubierta, y luego un torrente de agua me arrojó escaleras abajo; aterricé en la cubierta inferior, encima de Beth. Los dos nos pusimos de pie con dificultad y yo subí las escaleras agarrándome de los escalones. La lancha estaba descontrolada, el timón giraba como loco. Lo tomé y lo estabilicé mientras me sentaba, justo a tiempo de poner proa hacia otra ola gigantesca. Ésta nos agarró en la parte más alta, y viví la extraña experiencia de quedar a unos tres metros en el aire con ambas costas por debajo de mí.

Cuando por fin conseguí volver a estabilizar la embarcación, me dirigí de nuevo al este, con la intención de entrar en el estrecho.

Miré a mi izquierda buscando a Beth, pero no la vi en las escaleras. Grité:

—¡Beth!

Ella me respondió desde la cabina:

—¡Estoy aquí! ¡Ya voy!

Subió las escaleras gateando, y vi que le sangraba la frente.

—¿Estás bien? —le pregunté.

—Sí... sólo me golpeé un poco. Me duele la cola. —Trató de reír, pero más bien sonó como un sollozo. —Esto es una locura —agregó.

—Ve abajo. Prepárate un martini... revuelto, no batido.

—Tú y tu idiota sentido del humor... —Enseguida me informó: —La cabina

369

está empezando a hacer agua, y oigo funcionar las bombas de la sentina. ¿Te parece que darán abasto para eliminar el agua que entra?

—Supongo que sí. Depende de cuántas olas rompan a bordo.

Ninguno de los dos habló por diez minutos. Entre ráfagas de lluvia y viento alcancé a ver unos cincuenta metros adelante por unos segundos, pero no divisé el crucero de Tobin ni ninguna embarcación, salvo dos pequeños botes, tumbados y revolcados por la tempestad.

Eché la cabeza hacia atrás, de modo que la lluvia me lavara la sal de la cara y los ojos. Y como de todos modos quedé de cara al cielo, dije para mis adentros: "El domingo a la mañana fui a la iglesia, Dios. ¿Me viste? La iglesia metodista de Cutchogue. Banco del medio, fila de la izquierda. ¿Emma? Cuéntale. Eh, Tom, Judy, señor y señora Murphy... Estoy haciendo esto por ustedes, muchachos. Pueden agradecerme en persona dentro de treinta o cuarenta años".

—¿John?

—¿Qué?

—¿Qué miras allá arriba?

—Nada. Me estaba lavando un poco la cara con agua fresca.

—Te traeré agua de abajo.

—Todavía no. Quédate aquí un rato. —Agregué: —Después te daré el timón y yo me tomaré un descanso.

—Buena idea. —Guardó silencio durante un minuto y luego me preguntó: —¿Estás... preocupado?

—No. Estoy asustado.

—Yo también.

—¿Es el momento de entrar en pánico?

—Todavía no.

Estudié el tablero y vi por primera vez el medidor de combustible. Indicaba que el tanque estaba lleno en una octava parte, lo cual significaba que quedaban alrededor de cuarenta litros, lo cual a su vez, considerando la cantidad de combustible que quemaba esa embarcación en medio de una tormenta, significaba que no nos quedaba mucho tiempo o distancia. Me pregunté si podríamos llegar a Plum Island. Quedarse sin nafta en un auto no es el fin del mundo; quedarse sin nafta en una lancha durante una tormenta casi con seguridad es el mismísimo fin del mundo. Me recordé que debía mantener un ojo puesto en el medidor. Le dije a Beth:

—¿Ya es un huracán?

—No sé, John, y me importa un bledo.

—Estoy contigo.

—Tenía la impresión de que no te gustaba el mar.

—Me gusta bastante. Lo que no me gusta es estar en él.

—En la isla Shelter hay unos cuantos embarcaderos pequeños y caletas. ¿Quieres entrar en alguno?

—¿Y tú?

—Sí, pero no.

Por fin entramos en el paso entre North Fork y la isla Shelter. La boca del estrecho tenía unos ochocientos metros de ancho y la isla, hacia el sur, contaba con bastante elevación y masa para bloquear al menos parte del viento. La situación era algo menos difícil, y el mar, algo más calmo.

Beth se puso de pie y se equilibró aferrándose a una manija montada sobre el tablero, por encima de la escalera de la cabina. Me preguntó:

—¿Qué crees que pasó ese día? El día de los asesinatos.

Respondí:

—Sabemos que los Gordon salieron del puerto de Plum Island alrededor del mediodía. Avanzaron bastante mar adentro como para que el barco patrulla de Plum Island no pudiera identificarlos. Tom y Judy esperaron y observaron con binoculares y vieron pasar la patrulla. Después aceleraron y fueron a toda velocidad hacia la playa. Disponían de entre cuarenta y sesenta minutos antes de que volviera el barco. Eso quedó establecido en Plum Island, ¿correcto?

—Sí, pero en ese momento creí que estábamos hablando de terroristas, o de personas no autorizadas. ¿Quieres decir que ya en ese momento pensabas en los Gordon?

—Más o menos. No sabía por qué, ni qué era lo que tramaban, pero quería saber cómo podían sacar algo de la isla. Algo robado. Lo que fuere.

Asintió.

—Continúa.

—Llegaron a la costa a toda velocidad. Si un vehículo o un helicóptero patrulla divisaba su lancha anclada ahí, no era un problema mayor, porque a esa altura todos sabían quiénes eran los Gordon y reconocían su embarcación. Sin embargo, de acuerdo con Stevens, nadie vio la lancha ese día. ¿Correcto?

—Hasta ahora.

—Bien. Era un día de verano lindo y tranquilo. Los Gordon fueron hasta la playa en su balsa de goma y la ocultaron entre los arbustos. Allí llevaban la hielera de aluminio.

—Y palas.

—No. Ya habían desenterrado el tesoro y lo habían ocultado donde pudieran tomarlo con facilidad. Pero primero tenían que hacer mucho trabajo de base, como tareas de archivo y arqueológicas, comprar el terreno de Wiley y demás.

Beth reflexionó un momento y luego preguntó:

—¿Crees que los Gordon le ocultaban algo a Tobin?

—No creo. Los Gordon quedarían satisfechos con la mitad del tesoro, menos la porción que iría a manos del gobierno. Sus necesidades no eran ni de lejos las de Tobin. Y además, los Gordon querían la publicidad y la fama de ser los que encontraran el tesoro del capitán Kidd. —Agregué: —Las necesidades de Tobin, sin embargo, eran diferentes, así como sus planes. Él no tenía escrúpulos en matar a sus socios, quedarse con todo el tesoro, ocultar la mayor parte y luego descubrir una porción en su propia tierra y organizar una subasta en Sotheby's, con todos los medios de comunicación y la Agencia Impositiva y todo.

Beth metió la mano bajo el impermeable y sacó las cuatro monedas de oro.

Las tendió hacia mí; tomé una y la examiné al tiempo que seguía timoneando. Era del tamaño de una moneda actual de veinticinco centavos, pero pesada; siempre me ha sorprendido el peso del oro. Tenía un brillo asombroso, y distinguí el perfil de un hombre y algo escrito en un idioma que parecía español.

—Podría ser un doblón —comenté, y se la devolví.

—Guárdala, así te da buena suerte.

—¿Buena suerte? No necesito la suerte que estas monedas les dieron a todos.

Beth asintió, miró durante un momento las tres monedas que tenía en la mano y luego las arrojó por la borda. Yo hice lo mismo con la mía.

Fue un gesto idiota, por supuesto, pero nos hizo sentir mejor. Comprendí la superstición universal de los marineros acerca de arrojar algo —o a alguien— valioso por la borda para sosegar el mar y persuadirlo de que dejara de hacer cosas que aterraban a todos.

De modo que nos sentimos mejor después de arrojar el oro por la borda, y sin la menor duda que el viento amainó un poco a medida que íbamos abriéndonos paso a lo largo de la costa de la isla Shelter, y las olas disminuyeron en altura y frecuencia, como si el regalo al mar hubiera surtido efecto.

Las masas de tierra que nos rodeaban lucían negras, por entero desprovistas de color, como pilas de carbón, mientras que el mar y el cielo mostraban una espectral luminiscencia gris. Normalmente, a esa hora, se podían ver luces en la costa, evidencia de la presencia humana, pero al parecer se había cortado la electricidad en toda la zona y las costas habían retrocedido uno o dos siglos.

En general, el clima seguía siendo un espectáculo de horror, y se tornaría mortal otra vez cuando nos alejáramos de la isla Shelter y saliéramos a la bahía Gardiners.

Sabía que debía encender las luces de la lancha, pero en aquella inmensidad había una sola embarcación más, y yo no quería que nos viera. Estaba seguro de que tampoco él había encendido las luces.

Beth dijo:

—De modo que los Gordon no tuvieron tiempo de volver a buscar una segunda carga antes de que retornara el barco patrulla de Plum Island.

—Correcto —respondí—. Una balsa de goma no puede cargar mucho peso, y ellos no querían dejar los huesos y lo demás en la Formula, sin protección, mientras volvían en una segunda incursión a la isla.

Beth asintió.

—De manera que decidieron librarse de lo que ya habían recuperado y volver por el grueso del tesoro en algún otro momento.

—Correcto. Tal vez esa misma noche. Para regresar a la casa de ellos tenían que pasar por la de Tobin, en Founders Landing. No tengo ninguna duda de que pararon en la caseta para botes, tal vez con la intención de dejar en la casa de él los huesos, el cofre podrido y las cuatro monedas, quizá como una suerte de recuerdo del hallazgo. Cuando vieron que el Whaler no estaba, supusieron que Tobin había salido y continuaron hasta la casa de ellos.

—Donde sorprendieron a Tobin.

—Correcto. Que ya les había revuelto la casa para simular un robo, y también para comprobar si los Gordon habían ocultado alguna parte del tesoro.

—Además, debió de querer ver si en la casa había alguna prueba incriminadora que los vinculara con él.

—Exacto. Así que los Gordon amarraron en su muelle, y tal vez fue en ese momento cuando izaron las banderas que señalaban "Carga peligrosa, necesitamos ayuda". Estoy seguro de que izaron la bandera pirata a la mañana, para señalarle a Tobin que ése era, en efecto, el día convenido. Mar calmo, sin lluvia, y mucha confianza y buenas vibraciones, o lo que sea.

—Y cuando los Gordon amarraron en su muelle, el Whaler de Tobin se ocultaba en los pantanos próximos.

—Sí. —Pensé un minuto y continué: —Acaso nunca sepamos lo que sucedió a continuación: lo que se dijo, lo que creyó Tobin que había en la hielera, lo que creyeron los Gordon que se proponía Tobin. En algún momento los tres se dieron cuenta de que la sociedad había concluido. Tobin supo que nunca tendría otra oportunidad de asesinar a sus socios. Así que... levantó el arma, apretó la manija de la bocina para niebla y oprimió el gatillo de su pistola. El primer proyectil alcanzó a Tom en la frente a corta distancia; Judy gritó y se volvió hacia su esposo, al tiempo que la segunda bala le daba en la sien... Tobin dejó de apretar la bocina. Abrió la hielera y vio que no había dentro mucho oro ni joyas. Se figuró que el resto del botín se hallaba a bordo de la *Espiroqueta*, y bajó a la lancha a buscarla. Pero no había nada. Se dio cuenta de que acababa de matar a las gallinas que se suponía debían poner los huevos de oro. Pero no todo estaba perdido. Sabía, o creía, que podía completar la tarea él mismo. ¿Correcto?

Beth asintió, pensó un momento y repuso:

—O bien Tobin tiene otro cómplice en la isla.

—Es cierto —admití—. Entonces matar a los Gordon no le importó mucho.

Continuamos navegando hacia el este a través del paso, que tiene unos seis kilómetros de largo por casi uno de ancho en su parte más angosta. Ya se había hecho de noche: no había luces ni Luna ni estrellas; sólo un mar negro como tinta y un cielo negro como humo. Apenas conseguía distinguir los marcadores de los canales, y de no haber sido por ellos, me habría perdido y desorientado por completo y habría acabado chocando contra las rocas o los bajíos.

A nuestra izquierda vi unas cuantas luces en la costa, y me di cuenta de que pasábamos ante Greenport, donde evidentemente habían puesto en funcionamiento generadores de electricidad para proveer algo de iluminación.

—Greenport —le dije a Beth.

Asintió.

Los dos pensábamos en lo mismo: llegar a ese puerto seguro. Nos imaginé en algún bar en una tradicional conversación en torno del huracán, con luz de velas y cerveza tibia.

En algún punto de nuestra derecha, aunque yo no alcanzaba a verlo, se hallaba el puerto Dering, de la isla Shelter, donde sabía que había un club de yates en cuyo amarradero podría entrar. Greenport y el puerto Dering eran los últimos puntos fácilmente navegables antes del mar abierto. Miré a Beth y le recordé:

—En cuanto salgamos de la isla Shelter las cosas van a ponerse feas.

—Ya están feas ahora —replicó—. Corramos el riesgo. Siempre podemos volver.

Pensé que era hora de decirle lo del combustible:

—Tenemos poca nafta y en algún sitio cercano a la bahía Gardiners alcanzaremos el legendario punto de no retorno.

Echó un vistazo al medidor y repuso:

—No te preocupes por eso. Antes de ese momento habremos zozobrado.

—Lo que acabas de decir me parece una reverenda idiotez.

Me sonrió, gesto inesperado. Después bajó a la cabina y regresó con otro tipo de salvavidas, es decir, una botella de cerveza. Le dije:

—Dios te bendiga.

La lancha se zarandeaba tanto que no lograba llevarme el pico de la botella a los labios sin golpearme los dientes, así que me eché la cerveza en la boca bien abierta, con lo cual la mitad cayó en mi cara.

Beth tenía una carta náutica cubierta con plástico, que desplegó sobre el tablero.

—A nuestra izquierda tenemos la punta Cleeves —me anunció—, y a la derecha, allá, la punta Hays Beach, en la isla Shelter. Cuando pasemos esas puntas, entraremos en una especie de túnel, entre punta Montauk y punta Orient, donde entra el Atlántico con toda su fuerza.

—¿Eso es bueno o malo?

—No es momento de hacer chistes.

Tomé otro trago de cerveza, una marca cara, importada, que era lo que se esperaba de Fredric Tobin. Luego dije:

—Hasta cierto punto me agrada la idea de robarle la lancha y beberle la cerveza.

—¿Qué te ha divertido más? ¿Destrozarle el departamento o hundirle la lancha?

—La lancha no se está hundiendo.

—Deberías ir a mirar abajo.

—No hace falta... Lo siento en el timón.

—De pronto eres todo un navegante.

—Aprendo rápido.

—Así es. Ve a descansar un poco, John. Yo tomaré el timón.

—De acuerdo. —Tomé la carta, le pasé el timón a Beth y bajé.

La pequeña cabina estaba cubierta por unos diez centímetros de agua, lo cual significaba que entraba más agua que la que podían evacuar las bombas de la sentina. No me molestaba que un poco de líquido agregara peso y compensara los tanques de combustible casi vacíos. Lo que lamentaba era que el motor no funcionara con agua.

Fui al baño y vomité agua salada en el inodoro. Me lavé la sal de la cara y las manos. Luego me senté en una de las literas, a estudiar la carta y beber la cerveza. Me dolían los brazos y los hombros, me dolían las piernas y las caderas, me silbaba el pecho; pero mi estómago se sentía mejor. Me quedé mirando la carta durante uno o dos minutos, encontré otra cerveza en la heladera del bar y volví a subir.

Beth se las arreglaba bien con la tormenta, que, como ya dije, no era tan intensa en las cercanías de la isla Shelter. El mar estaba alto, lo cual era predecible, y el viento al nivel del agua no era tan fuerte debido a la protección de la isla.

Miré el horizonte y pude distinguir la silueta negra de dos puntas de tierra que marcaban el final del paso seguro. Le dije a Beth:

—Tomaré el timón. Tú encárgate de la carta.

—De acuerdo. Ahora viene un trecho difícil. Debes mantenerte a la derecha del faro de Long Beach.

—Muy bien.

Cambiamos lugares. Cuando iba pasando a mi lado, echó una ojeada a popa y gritó.

Pensé que alguna ola monstruosa había provocado su reacción, y me apresuré a mirar por sobre el hombro al tiempo que tomaba el timón.

No podía creer lo que veía: un enorme crucero, un Chris-Craft, para ser preciso, el *Oro otoñal* para ser específico, se hallaba a no más de seis metros de nuestra cola, decidido a embestirnos a considerable velocidad.

34

B eth parecía hipnotizada por el espectro de la enorme embarcación que se cernía sobre nosotros.

También a mí me sorprendió bastante. Es decir, con el rugido de la tormenta y el ruido de nuestros motores, no la había oído. Además, la visibilidad era limitada y el Chris-Craft no iba a mostrar ninguna luz.

En cualquier caso, Fredric Tobin nos había ganado de mano, y lo único que se me ocurrió pensar fue en la proa del *Oro otoñal* clavada en la popa de la *Sondra*, una imagen freudiana, si las hay.

De cualquier modo, parecía que iba a hundirnos.

Cuando se dio cuenta de que lo habíamos visto, el señor Tobin conectó su megáfono eléctrico y gritó:

—¡Váyanse a la mierda!

En serio.

Apreté los aceleradores y aumenté la distancia entre nosotros y él. Tobin sabía que no podía superar a la Formula 303, ni siquiera en aquellas aguas. Nos saludó de nuevo:

—¡Váyanse a la mierda, los dos! ¡Están muertos! ¡Están muertos!

La voz de Freddie se oía un poco chillona, pero quizás era producto de la distorsión eléctrica.

En algún momento Beth había sacado su Glock 9 milímetros y se había acuclillado detrás de su asiento, tratando de apuntar apoyada en el respaldo del asiento. Pensé que iba a disparar, pero no lo hizo.

Eché un vistazo atrás, al Chris-Craft, y noté que Tobin ya no estaba en la expuesta cubierta, sino en la cabina, donde yo sabía que había un segundo juego completo de controles. Observé también que el parabrisas móvil del lado del timón de la cabina estaba levantado. Más interesante aún: el capitán Freddie se hallaba asomado por la ventana abierta, sosteniendo un rifle en la mano derecha, y supongo que estabilizando el timón con la izquierda. Su hombro derecho se sostenía contra el marco de la ventana y el rifle apuntaba a nosotros.

Bueno, allí estábamos, en dos barcos enloquecidos en medio de la oscuridad y sin luces encendidas, con el viento y las olas y todo eso, y supuse que por esa razón Tobin no había abierto fuego todavía. Le grité a Beth:

—Dispara uno o dos tiros.

—Se supone que no debo disparar hasta que lo haga él —replicó.

—¡Dispara esa maldita arma!

Lo hizo. De hecho, disparó los quince proyectiles, y vi que el parabrisas de Tobin se hacía añicos. También noté que F. Tobin ya no se asomaba por la ventana con su rifle. Le dije a Beth:

—¡Buen trabajo!

Puso otro cargador de quince proyectiles en la pistola y apuntó al crucero.

Yo no dejaba de mirar por sobre el hombro mientras trataba de controlar la Formula en el mar cada vez más agitado. De pronto Tobin volvió aparecer en la ventana abierta, y vi relampaguear el rifle.

—¡Abajo! —grité.

El rifle disparó tres veces más, y oí un ruido fuerte en el tablero, al tiempo que también mi parabrisas se rompía. Beth volvió a disparar, más despacio, con más calma que antes.

Yo sabía que no podíamos igualar la precisión del rifle, así que aceleré a fondo y salimos embistiendo las crestas de las olas, lejos del Chris-Craft. A unos veinte metros, ninguno resultaba visible para el otro. Oí que chasqueaba el megáfono de Tobin, y luego me llegó su voz fina a través del mar tormentoso:

—¡Váyanse a la mierda! ¡Se ahogarán! ¡Jamás sobrevivirán a esta tormenta! ¡Váyanse a la mierda!

No sonaba como el caballero educado y cortés que yo había llegado a conocer y detestar. Aquel hombre era un perdedor.

—¡Están muertos! ¡Los dos están muertos, carajo!

Me sentí muy fastidiado de que me provocara así el hombre que acababa de asesinar a mi amante. Le dije a Beth:

—Ese bastardo va a morir.

—No le sigas el juego, John. Está terminado, y lo sabe. Está desesperado.

¿Él, desesperado? Nosotros tampoco nos hallábamos en muy buen estado. De cualquier modo, Beth permaneció en posición de disparar, de frente a la popa, tratando de mantener firme la pistola con la mano apoyada en el respaldo del asiento. Me dijo:

—John, si trazas un círculo amplio, quedaremos detrás de él.

—Beth, no soy un diestro navegante, y éste no es un combate naval.

—¡No quiero que esté detrás de nosotros!

—No te preocupes por eso. Sólo manténlo vigilado. —Eché una ojeada al medidor de combustible y vi que la aguja oscilaba entre un octavo de tanque y la "V" de "vacío". Le informé: —No tenemos combustible para hacer maniobras.

—¿Crees que todavía va a Plum Island?

—Ahí es donde está el oro.

—Pero sabe que lo seguimos.

—Y es por eso que seguirá intentando matarnos. O al menos querrá ver cómo volcamos y nos ahogamos.

No respondió por unos instantes. Después me preguntó:

—¿Cómo fue que quedamos delante de él?

—Supongo que íbamos a mayor velocidad. Una ley física.

—¿Tienes algún plan?

—No. ¿Y tú?

—¿Tenemos tiempo de dirigirnos a un puerto seguro?

—Tal vez. Pero no podemos retroceder. No quiero toparme otra vez con el rifle de Freddie.

Beth buscó en la cubierta la carta envuelta en plástico y la desplegó sobre el tablero. Señaló y me dijo:

—Ése de allá debe de ser el faro de Long Beach.

Miré a nuestra derecha, al frente, y vi un débil punto de luz.

Beth continuó:

—Si nos dirigimos a la izquierda del faro, quizá podamos ver algunos marcadores de canales que nos lleven a East Marion o a Orient. Podemos amarrar en algún sitio y llamar a la Guardia Costera o a la gente de seguridad de Plum Island y alertarlos de la situación.

Miré de soslayo la carta, iluminada por el resplandor tenue de una luz de lectura del tablero. Repuse:

—De ninguna manera puedo conducir esta lancha en medio de la tempestad a través de esos canales angostos. El único lugar donde podemos entrar es Greenport o tal vez Dering, y Freddie se encuentra entre nosotros y esos puertos.

Pensó un momento y respondió:

—Es decir que ya no lo perseguimos más. Él nos persigue a nosotros... hacia el mar abierto.

—Bueno... podría decirse que vamos conduciéndolo a una trampa.

—¿Qué trampa?

—Sabía que ibas a hacer esa pregunta. Confía en mí.

—¿Por qué?

—¿Por qué no? —Reduje la velocidad y la Formula se calmó un poco. Le expliqué a Beth: —La verdad, me gusta que las cosas sean así. Ahora sé con certeza dónde está él y adónde va. —Añadí: —Aunque preferiría enfrentarlo en tierra. Lo encontraremos en Plum Island.

Beth plegó la carta.

—Correcto. —Miró hacia atrás por sobre el hombro y dijo: —Nos ganó con las armas y con la embarcación.

—Correcto. —Tomé un curso que nos llevaría a la derecha del faro cercano a la bahía Gardiners, lo cual a su vez nos pondría en el curso a Plum Island. Le pregunté: —¿Cuántas balas te quedan?

—Me quedan nueve en este cargador, y tengo un cargador más, con quince proyectiles, en el bolsillo.

—Bastante bien. —La miré y comenté: —Disparaste lindo hace un rato.

—No tanto.

—Lograste pararlo. Quizás hasta le diste.

No respondió.

—¿Te sientes bien?

—Bueno...

Me apresuré a mirarla.

—¿Qué ocurre?

—No sé...

—¿Beth? ¿Qué pasa?

Vi que movía la mano izquierda por encima del impermeable y que hacía un gesto de dolor. Sacó la mano cubierta de sangre. Dijo:

—Maldición...

Me quedé literalmente sin habla.

Ella agregó:

—Qué raro... No me di cuenta de que estaba herida... Después sentí un calor... Pero no es nada... sólo un raspón...

—¿Estás...? ¿Estás segura...?

—Sí...

—A ver. Ven aquí.

Se acercó adonde yo estaba parado, junto al timón, se volvió hacia popa y se aflojó el chaleco salvavidas; luego se levantó el impermeable y la camisa. La caja torácica, entre el pecho y la cadera, estaba cubierta de sangre.

—Quieta —le dije, y palpé la herida. Comprobé con alivio que era en verdad un raspón que corría por el lado izquierdo de las costillas. La herida era bastante profunda, pero no había expuesto los huesos.

Beth soltó un quejido cuando mis dedos tantearon el tajo. Aparté la mano y le dije:

—No es grave.

—Ya te lo dije.

—¿Te duele?

—Antes no, pero ahora sí.

—Baja a buscar el botiquín de primeros auxilios.

Bajó a la cabina.

Yo escruté el horizonte. Incluso en la oscuridad, pude distinguir las dos puntas de tierra, una a cada lado, que marcaban el final del estrecho relativamente calmo.

En un minuto nos hallamos en la bahía Gardiners. En dos minutos el mar tenía el aspecto de un lavarropa puesto a centrifugar. Aullaba el viento, batían las olas, la lancha se descontrolaba, y yo sopesaba mis opciones.

Beth subió a los tropezones y se aferró de la manija del tablero.

Le grité por encima del ruido del viento y las olas:

—¿Estás bien?

Asintió y gritó:

—¡John! ¡Tenemos que dar la vuelta!

Sabía que tenía razón. La Formula no estaba hecha para aquello, y tampoco yo. Entonces recordé las palabras que me dijo Tom Gordon en el porche aquella noche, tanto tiempo atrás: "Un barco en el puerto es un barco seguro. Pero no es eso para lo que están hechos los barcos".

En verdad, ya no me aterraba el mar ni la posibilidad de morir. Funcionaba a pura adrenalina y odio. Miré a Beth y nuestros ojos se encontraron. Ella dio la impresión de comprender, pero no quería compartir mi actitud psicótica. Me dijo:

—John... si morimos, él se saldrá con la suya. Debemos refugiarnos en algún amarradero o ensenada.

—No puedo... Encallaríamos o nos hundiríamos. Tenemos que seguir adelante.

No respondió.

—Podemos llegar a Plum Island —continué—. Puedo entrar en aquella caleta. Está bien demarcada e iluminada. Tienen su propio generador.

Abrió otra vez el mapa y lo miró como tratando de encontrar respuesta a nuestro dilema. De hecho, tal como yo ya había concluido, los únicos puertos posibles, Greenport y Dering, habían quedado muy atrás, y entre ellos y nosotros se interponía Tobin.

—Ahora que estamos en mar abierto —dijo Beth—, deberíamos poder trazar un círculo y pasar a Tobin para volver a Greenport.

Negué con la cabeza.

—Beth, debemos permanecer en el canal marcado. Si perdemos de vista esos marcadores, estamos liquidados. No olvides que hay un tipo con un rifle a nuestras espaldas y que la única salida es seguir adelante.

Me miró y me di cuenta de que no me creía del todo, lo cual era comprensible, ya que yo no le estaba diciendo toda la verdad. La verdad era que yo quería matar a Fredric Tobin. Cuando pensaba que él había matado a Tom y Judy, tal vez me habría dado por satisfecho con que lo matara el estado de Nueva York. Pero ahora, después de que había asesinado a Emma, sentía que tenía que matarlo yo. Llamar a la Guardia Costera o a seguridad de Plum Island no iba a empatar el partido. Y, hablando de Plum Island, me pregunté dónde estaría Paul Stevens en aquel momento.

Beth interrumpió mis pensamientos:

—Han muerto cinco personas inocentes, John. No permitiré que desperdicies también mi vida o la tuya. Vamos a volver. Ya.

La miré y repliqué:

—¿Vas a dispararme?

—Si me obligas.

Sin dejar de mirarla, le dije:

—Beth, puedo capear la tormenta. Sé que puedo hacerlo. Todo va a salir bien. Confía en mí.

Me miró un instante y luego dijo:

—Tobin asesinó a Emma Whitestone bajo tus propias narices, y eso fue un ataque a tu virilidad, un insulto a tu imagen de macho y a tu ego. Eso es lo que te impulsa, ¿correcto?

No tenía sentido mentir, de modo que respondí:

—En parte.

—¿Y cuál es la otra parte?

—Bien... Estaba enamorándome de ella.

Beth asintió. Con expresión contemplativa repuso:

—De acuerdo... Si de todos modos vas a matarnos, entonces será mejor que sepas toda la verdad.

—¿Qué verdad?

—Quienquiera que haya asesinado a Emma Whitestone... y supongo que fue Tobin... primero la violó.

No contesté. Debo admitir que tampoco me sentí demasiado chocado. En todo hombre hay un aspecto primitivo, incluso en idiotas como Fredric Tobin, y ese lado oscuro, cuando surge, actúa de maneras predecibles y muy aterradoras. Podría decir que lo he visto todo: violación, tortura, secuestro, mutilación, asesinato y todo lo demás que contiene el código penal. Pero aquélla era la primera vez que un criminal me enviaba un mensaje personal. Y yo no estaba manejándolo con mi serenidad habitual. Él la había violado. Y mientras lo hacía, también me violaba a mí.

Ni Beth ni yo hablamos por un rato, y en realidad el ruido de los motores y el viento y el mar dificultaba toda conversación, cosa que no me molestaba.

Beth se sentó en el asiento cercano al timón y se cruzó fuerte de brazos mientras el barco hacía todo tipo de movimientos bruscos, salvo girar y sumergirse.

Yo permanecí de pie al timón, apoyado contra el asiento. El viento me castigaba al entrar por el parabrisas roto, y la lluvia me cortaba desde todos los ángulos. Quedaba poco combustible, yo estaba aterido, empapado, exhausto y muy perturbado por la imagen de Tobin haciéndole tal atrocidad a Emma. Beth seguía extrañamente silenciosa, casi catatónica, con la vista fija en cada ola que se nos venía encima.

Por fin pareció volver a la vida y miró atrás por sobre el hombro. Sin decir una palabra, se levantó del asiento y fue a la parte posterior de la embarcación. La miré de reojo y vi que se arrodillaba en la popa y sacaba la nueve milímetros. Miré hacia el mar, a nuestras espaldas, pero sólo vi las olas gigantescas. Entonces, mientras la Formula montaba una ola, vi de nuevo detrás de nosotros al Chris-Craft, a no más de veinte metros y acercándose con rapidez. Tomé una decisión y reduje la velocidad, dejando sólo la suficiente para poder controlar la lancha. Beth oyó que los motores desaceleraban, me miró y movió la cabeza en gesto de comprensión. Se volvió hacia el Chris-Craft y apuntó. Teníamos que hacerle frente a la bestia.

Tobin no había notado la súbita diferencia de velocidad relativa y antes de que se diera cuenta, el Chris-Craft se hallaba a menos de seis metros de la Formula, y él no tenía el rifle preparado. Sin darle tiempo para reaccionar, Beth abrió fuego sostenido contra la figura oscura apoyada en la ventana de la cabina. Yo lo observaba todo, dividiendo mi atención entre la maniobra de embestir las olas con la proa de la lancha y el constante mirar atrás para asegurarme de que Beth se encontraba bien.

Tobin dio la impresión de desaparecer de la cabina, y pensé que acaso se había herido. Pero entonces, de repente, se encendió el reflector del Chris-Craft, montado sobre la proa, e iluminó la Formula al tiempo que revelaba a Beth arrodillaba en la popa.

—Maldición. —Beth estaba poniendo el cargador en la Glock, y Tobin ya había vuelto tras el parabrisas; apuntó el rifle con las dos manos al tiempo que soltaba el timón.

Saqué mi 38, giré y apreté la espalda contra el timón para mantenerlo en su lugar mientras trataba de hacer puntería. El rifle de Tobin apuntaba directo a Beth desde menos de cinco metros de distancia.

Durante medio segundo pareció que todo quedaba inmóvil: las dos embarcaciones, Beth, Tobin, yo, y el propio mar. Disparé. El cañón del rifle de Tobin, dirigido a Beth, de pronto saltó hacia mí y vi que la boca llameaba más o menos en el mismo momento en que el Chris-Craft, sin una mano que aferrara el timón, se bamboleaba; el disparo de Tobin se perdió. El Chris-Craft se hallaba ahora en ángulo recto con la popa de la Formula, y alcancé a ver a Tobin en la ventana lateral de la cabina. También él me vio, e hicimos contacto ocular. Disparé tres veces más al interior de la cabina y la ventana lateral se hizo pedazos. Cuando volví a mirar, él había desaparecido.

Noté en ese momento que detrás del Chris-Craft iba el Whaler que yo había visto en la caseta para botes. Ya no me quedaban dudas de que Tobin se proponía usar el Whaler para llegar a Plum Island.

El Chris-Craft flotaba sin rumbo; vi que no había nadie al timón. Justo cuando me preguntaba si le había dado, la popa giró de manera muy deliberada y el reflector volvió a iluminarnos. Beth disparó a la luz, que al tercer tiro explotó en una lluvia de chispas y vidrio.

Pero resultaba difícil agarrar a Tobin, que aceleró los motores del Chris-Craft, cuya proa se acercaba a la popa de la Formula. Nos habría embestido de no haber sido que Beth sacó la pistola de señales y la disparó directo al parabrisas del puente del crucero. Se produjo una explosión blanca de fósforo, enceguecedora, y el Chris-Craft se desvió mientras Tobin, imaginé, soltaba el timón y corría a refugiarse donde pudiera. De hecho, quizá se había quemado, quedado ciego o muerto.

Beth gritaba:

—¡Vamos! ¡Vamos!

Yo ya había acelerado y la Formula cobraba velocidad.

Vi unas llamas que lamían el puente del Chris-Craft. Beth y yo nos miramos, los dos preguntándonos si acaso habíamos tenido suerte. Pero mientras observábamos la embarcación de Tobin, detrás de nosotros, las llamas dieron la impresión de reducirse. A una distancia de unos doce metros, de nuevo oímos el chasquido del megáfono y otra vez el desgraciado tuvo algo que decir:

—¡Corey! ¡Allá voy a buscarte! ¡Y a ti también, cabrona! ¡Los mataré a los dos! ¡Los mataré!

—Creo que lo dice en serio —comenté.

—¿Cómo se atreve a llamarme cabrona?

—Bueno... Sólo intenta provocarte. No te conoce, de modo que no puede saber si lo eres.

—Mueve el trasero, John. Se está acercando otra vez.

—De acuerdo.

Aceleré más, pero la mayor velocidad desestabilizó la lancha. De hecho, di con tal fuerza contra una ola que la proa se levantó tanto que creí íbamos a volcar. Oí gritar a Beth, y pensé que había caído por la borda, pero cuando la lancha bajó, rodó por la cubierta y cayó hasta la mitad de la escalera de la cabina, donde se detuvo.

—¿Estás bien? —le grité.

Se incorporó y se acercó gateando.

—Sí, estoy bien...

Reduje la velocidad.

—Baja y descansa un poco —le indiqué.

Meneó la cabeza y se ubicó entre su asiento y el tablero.

—Tú vigila las olas y los marcadores de canales. Yo vigilaré a Tobin.

—Está bien.

Reflexioné que tal vez Beth tuviera razón, y que yo debía trazar un círculo y ponerme detrás de Tobin, en lugar de dejarlo perseguirnos otra vez.

Nuestra única ventaja era la velocidad, pero no podíamos aprovecharla mucho con tal tempestad.

—Estuviste magnífica —le dije a Beth.

No respondió.

—¿Te quedan más bengalas?

—Cinco más.

—Bien.

—No tanto. Perdí la pistola lanzaseñales.

—¿Quieres volver y tratar de encontrarla?

—Estoy harta de tus bromas.

—Yo también. Pero es todo lo que tengo.

Continuamos en silencio, en medio de la tormenta, que empeoraba cada vez más, si ello era posible.

Al fin Beth dijo:

—Creí que estaba muerto.

—No podemos dejar que se acerque tanto otra vez.

Beth bajó y menos de un minuto después subió con otra cerveza.

—Quedan dos —me informó.

Sopesé mis opciones y me di cuenta de que ya casi no me restaba ninguna. Quedaban sólo dos puertos posibles: el embarcadero del *ferry* de Orient Point y la caleta de Plum Island. Orient Point ya debía de andar cerca, a la izquierda, y Plum Island aún se hallaba a kilómetros de distancia. Miré el medidor de combustible. La aguja estaba en rojo, pero aún no tocaba la "V".

El mar se hallaba tan agitado que ni siquiera podía ver los marcadores de canales. Sabía que Tobin, sentado en lo alto de la cabina de su crucero, tenía una mejor visión de los marcadores y de nosotros. Mientras pensaba en eso, de pronto se me ocurrió que debía de tener un radar, y que era así como nos había encontrado. En resumen: la *Sondra* no podía compararse con el *Oro otoñal*. Mierda.

De vez en cuando, cada vez con mayor frecuencia, una ola rompía sobre la proa o a los lados; sentí que la Formula se ponía más pesada. De hecho, estaba seguro de que iba más lento. El peso extra nos quitaba velocidad y consumía más combustible. Tomé conciencia de que, al ritmo que íbamos, Tobin podía alcanzarnos. Me di cuenta también de que íbamos perdiendo la batalla contra el mar así como el enfrentamiento naval.

Miré de reojo a Beth, que percibió mi mirada; nuestros ojos se encontraron.

—En caso de que volquemos o nos hundamos, quiero decirte que en realidad me gustas —me dijo.

Sonreí y respondí:

—Lo sé. Perdóname. Nunca debería..

—Cállate y maneja.

Volví mi atención hacia el timón. La Formula avanzaba con tal lentitud que caía mucha agua sobre la cubierta. En poco tiempo más nos cubriría el agua, o se inundaría el compartimiento del motor, y/o Tobin se nos vendría encima y esta vez no íbamos a poder escaparle.

Beth seguía prestando atención por si divisaba a Tobin, y, por supuesto, vio que el agua cubría la popa y tuvo que tomar conciencia de que la lancha estaba más baja e iba más despacio.

—John, vamos a zozobrar —dijo.

Miré el medidor de combustible. La única posibilidad que teníamos a esa altura era acelerar los motores y ver qué ocurría. Aceleré a fondo.

La Formula salió, lentamente al principio, después ganando cierta velocidad. Recibíamos menos agua en popa, pero la lancha se golpeaba con fuerza contra las olas de frente. Tan fuerte, de hecho, que era como chocar contra una pared de ladrillos cada cinco segundos. Pensé que la embarcación iba a romperse, pero el casco de fibra de vidrio aún resistía.

Beth se aferraba a su asiento, subiendo y bajando a cada encuentro con una ola.

Ir a toda velocidad surtía efecto en cuanto a controlar la embarcación y evitar hundirnos, pero no contribuía mucho a ahorrar combustible. Sin embargo, no me quedaba otra opción. En el gran reino de los trueques, yo había trocado una zozobra segura por la seguridad de quedarnos sin combustible en breve. Gran negocio.

Pero mi experiencia con medidores de combustible —desde que tuve mi primer coche— era que siempre indican más combustible del que queda... o menos. No sabía en qué sentido mentía aquel medidor, pero pronto lo averiguaría.

—¿Cómo andamos de combustible? —preguntó Beth.

—Bien.

Trató de hablar con tono ligero:

—¿Quieres parar a cargar nafta y pedir orientación?

—No. Los hombres de verdad no piden orientación, y tenemos bastante nafta para llegar a Plum Island.

Sonrió.

—Baja un rato a la cabina —le dije.

—¿Y si volcamos?

—Ahora tenemos mucho peso para eso. Directamente nos hundiremos. Pero te darás cuenta antes de que ocurra. Baja a descansar.

—De acuerdo.

Bajó. Tomé la carta de la guantera abierta y dividí mi atención entre el mapa y el mar. A la izquierda, a buena distancia, vislumbré una luz que parpadeaba y supe que debía de ser el faro de Orient Point. Miré la carta. Si tomaba hacia al norte, era probable que pudiera encontrar los embarcaderos del *ferry* de Orient Point. Pero había tantas rocas y bajíos entre el *ferry* y el faro, que necesitaría un milagro para pasar entre ellos. La otra posibilidad consistía en seguir tres kilómetros más e intentar la caleta de Plum Island. Pero eso significaba meterme en el estrecho de Plum, que era ya bastante peligroso con mareas y vientos normales. Con una tempestad —o huracán— sería... bueno, un desafío, por decir poco.

Beth subió por la escalera de la cabina, bamboleándose de un lado a otro y de adelante atrás. Tomé la mano que me tendía y le di un tirón. Me regaló una barra de chocolate.

—Gracias.

Me informó:

—Abajo el agua llega a los tobillos. Las bombas de la sentina siguen funcionando.

—Bien. La lancha está un poco más liviana.

—Grandioso. Ve a descansar abajo. Yo manejaré.

—Estoy bien. ¿Cómo anda tu raspón?

—Bien. ¿Cómo anda tu cerebro?

—Lo dejé en tierra. —Mientras comía la barra de chocolate le expliqué nuestras opciones.

Comprendió con claridad y repuso:

—¿O sea que podemos estrellarnos contra la rocas de Orient Point o ahogarnos en el estrecho?

—Correcto. —Le di una palmada al medidor de combustible y anuncié: —Ya no podemos volver a Greenport.

—Creo que nos perdimos una gran oportunidad.

—Supongo que sí... ¿Y bien? ¿Orient o Plum?

Miró un momento la carta y respondió:

—Entre este punto y Orient hay demasiados obstáculos para la navegación. —Miró a la izquierda y añadió: —Ni siquiera veo marcadores de canales que lleven a Orient. No me sorprendería si algunos se hubieran soltado y se los hubiera llevado el agua.

—Sí...

—Y olvida el estrecho. Por lo menos necesitaríamos un transatlántico para cruzarlo con esta tormenta. Si tuviéramos más combustible, podríamos aguantar por acá hasta que se calmara un poco. —Volvió a mirar la carta y sentenció: —No tenemos opciones.

Lo cual debía de ser cierto. Tom y Judy me dijeron una vez que obedecer el instinto de navegar hacia tierra en una tormenta solía ser la decisión errada. La costa era traicionera, pues era allí donde las olas que rompían podían pulverizar o volcar la embarcación o arrojarla contra las rocas. En realidad era más seguro aguantar la tormenta en mar abierto durante todo el tiempo que resistiera el combustible o las velas. Pero nosotros ni siquiera contábamos con eso, porque nos perseguía un tipo con un rifle y un radar. No teníamos más remedio que continuar adelante como pudiéramos y enfrentar lo que Dios y la naturaleza nos destinaran. Dije:

—Mantendremos el curso y la velocidad.

Beth asintió.

—De acuerdo. Es lo único que podemos hacer... ¿Qué...?

La miré y vi que miraba hacia la popa. Miré también, pero no vi nada.

Me dijo:

—Lo vi... Creo que lo vi. —Saltó al asiento y logró mantener el equilibrio un segundo antes de caer en cubierta. Se puso de pie y gritó: —¡Está justo detrás de nosotros!

—¡Maldición! —Ahora sabía sin la menor duda que el maldito bastardo tenía radar. Me alegré de no haber intentado rodearlo. Le dije a Beth: —No es que nos persiga la mala suerte; el tipo tiene radar.

—No hay adonde huir ni donde esconderse.

—Lugar donde escondernos, seguro que no, pero trataremos de huir.

Apreté los aceleradores a fondo y cobramos mayor velocidad.

Ninguno de los dos habló mientras la Formula avanzaba pesada entre las olas. Calculé que íbamos a unos veinte nudos, o sea un tercio de lo que podía rendir esa embarcación en mar calmo y sin la sentina y la cabina llenas de agua. Deduje que el Chris-Craft podía avanzar por lo menos a veinte nudos con ese tiempo, razón por la cual conseguía alcanzarnos. De hecho, Beth exclamó:

—¡John, nos está alcanzando!

Miré atrás y vi la vaga silueta de la embarcación de Tobin en lo alto de una enorme ola, a unos doce metros detrás de nosotros. En cinco minutos, o menos, podría apuntar su rifle con bastante precisión, mientras que mi 38 y la pistola de nueve milímetros de Beth resultarían inútiles, salvo un eventual disparo afortunado. Beth me preguntó:

—¿Cuántas balas te quedan?

—A ver... en el cilindro caben cinco... Disparé cuatro... ¿Entonces cuántas balas quedarían si...?

—¡Esto no es un maldito chiste!

—Trato de aligerar el momento.

Oí unas palabrotas salidas de la decorosa boca de la señorita Penrose, que a continuación me preguntó:

—¿Puedes lograr que esta maldita cosa vaya a más velocidad?

—Tal vez. Busca algo bien pesado en la cabina y rompe el parabrisas.

Bajó y subió con un extintor de fuego, que usó para romper el parabrisas del lado de ella. Después tiró el extintor por la borda.

—A esta velocidad —le dije—, no cargamos mucha agua y las bombas disminuirán el peso un poco más cada minuto, de modo que podremos ir más rápido. —Agregué: —También quemamos más combustible.

—No necesito una lección de física.

Estaba enojada, lo cual era mucho mejor que la actitud de silenciosa resignación que había adoptado un rato antes. Es bueno enojarse cuando los humanos y la naturaleza conspiran para vencerte.

Beth hizo unos viajes más a la cabina y cada vez volvió con algo para arrojar por la borda, incluida, por desgracia, la cerveza de la heladera. Logró subir un televisor portátil y arrojarlo al agua. También tiró ropa y zapatos, y se me ocurrió que, si perdíamos de vista a Freddie, al ver flotar todas esas cosas llegaría a la conclusión de que nos habíamos hundido.

Íbamos un poco más rápido, pero el Chris-Craft nos alcanzaba y no había modo de rehuir el hecho de que muy pronto comenzaría a dispararnos con el rifle. Le pregunté a Beth:

—¿Cuántas balas te quedan?

—Nueve.

—¿Sólo tenías tres cargadores?

—¿"Sólo"? Tú andas por ahí con un maldito revólver de apenas cinco disparos, sin una sola bala de repuesto, y tienes las agallas de decirme... —De pronto se agachó detrás del asiento y sacó la pistola. Me advirtió: —Vi un fogonazo.

Miré atrás y con toda seguridad que ahí estaba el Temerario y Maldito Freddie en su puesto de tirador. El arma disparó otra vez. Dispararse entre dos barcos azotados por la tempestad es fácil; lo difícil es acertarle a algo, de modo que todavía no me sentía muy preocupado, pero llegaría un momento en que ambos barcos se hallaran en la cresta de una ola y Tobin contaría con la doble ventaja de la posición más alta y el cañón más largo.

Beth tuvo la prudencia de ahorrar proyectiles.

Vi el faro de Orient Point directamente a mi izquierda y mucho más cerca que antes. Me di cuenta de que me había desviado hacia el norte pese a haber mantenido el rumbo al este. Me di cuenta también de que me quedaba una sola cosa por hacer, y la hice. Moví el timón a la izquierda, y la lancha se dirigió al estrecho.

—¿Qué haces? —me gritó Beth.

—Vamos al estrecho.

—¡John, ahí vamos a ahogarnos!

—O hacemos eso, o Tobin nos alcanza con el rifle o nos embiste y nos hunde y se muere de risa mientras nos ahogamos. —Añadí: —Si nos hundimos en el estrecho, quizás él nos acompañe.

No respondió.

La tormenta venía del sur, y en cuanto puse proa al norte la lancha cobró más velocidad. En un minuto pude distinguir la silueta de Plum Island a mi derecha, al frente. A mi izquierda se alzaba el faro de Orient. Enfoqué hacia un punto situado entre el faro y la costa de Plum Island, en medio del estrecho de Plum.

Al principio Tobin nos siguió, pero las olas se tornaban más potentes a medida que el viento soplaba con fuerza supersónica entre ambos cuerpos de tierra. Pronto lo perdimos de vista, así que supuse que había abandonado la persecución. Me sentía bastante seguro en cuanto a lo que iba a hacer a continuación y adónde se dirigiría. Rogué seguir vivo quince minutos más para comprobar si me hallaba en lo cierto.

Ya estábamos en pleno estrecho, entre Orient Point al oeste y Plum Island al este, la bahía Gardiners al sur y el canal de Long Island al norte. Recordé que Stevens había dicho que hacía unos siglos un huracán había vuelto más profundo el lecho del mar en aquel punto, y le creí. Es decir, era como un lavarropa con todo tipo de materiales que surgían del fondo: arena, maderas, algas, basura y desperdicios de toda clase. Ya no tenía sentido que me esforzara por controlar la lancha. La Formula era apenas un pedazo más de algo que arrastraba la corriente. El asunto es que, aunque la embarcación daba vueltas hacia un lado y otro, sin que nosotros pudiéramos hacer nada, la tormenta nos empujaba al norte dentro del canal, que era adonde yo quería ir.

La idea de intentar entrar en la caleta de Plum Island resultaba casi risible ahora que veía qué lugar horrendo era aquél.

Beth logró abrirse paso hacia mí y se sentó a mi lado. Cruzó los brazos y las piernas mientras yo me agarraba al timón con toda mi alma. Era casi imposible hablar, pero ella enterró la cara en mi cuello y la oí decir:

—Tengo miedo.

¿Miedo? Yo estaba aterrado a muerte. Aquélla era la peor experiencia de mi vida entera, si no contaba la caminata por el pasillo central hasta el altar.

La Formula era arrojada de un lado a otro con tanta fuerza que yo me sentía completamente desorientado. Había momentos en que me daba cuenta de que me encontraba literalmente en el aire, y sabía que la lancha —que había mostrado buena estabilidad en el agua— podía darse vuelta en unos de esos saltos. Creo que sólo el agua de la sentina nos impedía aterrizar boca abajo en nuestros lanzamientos a la estratosfera.

Yo había mostrado la presencia de ánimo de reducir la velocidad al mínimo en cuanto vi que las hélices pasaban más tiempo en el aire que en el agua. La administración del combustible es una estrategia de largo plazo, y yo me hallaba en una situación de corto plazo... pero nunca se sabe.

Beth se aferraba con fuerza a mí, y de no ser por nuestra inminente muerte por inmersión, a mí me habría resultado agradable. Tal como eran las cosas, sólo rogué que el contacto físico le sirviera de algún consuelo. Así era al menos para mí. Volvió a hablarme al oído:

—Si caemos al agua, agárrame fuerte.

Asentí. Pensé de nuevo en que Tobin ya había matado a cinco buenas personas y estaba a punto de ser la causa del deceso de dos más. No podía creer que esa mierda hubiera de veras causado tanta muerte y sufrimiento. La única explicación que se me ocurrió es que los tipos como él eran despiadados y peligrosos. Bueno, tal vez hubiera una explicación mejor.

De cualquier modo, fuimos arrojados a través del estrecho como la proverbial cáscara de nuez. De manera irónica, creo que fue la ferocidad misma de la tempestad lo que nos ayudó a pasarla ilesos. O sea, la embestida del mar, el viento y la marea iban hacia el norte, lo cual compensaba los habituales remolinos del viento y las olas en el estrecho.

Ya nos hallábamos en el canal de Long Island, y tanto el mar como el viento habían mejorado un poco. Aceleré los motores y dirigí la lancha hacia el este.

Beth continuaba a mi espalda, agarrada a mí aunque no con tanta fuerza.

Al frente, a nuestra derecha, se alzaba la forma del viejo faro de Plum Island. Sabía que, si lográbamos llegar detrás de esa franja de tierra, estaríamos algo más protegidos del viento y el agua, lo mismo que nos había ocurrido en la isla Shelter. Plum Island no era tan elevada como Shelter y se hallaba más expuesta al Atlántico abierto, pero algún resguardo nos brindaría.

—¿Estamos vivos? —preguntó Beth.

—Claro. Te comportaste con gran valentía y calma.

—Estaba paralizada de terror.

—Lo que sea. —Retiré una mano del timón y le apreté la mano derecha, que se aferraba a mi trasero.

Bien, pusimos rumbo al costado de sotavento de Plum Island, y pasamos el faro a nuestra derecha. Ahora alcanzaba a ver la luz del faro, más un punto verde que nos seguía. Cuando se lo comenté a Beth, repuso:

—Es un aparato para ver de noche. Alguno de los hombres del señor Stevens nos está observando.

—Ajá —convine—. Es toda la seguridad que han dejado en una noche como ésta.

El viento era bloqueado en parte por Plum Island, y el mar se había calmado algo. Alcanzábamos a oír las olas que rompían en la playa a unos cien metros de distancia.

En medio de la lluvia incesante, distinguí un resplandor detrás de los árboles, y me di cuenta de que era la iluminación de seguridad del laboratorio principal. Eso significaba que los generadores aún funcionaban, y esto a su vez significaba que los filtros de aire aún cumplían con su tarea. Habría sido de veras injusto si, después de haber sobrevivido a la tormenta y aterrizado en Plum Island, hubiéramos muerto de ántrax. De veras.

Beth me soltó y se paró junto a mí, agarrándose de la manija del tablero. Me preguntó:

—¿Qué crees que le pasó a Tobin?

—Creo que siguió adelante por el extremo sur de la isla. Y que cree que estamos muertos.

—Es probable —repuso Beth—. Yo opino lo mismo.

—Correcto. A menos que esté en contacto radial con alguien de Plum Island que sabe, por el tipo del faro, que logramos llegar.

Pensó un momento y preguntó:

—¿Te parece que tiene un cómplice en Plum Island?

—No sé. Pero vamos a averiguarlo pronto.

—Está bien... Entonces, ¿adónde va Tobin ahora?

—Hay un solo lugar al que puede ir, y es aquí mismo, de este lado de la isla. Asintió.

—Es decir que va rodeando Plum desde el otro lado, y nos lo encontraremos de frente.

—Trataremos de evitarlo. Pero sin la menor duda tiene que llegar del lado de sotavento si quiere anclar y arribar a la playa con ese Whaler.

—¿Nosotros vamos a bajar a la isla?

—Así lo espero.

—¿Cómo?

—Intentaré subir con la lancha a la playa.

Volvió a mirar el mapa y dijo:

—A lo largo de casi toda esta playa hay rocas y bajíos.

—Lo intentaré de todos modos.

Avanzamos hacia el este durante diez minutos más. Miré el medidor de combustible y vi que decía: "Vacío". Sabía que debía hacer mi intento de llegar a la playa en aquel momento preciso, porque si se terminaba el combustible, quedaríamos a merced de la tormenta y podríamos ser arrojados al mar o contra las rocas. Pero quería por lo menos divisar el barco de Tobin antes de realizar cualquier maniobra.

—John, nos estamos quedando sin nafta —me advirtió Beth—. Dirígete a la playa.

—En un minuto.

—¡No disponemos de un minuto! Hay unos cien metros hasta la playa. Dobla ahora.

—Fíjate a ver si puedes distinguir el Chris-Craft delante de nosotros.

Alzó los binoculares que aún le colgaban del cuello y miró por encima de la proa.

—No, no veo ninguna embarcación —dijo—. Dobla hacia la playa.

—Un minuto más.

—No. ¡Dobla ya! Hasta ahora hicimos todo a tu manera. Por una vez haz algo a la mía.

—Está bien... —Pero antes de que me dirigiera a la playa el viento amainó de pronto y alcancé a ver una terrible pared de nubes inmensas que se cernían sobre nosotros. Lo más increíble era el cielo, rodeado por esos muros de nubes que giraban, como si nos halláramos en el fondo de un pozo. Entonces vi las estrellas, que había creído no volvería a ver jamás.

—El ojo de la tormenta está pasando por encima de nosotros —comentó Beth.

El viento era mucho más calmo, aunque las olas no. La luz de las estrellas se filtraba por esa suerte de tubo hueco, de modo que pudimos ver la playa y el mar.

—Vamos, John —me instó Beth—. No tendrás otra oportunidad como ésta.

Y tenía razón. Como veía las olas que rompían, podía tomarles el tiempo y también podía ver las rocas que sobresalían del agua, y el movimiento del mar me permitía distinguir los bajíos y los bancos de arena.

—¡Vamos!

—Un minuto. Quiero ver dónde baja a tierra ese desgraciado. No quiero perderlo en la isla.

—¡John, no hay más combustible!

—Hay mucho. Busca el Chris-Craft.

Beth, resignada a mi idiotez, levantó los binoculares y escrutó el horizonte. Después de un momento, que me pareció media hora pero debió de ser un minuto, señaló y gritó:

—¡Allá! —y me pasó los binoculares.

Escudriñé la lluviosa oscuridad y sin duda alguna, recortada contra el horizonte negro, divisé una forma que podría haber sido el puente del Chris-Craft... o una pila de rocas.

Cuando nos acercamos más vi que era el Chris-Craft, y que se hallaba relativamente inmóvil, lo cual indicaba que Tobin tenía por lo menos dos anclas, una en proa y otra en popa. Volví a pasarle los binoculares a Beth.

—De acuerdo. Allá vamos. Agárrate y presta atención a las rocas.

Beth se arrodilló en su asiento y se inclinó hacia adelante, con las manos agarradas a la parte superior del parabrisas sin vidrio.

Hice girar la Formula noventa grados a estribor y apunté la proa a la playa distante. Las olas comenzaron a romper por sobre la popa; aceleré los motores. Necesitaba un minuto más de combustible.

La costa se tornó más cercana y clara. Las olas que rompían contra la playa eran monstruosas y ruidosas. Beth gritó:

—¡Banco de arena!

Supe que no podía doblar a tiempo, de modo que aceleré a fondo y pasamos por encima.

La playa estaba ya a menos de cincuenta metros de distancia, así que calculé que teníamos probabilidades. Entonces la Formula dio contra algo mucho más duro que un banco de arena, y oí el ruido inconfundible de la fibra de vidrio al romperse, y medio segundo después la lancha se elevó del agua y cayó con un fuerte golpe.

Miré a Beth y vi que seguía en su puesto.

La embarcación se puso lenta; imaginé el agua que entraba a través del casco destrozado. Los motores parecían trabajar a pleno. Las olas nos empujaban hacia la playa, pero la contracorriente nos echaba hacia atrás entre una ola y otra. Si avanzábamos algo, era con gran lentitud. Mientras tanto, la lancha se iba llenando de agua, que en rigor ya subía por el último escalón de la escalera de la cabina.

—¡No nos movemos! —gritó Beth—. ¡Vayamos a nado!

—¡No! Quédate en la lancha. Espera que venga la ola justa.

Y esperamos, observando la costa que se acercaba, y luego retrocediendo un poco. Miré a mis espaldas y contemplé la formación de las olas. Al fin vi una enorme detrás de nosotros, y puse la Formula casi inundada en punto neutro. La lancha saltó hacia atrás un poco y agarró la ola justo detrás de la cresta. Grité:

—¡Agáchate y agárrate fuerte!

Beth se arrojó al piso y se aferró a la base de su asiento.

La ola nos impulsó como a una tabla de *surf* sobre su cresta, con tal fuerza que la Formula, de cuatro toneladas, llena de muchísimos kilos más de agua, salió disparada como una pelota. Yo había anticipado una llegada tipo anfibio, pero aquello iba a ser más bien como un aterrizaje desde el aire.

Mientras nos precipitábamos hacia la playa, tuve la presencia de ánimo de apagar los motores para que, si llegábamos a sobrevivir al aterrizaje, la lancha no explotara, si era que quedaba algo de combustible. También me preocupaba que las dos hélices nos cortaran la cabeza.

—¡Agárrate! —grité.

Caímos de proa sobre la playa bañada por las olas. La Formula rodó a un costado y los dos saltamos de la embarcación, justo cuando embestía otra ola. Encontré una roca que sobresalía y la rodeé con un brazo, mientras con la otra mano tomaba a Beth de la muñeca. La ola rompió y se retiró; nos pusimos de pie y corrimos como locos hacia terreno más alto; Beth se agarraba el costado donde la habían herido.

Llegamos a la ladera de una barranca erosionada y comenzamos a trepar por ella; la arena mojada, mezclada con arcilla y óxido de hierro, caía a grandes pedazos. Beth dijo:

—Bienvenido a Plum Island.

—Gracias.

De algún modo logramos llegar a lo alto de la barranca y nos desplomamos en tierra, donde permanecimos un minuto entero. Entonces me incorporé y miré hacia la playa. La Formula estaba destrozada, con el casco partido en dos. Volvió a rodar sobre la arena y el agua se la llevó; emergió sobre las olas, se sumergió de nuevo y otra vez fue devuelta a la playa.

—No quisiera estar en esa lancha —le dije a Beth.

—No. Y yo no quiero estar en esta isla, tampoco.

—Salimos del fuego —repuse— para saltar a la sartén.

—¿Te molestaría callarte durante unos minutos?

—En absoluto.

En realidad me agradó aquel relativo silencio después de tantas horas de viento, lluvia y ruido de motores. Hasta podía oír el latido de mi corazón, la sangre que me pulsaba en los oídos, el silbido de mi pulmón. También oía una vocecita que dentro de mi cabeza decía: "Cuídate de los hombres pequeños con rifles grandes".

35

Nos sentamos en el pasto, para recuperarnos y sosegar la respiración. Yo estaba mojado, cansado, aterido y golpeado, y me dolía el pulmón herido. Había perdido mi calzado náutico y noté que también Beth se hallaba descalza. Por el lado positivo, seguíamos vivos, y yo aún tenía mi 38 en la cartuchera de hombro. Saqué el revólver y me aseguré de que la única bala que quedaba estuviera lista para ser disparada. Beth se palpó los bolsillos y anunció:

—Tengo la mía.

Conservábamos también los impermeables y los chalecos salvavidas, pero noté que Beth había perdido los binoculares que llevaba colgados al cuello.

Observamos el mar y el remolino espectral de nubes que se encumbraban alrededor del ojo de la tormenta. Todavía llovía, pero ya no era una lluvia torrencial. Cuando uno está calado hasta los huesos, un poco de lluvia no es gran cosa. Lo que me preocupaba era la hipotermia, si me quedaba sentado mucho tiempo.

Miré a Beth y le pregunté:

—¿Cómo está el tajo de tu frente?

—Bien. Me lo empapé en agua salada.

—¿Y la herida de bala?

—Magnífica, John.

—¿Y todos tus otros cortes y heridas?

—Todos están espléndidos.

Me pareció detectar un toque de sarcasmo en su voz. Me paré y me sentí débil.

—¿Y tú te encuentras bien? —me preguntó Beth.

—Sí. —Le tendí la mano y ella se puso de pie también. —Bueno, al menos ya hemos salido de la sartén —le dije—, pero no sé qué nos espera ahora.

Me dijo con tono serio:

—Creo que Tom y Judy Gordon se habrían sentido orgullosos de tus habilidades náuticas.

No respondí. Había en esas palabras otra intención, no expresada, como: "Emma se sentiría halagada de ver lo que has hecho por ella".

—Creo que deberíamos ir en dirección al estrecho y encontrar el laboratorio principal —propuso Emma.

No respondí.

—No podemos dejar de ver las luces —continuó—. Pediremos ayuda a la fuerza de seguridad de Plum Island. Y llamaré por teléfono o por radio a mi oficina.

De nuevo no respondí.

Me miró.

—¿John?

—No vine hasta aquí a pedirle ayuda a Paul Stevens —repliqué al fin.

—John, no estamos muy bien, nos quedan unas cinco balas entre los dos y estamos descalzos. Es hora de llamar a la policía.

—Tú puedes ir al edificio principal, si quieres. Yo voy a ir a buscar a Tobin. —Me volví y comencé a caminar al este por la barranca, hacia donde habíamos visto anclar el barco de Tobin, a unos ochocientos metros playa abajo.

Beth no me llamó, pero un minuto después estaba caminando a mi lado. Continuamos en silencio. Nos dejamos puestos los chalecos salvavidas, en parte porque daban calor y en parte, supongo, porque uno nunca sabe cuándo va a volver a caer al agua.

A la derecha de la barranca erosionada había árboles y densos matorrales. Sin zapatos, pisábamos con cuidado y no avanzábamos con rapidez.

El viento era calmo en el ojo de la tormenta, y el aire, muy quieto. Hasta pude oír el gorjeo de unos pájaros. Sabía que la presión del aire era en extremo baja allí, en el ojo, y aunque en general no tengo sensibilidad barométrica me sentía un poco... nervioso, creo, tal vez un poco alterado también. De hecho, creo que sobre todo me sentía furioso y asesino.

Beth me preguntó con voz apagada:

—¿Tienes algún plan?

—Por supuesto.

—¿Cuál es tu plan, John?

—El plan consiste en que no nos atrapen.

—Grandioso.

—Correcto.

Un poco de luz de Luna se filtraba por entre las nubes, de modo que podíamos ver a unos tres metros delante de nosotros. Aun así, caminar por el borde de la barranca era un poco engañoso a causa de la erosión, de modo que nos metimos más adentro hasta encontrar el camino de grava que, en el recorrido en autobús con Paul Stevens, nos había llevado al extremo este de la isla. Era estrecho y estaba cubierto de árboles desarraigados y ramas caídas, de manera que no teníamos razón para preocuparnos de que una patrulla motorizada nos sorprendiera.

Descansamos en el tronco de un árbol caído. Nuestro aliento formaba una niebla en el aire húmedo. Me saqué el chaleco salvavidas y el impermeable, y luego la cartuchera de hombro y la camisa. Conseguí romper la camisa en dos y envolví con el género los pies de Beth.

—Me voy a sacar los calzoncillos —le dije—. No espíes.

—No espiaré —replicó—. ¿Puedo mirarte fijo?

Por alguna razón, la señorita Penrose se mostraba de buen humor. Euforia provocada por haber sobrevivido, supongo.

Me saqué los vaqueros mojados y luego los calzoncillos, que también desgarré en dos partes, con las que me envolví los pies.

Volví a ponerme los pantalones y luego la cartuchera directamente contra la piel, el impermeable y el chaleco salvavidas. Tenía tanto frío que empezaba a temblar.

Revisamos la herida de bala de Beth, que manaba un poco de sangre aunque en lo demás tenía buen aspecto.

Continuamos andando por el camino de tierra. El cielo iba oscureciéndose otra vez, y supe que el ojo de la tormenta avanzaba hacia el norte y que pronto nos hallaríamos en el extremo sur de la tempestad, que sería tan violento como lo que ya habíamos pasado. Le susurré a Beth:

—Tobin debe de haber anclado por aquí. A partir de ahora tengamos cuidado y no hablemos.

Asintió, y continuamos hacia el norte, fuera de la senda y a través del bosque, de nuevo al borde de la barranca. Y con toda seguridad, a unos cincuenta metros de la costa, divisamos el Chris-Craft, que se sacudía en el agua, sólo sostenido en su lugar por las dos anclas que Tobin había echado en la proa y la popa. A la escasa luz, alcancé a ver el Whaler en la playa, más abajo, lo cual me confirmó que Tobin había llegado a tierra. De hecho, del Whaler salía una cuerda que subía por la barranca y estaba atada a un árbol cerca de donde nosotros nos habíamos agachado.

Permanecimos inmóviles, escuchando y mirando en la oscuridad. Yo estaba bastante seguro de que Tobin se había dirigido al interior de la isla. Le susurré a Beth:

—Fue a buscar el tesoro.

Asintió y repuso:

—No podemos rastrearlo. Mejor esperemos aquí a que regrese. —Enseguida agregó: —Entonces lo arrestaré.

—Sí, Señorita Corrección.

—¿Qué diablos quieres decir?

—Quiero decir, señorita Penrose, que uno no arresta a una persona que ha intentado matarte tres veces.

—No vas a matarlo a sangre fría.

—¿Quieres apostar?

—John, arriesgué mi vida para ayudarte en esa lancha. Ahora estás en deuda conmigo. —Añadió: —Todavía sigo asignada a este caso, soy policía y lo haremos a mi modo.

No vi ninguna razón para discutir lo que yo ya había decidido.

Beth sugirió que desatáramos la cuerda para que las olas se llevaran el Whaler y anular así el medio de retirada a Tobin. Señalé que, si Tobin se aproximaba desde la playa, vería que faltaba el Whaler y se espantaría. Luego le dije:

—Espera aquí y cúbreme.

Tomé la cuerda y descendí los cinco metros hasta el bote que descansaba en la playa rocosa. En la popa encontré el cajón de plástico que había visto cuando el Whaler se hallaba en la caseta para botes. Contenía una diversidad de objetos, aunque noté que la bocina para niebla había desaparecido. Era probable que Fredric Tobin se hubiera dado cuenta de que yo me había dado cuenta, y quiso deshacerse de esa pequeña pieza del rompecabezas. No importaba: no iba a enfrentar un jurado.

Encontré una pinza y solté las clavijas que fijaban la hélice. En el cajón encontré unas cosas que me guardé, entre ellas un cuchillo. Busqué una linterna, pero no había ninguna a bordo del bote.

Volví a subir a la barranca valiéndome de la soga y clavando en la tierra arenosa los pies envueltos en los pedazos de mi calzoncillo. Beth me tendió una mano y me ayudó a izarme a lo alto.

—Le solté la hélice —le informé.

Asintió.

—Bien. ¿Guardaste las clavijas, por si las necesitamos después?

—Sí. Me las tragué. ¿Luzco muy estúpido?

—No sólo luces estúpido, sino que haces cosas estúpidas.

—Eso forma parte de mi estrategia. —Le di las clavijas y me quedé con el cuchillo.

Beth, para mi sorpresa, dijo:

—Escucha, lamento mis comentarios desagradables. Estoy un poco cansada y tensa.

—No te preocupes.

—Tengo frío. ¿Podemos... abrazarnos? Para conservar el calor corporal...

—Sí, lo leí en alguna parte. De acuerdo...

De modo que, con cierta torpeza, nos abrazamos, yo sentado al pie de un enorme tronco de árbol caído, y Beth en mi falda, envolviéndome con los brazos y con la cara hundida en mi pecho. De ese modo acumulábamos un poco más de calor, aunque en realidad no tenía nada de sensual, dada las circunstancias. Era sólo un contacto humano, así como trabajo de equipo y supervivencia. Habíamos pasado muchas cosas juntos y nos acercábamos al final, y creo que los dos intuíamos que algo había cambiado entre nosotros desde la muerte de Emma.

De cualquier modo, aquello era muy Robinson Crusoe, o Isla del Tesoro o lo que fuere, y supongo que yo lo disfrutaba un poco. Tenía la clara impresión, sin embargo, de que Beth Penrose no compartía mi entusiasmo infantil. Las mujeres tienden a ser más prácticas y se divierten menos chapoteando en el barro. Además, me parece que la caza y la matanza no atraen mucho a las hembras. Y de eso se trataba aquello: de cazar y matar.

Nos quedamos acurrucados allí un rato, escuchando el viento y la lluvia; yo observaba el Chris-Craft subir y bajar con las olas, tironeando de los cabos de las anclas, al tiempo que vigilaba la playa y prestaba atención por si se acercaban pasos por el bosque.

Por fin, al cabo de unos diez minutos, nos soltamos y yo me puse de pie para quitarme la rigidez de las articulaciones.

—Ya siento más calor —le dije a Beth.

Ella seguía sentada al pie del árbol caído, abrazándose las rodillas. No respondió.

—Trato de ponerme en el lugar de Tobin —continué—. Digamos que ha ido hacia el interior de la isla, donde está oculto el tesoro. ¿Correcto?

—¿Por qué en el interior de la isla? ¿Por qué no en algún lugar de la playa?

—Puede que hayan encontrado originalmente el tesoro en la playa, o quizás en una de estas barrancas... tal vez sean éstos los Arrecifes del Capitán Kidd... Pero lo más probable es que los Gordon hayan trasladado el botín del sitio donde lo descubrieron, porque el pozo podría cerrarse con facilidad a causa de los elementos y entonces tendrían que volver a cavar. ¿Correcto?

—Es posible.

—Entonces, suponiendo que Tobin sepa dónde está, tiene que sacarlo y traerlo a través del bosque hasta acá. Puede que le exija dos o tres viajes, según cuán pesado sea. ¿Correcto?

—Podría ser.

—Entonces, si yo fuera él, buscaría el botín, lo traería de vuelta acá y lo llevaría al Whaler. No intentaría volver con el Whaler al Chris-Craft, con semejante tiempo, ni trataría de transferir el tesoro en medio de esas olas. ¿Correcto?

—Correcto.

—De modo que va a esperar en el Whaler hasta que pase la tormenta, pero, por otra parte, querrá marcharse antes del amanecer, antes de que empiecen a salir las patrullas en barco y helicóptero. ¿Correcto?

—Correcto de nuevo. ¿Y?

—Tenemos que tratar de seguirle el rastro y abalanzarnos sobre él mientras está recuperando el botín. ¿Correcto?

—Correcto... No, correcto no. No sigo tu línea de razonamiento.

—Es complicada, pero lógica.

—En realidad es una porquería, John. La lógica indica que nos quedemos aquí. Tobin regresará, pase lo que pasare, y nosotros lo estaremos esperando.

—Puedes esperarlo tú. Yo voy a ir a buscar a ese bastardo.

—No, no irás. Está mejor armado que tú, y yo no voy a darte mi arma.

Nos miramos, e insistí:

—Voy a ir a buscarlo. Quiero que te quedes aquí, y si aparece mientras no estoy...

—Entonces seguro que ya te habrá matado. Quédate aquí, John. Sé racional.

Ignorando sus palabras, me arrodillé a su lado. La tomé de la mano y le dije:

—Baja al Whaler. De ese modo podrás verlo tanto si él aparece por la playa como si baja con la soga. Cúbrete allá, entre esas rocas. Cuando esté tan cerca de ti que puedas verlo con claridad en la oscuridad, métele la primera bala entre las costillas; luego aproxímate rápido y ponle otra en la cabeza. ¿De acuerdo?

No respondió durante unos segundos; luego asintió. Sonrió y dijo:

—¿Y después le digo: "Arriba las manos. Policía"?

—Correcto. Vas aprendiendo.

Sacó la Glock nueve milímetros y me la tendió. Me dijo:

—Si vuelve hacia acá, necesitaré un solo disparo. Lleva ésta; le quedan cuarto balas. Dame la tuya.

Sonreí.

—El sistema métrico me confunde. Me quedaré con mi fiel calibre 38 estadounidense.

—¿Puedo convencerte de que no vayas?

—No.

Bueno, un beso rápido podría haber resultado apropiado, pero ninguno de los dos estaba de humor para esas cosas, supongo. Le apreté la mano y ella me devolvió el apretón. Luego me puse de pie, me volví y comencé a avanzar entre los árboles, lejos de la barranca ventosa y de Beth.

En cinco minutos llegué otra vez al camino de grava. Muy bien, ahora era Fredric Tobin. Tal vez tuviera una brújula, pero, la tuviera o no, era lo bastante listo para saber que debía dejar en uno de esos árboles algún tipo de marca que me mostrara mi posición relativa del camino con respecto a mi punto de llegada a la playa.

Observé los alrededores y encontré un pedazo de cuerda blanca atada entre dos árboles que se alzaban a unos tres metros uno de otro. Por su posición deduje que Tobin habría tomado hacia el sur, así que continué avanzando, tratando de mantener esa dirección.

La verdad, de no haber tenido suerte y no haber encontrado nada que indicara adónde había ido Tobin, podría haber regresado con Beth. Pero tenía la sensación —que era casi una certeza— de que algo me empujaba hacia Fredric Tobin y el tesoro del capitán Kidd. Tenía una clara imagen de mí mismo, Tobin y el tesoro juntos, y en las sombras que nos rodeaban nos acompañaban los muertos: Tom y Judy, los Murphy, Emma y el propio Kidd.

La tierra se elevaba y pronto me encontré en el borde de un claro. Del otro lado de éste alcancé a distinguir dos pequeños edificios cuya silueta se recortaba contra el horizonte oscuro. Me di cuenta de que me encontraba al borde del abandonado fuerte Terry.

Registré los alrededores en busca de alguna marca y encontré un pedazo de cuerda colgando de un árbol. Ése era el punto donde Tobin había salido del bosque, y sería el sitio por donde entraría cuando regresara. En apariencia, el sistema inercial de navegación de mi cabeza funcionaba bastante bien.

No resultó ninguna sorpresa que Tobin se dirigiera al fuerte Terry. Virtualmente todos los caminos y senderos de Plum Island convergían allí, y había cientos de buenos escondites entre los edificios abandonados y las casamatas de artillería cercanas.

Sabía que, si esperaba ahí, podría emboscarlo cuando retornara. Pero mi ánimo era más el de un cazador y acechador que el de un paciente emboscador.

Esperé unos minutos, tratando de determinar si alguien provisto de un rifle me esperaba del otro lado del claro. Por cien películas de guerra sabía que no debía cruzar el claro, sino que debía rodearlo. No obstante, si lo hacía perdería a Tobin o bien me desorientaría. Tenía que ir por el mismo camino que había ido él. La lluvia se tornaba más intensa y el viento arreciaba. Me sentía pésimo. Eché la cabeza hacia atrás, abrí la boca y recibí un poco de agua fresca en la cara y la garganta. Me sentí mejor.

Entré en el claro y continué en dirección sur a través de terreno abierto. El género que hacía las veces de calzado estaba hecho jirones y los pies se me habían llagado y me sangraban. No cesaba de recordarme que yo era más recio que Tobin y que lo único que necesitaba era una bala y un cuchillo.

Me aproximé al extremo del campo y vi que una fina hilera de árboles separaba éste de la amplia extensión del fuerte Terry. No tenía manera de saber adónde se dirigía él, y ya no habría más marcas, porque ahora los edificios cumplían esa finalidad. Lo único que yo podía hacer era seguir adelante.

Fui en zigzag de un edificio a otro, buscando algún rastro de Tobin. Al cabo de unos diez minutos me encontré cerca del viejo edificio del cuartel general. Me di cuenta de que había perdido a mi presa, que él podría haber ido a cualquier lado a partir de allí: al sur, hacia la playa de las focas, o al oeste, hacia el edificio principal, o al este, hacia el extremo de la chuleta de cerdo. O podía estar esperando en algún sitio a que yo me acercara. O quizá yo lo había pasado por alto de algún modo, como me había ocurrido en el agua, y él estaba detrás de mí. Qué mal.

Decidí revisar el resto de los edificios del fuerte, y comencé a correr agachado hacia la capilla. De repente oí el resonar de un disparo y me arrojé a tierra. Me quedé inmóvil mientras sonaba otro disparo. Eran tiros extrañamente apagados, no seguidos por un crujido agudo ni por un silbido que pasara por encima de mi cabeza. Me di cuenta de que no iban dirigidos a mí.

Corrí al costado de la capilla y miré en la dirección de la cual creía habían provenido los disparos. Distinguí la estación de los bomberos a unos cincuenta metros, y se me ocurrió que los tiros se habían disparado adentro, y por eso sonaban apagados.

Comencé a avanzar hacia allí, pero enseguida me arrojé al suelo, cuando vi que se abría una de las grandes puertas. Daba la impresión de que alguien la abría con una polea, y deduje que allí se había cortado la electricidad. De hecho, en las ventanas del piso superior vi una luz parpadeante: una vela o querosén.

De cualquier modo, antes de que llegara a decidir qué hacer a continuación, una gran ambulancia sin ninguna luz encendida salió del garaje y tomó por el camino, rumbo al este, hacia la estrecha franja de tierra donde se hallaban las ruinas de la artillería.

La ambulancia tenía un chasis alto y circulaba con facilidad por el camino. Pronto desapareció en la oscuridad.

Corrí tan rápido como me permitían los pies descalzos hacia la estación de bomberos, saqué mi revólver y pasé a la carrera por la puerta abierta del garaje. Distinguí tres marcas de balas.

Había permanecido tanto tiempo bajo la lluvia que la falta de ella me resultó extraña durante unos diez segundos, aunque me acostumbré en seguida.

Mientras mis ojos se adaptaban a la oscuridad, vi una escalera situada a la izquierda. Fui hasta allí y subí por los escalones crujientes, con la pistola apuntada. Sabía que no corría ningún peligro, y sabía lo que iba a encontrar.

En lo alto de las escaleras había una suerte de habitación, iluminada por lámparas de querosén. A la luz de las lámparas vi dos hombres acostados en sendas literas, y no tuve necesidad de acercarme para saber que estaban muertos. La cuenta de las personas asesinadas por Tobin ascendía ya a siete. Sin la menor duda, no hacía falta un anticuado juicio con jurado para compensar tantas muertes.

Al costado de cada cama había botas y medias. Me senté en un banco y me puse un par de medias gruesas y unas botas de goma galvanizada que me iban bien. Contra una pared había unos armarios, y en otra, impermeables y buzos colgados de ganchos. Pero ya tenía toda la ropa de muerto que necesitaba. No es que sea supersticioso.

En el fondo de la estación de bomberos había una pequeña cocina, y sobre una mesa, una caja con rosquillas de chocolate. Tomé una y la comí.

Bajé las escaleras y salí al camino que iba de este a oeste. Tomé hacia el este, subiendo por el pavimento elevado tras el rastro de la ambulancia. Ramas rotas cubrían el camino, pero la ambulancia les había pasado por encima.

Caminé casi un kilómetro, y comprobé que incluso en la oscuridad recordaba el camino por el recorrido que había hecho guiado por Stevens. La lluvia había vuelto a arreciar y el viento otra vez cortaba las ramas de los árboles. De vez en cuando oía un crujido como un disparo de rifle que me hacía parar el corazón, pero no eran más que los chasquidos de las ramas que se cortaban y caían.

Por el camino pavimentado corría un torrente de agua que venía de las tierras más altas de ambos lados. Las bocas de desagüe estaban llenas y rebosantes; aun así traté de subir contra la corriente y la maraña de barro y ramas rotas. La naturaleza es espantosa. A veces da miedo.

De cualquier modo, no presté mucha atención al camino porque cuando alcé la vista la ambulancia se hallaba justo frente a mí, a no más de cinco metros. Me paré en seco, empuñé el revólver y me hinqué en una rodilla. Entre la lluvia pude distinguir un árbol enorme que se había desplomado y bloqueaba el sendero frente a la ambulancia.

El vehículo ocupaba la mayor parte del angosto camino, de modo que tomé hacia la izquierda, sumergido hasta las rodillas en el agua. Llegué hasta la puerta del lado del conductor y espié el interior; no había nadie.

Quería inutilizar la ambulancia, pero las puertas delanteras se hallaban cerradas y el capó estaba trancado por dentro. Maldición. Repté bajo el chasis y saqué el cuchillo. No sé mucho de mecánica automotriz, tampoco Jack el Destripador no sabía mucho de anatomía. Corté unos cuantos tubos, que resultaron ser de agua e hidráulica; después, por las dudas, corté unos cables eléctricos. Razonablemente seguro de haber cometido motoricidio, me escurrí hacia afuera y continué avanzando camino arriba.

Ya me encontraba en medio de las fortificaciones de artillería, unas ruinas enormes de cemento, piedra y ladrillo, cubiertas de enredaderas y matorrales, de aspecto muy semejante al de las ruinas mayas que había visto una vez en las selvas tropicales de las afueras de Cancún.

Seguí por el camino principal, aunque distinguía sendas más pequeñas y rampas de cemento y escalones a izquierda y derecha. Era obvio que Tobin podía haber tomado por cualquiera de esos pasos hasta el interior de las fortificaciones de artillería. Me di cuenta de que era probable que lo hubiera perdido. Dejé de caminar y me agaché junto a una pared de concreto que lindaba con el camino. Estaba a punto de darme vuelta cuando me pareció oír algo a la distancia. Presté atención, tratando de aquietar mi respiración agitada, y lo oí de nuevo. Era un sonido agudo y quejumbroso, y al fin lo reconocí: una sirena. Sonaba muy lejos y apenas se la percibía a causa del viento y la lluvia. Venía del oeste, prolongada y penetrante. Sin duda era una sirena de advertencia, una bocina eléctrica, y debía de provenir del edificio principal.

Cuando yo era chico aprendí a reconocer una sirena de ataque aéreo, y aquélla no lo era. Tampoco era una señal de incendio ni una ambulancia ni un auto policial ni una señal de filtración de radiación, que oí una vez en una película de entrenamiento policial. De modo que, en parte por un proceso de eliminación y en parte porque en realidad no soy estúpido, supe —aunque jamás la había oído antes— que lo que estaba oyendo era una sirena de advertencia por filtración de elementos contaminantes.

—Jesús...

Se había cortado la electricidad suministrada por tierra firme y los generadores de refuerzo situados cerca del edificio principal debían de haberse descompuesto; las bombas de flujo de aire negativo se habían detenido y los filtros electrónicos de aire se habían roto.

—María...

En alguna parte, una enorme sirena impulsada por batería difundía la mala noticia, y todos los que cumplían deberes de contención del huracán en la isla debían ponerse los trajes contra riesgo biológico y esperar. Yo no tenía un traje contra riesgo biológico. Diablos, ni siquiera tenía ropa interior.

—...y José. Amén.

La tormenta iba hacia el norte, pero el viento soplaba en dirección contraria a la de las agujas del reloj, de manera que resultaba concebible que el viento que soplaba en el laboratorio principal, en el lado oeste de la isla, llegara adonde yo me hallaba, en el lado este.

—Maldición.

Me agaché bajo la lluvia y pensé en todo —todos los asesinatos, toda la cacería de un lado a otro en la tormenta, cómo nos habíamos salvado de la muerte por un pelo, y demás— y después de tanta tontería mortal y tanta estúpida vanidad, codicia y engaños, aparecía la Parca y limpiaba el tablero. Puf. Así no más.

En el fondo sabía que, si se descomponían los generadores, entonces el laboratorio entero arrojaría al aire todo lo que tenía dentro. "¡Lo sabía! ¡Sabía que esto iba a suceder!" ¿Pero por qué ese día? ¿Por qué eso ocurría el segundo día del resto de mi vida que yo pasaba en aquella isla idiota?

Sea como fuere, decidí volver corriendo a la playa lo más rápido posible, agarrar a Beth, meternos en el Whaler, llegar al Chris-Craft y huir de Plum Island esperando lo mejor. Por lo menos yo tendría una probabilidad, y que la Parca se encargara de Tobin por mí.

Otro pensamiento se me cruzó por la cabeza, pero no era un pensamiento lindo: ¿Y si Beth, al reconocer la sirena, subía al Whaler, llegaba al Chris-Craft y se marchaba? Lo medité un momento y luego decidí que una mujer capaz de subir conmigo a una lancha pequeña en medio de una tormenta no me abandonaría en un momento así. Sin embargo... la peste era mucho más aterradora que un mar tempestuoso.

Mientras bajaba a la carrera por el camino en pendiente hacia la ambulancia, saqué varias conclusiones: una, había llegado demasiado lejos como para huir; dos, no quería averiguar lo que había decidido Beth; tres, tenía que encontrar a Fredric Tobin y matarlo; cuatro, de cualquier modo podía considerarme hombre muerto. De pronto avergonzado por mi falta de coraje, regresé a las fortificaciones, al encuentro de mi destino. La sirena continuaba gimiendo.

Mientras me aproximaba a la parte más alta del camino, mis ojos captaron el parpadeo de una luz: un haz, en realidad, que pasó por el horizonte a mi derecha por un segundo y enseguida desapareció.

Exploré la zona que rodeaba el costado del camino y encontré una estrecha senda de ladrillos que atravesaba la vegetación. Vi que alguien había pasado por allí hacía poco. Avancé entre la maraña de matorrales y ramas caídas y al final salí a una especie de patio hundido, rodeado de paredes de cemento en las que unas puertas de hierro conducían a un depósito subterráneo de municiones. En lo alto de las colinas circundantes distinguí los emplazamientos de artillería, de concreto. Me di cuenta de que en mi última visita a aquel lugar había estado parado en la cima de esos emplazamientos y había mirado hacia ese patio.

Todavía agachado entre los matorrales, miré la expansión abierta de cemento agrietado pero no logré distinguir ningún movimiento, ni vi otra vez la luz.

Saqué mi revólver y avancé con cautela dentro el patio; comencé a abrirme paso en el sentido contrario a las agujas del reloj alrededor del perímetro, siempre con la pared de cemento cubierta de líquenes a mis espaldas.

Llegué a la primera de las grandes puertas dobles de acero. Estaban cerradas, y por las bisagras me di cuenta de que se abrían hacia afuera. También deduje, por los escombros que había delante, que no se las había abierto recientemente.

Continué caminando alrededor del perímetro del patio, mientras pensaba que estaba frito si en los parapetos había alguien mirando hacia ese espacio abierto. Llegué a la segunda puerta y encontré lo mismo que en la primera: paneles viejos y herrumbrados que no se habían abierto en décadas.

En la tercera pared del patio, la pared sur, una de las puertas dobles se hallaba entreabierta. Los despojos del suelo habían sido barridos a un lado con el movimiento de la hoja. Espié por la abertura de diez centímetros pero no pude ver ni oír nada.

Tiré de la puerta hacia mí unos centímetros más y las bisagras chillaron fuerte. Maldición. Permanecí inmóvil, aguzando el oído, pero sólo alcancé a oír el viento y la lluvia y el lejano grito de la sirena advirtiendo a todos que había ocurrido lo inimaginable.

Respiré hondo y pasé por la abertura.

Me quedé muy quieto durante un minuto entero, tratando de percibir qué clase de lugar era aquél. De nuevo, como en la estación de bomberos, verme libre de la lluvia fue un alivio. Tuve la plena certeza de que allí se terminaban mis alivios.

El sitio era húmedo y olía a húmedo, como si jamás hubiera recibido la luz del Sol.

Me moví despacio hacia mi izquierda y llegué a una pared. La palpé y determiné que era de concreto y de forma curva. Di cuatro pasos en la dirección opuesta y de nuevo llegué a una pared de concreto, curva. Deduje que me hallaba en un túnel como el que había visto en mi primera visita allí: el túnel que llevaba a los extraterrestres de Roswell o el laboratorio nazi.

Pero no tenía tiempo para nazis ni interés en extraterrestres. Debía decidir si era ahí adonde había ido Tobin. Y, si era así, ¿se dirigía al tesoro? ¿O me había visto y me había conducido a esa trampa? En realidad no me importaba lo que tramaba, siempre que estuviera allí.

No vi luz de ninguna linterna más adelante; sólo esa total oscuridad que se encuentra bajo tierra. No hay ojo humano capaz de adaptarse a ella, de modo que, si Tobin se encontraba allí, tendría que encender una linterna para ponerme en la mira de su rifle. Y si lo hacía, mi disparo iría directo al haz de luz. En semejante situación, no habría un segundo disparo.

El impermeable y las botas de goma hacían ruido, así que me los quité, junto con el chaleco salvavidas. Vestido ahora con mi elegante cartuchera de hombro, vaqueros sin ropa interior, el cuchillo metido en el cinturón y las medias de lana de un muerto, comencé a caminar en absoluta oscuridad, levantando bien los pies para evitar escombros o lo que fuere. Pensé en ratas, murciélagos, cucarachas y serpientes, pero de inmediato aparté esos pensamientos de mi mente; las ratas y demás no constituían problema alguno. El problema era el ántrax en el aire, a mis espaldas, y un psicótico con un arma en algún punto de la oscuridad que se cernía frente a mí.

Santa María... Siempre he sido muy religioso; en realidad, muy devoto. Lo que pasa es que no hablo ni pienso mucho en eso mientras todo marcha bien. Es decir, cuando me hallaba en la alcantarilla a punto de morir desangrado no es que haya invocado a Dios sólo porque me encontraba en problemas, sino porque me pareció que eran un momento y un lugar convenientes para rezar, ya que no tenía nada mejor que hacer. ...Madre de Dios...

Mi pie derecho pisó algo resbaloso, y casi perdí el equilibrio. Me agaché y palpé el suelo alrededor de mis pies. Toqué un objeto frío, de metal. Intenté moverlo, pero no lo logré. Le pasé la mano por encima y al fin deduje que era un riel empotrado en el suelo de cemento. Recordé que Stevens había dicho que en otro tiempo había habido en la isla un ferrocarril de trocha angosta que transportaba municiones desde los barcos de la caleta hasta las baterías de artillería. Obviamente, aquél era un túnel de ferrocarril que llevaba a un depósito de municiones.

Continué avanzando, manteniendo el pie en contacto con el riel. Al cabo de unos minutos sentí que el riel doblaba a la derecha, y luego sentí algo áspero. Me arrodillé y palpé. Allí el riel se dividía y bifurcaba hacia derecha e izquierda. Justo cuando creía que Tobin y yo estábamos a punto de llegar al fin de nuestro viaje juntos, se abría el maldito camino. Me quedé arrodillado, escrutando la oscuridad en ambas direcciones, pero no pude ver ni oír nada. Se me ocurrió que, si Tobin creía hallarse solo, llevaría la linterna encendida, o por lo menos caminaría haciendo ruido. Ya que yo no podía verlo ni oírlo, deduje —en una de mis famosas deducciones— que era consciente de la presencia de otra persona. O quizás simplemente iba muy delante de mí. O quizá ni siquiera estaba ahí. ...ruega por nosotros, pecadores...

Oí algo a mi derecha, como un pedazo de cemento o piedra al dar contra el suelo. Presté atención y oí algo que sonaba a agua. Se me ocurrió que el túnel podía derrumbarse con tanta lluvia. ...ahora y en la hora...

Me incorporé y caminé hacia la derecha, guiado por el riel. El ruido de agua que caía se tornó más fuerte, y el aire, mejor.

Unos minutos después tuve la sensación de que el túnel había terminado y me hallaba en un espacio más amplio: el depósito de municiones. De hecho, miré hacia arriba y distinguí un pedazo de cielo oscuro en lo alto. Por ese agujero entraba la lluvia, que caía en el suelo. También pude distinguir una especie de andamiaje que se elevaba desde el agujero, y me di cuenta de que era el montacargas en el que se izaban los proyectiles hasta los emplazamientos de los cañones de arriba. Aquél, entonces, era el final de la línea, y yo sabía que Tobin estaba ahí, y que me estaba esperando. ...de nuestra muerte. Amén.

36

Fredric Tobin no parecía apresurado por anunciar su presencia, así que esperé, escuchando la lluvia. Al cabo de un rato casi pensé que me encontraba solo, pero podía sentir otra presencia en la habitación. Una presencia maligna. En serio.

Muy despacio, moví la mano izquierda hasta mi cintura y saqué el cuchillo.

Él sabía, desde luego, que era yo; y yo sabía que era él y que me llevaría al lugar que planeaba sería mi tumba.

Él sabía también que en cuanto hiciera un movimiento, o emitiera un sonido, o encendiera la linterna, yo dispararía. Entendía que más le valía que su primer disparo en la oscuridad fuera el mejor, porque iba a ser el único. De modo que los dos permanecimos inmóviles, gato y ratón, si quieren, cada uno tratando de averiguar dónde se encontraba el gato.

El desgraciado tenía nervios de acero, debo admitir. Yo estaba dispuesto a quedarme allí una semana si era necesario, y él, lo mismo. Escuché la lluvia y el viento de afuera, pero evité mirar hacia arriba, a la abertura del techo, porque eso arruinaría toda visión nocturna que hubiera desarrollado hasta el momento.

Permanecí allí, en esa habitación húmeda y cavernosa, mientras el frío se abría paso a través de mis medias y penetraba mis brazos desnudos, mi pecho, mi espalda. Sentí ganas de toser, pero me esforcé por contenerme.

Pasaron alrededor de cinco minutos, tal vez menos, pero no más. Tobin debía de estar preguntándose si yo me habría retirado en silencio. Me hallaba ubicado entre dondequiera que estuviera él y la entrada del túnel, a mis espaldas. Dudaba de que Tobin pudiera pasar delante de mí si perdía la calma y quería salir.

Por fin, Tobin parpadeó, figuradamente hablando; arrojó algo como un pedazo de concreto contra una pared lejana. Resonó en la enorme sala de municiones. Me sorprendió, pero no lo suficiente como para hacerme disparar. Truco estúpido, Freddie.

Los dos continuamos de pie en la oscuridad, yo tratando de ver a través de la negrura, de oír su respiración, de oler su miedo. Me pareció ver el brillo de sus ojos, o de acero, reflejado en la luz mortecina de la abertura del techo. Venía de mi izquierda, pero no tenía manera de juzgar la distancia en la oscuridad.

Me di cuenta de que también mi cuchillo podría reflejar un destello de luz, así que lo pasé a mi lado izquierdo, lejos de la débil fuente de luz de lo alto.

Intenté volver a distinguir el brillo, pero había desaparecido. Si lo veía una vez más, decidí, me abalanzaría hacia él y me valdría del cuchillo: para hundirlo, cortar, escarbar, apuñalar y demás hasta destrozar la carne y el hueso. Esperé.

Cuanto más fijaba la vista en lo que creía había sido ese brillo, más me engañaban los ojos. Veía una suerte de manchones fosforescentes, que luego cobraban forma y se convertían en calaveras con la boca abierta. Uf. Lo que es el poder de la sugestión.

Me costaba respirar en silencio; de no haber sido por el ruido del viento y el agua de afuera, Tobin me habría oído, y yo lo habría oído a él. Sentí que me subía otro acceso de tos, pero de nuevo lo reprimí.

Esperamos. Supuse que él sabía que yo estaba solo. También supuse que sabía que tenía por lo menos un arma. No dudaba de que él contaba con una pistola, pero no la 45 con la que había matado a Tom y Judy. Si llevaba un rifle, ya habría tratado de matarme en campo abierto desde una distancia segura cuando se dio cuenta de que John Corey le seguía el rastro. En cualquier caso, allí un rifle no servía para mucho más que una pistola. Lo que no se me ocurrió fue una escopeta.

El rugido del disparo de escopeta resultó ensordecedor en ese ambiente cerrado, y casi me desmayé del susto. Pero en cuanto me di cuenta de que no me había dado, y en cuanto mi cerebro registró la dirección del disparo —a unos tres metros a mi derecha— y antes de que Tobin pudiera volver a ponerse en posición de tiro, disparé mi única bala justo hacia donde había visto relampaguear la boca de su arma.

Tiré mi revólver y me abalancé acometiendo a ciegas con el cuchillo delante de mí, pero no entré en contacto con nada ni tropecé con un cuerpo tirado en el piso. En pocos segundos mi cuchillo rasguñó la pared. Me detuve, quieto.

Una voz, a cierta distancia detrás de mí, dijo:

—Calculo que le quedaba una sola bala.

Por supuesto, no respondí.

—Hábleme —ordenó la voz.

Me volví despacio hacia la voz de Fredric Tobin.

—Me pareció oír el ruido de su arma cuando cayó al piso —me provocó.

Me di cuenta de que cada vez que hablaba cambiaba de lugar. Hombre astuto.

—Lo veo a la luz de la abertura de arriba —me dijo.

En ese momento noté que mi embestida hacia el disparo de escopeta me había llevado más cerca de la escasa luz.

De nuevo la voz se movió y amenazó:

—Si se mueve siquiera un centímetro, lo mato.

No entendía por qué no había disparado de nuevo, pero imaginé que tenía algún tipo de plan. Aprovechándome de ello, me alejé de la pared y le espeté:

—Váyase a la mierda, Freddie.

De pronto se encendió una luz a mis espaldas y me di cuenta de que él me había rodeado, de manera que quedé atrapado en el haz de su linterna.

—Quédese inmóvil o disparo. ¡Quieto!

Me quedé ahí, de espaldas a él, iluminado por su linterna, mientras un arma no vista de equis calibre me apuntaba al culo. Mantenía el cuchillo junto al cuerpo para que no lo viera, pero en ese momento me ordenó:

—Las manos sobre la cabeza.

Deslicé el cuchillo dentro de la cintura de mis pantalones y me puse las manos en la cabeza, todavía de espaldas a él.

—Quiero que me responda unas preguntas.

—Y después me dejará vivir, ¿correcto?

Rió.

—No, señor Corey. Usted va a morir. Pero de todos modos responderá mis preguntas.

—Váyase al carajo.

—No le gusta perder, ¿verdad?

—Cuando se trata de mi vida, no.

Volvió a reír.

—A usted tampoco le gusta perder —repliqué—. Lo dejaron pelado en Foxwoods. Es un jugador de lo más estúpido.

—Cállese.

—Voy a darme vuelta. Quiero verle las fundas de los dientes y la peluca.

Mientras me daba vuelta con las manos en la cabeza, entré la panza y me retorcí un poco para que el cuchillo cayera dentro de mis vaqueros. No era un sitio que me gustara, pero allí Tobin no lo vería.

Quedamos frente a frente, a unos tres metros de distancia. Él sostenía la linterna apuntada a mi cintura, no a mi cara, así que pude distinguir una pistola automática en su mano derecha, dirigida al mismo punto que la linterna. No vi la escopeta.

La linterna era de esas de halógeno, de haz angosto, que se usan para hacer señales a largas distancias. La luz no era difusa, y la habitación estaba tan oscura como antes, salvo el haz que caía sobre mí.

Tobin me recorrió con la luz de arriba abajo y comentó:

—Veo que perdió algo de ropa.

—Váyase a la mierda.

Pasó el haz de luz por mi cartuchera de hombro.

—¿Dónde está su arma?

—No sé. Vayamos a buscarla.

—Cállese.

—Entonces no me haga preguntas.

—No me fastidie, señor Corey, o el próximo disparo irá directo a su entrepierna.

Bueno, no queremos que le disparen a Guillermo el Conquistador, aunque no veía cómo podía evitar causarle fastidio a Tobin. Le pregunté:

—¿Dónde está su escopeta?

—Amartillé el gatillo y la arrojé al otro lado de la habitación. Por suerte disparó sin alcanzarme. Pero usted mordió el anzuelo. El estúpido es usted.

—Espere... Usted estuvo diez minutos parado en la oscuridad, pensando eso. ¿Quién es más estúpido?

—Me estoy cansando de sus sarcasmos.

—Entonces dispare. No tuvo problemas en matar a esos dos bomberos mientras dormían.

No respondió.

—¿No estoy lo bastante cerca? ¿A qué distancia de usted estaban Tom y Judy? Lo suficiente como para que les quedaran manchas de pólvora. ¿O preferiría destrozarme la cabeza, como hizo con los Murphy y con Emma?

—Sí, preferiría eso. Tal vez lo hiera primero, y después le destroce la cabeza con la escopeta.

—Adelante. Intente herirme. Tiene un solo disparo, basura. Después yo le caeré encima como un halcón a una gallina. Vamos.

No aceptó el desafío y no respondió. Resultaba obvio que tenía algunos temas que resolver. Por fin preguntó:

—¿Quién más sabe de mí? ¿De algo de esto?

—Todos.

—Me parece que miente. ¿Dónde está su amiga?

—Justo detrás de usted.

—Si va a jugar conmigo, señor Corey, va a morir mucho antes y con mucho más dolor.

—Y usted va a freírse en la silla eléctrica. Se le quemará la carne y se le incendiará el pelo postizo, y las fundas de los dientes se le pondrán rojas y su barba echará humo y sus lentes de contacto se fundirán en sus globos oculares. Y cuando esté muerto, irá al infierno y se freirá de nuevo.

El señor Tobin no respondió nada.

Los dos permanecimos ahí, yo con las manos en la cabeza, él con la linterna en la mano izquierda y la pistola en la derecha. Era evidente que había captado el mensaje. Yo no podía verle la cara, pero lo imaginaba con expresión diabólica y artera. Al final me dijo:

—Usted dedujo todo lo del tesoro, ¿no?

—¿Por qué mató a Emma?

—Responda mi pregunta.

—Usted responda la mía primero.

Dejó pasar unos segundos y luego contestó:

—Ella sabía demasiado y hablaba demasiado. Pero sobre todo fue mi manera de mostrarle a usted el extremo disgusto que me causan sus sarcasmos y sus intromisiones.

—Es una mierda desalmada.

—La mayoría de la gente me considera encantador. Como Emma, por ejemplo. Y los Gordon. Ahora responda usted mi pregunta: ¿sabe lo del tesoro?

—Sí. El tesoro del capitán Kidd, enterrado acá, en Plum Island. Había que trasladarlo a otra ubicación y descubrirlo allá. Margaret Wiley, la Sociedad Histórica Pecónica y lo demás. Usted no es tan inteligente como piensa.

—Tampoco usted. Más que nada, tiene suerte. —Agregó: —No obstante, su suerte se ha terminado.

—Puede ser, pero todavía conservo todo el pelo y mis dientes naturales.

—Me está hartando.

—Y además soy más alto que usted, y Emma me dijo que tengo el pito más grande.

El señor Tobin eligió no contestar a mis provocaciones. Obviamente necesitaba charlar antes de apretar el gatillo contra mí.

—¿Tuvo una infancia desdichada? —continué—. ¿Una madre dominante y un padre distante? ¿Los chicos lo llamaban "mariquita" y se burlaban de sus medias color arcilla? Cuénteme. Quiero compartir su dolor.

El señor Tobin no habló durante un momento que me pareció muy largo. Vi que la linterna le temblaba en la mano, lo mismo que la pistola. Hay dos teorías cuando un tipo lo tiene a uno encañonado: hacerse el manso y colaborador, o azuzarlo, insultarlo y ponerlo nervioso para que cometa un error. La primera forma parte del procedimiento policial estándar. La segunda se considera peligrosa y loca. Como es obvio, yo prefiero la segunda teoría. Le dije:

—¿Por qué tiembla?

Levantó los dos brazos, siempre con la linterna en la mano izquierda y la automática en la derecha, y me di cuenta de que estaba tomando puntería. Oh, oh. Volvamos a la teoría uno.

Nos quedamos mirándonos y vi que él trataba de decidir si debía apretar el gatillo. Yo trataba de decidir si debía dar un alarido desgarrador y saltarle encima antes de que disparara.

Por fin bajó la pistola y la linterna y dijo:

—No le permitiré enfurecerme.

—Lo felicito.

—¿Dónde está Penrose?

—Se ahogó.

—No. ¿Dónde está?

—Tal vez fue al laboratorio principal a pedir refuerzos. Tal vez usted está acabado, Freddie. Tal vez debiera darme el arma, compañero.

Lo pensó.

Mientras pensaba le dije:

—Ya que estamos, encontré el cofre y los huesos y lo demás en el sótano, debajo de las cajas de vino. Llamé a la policía.

Tobin no respondió. Cualquier esperanza que tuviera de que sus secretos murieran conmigo acababa de esfumarse. Esperé una bala en cualquier momento, pero Fredric Tobin, siempre buen negociante, me preguntó:

—¿Quiere la mitad?

Casi reí.

—¿La mitad? Los Gordon creyeron que iban a quedarse con la mitad, y mire lo que les hizo.

—Obtuvieron lo que se merecían.

—¿Por qué?

—Sufrieron un ataque de conciencia. Imperdonable. Querían devolver el tesoro al gobierno.

—Bueno, es a ellos a quienes pertenece.

—No me importa a quién pertenezca. Importa quién lo descubre y se lo guarda.

—La Regla de Oro según Fredric Tobin: el que tiene el oro hace las reglas.

Rió entre dientes. A veces yo lo enojaba, otras veces lo hacía reír. En ausencia de otro policía, yo tenía que jugar al policía bueno y al policía malo. Es bastante para volver esquizoide a un tipo.

Tobin decía:

—Los Gordon fueron a verme para preguntarme si yo consideraría hacer un trato con el gobierno por el cual obtendríamos una parte justa del tesoro como recompensa por haberlo hallado, y el resto se destinaría a equipos de laboratorio ultramodernos y un centro recreativo en Plum Island, una guardería en tierra firme para los hijos de los empleados, medidas de conservación ambiental en la isla, restauración histórica y otros valiosos proyectos en Plum Island. Seríamos héroes, filántropos y legítimos. —Tobin hizo una pausa de un segundo y añadió: —Les dije que me parecía una idea maravillosa. Por supuesto, en ese momento ya los consideré muertos.

Pobre Tom, pobre Judy. Se equivocaron por completo cuando hicieron su pacto con Fredric Tobin.

—¿Así que no le atrajo la idea de una Ciudad Feliz de Fredric Tobin?

—En absoluto.

—Ay, Freddie, qué duro es usted. Apuesto a que en el fondo tiene el corazón de un chico. —Agregué: —Apuesto a que lo tiene guardado en un frasco, en el fondo de un pozo.

De nuevo rió entre dientes. Era hora de cambiarle el humor una vez más y mantenerlo interesado en la conversación. Le dije:

—A propósito, la tormenta destruyó sus viñedos y la caseta para botes. Yo le destrocé la bodega del sótano y también su departamento en la torre Tobin. Sólo quería que lo supiera.

—Gracias por compartirlo. No es muy diplomático, ¿verdad?

—La diplomacia es el arte de decir lindas mierdas hasta que uno encuentra una gran piedra con que pegar.

Rió.

—Bueno, se ha quedado sin piedras, señor Corey, y lo sabe.

—¿Qué quiere, Tobin?

—Quiero saber dónde está el tesoro.

Eso me sorprendió.

—Creí que estaba acá —respondí.

—Yo también. Vine acá en agosto cuando los Gordon me trajeron a hacer un recorrido arqueológico privado de la isla. Estaba aquí, en esta habitación, enterrado bajo viejos cajones de municiones. Pero ya no está más. —Añadió: —Había una nota.

—¿Una nota?

—Sí. Una nota de los Gordon; decía que mudaron el tesoro y que, si llegaban a morir antes de tiempo, entonces la ubicación no se sabría nunca.

—De modo que está bien embromado, Tobin. Qué bien.

—No puedo creer que no hayan compartido ese secreto con alguien en quien confiaban.

—Puede que lo hayan hecho.

—Alguien como usted —me espetó—. ¿Fue así como se enteró de que esto no tenía nada que ver con la guerra biológica? ¿Fue así como supo del tesoro del capitán Kidd? ¿Fue así como supo que yo estaba involucrado? Respóndame, Corey.

—Lo deduje todo por mi cuenta.

—¿Entonces no tiene idea de dónde está el tesoro ahora?

—Ni la menor pista.

—Qué pena.

La automática volvió a la posición de disparar.

—Bueno —lo atajé—, podría tener una o dos pistas.

—Así me parecía. ¿Ellos le enviaron una carta póstuma?

"No, pero ojalá lo hubieran hecho."

—Me dieron unas pistas que para mí no tenían mucho sentido, pero tal vez lo tengan para usted.

—¿Por ejemplo?

—Bueno... Eh, ¿cuánto cree que vale el tesoro?

—¿Para usted? ¿O en general?

—En general. Si lo ayudo a encontrarlo, sólo quiero el diez por ciento.

Me iluminó el pecho con la linterna, justo debajo del mentón, y me miró un momento. Luego me preguntó:

—¿Está jugando, señor Corey?

—¿Yo? No.

Guardó silencio unos instantes, desgarrado entre su ardiente deseo de matarme allí mismo y su débil esperanza de que en realidad yo pudiera saber algo de lo ocurrido con el tesoro. Se agarraba de briznas, y por un lado lo sabía, pero no podía aceptar que todo el plan se había malogrado, que no sólo estaba arruinado y acabado, sino que había desaparecido el tesoro y los años de minucioso trabajo, y además enfrentaba una muy buena probabilidad de que lo procesaran por asesinato, lo condenaran y lo frieran.

Por fin dijo:

—Era increíble, en serio. No sólo había monedas de oro, sino también joyas... joyas del Gran Mogol de la India... rubíes y zafiros y perlas en los engarces de oro más exquisitos... y bolsas y bolsas de otras piedras preciosas... Debía de haber diez o veinte millones de dólares en joyas... o tal vez más... —Suspiró y continuó: —Creo que usted ya sabe todo esto. Creo que los Gordon lo tomaron como confidente o le dejaron una carta.

De veras deseé que hubieran hecho una cosa o la otra, preferiblemente la primera. Sin embargo, no habían hecho ninguna, aunque tal vez se lo habían propuesto. Pero, tal como yo sospechaba, en apariencia los Gordon le habían dado a Fredric Tobin la impresión de que John Corey, detective de la policía de Nueva York, sabía algo; y se suponía que eso debía mantenerlos con vida, pero no había sido así. Me estaba manteniendo vivo a mí, en ese momento, pero no por muchos momentos más. Contesté:

—Usted sabía quién era yo cuando fui a verlo al viñedo.

—Por supuesto. ¿Acaso se cree el único tipo inteligente del mundo?

—Sé que soy el único tipo inteligente de esta habitación.

—Bueno, ya que es tan inteligente, señor Corey, ¿por qué está parado ahí con las manos en la cabeza y por qué yo tengo la pistola?

—Buena pregunta.

—Me está haciendo perder tiempo. ¿Sabe dónde está el tesoro?

—Sí y no.

—Basta. Tiene cinco segundos para decírmelo. Uno. —Estabilizó el arma.

—¿Para qué quiere saber dónde está el tesoro? Jamás lo disfrutará ni saldrá impune de los asesinatos.

—Mi barco está equipado para llevarme hasta América del Sur. Dos...

—Enfrente la realidad, Freddie. Si se imagina en una playa con muchachas nativas que le dan de comer mangos en la boca, olvídelo, compañero. Deme el arma y me encargaré de que no lo frían. Le juro por Dios que no lo freirán.

"Te mataré yo mismo."

—Si sabe algo, debe decírmelo. Tres...

—Creo que Stevens dedujo algo de todo esto. ¿Qué le parece?

—Es posible. ¿Cree que él tiene el tesoro? Cuatro...

—Freddie, olvide el maldito tesoro. De hecho, si sale y presta atención, oirá la sirena de riesgo biológico. Ha habido una filtración. Tendremos que ir todos a un hospital dentro en las próximas horas, o moriremos.

—Está mintiendo.

—No. ¿No oyó la sirena?

Guardó silencio un momento y luego dijo:

—Creo que esto ya ha terminado, de una manera o de otra.

—Correcto. Hagamos un trato.

—¿Qué clase de trato?

—Usted me da el arma, salimos los dos de aquí y vamos a su barco, rápido, y después a un hospital. Hablamos con el fiscal de distrito sobre su entrega voluntaria y le fijan fianza, y después, dentro de un año, vamos a juicio y todos aprovechan su oportunidad para decir mentiras. ¿De acuerdo?

Tobin callaba.

Desde luego, la probabilidad de salir bajo fianza con un cargo de asesinatos múltiples era nula; también observen que no usé palabras como "arresto" o "cárcel" ni nada negativo similar. Dije:

—Le prometo que hablaré en su favor si se entrega por propia voluntad.
—"Sí, claro." —En serio. Le doy mi palabra.

Dio la impresión de considerar la oferta. Era un momento engañoso y difícil, porque él tenía que elegir entre pelear, huir o entregarse. Me recordé que Tobin era un jugador arriesgado con un ego demasiado grande.

—Se me ocurre que usted no ha venido aquí como policía.

Temía que se le ocurriera eso.

—Se me ocurre que se ha tomado todo esto en forma personal. Que quisiera hacerme lo que yo les hice a Tom, Judy, los Murphy y Emma...

Por supuesto, tenía toda la razón. Como de cualquier manera podía considerarme muerto, me abalancé hacia la izquierda, fuera del haz de luz de la linterna, hacia la oscuridad, y caí de hombros contra el piso. Tobin agitó la linterna y disparó, pero yo estaba mucho más allá de dónde él había calculado, en el suelo. Rodé en dirección contraria mientras el disparo resonaba y con ello cubrí el ruido de mi movimiento. Saqué el cuchillo de mis pantalones antes de que me rebanara el pito.

El fino haz de luz rebotaba como loco por la habitación, y de vez en cuando Tobin disparaba a ciegas y las balas rebotaban contra las paredes de cemento al tiempo que el ruido de los disparos hacía eco en la oscuridad.

En un momento la luz pasó justo por encima de mí, pero para cuando Tobin se dio cuenta yo ya había desaparecido otra vez. Jugar a las escondidas con una linterna y balas no es tan divertido como parece, pero es mucho más fácil que lo que se pueda pensar, en especial en un espacio amplio y sin obstrucciones, como aquél.

Cada vez que me movía, palpaba el piso en busca de la escopeta, pero nunca la encontraba. Pese a mi falta de arma de fuego, ahora la ventaja era mía, y mientras el idiota mantuviera la luz encendida y siguiera disparando, yo sabría dónde se hallaba. Era evidente que el sereno Freddie había perdido la serenidad.

No obstante, antes de que tomara conciencia de que debía apagar la linterna, embestí como una locomotora hacia él. Me oyó venir en el último segundo y revoleó la linterna y la pistola en forma simultánea hacia mí justo cuando yo caía sobre él.

Hizo un ruido como el de un globo que revienta y cayó como un juego de bolos. Le retorcí la mano para quitarle la pistola con bastante facilidad, y luego le saqué la linterna. Me arrodillé sobre su pecho; con una mano le puse la linterna en la cara, y con la otra le apoyé el cuchillo contra la garganta.

A Tobin le costaba respirar, pero logró decir:

—Está bien... está bien... Usted gana...

—Correcto. —Le acerqué el mango del cuchillo a la nariz y le rompí el tabique. Sentí el crujido y vi la sangre que saltaba de sus fosas nasales y oí el alarido que soltó. Los gritos se convirtieron en sollozos; me miró con ojos desorbitados y rogó entre dientes:

—No... por favor... basta...

—No, no, basta no. Basta no. —Mi segundo golpe con el mango del cuchillo le rompió los dientes enfundados; después di vuelta el cuchillo, lo corté en el nacimiento del pelo y le arranqué el peluquín. Soltó otro quejido, pero se hallaba casi en estado de *shock* y no reaccionaba plenamente a mi maldad. Me oí gritar en la oscuridad:

—¡Le destrozaste la cabeza! ¡La violaste! ¡Maldito hijo de mil putas!

—No... oh. No...

Sabía que yo ya no era un ser racional, y que debería haberme ido. Pero esas imágenes de los muertos de veras acechaban en la oscuridad, y a esa altura, después del terror del viaje en la lancha, la persecución por Plum Island, la filtración de agentes contaminantes, las balas disparadas en la oscuridad, John Corey se había convertido en algo que era mejor mantener en las tinieblas. Le pegué dos veces en la frente con el mango del cuchillo pero no logré partirle el cráneo.

Tobin soltó un quejido largo y patético.

—Noooo...

De veras deseé pararme y salir corriendo de allí antes de hacer algo irremediablemente perverso, pero el corazón negro que se oculta en todos había despertado en mí.

Eché el brazo hacia atrás, cuchillo en mano, y desgarré los pantalones de Tobin hasta el bajo vientre, con una profunda incisión lateral que partió la carne y los músculos y causó que los intestinos salieran de la cavidad abdominal.

Tobin gritó, pero luego quedó extrañamente silencioso y quieto, como si tratara de explicarse lo sucedido. Debía de sentir el calor de la sangre, pero en lo demás sus signos vitales eran buenos y tal vez le estaba agradeciendo a Dios el seguir vivo. Pronto yo habría de poner fin a eso.

Llevé hacia atrás la mano derecha y agarré un montón de entrañas tibias; tiré, las arrastré a mi lado y luego las eché sobre la cara de Tobin.

Sus ojos encontraron los míos a la luz de la linterna y me miraron con expresión casi curiosa. Pero como no tenía punto de referencia para determinar qué era la cosa viscosa que le cubría la cara, necesitaba que yo se lo aclarara. Así que le dije:

—Tus entrañas.

Gritó, y volvió a gritar, mientras se manoteaba la cara.

Me paré, me limpié las manos en los pantalones y me marché. Los gritos y alaridos de Tobin resonaban en la habitación muy, muy fría.

37

No me atraía la larga caminata a lo largo del túnel oscuro. Además, es buena táctica no volver por donde se ha venido; alguien puede estar esperándote. Miré a la abertura de arriba. Nunca un cielo oscuro y tormentoso me pareció tan tentador. Avancé a la estructura de acero que se elevaba del piso al techo del depósito de municiones. Aquello era, como ya dije, el montacargas mediante el cual se izaban, en otro tiempo, enormes proyectiles de cañones y pólvora hasta los emplazamientos erigidos arriba, así que calculé que me serviría. Subí al primer travesaño y resistió. Subí unos más y noté que, aunque estaban un poco oxidados, resistían también.

La lluvia caía por la abertura, encima de mí; desde abajo me asaltaban los gritos de Fredric Tobin. Uno piensa que al cabo de un rato un tipo se queda sin aliento para seguir gritando; es decir, una vez que ha pasado el horror inicial, el tipo debería tranquilizarse y ver si puede volver a meterse las entrañas en la panza y callarse la boca.

A medida que subía, el aire era mejor. A unos cinco metros, sentí el viento que soplaba por el agujero. A los seis metros, ya me hallaba en la abertura y la lluvia caía con fuerza y en forma horizontal; la tormenta había retornado.

Vi que la abertura estaba rodeaba por una cerca de alambre de púa, obviamente para que los animales no cayeran en el agujero cuando los emplazamientos de los cañones se usaban como corrales.

—Maldición.

Me paré en el último peldaño de la estructura del montacargas, con medio cuerpo fuera del agujero. El viento y la lluvia sofocaban los alarido de Tobin.

Contemplé la cerca de alambre, de más de un metro de alto, que me rodeaba. Podía treparla o volver y salir por el túnel. Pensé en Tobin, que gritaba allá abajo, con las entrañas por el piso. ¿Y si recobraba el control y encontraba la escopeta o la pistola? Ya que había llegado hasta ahí, decidí subir el último metro.

El dolor es sobre todo cuestión de dominio de la mente sobre la materia, así que puse el cerebro en blanco y trepé por la cerca de alambre de púa; cuando llegué arriba salté al pavimento que se extendía abajo.

Me quedé un momento ahí, recobrando el aliento, frotándome los cortes de las manos y los pies, feliz de que los médicos del hospital me hubieran dado la vacuna contra el tétanos por si las balas estaban sucias.

Ignorando el dolor de los cortes, me puse de pie y miré alrededor. Me hallaba en un emplazamiento de artillería, de forma circular, de unos tres metros de diámetro. Estaba cortado en la ladera de la barranca y rodeado de una pared de cemento alta hasta los hombros, que en otro tiempo había sido protegida por el gran cañón dispuesto allí. En la superficie de cemento había un mecanismo de acero que en su momento servía para hacer girar el cañón en un arco de ciento ochenta grados.

Vi en el otro extremo una rampa de concreto que conducía a algo que parecía una torre de observación. Hasta donde lograba determinar, me hallaba en el lado sur de la chuleta de cerdo; la pieza de artillería también apuntaría en esa dirección, hacia el mar. De hecho, alcanzaba a oír las olas que rompían en la costa cercana.

Pensé que esos emplazamientos resultaban buenos para corrales de animales, lo cual me recordó que el aire estaba lleno de peste. No es que uno pueda olvidar con facilidad una cosa semejante, pero supongo que mi mente la bloqueaba. El asunto es que, si aguzaba el oído, podía percibir el lamento de la sirena. También oía los gritos de Fredric Tobin... no literalmente, sino en mi cabeza, y sabía que seguiría oyéndolos por algún tiempo.

Bueno, ahí estaba... Tobin en mi mente, la sirena de riesgo biológico en los oídos, viento y agua en la cara, frío, temblores, sed, hambre, cortado y medio desnudo, y aun así me sentía el rey del mundo. Es más: solté una pequeña exclamación e hice una especie de salto. Grité al viento:

—¡Estoy vivo! ¡Vivo!

Entonces una vocecita dijo dentro de mi cabeza:

—No por mucho tiempo.

Paré con mi danza de la victoria.

—¿Qué?

—No por mucho tiempo.

En realidad no era una vocecita que hablaba desde el interior de mi cabeza, sino una voz que hablaba a mis espaldas. Me volví.

En lo alto de la pared de un metro y medio de alto, mirándome desde arriba, había una gran silueta, vestida con equipo impermeable con capucha, de modo que la cara apenas resultaba visible; el efecto era como si la Parca se hallara allí de pie en medio de la tormenta, acaso sonriendo y todo lo demás. Qué espantoso. Pregunté:

—¿Quién diablos es usted?

La persona —un hombre, por el tamaño y la voz— no respondió.

Creo que me sentí un tonto porque me habían sorprendido bailando y soltando exclamaciones bajo la lluvia. Pero experimenté la fuerte sensación de que en ese momento aquél era el menor de mis problemas.

—¿Quién diablos es usted?

De nuevo no hubo respuesta. Pero ahora vi que la persona sostenía algo contra el pecho. ¿Una guadaña típica de la Parca? Rogué que así fuera. Podía lidiar con una guadaña.

Pero no tuve tanta suerte. El tipo tenía un rifle. Mierda.

Consideré mis opciones. Me encontraba en el fondo de un agujero circular de un metro y medio de profundidad, y alguien munido de un rifle se hallaba parado en la pared cercana a la rampa de salida. Básicamente, estaba bien embromado.

El tipo seguía ahí, mirándome desde la altura... un disparo fácil con un rifle. Estaba demasiado próximo a la rampa de salida para que yo pensara en huir por allí. Mi única posibilidad era el agujero por el que acababa de salir, pero eso significaba volver a pasar la cerca de alambre de púa y zambullirme a ciegas en la abertura del montacargas. Demoraría unos cuatro segundos, y en cuatro segundos el tipo del rifle podía apuntar y disparar dos veces. Pero quizás el tipo no quisiera hacerme daño. Tal vez fuera un empleado de la Cruz Roja que me llevaba coñac. Bien.

—Bueno, amigo —le dije—, ¿qué lo trae por aquí en una noche como ésta?

—Usted.

—¿*Moi*?

—Sí, usted. Usted y Fredric Tobin.

Reconocí la voz.

—Bueno, Paul, yo ya estaba por irme, justamente.

—Sí —contestó Paul Stevens—. Claro que se va a ir.

No me gustó la manera como lo dijo. Supuse que estaba enfadado porque yo le había pegado en el jardín de su casa, y ni hablar de lo que le hice con los cordones de los zapatos. De modo que ahí lo tenía, armado con su rifle. A veces la vida es graciosa.

—Se irá muy pronto —amenazó.

—Qué bien. Pasaba por aquí y...

—¿Dónde está Tobin?

—Justo detrás de usted.

Stevens llegó a echar un vistazo rápido a sus espaldas y luego me miró de nuevo.

—En el faro divisaron dos embarcaciones: un Chris-Craft y una lancha. El Chris-Craft quedó en el estrecho; la lancha llegó hasta acá.

—Sí, el que iba en la lancha era yo. Salí a dar una vuelta. —Le pregunté: —¿Cómo sabía que en el Chris-Craft iba Tobin?

—Conozco el barco. Y lo estaba esperando.

—¿Por qué?

—Usted sabe por qué. —Agregó: —Mis micrófonos y sensores de movimiento captaron por lo menos a dos personas en el fuerte Terry, además de un vehículo. Salí a verificar, y aquí estoy. —Añadió: —Alguien asesinó a dos bomberos. ¿Fue usted?

—No. Eh, Paul, se me está poniendo el cuello duro de tanto mirar para arriba, y tengo frío. Voy a subir por esa rampa, e iremos al laboratorio a tomar un café...

Paul Stevens levantó el rifle y me apuntó.

—Si se mueve una sola pulgada, lo mataré —me dijo.

—Entendido.

Me recordó:

—Le debo una, por lo que me hizo.

—Debería tratar de elaborar la ira de manera más constructiva...

—Cállese la boca, carajo.

—Correcto. —De manera instintiva supe que Paul Stevens era más peligroso que Fredric Tobin. Tobin era un asesino cobarde, y si percibía peligro huía. Stevens, sin la menor duda, era un asesino más natural, el tipo de hombre que se enfrenta con uno mano a mano. Le dije: —¿Sabía por qué Tobin y yo vinimos acá?

Sin dejar de apuntarme con el rifle respondió:

—Por supuesto. Por el tesoro del capitán Kidd.

—Puedo ayudarlo a encontrar el tesoro.

—No, no puede. El tesoro lo tengo yo.

Ay, Dios.

—¿Cómo supo...?

—¿Me cree estúpido? Los Gordon me creían estúpido. Yo sabía exactamente lo que sucedía con todas esas idiotas excavaciones arqueológicas. Seguí cada uno de los movimientos que hicieron. No sabía con certeza quién era su socio, hasta agosto, cuando llegó Tobin como representante de la Sociedad Histórica Pecónica.

—Buen trabajo detectivesco. Me encargaré de que el gobierno le dé un premio por eficiencia...

—Cállese la maldita boca.

—Sí, señor. Dicho sea de paso, ¿no debería haberse puesto una máscara o algo así?

—¿Por qué?

—¿Por qué? ¿Ésa no es la sirena de alarma biológica?

—Lo es. Es un ensayo. Ordené que hicieran una prueba. Todo el personal de la isla que debe cumplir tareas relacionadas con el control de un huracán está en el laboratorio, vestido con los trajes contra riesgo biológico, repasando los ejercicios de biocontención.

—¿Es decir que no vamos a morir todos?

—No. Sólo va a morir usted.

Temía que fuera a decir eso. Le informé, en tono oficial:

—Lo que usted ya hizo, sea lo que fuere, no es tan grave como cometer asesinato.

—La verdad, no he cometido un solo crimen, y matarlo a usted va a ser un placer.

—Matar a un policía es...

—Usted es un intruso, y, en lo que a mí concierne, un saboteador, terrorista y asesino. Lamentaré no haberlo reconocido.

Tensé el cuerpo, preparado para salir corriendo hacia el agujero, sabiendo que era un intento inútil, pero algo tenía que hacer.

Stevens continuó:

—Me rompió dos dientes y me partió el labio. Además, ya sabe demasiado. —Añadió: —Yo soy rico, y usted será un muerto. Adiós, imbécil.

Repliqué:

—Váyase a la mierda, idiota —y me precipité hacia el agujero, mirando hacia él mientras corría, no al alambre de púas. Apuntó el rifle y disparó. No podía errar.

Resonó un disparo, pero de su rifle no salió ningún fogonazo, y ningún dolor ardiente me recorrió el cuerpo. Cuando ya alcanzaba la cerca y estaba por treparla y arrojarme de cabeza al hoyo, vi que Stevens saltaba hacia el pozo para liquidarme. Por lo menos, eso fue lo que pensé. Pero en realidad estaba cayendo de cara contra el pavimento. Choqué contra el alambre de púa y me detuve.

Me quedé ahí un momento, inmóvil, observándolo. Se crispó un poco, como si le hubieran dado en la columna vertebral, así que básicamente estaba liquidado. Oí esos gorgoritos inconfundibles que se producen antes de que se apaguen las luces de la mente. Por fin las crispaciones y los gorgoritos cesaron. Alcé la vista a lo alto de la pared. Beth Penrose miraba desde allí a Paul Stevens, con la pistola aún apuntando hacia él.

—¿Cómo llegaste aquí? —pregunté.

—Caminando.

—Es decir...

—Vine a buscarte. Lo vi y lo seguí.

—Qué suerte tuve.

—Él no puede decir lo mismo.

—Iba a matarme.

—Lo sé.

—Podrías haber disparado antes.

—Espero que no critiques mi actuación.

—No, señora. Buen disparo.

—¿Estás bien?

—Sí. ¿Y tú?

—Bien. ¿Dónde está Tobin?

—Él... no está aquí.

Miró de nuevo a Stevens de soslayo y me preguntó:

—¿Qué le pasaba?

—Es un carroñero.

—¿Encontraste el tesoro?

—No, pero Stevens sí.

—¿Sabes dónde está?

—Justo se lo estaba preguntando.

—No, John. Él iba a ponerte un tiro en la cabeza.

—Gracias por salvarme la vida.

—Me debes un pequeño favor.

—Correcto. Bueno... caso cerrado.

—Salvo el tesoro. Y Tobin. ¿Dónde está?

—Ah, anda por ahí...

—¿Está armado?

—No —respondí—. No tiene entrañas para eso.

Nos refugiamos de la tormenta en la casamata de concreto. Nos acurrucamos para darnos calor, pero teníamos tanto frío que ninguno de los dos durmió. Hablamos toda la noche, frotándonos mutuamente los brazos y las piernas para evitar la hipotermia.

Beth me presionó para que le dijera dónde se hallaba Tobin, y le di una versión moderada del enfrentamiento en el depósito de municiones; le dije que lo había apuñalado y que estaba mortalmente herido.

—¿No deberíamos llevarlo a que lo atienda un médico? —preguntó.

—Por supuesto. A primera hora de la mañana —le respondí.

Por unos minutos no me contestó. Después dijo:

—De acuerdo.

Antes del amanecer nos abrimos paso hacia la playa.

La tormenta había pasado y antes de que salieran las patrullas de barcos o helicópteros volvimos a colocar la hélice y llegamos con el Whaler hasta el Chris-Craft. Después dejé hundir el bote y fuimos con el crucero hasta Greenport, desde donde llamamos a Max. El jefe se reunió con nosotros en el muelle y nos llevó a la comisaría, donde nos duchamos y nos vestimos. Un médico local nos revisó y nos recetó antibióticos y huevos con tocino, que nos pareció un buen remedio.

Desayunamos en la sala de conferencias de Max y le presentamos un informe. Max se mostró asombrado, incrédulo, irritado, feliz, envidioso, aliviado, preocupado y demás. No dejaba de preguntar:

—¿El tesoro del capitán Kidd? ¿Están seguros?

Durante mi segundo desayuno, inquirió:

—¿De modo que sólo Stevens sabía la ubicación del tesoro?

—Creo que sí —respondí.

Se quedó mirándome; luego miró a Beth y dijo:

—No me ocultarías nada, ¿verdad?

—Por supuesto que sí —respondí yo—. Si supiéramos dónde hay veinte millones de oro en oro y joyas, serías el último en enterarte, Max. Pero la cosa es que el tesoro se ha perdido otra vez. —Agregué: —No obstante, sabemos que existe y que Stevens lo tuvo por un corto tiempo. De modo que quizá con algo de suerte la policía o los federales logren encontrarlo.

Beth agregó:

420

—Ese tesoro ha causado tantas muertes que en realidad creo que está maldito.

Max se encogió de hombros y replicó:

—Maldito o no, me gustaría encontrarlo. —Aclaró: —Por razones históricas.

—Desde luego.

Max parecía incapaz de captar todo aquello y procesarlo, de modo que seguía repitiendo preguntas que ya le habíamos respondido.

Le dije:

—Si esto se va a convertir en un interrogatorio, tendré que llamar a mi abogado.

Max forzó una sonrisa y respondió:

—Disculpen... Es que esto es tan asombroso...

—Agradécenos por haber hecho un buen trabajo —le espetó Beth.

—Gracias por hacer un buen trabajo. —Se volvió hacia mí: —Me alegro de haberte contratado.

—Me despediste.

—¿Sí? Lo había olvidado. —Enseguida preguntó: —¿Me dijiste que Tobin murió?

—Bueno... la última vez que lo vi todavía vivía... Es decir, creo que debería haberte dicho que necesitaba atención médica.

Max me miró un momento.

—¿Dónde queda, precisamente, ese depósito subterráneo? —me preguntó.

Le di las indicaciones lo mejor que pude, y luego Max salió a hacer una llamada telefónica.

Beth y yo nos miramos por sobre la mesa de la sala de conferencias de Max. Le dije:

—Vas a ser una buena detective.

—Ya soy una buena detective.

—Sí, lo eres. ¿Cómo puedo pagarte por haberme salvado la vida?

—¿Qué te parece mil dólares?

—¿Es eso lo que vale mi vida?

—Bueno, quinientos.

—¿Quieres ir a cenar esta noche?

—John... —Me miró y sonrió como con ganas, pero dijo: —John... me gustas mucho, pero... es demasiado... complicado... demasiado... es decir, con todas estas muertes... Emma...

Asentí.

—Tienes razón.

Sonó el teléfono de la mesa y atendí. Escuché y repuse:

—De acuerdo... Se lo diré. —Colgué y le comuniqué a Beth: —Ha llegado tu limusina del condado, señora.

Se puso de pie y fue hasta la puerta; se volvió hacia mí y me dijo:

—Llámame dentro de un mes, ¿quieres? ¿Lo harás?

Nuestros ojos se encontraron. Yo le hice un guiño, y ella me lo devolvió. Le tiré un beso, ella me tiró otro. Beth Penrose se marchó.

Al cabo de unos minutos, volvió Max, que me dijo:

—Llamé a Plum. Hablé con Kenneth Gibbs, ¿lo recuerdas? El asistente de Stevens. Los tipos de seguridad ya encontraron al jefe. Muerto. El señor Gibbs no parecía muy alterado, ni siquiera demasiado curioso.

—Nunca se sabe cuándo llegará un ascenso inesperado.

—Sí. Además, le dije que buscara a Tobin, en los depósitos subterráneos. ¿Correcto?

—Correcto. No recuerdo en cuál quedó. Estaba oscuro.

—Sí. —Pensó un instante y comentó: —Qué desastre. Qué tonelada de papeles vamos a tener que... —Echó un vistazo a la habitación y preguntó: —¿Dónde está Beth?

—Vinieron de la policía del condado y se la llevaron.

—Ah... está bien. —Me informó: —Acabo de recibir un fax de aspecto oficial del Departamento de Policía de Nueva York, pidiéndome que te localice y te vigile hasta que lleguen ellos, cerca del mediodía.

—Bueno, aquí estoy.

—¿Vas a escaparte?

—No.

—Promételo. O te enviaré a una celda con rejas.

—Lo prometo.

—De acuerdo.

—Consígueme alguien que me lleve a mi casa. Necesito mis cosas.

—De acuerdo.

Se fue y enseguida asomó la cabeza por la puerta un agente uniformado, mi viejo compañero Bob Johnson.

—¿Necesita que lo lleven? —me preguntó.

—Sí.

Me llevó hasta la casa del tío Harry. Me puse una ropa abrigada, tomé una cerveza y me senté en el porche trasero, contemplando el cielo más despejado y la bahía ya más calma.

El cielo se pone de un azul casi incandescente después de que una tormenta ha barrido los agentes contaminantes y limpiado el aire. Así es como debió de haber lucido el cielo hace cien años, antes de los trenes diesel y los camiones, los autos y los barcos y las calderas de carbón y las cortadoras de césped y los químicos y los pesticidas y quién sabe qué diablos más que anda flotando por ahí.

El césped era un desastre a causa de la tormenta, pero la casa se encontraba bien, aunque la electricidad aún no funcionaba y la cerveza estaba tibia, lo cual era malo; la buena noticia, sin embargo, era que no podía escuchar los mensajes de mi contestador automático.

Supongo que debería haber esperado a la policía de Nueva York, como le había prometido a Max, pero en cambio llamé un taxi y fui a la estación de tren de Riverhead y tomé el tren a Manhattan.

• • •

De vuelta en mi departamento, en la calle 72 Este, después de tantos meses, noté que en mi contestador automático había treinta y seis mensajes, que era su capacidad máxima.

La señora encargada de la limpieza había apilado la correspondencia en la mesa de la cocina; había más o menos cinco kilos de esa basura.

Entre las cuentas y porquerías se hallaba mi certificado de divorcio, que pegué a la heladera con un imán.

Estaba por tirar las pilas de cartas indeseadas cuando me llamó la atención un sobre blanco liso. Estaba escrito a mano, y el remitente era la dirección de los Gordon, aunque el matasellos decía Indiana.

Abrí el sobre y saqué tres hojas de papel con renglones, escritas de ambos lados con una letra prolija, en tinta azul, Leí:

"Querido John: Si estás leyendo esto, quiere decir que hemos muerto... Así que... saludos desde la tumba."

Bajé la carta, fui a la heladera y saqué una cerveza. Dije:

—Saludos desde la tierra de los muertos vivos.

Continué leyendo:

"¿Sabías que el tesoro del capitán Kidd estaba enterrado cerca? Bueno, a esta altura tal vez lo sepas. Eres un hombre inteligente, y apostamos a que ya averiguaste algo de todo esto. Si no, la historia es la siguiente."

Tomé un sorbo de cerveza y leí las tres hojas, que constituían una crónica detallada de los hechos relacionados con el tesoro de Kidd, Plum Island y el vínculo de los Gordon con Fredric Tobin. La carta no contenía sorpresas; sólo unos cuantos detalles que yo había pasado por alto, relativos a cosas sobre las cuales había especulado. En cuanto a cómo había sido descubierta la ubicación del tesoro en Plum Island, los Gordon decían:

"No mucho después de que llegamos a Long Island, recibimos una invitación de Fredric Tobin para asistir a una degustación de vinos. Fuimos a los Viñedos Tobin para esa ocasión y conocimos a Fredric Tobin. Luego siguieron otras invitaciones."

Así comenzó la seducción de los Gordon por parte de Fredric Tobin. En algún momento, según la carta, Tobin les mostró un mapa tosco trazado en pergamino pero no les dijo dónde lo había obtenido. El mapa era de "Pruym Eyland" y contenía indicaciones de brújula, pasos, hitos y una gran X. El resto de la historia resultaba predecible, y antes de que pasara mucho tiempo Tom, Judy y Fredric habían hecho el pacto del diablo.

Los Gordon dejaban en claro que no confiaban en Tobin y que era muy probable que él fuera la causa de la muerte de ambos, aunque se le diera la apariencia de un accidente o de obra de un agente extranjero o lo que fuere. Tom y Judy habían llegado a comprender las intenciones de Fredric Tobin, pero demoraron mucho y cuando lo hicieron ya era demasiado tarde. No mencionaban en la carta nada sobre Paul Stevens, acerca del cual no sabían nada.

Se me ocurrió que Tom y Judy eran como los animales con que trabajaban: inocentes, confiados y condenados desde el primer momento que pusieron los pies en Plum Island.

La carta terminaba así:

"A los dos nos caes bien y confiamos mucho en ti, John, y sabemos que harás todo lo que puedas para que se haga justicia. Con cariño, Tom y Judy."

Dejé la carta y me quedé mirando la nada por un largo rato.

Si esa carta me hubiera llegado antes, la última semana de mi vida habría sido muy diferente. Por cierto Emma aún viviría, aunque acaso nunca la hubiera conocido.

Hace un siglo, la gente solía llegar a una encrucijada en su vida y debía elegir un rumbo. En la actualidad, vivimos dentro de microchips con un millón de sendas que se abren y cierran cada nanosegundo. Lo que es peor: es otro el que oprime los botones.

Al cabo de una media hora de meditar acerca del significado de la vida, sonó el timbre y fui a abrir. Era la policía, específicamente unos payasos de Asuntos Internos que parecían fastidiados conmigo por algún motivo. Fui con ellos a la central a explicar por qué no había devuelto las llamadas telefónicas oficiales y, por supuesto, para contarles de mi trabajo extra como policía del condado de Suffolk. Mi jefe, el teniente Wolfe, se hallaba presente, cosa inconveniente, pero también estaba Dom Fanelli, de modo que fue una agradable reunión con unas cuantas carcajadas.

De cualquier modo, los jefes recorrieron el sermón completo de todos los problemas en que me había metido, así que llamé a mi abogado y a mi representante de la Asociación de Detectives y para la noche casi habíamos llegado a un acuerdo.

Así es la vida. El significado de la existencia no tiene mucho que ver con el bien y el mal, el deber, el honor, la patria ni nada de eso. Tiene que ver con lograr el acuerdo más conveniente.

38

Caía una ligera nieve sobre la Décima Avenida, y desde donde yo me hallaba, en el sexto piso, podía ver los copos que descendían en remolino entre los postes de alumbrado y los faros de los autos, allá abajo.

Mis alumnos iban llegando al aula, pero no me di vuelta a mirar. Era la primera clase del nuevo semestre, y esperaba unos treinta estudiantes, más o menos, aunque no había mirado la nómina de inscriptos. El nombre del curso era Justicia Criminal 709, subtítulo: Investigaciones de Homicidios. Serían quince sesiones de dos horas, una vez por semana, los miércoles, además de varias conferencias. El curso valía tres créditos. Examinaríamos las diversas técnicas para asegurar la escena del crimen, así como modalidades de identificación, recolección y salvaguarda de evidencia, relaciones con otros especialistas, incluidos técnicos en huellas dactilares y patólogos forenses, y técnicas de interrogación. En las últimas cuatro clases repasaríamos algunos casos de homicidios famosos. No hablaríamos de los homicidios múltiples de North Fork, Long Island. Eso yo lo había dejado bien claro desde el principio.

Los estudiantes de mi curso solían ser desde potenciales policías hasta detectives que se hallaban de visita en Nueva York invitados por alguien, algunos policías uniformados urbanos y suburbanos que tenían el ojo puesto en el ascenso y, de vez en cuando, algún abogado defensor que aprendía de mí a sacar como inocentes a clientes criminales, basándose en un detalle técnico.

En una ocasión tuve un tipo que no se perdió una sola clase, escuchaba cada palabra que yo pronunciaba, sacó la nota máxima en el curso y después salió y asesinó al novio de la esposa. Creía haber cometido el crimen perfecto, pero un testigo ocular fortuito lo llevó a la chispeante silla eléctrica. Para que aprendan. Aun así, creo que se merecía la buena nota.

Yo había escrito mi nombre en el pizarrón, y abajo de mi nombre, el del curso, para los futuros Sherlock Holmes que necesitaban más que el nombre del profesor y el número de aula para cerciorarse de que se encontraban en el lugar indicado.

Y bien, parte de mi arreglo con el Departamento de Policía de Nueva York fue su cooperación en cuanto a mi jubilación por incapacidad, el retiro de todos los cargos que habían considerado elevar contra mí, y la ayuda del Departamento para asegurarme un cargo de profesor adjunto y un contrato de dos años en la facultad John Jay de Justicia Criminal. Existe una fuerte conexión entre el Departamento de Policía de Nueva York y la John Jay, así que no les costó mucho cumplir con esa parte. Por mi parte, lo único que debía hacer era jubilarme y hacer declaraciones públicas positivas sobre el Departamento de Policía de Nueva York y mis superiores. Yo cumplo con lo mío. Todos los días, cuando viajo en el subterráneo, digo en voz alta y en forma pública: "El Departamento de Policía de Nueva York es grandioso. Amo al teniente Wolfe".

Cuando sonó el timbre, me aparté de la ventana hacia el podio y dije:

—Buenas noches. Soy John Corey, ex detective de homicidios del Departamento de Policía de Nueva York. En sus escritorios encontrarán un esbozo general del curso, una lista de lecturas recomendadas y obligatorias, y algunos temas sugeridos para ensayos y proyectos. —Agregué: —Todos presentarán sus proyectos en clase. —Lo cual me evitará en buena medida tener que dar treinta horas de conferencias.

Parloteé un poco sobre el curso y las notas y la asistencia y esas cosas. Miré a los ojos a algunos alumnos de las primeras filas, y de veras abarcaban una gama desde los dieciocho hasta los ochenta años, mitad hombres y mitad mujeres, blancos, negros, asiáticos, hispanos, un tipo con turbante, dos mujeres con sarís, y un sacerdote con cuello romano. Sólo en Nueva York. Lo que todos tenían en común, imaginé, era su interés por la investigación de homicidios. El asesinato es fascinante y aterrador; es el gran tabú, el único crimen, quizá, que toda cultura de toda época ha condenado como la ofensa Número Uno contra la sociedad, la tribu, el clan, el individuo.

De modo que vi muchos ojos brillantes y cabezas que asentían mientras yo hablaba, y supongo que todos querían estar ahí, lo cual no siempre ocurría.

Dije:

—También examinaremos algunos enfoques no científicos de la investigación, como la idea de las corazonadas, el instinto y la intuición. Trataremos de definir estos...

—Disculpe, detective.

Alcé la vista y vi una mano levantada que se agitaba en la última fila. Dios. Por lo menos que esperara hasta que yo terminara mi perorata. La mano estaba conectada a un cuerpo, supongo, pero la mujer que era propietaria de la mano se había ubicado detrás de un tipo grandote, de manera que sólo pude ver la mano. Respondí:

—¿Sí?

Beth Penrose se puso de pie y yo casi caí al piso. Me dijo:

—Detective Corey, ¿se ocupará también de los temas del procedimiento legal de allanamiento y secuestro de bienes, y los derechos de los sospechosos en cuanto a allanamientos ilegales, y también cómo trabajar con un compañero sin fastidiarlo?

La clase rió. A mí no me hizo gracia.

Carraspeé y contesté:

—Eh... La clase se interrumpirá por cinco minutos. Vuelvo enseguida. —Salí del aula y caminé por el pasillo. Todas las otras clases se hallaban en sesión, así que el corredor estaba en silencio. Me detuve ante el expendedor de agua y bebí un sorbo.

Beth Penrose se quedó a poca distancia y me observó. Me enderecé y la miré un momento. Vestía unos vaqueros ajustados, borceguíes y una camisa de franela a cuadros, con las mangas enrolladas y unos botones desabrochados. Un atuendo mucho más masculino que lo que yo habría esperado. Le pregunté:

—¿Cómo anda esa herida de bala?

—Sin problemas. Sólo un raspón, pero dejó cicatriz.

—Podrás contarles a tus nietos.

—Correcto.

Nos quedamos mirándonos.

Por fin ella dijo:

—No me llamaste.

—No.

—Dom Fanelli tuvo la amabilidad de mantenerme al tanto de tus novedades.

—¿Sí? Le daré una trompada en la nariz cuando lo vea.

—No, no lo harás. Me cae bien. Lástima que esté casado.

—Eso es lo que dice él. ¿Te has inscripto en mi clase?

—Por supuesto. Quince clases de dos horas cada una, todos los miércoles.

—Y recorres todo el camino desde... ¿dónde es que vives?

—Huntington. Menos de dos horas en auto o tren. La clase termina a las nueve, así que llego a casa para ver el noticiario de las once. —Me preguntó: —¿Y tú?

—Yo llego para el noticiario de las diez.

—Quiero decir cómo te va, aparte de las clases.

—Eso ya es bastante. Tres clases diurnas, una nocturna.

—¿Extrañas el trabajo?

—Supongo... Sí, extraño el trabajo, los muchachos con que trabajaba, el... sentido de hacer algo... pero sin duda no extraño la burocracia ni la mierda. Era hora de terminar. ¿Y tú? ¿Sigues todavía?

—Por supuesto. Soy una heroína. Me aman. Soy una honra para la fuerza y para mi sexo.

—Y yo para el mío.

—Sólo el tuyo lo cree así. —Rió y cambió de tema: —Oí comentar que fuiste varias veces a declarar a la oficina del fiscal de distrito de Suffolk.

—Sí. Aún tratan de aclarar lo que pasó. —Añadí: —Los ayudo en todo lo que puedo, considerando la herida de mi cabeza, que me ha causado amnesia selectiva.

—Ya me enteré. ¿Por eso olvidaste llamarme?

—No. No me olvidé.

—Bueno, entonces... —En vez de continuar, me preguntó: —¿Has ido a North Fork desde...?

—No. Y es probable que no vuelva nunca. ¿Y tú?

—Es como que me enamoré del lugar, y compré un chalé de fin de semana en Cutchogue, con unos acres de tierra, rodeados de una granja. Me recuerda la que tenía mi padre cuando era chica.

Iba a responder, pero decidí no hacerlo. No sabía adónde se dirigía aquello, pero pensé que Beth Penrose no hacía un viaje de tres o cuatro horas todos los miércoles sólo para oír las palabras de sabiduría del maestro, palabras que ya había oído y en parte rechazado en septiembre. Era evidente que a la señorita Penrose le interesaba algo más que mi clase. Yo, por mi parte, recién comenzaba a acostumbrarme a vivir sin compromisos.

Me dijo:

—El agente inmobiliario local me contó que vendieron la casa de tu tío.

—Sí. La noticia me puso un poco triste, no sé por qué.

Asintió.

—Bueno, puedes venir a visitarme a Cutchogue uno de estos fines de semana.

La miré y repuse:

—Pero debería llamar antes.

—Estoy sola. ¿Y tú?

—¿Qué te dijo mi ex compañero?

—Que estabas solo.

—Pero no solitario.

—Sólo me dijo que no tenías a alguien especial.

No respondí. Eché una mirada al reloj.

Cambió de tema y me informó:

—Mis fuentes de información en la fiscalía de distrito me dicen que va a haber juicio. Sin posibilidad de ningún arreglo. Quieren una convicción por homicidio en primer grado con pena de muerte.

Asentí. Creo que no lo he mencionado, pero el eviscerado Fredric Tobin había sobrevivido. No me sentí muy sorprendido, porque sabía que no le había asestado una herida necesariamente mortal. Había evitado las arterias, clavarle el cuchillo en el corazón o cortarle la garganta, aunque tal vez debería haberlo hecho. En forma subconsciente, creo, no pude cometer un asesinato, aunque si, en mis esfuerzos por someterlo, hubiera muerto del *shock* o desangrado, no me habría molestado. En aquel momento se hallaba sentado en una celda incomunicada en la cárcel del condado, contemplando las posibilidades de una existencia tras las rejas o de un sacudón eléctrico que le recorriera todo el sistema nervioso central. O quizás una inyección letal. Quisiera que el Estado se decidiera. Estoy a favor de la Vieja Chispeante para Fredric, y me gustaría ser uno de los testigos oficiales, para ver cómo le sale humo por las orejas.

No se me permite visitar a esa mierda, pero me aseguré de que tenga el número de teléfono de mi casa. El desgraciado me llama más o menos cada dos semanas desde la jaula. Yo le recuerdo que su vida de vino, mujeres, canciones,

Porsches, lanchas de carrera y viajes a Francia ha terminado, y que algún día, muy pronto, se lo llevarán de esa celda antes del alba y lo ejecutarán. Él, a su vez, dice que saldrá libre y que entonces me convendrá tener cuidado. Qué ego monumental tiene esa basura.

Beth dijo:

—Visité la tumba de Emma Whitestone, John.

No respondí.

Continuó:

—La enterraron en ese hermoso cementerio antiguo, entre todas las otras tumbas de los Whitestone. Algunas tienen trescientos años de antigüedad.

De nuevo, no respondí.

Beth prosiguió:

—Sólo la vi una vez, en tu cocina, pero me cayó bien, y sentí que quería dejarle unas flores en la tumba. Deberías hacer lo mismo.

Asentí. Debería haber ido a la florería Whitestone a saludar, y debería haber asistido al funeral, pero no lo hice. No pude.

—Max me preguntó por ti.

—No lo dudo. Tengo escondidos veinte millones de dólares en oro y joyas.

—¿De veras?

—Claro. Es por eso que vengo aquí a aumentar mi pensión por incapacidad.

—¿Cómo anda el pulmón?

—Bien. —Noté que algunos de los alumnos estaban inquietos y merodeaban por el pasillo, en dirección a los baños o fumando. Le dije a Beth: —Tengo que volver.

—De acuerdo.

Regresamos despacio, juntos. Me dijo:

—¿Crees que alguna vez encontrarán el tesoro del capitán Kidd?

—No. Creo que el paranoico de Paul Stevens lo escondió tan bien que permanecerá oculto por trescientos años más.

—Quizá tengas razón. Qué lástima.

—Tal vez no. Tal vez deba quedar donde diablos esté.

—¿Eres supersticioso?

—No lo era. Ahora ya no estoy tan seguro.

Llegamos a la puerta del aula.

Me dijo:

—Descubrí que en este edificio hay una piscina. ¿La usas alguna vez?

—A veces.

—La semana que viene traeré mi traje de baño. ¿Quieres?

—Bueno... ¿Beth?

—¿Sí?

—Eh... esto de que seas mi alumna... ¿no nos va a resultar incómodo?

—No. Pero espero que me pongas la mejor nota del curso.

Sonreí.

—Haré lo que haga falta.

—Es imposible sobornarme.

—¿Quieres apostar?

Unos alumnos nos miraban, sonriendo y susurrando.

Entramos en el aula, yo adelante, Beth atrás.

Dije a la clase:

—Tenemos con nosotros a otra detective de homicidios, la detective Beth Penrose, del Departamento de Policía del condado de Suffolk. Su nombre acaso les resulte conocido, por un reciente caso de asesinato, aún vigente, ocurrido en North Fork, Long Island. —Agregué: —Trabajé con ella en ese caso, y cada uno aprendió algo del estilo y las técnicas del otro. Además, ella me salvó la vida, de modo que, para pagarle, voy a llevarla a tomar unas copas después de la clase.

Todos aplaudieron.